Für alle,

die bisweilen zweifeln.

Schlimmer als zu versagen, ist einzig,
es niemals zu wagen.

Erlaubt euch zu scheitern.
Es ist der Beweis eures Mutes.

Aufstehen, Krone richten, weitermachen.

Und ganz besonders für dich,
Schwesterherz

WESTHAM
MORRIGAN
EISENBERGE
DIE SECHS REIC
DIESSEITS DER EISENB
NACH DEM GROSSEN
IM ZEITALTER DES HER
MORRIGAN
HOCH-
MOOR
SEVAL
WESTHAM
SILBERFLUSS
MAYWATER
WÜSTE
DRACHENKLIPP
TÜRKIS
BUCHT
FRUCHTBARE
EBENE
BOGEN-
BRÜCKE
ALTE HANDELSSTRASSE
BLUTWALD
ATHOS
DER TORLOSE TURM
WETTERGRENZE
KOR-TAN
NORDTURM
ATHOS
KOR-TAND
SEVAL
MAYWAT

JULIA ADRIAN
FRÜHLINGS
TOD
DRACHENMOND VERLAG

JULIA ADRIAN
HERBST IM BLUT
DRACHENMOND VERLAG

JULIA ADRIAN
WINTERS
ZERBRECHLICHER
FLUCH
DRACHENMOND VERLAG

Königreiche
diesseits der Eisenberge

Westham
Größtes und mächtigstes Königreich
Drachenkönig & Drachenbraut
Kronprinz Phillip & Prinz Tarek

Maywater
Reich der Mitte
Wüstenkönig & Schwanenbraut†
Kronprinz Duncan

Athos
Reich des Hochlandes
Goldkönig & schönste Braut†
Prinzessin Mary

Seval
Inselkönigreich
Inselkönig† & stumme Königin
Kronprinz Remus

Morrigan
Reich des Moores
Blinder König & Turmbraut
Kronprinz Morten

Kor-Tand
Reich des Ostens
Sonnenkönig & Mondbraut
-

† = verstorben

ES WAR EINMAL

Wenn mich die Sehnsucht nach dem Nordturm überkommt und ich wie früher durch die Gänge streife, mit nackten Füßen und bloßem Herzen, glaube ich fast, dass es besser ist, wenn die Welt uns vergisst: die schönste Königin und das Kind, welches niemals hätte geboren werden dürfen. Denn wem dient schon die Wahrheit, wenn sie so viel weniger Hoffnung birgt als die Lüge? So viel weniger Stoff, aus dem Träume gewebt werden können?

Nein, sie sollen das Märchen erzählen …

Von dem Prinzen, der wahrhaftig liebte.
Von dem armen Mädchen, dessen Schicksal sich zum Guten wandte.
Von der Fee, die nur das Beste im Sinn hatte.

… und ihren Kindern die Stirn küssen, das Licht löschen und die Worte der Lüge nachklingen lassen. Auf dass sie gut schlafen. Auf dass sie süß träumen.

Anders als ich.

TEIL I

WINTERS ZERBRECHLICHER FLUCH

SCHWARZER WINTER

Vor zwölf Wintern

Sie waren zu mir unter die feuchten Laken gekrochen, mit klammen Fingern und fordernden Stimmen, hatten die Wärme getrunken und mich aus Morpheus' Armen gezerrt, die verwaisten Gänge entlang und an Fenstern vorbei, hinter denen der Sturm um Einlass flehte und stöhnte. Noch mehr Winddämonen. Viel mehr.

Ich wusste, dass ich ihnen nicht glauben durfte, dass Betrug einer ihrer vielen Namen war und sie sich von Verzweiflung und Tod nährten. Dennoch folgte ich ihnen in die Dunkelheit, die tiefer zu sein schien als in anderen Nächten. Kälter. Mondlos. Weil ich ihnen glaubte. Weil das, was sie in mein Ohr hauchten, so schrecklich wahr klang, dass selbst meine Albträume daneben verblassten.

Nur du kannst sie retten!

Mutter hatte mir verboten, ihnen zu lauschen, ihrem heimtückischen Gesang, der sogar Königen die Sinne stehlen und ganze Königreiche zerstören konnte. Doch was, wenn sie diesmal die Wahrheit sagten?

Durch die schmalen Streifen der Fensterläden fiel kein Licht. Der Sturm musste die Fackeln im Innenhof gelöscht haben – oder aber die Soldaten waren es selbst gewesen. Als hofften sie, den Dämonen vorgaukeln zu können, dass niemand an diesem gottlosen Ort lebte. Ihre Bemühungen waren vergebens. Denn das, was die Nacht schwärzer färbte, hatte längst einen Weg hineingefunden. Zwischen die Mauern, ins Herz der Prinzessin.

Komm, Königstochter, komm!

UNTER

FALSCHEN STERNEN

Mary von Athos

*»Diamanten und Gold dienen einzig dazu,
um von den Tränen abzulenken.«*

Die schönste Braut von Athos
zu ihrer Zofe

Tausend Bürstenstriche brauchte es, um mein Haar in Gold zu verwandeln. Oder Kupfer, je nach Lichteinfall. Sie gaben ihm unzählige Namen – Abendrot, Herbstschimmer, Rapunzelfeuer –, maßen ihm viel zu viel Bedeutung bei.

»Ihr seht heute Abend außerordentlich elegant aus, Hoheit«, versuchte Susann mich auf den ersten von drei Bällen einzustimmen, die der Höhepunkt des Jahres zu werden versprachen. Des Jahrzehnts womöglich. »Die Blicke aller Anwesenden werden Euch gewiss sein«, prophezeite sie und vollendete ihr Werk mit der Bürste. Ich seufzte entnervt, lehnte mich zurück und massierte mir die Schläfen, um den Schmerz zu bändigen, der sich als leichtes Ziehen hinter meiner Stirn bemerkbar machte. Ohne in den Spiegel zu sehen, erhob ich mich von dem Stuhl, der mich viel zu lange gefesselt hatte, und strebte zum Fenster. Susann folgte mir, mit den Fingern hastig über mein Kleid streichend, hier eine Falte ausbügelnd, dort eine Korrektur vornehmend. Dabei war ich mir sicher, dass schon jetzt alles vortrefflich saß – wie stets, wenn sie Hand angelegt hatte. Ich trat in den Lichtkegel der untergehenden Sonne, die ihre Strahlen wie flüssiges Karamell über das mir fremde Königreich Maywater goss und die Wüste jenseits der Stadtmauer in einen Traum aus Rot und Gold verwandelte. Ein Spiegelbild meiner selbst, als wäre ich für dieses Königreich geschaffen. Auf dem heutigen Ball und vor den Augen des versammelten Volkes würde Kronprinz Duncan von Maywater um meine Hand anhalten – und ich, Prinzessin Mary aus Athos, musste *Ja* sagen.

Weil unsere Väter es so vereinbart hatten.

Weil ein Vertrag uns band.

Das Ziehen hinter meiner Stirn verstärkte sich. Fast schon mechanisch erhöhte ich den Druck der Fingerspitzen, schloss für einen Moment die Lider und atmete tief durch. Ich roch das Meer, vernahm als leises Echo das Rauschen seiner Wellen, die unterhalb des Schlosses gegen die Klippen rollten, sich brachen und zurückzogen. Das ewig klagende Lied des Ozeans hatte mir nachts den Schlaf geraubt und Zweifel in meinem Herz gesät. Erst ein Wechsel vom königlichen Ostflügel in den abgelegenen Westturm verschaffte mir Linderung. Jetzt erstreckte sich vor meinem Fenster die niemals schlafende Hauptstadt Maywaters; gierig gegen die Klippen gedrängt und umschlossen von der Knochenmauer, dem letzten Schutz vor der unersättlichen Wüste. Mir blieb einzig die Wahl zwischen diesen Extremen – Meer oder Wüste – und ich hasste sie beide aus vollem Herzen.

»Perlen oder Gold?«, fragte Susann aus dem Hintergrund.

»Gold«, entschied ich tonlos. Was hätte besser repräsentieren können, wer ich war und woher ich kam? Keines der anderen Königreiche verfügte auch nur annähernd über Athos' Reichtum. Glaubte ich den Gerüchten, so füllten sich unsere Minen von Zauberhand. Eine nie versiegende Quelle und der Grund, warum ich heute hier stand: Vater hatte mir einen Thron erkauft, einen Kronprinzen als Bräutigam.

Schwer und kalt legte sich das Geschmeide auf meine Haut, nahm mir die Luft, bis ich zu ersticken drohte. »Atmen«, forderte Susann, während sie die Häkchen schloss, die das Gold straff um meine Kehle fixierten. Drei Mondzyklen hatten die attischen Königsschmieden an den Federn gefeilt, die sich bleiern über meine Schulterblätter ergossen und mein Schlüsselbein umspielten. »Tief ein und langsam aus, Hoheit.«

Meine Augen brannten, die Welt zerrann goldrot. Am liebsten hätte ich die Kette vom Hals gerissen, sie hinfort geschleudert, verbannt, zertreten – doch ich würde sie tragen. Vater hatte sie eigens für meine Aussteuer fertigen lassen.

»Konzentriert Euch auf etwas Schönes, Hoheit.«

»Lass mich«, unterbrach ich sie schroff, bereute den Ton jedoch sofort. Susann zog sich knicksend zurück. Ich hörte sie hinter mir bemüht beschäftigt hantieren, die perfekten Laken glatt streichen, die Waschschüssel leeren, während meine Lunge loderte wie die Sonne am Horizont. Geblendet senkte ich die Lider und versuchte mir das Gespräch ins Gedächtnis zu rufen, das ich mit Duncan in der Abgeschiedenheit des Palastgartens geführt hatte, bevor er zur traditionellen Jagd abgereist war. Wir hatten über unsere Zukunft gesprochen, über Zuneigung und Vertrauen, die eine solide Basis bildeten, auf der die Liebe über kurz oder lang gedeihen würde – und für einen trügerischen Moment hatte ich mich in Sicherheit gewähnt, dass diese Heirat nicht nur wichtig, sondern auch richtig war.

Mein Blick fand die vertrocknete Rose auf der Fensterbank. Umrankt von feingliedrigen Spinnweben führte sie einen aussichtslosen Kampf gegen die Zeit, dem sich Blütenblatt für Blütenblatt ergab. Ich widerstand dem Drang, die silberschimmernden Netze zu zerstören, aus Angst, auch das letzte Rot zu verlieren. Nichts bliebe von ihrer einstigen Schönheit, bloß ein kahler Stiel mit spitzen Dornen.

»Soll ich frische Blumen bringen lassen, Hoheit?«

»Nein!« Ich entriss Susann ein Blatt, das sie von der Fensterbank geklaubt hatte. Es zerbröselte unter meinen Fingerspitzen wie vergilbtes Pergament, nährte meine Ohnmacht und gleichsam die Furcht. Susann murmelte etwas über Pflichten und Kronen. Ich hingegen starrte wie betäubt auf die Prachtstraße, die sich träge aus dem Halbdunkel der Stadt schälte und die letzten Klippen zum Schloss erklomm. Die königliche Jagdgesellschaft war vor Tagen heimgekehrt. Ich hatte Duncan vom Balkon aus erblickt, hoch zu Ross, laut lachend und trunken vor Siegesglück, die Beute auf Dutzend Karren am Ende des Trupps. Verrenkte Glieder, blutige Leiber. Ich hatte den Blick abwenden müssen, mich zurückgezogen in die Stille meines Zimmers und dort ausgeharrt, gewartet auf seinen Besuch – der ausblieb. Dabei war er der Einzige, der meine Zweifel hätte zerstreuen können.

»Susann?«

»Ja, Hoheit?«

»Wieso kommt er nicht?«

»Er muss in wenigen Stunden abreisen, Hoheit, die Verhandlungen mit Westham …«

»Nicht Vater«, fuhr ich dazwischen. Dass dem Goldkönig die Zeit fehlte, um der Verlobung seiner einzigen Tochter beizuwohnen, sagte mehr über unsere Beziehung aus, als ich zuzugeben bereit war. *Mach ihn stolz*, befahl ich mir in Gedanken und verbot mir sowohl an seinen als auch an den Grund für Duncans Fernbleiben zu denken, straffte stattdessen die Schultern und trat endlich vor den Spiegel.

Du bist ihnen nicht wichtig, flüsterte mein Spiegelbild.

Ich bezwang die Ohnmacht und reckte das Kinn. Das bleierne Grau, das seit dem Tod von Duncans Mutter im vergangenen Monat zur Modefarbe avanciert war, stand mir – im Gegensatz zum Rest des Adels – ausgezeichnet. Es betonte meine attische Blässe, die selbst unter Maywaters Sonne nicht dem dunklen Teint des Wüstenvolkes weichen wollte. Susann hatte recht, ich würde der Mittelpunkt der Aufmerksamkeit sein.

Die Schönste des Abends.

Die Auserwählte des Kronprinzen.

Die zukünftige Königin, die das Land aus der Trauer ziehen würde. Das Wüstenvolk brauchte Hoffnung, es brauchte Träume – und was lud mehr zum Träumen ein als eine königliche Hochzeit?

Meine verhassten Schuhe standen bereit, überzogen von tränenförmigen Diamanten, in denen Goldsplitter funkelten. Sie hatten ein Vermögen gekostet. Unter der grauen Seide würde sie niemand sehen, ich könnte genauso gut in Pantoffeln zum Ball erscheinen; doch das gehörte sich nicht – und so stieg ich in die steifen Diamantschuhe, weil es die Pflicht verlangte und Vater es wollte.

Halt dich an seinen Plan, befahl ich mir selbst. *Mach ihn stolz.*

Kaum hatte ich die Schultern gestrafft, schwang die Tür auf und der Goldkönig höchstpersönlich trat ein, so selbstverständlich, als seien dies seine Gemächer. Es folgten die Königswächter, lautlose Schatten, die rasch den Raum überprüften und sogar einen Blick unter das Bett und hinter die Vorhänge warfen, ehe sie Vater zunickten. Ich konnte mich kaum entsinnen, ihn jemals ohne Leibgarde gesehen zu haben. Selbst des Nachts hielten sie an seinem Himmelbett Wache.

»Lass dich ansehen.« Er umfasste mein Kinn, drehte prüfend meinen Kopf und rückte schließlich das Geschmeide zurecht. »Es muss fester«, befahl er Susann, die bei seinem Eintreffen in einen tiefen Knicks gesunken war. Ich unterdrückte ein Würgen, als sie die Verschlüsse der Kette enger zog. Ihre Finger waren eiskalt.

»Du bist ihr wie aus dem Gesicht geschnitten«, stellte Vater fest, den Mund missbilligend verzogen wie stets, wenn er von Mutter sprach. »Sie hatte eine erschreckend effiziente Art, die Menschen für sich einzunehmen. Sie war so blendend. Dir hingegen fehlt ihr Feuer. Dem Kronprinzen jedoch scheint deine schlichte Anmut zu genügen.«

Die Schönste des Abends. Nur nicht für ihn.

»Die Verträge sind unterzeichnet«, fuhr er fort, die Stirn gefurcht, als plage ihn ebenfalls ein Kopfschmerz. »Ich gehe nur ungern vor der offiziellen Verkündung, zu viel habe ich dafür geopfert; doch mir bleibt bedauerlicherweise keine Wahl. Westham pfeift und wie ein räudiger Hund habe ich zu erscheinen.«

Er hasste es, dem Drachenkönig unterlegen zu sein. *Irgendwem* unterlegen zu sein.

»Was möchte Westham?«, wagte ich zu fragen.

Statt zu antworten, fasste er mich an den Schultern und drehte mich zum Spiegel. Ich glaubte einen Schimmer in seinen Augen zu entdecken, dann lehnte er seine Stirn an meinen Hinterkopf. Mein Atem stockte.

Noch nie war ich ihm so nah gewesen.

Noch nie hatte ich ihn emotional erlebt.

So … stolz?

Oder war ihm schlecht? War er gar krank?

Unwillkürlich fand meine Hand seine. Er riss sie fort, als habe er sich verbrannt. Ohne ein weiteres Wort verließ er das Turmzimmer, umringt von seinen lautlosen Wächtern. Er gab mir keine Anweisungen, wünschte mir kein Glück oder sprach mir Mut zu. Er ging in dem sicheren Wissen, dass ich seinen Befehlen folgen würde. Weil es das war, was ich in all den Jahren gelernt hatte: meine Pflicht blind zu erfüllen.

Susann fing sich zuerst. Betont munter umflatterte sie mich, unaufhörlich plappernd, als müsste sie die Leere füllen, die nach Vaters Anwesenheit überwältigend schien. Ich stand da, den Blick auf den Spiegel gerichtet, und sah mich mit seinen Augen: Ein Mädchen mit zu blasser Haut und zu roten Haaren und einer Kälte, die kein Herz erweichen konnte.

Susann zupfte eine letzte Strähne zurecht. »Perfekt!«

Ich versuchte mich an einem Lächeln, doch es misslang kläglich. Denn hier, in der vermeintlichen Sicherheit meines Zimmers, schaffte ich es nicht, die Maskerade der gefeierten attischen Tochter aufzulegen. Hier und jetzt war ich einfach nur ich selbst.

Mit all meiner Stille und all meinen Rissen.

Und einer verdorrten Rose auf der Fensterbank.

DER JÄGER

Es stank nach verwesenden Leibern.

Der faulig süße Duft verätzte die Luft, die selbst nach Dämmerungsanbruch weder abkühlte noch ihren Hunger verlor. Diese Wüste war anders als all ihre Artgenossen. Sie gierte nach Leben, um das ihre zu nähren. Sie war verflucht. Der Jäger schmeckte das Blut auf der Zunge, das vor langer Zeit vergossen worden war, um den Zorn der Hitze aufrechtzuerhalten. Noch nie hatte er sich so weit vorgewagt, raus aus dem schützenden Dickicht des Blutwaldes und über das träge dahinfließende Wasser des Flusses. Die Barke schwankte, als er einen sehnsüchtigen Blick zurückwarf. Der Wald versank im wachsenden Schatten der Eisenberge. Das Dunkel kroch wispernd über das Gewässer, dessen silberne Oberfläche über die tückischen Strömungen hinwegtäuschte, die in seinem Innern lauerten. Der Fluss war fast so gefräßig wie die Wüste. Zwei aneinandergeschmiegte Monster. Drei, wenn er den Blutwald hinzuzählte. Sein Gefängnis, dem er heute Nacht entfliehen durfte, nur um sich im Angesicht einer noch größeren Gefahr wiederzufinden.

Er hasste die Wüste – und doch musste er sie betreten. Für sie, die schweigend im Heck der Barke saß. Ihre Haut schimmerte im fahlen Abendlicht, als sei sie mit Diamanten bestäubt, ihr Haar schien aus Gold gesponnen und das Kleid … nun, er fand keine Worte dafür. Er wusste, je länger er es ansah, desto mehr würde sie ihn gefangen nehmen. Ihm erst die Sinne und letztlich das Leben selbst stehlen. Deshalb wandte er den Blick ab und richtete ihn auf die Dünen, die im abendlichen Rot badeten. Vereinzelt ragten Säulen wie Rippen gen dunkelndem Firmament, Trümmer fluteten den Fluss.

Nur mühsam fand er einen Weg durch die Gesteinsquader, die den Wassern trotzten und den Weg für jeglichen Handel unpassierbar machten. Außer für ihn. Denn die Hexe des Waldes hielt schützend ihre Hand über das kleine Boot und seine Passagiere. Die Hexe, die aus der Ferne beobachtete, lenkte und kontrollierte. Er spürte ihren Atem in seinem Nacken. Sie sprach durch die Winddämonen. Durch die Kälte. Ihr Herz bestand aus Schwärze. Wie das seine. Wie das all ihrer Geschöpfe.

Ein letztes Mal tauchte das Ruder ein, ehe er ins seichte Wasser sprang, um die Barke an Land zu ziehen. Auf ein Mahl hoffend, stürzte sich der Fluss auf seine Waden, umschlang ihn, labte sich an seiner plötzlich aufkeimenden Furcht und seufzte klagend, als er sich hastig ans Ufer rettete. Kaum gesättigt sank das Wasser zurück. Lauernd, wartend. Es besaß alle Zeit der Welt. Der Jäger hingegen würde wiederkommen, erneut das Boot besteigen und den Strom zu queren versuchen – und vielleicht, ganz vielleicht hätte er dabei weniger Glück.

Widerwillig bot er seiner Begleitung die Hand, um ihr beim Aussteigen zu helfen. Ihre Haut mochte glänzen, doch er sah die Härte hinter dem sanften Lächeln, das sie ihm zum Dank schenkte. Es war so unaufrichtig wie alles an ihr.

Über Geröll und Trümmer hinweg führte er sie einen Pfad entlang, den nur Könige auf dem Weg zur letzten Ruhestätte beschritten, getragen von treuen Dienern, die ihnen in den Tod folgten. Die Grabmäler erhoben sich trotz des Verfalls majestätisch aus dem Sand. Aus Marmor erbaute Kuppelgewölbe, die nur einem Zweck dienten. Es erschien ihm beinahe ironisch, dass ihre Reise hier begann. Dort, wo die des jetzigen Wüstenkönigs enden würde, so wie auch die dessen Sohnes und aller noch folgenden Söhne.

Die Schimmel fand er wie versprochen hinter der ersten Grabkammer. Sie scheuten, als er sich näherte, blähten die Nüstern und tänzelten nervös. Ob sie die Winddämonen spürten? Oder fürchteten sie sich ebenso wie er vor der Wüste? Vor dem, was in ihrem Innern lauerte? Sie brauchten sich nicht zu sorgen, solange die Hexe ihrer achtete.

Die Nacht streckte sich bereits nach den Dünen aus, als er Seite an Seite mit der falschen Prinzessin durch die Wüste ritt, viel schneller, als Pferde galoppieren sollten. Die Winddämonen trieben sie an, drängten vorwärts, jauchzten und gurrten. Fast schien es, als glitte der Sand unberührt unter ihnen dahin. Weit am Horizont erhob sich das Himmelsschloss funkelnd wie ein Stern in der Nacht. Ihr Ziel. Seine Mission.

Die rechte Braut, säuselte der Wind.

Mary von Athos

»Verschenk dein Herz mit Bedacht, denn es ist aus Glas und zerbricht in den falschen Händen.«

Die schönste Braut zu ihrer Tochter Mary
am Tag ihres Todes

Die Nacht hing samtschwarz über den Kristalllüstern, ein falscher Himmel, geschaffen aus Stein, Farbe und Diamant. Der Legende nach hatten die königlichen Architekten die Sterne eigenhändig vom Firmament gestohlen, um sie in das geschwärzte Kuppelgewölbe des Mitternachtssaals einzulassen. Sie funkelten im satten Schein Tausender Kerzen und täuschten eine Tiefe vor, die mich schwindeln ließ. Es wirkte gar, als hingen die gewaltigen Kronleuchter unter dem Himmel selbst – wie die Sonne und der Mond.

Heute, am Tag des großen Balls, erstrahlten sie in vollem Glanz und doch sah kaum jemand zu ihnen und den geraubten Sternen hinauf. Als seien sie unsichtbar für die Augen all derer, die einem unablässigen Strom gleich die Treppen in den Saal hinabflossen. Der Zeremonienmeister, der jeden ankommenden Gast vorstellen musste, schrie sich heiser. Eine schier endlose Liste an Namen von Mägden, Dienerinnen und Zofen, die man zum Ball geladen hatte. Mein Blick schweifte zu der blauen Kordel, die den Saal in zwei Bereiche teilte: den des Adels, der an gewohnt üppigen Tafeln saß und speiste, und den des niederen Volkes. Letzteres musste mit der Tanzfläche vorliebnehmen, an deren Rand ein Büfett voll attischer Kostbarkeiten errichtet worden war. Es roch nach Gebratenem, dem Schweiß armer Leute und teurem Parfüm – und ein wenig nach Wald, was mich wehmütig stimmte. Die übergroßen Balkontüren, die für Riesen erbaut schienen, waren allesamt geschlossen. Erst später, wenn der Abend fortschritt und die Temperatur ins Unerträgliche stieg, würden die Diener in ihren blauglänzenden Livreen sie öffnen und eine frische Brise hineinlassen.

»… zwischen seinen Stämmen hausen knochenbleiche Ungeheuer«, erzählte Graf Blaubart wenige Stühle weiter einigen zu Tode erschrockenen Damen. Im Nachhinein hätte ich besser daran getan, ihm zuzuhören, stattdessen betrachtete ich mich gedankenverloren in einem der Spiegel, die ringsum an den Wänden hingen. Sie reflektierten das Büfett und den Mitternachtssaal, ließen beides exorbitant erscheinen – und mich ungewohnt klein.

»Denkt Ihr, sie haben die Spiegel aufgehängt, damit der Pöbel aus Scham weniger frisst?«, fragte die hagere Fürstin von gegenüber und fixierte aus schmalen Augen das bürgerliche Büfett.

»Als ob *die* Scham kennen!«, entgegnete die Baronin, neben der ich nahezu verschwand und die eine Weintraube nach der anderen verschlang. Der Saft tropfte ihr über das fleischige Kinn und verschwand in den Falten des gewaltigen Dekolletés. »Seht nur, wie sie über die Speisen herfallen! Man könnte meinen, sie litten den Hungertod.«

»Mir wird allein vom Zusehen schlecht«, klagte die Fürstin.

Graf Blaubart schlug diensteifrig vor: »Vielleicht möchte Euer Gnaden an die frische Luft?«

»Auf keinen Fall«, donnerte die Baronin. »Bei diesem Sturm fängt sie sich bloß eine Verkühlung ein.«

Der Graf, wie ich aus Athos stammend, zog pikiert die Brauen hoch. »Das laue Lüftchen? Wahre Stürme findet ihr einzig im attischen Hochland. Unsere Unwetter fordern jedes Jahr etliche Todesopfer!«

»Ich hörte davon.« Die Baronin drehte sich zu ihm, der Stuhl ächzte. »Seit dem tragischen Sturz Eurer Königin sind die attischen Stürme allseits bekannt.«

»In der Tat, ein schwerer Verlust für uns alle«, bestätigte der Graf gezwungen, ehe er mit plötzlich erwachtem Interesse die Kronleuchter betrachtete, die er zuvor keines Blickes gewürdigt hatte. Die Baronin verlagerte unbehaglich ihr Gewicht, der Stuhl protestierte erneut. Sie alle starrten auf irgendetwas, nur nicht zu mir. Ganz gleich, wie viele Jahre auch vergingen, kaum jemand wagte in meiner Gegenwart darüber zu sprechen. Über den Tag, der in Athos fortan *Schwarzer Winter* hieß.

»Euer Königreich ist keinesfalls das einzige, das um seine Monarchin trauert«, rief die Fürstin jäh. »Zumal Euer Verlust bereits – wie lange? – zwölf Winter zurückliegt?«

Der Graf richtete sich auf, die Augen verengt. »In der Tat.«

»Unsere Schwanenbraut trugen wir erst während der letzten Blutmondnacht zu Grabe. Ihr Körper war kaum erkaltet, da sandte Euer König bereits ein Portrait seiner Tochter«, Beifall heischend blickte sie in die Runde, »zusammen mit einer Kiste feinstem Schmuck.«

»Bridget«, warnte die Baronin mit vollen Backen.

»Ich spreche nur aus, was ohnehin alle Welt weiß«, verteidigte sich die Fürstin brüsk.

Betretenes Schweigen folgte. Es gab Tatsachen, über die niemand sprach. Offene Geheimnisse, die Vater das Volk zu ignorieren zwang. Wie der Mangel eines Thronerben oder die überstürzte Verlobung seiner einzigen Tochter. Doch hier, im fernen Maywater, bröckelte sein Einfluss. Dennoch waren fast alle am Tisch erbleicht, selbst der Graf, der gewöhnlich zu meiner Rettung herbeieilte, fand keine Worte. Auf Königslästerei stand der Tod.

Die Fürstin, die sich über ihren Fauxpas im Unklaren schien – ihn vielleicht sogar genoss; die stille Zustimmung all derer, denen der Mut fehlte, die Wahrheit auszusprechen –, riss die Augen auf. »Oh!«

Ihre Finger krallten sich um des Grafens Arm. »Wisst Ihr, wer der stattliche Herr ist, der soeben den Saal betrat?«

Synchron reckten sie die Hälse, auch ich warf einen Blick zur Treppe, bereute es jedoch sofort. Auf der Empore standen fünf Soldaten, die gerade erst dem Schlachtfeld entstiegen schienen. Kupferne Drachenschuppen umschlossen Körper, die gestählt vom Kampf zu gewaltig wirkten zwischen denen des Wüstenadels. Drachentöter, ausgebildet und dazu auserkoren, die Grenzen der sechs Reiche vor den Bestien der Eisenberge zu schützen. Die fähigsten ihrer Art, angeführt von einem Mann, den ich am liebsten aus meinem Gedächtnis streichen würde.

Der Graf räusperte sich und erklärte, noch bevor es der Zeremonienmeister mit heiserer Stimme verkünden konnte: »Dies, werte Fürstin, ist der Königssohn von Westham.«

»Der Kronprinz?«

»Der Zweitgeborene«, stellte er richtig. »Prinz Tarek.«

»Welch Jammer«, seufzte sie. »Was ist mit dem Kronprinzen? Der sollte unter Frauen.«

»Er verlässt selten das Haus.«

»Ich sehe schon, einer an der Front und der andere die Staatsgeschäfte.«

»Man munkelt, Prinz Tarek sei der beste Krieger seines Landes«, warf die Baronin ein.

»Der beste aller sechs Königreiche«, bestätigte der Graf nicht ohne Neid. »Den Gerüchten zufolge soll er bereits im Knabenalter seinen ersten Drachen erlegt und in dessen Blut gebadet haben.«

»Nicht auszudenken«, hauchte die Fürstin begeistert. »Drachenblut, wie ekelhaft!«

Der Graf nickte verbunden, nur um kurz darauf den Neuankömmling übertrieben winkend auf sich aufmerksam zu machen. Flankiert von seinen Soldaten schritt der fremde Königssohn durch den Saal. Die Menschenmasse teilte sich wie Wasser vor einem Bug. Hastig griff ich nach meinem Weinglas und hob es an die Lippen, in der irrsinnigen Hoffnung, es würde mich verstecken.

»Prinz Tarek«, tönte die einschmeichelnde Stimme des Grafen, »welch Freude, Euch zu treffen. Wie lange mag es her sein – zwei Winter? –, seit wir einander in Athos trafen?«

»Drei«, korrigierte der westhamsche Prinz knapp.

»Es kommt mir kürzer vor.« Sie reichten sich die Hände. »Kommt Euer Bruder auch?«

Der Prinz verneinte. »Vater war der Ansicht, meine Anwesenheit reiche durchaus, um der Verlobung des Kronprinzen beizuwohnen.«

Ich verschluckte mich prompt, die Baronin tätschelte mir linkisch den Rücken. »Aber, aber, Hoheit, wir haben genug Schaumwein für alle da – es sei denn, der Pöbel säuft ihn uns weg!« Sie lachte dröhnend, die Fürstin fiel gackernd ein, Prinz Tareks Züge verhärteten sich, als er mich erblickte.

Der Graf ergriff das Wort, die Brust vor Stolz geschwollen, dass er einen so mächtigen Mann kannte: »Darf ich vorstellen? Prinzessin Mary aus …«

»Wir kennen uns«, unterbrach ihn der Prinz. Nur flüchtig, fast schon beleidigend kurz, hob er meine Hand an seine Lippen. Die Fürstin warf mir einen irritierten Blick zu – vielleicht nahm sie mich gar erst jetzt wahr? –, während die anderen wissend schwiegen. Ein weiteres Geheimnis, das keines war. Sehr zu Vaters Missfallen, der alles getan hatte, um die Gerüchte im Keim zu ersticken. Selbst die Enthauptung dreier seiner angesehensten Stadträte und die angedrohte Todesstrafe konnte dem Gerede keinen Einhalt gebieten.

Der Prinz wechselte ein paar nichtssagende Worte mit dem Grafen, ehe er sich grußlos abwandte und samt Gefolge gen Thron schritt. Einer seiner Soldaten, eine Frau, wandte sich um. Die Verachtung in ihrem Gesicht traf mich unerwartet. Zitternd stellte ich das Glas zurück und zwang mich, den Blick von Tareks Rücken zu lösen, dem Prinzen, der vor drei Jahren im Rausch einer durchzechten Nacht um meine Hand angehalten hatte.

DER SOHN WESTHAMS

Was glaubst du? Wie viele Vögel haben sie wohl *dafür* geschlachtet?« Elena, einzige Kämpferin der Drachengarde und königliche Leibgardistin, trat neben ihn, die Lippen verächtlich verzogen. Sie hasste Bälle ebenso wie er. Drachentöter gehörten an die Front statt zwischen Röcke und affektiertes Lachen. Ein Flecken Kupfer in all dem tristen Grau. Harte Schuppenpanzer zwischen federgeschmückten Häuptern.

»Sie sehen aus wie gerupfte Hühner«, fuhr sie geringschätzig fort. »Hast du gesehen, was die dicke Baronin auf dem Kopf trägt? Das ist ein halber Strauß!«

Er hatte es nicht gesehen.

Er hatte nur Augen für die Prinzessin gehabt. Für die Federn, die ihre nackten Schultern umspielten: Maywaters Wahrzeichen in Gold gegossen.

»Du solltest den Wüstenkönig grüßen. Es war ein Fehler, zuerst zu ihr zu gehen.«

Er sparte sich eine Erwiderung. Elena wusste, weshalb er der attischen Prinzessin den Vorzug gegeben hatte. Einer der Nachteile der Drachengarde: Sie kannten einander zu gut, ihre Stärken und ihre Schwächen. Seine war offensichtlich. Als ob all die Jahre nicht mehr existierten, in denen er Nacht für Nacht in Tavernen und Bars und den warmen Körpern fremder Frauen ertrunken war in dem Versuch, Mary zu vergessen.

Vergeblich, wie er erbittert feststellte.

»Dein Glück, dass der Wüstenkönig senil ist«, spottete Elena. »Dein Vater hätte dich für die Missachtung der höfischen Etikette hängen lassen, nachdem er dich zuvor geköpft hätte – oder andersrum.«

Er brachte sie mit einem Blick zum Verstummen und trat innerlich fluchend vor den Thron. Der Wüstenkönig sah kaum auf, er hätte es ebenso gut lassen können.

Senil. Elena hatte ja keine Ahnung.

»Eure Majestät«, grüßte er knapp und zwang sich zu einem höflichen Lächeln.

Die aschgrauen Augen des Königs weiteten sich, das einzige Anzeichen dafür, dass noch Leben in dem Skelett steckte. »Kronprinz Phillip …«

Das Lächeln erstarb. »Prinz Tarek, Eure Majestät.«

»Oh … Ihr seid nicht …?«

»Nein.«

Verwirrt blinzelte der Wüstenkönig. »Euer Bruder kommt ebenfalls?«

»Ich bedaure.«

Der Wüstenkönig setzte zu einer Erwiderung an, doch was auch immer er hatte sagen wollen, verlor sich mit der Schärfe seines Blickes. Ächzend sank er zurück, die Finger um die Lehnen geklammert, die Haut so blass wie die eines Toten – was er schon bald sein würde. Sie schrieben es der Trauer zu, all die Adeligen, die ihn aus verkniffenen Gesichtern begafften. Zu Lebzeiten der Schwanenbraut hätten sie es niemals gewagt, ihn derart offen zu kritisieren. Mit ihren Blicken und Gesten, sogar mit Worten. Bis zur Front waren die Gerüchte vom vergehenden Wüstenkönig gedrungen, von dessen Schwäche und verwesendem Leib. Tatsächlich war das, was vor hier auf dem Thron kauerte, nur der Abglanz eines längst verlorenen Regenten. Der Verlust der Liebe hatte den Wüstenkönig gebrochen.

»Tarek …« Elena griff nach seinem Arm. Niemand sonst wagte das – weder seine Kommandanten noch die ranghöchsten Minister seines Vaters. In ihrem Gesicht stritten die unterschiedlichsten Emotionen: Sorge, Schuld und schlechtes Gewissen. Letzteres überwog. Es frustrierte ihn, dass sie geschwiegen hatte und es noch immer tat. Kein Wort des Protestes war über ihre Lippen gekommen, als er den Befehl zum Aufbruch gegeben hatte. Keine Warnung während des langen Ritts durch Maywater, ja selbst als sie dem Goldkönig beim Handelsposten im Zentrum der Wüste begegnet waren, hatte sie geschwiegen. Auch jetzt biss sie sich auf die Lippe. Eine seltsam weibliche Geste, die nicht zu ihr passen wollte. Viel zu oft vergaß er, dass sie eine Frau war. Er sah in ihr höchstens das schlaksige Mädchen, das vor etlichen Jahren an die Drachengarde verkauft worden war. Warum, war ihm ein Rätsel – abgesehen davon, dass sie gut war. Schnell, präzise und tödlich.

Ein Schaf im Wolfspelz.

Eine Kriegerin unter Männern.

Eine Frau, die sich auf die Lippe biss und deren Wangen rot anliefen.

Er versuchte, sie sich in einem der federgeschmückten Kleider vorzustellen, in denen all die Adeligen umherstolzierten. Es misslang kläglich. Er konnte nicht einmal sagen, ob Elena Kurven besaß. Allein der Gedanke erschreckte ihn. Sie war seine rechte Hand. Sein Schild. Sein Rücken. Weshalb ihr Schweigen einem Verrat gleichkam.

»Elena?«, hakte er gefährlich sanft nach.

»Es war eine schlechte Idee, den Ball zu besuchen.«

»Das fällt dir jetzt ein?«

Elena rang mit sich. »Tarek, wir sollten gehen, bevor …«

»Spar dir die Ausflüchte.«

Ihre Brauen ruckten hoch. »Du weißt von dem Treffen?«

Er zwang sich, ihr nicht den Hals umzudrehen. »So ist es.«

»Wenn du weißt, dass dein Vater den Goldkönig zu sich bestellt hat, dann auch …«

»Ja«, unterbrach er sie eisig, »auch worüber sie sprechen.«

»Verdamm mich, Tarek! Ich hätte es dir sagen sollen.«

»Hättest du«, bestätigte er, ehe ein Busch aus Pfauenfedern für den Moment seine Aufmerksamkeit fing. Scheinbar zufällig kreuzte seine Trägerin den Weg der Drachentöter, wie ein Dutzend weiterer Damen; allesamt unverheiratet und auf der Suche nach der besten Partie, und solange der Kronprinz von Maywater mit Abwesenheit glänzte, galt diese zweifelhafte Ehre ihm, dem zweitgeborenen Prinzen Westhams. »Mutter schickte einen Königsadler«, teilte er Elena mit, kaum dass der Pfau hinter dem gewaltigen Straußenschmuck der Baronin verschwand. »Sie argwöhnte, ich hätte Einwände gegen diese Vereinbarung …«

»Zu Recht«, zischte Elena.

»… und erinnerte mich an meine Pflichten«, endete er spöttisch.

»Warum bist du dann hier?«, brach es aus ihr hervor. »Wenn du von den Hochzeitsplänen weißt, warum …«

»Weil es mir gleich ist«, erwiderte er lakonisch und beschloss, Elena bei der nächsten Drachenjagd an der Front kämpfen zu lassen. Zur Strafe für ihr Schweigen. Sie hasste es, denn wer sich dort befand, bekam die Innereien ab. Eine barbarische Sauerei, die noch Wochen später bis zum Himmel stank.

»Hör auf, sie anzustarren!«

»Ich starre nicht.«

»Wüsste ich es nicht besser, würde ich denken, du verachtest die glückliche Braut.«

»Glücklich«, echote er ätzend.

Elena feixte: »Genau da liegt das Problem.«

Sie würde so was von an der Front kämpfen.

Die nächsten drei Mondzyklen. Mindestens.

»Willst du dich quälen? Ist es das?«

»Ich will zuschauen«, korrigierte er möglichst gelassen.

»Ihr beim Versagen zusehen? Ich bitte dich. Du kannst unmöglich glauben, dass es dir dadurch besser geht – vor allem, wenn dein Vater und der Goldkönig übereinkommen.«

»Oh, das werden sie«, murmelte er.

Sie rang sichtlich mit sich. »Wirst du es zulassen?«

»Das sagte ich nicht.«

»Warum …«, begann sie erneut, doch er fuhr ihr über den Mund.

»Wir bleiben bis Mitternacht.«

Kurz dachte er, sie wolle noch etwas erwidern, doch sie beließ es dabei.

Sie blieben bis Mitternacht und keinen Moment länger.

Bis dahin würde er sich am Wein laben und an Erinnerungen, die zu süß und zu schmerzhaft waren. Erinnerungen, die ihm den Tod brächten, wenn er ihnen nachgab. Denn – ganz gleich, was seine Eltern mit dem Goldkönig vereinbarten – eines stand fest: Niemals durfte er der Verlockung nachgeben. Er war stärker als der Wüstenkönig. Stärker als sie alle.

Mary von Athos

*»Alles hat seinen Preis,
erst recht ein Leben wie das unsere.«*

Die schönste Braut
über die Stille der sevalschen Königin

»Musste der König wirklich alle einladen? Das niedere Volk ist so anmaßend!«

»Es hat doch etwas Erheiterndes, finden Sie nicht?« Der Graf wandte sich der Fürstin zu, die mich mit tödlicher Nichtachtung strafte. Ich ignorierte sie, den Blick auf den Rücken des westhamschen Königssohnes geheftet. Das Licht der Kerzen spiegelte sich bei jeder Bewegung in seinen Arm- und Beinschienen. Als sei er dem Feuer selbst entsprungen.

»Erheiternd? Ich finde es abstoßend! Man sollte meinen, Kronprinz Duncan sei dieser Zirkus zuwider, wo doch seit Wochen feststeht, wen er heiraten wird.«

Inoffiziell, fügte ich still hinzu. Denn erst heute sollte es verkündet werden.

»Aber, aber, meine Liebe«, tadelte die Baronin gönnerhaft. »Ihr wisst, dass es Tradition ist, alle ledigen Frauen zur Verlobungsverkündigung einzuladen, um zumindest den Anschein zu wahren, jede

Frau könne die königliche Braut werden, gleich welchem Stand sie angehört.«

»Eine alberne Tradition.«

Insgeheim stimmte ich zu.

»Soweit ich weiß, hat der Kronprinz höchstpersönlich auf ihre Einhaltung bestanden«, teilte die Gattin irgendeines Grafen mit. Sie beugte sich vor, die Wangen hochrot. »Meine Cousine hörte, dass der Wüstenkönig mit der Tradition brechen wollte, um den Ball kleiner zu halten und seiner Trauer Ausdruck zu verleihen. Der Kronprinz aber widersprach vehement und veranlasste sogar, dass jedes ledige Mädchen unter Strafandrohung zu erscheinen habe, um ihm *persönlich* vorgestellt zu werden!«

»Nein!«, riefen die Fürstin und die Baronin wie aus einem Munde und blinzelten in meine Richtung. »Jedes ledige Mädchen soll ihm *persönlich* vorgestellt werden?«

»Jedes«, bestätigte sie flüsternd.

Jedes, hallte es in mir wider – und zugleich: *unmöglich*.

Duncan hatte entgegen der Einwände meines Vaters auf die Einhaltung der traditionellen Bälle bestanden, sich jedoch darauf eingelassen, die Verlobung während des frühen Abends zu verkünden – bevor eine jede Dame vorgestellt wurde. Es war schlicht überflüssig. Er und ich würden heiraten – zwar nicht aus Liebe, doch Duncan hatte versprochen, dass sie mit der Zeit gedeihen und letztendlich erblühen würde wie die Wüste. Er hatte es unter dem Rosenbogen versprochen. Während des Kusses.

Eines meiner Lider zuckte. Einmal, zweimal.

Meine Wangen spannten sich, das Lächeln bröckelte.

Das Gesicht der Fürstin hingegen erstrahlte vor entzückter Empörung. »Wie ungeheuerlich«, rief sie aus. »Man stelle sich nur vor, wie er meiner Köchin die Hand küsst oder gar der Schweinemagd.«

»Zügelt Eure Worte, Bridget«, warnte die Baronin. »Man könnte Euch hören.«

»Ich werde ja wohl meinen Missmut ausdrücken dürfen. Ich finde es unsäglich!« Sie klappte ihren Fächer auf, den Blick über die schwarzen Federn fest auf mich gerichtet. »Dieser Ball sollte ausschließlich für den Wüstenadel bestimmt sein.«

»Sagt, Fürstin«, tönte da der Graf, der meine Demütigung wohl nicht länger ertragen konnte, »besitzt Euer Vater noch diesen beschaulichen Hof im unteren Viertel? Was verkauft er noch – gepökelte Schweinehälften?«

Ich verschluckte mich erneut am Wein, die Augen der Baronin verengten sich, während die Fürstin erbleichte. »Wie könnt Ihr …«

Rasch erhob ich mich mit den Worten »Ich brauche frische Luft« und lehnte dankend ab, als der Graf mir seine Begleitung anbieten wollte. Meine Kehle brannte, das Lächeln saß felsenfest auf meinen Zügen. Es war stets mein Schutz auf Veranstaltungen wie diesen, heute brauchte ich es mehr denn je. Hocherhobenen Hauptes floh ich aus dem Bereich des Adels, in dem die Fürstin einzig aufgrund ihrer vortrefflichen Ehe saß. Die Diener hielten irritiert inne, als ich an der blauen Kordel vorbeieilte und das bürgerliche Büfett ansteuerte. Abfälliges Raunen wanderte durch die Reihen des Wüstenadels. Niemand von ihnen wagte sich je unters gemeine Volk, zu groß waren die Unterschiede zwischen den Ständen. Die Bürger ihrerseits wichen vor mir zurück, als fürchteten sie, allein eine Berührung mit der fremden Prinzessin könnte ihnen die Todesstrafe einbringen. Was der Wahrheit viel zu nah kam. Vater war über die attischen Grenzen hinaus für seine Härte berüchtigt.

»Eure Hoheit«, stammelte ein Diener, doch ich ignorierte ihn und er wagte nicht, mich aufzuhalten.

Ich fand meine Zofe beim Dessert. Sie stibitzte gerade eine Kirsche von der Torte, auf der eine filigrane Kutsche aus attischer Schokolade thronte – natürlich vergoldet, wie alle Speisen meiner Heimat. Kupferne Wildschweine am Spieß, mit Blattgold ummantelte Enten und zu Pyramiden aufgetürmte Äpfel standen zwischen kunstvoll arrangierten Käseplatten und Kristallschalen befüllt mit Golderbsen.

Als hätte ich Susann bei etwas Verbotenem ertappt, würgte sie die Kirsche hinunter. Ihre Wangen färbten sich puterrot. »Hoheit?«

Rasch griff ich nach einem Käsespieß, obwohl ich mitnichten Hunger verspürte.

Meine Finger bebten. Das einzige Anzeichen meiner Schwäche.

Susann bemerkte es sofort. »Haben Euch die Damen verärgert?«

»Sie sind ganz in ihrem Element.«

Sie warf mir einen mitfühlenden Blick zu.

»Aber der Käse ist gut«, zwang ich hervor.

»Ihr solltet von der Torte kosten, Hoheit.«

Das Gackern der Fürstin schallte durch den Saal. Ich verachtete sie mit jeder Faser meines Daseins, spiegelte sie doch, was ich selbst zutiefst fürchtete zu sein. Die Tochter eines Schweinehändlers, erwählt von einem Aristokraten – was ihr Vater wohl gesagt hatte, als er vom Antrag des Fürsten erfuhr? Oder war gar er es gewesen, der alles in die Wege geleitet hatte, um sie möglichst *gewinnbringend* zu verloben?

Der Käse schmeckte plötzlich fad. Ich würgte ihn hinunter.

Gewinnbringend. Nützlich. Vorteilhaft.

Alles Begriffe, die meine Verbindung zum Hause Maywater beschrieben.

Mach Vater stolz, befahl ich mir in Gedanken, doch im Gegensatz zu sonst zog ich keine Stärke daraus. Die Worte fühlten sich hohl an. Wie ein zu hastig gegebenes Versprechen, das niemals Erfüllung fand. Wie das Bekenntnis einer Liebe, die im Angesicht der Wüste erstarb, noch ehe sie erblühen konnte. Wie das seltsam verzerrte Spiegelbild einer vollendeten Königin, die keine sein wollte.

»Ich möchte fast behaupten, es sei Glück, dass Euer Vater die Verkündung verpasst«, raunte Susann und dirigierte mich sacht am Büfett entlang. Sie ahnte ja nicht, wie sehr mich Vaters Abwesenheit belastete – fast so sehr, wie es seine Anwesenheit getan hätte. »Ein Wink des Schicksals«, fuhr sie betont zuversichtlich fort, »dass Westham ausgerechnet heute auf ein Treffen bestand.«

»Der Drachenkönig agiert, wie ihm beliebt.«

»In der Tat, Hoheit. Ihr könnt von Glück sprechen, mit keinem seiner Söhne verlobt zu sein. Habt Ihr Prinz Tarek gesehen? Er ist so ungehobelt!«

»Er ist ein Krieger«, erwiderte ich tonlos.

»Kronprinz Duncan hingegen«, Susann seufzte verträumt, »wird eines Tages ein genauso bedeutender König wie sein Vater werden.«

Ich betrachtete die aufgereihten Tafeln der Aristokratie, fand die Gestalt des Wüstenkönigs, der seltsam schlaff auf seinem Thron hing. Selbst die Krone auf seinem Haupt sah stumpf, ja beinahe kränklich blass aus. Der Platz an seiner Seite war verwaist. Seit dem Tod der Schwanenbraut hatte es keine Festlichkeiten mehr gegeben, vielleicht, da gerade sie für ihre ausschweifenden Bälle über alle Landesgrenzen hinaus bekannt gewesen war. Ich bedauerte zutiefst, dass dem Wüstenkönig die Stärke fehlte, sich gegen seinen Sohn zu stellen, auch wenn ich es verstand. Seine Trauer erinnerte mich an die langen und einsamen Nächte, die auf Mutters Tod gefolgt waren. An das Johlen von Vaters Landadel, gepaart mit schiefen Dudelsackklängen und dem trunkenen Gackern seiner Huren.

Freude passte nicht zu Trauer. Sie verstärkte sie bloß.

Ich nahm einen zweiten Käsespieß, um meine Finger zu beschäftigen.

Um das Zittern endlich unter Kontrolle zu bekommen.

Konzentration, befahl ich mir, wie Mutter es einst getan hatte, und hob das Kinn. *Betrachte sie. Suche ihre Fehler. Wenn du sie findest, erkennst du, dass sie weder besser noch schlechter sind. Nur anders, aber ebenso unvollkommen.*

Am Tisch der Monarchen tastete der erblindete König von Morrigan nach der Hand seiner Gattin, deren erstaunlich langer, bereits ergrauter Zopf von zwei Zofen gehalten wurde, die ihren Ekel gekonnt verbargen – im Gegensatz zur maywaterschen Dienerschaft. Der Lakai, der ihr Wein nachfüllte, schaffte es kaum, den Blick von ihrem entstellten Gesicht abzuwenden, sodass er drei Anläufe brauchte, um das Glas zu füllen. Knochenweiß gruben sich die Narben über Wangen, Dekolleté und Hände. Weder Schmuck noch Handschuhe kaschierten den Makel. Die Turmbraut trug ihre Hässlichkeit als Waffe – wie ich meine Schönheit. Was wir nach außen zeigten, war mitnichten, wer wir im Inneren waren.

Daneben hob die verwitwete Königin von Seval das Glas an die schmalen Lippen, als prostete sie mir heimlich zu. Ich erinnerte mich daran, sie einst auf einem der Bälle getroffen zu haben, zu denen ich Mutter als Kind hatte begleiten dürfen. Das stille Lächeln der sevalschen Monarchin war mir sonderbar erschienen, sodass ich Mutter danach gefragt hatte.

»Warum spricht sie niemals? Hat man es ihr verboten?«
»In gewisser Weise.«
»Sie ist eine Königin, wer sollte ihr etwas verbieten?«
»Es gibt mehr Mächte zwischen uns und dem Himmel.«
»Böse Mächte?«
»Gute und böse.«
»Jemand Böses stahl ihr die Stimme?«
»So ist es, mein Schatz. So ist es.«
»Kann das auch mir passieren?«
»Solange ich bei dir bin, wird dir niemand etwas antun können.«

Eine hässliche Königin und eine verstummte.

Und eine, die es nicht sein wollte, aber werden musste.

Ich wagte, Prinz Tarek flüchtig zu mustern. Flankiert von der Drachengarde saß er allen Sitten zum Trotz auf dem Platz seines Vaters, der niemals ihm gehören würde, war er doch nur der Zweitgeborene. Weder seine Eltern noch das Königspaar von Kor-Tand waren zur Verlobungsfeierlichkeit erschienen. Erstere trafen sich mit Vater jenseits des Flusses, um ein neues Handelsabkommen zu beschließen; die Königin von Kor-Tand hingegen stand kurz vor der Niederkunft. Das ganze Land hoffte auf einen Thronfolger.

»Hat Kronprinz Duncan sich blicken lassen?«, fragte Susann.

»Nein.«

»Nun, er wird gewiss kommen, Hoheit. Er kann Euch kaum ewig meiden.«

»Natürlich kommt er«, sagte ich mit mehr Zuversicht, als ich empfand, »schließlich ist dies sein Ball.«

»Es ist ein cleverer Schachzug«, tröstete Susann, die meine Zweifel zu spüren schien. »Indem er alle jungen Damen einlädt, gibt er ihnen das Gefühl, etwas Besonderes zu sein. Er schenkt ihnen Träume.«

»Und Sahnetorte«, fügte ich hinzu.

»Und das, Hoheit.« Sie lächelte verschmitzt und wirkte dabei so zufrieden, dass ich sie einen schrecklichen Moment lang um ihre Einfalt beneidete – ehe ich mir eingestand, dass sie ebenso unfrei war wie ich. Sie verstand es nur besser, ihre Fesseln zu tragen. Überraschend legte sie sogar eine Hand auf meinen Arm und spendete mir, der Privilegierten, Trost.

»Alles ist gut, Ihr werdet sehen!«

Und tatsächlich betrat Duncan in diesem Augenblick den Saal. Ich hätte seine Ankunft allein an der gesteigerten Nervosität ringsum erkennen können. Mit kühler Gelassenheit verteilte er Handküsse, während die Wachen den Ansturm der ärmlich gekleideten Frauen zu bremsen versuchten. Sie warfen fahrige Blicke in die Spiegel, richteten hier eine mühsam gedrehte Locke und dort eine extra für diesen Anlass gekaufte Feder, zogen den Ausschnitt tiefer und die Lippen ein wenig straffer auseinander, in der Hoffnung, aus der Masse herauszustechen. Es glich einem inszenierten Theater, einem Stück, in dem keine Rolle für mich vorgesehen war. Duncan erblühte regelrecht, küsste hier eine Hand und sah dort galant über ein zu gewagtes Dekolleté hinweg. Als wäre er eigens dafür gemacht.

Eine eigentümliche Furcht ergriff von mir Besitz. Eine seltsame Scheu vor einem Treffen mit ihm. Ich hatte ihn geküsst, seine Hand gehalten und Hoffnung gespürt, die mit jedem Tag seiner darauffolgenden Abwesenheit geschwunden war.

Warum hat er mich gemieden?
Warum ist er nicht zu mir gekommen?

»Vielleicht solltet Ihr zu ihm gehen«, schlug Susann pragmatisch vor. »Immerhin teilt Ihr bald mehr mit ihm als eine Vorliebe für Rosen.«

»Susann!«, rief ich gedämpft aus, straffte jedoch die Schultern, da der Graf mit seiner Nichte auf uns zuhielt. Es überraschte keineswegs, dass er jetzt, da der Kronprinz anwesend war, aus dem goldenen Käfig des Adels ausbrach. Andere folgten seinem Beispiel. Zumeist ältere Herrschaften, die junge Mädchen hinter sich herzogen oder vorwegbugsierten. So voller Hoffnung, obgleich sie es besser wissen sollten.

»Eure Hoheit«, begann der Graf das unausweichliche Gespräch, »natürlich weiß ich, dass Ihr bereits mit dem Kronprinzen verlobt seid, weshalb ich umso erfreuter bin, dass auch der Königssohn von Westham anwesend ist. Prinz Tarek erscheint mir eine passende Wahl für meine Nichte, meint Ihr nicht auch?«

»Solange Ihr genug Wein auf Vorrat habt, dürftet Ihr ihn zufriedenstellen.«

»Wein?«, fragte er sichtlich irritiert, ehe ein devotes Lächeln seine Züge spannte. »Ah, da ist er ja. Eure Hoheit! Prinzessin Mary erzählte mir gerade von Eurer Vorliebe für einen guten Tropfen.«

»Tat sie das?«

Nur widerwillig drehte ich mich in Tareks Richtung, er ignorierte meine Anwesenheit vollkommen und grüßte stattdessen die Nichte des Grafen. Deutlich zu lang küsste er ihre Hand.

»Der Graf besitzt ein ausgesprochen erfolgreiches Weingut in Athos«, sah ich mich gezwungen zu erklären, wenngleich ich den Spott nicht ganz aus meiner Stimme bannen konnte, »dort gefiele es Euch gewiss. Wenn ich mich recht entsinne, sprach Euch der attische Eiswein sehr zu.«

Ein abschätziger Blick. »Ich bezweifle, dass Ihr wisst, was mir gefällt.«

»Ihr meint, außer dem Offensichtlichem?«

Tarek hob die Brauen. »Das da wäre?«

»Zu provozieren, natürlich. Ich habe selten einen unangemessener gekleideten Mann erlebt, als Ihr es seid. Ihr seht aus, als kämt Ihr geradewegs von der Jagd.«

»Wer sagt, dass die Jagd beendet ist?«, unterbrach er mich glatt.

Mein Blick glitt zur Nichte des Grafen. »Ah, ich sehe schon die Beute, nach der es Euch gelüstet.«

Das Mädchen errötete bis zu den Haarspitzen. Der Graf schien das als sein Zeichen zu werten: »Ihr solltet uns unbedingt besuchen, Prinz Tarek. Nirgends bekommt Ihr einen so edlen Tropfen wie auf meinem Gut. Erwähnte ich bereits, wie außerordentlich begabt meine Nichte in der Kunst der Malerei ist?«

Ich nutzte den Moment, um mich mit Susann zurückzuziehen.

»So ein unangenehmer Mensch«, flüsterte sie.

»Er will nur die beste Partie für seine Nichte.«

»Ich meinte keineswegs den Grafen, Hoheit.«

»Oh.«

»Es ist offensichtlich, dass sein Stolz verletzt ist.«

»Unsinn.«

»Vielleicht überseht Ihr es, aber Prinz Tarek ist Euch ganz und gar nicht wohlgesonnen. Ihr solltet Eure Worte in seiner Nähe mit Bedacht wählen. Mir scheint, in ihm habt Ihr einen Feind gefunden.«

»Unsinn«, wiederholte ich mit einer Zuversicht, die mehr meiner guten Erziehung denn wirklicher Überzeugung entsprang. Ein rascher Blick zurück zeigte, dass auch Tarek das Weite gesucht hatte.

»Mary?«

Ich erstarrte, Susann ließ vor Schreck beinahe das Sahnetörtchen fallen, das sie vom Büfett gerettet hatte. Synchron drehten wir uns um.

»Duncan«, brachte ich nervös hervor. Er lächelte und ich kam nicht umhin festzustellen, wie sehr mir sein Anblick gefehlt hatte. Scheinbar verlegen strich er sich das ausgeblichene Haar aus der Stirn. Er trug es länger, als es die derzeitige Mode vorschrieb – was mir gefiel. Ebenso sein Lächeln, das diese ihm ganz eigene Zuversicht ausstrahlte, jeglichen Zweifel tilgte und mir still versicherte, dass wir das Richtige taten. Jetzt jedoch blickte er ernst trotz des Lächelns. Er trug es als Maske. Wie ich.

»Du bist zurück«, stellte ich unnötigerweise fest. »War die Jagd erfolgreich?«

Einen Herzschlag lang flatterten seine Lider. »Den Großteil der Beute kannst du auf dem Büfett erspähen, dazu zwei weiße Leopardenhirsche, drei Schneewölfe und zwölf Schwäne.«

»Schwäne?« Ich schluckte. »Das ist …«

»Ich weiß, was du von der Jagd hältst«, unterbrach er mich sacht. »Ihr Frauen scheint dagegen eine allgemeine Abneigung zu hegen. Mutter hasste die Schwanenjagd, doch jetzt, da sie tot ist …« Er zog einen Mundwinkel hinab, ein Hauch Lebendigkeit, der die starre Höflichkeit durchdrang. »Zudem: wie hätte ich die Einladung Westhams ablehnen können?«

»Unmöglich«, gab ich zu. Westham war das größte und mächtigste der sechs Reiche. Ihm verdankten wir unser aller Sicherheit. Ohne die Drachengarde stünde den Untieren der nördlichen Eisenberge und des südlichen Siebengebirges nichts entgegen und über kurz oder lang wären wir alle verloren. So wagte niemand – nicht einmal Vater –, sich den Wünschen Westhams zu widersetzen. Allein die Einladung zur Jagd schlug er jedes Jahr aufs Neue aus und entsandte stattdessen seine ranghöchsten Minister, um an der Hatz teilzunehmen.

»Mich irritiert, dass der Drachenkönig unsere Verlobung verpasst«, sagte ich nur.

»Die Verhandlungen mit deinem Vater gehen vor. Tarek vertritt ihn derweil.«

Ich sah mich um, konnte ihn zu meiner Erleichterung jedoch nirgends entdecken.

Duncan zögerte. »Mary …«

»Ja?«

»Hast du einen Moment, um mit mir zu sprechen?«

»Tun wir das nicht gerade?«

»Unter vier Augen.«

»Jetzt?«, fragte ich überrascht, als gleichzeitig ein ehrfürchtiges Raunen durch den Saal glitt. Ich spürte vielmehr, als dass ich sah, wie sich der Fokus von uns auf etwas anderes verlagerte. Wie die Gäste den Atem anhielten. Duncans Gesicht veränderte sich. Seine Hand, die eben noch fragend zwischen uns geschwebt hatte, sank nieder. Dann drehte er sich um.

Ich wusste in dem Moment, als ich sie sah, dass ich ihn verloren hatte.

DER KRONPRINZ

Er hatte es Mary zu sagen versucht, die Wahrheit über ihre Verlobung, die nur ein winziges Detail in so viel größeren und wichtigeren Plänen war. Doch all die unausgesprochenen Worte verstummten mit dem Raunen der Menge. Stille tränkte den Saal, sickerte über seine Haut wie warmer Sommerregen – und auch die letzten sorgsam zurechtgelegten Erklärungen entrückten im Angesicht ihrer Schönheit.

Ihrem Liebreiz. Ihrer Unschuld.

Oh Himmel! Sie war da.

Der erste Schritt glich einem Kraftakt. Einem Kampf gegen die Schwerkraft, die ihn in die Knie zu zwingen drohte. Der Saal flackerte, die Menschen verblassten zum dumpfen Grau einer Welt, die keine Farben mehr kannte. Einzig sie strahlte himmlisch hell – wie das entstellte Spiegelbild der Morgensonne auf dem Fluss. Verzerrt und blendend. Wahrhaftig und doch … Er zögerte, glaubte kurz etwas fassen zu können, ehe es ihn vorwärtszog, schwerfällig, als trüge er die Last des ganzen Königreiches. Nur sie versprach Erlösung und so zwang er seinen Körper weiter. Schritt für Schritt.

»Du«, flüsterte er und die Stille des Saals trug das Wort.

Ein Lächeln malte sich auf ihre Lippen, verheißungsvoll wie das der Dirnen, die er so sehr begehrt hatte und sich doch an keine einzige mehr erinnern konnte. Hinfort gewaschen. Vergessen. Unwichtig. Nur noch sie. Ihr Lächeln. Ihre Augen. Ihr alles.

»Du«, wiederholte er und diesmal perlte ihm Lachen entgegen, beschwingte und erdrückte ihn zugleich, nahm ihm die Zweifel und säte neue, tiefere. Er verspürte den unsinnigen Drang, sich ihrem Ruf zu widersetzen. Doch wie im Blutwald – dort, wo er ihr das erste Mal begegnet war – gab er nach. Gab er sich auf. Sein Königreich. Seine Pflichten. Er streckte die Hände nach ihr aus und als sich ihre Finger berührten und Haut an Haut schmiegte, war er verloren.

Mary von Athos

*»Bewahre stets Haltung,
ganz gleich, wie stark der Sturm auch tobt.«*

Die schönste Braut zu Mary
in der Nacht des großen Unwetters

Was auch immer der Kronprinz hatte sagen wollen, nichts hätte mich auf die entsetzliche Schmach vorbereiten können, die mit jedem seiner Schritte ins Unermessliche wuchs, den er von mir fort zu ihr hintrat. Die Fremde lachte glockenhell, Duncan rief nach Musik, das Streichorchester begann zu spielen – doch nicht einmal die vollen Klänge der Violinen vermochten die Freude des Mädchens zu übertönen, das elfengleich in den Armen meines Zukünftigen unter dem Sternenhimmel dahinschwebte.

Jemand reichte mir ein Glas.

»Susann«, krächzte ich. »Wer ist das?«

»Sie ist mir unbekannt.«

»Duncan scheint vertraut mit ihr.«

»Es wirkt ganz so, Hoheit.«

»Was will sie hier?«

»Sie ist nicht wegen der Torte da, so viel steht fest.«

Ein ersticktes Glucksen brach sich in mir Bahn. Es ging in dem Getuschel der Menge unter, die sich nicht sattsehen konnte an dem

Paar, das wie füreinander geschaffen schien. Das Glas in meiner Hand schwankte bedrohlich.

»Erinnert Euch an Eure Erziehung«, mahnte Susann. »Bewahrt Haltung.«

»Ich … ich kann nicht.« Meine Finger bebten, der Wein erzitterte, als tobe ein Sturm in ihm. Ein Sturm wie in Athos während des schwarzen Winters.

»Doch, Ihr könnt, und jetzt trinkt.«

Mechanisch stürzte ich den Inhalt des Glases hinunter. Susann reichte mir ein zweites, das erste verschwand. In ihren Augen glänzten Tränen. »Ich bin sofort zurück.«

»Nein«, panisch griff ich nach ihr. Sie durfte mich nicht allein lassen, nicht mit diesem Wesen, das einem fernen Traum entsprungen schien. Ich verstand, wieso er sie mir vorzog. Wieso alle anderen es kaum schafften, den Blick von ihr zu lösen – von ihrem goldenen Haar, dem strahlend blauen Kleid, das aus dem Himmel selbst gesponnen schien, und diesem warmherzigen Lächeln. Ich selbst konnte kaum die Augen von ihr lassen. Sie war wunderschön, zauberhaft. Beinahe überirdisch.

Susann drückte meine Hand. »Euer Vater muss wissen, was geschehen ist. Ich schicke einen Königsadler.«

Als mein Verstand begriff, verschwand sie bereits in der Menge, in dem verzweifelten Versuch, zu retten, was verloren war. Niemand, nicht einmal Vater, konnte etwas daran ändern, dass ich, die Prinzessin von Athos, verschmäht worden war.

Ich verlor meine Zukunft.

Ich verlor alles, was Vater so sorgsam für mich erdacht und geplant hatte.

Keine Hochzeit, keine Krönung.

Atme, glaubte ich Mutter zu hören. *Bezwing den Schrecken und lächle.*

Meine Wangen spannten sich. Wie damals, als ich stundenlang vor dem Spiegel hatte sitzen und das perfekte Lächeln üben müssen.

Lange Zeit war mir unverständlich gewesen, wieso Lachen wehtun musste und Freude gestellt sein sollte, wozu ich überhaupt den Schutz einer Maske brauchte. Heute verstand ich besser denn je und bereute, dass ich nicht verbissener geübt hatte. In meiner Kehle brannten Tränen, ich würgte sie hinunter.

Prinzessinnen bewahrten stets Haltung, egal wie sehr sie litten.

Das fremde Mädchen im himmlischen Kleid lachte laut und herzlich in Duncans Arm. Sie rauschten an mir vorbei. Ein verschwommener Fleck aus Grau und Blau. Mein Blick irrte durch den Saal, fand den Wüstenkönig. Versteinert saß er auf seinem Thron, ohne auch nur in meine Richtung zu blinzeln. Er tat nichts, um das Treiben seines Sohnes zu verhindern oder meine Ehre zu retten – *um mich zu retten.*

»Atmen«, flüsterte ich und ballte die Fäuste. Das Glas in meiner Hand zersprang. Durch eine Laune des Schicksals blieb ich unverletzt, dabei wäre mir jeder Grund recht gewesen, mich zurückzuziehen. Eine blutende Hand, ein verlorener Finger. Was machte das schon?

»Welch Schande«, murmelte der Graf, der befangen hinzutrat. »Wenn Euer Vater nur anwesend wäre.« Er befreite mich von den Scherben und reichte mir ein Tuch, das mit dem attischen Wappen bestickt war; ich würde niemals mehr als das sein: eine Prinzessin von Athos. Der Graf hüstelte betreten, ihm fehlten wie mir die Worte und so zog er sich zurück. Der Zeremonienmeister gab die Tanzfläche frei, etliche Paare folgten dem Beispiel des Kronprinzen. Mich hingegen forderte niemand auf. Als fürchteten sie, mit der verschmähten Braut gesehen zu werden. Vielleicht war es gut, dass Vater den Ball verpasste. Dass er nicht sah, wie ich am Rand stand und der Abstand zwischen mir und den übrigen Gästen wuchs, während das Tuscheln zu immenser Lautstärke anschwoll.

»Er hat sie sitzengelassen«, zischte die Baronin.

»Geschieht ihr recht«, stimmte die Fürstin schadenfroh mit ein.

»Ist die Fremde nicht wunderschön?«

Alle Blicke zuckten zwischen uns hin und her; das Urteil fiel einstimmig aus. Ich sah es in den hämischen, gar mitleidigen Blicken der adeligen Damen, die mich tags zuvor noch hofiert hatten, im Glauben, der zukünftigen Braut gegenüberzustehen. Doch ich würde weder über Maywater herrschen noch am Tisch der Monarchen sitzen. Und Duncan – nie wieder würde ich mit ihm durch den Rosengarten flanieren, seinen Geschichten lauschen oder über seine Scherze lachen. Keine Zeit der Welt konnte uns mehr vereinen.

»Darf ich um den ersten Tanz bitten?«

Prinz Tarek hielt mir die Hand hin.

»Tanzen?«, fragte ich dumpf.

»Es sei denn, Ihr bevorzugt es, allein am Rand zu stehen.«

Meine Stimme überschlug sich beinahe. »Ich tanze sehr gern mit Euch, Hoheit.«

Ich hob das Kinn und straffte die Schultern. Trotzdem zitterte meine Hand, als ich sie in seine legte. Er ignorierte es, was ich ihm hoch anrechnete. Zielstrebig lenkte er mich durch die Menge, möglichst weit entfernt von Duncan und – wer war sie? Tareks Hand fand meine Taille. Er zog mich heran. Seltsamerweise konnte ich plötzlich freier atmen. Vielleicht lag es an seiner Rüstung. Sie roch nach Wald, weil er gerade erst von dort gekommen war, von der Jagd, auf der auch … Prompt geriet ich aus dem Takt.

Tarek seufzte entnervt. »Vergaßen sie, Euch in Athos das Tanzen beizubringen?«

»Eine Frau ist nur so gut wie der Mann, der sie führt«, erwiderte ich, erleichtert darüber, dass meine Stimme fest klang. Mein Körper folgte den jahrelang eingetrichterten Befehlen. Er funktionierte, während ich innerlich tausend Tode starb. Niemand sah die Risse, die hinter der Maske auf meiner Haut wuchsen. Wie bei der Porzellanpuppe, die ich einst vom Nordturm geworfen und die wie Mutter im Schnee gelegen hatte, der Körper in Myriaden von Splittern zerschellt. Einzig der Kopf, rund und weiß, das Lächeln starr auf den roten Lippen, war heile geblieben und hatte zu mir hinaufgestarrt.

Mutter, die Puppe und ich, vielleicht waren wir alle dazu verdammt, zu zerbrechen.

Tarek sah mich weder an noch sprach er mit mir. Gekonnt führte er mich über das Parkett, während ich alles auszublenden versuchte und mich auf ihn zu konzentrieren begann.

Als ob außer uns beiden niemand sonst unter den Sternen tanze.

Als ob er meine ganze Welt wäre.

DER SOHN WESTHAMS

Elenas Missbilligung umgab ihn wie einen Mantel, den er nicht abzuschütteln vermochte. Er spürte ihren verächtlichen Blick allzu deutlich. Es war Sorge, die darin lag, aber auch heilloser Zorn, der ihn wütend stimmte. Sie selbst hatte zugelassen, dass er zum Ball ging, obwohl sie wusste, wie viel es ihn kosten würde. Mehr als sein lächerlich schwaches Herz, das ihn in einem unbedachten Moment den Saal hinabgetragen hatte.

Jetzt hielt er sie in den Armen und verfluchte sich.

Dafür, dass er nicht geflohen war, als er es noch gekonnt hatte.

Dafür, dass er noch immer ihrem Zauber erlag.

Ihren Scherbenaugen. Ihrer Verletzlichkeit.

Er war ein Krieger der Drachengarde. Ein Prinz von uraltem Blut.

Ein Narr, angelockt von der Hilflosigkeit eines Mädchens, das alles andere als hilflos war. Schadenfreude hatte ihn hergetrieben, doch jetzt, da sich seine Finger mit den ihren verflochten, erkannte er, dass es sein Schaden sein würde. Dass all die kühlen Vorsätze reine Lügen gewesen waren. Er hatte der Demütigung der Prinzessin beiwohnen und sich an ihrer Niederlage weiden wollen – doch auf ihren Schmerz war er nicht vorbereitet gewesen. Noch weniger auf das, was es mit ihm machte. Er fasste ihre Taille fester, drehte sie weiter.

Ihre Haare rochen nach sonnengeküsstem Laub.

Nach erstem Schnee und vergehender Wärme.

Nach vergangenen Tagen und bitterem Verrat.

Um einem anderen Paar auszuweichen, zog er sie näher an sich und spürte sofort, wie sie sich versteifte. Befriedigt registrierte er, dass ihr Atem viel zu schnell ging. Seine Nähe verunsicherte sie. *Er* verunsicherte sie.

Weil er mit ihr tanzte, obwohl er es nicht musste.

Weil er sie gerettet hatte und sie nicht verstand *warum*.

Er wusste es ja nicht einmal selbst.

Innerlich fluchend streifte sein Blick die Goldfedern, die viel zu eng um ihre Kehle saßen. Wie sie damit aufrecht stehen, geschweige denn sprechen oder atmen konnte, war ihm ein Rätsel. Unversehens erwischte er sich bei dem Gedanken, wie sie mit einem Kranz aus goldblättrigen Rosen im kupfernen Haar aussähe. Westhams Zeichen: Rosen und Drachen. Eindeutig weniger eingeschnürt, beschied er, als er ihrem forschenden Blick begegnete. Diesmal war es sein Atem, der aus dem Takt geriet, nur für eine Sekunde, und er fühlte einen Zorn in sich aufsteigen, der dem von Elena glich. Zorn auf sich selbst, weil Mary sein Abgrund war und er nichts Besseres zu tun wusste, als sich in ihren Tiefen zu verlieren. Allein ihr Name weckte Erinnerungen, die er zu vergessen gehofft hatte.

Laub unter warmer Haut. Leises Lachen in der Stille eines schlafenden Schlosses.

Er hatte Untieren gegenübergestanden, finstere Drachenhöhlen mit nichts als seinem Zweihänder betreten, gegen Rudel von Eiswölfen gekämpft, gegen all die Dämonen der Eisenberge, die in den Geschichten und Albträumen der Welt für Angst und Schrecken sorgten. Doch niemals hatte er sich so hilflos gefühlt wie in Marys Nähe.

Seit er sie in die Arme gezogen hatte, ruhte ihr Blick allein auf ihm.

Als ob außer ihnen beiden niemand sonst in dem Saal tanzte.

Als ob er ihre ganze Welt wäre.

Er ertrug es nicht. »Starrt Ihr immer so ungeniert?«

Sie blinzelte, ehe ein verflucht höfliches Lächeln ihre Lippen spannte und jegliche Emotionen tilgte. Ihr Ton war unverbindlich. »Verzeiht, Hoheit, ich war gerade dabei, meine Meinung über Euch zu revidieren.«

Er hob eine Braue. »Tatsächlich?«

»Ihr habt mich vor der Blöße bewahrt, ohne Tanzpartner zu bleiben«, erklärte sie schlicht, als wäre mit dem Lächeln ein Vorhang gefallen, der ihr Inneres sorgsam verbarg. All das, was niemand sehen durfte. »Ich dachte, Euer Handeln zeuge von edlem Charakter, etwas, das ich bisher vergeblich bei Euch suchte.«

Fast hätte er aufgelacht. Sie wagte von Charakter zu sprechen? Sie, die ihm schöne Augen gemacht und anschließend einen Korb gegeben hatte? Da war keine Reue gewesen. Kein Bedauern. Kein Schmerz. Allein höfliche Distanz und verfluchte königliche Erhabenheit.

Nur ein zweitgeborener Prinz.

Wie er sie für diesen Satz hasste. Wie er ihr Lächeln hasste.

»Dennoch danke ich Euch«, fügte sie versöhnlicher hinzu. »Für den Tanz.«

»Ihr täuscht Euch, wenn Ihr glaubt, ich täte es um Euretwillen«, erwiderte er hart, ihr Lächeln bröckelte. Er sah es mit Genugtuung. »Die Turmbraut bat mich darum.« Die Lüge kam ihm erschreckend leicht über die Lippen. Niemals, das schwor er sich, durfte sie die Wahrheit erfahren. Schlimm genug, dass selbst jetzt, als er das kurze Aufflackern von Schmerz in ihren Augen entdeckte, sein Blick weicher wurde. Sie hingegen sah zum attischen Thron, auf dem ihre Mutter hätte sitzen sollen. Das unbändige Gefühl, sie zu beschützen, stieg in ihm auf und ehe er sich's versah, hatte er sie weitergedreht, fort von dem Anblick des verwaisten Throns und ihrer Vergangenheit. Er fragte sich, ob niemand sonst bemerkte, wie sehr sie unter dem Tod ihrer Mutter litt.

Er dirigierte sie in die Richtung des letzten und prächtigsten Tisches, der abseits der anderen stand. Vier einsame Stühle, vier goldene Teller, vier Kelche aus feinstem Glas, die niemals geleert wurden. Seit Jahrzehnten galten die weisen Frauen als verschollen. Vielleicht, so munkelten die Leute, waren sie ausgestorben oder gar ausgerottet wie die Riesen.

Er wusste es besser. Er kannte die Gefahr, die von ihnen ausging.

Einst kamen sie zu jedem Ball, brachten Segenswünsche zu Hochzeiten und gute Gaben für neugeborene Königskinder. Doch während Marys Taufe war etwas geschehen, ein Bruch, schlimmer noch als der des großen Krieges, einer, der unüberwindbar schien. Wie viele Tote er bereits von den Bäumen gepflückt hatte, die Glieder erkaltet, die Brust entleert, vermochte er kaum zu sagen. Das, was im Blutwald sein Unwesen trieb, war böse, so böse, dass er selbst nur gezwungenermaßen zur Jagd aufbrach. Er hasste es, durch das Unterholz zu streifen und auf Tiere zu schießen, die für die Dunkelheit des Waldes zu rein schienen. Auffällig sakral.

Weiße Hirsche. Schneeleoparden. Schwäne.

Wie das Mädchen in des Kronprinzen Armen. Ein strahlender Stern zwischen all dem tristen Grau des maywaterschen Wüstenadels. Himmlisches Blau. Unirdischer Glanz. Er hatte sich ihre Wirkung stärker vorgestellt. Fesselnder. Es fiel ihm erstaunlich leicht, die Aufmerksamkeit von der fremden Schönheit zu lösen – während alle anderen wie gebannt an ihr hingen – und seine Prinzessin anzusehen, die niemals ihm gehören durfte.

Zu groß war die Gefahr in den Wäldern. Zu wichtig seine Rolle im Kampf.

Er war ein Krieger. Ein Drachentöter.

Und seit Neuestem diente er Hexen.

MARY VON ATHOS

»Konzentriere dich auf einen Punkt, wenn du zu fallen drohst. Er wird dich halten.«

Die schönste Braut
vor Marys erstem öffentlichen Auftritt

Dunkles Haar und ebensolche Augen, eine Narbe über der linken Braue.

Seit Langem hatte ich Prinz Tarek kaum mehr als einen flüchtigen Blick geschenkt. Um genau zu sein, seit jener verhängnisvollen Nacht in Athos, als ich spätabends die kalten Steinstufen hinabgeschlichen war, um ihn zu beobachten, wie er allein dasaß, den Blick ins Feuer gerichtet, in Erinnerungen auf dem Schlachtfeld, dem er gerade erst entstiegen war. Der Feuerschein hatte ihn weniger unnahbar erscheinen lassen. Mehr wie einen Menschen. Reine Täuschung, wie ich ernüchtert feststellte. Denn das, was ich in seinen Augen zu erblicken geglaubt hatte, war nichts als der sehnsüchtige Wunsch eines jungen Mädchens gewesen. Ein hoffnungsgetränkter naiver Versuch, jener Wirklichkeit zu entkommen, in der Liebe keinen Wert besaß und Ehen einzig nach politischem Kalkül geschlossen wurden.

Zumindest bis *sie* kam, die in Duncans Armen lag.

Ich räusperte mich. Tarek hob eine Braue, er schien meine Frage überhört zu haben.

»Weshalb bat Euch die Turmbraut, mit mir zu tanzen, Hoheit?«
»Fragt sie, nicht mich.«
»Das täte ich, wäre es mir gestattet.«
»Ist das so?«
»Ich darf mit den Monarchen sprechen, wenn sie zuvor das Wort an mich richten.«
Sein Mundwinkel zuckte. »Welch Jammer.«
»Macht Euch nur lustig, Hoheit. Euch betrifft Derartiges nicht. Und selbst wenn«, fügte ich kühl hinzu, »würde es Euch keinesfalls scheren.«
Er schnaubte. »Wie Ihr dazu steht, ist kein Geheimnis.«
»Wozu?«
»Regeln und Pflichten.«
Von oben herab sah er mich an. Sand hatte sich in seinen Haarspitzen verfangen. Im Kerzenschein wirkten sie wie mit Gold bestäubt. Nicht einmal den Anstand besaß er, sich nach dem Ritt durch die Wüste zu waschen und neu zu kleiden. Nein, er verhielt sich wie ein Barbar oder die fahrenden Händler, die sich keinen Deut um Äußerlichkeiten scherten. Die eins waren mit der Natur und den Geschichten dieser Welt …
»Ihr starrt schon wieder.«
»Ihr habt Sand im Haar«, erwiderte ich steif.
Überraschend lachte er. Mein Körper reagierte mit einer Gänsehaut auf den Laut, der viel zu vertraut klang. »Wir befinden uns inmitten der Wüste. Der Sand ist überall! Auch auf Eurem königlichen Haupt.«
»Keinesfalls!«
Er zog mich näher. »Soll ich nachsehen?«
»Untersteht Euch!«
»So prüde?«
»Ihr benehmt Euch ungebührlich«, erwiderte ich heftig. »Ich bin eine Prinzessin!«
»Die einzige Prinzessin«, sinnierte er, »doch kein König und kein Prinz möchte sie zur Braut.«

Ich hob den Blick zu dem Mann, der mich mehr als alle anderen hasste. Er besaß jeden Grund dazu. »Wenn ich mich recht entsinne, gab es sehr wohl einen Prinzen, der um meine Hand anhielt.«

Sein Blick verfinsterte sich zu tiefem Grau. Der Saal um uns drehte sich schneller und schneller. Die Sterne funkelten und hatten doch so wenig mit dem echten Himmel gemein. Nichts von alledem entsprach der Wirklichkeit, weder der Saal noch die Menschen, die ihn bevölkerten. Am allerwenigsten der Mann, in dessen Armen ich tanzte. Von außen mochte es wirken, als wären wir einander vertraut, als stünde er mir bei. Niemand sah, dass er das Schwert gegen mich führte, dass er die letzten Reste meiner Selbstbeherrschung zu zerstören suchte. Als schien er darauf zu hoffen, dass ich vor seinen Augen auseinanderbräche. Doch den Gefallen tat ich ihm nicht.

»Ihr seid ungenießbar«, brachte ich eisig hervor.

»Ihr wisst noch gar nicht, wie ungenießbar ich sein kann.«

»Ich kann es mir vorstellen.«

»Das bezweifle ich.«

»*Hoheit*«, fügte ich schneidend hinzu.

Fragend hob er eine Braue.

»Ihr mögt der Sohn des Drachenkönigs sein, doch ich bin ebenfalls eine Prinzessin und der Anstand gebietet es, dass Ihr mich gebührend ansprecht.«

Etwas in seinem Gesicht veränderte sich. »Ihr hättet alles von mir haben können, doch das Einzige, wonach es Euch verlangt, ist eine förmliche Anrede?« Er kam mir so nah, dass ich seinen Atem auf meiner Wange spürte. *Nicht grau*, korrigierte ich atemlos, seine Augen waren von einem tiefen, dunklen Blau wie der Himmel nach einem Sturm. »Nun, diese Ehre müsst Ihr Euch erst verdienen, Winterrose.«

»*Winterrose?*«, keuchte ich und kam aus dem Takt. Mühelos korrigierte er meinen Fehler und fasste meine Taille fester.

»Ich hörte, Ihr besäßet eine Vorliebe für die edelste aller Blumen – und da Ihr Euch selbst für die Schönste haltet und zudem schrecklich gefühlskalt seid …«

»Ihr seid unmöglich!«

»Ist Euch *Röschen* lieber?«

»Ich verabscheue Rosen«, entfuhr es mir heftig. »Sie welken und alles, was von ihnen bleibt, sind Dornen.«

»Mir scheint, Ihr redet mitnichten von Rosen«, sagte er so leise, dass seine Stimme ganz rau klang. Zu nah. Zu intim. Hastig wandte ich den Blick ab und schwieg. Er tat es mir gleich. Vielleicht, weil er wusste, dass jedes weitere Wort alles verändern konnte.

Zum Guten … oder zum Schlechten.

Duncan und seine neue Auserwählte rauschten vorbei, kurz streifte mich sein Blick. Etwas flackerte darin für den Bruchteil einer Sekunde, dann war er fort und allein ihr perlendes Lachen verblieb. Ich krallte mich an Tareks Schulter. Im Gegensatz zu seinen Worten hielt er mich aufrecht und als das Lied endete, tanzte er noch ein weiteres mit mir, ebenso schweigend, aber genauso stützend. Erst als meine Schritte sicherer wurden und die Musik erneut wechselte, verbeugte er sich knapp. Einen Moment standen wir da, Feinde und doch auf gewisse Weise verbunden, wenn auch nur durch geteiltes Leid.

»Habt Dank«, zwang ich hervor.

»Nicht doch, Dornröschen«, erwiderte er spöttisch und verschwand in der Menge.

Seinem Beispiel folgend, forderte mich ein Adeliger nach dem anderen zum Tanz auf, bekundete mir Mitgefühl und versicherte dem Königreich Athos Loyalität. Ich tanzte und tanzte, bis meine Füße wund und die Sohlen meiner Schuhe so dünn waren, dass ich die Scherben meines Stolzes auf dem Marmorboden zu spüren vermeinte. Die Sterne über mir drehten sich in endlosen Kreisen, schöner noch, als ich sie in Erinnerung hatte. In Athos gab es keine Sterne. Niemals seit dem Tod meiner Mutter gaben die Wolken den Blick auf das Firmament frei. Als trauerte selbst der Himmel um die schönste aller Königinnen, die je unter den Menschen geweilt hatte.

»Ihr wirkt blass, Hoheit«, säuselte der Graf.

»Mir geht es blendend«, versicherte ich und befahl Susann, ein weiteres Glas Schaumwein zu bringen. Trotz ihres Protestes leerte ich es in einem Zug und verlangte nach mehr. Ich lachte und der Saal lachte mit mir. Der Kronprinz verschwand mit der Fremden im Garten – ich zwang mich, ihm nicht zu folgen. Stattdessen tanzte ich weiter, tanzte und trank und fand mich irgendwann erneut in den Armen Prinz Tareks wieder, der irgendeinen Scherz über meinen Zustand machte. Ich schüttelte nur benebelt den Kopf und lehnte meine Stirn an seine Schulter.

»Nennt mich nicht so«, tadelte ich schwach. »Ich bin kein Dornröschen.«

»Trinkt weniger, sonst werdet Ihr zum Gespött des Abends.«

»Das bin ich bereits«, erwiderte ich ergeben und schloss die Lider. Der Saal hatte zu schwanken begonnen, ein Strudel aus Grau und Schwarz mit einem einzigen Lichtblick aus himmlischem Blau. Das Orchester verstummte, Hektik brach aus, jemand schrie. Ich glaubte Duncans Stimme zu hören, dann erklang die Turmuhr.

»Mitternacht«, murmelte Tarek.

Ich zählte die Schläge der Glocken, spürte, wie ich die Verbindung zum Boden verlor und meine Welt aus den Fugen geriet. Jemand fing mich auf und trug mich fort. Mein Arm schwang im Takt der Schritte. Kühle Luft floss mir entgegen, sie roch nach Meer und Wald. Einen winzigen Moment blinzelte ich die Dunkelheit hinfort. Kronprinz Duncan stand im geöffneten Schlosstor, umrahmt von den blassen Sternen der Nacht.

In den Händen hielt er einen gläsernen Schuh.

DER JÄGER

Er hatte im Schatten der Knochenmauer ausgeharrt, während der Abend zur Nacht verkam und das Licht am Horizont zerrann. Die Glockentürme zählten die vergehenden Stunden, verabschiedeten eine jede mit vielstimmigem, dunklem Geläut, das dumpf durch die verwinkelten Gänge schallte und sich mit dem Summen der Aasfliegen, welche die Mauer in dunklen Wolken umschwärmten, zu einem obszönen Chor vermischte. Bald würde es Mitternacht schlagen – endlich! Der Sand steckte ihm in den Stiefeln, fraß sich durch den Stoff und klebte auf seiner Haut. Noch zweimal musste er die falsche Prinzessin über den Fluss und durch die Wüste begleiten. Drei Nächte voller Sand, Hitze und dem widerlichen Gesang der summenden Stadt. Drei Bälle, um des Kronprinzen Herz zu gewinnen. Mit jedem Abend würde er ihrem Zauber mehr verfallen, gleichsam der gesamte Hofstaat – und niemand würde hinterfragen, woher sie kam oder wer sie wirklich war.

Cinderella.

Ihr Name schmeckte nach Verrat und zugleich bittersüß.

Eine Wache schritt über ihm auf der Mauerkrone entlang. Er erkannte das metallische Kratzen eines Speeres, der hier und dort die Felsquader streifte. Zwei Männer sprachen leise miteinander, dann entfernten sich die Schritte. Ein ganzes Regiment hielt dort oben Wache; dass sie ihn trotzdem übersahen, lag einzig an *ihrem* Schutz. Verborgen hinter einer Wand aus Fliegen und Dunkelheit, lehnte er an den Steinen. Die Schimmel warteten in den Ruinen. Sie fürchteten die Mauer, deren Krone mit abgeschlagenen Pferdehäuptern zur Darbietung für den Regenbringer gesäumt war. Ein Opfer, das seit

Jahren unerhört blieb. Falls es einen Regenbringer gab – was der Jäger stark bezweifelte –, dann langweilte ihn das Schicksal der Menschen ebenso wie das der Pferde. Sein Blick schweifte zu den verfaulenden Kadavern. Jeden Blutmond opferten sie ein Tier. Nur zweimal war er dabei gewesen, damals.

Als er *ihr* noch nicht hatte dienen müssen.

Als er noch einen Namen und einen Rang besessen hatte.

Als er noch jemand gewesen war.

An Gassen voller Skelette erinnerte er sich. An Masken, Knochen und fanatischen Gesang. An Frauen, die sich Vogelschädel in die Haare flochten und ihre Haut mit Asche färbten. An die Euphorie und die gespannte Erwartung. Das Pferd hatten sie durch die Menge getrieben, lauter schwarze Handabdrücke auf dem Fell, die Nüstern geweitet, begleitet vom anschwellenden Kanon der Massen bis zum heiligen Viertel und der Bluttaufe. Er hatte nicht gesehen, wie sie dem Tier das Haupt abschlugen, einzig die Spuren auf dem Pflaster am nächsten Morgen hatten von den Taten der Nacht erzählt. Stumme Zeugen ekstatischer Gewalt. Wie der Nachhall des Chors, der nach Blut gierte. Nach Hoffnung, Leben und Regen.

Nur ein kleines bisschen Regen.

Das Spiel der Glocken riss ihn aus seinen Gedanken. Mitternacht.

Er raffte sich auf und spähte in den schmalen Spalt, durch den die falsche Prinzessin verschwunden war. Schon bald konnte er mit ihr gen Fluss reiten. Sie heimbringen. Dorthin, wo auch er sich entgegen aller Vernunft heimisch fühlte.

Schritte erklangen auf der Mauer, diesmal hektischer. Jemand brüllte. Fackeln wurden entzündet, gleich darauf flammten gewaltige Leuchtfeuer auf und durchbrachen die Nacht. Der Jäger griff nach seinen geschwungenen Langdolchen und presste sich an die Felsquader, keine Sekunde später sirrten erste Brandpfeile. Weitere Brände entflammten außerhalb der Mauer. In der Wüste. Zwischen ihm und den Ruinen. Sie vertrieben die Schatten und schufen einen Streifen aus Licht um die Stadt auf den Klippen. Obwohl es nur drei Tore in der Knochenmauer gab, wussten die Soldaten von den Schmuggelpfaden, auf denen all die begehrten Güter hineinfanden, an denen es in Maywater mangelte und auf die der Schatzmeister unverschämt hohe Zollgebühren erhob; der Grund, weshalb die Soldaten nur halbherzig etwas dagegen unternahmen.

»Zu den Pfaden«, befahl eine Wache durchdringend.

Der Jäger fluchte. Schon hörte er, wie eine Garnison gen Tor eilte. Er hoffte, dass sie ihre Suche innerhalb der Mauer fortsetzten. Kämen sie heraus, dann …

»Sie darf nicht entkommen, beeilt euch!«

Geschmeidig zog er sich in den Spalt zurück und suchte mit zusammengekniffenen Augen einen Fluchtweg. Stimmen erklangen jetzt auch außerhalb. Fluchend wandte er sich um und folgte dem Weg hinein in die Stadt, der er eigentlich den Rücken kehren wollte. Japsend kam sie ihm auf halber Strecke entgegen, die Augen geweitet. Er überwand seinen Abscheu, fasste sie am Arm und zerrte sie eine verwaiste Gasse entlang, fort von den Rufen der Soldaten.

»Was ist passiert?«, knurrte er.

»Alles verlief nach Plan.«

»Wieso verfolgen sie dich dann?«

»Eine ungünstige Nebenerscheinung.« Sie befreite sich aus seinem Griff und stakste seltsam steif neben ihm her.

Er kniff die Augen zusammen. »Du humpelst.«

Sie schluckte. Das erste Anzeichen von Unbehagen, das er je bei ihr sah. Kurzerhand hob er ihren Rock, ignorierte das panische Sträuben und – erstarrte. Der Stoff brannte in seiner Hand. Er spürte die Zauberfäden, die ihm seinen Glanz verliehen. Fäden aus menschlicher Haut, die Schönheit schufen. Liebreiz. Anmut. Doch diese Fäden – dieses Opfer – war verschwindend gering im Vergleich zu dem des Schuhs.

»Wo ist er?«

Sie reckte das Kinn. »Verloren.«

»Verloren?«, schrie er beinahe.

»Auf dem Ball.«

»Dann müssen wir zurück.«

Ihre Finger schlossen sich um sein Handgelenk. Er unterdrückte den Impuls, sie abzuschütteln. »Das dürfen wir nicht«, sagte sie eindringlich. »Der Kronprinz hat den Schuh.«

Innerlich wurde er kalt. So kalt wie die Hexe, die ihn schickte. »Der Zauber wirkt?«

»Er hatte nur Augen für mich – bis auf diesen einen Moment.«

Der Jäger horchte auf. »Wen hat er angesehen?«

»Die Prinzessin. Während des Tanzes.«

»Er hätte bloß dich sehen dürfen.« Die Worte hingen bleischwer zwischen ihnen in der Nacht, die erfüllt war von den abgehackten Befehlen der Soldaten und dem Wispern, das schon jetzt von Haus zu Haus zog. *Wo ist sie? Wo ist die Fremde?*

»Das ändert nichts«, sagte er und meinte doch *alles*. Mit der falschen Prinzessin im Schlepptau bahnte er sich einen Weg tiefer hinein in die niemals schlafende Stadt. Wenn er jetzt übereilt handelte, konnten die sorgsam gestrickten Fäden reißen. Nein, er würde warten und beobachten und einen Weg finden, wie der Schuh zurück an ihren Fuß fand, und dann konnte er, der Jäger, heim und musste nicht länger ihre Gegenwart ertragen.

»Das ändert nichts«, wiederholte er und verdrängte damit die letzten Zweifel.

WÜSTENBLÜTE

Vor dem letzten Blutmond

Das Gerücht grassierte wie eine Seuche in den sechs Königslanden. Doch niemand in Athos wagte, offen darüber zu sprechen, solange der Goldkönig nicht aus Maywater heimkehrte und bestätigte, was alle bereits wussten: Die Schwanenbraut war tot, verstorben am Tag der Wüstenblüte, dem maywaterschen Nationalfeiertag.

»Maywater braucht eine neue Königin«, erklang es unter Vaters Ministern, deren Stimmen das Schloss mit wachsender Unruhe füllten. Susann sah von der Stickerei auf, an der sie seit dem Mittagsmahl gewissenhaft saß. Mir hingegen fiel es schwer, einen sauberen Faden zu spinnen. Ich hatte es unbedingt probieren wollen – und wann, außer in Vaters Abwesenheit, bot sich je die Gelegenheit dazu?

»Eure Konzentration lässt nach«, tadelte die Spinnerin, die ich samt ihrem Spinnrad in den Damensalon zitiert und die mich während der letzten Stunde in ihrer Kunst unterwiesen hatte – wenngleich deutlich widerwillig und mit bescheidenem Erfolg. Sie fürchtete Vaters Zorn, sollte er es herausfinden. Ich hingegen fürchtete seine Pläne meine Zukunft betreffend. Die Töne seiner Minister waren unmissverständlich.

»So wird das nichts«, seufzte die Spinnerin und klaubte mir die Wolle aus der Hand. »Hoheit«, fügte sie verspätet hinzu. »Ihr seid offensichtlich nicht mit dem Herzen dabei.«

»Ich dachte, es würde mich mehr erfreuen«, gab ich zu.

»Gebt nicht auf. Es liegt Euch im Blut.«

Ich runzelte die Stirn. »Im Blut?«

Die Spinnerin lächelte leutselig. »Eure Mutter war eine von uns.«

»War sie das?«, fragte ich und fixierte Susann, die sich überraschend in den Finger gestochen hatte. Zeitgleich brach unter den Ministern im angrenzenden Saal Chaos aus. Stühle wurden zurückgeschoben, Füße trappelten, jemand riss ein Fenster auf.

»Ein Königsadler – macht Platz für den Königsadler!«

Angespanntes Schweigen folgte, ich konnte mir bildlich vorstellen, wie sie sich im Halbkreis um den Adler und die Nachricht scharten, die der oberste Minister zuerst lesen würde. Ein verbissener Wichtigtuer.

»Das Gemälde«, hörte ich ihn tönen, »der Goldkönig verlangt nach dem Gemälde!«

Schlagartig wurde mir speiübel.

»Hoheit«, mahnte Susann, da war ich schon hoch und durch den Saal. Die Klinke lag schwer in meiner Hand, die Tür öffnete sich unwillig. Das erst kürzlich vollendete Gemälde hing verhüllt hinter der großen Tafel. Zwei Diener zogen die schweren Samtvorhänge beiseite und offenbarten das Meisterwerk in all seiner Pracht. Als würde ich zweimal existieren, einmal bleich und entsetzt – einmal grazil und anmutig, ja anbetungswürdig schön. Dreizehn Mondphasen hatte die Künstlerin für die Perfektion ihres Werkes gebraucht und dabei ausschließlich die Farben des Herbstes genutzt: Gold und Rot, Kupfer und Erde, vergänglich und warm. Jeder Pinselstrich, der mein zweites *Ich* hatte wachsen und gedeihen lassen, schien mir etwas genommen zu haben. Einen Teil meiner Seele. Als hätte die Künstlerin sie eingefangen wie einen Vogel.

Das Gemälde, mein Käfig, war Vaters größter Triumph.

Susann berührte mich am Arm, sie wusste ebenso gut wie ich, was Vaters Forderung bedeutete. *Maywater braucht eine neue Königin.* Fluchtartig verließ ich den Saal, während die Minister lautstark stritten, wie sie das Gemälde verschicken sollten, ob über Land oder per Seeweg, ob in Papier eingeschlagen oder doch lieber in Seide.

Susann folgte mir, unterließ jedoch den Versuch, mich zu trösten. Wir wussten beide, dass Vater keinen derartigen Wirbel aufs Geratewohl veranstalten würde. Nein, bei ihm war alles durchdacht und kontrolliert. Er stellte nur Fragen, auf die er die Antwort bereits kannte. Er nahm einzig an Turnieren teil, wenn er überlegen war – oder sich den Sieg zuvor erkauft hatte. Und er würde kein Gemälde verschicken, für das ein halbes Dutzend Jungfrauen gestorben waren, wenn er sich nicht etwas davon versprach.

Ich fuhr zu Susann herum. »Wusstest du es?«

Ihr Gesicht verlor an Farbe. »Eure Hoheit, wovon …«

»Spar dir das«, unterbrach ich sie bebend. Ich konnte weder eine Ausflucht noch eine weitere Lüge ertragen. Gewiss hatte sie von den Blutopfern gewusst, die für das Gemälde gebracht worden waren. *Alle* hatten davon gewusst, während ich als Einzige ahnungslos und naiv dagesessen hatte, während ich gemalt worden war. Mit menschlichem Blut!

»Seit wann wisst Ihr es?«, fragte sie bleich.

»Die Diener reden viel, wenn Vater außer Haus ist.«

Betroffen senkte sie den Blick. »Es lag nicht an mir, Euch darüber aufzuklären.«

»Ach nein?«, entgegnete ich so zornig, dass mir die Stimme beinahe versagte. »Was ist dann deine Aufgabe? Mich anzulügen?«

»Alles zu geben, um Euer Wohlergehen sicherzustellen«, entgegnete sie still.

Ich lachte auf. Heiser. Erstickt. »Glaubst du, ich fühle mich *wohl*, wissend, dass diese Frauen für mich gestorben sind? Glaubst du das wahrhaftig?«

»Mary, ich …«

»Hoheit«, korrigierte ich sie schneidend, wirbelte mit rauschenden Röcken herum und ließ sie stehen, in der sicheren Annahme, dass sie mir folgen würde. Sie wusste, wohin es mich zog; zu der

Tür, hinter der die Wendeltreppe begann. Ein dunkler Schacht gen Himmel. Tag für Tag, den ich die Stufen des Nordturms erklomm, folgte sie mir. Noch nie hatte sie mich allein gelassen. Erst recht nicht auf dem Turm.

Abgesehen von heute.

Vielleicht verstand sie endlich meinen Wunsch nach Einsamkeit.

Vielleicht vertraute sie auch schlicht darauf, dass ich stärker war als Mutter.

Oder aber sie brauchte selbst Abstand, um etwas vor mir zu verbergen.

Etwas, das für einen kurzen Moment in ihren Augen geflackert hatte.

IM HERZEN

DER WÜSTE

MARY VON ATHOS

»Welch boshafter Scherz,
solch garstige Dornen unter Schönheit zu verbergen.«

Die schönste Braut
als Mary sich an den Rosen stach

Guten Morgen, Hoheit.«

»Sag mir, dass es nicht wahr ist!«

Stille.

»Es war nur ein Traum, oder?« Ich blinzelte gegen die beißenden Sonnenstrahlen, die erbarmungslos durch das große Sprossenfenster fielen und den tanzenden Staub verrieten. »Susann?«

Meine Zofe band den Vorhang zurück, das Licht umstrahlte sie, sodass ich ihren Gesichtsausdruck kaum zu deuten vermochte. Doch an der Art, wie sie zögerte, erkannte ich, dass es kein Traum gewesen war, dass der Ball mit all seiner Demütigung wahrhaftig stattgefunden hatte, dass Kronprinz Duncan … dass er …

Mir wurde schlecht.

»Euer Vater wartet im Audienzzimmer des Wüstenkönigs, Hoheit. Er möchte mit Euch sprechen, sobald es Euch besser geht.«

»Besser?« Stöhnend setzte ich mich auf und schlug die Hände vor das Gesicht. »Wie soll ich mich denn je wieder besser fühlen? Beim Herbst, Susann. Es ist also wahr?«

»Ich befürchte, ja.«

»Er hat … hat er wirklich … ich meine, dieses Mädchen?«

»Cinderella.«

»Cinde-was?«

»So lautet der Name des Mädchens, das …« Sie verstummte.

Das Mädchen, das meinen Platz eingenommen hat.

Die Galle kam mir hoch. Hastig schlug ich die Bettdecke zurück und kletterte aus den Laken, verlor das Gleichgewicht und fing mich in letzter Sekunde am Bettpfosten ab. Zu viel Schaumwein, zu viel Getanze. Meine Füße schmerzten, mein Herz raste. Erschöpft erbrach ich mich mitten auf den unbezahlbaren Maywater-Teppich. Susann war sofort bei mir, von irgendwoher hatte sie ein feuchtes Tuch geholt und tupfte mir damit über die Stirn. Ihre Hand strich tröstend über meinen Rücken. Nachdem auch der letzte Käsespieß seinen Weg auf den einst makellosen Teppich gefunden hatte, ließen die Krämpfe nach.

Eine gefühlte Ewigkeit saß ich einfach nur da und starrte ins Nichts.

»Er … liebt sie?«

»Er lässt im ganzen Land nach ihr suchen«, gestand Susann bedrückt.

»Suchen? Wieso?«

»Weil sie verschwunden ist, Hoheit, kurz nachdem Ihr in den Armen Prinz Tareks zusammengebrochen seid.«

»Prinz Tarek?« Ich schloss die Augen, lehnte meine Stirn gegen das glatte, kühle Holz des Pfostens und atmete tief durch. Ich konnte damit umgehen. Ich musste damit umgehen. »Wie ist die Stimmung?«

»Angespannt, aber friedlich«, antworte Susann und half mir hoch. Sie führte mich zum Waschraum, leerte eine Kanne heißes Wasser in die Waschschüssel und schloss die Tür hinter mir. Sie ließ mich allein, gab mir einen Moment, um mich zu fangen. Als ich den Blick hob und mich im Spiegel erblickte, die Augen rot umrandet, das Gesicht blass, die Haare wirr, begann ich unkontrolliert zu zittern. Still und leise. Susann kam nicht zurück. Vielleicht wusste sie, dass ich eine weitere Demütigung nicht ertrug.

Als ich mich wusch, war das Wasser eiskalt. Es spülte die Spuren des Schaumweines hinfort, ebenso den Geruch der letzten Nacht. Und fast hätte ich geglaubt, dass alles nur ein böser, böser Traum war, wenn nicht der Platz in meiner Brust, wo normalerweise mein Herz schlug, von einer seltsamen, schmerzenden Leere erfüllt wäre.

»Bereit?«, fragte Susann, nachdem sie mein Haar gerichtet und die Augenringe überschminkt hatte. Das Lächeln kehrte mit dem Lippenstift zurück, tiefrot und sinnlich. Es saß perfekt. Niemand würde mich für eine verschmähte Braut halten – zumindest niemand, der den gestrigen Abend verschlafen und noch keine Gerüchte vernommen hatte.

Ich nickte, doch als Susann die Tür zum Korridor öffnete und wir über die dunkelblauen Teppiche schritten und einzig das Rascheln der Röcke zu vernehmen war, fühlte ich mich wie ein Lamm, das zur Schlachtbank getrieben wurde. Ich reckte das Kinn und ignorierte die Blicke der maywaterschen Urahnen, die von den Wänden auf mich hinabstierten. Manch einer von ihnen hatte im Krieg seinen Kopf verloren. Der Weg zum Schafott musste sich ähnlich angefühlt haben wie der Gang zum meinem Vater.

Die Wachen stießen die Türen des königlichen Audienzzimmers auf. Susann verneigte sich und trat zurück. Was jetzt kam, musste ich allein durchstehen.

Es roch nach Tabak und Alkohol, zugleich vertraut.

Vater stand zwischen seinen Königswächtern am Fenster und blickte hinaus, die Sonne umstrahlte seine schlanke Gestalt und das an den Schläfen ergraute Haar. Der Wüstenkönig hingegen kauerte hinter seinem Schreibtisch, den Blick ins Leere gerichtet, in der Hand ein Glas Wein. Den Flaschen nach zu urteilen, befand er sich seit geraumer Zeit dort und trank. Sein trüber Blick klärte sich, als er mich entdeckte.

»Da ist sie ja.« Lallend kämpfte er mit der Schwerkraft. Duncan drückte ihn zurück auf den Stuhl. Er sah nicht in meine Richtung und so versuchte auch ich, über ihn hinwegzusehen und das Pochen in meiner Brust zu ignorieren, das bei seinem Anblick ungeahnte Intensität annahm. Außer ihnen befanden sich noch Prinz Tarek sowie Graf Blaubart im Zimmer. Letzterer trippelte nervös von einem Bein aufs andere und grüßte mich verlegen, während Prinz Tarek so unbeteiligt wie eh und je schien.

»Vater«, sagte ich gedämpft. »Ihr habt mich kommen lassen?«

»Wie schön, Mary, dass du dich bequemst, uns mit deiner Anwesenheit zu beehren.« Seine Stimme klang leicht, der Blick weiter aus dem Fenster gerichtet. Er schien unberührt, doch am Zucken seiner Faust erkannte ich, dass in ihm ein Sturm wütete – so wie an der Decke des Zimmers, den irgendein begnadeter Künstler detailvoll eingefangen hatte: die Wolken drohend geballt, gleißende Blitze, ein Auge der Ruhe im Zentrum, gebannt für die Ewigkeit. Ein Sturm wie am Tag des Schwarzen Winters.

»Eure königliche Majestät, seid Ihr sicher, dass Ihr mich noch braucht?«

»Aber gewiss doch, Graf«, tönte mein Vater gönnerhaft. »Wenn es um Verträge geht – oder deren Nichteinhaltung –, bedarf es stets eines unbeteiligten Zeugens. Prinz Tarek ist der des Königs von Maywater, Ihr seid der meinige.«

Der Graf räusperte sich.

»Verträge?«, echote ich.

»Wir lösen die Verlobung auf«, sagte Duncan geradeheraus. »Wir haben bereits alles aufgesetzt. Dein Vater bestand allerdings auf deine Anwesenheit während der letzten Verlesung.«

»Duncan, können wir kurz …«

»Nein«, unterbrach er mich schrecklich emotionslos.

»Wenn du nur einen Moment …«

Er griff nach dem Dokument, das mit fein säuberlicher Schrift gefüllt unser Ende bedeutete. »Können wir dann?«

»Gewiss.« Mein Vater wandte sich endlich vom Fenster ab. Sein Blick streifte mich kurz, die Verachtung darin war nahezu greifbar. Ich hatte versagt.

»Der Ehevertrag zwischen Kronprinz Duncan aus dem Hause Maywater und Prinzessin Mary aus dem Königreich Athos wird ab sofort für ungültig erklärt«, las Duncan vor. »Als Entschädigung erlässt der Wüstenkönig dem Königreich von Athos ein Jahr die Zollgebühr für Waren aller Art.« Es folgten weitere Aufzählungen, eine Grafschaft wechselte den Besitzer, eine Grenze wurde neu gezogen. Vater nickte jeden einzelnen Punkt ab und ich konnte mich des Eindrucks nicht erwehren, dass er in Anbetracht der Umstände äußerst zufrieden wirkte. Ich hingegen fühlte mich, als ob mit jedem weiteren Wort ein Stück von mir verloren ginge. Nachdem auch die letzte Bedingung verlesen war, legte Duncan die Verträge sogleich vor seinem Vater nieder. »Hier müsst Ihr unterschreiben.«

»Das andere Mädchen ist doch noch nicht einmal gefunden«, protestierte der Wüstenkönig schwach.

»Das werde ich aber«, versprach er. »Ich habe den Schuh – nur ihr wird er passen, dessen bin ich gewiss.«

»Aber was, wenn nicht?«

»Unterschreibt!«, forderte Duncan und drückte seinem Vater die Feder in die Hand.

Der Wüstenkönig seufzte ergeben, dann beugte er sich vor und setzte seinen Namen auf das Dokument, das mich endgültig von Kronprinz Duncan schied.

»Jetzt Ihr«, forderte Duncan zuerst den Grafen, dann meinen Vater und zuletzt den Königssohn von Westham auf. Er sah kein einziges Mal hoch. Er tat, als wäre ich nicht anwesend – als hätte es mich niemals gegeben. Die Feder kratzte ungewohnt laut, niemand sprach. Was hätte es auch zu sagen gegeben?

»War es das?«, fragte Vater steif.

»Die Formalitäten sind erledigt«, antwortete Duncan und reichte ihm die Hand. »Da noch nichts offiziell war, wird sich der Skandal in Grenzen halten. Ich danke Euch, Majestät.« Er nickte Prinz Tarek und dem Grafen zu und verließ dann mit einem schwankenden Wüstenkönig das Audienzzimmer. Er sah nicht zurück.

»Ein gebrochener Mann«, bemerkte der Graf. »Ich hörte Gerüchte, dass der Tod der Schwanenbraut den seinen unweigerlich nach sich zöge und schon bald Kronprinz Duncan das Amt des Wüstenkönigs übernehmen soll.«

»Und sicherlich zu aller Zufriedenheit ausführen wird«, fügte mein Vater spotttriefend hinzu. Der Graf hüstelte verlegen, ehe er sich schleunigst zurückzog. Auch Prinz Tarek verneigte sich knapp und trat zur Tür, doch die Stimme meines Vaters hielt ihn zurück.

»Prinz Tarek, auf ein Wort.«

»Nur wenn es schnell geht, Eure Majestät, ich bin bereits im Aufbruch begriffen.«

»Gewiss. Mary, du bleibst ebenfalls.«

Er erwartete keine Zustimmung, das tat er nie. Ohne mich zu beachten, widmete er sich dem westhamschen Königssohn, das Gesicht wie gemeißelt, die Uniform tadellos. Ich hatte sein Haar geerbt, sein verflucht rotes Haar – aber das Gesicht meiner Mutter, das puppenhaft im Schnee gelegen hatte.

Und ihr Herz aus Glas.

Seines war aus Stein.

DER GOLDKÖNIG

Seit Tagen plagte ihn der Schmerz stärker als je zuvor. Er saß fest hinter der Stirn, ein lästiger Quälgeist, der erst gänzlich weichen würde, wenn der letzte Atemzug verklang und sein Körper im heiligen Feuer zu Asche verkam. Nun, alles, bis auf sein Herz.

Der Reflex, sich an die Brust zu fassen und einzig Stille vorzufinden, war mit den Jahren schwächer geworden, wenngleich er ihn hin und wieder noch verspürte. Meist in ihrer Gegenwart. Marys Anblick schmerzte den Goldkönig auf andere Art. Sie erinnerte ihn daran, was er verloren hatte. An den Preis, den er zu zahlen bereit gewesen war, um sich nie wieder zu verlieren. Er wusste, dass er Mary einst geliebt hatte, so sicher wie er wusste, dass die Sonne im Osten aufging. Doch er verspürte es nicht mehr. Weder die Wärme des Lichts noch etwas, wenn er seiner Tochter ins Gesicht sah. Lange, lange Jahre hatte er ihre Dornen gestutzt und sie zu seiner stärksten Waffe geformt. Sie war zur Frau gereift und erblüht wie eine Rose – dennoch hatte sie versagt.

Galle stieg in ihm auf, benetzte seine Zunge mit bitterer Säure. Sein Körper kämpfte unerbittlich gegen den Fluch, der durch seine Adern floss und ihn am Leben hielt. Die stetige Bitterkeit war nur eine der vielen Nebenerscheinungen. Lästig, aber nicht weiter tragisch. Viel schlimmer waren die Nächte, wenn die verstorbenen Monarchen aus ihren Gräbern stiegen, um ihn heimzusuchen. Ihn, den Tyrannen mit dem steinernen Herz.

Er hatte gelernt, sie zu ignorieren, ihr Stöhnen und Ächzen, Klagen und Schluchzen. Solange sie als Geist kamen, konnten sie ihm nichts anhaben. Erst in Besitz eines Wirtes wurden sie zur Gefahr –

weshalb er seine Königswächter brauchte. Solange sie niemanden sahen, wusste er, dass all die Erscheinungen um sein Bett nur Schall und Rauch vergangener, erbitterter Seelen waren. Bald würde auch der Wüstenkönig unter ihnen weilen, ein weiterer verirrter Geist, der keine Ruhe fand.

Sie hätte nicht versagen dürfen.

Den Zorn mühsam bändigend, schob sich der Goldkönig ein Pfefferminzbonbon zwischen die Zähne und wandte sich dem Sohn Westhams zu. Die Kronprinzen der anderen Reiche waren noch im Knabenalter und der Drachenkönig war sehr deutlich gewesen: Prinz Tarek oder keiner. Ein Arrangement, mit dem der Goldkönig leben konnte. Ihm blieb keine Wahl. Das Risiko, weitere zehn Jahre zu verschwenden, nur um Mary erneut beim Versagen zu erleben, war zu hoch. Sie stand in der Blüte ihrer Schönheit, war so anmutig wie ihre Mutter einst, doch die Dornen, das hatte er nun verstanden, hätte er ihr lassen müssen. Ohne sie war sie zu einem faden, allzu glatten Püppchen verkommen. Hübsch, aber keinesfalls reizend genug für einen Mann, der die Jagd liebte – und Kronprinz Duncan war ein ganz ausgezeichneter Jäger. Ebenso Prinz Tarek. Doch als der Goldkönig den Drachentöter fixierte und ihn zum Bleiben aufforderte, erkannte er in dessen Gesicht etwas, das ihn zuversichtlich stimmte. Der Arme war Mary verfallen wie Kronprinz Duncan dieser fremden Schönheit. Vielleicht hätte er von Anfang an auf Tarek setzen sollen, damals in Athos hätte er sie direkt vor den Traualter schleifen müssen. Jetzt konnte er nur hoffen, dass es noch nicht zu spät war.

Dass *sie* ihm nicht erneut zuvorkam.

Sie, die er mehr hasste als alles andere.

Mary von Athos

*»Da ist kein Wolf unter deinem Bett.
Er existiert nur in deinem Kopf –
dort musst du ihn bekämpfen.«*

Die schönste Braut
als Marys Albträume begannen

Ich versuchte den Sturm zu ignorieren, der über unseren Köpfen an der Decke tobte und mich an eine Nacht erinnerte, die schon so lange zurücklag, dass ich gehofft hatte, die Erinnerung daran zu verlieren. Doch sie war so klar wie frisch gefallener Schnee. Manchmal glaubte ich gar, mich selbst am Fuße des Nordturms liegen zu sehen, das Haar dunkel von Blut, das Gesicht zersplittert.

»Was sagst du dazu, Mary?«

Ich sah auf. Vaters Züge verhärteten sich, ungeduldig schnalzte er mit der Zunge. Bis hierher roch ich das Pfefferminzbonbon, seine einzige Schwäche.

»Ich bot in Absprache mit dem Drachenkönig Prinz Tarek deine Hand an, um dir weitere Unannehmlichkeiten zu ersparen.« Er sprach so nüchtern, als handele es sich um ein neu erlassenes Gesetz, nicht darum, die Ehre seiner Tochter zu wahren.

Mein Blick zuckte zu Tarek, der mich gekonnt ignorierte. »Das ist ein Witz, richtig?«

»Dein Verhalten auf dem Ball war ein Witz«, donnerte der Goldkönig und schlug mit der Faust auf den Tisch. Das Tintenfläschchen kippte um, ergoss sich über das Holz und von dort auf den Boden. Für einen Moment erklang einzig das emsige Tröpfeln der Tinte, dann kam Vater mit schweren Schritten auf mich zu und blieb direkt vor mir stehen. »Was hast du erwartet, Kind?« Ungewohnt sanft hob er mein Kinn. »In deinem Alter sind die meisten Mädchen verheiratet; du hättest Königin von Maywater sein können – doch jetzt, da der Kronprinz ein dahergelaufenes Bauernmädchen dir vorzog, ist dein Ruf ruiniert. Deine Chancen stehen schlecht. Wir können von Glück reden, dass der Drachenkönig eine Verbindung unserer Familien ebenso gern sähe wie ich.«

»Auf einmal?«

»*Falls* Prinz Tarek dich trotz aller Umstände will«, unterbrach er mich leise, aber bestimmt, »wirst du seine Frau. Andernfalls findet sich jemand in Athos. Die neueste Gattin des Grafens verstarb kürzlich und wie ich hörte, hast du dich gut mit ihm unterhalten.« Eine bedeutungsschwere Pause. »An Prinz Tareks Seite wirst du zwar keine Königin sein, aber deinem Land Nutzen erweisen. Du ahnst ja nicht, wie wichtig diese Ehe für uns ist.« Beinahe zärtlich strich er mir übers Haar. »Du hast das Gesicht deiner Mutter.« Wieder ganz König reichte er dem Prinzen die Hand. »In einer Woche erwarte ich Eure Antwort, bis dahin gebt auf meine Tochter acht.«

»Ich bleibe hier?«, rief ich bestürzt.

»Der Drachenkönig und ich kamen überein, dass du Prinz Tarek in seine Heimat begleiten wirst, während ich wichtige Angelegenheiten in der neuen Grafschaft zu erledigen habe. Eine Woche Bedenkzeit sollte genügen.«

Vielleicht erwartete er weiteren Widerspruch oder gar Tränen, doch ich schwieg. In mir herrschte lähmende Stille, denn ich erkannte, dass es egal war, was ich sagte oder dachte, dass nichts von dem wirklich zählte. *Ich* zählte nicht.

Vater verabschiedete sich und ließ mich mit seinem neuen Wunschkandidaten im Audienzzimmers des Wüstenkönigs zurück. Von dem Gemälde hinter dem Schreibtisch starrte ein lebensgroßes Abbild von Duncan zu mir hinab, auf den Zügen ein einstudiertes Lächeln.

»Seid Ihr zufrieden?«, fragte ich Tarek mit bebender Stimme.

Der sah mich von oben herab an. »Glaubt Ihr allen Ernstes, ich will Euch noch?«

»Sonst hättet Ihr wohl kaum diesen Vertragsbruch unterschrieben.«

Sein Gesicht zeigte keinerlei Regung, ebenso wenig seine Stimme; genau wie die Vaters. »Es ist vollkommen gleich, wessen Unterschrift Eure Verlobung auflöst. Kronprinz Duncan hätte sogar den letzten Bauern als Zeugen herbeigeschleift, um von Euch loszukommen. Ich war nur gerade zur Stelle.«

»Oh, ich hasse Euch!«

Er nickte knapp. »Dessen bin ich mir bewusst.«

»Und dennoch wollt Ihr mich heiraten?«

»Nein«, sagte er gedehnt.

»Aber … unsere Väter?«

»Sie glauben, ich dächte eine Woche über das großzügige Angebot nach.« Diesmal war da eine Regung, der Zorn brach in seinen Augen auf. Zorn, Verachtung und … Bedauern?

»Was Ihr nicht tun werdet«, erkannte ich bestürzt.

Er sah mich an. »Ich bin kein Trostpreis, Dornröschen, Ihr wolltet mich nicht – nun will Euch niemand mehr. Lebt damit oder geht daran zugrunde.« Damit schritt er an mir vorbei zur Tür.

»Aber …«

»Was, aber?«, fragte er so herablassend, dass sich alles in mir anspannte.

»Warum verschweigt Ihr das dem Goldkönig?«

Die Hand schon auf der Klinke, zögerte er. »Weil Ihr so eine Woche habt, um herauszufinden, was Ihr wirklich wollt.«

»Aber ich kann unmöglich hierbleiben!«

»Nun, dann kehrt heim«, schlug Prinz Tarek vor.

»Ich kam mit dem Schiff. Wie soll ich ohne Vaters Wissen eines seiner Schiffe zur Heimfahrt bewegen?«

»Geht zu Fuß. Reitet. Ihr werdet schon einen Weg finden.«

»Reiten?«, rief ich entsetzt. »Durch die Wüste und den Blutwald? Da kann ich mich ja gleich vom höchsten Turm stürzen!«

Prinz Tarek kniff die Lider zusammen. Vielleicht dachte er ebenso wie ich an Mutter. »Eben noch nahmt Ihr alles so gelassen hin – und nun bedrängt Ihr mich? Geht zu Eurem Vater und klagt ihm Euer Leid.«

»Euer Vater mag Euch anhören, weil Ihr ein Sohn seid und keine Tochter …«

»Ein zweiter Sohn«, verbesserte Tarek gereizt.

»Ihr seid ein Mann«, brachte ich es auf den Punkt. »Ich hingegen bin eine Frau, es wird von mir erwartet, dass ich mich füge. Mir steht keine eigene Meinung zu.«

»Wenn ich mich recht entsinne, fragte der Goldkönig sehr wohl, was Ihr zu seinen neuesten Hochzeitsplänen sagt.«

»*Seinen* Plänen«, betonte ich, »und nur weil er fragt, heißt das noch lange nicht, dass er eine Antwort erwartet.«

Die Arme vor der Brust gekreuzt, betrachtete er mich nachdenklich. »Ihr solltet mich in einer Kutsche nach Westham begleiten. Ich werde veranlassen, dass sie Euch stattdessen heimfährt. Macht Euch bereit.« Er öffnete die Tür und trat in den Korridor.

»Wann brechen wir auf?«, rief ich ihm nach, doch er war schon fort.

Zweimal abgewiesen. An einem Tag.

Mein Blick fand die Statue der verstorbenen Schwanenbraut. Sie stand so, dass der Wüstenkönig sie vom Schreibtisch aus anfassen konnte. Ein steinernes Abbild seiner Geliebten, gehüllt in ein Kleid aus gemeißelten Federn, auf dem Kopf ein filigranes Diadem aus Schwänen. Ich würde ihr nicht auf den Thron folgen.

»Hoheit?« Susann betrat den Raum. Ihre Augen glänzten.

»Es ist gut«, sagte ich und ergriff ihre Hand. »Wir haben eine Woche, Susann. Eine Woche.« Ich sah zum Portrait des Kronprinzen.

In der Hand hielt er eine voll erblühte Rose. »Ich muss mit ihm sprechen.«

»Oh.« Sie blinzelte. »Ich hörte, wie er zu den Dienern sprach. Er verlangte, dass alle ledigen Mädchen zum Schloss kommen, damit er …«

»Er sucht sie«, erkannte ich leise.

Susann wand sich. »Mir wurde befohlen, Eure Koffer zu packen, damit wir schnellstmöglich abreisen können. Hoheit, es tut mir ja so leid!«

Ich fuhr ab, während er Cinderella suchte.

Wenn er sie fand, bevor ich mit ihm reden konnte, hatte ich verloren.

»Geh und pack unsere Sachen.«

»Und Ihr?«, rief Susann mir hinterher.

»Ich suche Duncan. Er muss mir erklären, was geschehen ist. Das schuldet er mir.«

»Aber …«

»Es gibt nur einen Ort, an dem ich ihn mit etwas Glück antreffe.«

Susann keuchte. »Hoheit, Ihr könnt nicht … Ihr wollt doch nicht …!«

»Doch.« Was blieb mir denn für eine Wahl?

DER JÄGER

An jeder Tür, an jeder Wand – überall prangte der Anschlag, dass er sie suchte. Dass er sie sofort zur Braut nähme, sollte sie zu ihm zurückkehren. Einzig den Schuh musste sie testen und falls er passte, wäre sie sein. Oder eher: er wäre der ihre. Doch das war Wortklauberei. Was zählte, war, sie standen kurz vor dem Ziel. Entgegen seiner Erwartungen schien die falsche Prinzessin darüber kein bisschen erfreut. In einen alten Kittel gehüllt, den sie einer betrunkenen Dirne abgeschwatzt hatten, sah sie wesentlich unköniglicher aus als in dem zauberdurchtränkten Kleid. Allein der zweite, unwichtige, aber dennoch gläserne Schuh, den sie sorgsam verborgen in ihrer Schürze trug, erinnerte daran, wer sie tatsächlich war. Selbst ihr Haar, das am Abend zuvor wie flüssiges Gold geschimmert hatte, kränkelte blass. Asche färbte die Strähnen grau, ein letzter Gruß der Taverne, in der sie – in Mangel eines Zimmers – vor dem Ofen geschlafen hatte. Er hingegen hatte den Rest der Nacht an der Bar verbracht. Jetzt standen sie in einem zugigen Durchgang und beobachteten, wie königliche Boten von Haus zu Haus gingen, um die Kunde der Schuhprobe zu verbreiten.

»Wir lassen ihn warten«, entschied der Jäger.

»Was tun wir, wenn er einer anderen passt?«

»Das wird er nicht.«

Sie zögerte. »Aber …«

»*Ihre* Zauber wirken einwandfrei.«

Cinderella nickte, sie war ungewöhnlich blass. Seltsamerweise ekelte er sich diesen Morgen weniger vor ihr. Vielleicht, weil sie menschlicher wirkte. Stiller. Ängstlich. Wie ein Reh, das den Jäger gewittert hatte. Vielleicht sah er sie deshalb länger als gewöhnlich an. Was er fand, irritierte ihn. »Wovor hast du Angst?«

Sie zuckte kaum merklich zusammen.

Er verengte die Lider. Mit der Schönheit schien sich auch ihre Härte verflüchtigt zu haben. Ihr Schutz, wie er befangen erkannte. Trotz der Leinen wirkte sie nackt. Seelisch entblößt. Und da begriff er: »Du hast ihn absichtlich zurückgelassen.«

Ihre Augen weiteten sich. Die Furcht tanzte in ihnen wie Schaumkronen auf stürmischer See. »Nein!«

»Du hast ihn abgestreift«, ignorierte er ihren Einwand. Er spürte, dass sie log.

Sie schluckte. »Ich habe den Wüstenkönig gesehen – er ist ein lebender Toter! Kaum mehr als Haut und Knochen … Ich kann nicht, bitte, ich kann Duncan nicht dasselbe antun! Wir waren im Garten und er küsste mich und … und …«

»Und was?«, fragte er gefährlich leise.

»Ich mag ihn«, hauchte sie.

Drei Worte, die ihm die Kälte in die Glieder trieben. »Du kennst die Regeln.«

»Was, wenn das, was wir tun, falsch ist?«

»Nein.«

»Aber …«

»Du magst ihn«, sagte er hart, »aber das ändert nichts an unserem Plan.«

Sie blinzelte. »Es ändert alles.«

Äußerlich war er ruhig, gefährlich ruhig. Doch sie schien den Sturm in seinem Innern zu erahnen und wich zurück, tiefer hinein in die Gasse. Er folgte ihr. Er überragte sie. Er war der Arm der Hexe. *Ihr* Schwert. Er durfte *sie* nicht verraten. Er musste *ihr* dienen. So wie Cinderella. Zu spät erkannte diese, dass sie sich in einer Sackgasse befanden, dass ihre Flucht ins Nichts führte. Mit dem Rücken an die Wand gepresst, starrte sie zu ihm empor – noch so viel mehr Reh als zuvor. Und er, der Jäger, fühlte einen bitteren Geschmack aufsteigen.

Weil er wusste, was zu tun war.

DIE STUMME KÖNIGIN

Im Damensalon herrschte unbehagliche Stille, einzig durchbrochen vom gelegentlichen Hüsteln der anwesenden Hofdamen und dem stetigen Ticken der Uhren. Ganze zwölf zierten den Kaminsims, allesamt aus Porzellan geformt und mit feinsten Federn geschmückt. Die Affinität der Schwanenbraut zur vergehenden Zeit hatte die stumme Königin stets befremdet. Es missfiel ihr auch heute noch, im Salon ihrer verstorbenen Freundin zu sitzen und der Zeit beim Verrinnen zuzusehen. Runde um Runde – zwölffach.

Den Hofdamen schien es ähnlich zu ergehen. Ihre Blicke hingen an den Zeigern, als hofften sie, das Martyrium der Stille möge endlich enden. Die stumme Königin wusste, dass keine der Damen ihre Nähe genoss. Dass sie es hassten, der fremden Monarchin zu Diensten zu sein, während ihr König in seinem Zimmer dahinsiechte und der junge Kronprinz – nun, was der tat, das wussten allein die Winddämonen. Schon bei ihrer Ankunft am gestrigen Abend hatte die stumme Königin deren Anwesenheit gespürt. Es waren deutlich mehr Dämonen als erwartet. Maywater war in mehr als einer Hinsicht ein verfluchtes Land und sie war erleichtert, es in wenigen Stunden verlassen zu können. Die Schutzzauber, die sie vor den Einflüsterungen bewahrten, bröckelten bereits. Das Amulett an ihrem Hals verlor stetig an Glanz, die Runen auf ihrer Haut verblassten. Ihre Kraft reichte gerade noch, um die Winddämonen auf Abstand zu halten und einen Ort der Stille um sie herum zu erschaffen. Die Hofdamen hatten ja keine Ahnung, welchen Schutz die Stille bot. Sie waren einfältig und arrogant. Sie glaubten, hinter der Knochenmauer sicher zu sein – doch dieser Tage gab es keine Sicherheit mehr.

Die Tür krachte auf und mit wehenden Röcken rauschte die Turmbraut in den Salon. »Hinaus!«, befahl sie gehobenen Kinns. Die Hofdamen gehorchten, ebenso die Dienerinnen der stummen Königin, die sie nickend entließ – *Geht.* Stühle wurden zurückgeschoben, Röcke gerafft, erleichterte Seufzer erklangen, dann fiel die Tür ins Schloss und sperrte den Wind gemeinsam mit den Damen aus.

Die stumme Königin lächelte schmallippig von ihrem Platz am Kamin, die Hände sittsam im Schoß gefaltet. Sie hatte die Turmbraut bereits erwartet. Gebieterisch nickte sie zu dem Stuhl ihr gegenüber – *Setz dich* –, doch ihr Gast ignorierte die Geste und schritt zum Fenster. Fahrig schlang sich die Turmbraut den Zopf in Ermangelung der Zofen, die ihn zu halten pflegten, mehrfach um den Arm. Stumpfes Braun, durchzogen von rotbraunen Strähnen. Hier und dort schimmerten Diamanten im Haar, der einzige Schmuck, den die Turmbraut trug – abgesehen von dem Kamm, der tief am Hinterkopf steckte. Die stumme Königin sah ihn nur, weil sie wusste, wo er sich befand. Für alle anderen war er unsichtbar.

»Weißt du, wer es war?« Umstrahlt von der Morgensonne, die sich schillernd im Bleiglas brach, stand die Turmbraut da, das Gesicht entstellt, die Augen furchtsam geweitet. »Weißt du es?«

Ein vages Kopfneigen. *Nein.*

»Seit Tagen zerbreche ich mir den Kopf darüber, wer es gewesen sein könnte. Wer von ihrem Tod profitiert, abgesehen von …«

Die stumme Königin kniff die Lider zusammen. *Sprich es nicht aus.*

»Du glaubst es also auch?«

Nein.

»Aber wenn nicht er es war, wer dann?«

Die stumme Königin ließ den Verdacht durch ihre Gedanken kreisen. Das Bild wollte nicht passen: Der Kronprinz über seiner schlafenden Mutter, in der Hand ein Kissen, auf dem Gesicht ein Ausdruck höchster Konzentration, während er sich langsam vorbeugte, verstohlen, heimlich … Erneutes Kopfschütteln, diesmal vehementer. *Nein.*

»Niemand sonst profitiert davon«, klagte die Turmbraut. »Er wird König.«

Die stumme Königin sah zu dem Familienportrait der Maywaters, das ausladend über dem Kamin hing. Es zeigte die Schwanenbraut in all ihrer Pracht: gehüllt in ein Kleid aus weißen Federn, die gläserne Schwanenkrone im güldenen Haar, das Gesicht beinahe kühl, während des Königs glühender Blick allein auf ihr ruhte und der Kronprinz vor ihnen stand, eine Hand seiner Mutter mehr schützend denn liebevoll auf seiner Schulter. Eine Geste, die der stummen Königin die Kehle zusammenzog. Weil sie sich selbst darin erkannte – und ihren Mann. Ein nahezu identisches Gemälde hing im sevalschen Schloss, wenngleich ohne Kind, dafür sie selbst mit geschwollenem Leib und einem Kind, das noch geboren werden wollte. Ein Gemälde, das die stumme Königin seit dem Tod ihres Gatten keines Blickes gewürdigt hatte. Es war ihre erste Amtshandlung als regierende Monarchin gewesen, es aus dem Frühstückszimmer in die Abgeschiedenheit des Roten Salons zu verbannen, dorthin, wo sie sich zu keiner Zeit aufhielt. Dadurch hatte sie gehofft, den Geistern ihrer Vergangenheit zu entkommen. Doch jetzt, in ebendiesem Moment, da sie in den verlassenen Gemächern ihrer verstorbenen Freundin saß, fühlte sie sich den Toten näher denn je zuvor. Als wüssten die Geister, dass auch sie eines Nachts zu ihnen stoßen würde, um den geraubten Thron freizugeben für jemanden, der ebenso unrechtmäßig herrschen sollte. Einen falschen Monarchen durch einen anderen ersetzt. Eine Lüge durch eine weitere.

»Er war es«, sagte die Turmbraut entschieden. »Er muss es gewesen sein.«

Die stumme Königin erhob sich aufreizend langsam, schritt zum Portrait und hob die Hand. *Du vergisst ihn.*

»Er kann es unmöglich gewesen sein«, hielt die Turmbraut sofort dagegen.

Die stumme Königin nickte, doch ihre Hand blieb, wo sie war. *Sieh hin.*

»Was ist mit dem Wüstenkönig?«

Solange er lebt …

»… wird der Kronprinz nicht herrschen«, erkannte die Turmbraut und trat hinzu. Von Nahem offenbarten sich die Narben auf ihren Wangen als ein Geflecht aus sich überkreuzenden Schnitten. Manche kaum mehr als blasse Linien, andere nach all den Jahren noch tiefe Furchen in dem einst schönen Antlitz. Die stumme Königin ertrug den Anblick kaum, erinnerte er sie doch zu sehr an ihre eigenen Narben.

»Um zu herrschen«, fuhr die Turmbraut fort, »hätte er beide töten müssen.«

Sie wussten, was das hieß: Entweder war die Schwanenbraut von jemandem ermordet worden, den sie bisher nicht im Verdacht hatten und der über mehr Macht verfügte, als für ihr aller Leben gut war … oder aber der Wüstenkönig würde schneller als erwartet seiner Braut folgen. Sie sah zu dem Gesicht des Jungen empor, der, die Arme vor der Brust gekreuzt, aus himmelblauen Augen auf sie niederstarrte. Unmissverständlich königlich. Ein klein wenig trotzig. Und zugleich verletzt?

Die Hand der Schwanenbraut auf seiner Schulter. Beschützend. Beinahe zärtlich.

Aber nur beinahe.

Weil sie wusste, dass sie ihn nicht lieben durfte.

Weil sie wusste, dass sie ihn verlor.

Weil er verflucht war. Wie alle Königskinder.

»Wenn nicht er es war, wer profitiert dann von ihrem Tod?«

Mary von Athos

»Ich dachte, es lohne sich, für die wahre Liebe zu leben, dabei ist sie es, die uns unter die Erde bringt.«

Die schönste Braut zu ihrer Zofe
bei einem zufällig belauschten Gespräch

Das maywatersche Himmelsschloss trug seinen Namen zu Recht. Nicht allein deshalb, weil es majestätisch über der Bucht auf den Klippen thronte und seine blauen Zwiebeldächer in den Wolken verschwanden, sondern vor allem seiner berühmten Hallen wegen, von denen eine jede dem Himmel nachempfunden war. Während die Wände des Frühstücksgemachs einen eisigen Sonnenaufgang spiegelten, erstrahlte das Damenzimmer im Vergissmeinnichtblau eines Frühlingstages und der Rauchersalon im satten Purpur einer beginnenden Herbstnacht.

In den Tagen von Duncans Abwesenheit hatte ich die weitläufigen Flügel erkundet, war dem Pfad der Wolken gefolgt, der sich über die Decken zog, hatte Sonnenauf- und -untergänge erlebt. Susann musste mir nicht sagen, was sie von meinen Streifzügen hielt, ich wusste selbst, dass es ein Zeichen innerer Unruhe war. Dass ich in alte Muster verfiel, die ich mir nach dem Antrag Tareks abgewöhnt hatte. Zu hoch war mir der Preis erschienen. Zu verlockend die Nacht. Damals hatte ich die Abenteuerlust tief in mir verborgen, während ich nach außen hin Perfektion erreichte, lächelte, still saß, den Kopf höflich neigte. Bis Vater so zufrieden mit mir gewesen war, dass er beschloss, mich zu verloben.

Die einzige Prinzessin, die niemand wollte.

Ich straffte die Schultern, beschleunigte meine Schritte. Während der Streifzüge durch das Himmelsschloss hatte ich herausgefunden, dass der Wüstenkönig seit dem Tod seiner Frau die Einsamkeit suchte und deshalb die Eingänge strengstens bewachen ließ, damit niemand ohne ausdrückliche Erlaubnis hinein-, geschweige denn hinauskam, und so weitestgehend auf Wachen in den Korridoren verzichtet werden konnte – zu meinem Glück, denn der Flur zu des Kronprinzen Gemächern lag verlassen. Dennoch zögerte ich, als ich vor der Tür stand, hinter der Duncans privates Reich begann. Wenn ich die Klinke drückte und die Tür öffnete, gab es kein Zurück mehr. Dann stand ich ihm gegenüber. Dann musste er mit mir sprechen und erklären, was es mit Cinderella auf sich hatte, diesem Mädchen, für das er einen Vertragsbruch mit Athos in Kauf nahm.

Ich suchte noch in Gedanken nach den richtigen Worten, als Schritte erklangen, die sich rasch näherten. Der Zeitpunkt der Entscheidung nahte: Ich konnte umdrehen und fliehen und Duncan nie wiedersehen – oder ich trat ein. Und so öffnete ich die Tür just in dem Augenblick, da Duncan in Begleitung von Prinz Tarek um die Ecke des Flures bog. Sie sahen weder wie ich in das Gemach huschte noch dass ich hastig die Tür schloss.

Zweifelsohne waren sie auf dem Weg hierher. Zu zweit!

Unmöglich konnte ich ihnen gegenübertreten, nachdem ich mich vor Prinz Tarek so erniedrigt hatte. Doch das angrenzende Bad bot weder eine Fluchtmöglichkeit noch ein Versteck und vor den Fenstern fielen die Klippen steil bergab. Hastig stürzte ich an dem Bett mit den gedrechselten Pfosten vorbei und über den Teppich, der die Decke farblich spiegelte: eine wolkenverhangene Nacht, tränengrau und sternlos wie der Himmel in Athos. Ich erreichte den Schrank, als die Schritte vor der Tür verharrten. Was auch immer die Prinzen aufhielt, es verschaffte mir genügend Zeit, den Schrank aufzureißen und hineinzuklettern. Ein Spalt stand noch offen, da hörte ich, wie sie den Raum betraten.

»Die Hochzeit ist und bleibt für den nächsten Ball angesetzt«, sagte Duncan gerade.

Tarek antwortete: »Du bist also guter Dinge, dass du sie finden wirst?«

»Sie hat ihren Schuh nicht ohne Grund verloren.«

»Deshalb der Aufstand vor dem Schloss?«

Duncan schritt durch den Raum, seine Stimme näherte sich. »Es mag übertrieben wirken, das gebe ich zu, aber es scheint der einzige Weg, um sie zu finden.«

»Mit einem Schuh?«

»Alter Zweifler, natürlich mit ihrem Schuh! Sobald ich die stumme Königin verabschiedet habe, werde ich ihn aus der Schatzkammer holen und mit der Anprobe beginnen. Und glaube mir, ich werde sie finden!« Die Schranktür schwang auf und ich stand ihm genau gegenüber. Er sah zu Tarek, tastete blind nach einem Hemd, das direkt neben mir an einem Haken hing. Ich hielt den Atem an. »Hättest du mich nicht zur Jagd in den Blutwald geladen, wäre ich ihr nie begegnet. Wir sollten den Tag zum Volksfeiertag proklamieren.«

»Erklär das der Magd, die ihren Sohn verlor.«

Duncan winkte ab. Mit dem Hemd in der Hand drehte er sich um, die Schranktür jedoch ließ er offen. Wenn sie in meine Richtung sähen, wenn sie mich zwischen all den Uniformen und Hemden erblickten – »Es war deine Idee, mein Freund. Eine letzte Hatz vor den Fesseln der Ehe.«

»Wohl wahr«, gab Tarek zu.

»Wie mir scheint, ging dein Plan nach hinten los.«

»Mein Plan?«

Duncan klang beinahe zynisch. »Du hast mich geradewegs in Cinderellas Arme geführt. Zuerst hielt ich es für Absicht. Die Einladung zur Jagd, Cinderella – Mary und du.«

»Mary?«, fragte Tarek reserviert. Mein Herz begann zu flattern.

»Glaubst du, ich hätte die Geschichten nicht gehört, die hinter vorgehaltener Hand über deine Zeit in Athos erzählt werden? Selbst Vater weiß davon, obwohl bei seinem Zustand kaum etwas zu ihm durchdringt.«

»Was erzählen sich die Menschen denn über mich und Prinzessin Mary?«

Mein Name aus seinem Mund klang wie eine Beleidigung.

»Ruhig Blut, mein Freund.« Duncan verschwand feixend aus meinem Sichtfeld, stattdessen erspähte ich Prinz Tarek, der am Fenster lehnte und auf die Bucht hinausblickte. Bei klarer Sicht konnte man vom Ostflügel aus die attischen Wolken als dunklen Nebel am Horizont erahnen.

»Was auch immer du über uns gehört hast, spielt keine Rolle«, brummte Tarek.

»Du hast sie also wahrhaftig vor den Augen ihres Vaters verführt? Alle Achtung.« Duncan klopfte ihm jovial auf die Schulter, eine Geste, die sich wohl die wenigsten getraut hätten. Der Blick, den der westhamsche Königssohn seinem Freund zuwarf, war tödlich.

»Du glaubst, ich hätte sie verführt, und wolltest sie dennoch heiraten?«

»Jungfrauen können anstrengend sein«, witzelte Duncan. »Mir erschien die Aussicht von Marys Offenheit als Zugewinn. Was gibt es Schlimmeres als ein prüdes Weib, das steif wie ein Brett daliegt und den Akt selbst als frevelhaft ansieht, wie es meine Mutter tat? Mary hingegen – allein die Art, wie sie küsst, offenbart, wie viel Leidenschaft in ihr steckt.«

»Ihr habt euch geküsst?«

»Wir waren einander versprochen.«

Meine Wangen brannten vor Scham. Ich wünschte, ich wäre fort, irgendwo, nur nicht Zeuge dieses Gesprächs. Ich kämpfte gegen die Ohnmacht, die in mir wuchs. Dass ich mitten zwischen die Männer sank, die mir jeder auf seine Art das Herz gebrochen hatten, fehlte gerade noch.

»Hast du sie geliebt?«

Duncans Frage überraschte mich ebenso wie Tarek; er zögerte: »Du weißt, dass wir keinesfalls lieben, nur weil wir heiraten.«

»Richtig«, gab Duncan zu. »Aber du hast sie gebeten, deine Frau zu werden, obwohl es keinerlei Abkommen zwischen Athos und Westham gab.«

»Es hätte Verträge gegeben.«

»So wie jetzt?«

»So wie jetzt«, bestätigte Tarek und kreuzte die Arme. »Aber ich werde sie nicht zur Braut nehmen.«

»Sie hat dich in deinem Stolz gekränkt, als sie dich ablehnte, und jetzt willst du ihr das heimzahlen. Nicht sehr klug, mein Freund.«

Tarek schnaubte. »Und was ist mit dir?«

Duncan schritt an der geöffneten Schranktür vorbei. »Mit mir?«

Kurz glaubte ich, Tareks Blick auf mir zu spüren, doch als ich zu ihm blinzelte, starrte er aus dem Fenster. »Hast du sie geliebt?«

Einige Herzschläge lang herrschte tiefe Stille im Raum, bis Duncans Stimme erklang. Sie erinnerte mich an die Spaziergänge in den Rosengärten. An den Mann, dem ich mein Vertrauen geschenkt hatte. »Ich glaubte, etwas für sie zu empfinden, aber seit Cinderella ist es, als hätte ich niemals zuvor etwas *wirklich* gefühlt. Cinderella ist mein …«

»Licht«, vollendete Tarek tonlos. »Ich weiß.«

»Wenn ich an Mary denke«, fuhr Duncan fort, »dann ist da nichts. Keine Reue, keine Liebe. Einfach nichts.«

Eine verräterische Träne rann über meine Wange. Zeichen meiner Schwäche.

Während die zwei Männer über den Wald sprachen, die erlegte Beute und das Mädchen, das am Rande des Forstes ihren Weg gekreuzt hatte, verharrte ich wie gelähmt, verzweifelt versucht, ihre Stimmen auszublenden. Ich verfluchte mich selbst für meine Dummheit. Wie hatte ich glauben können, Duncan umzustimmen? Er würde nicht aufgeben, bis er die Fremde gefunden und ihr den gläsernen Schuh an den Fuß gesteckt hatte. Wer sie war und woher sie kam, spielte keine Rolle. Er nahm sie mit oder ohne Königreich, in Seide oder Lumpen, das Gesicht voll Asche oder Schminke, reich oder arm.

Er nahm sie, weil sie sein Licht war. Sein Ein und Alles.

Und ich? Ich war *nichts*.

»Verrätst du mir, ob die Gerüchte über Mary und dich stimmen?« Duncans Frage riss mich aus meiner Lethargie. Ich hörte ihn durch den Raum schreiten und eine Tür öffnen, wahrscheinlich trat er ins Bad. Ich widerstand dem Drang, die Lider zu heben und mich zu vergewissern. Solange ich sie zusammenpresste, war ich unsichtbar.

»Es sind bloß Geschichten«, erwiderte Prinz Tarek und klang näher als zuvor.

Mein Herz begann zu rasen.

»Dann hast du sie nicht verführt?«

»Nein.«

Ich blinzelte und schlug mir die Hand vor den Mund, erstickte das Keuchen. Prinz Tarek stand vor dem Schrank und sah mich direkt an.

»Nein«, wiederholte er leise, sodass nur ich ihn hören konnte. »Sie hat mich verführt.«

Dann schloss er die Tür und ich stand in Dunkelheit getaucht da, während Duncan lachend zurückkehrte. Dumpf hörte ich ihn etwas über rotes Haar und feurige Frauen sagen, über vergebene Chancen und falsche Gerüchte. In meinen Ohren rauschte das Blut. Schritte erklangen, kurz darauf fiel eine Tür ins Schloss. Es war die Stille, die mir verriet, dass sie fort waren. Dass ich allein mit meinem gebrochenen Herz im Schrank kauerte.

Eine seltsame Karikatur der Prinzessin, die alle in mir sahen.

DIE DRACHENTÖTERIN

Seit dem Morgengrauen wartete Elena auf ihn im hinteren Hof. *Mitternacht*, dass sie nicht lachte! Aus dem Ball war die ganze Nacht geworden und selbst jetzt, da sich die Sonne dem Zenit näherte, fehlte jede Spur von ihm. Wie sie es hasste, nicht in seine Pläne eingeweiht zu sein. Auch wenn sie sich widerwillig eingestand, dass es ihre eigene Schuld war. Er trug ihr nach, dass sie es versäumt hatte, ihn über die Vereinbarung seiner Eltern mit dem Goldkönig zu informieren. Was hätte sie auch sagen sollen? Dass die Frau, die ihn beinahe den Verstand gekostet hatte und der er trotz allem verfallen war, nach all den Jahren endlich Westham versprochen worden war? Nein. Sie hatte es nicht sagen können. Dafür war er ganz offensichtlich zu masochistisch veranlagt. Wie sie selbst. Der Drang, sich zu schneiden, wuchs beinahe ins Unermessliche. Ihre Haut prickelte, die kaum verheilten Schnitte juckten. Alles in ihr drängte darauf, sich zurückzuziehen, den Dolch hervorzuholen und seine scharfe Schneide über die Innenseite ihrer Arme gleiten zu lassen. Allein bei dem Gedanken daran verspannte sich ihr gesamter Körper. Sie ballte und löste die Fäuste, atmete tief ein. Später, beschwor sie sich. Später würde sie sich schneiden.

Verspannt schritt sie vor den Drachentötern auf und ab, die im spärlichen Schatten des Palastes ihre Waffen schliffen. Sie lechzte nach dem Geräusch. Es gab ihr ein Gefühl von Sicherheit. Stahl. Rüstung. Drachen. Darauf hatte sich ihr Leben beschränkt und es war ein gutes, wenn auch kein bequemes Leben gewesen. Eines, das sie gern in Kauf genommen hatte, um der großen Sache zu dienen.

Auf der gegenüberliegenden Hofseite sah sie den Goldkönig, umringt von seinen Königswächtern, aus dem Schloss treten. Sofort wuchs die Aufmerksamkeit unter den Drachentötern. Die Schleifsteine wurden beiseitegelegt, die Waffen fester gepackt. Elena fokussierte sich ebenfalls auf den Goldkönig. Sie kannte sein Geheimnis – und obwohl sie verstand, wieso er zu dem herzlosen Monster geworden war, konnte sie die Verachtung kaum kontrollieren, die in ihr aufflammte. Sein Blick huschte über sie hinweg, als sei sie inexistent.

Wer war sie auch schon?

Eine Drachentöterin. Eine Soldatin Westhams.

Im Gegensatz zum Goldkönig verstand sie es ganz ausgezeichnet, ihre wahren Absichten – ihre Identität – zu verbergen. Selbst der Prinz hatte keine Ahnung, wer sie war und warum sie ihm diente. Niemand wusste es, außer …

Hinter dem Goldkönig erschien das blasse Gesicht der Zofe. Zögernd trat sie aus dem schützenden Schatten, eilte dann mit gesenktem Kopf über den flimmernden Hof zum Brunnen. Die Drachentöterin kreuzte zufällig ihren Weg.

»Wieso bist du nicht bei ihr?«, zischte sie, als sie nebeneinanderschritten.

»Dasselbe könnte ich dich fragen«, gab die Zofe zurück.

»Er misstraut mir – vorerst«, fügte sie hinzu, als ihr Gegenüber entsetzt die Luft einsog. »Ich kenne ihn. Er wird mich an der Front kämpfen lassen und mir dann verzeihen.«

»Vielleicht bleibt dafür weniger Zeit, als du denkst.«

»Was soll das heißen?« Elena gab sich keine Mühe, ihren Missmut zu verstecken, immerhin war sie die letzten Stunden genervt auf und ab getigert. Ein Blick zu den Drachentötern bestätigte, dass diese sich mehr für die Königswächter als für die Zofe interessierten. Der Goldkönig hingegen musterte sie mit erwachtem Misstrauen.

»Susann«, rief er aus und kam mit ausgreifenden Schritten näher.

Die Zofe erbleichte, hastig murmelte sie: »Die Diener munkeln.«

»Tun sie das nicht immer?«

»Sie sprechen von Mord!«

»An wem?«, drängte Elena, während der Goldkönig unaufhörlich nahte.

»Der Schwanenbraut«, flüsterte Susann, ehe sie sich umdrehte und vor ihrem König in die Knie sank. »Majestät.«

Elena umkreiste scheinbar gleichgültig den Brunnen. In ihr war alles taub.

Die Schwanenbraut – ermordet?

Vielleicht bleibt dir weniger Zeit, als du denkst.

»Solltet Ihr nicht das Gepäck der Prinzessin organisieren?«, hörte sie den Goldkönig harsch fragen und Susann etwas Unverständliches murmeln, ehe ihre raschen Schritte auf dem Pflaster erklangen. Elena lehnte sich scheinbar unbeteiligt gegen die Brunnenwand. Innerlich kämpfte sie gegen den Impuls hochzusehen. Niemand durfte etwas von ihrer Verbindung erfahren. Niemand durfte wissen, dass die Schwestern des Roten Ordens als Spione in den Königreichen agierten. Vielleicht war es an der Zeit, den des maywaterschen Hauses zu kontaktieren.

Ermordet.

Elena starrte in die Dunkelheit des Brunnenschachtes hinab. Es erschien ihr, als würde ein Echo von fernen Hammerschlägen erklingen. Aus den Tiefen der Klippen, den unteren Vierteln der Stadt, die kein Sonnenlicht kannten.

Erst als Susanns Schritte verstummten, wagte Elena den Blick zu heben. Bemüht desinteressiert. Beiläufig. Ihre Schwester war verschwunden. Einzig der Goldkönig stand noch da, den Blick fest auf sie gerichtet, ehe er samt Gefolge erneut das Himmelsschloss betrat, als wäre ihm just etwas eingefallen, das er vergessen hatte.

Ob er etwas ahnte?

DER JÄGER

Sie hatte ihn nicht bemerkt.

Dabei hatte er es kurz befürchtet. Doch die schöne Drachentöterin schien mit ihren Gedanken woanders zu sein. Vielleicht bei ihrem Prinzen? Er hatte sie oft zusammen gesehen, wenn sie am Rand des Blutwaldes ritten, an der Spitze seines Regiments. Sie musste gut sein, wenn sie neben ihm reiten durfte. Sehr gut sogar.

Galle stieg in ihm auf. Zorn. Neid.

Manchmal hasste er den westhamschen Königssohn geradezu.

Weil er frei war. Weil er gehen konnte, wohin er wollte.

Weil er an keinen Wald voller Monster gebunden war. An *sie*. Immer an *sie*.

Beherrscht sog er die modrig feuchte Luft ein und kämpfte gegen die Eifersucht. Sie nützte nicht. Sie machte ihn nur schwach und das durfte er keineswegs sein. Stein für Stein erklomm er den Schacht und erhob sich aus der Dunkelheit ins gleißende Licht. Die Sonne brannte ihm in den Augen, auf der Haut und selbst in seiner Lunge. Dennoch überbrückte er den letzten Abstand, zog sich geschmeidig über den Rand und glitt hinter dem Brunnen in Deckung. Niemand hatte ihn bemerkt. Drachentöter, so geschickt sie im Kampf auch sein mochten – die Hitze machte sie träge. Vielleicht war es auch die Mauer, die den Hof umgab, die vermeintliche Sicherheit. Doch Gefahr lauerte dieser Tage überall. Erst recht in Maywater.

Mord.

Er hatte sie gehört, die Zofe und die Drachentöterin.

Eine interessante Verbindung. Überaus interessant.

Er beschloss, diese Information vorläufig für sich zu behalten. Vielleicht konnte sie ihm noch nützlich sein. Erst musste er ins Schloss. Keine zwanzig Schritte trennten ihn von der nächsten Tür. Zwanzig Schritte ohne Deckung in der prallen Sonne und vor den Augen eines ganzen Regiments Westhams. Der Jäger fluchte und zog die Spiegelscherbe hervor. Er hasste es, *sie* um Hilfe zu bitten, doch ihm blieb keine Wahl.

Die Scherbe überzog seine Hände mit eisiger Kälte. Er rieb sie zwischen den Fingern und bat stumm um Beistand. Kurz darauf krochen die ersten Winddämonen aus dem Brunnenschacht. Nebelhafte Kühle senkte sich über den Hof.

Sprich, Jäger.

»Ich brauche Deckung«, gestand er widerwillig.

Wie du wünschst, säuselte der Wind, dann wurde es still, einzig das Schleifen der Schwerter verblieb, gelegentliches Lachen, ein paar Wortfetzen. Der Jäger glaubte schon, *sie* habe ihn vergessen, als anschwellendes Summen an sein Ohr drang. Summen und Brummen. Schatten verdunkelten den Hof, als wären Wolken aufgezogen.

Doch es waren keine Wolken, es waren …

»Fliegen!«, rief die Drachentöterin überrascht, ehe sie einen spitzen, überaus mädchenhaften Schrei ausstieß und der Schwarm niederstob. Der Jäger zögerte keinen Moment, glitt hinter dem Brunnen hervor und verschmolz mit der summenden Dunkelheit.

Zwanzig Schritte. Nur zwanzig Schritte.

Er kam keine zehn weit.

Mary von Athos

*»Vielleicht könnten sie uns wahrhaftig lieben,
wären ihre Augen nicht geblendet.«*

Die schönste Braut zur Königin von Seval
als Mary unter dem Tisch saß

Als ich es nicht länger im Schrank aushielt, riss ich die Tür auf und stolperte hinaus, direkt in Prinz Tareks Arme. Seine Hände schlossen sich um meine Ellenbogen.

»Was sucht Ihr im Schrank des Kronprinzen?«

»Meines Verlobten«, korrigierte ich spitz.

»Ehemaligen Verlobten«, berichtigte er seinerseits.

Ich straffte die Schultern und hob das Kinn. »Das geht Euch nichts an.«

Er sah mich mit so viel Verachtung an, dass mir ganz anders wurde. Ich spähte über seine Schulter, doch Duncan war nirgends zu sehen.

»Er ist nicht da«, deutete Tarek richtig.

»Wo ist er hin?«

»Die Königin von Seval verabschieden, ehe er sie suchen wird.«

»Cinderella?«, brach es entsetzt aus mir heraus.

»Wie schlau Ihr seid«, höhnte der Prinz.

»Wie unausstehlich Ihr seid«, gab ich zurück und befreite mich aus seinem Griff. Nur ein Schritt trennte uns, doch es war mehr als das. »Warum hasst Ihr mich so sehr?«

»Ich hasse Euch keinesfalls, Dornröschen. Ich verachte lediglich Eure Gier nach einer Krone.« Damit deutete er eine spöttische Verbeugung an und wandte sich ab. »Vergesst nicht, Euren Vater um ein Schiff zu bitten.«

»Nein«, rief ich bestürzt. Er stockte, sein Blick glitt zu seiner Hand, nach der ich im Reflex gegriffen hatte. Ich war mindestens so überrascht wie er. »Lasst mich nicht zurück!«

»Ihr erweckt den Eindruck, als wolltet Ihr durchaus hierbleiben.« Mit einer knappen Geste umfasste er das Schlafgemach. »Mich wundert, dass ich Euch nicht in seinem Bett vorfand.«

»Ihr missversteht die Situation!«

»Das bezweifle ich.«

»Ich wollte bloß mit ihm sprechen.«

»In seinem Schrank?«

»Dort war ich einzig wegen Euch. Wie hätte ich in Eurer Gegenwart mit ihm reden können?« Meine Hand bebte, seine Finger drückten zu. Er gab mir Halt, selbst jetzt gab er mir Halt. »Versteht doch! Ich kam hierher, um den Grund für die Auflösung der Verträge herauszufinden. Den *wahren* Grund.«

»Er hat sich verliebt«, erwiderte Tarek knapp, »und ein Mann, der wahrlich liebt, täte alles, um mit der richtigen Braut zusammen zu sein.«

»Der wahrlich liebt?« Ich klang selbst in meinen Ohren schrill. »Er kennt sie kaum!«

Tarek trat näher, ich wich zurück, bis ich mit dem Rücken gegen den Schrank stieß. »Manchmal reicht ein Blick«, er stützte sich mit einer Hand neben mir ab, während die andere meine Finger festhielt, »und ein Mann ist verloren.« Ich war gefangen zwischen ihm und dem Schrank, gefangen in seinem Blick, der so viel mehr sagte, als seine Worte es taten.

»Mir scheint, Ihr sprecht mitnichten von Duncan«, brachte ich atemlos hervor.

Ein Muskel zuckte an seiner Wange. »Gedenkt Ihr, ihn weiterhin zur Rede stellen?«

»Nein«, stieß ich aus. »Ich habe genug gehört.«

Nur Zentimeter trennten uns. Er roch nach Abenteuer, nach leise gewisperten Versprechen und längst vergangenen Nächten. »Dann macht Euch zur Abfahrt bereit – oder Ihr könnt selbst sehen, wie Ihr nach Athos kommt.« Sein Ton stand im seltsamen Kontrast zur Wärme seiner Finger, die meine viel zu sanft hielten.

»Aber …«

»Ja, Mary?« Er schien fast auf etwas zu warten.

»Was geschah im Wald?«

Sein Gesicht verschloss sich. »Nichts.«

»Ihr lügt.«

»Lasst es gut sein.«

»Prinz Tarek«, bat ich, doch er schüttelte den Kopf.

»*Nichts* geschah im Wald«, betonte er.

»Ihr selbst habt Duncans Entscheidung angezweifelt«, rief ich aus. »Streitet es ruhig ab, aber ich habe es mit eigenen Ohren gehört!«

»Ich vergaß, mit welcher Leidenschaft Ihr die Gespräche anderer Leute belauscht.«

»Wagt es ja … Oh!«

Er hob meine Hand an seine Lippen und brachte mich damit zum Verstummen. »Dornröschen, wenn Ihr nicht augenblicklich von hier verschwindet, werde ich die Wachen rufen.« Ich spürte seine Worte auf meiner Haut. Eine Gänsehaut zog über meinen Arm. Die Wachen wären mein geringstes Problem, sollte ich mich widersetzen. »Es liegt an Euch, wie Ihr Maywater verlasst, ob aufrechten Ganges oder von den Wachen geführt. Ich kann Euch auch tragen, falls es Euch danach gelüstet.«

»Niemals!«

»Dann geht.«

»Aber …« Da hob er mich hoch. Es ging so schnell, dass ich mich nicht wehren konnte, ja nicht einmal auf den Gedanken kam. Er nahm mich einfach auf die Arme wie ein Bräutigam seine Braut und trug mich zur Tür und durch die Gänge. Eine Adelige – die Fürstin vom Ball – schlug erschrocken die Hände vor den Mund, als sie uns erblickte. »Lasst mich herunter! Ihr macht mich zum Gespött ganz Maywaters!«

»Es wissen bereits alle, dass ich der neue Wunschkandidat Eures Vaters bin. Sie sehen also keinesfalls etwas, das sie nicht ohnehin gehört hätten.«

»Was sie sich erzählen und was sie mit eigenen Augen sehen, sind zweierlei Dinge. Zumal es an Euch liegt.«

Sein Blick traf mich unvorbereitet. »Zumal *was* an mir liegt?«

Mir wurde flau. Ich fand mich selbst in seinen Augen – die Risse, die Angst, die Zweifel. Meine wie seine – und begriff, dass ich es ändern konnte … wenn ich nur den Mut fand, wenn ich *jetzt* mutig war. Doch Mut gehörte nicht zu den Dingen, die Mutter mich gelehrt hatte.

»Prinz Tarek«, brachte ich mit schwerer Zunge und stillem Herz hervor, »das hatten wir bereits. Weder wollt Ihr mich noch ich Euch. Es wird keine Verbindung unserer Häuser geben – aber genau diesen Anschein erweckt Ihr, wenn Ihr mich wie ein Kind durch das Schloss tragt!«

»Wie ein bockiges Kind«, fügte er trocken hinzu und die Möglichkeit der Widergutmachung schwand. Meine Finger fanden das Wappen Westhams, das auf Tareks Uniform prangte. Ich fuhr die Linien der Drachenschuppen nach, gespalten von drei tiefen Furchen, verursacht von jenem Untier, auf dessen Hort das Fort der Drachentöter erbaut worden war. Eine meiner liebsten Sagen, die ich zu hören pflegte, bevor Vater dem fahrenden Volk den Zutritt zu Athos verbot.

»Dornröschen«, unterbrach Prinz Tarek meine Gedanken. Ich sah auf, mein Atem stockte, als ich dem Aufruhr in seinem Innern gewahr wurde. »Hört auf, mich zu streicheln.«

Hastig zog ich die Hand zurück. »Ich habe keineswegs …«
»Doch, habt Ihr.«
»Aber ich *wollte* nicht«, bekräftigte ich und sah gerade noch, wie uns zwei Diener in Livreen auswichen. Ich stöhnte auf.
»Ihr solltet weniger Wert darauf legen, was die Leute von Euch denken, Dornröschen, ob sie es nun laut aussprechen oder darüber schweigen.«
Ich begann mich zu winden. »Lasst mich runter. Sofort!«
Um seine Mundwinkel zuckte es und ich bekam den Eindruck, dass ihn mein Trotz reizte. Dann waren wir da. Er klopfte mit dem Ellenbogen gegen die Tür, hinter der ich in den letzten Wochen residiert hatte. Er kannte den Weg; natürlich, schließlich hatte er mich nach dem katastrophalen Ball ins Bett getragen.
»Lasst mich runter«, verlangte ich mit glühenden Wangen, da öffnete Susann bereits. Ihr Mund klaffte auf, formte ein perfektes O, ihre Augen wuchsen auf Apfelsinengröße.
»Prinzessin Mary«, japste sie.
»Habt endlich Erbarmen!« Ich stemmte mich gegen Tareks Brust, doch er trat mit mir auf den Armen ein und setzte mich erst nach der Schwelle ab. Sofort richtete ich mein Kleid. Susann sah bestürzt von ihm zu mir, die Wangen hochrot.
»Ihr dürft gehen, Hoheit«, zischte ich kühl.
»Ihr dürft aufhören, so förmlich zu sein«, entgegnete er.
»Lieber nicht.«
»In Eurer Burst schlägt wahrlich ein Herz aus Eis.«
Ich reckte das Kinn. »Mir ist unbegreiflich, wovon Ihr sprecht.«
Er seufzte. »In einer Stunde. Im hinteren Hof. Seid pünktlich.«
Dann war er fort und eine völlig aufgelöste Susann schloss die Tür. Der letzte Rest Würde fiel von mir ab. Ich griff nach dem Bettpfosten, sank auf die Laken und schloss die Lider. Meine Wangen brannten, meine Hände zitterten und ich lag einfach nur da, während sich die Welt zu schnell drehte. Es fühlte sich an, als hätte ich irgendeine Abzweigung verpasst. Als hätte die Geschichte einen anderen Weg eingeschlagen und mich zurückgelassen.

»Hoheit«, wisperte Susann. »Habt Ihr mit dem Kronprinzen sprechen können?«

»Nein«, murmelte ich. Über mir jagten sich Schäfchenwolken über Indigoblau.

Ich hatte Duncan verloren. An das Mädchen im Himmelskleid.

»Dann habt Ihr ihn verpasst?« Das Bett sank herab, als sie sich neben mich setzte.

»Ja … ja, ich habe ihn verpasst.«

Susann seufzte. »Dann ist es Schicksal.«

Wie könnte ich Susann von Duncans Worten berichten? Davon, wie er über mich und Prinz Tarek gesprochen hatte? Über seine prüde Mutter und den Jungen, der während der Jagd im Blutwald gefallen war? Wie hätte ich ihr all das sagen können – und zugleich gestehen müssen, dass ich noch an ihm hing? An dem, was wir hätten sein können?

»Er ist so anders«, murmelte ich. »Etwas im Blutwald hat ihn verändert.«

»Diese Cinderella hat ihm den Kopf verdreht«, sagte Susann leichthin.

»Cinderella«, wiederholte ich gedehnt, während über uns die Wolkenfetzen dahintrieben. Ein Himmelskleid und Haare aus Gold, ein Wesen aus einem fernen Traum. Doch es gab sie und der Beweis ihrer Existenz stand in der Schatzkammer. Ruckartig fuhr ich hoch, mein Blick flog durchs Zimmer, über die Kisten und Koffer, und verharrte schließlich auf dem geöffneten Schrank, der dem von Duncan glich; abgesehen davon, dass Susann ihn ausgeräumt hatte. Einzig meine Diamantschuhe von der Ballnacht standen noch darin. Sie zu tragen, würde mich auf ewig an mein Scheitern erinnern.

»Wirst du mir helfen, Susann?«

»Immer, Hoheit«, beteuerte sie eifrig und lächelte.

DER GRAF

Er hasste Fliegen.

Selbst hier, in der Sicherheit des Schlosses, glaubte er sie an sich zu spüren, ihre ekligen Beine, ihr Summen. Er schauderte. So einen gewaltigen Schwarm hatte er noch nie gesehen. Als hätten sich alle Fliegen Maywaters zusammengetan. Etwas musste sie angelockt haben. Er griff in seine Tasche und umfasste die Scherbe, die seltsam kalt schien. Der andere musste sie bei dem Zusammenstoß verloren haben. Der andere, der fortgeeilt war, ohne ihm aufzuhelfen. Unhöflicher Rüpel! Einzig die Drachentöter waren verblieben, misstrauisch gen Himmel blickend. Der Spuk war so schnell vorbei gewesen, wie er begonnen hatte. Doch anstatt sich dem Angriff – und ja, ein Angriff war es gewesen – wie ein Mann zu stellen, hatte er, der geschätzte Graf aus Athos, die Hände über dem Kopf zusammengeschlagen und wie ein Kleinkind am Boden gekauert. Die Scham brannte in seinen Wangen. Warum hatte ihn ausgerechnet die Drachentöterin darauf hinweisen müssen, dass die Fliegen fort waren? Eine Frau! Ganz gleich, ob es eine Kriegerin oder eine Göttin höchstpersönlich war, vor keiner Frau wollte er im Staub kriechen!

Er ballte die Faust um die Scherbe und eilte die Gänge des Schlosses entlang.

Im Hof, hatten die Diener gesagt, *der Goldkönig sei im Hof.* Dummes Pack. Selbst die einfachsten Fragen konnten sie nicht beantworten. Schickten ihn in einen Hof voller Fliegen. Er kam gerade zu der Erkenntnis, dass sie es mit Absicht getan hatten, als er den Goldkönig fand. Flankiert von seinen Königswächtern stand er an einem Fenster und sah auf den vorderen Hof hinaus, jenem, der repräsentativen Zwecken diente. Was auch immer der König dort beobachtete, schien ihm zu missfallen.

»Majestät«, rief der Graf aus und eilte schnaufend den Gang entlang. Zwei der Wächter drehten sich ihm zu, die anderen behielten die Gänge im Auge. Vor was – oder wem – sich der Goldkönig fürchtete, war dem Graf ein Rätsel. »Majestät!«

Der Goldkönig neigte den Kopf, ohne den Blick vom Hof zu nehmen. Ob dort ebenfalls die Fliegen schwärmten? Der Graf blinzelte zum Fenster, konnte aufgrund der blendenden Helligkeit aber kaum etwas erkennen. Zumindest keine Fliegen.

»Die Königin von Seval bat, Euch vor der Abfahrt kurz zu sprechen.«

»Soso. Sie bat darum.«

»Soweit es Eure Zeit zulässt«, fügte der Graf hastig hinzu, wohl wissend, wie wenig der Goldkönig es schätzte, Befehle entgegenzunehmen – mochten sie noch so höflich formuliert sein.

»Welch Glück für die stumme Königin, dass meine Zeit einen Besuch gerade noch erlaubt«, höhnte der Goldkönig. »Sie will mich *sprechen*. Nun denn, ich bin ganz Ohr.«

Der Graf verzog das Gesicht. »Sie erwartet Euch im Damensalon.«

»Wo auch sonst.« Von den Königswächtern umringt, schritt der Goldkönig den Gang entlang. Der Graf beugte sich näher ans Fenster, doch bevor er erkennen konnte, was seinen König so verstimmt hatte, rief dieser ihn zu sich: »Ich habe da noch einen Auftrag für Euch.«

Einen Auftrag, wisperte es um ihn herum. Einen Auftrag.

Mary von Athos

»Wir müssen lernen, uns selbst zu helfen,
für den Fall, dass es niemand sonst tut.«

Die schönste Braut
als Mary auf dem Baum festsaß

In die Schatzkammer zu gelangen, war einfacher als gedacht. Wahrscheinlich konnten sich die Wachen nicht vorstellen, was eine Prinzessin meiner Herkunft stehlen sollte, galt Athos doch als Heimat des Goldes. Ich befahl ihnen aufzumachen, um meinen Schmuck zu holen, da ich aufbrach – was nicht einmal gelogen war. Nach kurzem Zögern ließen sie Susann und mich ein, einzig das Versprechen, den Glasschuh nicht zu berühren, musste ich geben.

Nun standen wir da, umringt von allerlei Kostbarkeiten. Armreife aus attischem Gold und Diademe aus den Schmieden Westhams lagen von Kerzen beleuchtet auf samtblauen Kissen. Während Susann vor Staunen der Mund offen stand und sie atemlos die Vitrinen entlangflatterte, kleine Entzückenslaute ausstoßend, fokussierte ich den Schuh. Majestätisch thronte er auf einer Säule inmitten der Schatzkammer. Der Schein der Flammen brach sich tausendfach auf der geschliffenen Oberfläche und ließ funkelnde Punkte aus Licht wie Sterne über die schwere Gewölbedecke tanzen.

Das war er also, der Glasschuh Cinderellas, der einzige Beweis ihrer Existenz.

Bedacht trat ich näher, seltsam gebannt von seiner Schönheit.

»Prinzessin«, krächzte die Stimme des Kämmerers, der Tag und Nacht in den Schatzkammern wachte. »Welch ungebetene Ehre.«

»Ich komme wegen meines Schmucks«, rief ich ihm entgegen, als er sich aus dem Schatten schälte, wo er zu sitzen und schlafen pflegte. Unzählige Furchen durchzogen seine wächserne Haut, erzählten von Tagen und Jahren ohne Licht. Stimmten die Geschichten, so hatte er sein ganzes Leben hier unten verbracht, ein Leben, das länger noch währte als das der meisten Menschen.

»Die Abreise naht«, krächzte er. »Der Prinz hat sein Herz einer anderen geschenkt. Jetzt geht es wieder, das Herbstkind aus Athos.« Er kicherte. Es war ein rasselnder und mehr als ungesunder Laut. »Haare so rot wie der Abend, so golden wie der Herbst, sagen sie. Alles Quatsch.« Er spuckte aus. »Herbstkind. So ein Quatsch.«

»Meine Truhe«, verlangte ich steif. Kein Schloss ließ sich ohne das Konvolut an Schlüsseln öffnen, das er stets bei sich trug. Jedes Mal, wenn ich die Stufen zum Kellergewölbe hinabgestiegen war, um Geschmeide für eine Festlichkeit zu holen oder zurückzubringen, hatte mich der Kämmerer mit Verachtung gestraft. Obwohl er kaum noch etwas hörte und sein Augenlicht schwand, fand er jede Vitrine blind. Als wäre die gewaltige Schatzkammer mit all ihren Gängen und Verzweigungen in sein Blut übergegangen.

»Sie hat es eilig, kann nicht schnell genug verschwinden, das schreckliche Kind.«

Susanns entsetzter Blick traf meinen. Ich hob resigniert die Schultern. So war es selbst in Anwesenheit des Kronprinzen gewesen. Der Kämmerer, so erklärte Duncan mir nach meinem ersten Besuch in der Schatzkammer, entstamme einer Zeit, in der Maywater und Athos noch verfeindet waren. Nun, dies würde das letzte Mal sein, dass ich in sein Reich vordrang. Danach durfte er seine Schätze so eifersüchtig hüten wie zuvor.

»Meine Truhe!«, brüllte ich.

»Sie ruft, sie verlangt, garstiges Ding mit Flammenhaar. Es ist gut, dass sie geht. Außerordentlich gut.« Schimpfend schlurfte er davon. Ich wusste, wohin ihn sein Weg führte, durch den schmalen Gang und vorbei an der verbotenen Kammer, über die Duncan niemals sprach, bis hin zu den hinteren Gewölben. Dort wurde meine Aussteuer aufbewahrt, während sich hier im vorderen Gewölbe bloß jene Stücke fanden, die der verstorbenen Schwanenbraut gehört hatten und nun einem heiligen Schrein gleich aufgebahrt wurden. Die Diener munkelten, dass der Wüstenkönig jeden Tag hinabstieg, um zu trauern. In der letzten Woche schien der Kronprinz diesem Beispiel gefolgt zu sein – ein Gerücht, das mich nicht kümmern sollte. Nicht mehr.

»Hoheit«, wisperte Susann, doch ich gebot ihr zu schweigen.

Erst als der Kämmerer gänzlich in dem Gang verschwunden war, winkte ich sie zu mir. Es würde einige Zeit dauern, bis er mit meiner Truhe zurückkam, falls er es überhaupt schaffte, sie zu transportieren. Bis dahin waren wir allein. Ich trat zu der Säule, auf der sich das Objekt der Begierde befand und aus dem Gewölbekeller einen Nachthimmel zauberte.

»Er bricht das Licht besonders intensiv, findest du nicht, Susann?«

»Ihr wollt ihn doch nicht … Ihr könnt doch nicht … Oh!«

Meine Finger verschluckten die Sterne, als wären Wolken aufgezogen.

»Hoheit«, stammelte Susann. »Ihr habt versprochen, ihn keinesfalls zu berühren!«

»Duncan versprach, mich zu heiraten«, erwiderte ich knapp. »Versprechen gelten dieser Tage wenig.« Ich hob den Schuh an; ein einzelner, klirrender Laut durchschnitt das Gewölbe, dann war es still. »Ich hätte gedacht, er sei schwerer.« Argwöhnisch drehte ich den Schuh, um ihn von allen Seiten zu betrachten. Doch ich fand nichts, was mir Aufschluss darüber gab, woher er kam. »Steh nicht so erschrocken da und nimm die Hände vom Mund. Wir sind allein, Susann, niemand wird uns erwischen.«

»Aber der Kämmerer!«

»Er ist fast taub und beschäftigt.«

»Aber … aber …«

»Susann«, bat ich sanfter. »Möchtest du mir nun helfen?«

Sie nickte, unfähig, zu sprechen, und betrachtete mit aufgerissenen Augen den Schuh. Er spiegelte sich in ihren Iriden. Ein funkelndes, leuchtendes Etwas.

»Hast du so etwas je zuvor gesehen?«

»Nein«, hauchte sie ehrfurchtsvoll. »Ist er wirklich aus Glas?«

»Es scheint ganz so.«

»Oh, ich möchte keineswegs mit ihr tauschen. Das arme Ding, den ganzen Tag in so einem schrecklich unbequemen Schuh herumzulaufen – und auch noch zu tanzen! Kein Wunder, dass sie ihn liegen ließ und …« Sie erstarrte, ihr Mund öffnete sich ein paar Mal wie bei einem Fisch, ehe es aus ihr heraussprudelte: »Verzeiht, Hoheit! So habe ich es nicht gemeint … ich meine … ich wollte nur …«

»Sie ließ ihn liegen«, unterbrach ich sie.

»Wie bitte?«, fragte Susan atemlos.

»Der Schuh ist alles, was von ihr blieb.«

»So ist es.«

»Jetzt sucht der Kronprinz mit seiner Hilfe nach ihr.«

»Er glaubt, dass er bloß ihr passen wird, Hoheit.«

»Was denkst du darüber?«

»Nun, ich … ich weiß es nicht. Es gibt viele junge Damen, ich kann mir kaum vorstellen, dass er nur einer einzigen von ihnen passen sollte. Es sei denn …«

»Es sei denn, es ist kein gewöhnlicher Schuh«, vollendete ich ihren Satz.

Eine Hand aufs Herz gepresst, die andere vor dem Mund, als sei ihr schlecht, torkelte Susann zurück. »Alles gut, Hoheit«, nuschelte sie. »Es ist nur die Aufregung. Wenn man uns erwischt …« Sie riss die Augen auf: »Was habt Ihr vor?«

»Er braucht ihn, um sie zu finden.«

»Hoheit«, japste Susann.

»Angenommen, er hätte ihn verloren?«

»Nein!«, keuchte sie, da ließ ich ihn bereits fallen. Es klirrte durchdringend, als der schimmernde Schuh auf den Steinboden der Schatzkammer prallte. Anstatt wie erwartet in Abertausende Glasscherben zu zerbersten, stürzte er die Stufen des Podestes hinab und blieb vor einer der Vitrinen liegen. Heil und unversehrt.

Mit großen Augen sahen wir einander an.

»Er ist verzaubert, Hoheit.«

»Vielleicht habe ich nicht stark genug geworfen.«

»Nicht«, flehte sie, da schmetterte ich ihn bereits gegen die Wand. Er prallte ab, polterte über die Steinfliesen und kam vor mir zu liegen, ganz so, als wolle er mich verhöhnen. Im nächsten Moment sank Susann zu Boden, nicht ohnmächtig, aber auch nicht ganz bei Sinnen. »Oh Herbst, oh Herbst«, jammerte sie und fächelte sich frische Luft zu. Ihr Busen bebte, während ihre Wangen, die eben noch hochrot geglüht hatten, jegliche Farbe verloren. »Ein magischer Schuh! Hoheit, mit Magie legt man sich nicht an, das ist noch schlimmer als liebeskranke Prinzen.«

»Liebeskrank«, wiederholte ich und lachte auf. »Susann, du bist ein Genie!«

»Oh … Danke – nehme ich an.«

»Verstehst du denn nicht? Er wurde verzaubert! Wieso sonst hätte er sich so plötzlich von mir abwenden sollen? Wir wollten heiraten, nicht bloß aus Zwang, sondern weil wir eine Zukunft für uns sahen! Oh Susann, sie hat ihn verzaubert, genauso wie diesen Schuh.«

»Das wissen wir nicht mit Bestimmtheit«, wagte sie einzuwenden.

»Gleich wissen wir es!«

Ohne auf Susanns Protest zu achten, packte ich den Schuh am Stöckel und schlug ihn gegen die Marmorsäule. Es knirschte und krachte, der Schuhe aber blieb unversehrt.

»Hoheit?«, rief der Wachsoldat alarmiert durch die Tür. Der Schlüsselbund klimperte.

Hastig platzierte ich den Schuh auf der Säule. Gerade als die Tür aufschwang, half ich Susann auf die Beine. »Ihr ist schwindelig geworden. Sie ist gestürzt.«

»Braucht sie Hilfe?«

»Nein, es geht. Nicht wahr, Susann?« Sie murmelte etwas Undefinierbares, die Wangen wechselten erneut zu glühend rot. »Es ist hier unten so stickig«, fügte ich mit einem Augenaufschlag hinzu.

Der Soldat zögerte. »Wo ist der Kämmerer?«

»Er holt meine Truhe.«

»Vielleicht sollte ich lieber bleiben.« Er bedachte Susann mit einem misstrauischen Stirnrunzeln und fügte verspätet hinzu: »Zu Eurer Sicherheit, Hoheit.«

»Ihr solltet ihm helfen! Meine Kutsche wartet, die Zeit rennt.«

Erneut zögerte er, ehe er sich verneigte, die Tür schloss und zum Gang schritt, um dem Kämmerer zu helfen. Unsere Zeit zerrann.

»Oh Herbst, oh Herbst«, jammerte Susann. »Wir sollten gehen, Hoheit, bevor sie dahinterkommen.«

Ich sah mich in dem fensterlosen Gewölbe um, in dem die Kronjuwelen der verstorbenen Königin aufgebahrt lagen. Dann sah ich zu Susann, die aufgelöst neben mir stand, die Hände ineinander verschlungen, wie es bei mir heute Morgen im königlichen Audienzzimmer der Fall gewesen war – abhängig von der Entscheidung anderer –, und entschied, dass sie recht hatte. »Gut, wir gehen.«

Sie atmete erleichtert auf.

»Es gibt einen besseren Weg, das Geheimnis des Schuhs zu enträtseln.« Ich raffte den Rock. Susann fiel beinahe in Ohnmacht, als sie begriff. Ich zog meinen Schuh aus, der zwar nicht gläsern, aber mit silbrig glänzenden Diamanten besetzt war und nahezu identisch im Kerzenlicht schimmerte. Ich hatte sie einem Gefühl nach angezogen, jetzt wusste ich warum. »Sie stahl mir den Mann, also stehle ich ihr den Schuh.«

»Wir werden hängen!«

»Das werden wir keineswegs«, entgegnete ich überlegen und tauschte die Schuhe. »Einen Krieg mit Athos können sich die Maywaters nicht leisten, zumal sie glauben, ich würde Prinz Tarek heiraten.«

»Oh Hoheit, wie konnte das nur passieren? Dieser schreckliche Mann!«

Schrecklich?, dachte ich und hielt inne. »Er lehnte ab.«

»Dem Herbst sei Dank!«

»Vielleicht.«

Susann half mir, mich niederzulassen. Dann saß ich da, den gläsernen Schuh in der Hand, ohne ihn anzuprobieren. Denn – was tat ich, wenn er passte? Wenn er sich um meinen Fuß schmiegte, als gehörte er genau dorthin? Oder schlimmer: Wenn mein Fuß zu groß oder zu klein war?

»Magie ist gefährlich«, warnte Susann. Erneut spiegelte sich der Schuh in ihren Augen. Sie starrte ihn an, als könne sie den Blick nur schwerlich von ihm lösen. Auch ich spürte eine seltsame Anziehungskraft, der ich mich kaum zu widersetzen vermochte.

»Wollt Ihr wirklich wissen, ob der Schuh passt?«

»Nein«, sagte ich mit belegter Stimme. »Nein, denn es ist ganz gleich. Er hat sich für Cinderella entschieden – dieser Schuh ändert daran nichts.«

»Ach Hoheit …«

Wir hielten uns an den Händen, den Glasschuh zwischen uns, und wussten nicht weiter. Sie würde mir folgen, egal was ich tat, weil ich ihre Prinzessin war und sie mich mochte, wahrlich mochte. Wie konnte ich von ihr verlangen, mich bei einem Diebstahl zu unterstützen? Was versprach ich mir überhaupt davon? Der Schuh konnte ihn mir nicht zurückbringen. Der Vertrag war aufgelöst. Magie hin oder her – ich hatte verloren.

»Wir lassen ihn hier«, entschied ich und ließ sie los.

Gleichzeitig schwang die Tür der Schatzkammer auf und der Wüstenkönig trat ein, die Augen gerötet, der Gang unstet. Ihm folgten zwei Diener.

»Prinzessin Mary«, lallte er lautstark. »Was kauert Ihr dort auf dem Boden?«

Hoheitsvoll erhob ich mich und verbarg den gläsernen Schuh unter den Falten meines Rocks. Susann war geistesgegenwärtig genug, sich vor die Säule mit dem falschen zu stellen.

»Mein Schmuck, Majestät.« Ich wies auf den Gang, durch den soeben der Wachsoldat mit meinen Brautjuwelen kam, dicht gefolgt von einem grummelnden Kämmerer.

»Garstiges Ding mit einem Koffer voll Gold, hält sich für was Besseres!«

Der Wüstenkönig wirkte betreten. Er machte dem Wachsoldaten mit der Truhe Platz und trat an eine der Vitrinen. In ihr lag ein gläsernes Schwanendiadem. Die Hand des Wüstenkönigs strich über die Glasscheibe und hinterließ eine Spur neben unzähligen verblassten, die von vergangenen Gesten wie dieser zeugten. Unauffällig versuchte ich, den Schuh mit meinem Fuß zu ertasten, ohne ihn dabei umzustoßen und dem Wüstenkönig oder einem der anderen Anwesenden zu offenbaren, was ich in Wahrheit hier unten tat.

»Ihr seid in vielerlei Hinsicht wie meine Schwanenbraut«, sagte der Wüstenkönig mit gebrochener Stimme. »Sie war so gefasst und kühl, ja manchmal glaubte ich gar, dass sie all das nur tat, um … um …« Was auch immer er hatte sagen wollen, verlor sich in den Liebkosungen der Vitrine. Susann hatte mir von Duncans Mutter erzählt und dem Zauberer, der sie hoch oben in den Bergen gefangen gehalten habe, dort, wo der Silberfluss entsprang. Dank der Fähigkeit, sich in einen Schwan verwandeln zu können, sei sie ihm entkommen, den Fluss hinab, direkt in die Fänge des Wüstenkönigs. Als Ehrung für die Schwanenfrau, die ihre Federn abgeworfen habe, galten Schwäne in Maywater seither als heilig, auch wenn sich die Schwanenbraut nie wieder in einen von ihnen verwandelte. Die einst beliebte Schwanenjagd galt fortan als Hochverrat – bis Duncan das Verbot brach.

Der Wüstenkönig blinzelte. »Wenn er nicht so vernarrt in diese Cinderella wäre, wenn er nicht beteuern würde, sie sei die Liebe seines Lebens – ja, dann …«

»Dann hättet Ihr ihn zu der Heirat mit mir gezwungen?«, fragte ich kühl und stieß zugleich mit den Zehen gegen etwas Hartes. Da war der Schuh! Vorsichtig ertastete ich die Öffnung und glitt hinein. Er war zu groß – warum hätte er auch passen sollen? Nicht ich war für Kronprinz Duncan bestimmt.

»Prinz Tarek ist ein gerechter Mann. Er wird euch glücklich machen.«

Meine Zofe schnaubte. Der Wüstenkönig sah irritiert auf, ganz so, als bemerke er sie erst jetzt. Einen Herzschlag zu lang verweilte seine Aufmerksamkeit auf ihrem Gesicht, ehe er sich abwandte. »Die Diener werden Euch zur Kutsche geleiten.« Er schritt zur Tür. Susann folgte mit Panik im Blick. *Der Schuh,* formte sie mit ihren Lippen, *was ist mit dem Schuh?*

Ich nickte ermutigend, auch wenn ich keine Ahnung hatte, wie ich laufen sollte. Mit Not schaffte ich einen Schritt. Der Schuh schabte über den Boden, mein Puls beschleunigte sich. Der Kämmerer verzog sich feixend in seine Ecke, die Diener mühten sich mit der Truhe ab. Zögernd wagte ich einen zweiten Schritt und noch einen und mit jedem weiteren fiel es mir leichter. Ich blinzelte über die Schulter zu dem Schuh auf der Säule, der einen Reigen aus Lichtpunkten auf die Wände warf und die Schatzkammer in ein Abbild des Himmels verwandelte. Nur wer genau hinsah, erkannte, dass es nicht derselbe Schuh war wie zuvor.

»Kommt«, befahl der trauernde Wüstenkönig.

Ich wandte mich um und folgte ihm, Susann und den Dienern mit der Truhe den dunklen Korridor entlang. Die Tür der Schatzkammer fiel ins Schloss, der Schlüssel wurde gedreht, die Wachen stellten sich auf. Ich hatte ihn gestohlen, den Schuh, den ich nicht mehr hatte stehlen wollen, und betete zu allen mir bekannten und unbekannten Göttern, dass sie es erst bemerkten, wenn Susann und ich weit, weit weg waren.

Wir folgten den verschlungenen Korridoren des Kellergewölbes zur Haupttreppe, wo sich der Wüstenkönig wenig förmlich verabschiedete und mithilfe eines Dieners die Stufen bezwang. Hustend erreichte er den oberen Absatz, befreite sich und taumelte außer Sichtweite. Die Worte des Grafen kamen mir in den Sinn, dass der Verlust der Braut ihn gebrochen habe, und ich fragte mich, ob es vielleicht besser war, niemals zu lieben, statt daran zugrunde zu gehen.

»Keine Zeit für Gewissensbisse«, beschwor mich Susann und zog an meinem Arm, etwas, das sie sich gewöhnlich niemals erlaubte. »Wir müssen verschwinden, Hoheit.«

Die Diener führten uns zu den hinteren Ausgängen. Warum wir dort abfuhren, begriff ich, als wir ein Fenster passierten. Hunderte, gar Tausende Mädchen und Frauen hatten sich auf dem vorderen Schlosshof eingefunden. Ihre Stimmen schwängerten die Luft mit Euphorie und verzweifelter Hoffnung.

»Was tun die alle hier?«, fragte ich, die Antwort bereits ahnend.

»Sie kommen, um den Schuh zu testen«, antwortete einer der Diener.

»Jetzt?«, keuchte Susann.

Der Diener nickte. »Der Kronprinz ist ihn bereits holen.«

»Aber – das geht nicht!«, rief Susann entgeistert aus. »Ich meine, das ist unnötig, denn seht!« Sie hob die Hand zum Fenster, zeigte hinaus in den Pulk Tausender Mädchen und rief so laut, dass es selbst im Kellergewölbe zu hören sein musste: »Da ist sie! Da ist Cinderella!«

Der Wüstenkönig

Wie in Trance schleppte er sich die Flure entlang, an Portraits vorbei, die er erst kürzlich befohlen hatte, allesamt zu verhüllen. Er wollte seinen Ahnen nicht zeigen, wie verkommen er war. Wie armselig und schwach. Am Tag *ihres* Todes hatte er das Gesicht eines Greises im Spiegel erblickt, der bis zu den Knien im Grabe stand. Seither schmerzte jeder Atemzug und die kleinste Bewegung kostete unendlich viel Kraft, selbst das Schlagen seines Herzens war zur Last verkommen, als triebe allein sein Wille es an. Er starb, das war gewiss, doch noch wollte er sich nicht geschlagen geben. Erst würde er seinen Sohn zum Traualtar begleiten, ganz gleich, welche Braut er auch erwählte. Es war dem Wüstenkönig einerlei. Vielleicht fehlte ihm auch schlicht die Kraft, den Entschluss seines Sohnes anzuzweifeln. Irgendwo in seinem Unterbewusstsein ahnte er zwar, dass etwas nicht stimmte. Sowohl mit ihm als auch etwas anderes … Doch die Gedanken entglitten ihm stets, kaum dass er den richtigen zu fassen glaubte. Zu sehr war er mit Atmen, mit Kämpfen, mit *Leben* beschäftigt.

In seinem Gemach angekommen, ließ er sich stöhnend aufs Bett sinken, die Glieder schwer, der Körper alt und müde. Er verging Tag für Tag mehr. Jeder Atemzug ließ ihn schwinden. Seine Finger fuhren über die seidene Laken, fanden den Platz, wo einst die Schwanenbraut gelegen hatte und er sie noch heute zu spüren glaubte. Ihren warmen und geschmeidigen Körper. Ihre seidige Haut. Ihr duftendes Haar, das er so gern durch die Finger hatte gleiten lassen. Sie hingegen hatte es gehasst. Sie hatte vieles gehasst.

Vielleicht auch ihn? Er wusste es nicht. Hatte es nie wissen wollen.

Erst im Angesicht seines eigenen Endes wagte er darüber nachzudenken, über all die Dinge, die er sorgsam zu ignorieren gelernt hatte. Warum sie bei ihm geblieben war, obwohl sie ihn offensichtlich niemals geliebt hatte und seine Berührungen ihr zuwider gewesen waren. Seine Nähe. Seine Liebe. War es die Krone gewesen? Es musste so sein, immerhin hatte sie das Diadem selbst des Nachts getragen. Wie oft hatte er im Schlaf die Hand nach ihr ausgestreckt, die Finger erst über das kühle Glas und anschließend tiefer gleiten lassen, gespürt, wie sie sich versteifte, und dennoch nicht innegehalten. Weil sie niemals *Nein* gesagt hatte. Weil sie, egal wie oft er sie auch des Nachts geweckt und sich an ihr vergangen hatte, stets mit einem eisernen Lächeln aufgestanden war.

Brötchen, mein König?

»Ja, Liebste«, antwortete er in Erinnerungen versunken.

Dazu Tee?

»Unbedingt.« Jeden Tag dieselben Fragen – ihr rettendes Ritual. Er hatte mitgespielt, wohl wissend, dass es ihr als Ausrede diente, um das gemeinsame Schlafgemach schnellstmöglich zu verlassen. Er hatte stets betroffen zugesehen, wie sie den Morgenmantel enger raffte und die köstlichen Rundungen verbarg, die er nur in der Dunkelheit ertasten konnte. Niemals durfte er sie bei Tageslicht sehen – weshalb er einen Spion in die Wand zwischen dem Schlafgemach und dem Bad hatte einbauen lassen. Einen Spion, vor dem er Stunden zubrachte, während sie sich wusch. Jeden Morgen, wenn sie ihn beim Frühstück glaubte. Er ertrug ihre Abwesenheit schlicht nicht. Es schmerzte ihn körperlich und seelisch. Manchmal sah er ihr einfach nur zu, gleichermaßen beschämt wie betört, und manchmal … ja manchmal ließ er sich gehen. Weidete sich an ihrem Anblick. Ihrer Anmut. Ihrem Liebreiz.

Seine Hand wanderte den Wams hinab, dorthin, wo sich seit dem Tod seiner Braut nichts mehr regte und auch niemals wieder regen würde. Es schien, als sei mit ihr auch seine Männlichkeit verschwunden. *Vielleicht,* sinnierte er, auf makabre Art erheitert, *war das die Rache für all seine Sünden. Für ihr Leid.*

Seine Augen brannten. Niemals hatte er ihr Schmerzen bereiten wollen. Sie war sein Leben gewesen. Sein Herz. Sein Licht. Dennoch hatte ihm die Kraft gefehlt, ihr zu widerstehen … und sie … nun, sie schien es gewusst zu haben. Es war die Art ihres nachsichtigen, beinahe verächtlichen Lächelns gewesen, wenn er sich wieder einmal in ihr verloren hatte.

Befriedigt, mein König?

»Vorerst, Liebste. Vorerst.«

Manchmal hatte sie gelacht, als hätte er einen Witz gerissen, den nur sie beide verstanden – und in diesen Momenten waren die Zweifel beinahe übermächtig geworden. Die Angst, dass etwas nicht stimmte. Mit ihm. Und mit ihr.

Ihr seht besorgt aus, mein König.

»Ich dachte nur nach.«

Worüber, mein König?

»Über dich.«

Was sollte es da zu denken geben?

»Ich frage mich, wer du bist …«

Eure Braut, mein König.

»Richtig«, murmelte er. »Meine Braut.«

Esst Eure Brötchen und lasst mich baden.

Vielleicht hatte sie gewusst, dass er sie beobachtete. Vielleicht hatte sie deshalb Stunden in der Wanne zugebracht, so lange, bis der Schaum zerrann und ihre Rundungen offenbarte. Vielleicht war ihr seine stille Bewunderung lieber gewesen als seine Nähe.

Sorgenfalten verunstalten Euch, mein König.

»Ich sorge mich nicht.«

Eine hochgezogene Braue, ein scheinbar zufällig klaffender Spalt im Morgenmantel.

Ich kenne Euch zu gut.

»Das tust du …«

Der Spalt vergrößerte sich. Langsam. Aufreizend. *Was sorgt Euch, mein König?*

»Ich rede mit einer Toten.«

Leises Lachen, funkelnde Augen. Aus dem Spalt wurde ein Fluss. Ihre Haut schimmerte feucht, als sei sie gerade erst dem Bad entstiegen. *Wir alle sterben eines Tages.*

»Wer hat dich getötet?«

Das wisst Ihr doch längst, mein König.

»Nein«, flüsterte er.

Ihr wart dabei. Der Morgenmantel floss von ihren Schultern, offenbarte einen Leib, der kaum makelloser sein konnte. Die Matratze sank unter ihrem Gewicht. *Ihr wisst es, weil Ihr es gesehen habt, und deshalb werdet Ihr als Nächstes sterben, mein König.* Sie beugte sich über ihn, die Haare nass, die Brüste schaumtriefend. *Er wird auch Euch töten*, säuselte sie und schmiegte sich an ihn. Zu spät erkannte der Wüstenkönig, dass nicht die Schwanenbraut, sondern ihr Mörder über ihm kniete. Den Aufschrei erstickten die Federn des Kissens, das ihm das Leben stahl wie zuvor auch ihres – und plötzlich erlebte er einen Moment absoluter Klarheit. Er erinnerte sich, wie er wach geworden war und *ihn* gesehen hatte, das Kissen zurückziehend und ihre Haare richtend. Danach war alles verschwommen. Es erschien ihm ironisch, dass er erst jetzt die Wahrheit erkannte, wo er durch ein federgespicktes Kissen sein Ende fand. Dabei war der Tod schon lange zuvor im Schwanenkleid in sein Leben getreten.

All die Jahre, dachte er entsetzt und verstand plötzlich, wieso *er* sie getötet hatte.

Vielleicht hätte er es an seiner Stelle ebenfalls getan.

Das Letzte, was er vernahm, war eine Stimme, die einem Echo gleich durchs Schloss getragen wurde: *Da ist sie. Da ist Cinderella!*

Dann wurde er federleicht.

DER MÖRDER

Es war so leicht, ein Leben zu nehmen. Beinahe mühelos.

Er sah auf das eingefallene Gesicht des Wüstenkönigs nieder – fahle Haut, schlaffe Wangen, hervorstechende Knochen – und spürte keine Reue. Ein weiteres Opfer des Krieges, der still und heimlich stattfand. Ein Krieg so alt, dass er fast vergessen schien. Nur wenige hörten von den Schlachten, die im Stillen stattfanden. Von den Toten, die niemals zur Ruhe gebettet wurden, sondern ihren Leib und ihre Seele im Dienst gegen das Böse verloren. So wie er. Oh ja, er wusste, dass auch er ein Opfer war. Eine Figur in diesem Krieg, der – sollten die Omen stimmen – schon bald zu altbekannter Größe aufzubrechen drohte. An die Folgen wagte er nicht zu denken. An all die Toten. So viel mehr, als er zu opfern bereit war, um diesem Wahn ein Ende zu bereiten. Ein vergehender König. Eine falsche Braut. Was machte das schon?

Behutsam richtete er das leicht verrutschte Wams und strich die Laken glatt. Beinahe schien es, als schliefe der Wüstenkönig. Erst von Nahem fiel der fehlende Atem und die unheimliche Kälte auf. Letzteres ließ ihn zögern. Er beugte sich über den Leichnam, die Augen zu Schlitzen verengt – da sah er es. Es hing halb verborgen im steifen Kragen, ein winzig kleines Ding, das alles veränderte. Er hatte es nicht bemerkt. Nicht einmal danach gesucht. Wie hätte er auch ahnen können, dass jemand den Wüstenkönig zu schützen versuchte? Jemand, der über Magie verfügte und geahnt hatte, dass er wiederkommen und sein Werk beenden würde. Jemand, der verflucht dumm war, denn jetzt gab es keine Rettung. Der Wüstenkönig war bereits verloren gewesen. Nur wenig länger und er wäre von allein eingeschlafen. Doch darauf hatte er nicht warten können. Zu groß war die Gefahr, dass er sich erinnert hätte. Zu gering sein Beitrag für die folgenden Geschehnisse. Er hatte keine Wahl gehabt. Genau genommen war es sogar gnädiger, den Wüstenkönig zu erlösen, statt ihn weitere Tage dahinsiechen zu lassen. Doch das wurde ihm jetzt zur Schlinge.

Fluchend löste er das Amulett vom Hals des Toten, die Magie brannte zwischen seinen Fingern, er biss die Zähne zusammen. Er hatte viel über diese Art von Amulett gelesen, über die möglichen Formen und Beschaffenheiten, doch nie zuvor eines in der Hand gehalten. Dennoch erkannte er es sofort. Die Magie sickerte ihm aus allen Poren, eiskalte und glasklare Blutmagie. Dazu die spiegelnde Oberfläche und die markante Form. Wer auch immer es gefertigt und dem Wüstenkönig umgehängt hatte, kannte nun die Wahrheit über sein Ableben. Spiegelamulette, wie sehr er ihre Existenz verfluchte. Doch sie hatten auch einen entscheidenden Vorteil, der zugleich ihre größte Schwäche war: Sie waren beidseitig nutzbar – und so musste er nur warten. Darauf, dass sich das Gesicht seines nächsten Opfers im Spiegel offenbarte.

DORNRÖSCHEN

Vor der Jagd

Du wirst es lieben!«

Duncan wies mit einer Hand über die Ödnis Maywaters, die braun und ausgebrannt im gleißenden Sonnenlicht lag. Weit im Westen durchbrach das silberne Band des Flusses die Wüste, trennte sie vom Blutwald, der sich gegen das Wasser drängte, als versuchte er, es zu queren, um auch das Land diesseits zu verschlingen. Flimmerndes Rot, dunkel wie Blut.

»Wieso wurde die Jagd vorgezogen?« Ich folgte ihm die Mauer entlang, die den königlichen Garten wie eine schlafende Schlange umschloss, und sah durch die Bogenfenster, die einen Blick aus dem Paradies ermöglichten: hinaus in eine andere, tote Welt.

Duncan tat, als habe er meine Frage überhört. Vielleicht ahnte er, dass ich es nicht guthieß, es sogar hasste, wenn die Könige und Prinzen in den Blutwald aufbrachen, um mit reicher Beute heimzukehren – und um ein paar Männer ärmer. Stets verloren sie einige Träger, manchmal einen der Jäger, einen Grafen oder Ritter. Vielleicht lag gerade darin der Reiz: in der Gefahr und im Ungewissen. Obwohl Vater seit Jahren der Jagd fernblieb, schickte er pflichtschuldig eine Delegation nach Westham, die an seiner statt die Beute heimbrachte – oder ihr Leben ließ.

»Wenn der Regen kommt, wird ganz Maywater erblühen«, sprach Duncan fröhlich weiter. »Überall werden Bäche entstehen, das Tal durchströmen und es in blühendes Azur kleiden. Aus allen Königreichen reisen Künstler und Adelige an, um dem Schauspiel beizuwohnen, es zu zeichnen und Lieder darüber zu dichten. Das Wunder Maywaters nennen sie es, den Tag der Wüstenblüte.«

Er fuhr fort, mir seine und meine neue Heimat in den allerschönsten Farben zu beschreiben, sprach von wilden Rosen am Wegesrand, üppigen Kornfeldern, sprießendem Mohn und ausgelassenen Menschen, die den Monat des Regens zelebrierten, Maywaters Blüte – die Zeit, die ihre Kornkammern und das Land mit Leben füllte. Er sprach und sprach, doch während ich ihm lauschte und mir all das vorzustellen versuchte, driftete meine Aufmerksamkeit stets gen Horizont. Flimmerndes Rot, dunkel wie Blut.

Erst als er nach meiner Hand griff, fand ich zurück zu ihm.

»Wo bist du nur, Mary?« Er strich mir eine Strähne hinters Ohr. Sie musste sich gelöst haben. »Hier drinnen«, er tippte mir sanft gegen die Stirn, »bist du ganz weit weg und ich wüsste zu gern, wo dieser Ort ist und wer dort auf dich wartet.«

»Niemand«, beteuerte ich zu rasch. Duncans Lächeln erstarb. »Ich weiß, was meine Pflicht ist«, fügte ich hinzu und schien es damit nur schlimmer zu machen. Er seufzte. Seine Hand um meine geschlungen, zog er mich weiter. Ich ließ zu, dass er mich so berührte, wie es sonst niemand wagte. Ich konnte mich nicht entsinnen, ob Vater je meine Hand ergriffen hatte. Susann tat es nur äußerst selten. Wenn, dann war es Mutter gewesen. Vielleicht. Ich wusste weder, ob sie mich damals in den Arm zu nehmen pflegte, noch ob sie mich je geküsst hatte. Die Erinnerungen an sie waren verblasst, als sähe ich sie durch einen Schleier.

»Setz dich.« Duncan wies auf eine Bank, die unter einem opulenten Rosenbogen verschwand. Die Diener und auch Susann verharrten in sicherem Abstand, um uns die größtmögliche Privatsphäre zu ermöglichen, die einem unverheirateten Paar zustand. »Mir ist bewusst, dass wir beide keinerlei Wahl haben, was diese Vermählung betrifft, aber ich bin fest davon überzeugt, dass wir mit ein wenig Zeit zueinanderfinden werden.«

Ich schwieg. Was hätte ich auch sagen können? Er wusste, dass ich einzig deshalb hier saß, weil es die Pflicht verlangte.

»Wenn ich ehrlich bin«, er ergriff meine zweite Hand, hielt sie wie einen Schatz, den es zu hüten galt, »erhob ich gegen diese Verbindung keinerlei Einspruch, seit ich das Gemälde erblickte, das dein Vater schicken ließ.« Er lächelte. »Weißt du, wie wunderschön du bist? Ich sehe an deiner Reaktion, dass du daran zweifelst. Vermutlich wagt kaum jemand, es in deiner Gegenwart anzusprechen.«

»Im Gegenteil, ich höre es andauernd.«

»Natürlich«, beeilte er sich zu sagen, ein verlegenes Grinsen im Gesicht. Gegen meinen Willen hoben sich auch meine Mundwinkel. »Sieh an, Mary mit dem Herz aus Eis kann also lächeln. Es steht dir ausgezeichnet.«

Sonnenstrahlen brachen sich golden in seinem Haar. Wie die Kornfelder, von denen er sprach, wie die Sterne an der Decke des Mitternachtssaals, wie die Krone, die sein Vater noch trug, aber bald sein Haupt zieren würde. Seines und meines. König und Königin.

»Warum nimmst du an der Jagd teil?«

»Es ist Tradition. Alle Königreiche folgen dem Ruf Westhams.«

»Die Prinzen ja, doch Prinzessinnen erhalten keine Einladung.« Meine Worte klangen spitz, doch statt beleidigt zu reagieren, lachte Duncan.

»Sag bloß, du kämst gern, denn das glaube ich dir keineswegs. Nein, Mary aus Athos, die Jagd missfällt dir und ich respektiere deine Abneigung. Doch verstehe, dass mir keine Wahl bleibt. Manche Dinge müssen wir tun, auch wenn wir uns noch so sehr sträuben.«

»Du würdest den Blutwald meiden, wenn es die Tradition nicht verlangte?«

»Himmel – Ja!« Er beugte sich vor, ein abenteuerliches Blitzen in den Augen. »Hast du von den Monstern gehört, die dort hausen? Von den Tieren, die, aller Farben beraubt, schattenhaft durchs Unterholz streifen? Die Bäume laben sich an ihrem Blut, deshalb sind sie bleich wie der Tod.«

»Unsinn«, gab ich kichernd zurück, etwas, was ganz und gar befremdlich für mich war. Ich kicherte nicht. Niemals. Abgesehen von heute. Vielleicht lag es an der Art, wie Duncan sprach, wie er mich ansah.

»Doch«, beteuerte er ritterlich. »Woher sonst sollte der Blutwald seinen Namen haben? Die Bäume trinken das Blut derer, die sich in ihm verirren und nie wieder hinausfinden. Deswegen, oh holde Mary, gewähr mir ein Zeichen deiner Zuneigung, falls ich während der Jagd das Leben lassen sollte.« Theatralisch griff er sich ans Herz.

Bevor ich mich's versah, hatte ich mich vorgebeugt und seine Wange flüchtig geküsst. Ich wusste nicht, wer von uns beiden überraschter war, er jedoch fing sich schneller.

»Mary von Athos«, flüsterte er und dann küsste er mich richtig.

Vielleicht ließ ich es zu, weil es meine Pflicht war, weil er schon bald mein Gatte und ich seine Frau wäre. Doch mit jedem Moment, der verstrich, schmolz mein innerer Widerstand. Bis es nur noch ihn und mich auf der Bank unter dem Rosenbogen gab, in diesem Garten, der eine blühende Oase inmitten des zerstörten Landes bildete. Ich war im Paradies und Duncan hatte es mir gezeigt. Plötzlich sah ich Maywater durch seine Augen, die Schönheit in all ihrer Vergänglichkeit, den Reiz des stetigen Wandels; und mich als Braut an seiner Seite.

Wie lange wir dort auf der Bank saßen, uns an den Händen hielten, lachten und scherzten, vermochte ich nicht zu sagen. Zeit schien unwichtig, denn dies war erst der Anfang. Wir würden heiraten und Tag für Tag beisammen sein, durch den Rosengarten flanieren, uns kennenlernen, hin und wieder verstohlen küssen und vielleicht sogar eines Tages lieben.

»Ich wünschte, du wärst während der Regenzeit gekommen, dann hättest du dein neues Zuhause in seiner ganzen Pracht kennengelernt. So muss dir Maywater schrecklich trostlos vorkommen im Vergleich zu den attischen Wäldern. Aber glaube mir, Mary, der Regen kommt und dann erblüht die Wüste wie die Rosen im königlichen Garten.«

Er brach eine Knospe ab.

»Du wirst es lieben lernen«, versprach er und reichte mir die Rose, die erblühen und verwelken sollte. »So wie mich.«

VON

WELKENDEN ROSEN

Mary von Athos

*»Wahre Freunde? Du bist eine Königstochter,
niemand wird ohne Grund dein Freund.«*

Die schönste Braut an Marys viertem Geburtstag
als die Kinder kamen, um Torte zu essen

Noch nie hatte ich Susann so aufgelöst und gleichzeitig hoch konzentriert erlebt. Sie blühte geradezu auf und schaffte es innerhalb von Sekunden, den ganzen Westflügel in Aufregung zu versetzen. Das Raunen wanderte von Saal zu Saal und die Korridore entlang.

»Da ist sie«, flüsterten die Diener. »Cinderella ist da.«

Alle riefen nach der neuen Braut und vergaßen mich.

Susann griff nach meiner Hand, ihre Wangen glühten. »Kommt«, befahl sie und zog mich die Stufen zum Hinterausgang hinab auf den Hof. Schwarz und rund und glänzend stand die Kutsche im Staub, das kupferne Wappen Westhams auf der Tür. Kurz nach uns trat Tarek aus dem Tor und bestieg seinen Rappen. Eine schwer bewaffnete berittene Garnison Drachentöter wartete bereits, wie zur Demonstration westhamscher Größe.

»Ich begleite Euch bis zum silbernen Fluss«, rief Tarek uns entgegen. »Dort trennen sich unsere Wege. Ihr reist nach Athos, während ich gen Westham reite. Zwei meiner Soldaten geleiten Euch den Rest der Strecke.« Ohne eine Antwort abzuwarten, schwang er sein Pferd herum und ritt donnernd vorweg.

Susann drängte zur Kutsche. Als ich einstieg und der gläserne Schuh im Sonnenlicht blitzte, verstellte sie rasch den Dienstboten die Sicht. Dann folgte sie mir und die Kutschentür schnappte hinter ihr ein.

»Auf geht's«, rief sie zum Fuhrmann. Die Peitsche zischte, die Pferde wieherten.

Schloss Maywater fiel zurück, in all seiner staubigen Herrlichkeit, mit den vereinsamten Korridoren, den Rundtürmen und blauglänzenden Zwiebeldächern. Das Schloss des Himmels hoch oben auf den Klippen über der Bucht und der zerklüfteten Wüste hätte mein Zuhause sein können, es hätte mein Leben sein sollen.

Wir folgten der Mauer, die den königlichen Garten umschloss, in dem ich vor einer gefühlten Ewigkeit mit Duncan spazierte. Dieser Tag erschien mir so weit entfernt wie ein verblassender Traum. Eine vereinzelte Rosenranke hatte den Weg über die Zinnen gefunden, streifte das Kutschendach und zerfiel in einem Reigen aus Blütenblättern. Sie tanzten mit dem Staub, ehe sie von den Hufen der nachfolgenden Pferde zu Brei zermahlen wurden.

Susann hielt meine Hand. Sie hielt sie den ganzen langen Weg durch die geschützten Villenviertel des Adels und selbst dann noch, als uns die summende Stadt verschluckte, die sich um das Schloss auf den Klippen schmiegte wie die Leiber unzähliger Huren um einen zahlungswilligen Freier. Erbaut aus Salzgestein und Felsquadern, die mühsam der Wüste abgerungen wurden, wuchs die Stadt stetig fort. Tag und Nacht. In die Tiefe und in die Höhe. Das Hämmern der Hufe auf dem Kopfsteinpflaster mischte sich mit dem der unzähligen Arbeiter, die Gebäude über Gebäude schufen und sich zugleich in die Tiefen der Klippe schlugen. Seit Kriegsende strömten die Menschen aus ganz Maywater zur letzten und einzigen Stadt, die der Wüste die Stirn bot. Wie viele Siedlungen es außerhalb noch gab, wusste ich nicht zu sagen, nur dass sie alle über kurz oder lang zum Sterben verurteilt waren. Einzig die Salzgärten an der Küste verblieben, aneinandergereihte Kristallteiche in einer dahinsiechenden Welt, die ein Gut einbrachten, das keinen Magen zu sättigen vermochte.

Den schattigen Gassen folgend, vorbei an verwahrlosten Kindern und feilschenden Händlern, deren einzige Habe Glas, Salz und Fisch im Überfluss waren, strebte uns eine scheinbar endlose Schlange hoffnungsvoller Mädchen entgegen. Sie alle wollten zum Schloss, nicht ahnend, dass der Schuh, wegen dem sie kamen, nicht länger dort war.

Das Kinn erhoben und die Schultern gerade, zwang ich mich, geradeaus zu blicken, selbst als die gewaltige Mauer vor uns aufragte, die Krone mit abgeschlagenen Pferdehäuptern gespickt, um die ganze Schwärme von Fliegen surrten. Die eisenverstärkten Tore öffneten auch, die Wachposten salutierten, die Mauer verschluckte uns, nur um uns nach quälenden Sekunden in ausgedehnter Dunkelheit wieder auszuspucken, hinein in flirrende Hitze und gnadenlose Helle.

»Es wird gut«, sagte Susann. »Alles wird gut.«

Ich wusste nicht, ob sie zu mir oder sich selbst sprach.

Wir lehnten uns zurück und schwiegen, während am Kutschfenster die Wüste vorbeiflog, durchbrochen von Turmskeletten, die alt und zerbrochen dem steten Ansturm des Sandes zu trotzen versuchten. Unzählige Ruinen säumten die große Weststraße, die Fenster wie gebrochene Augen, aus denen der Sand wie Tränen quoll. Garstige Dornen hatten die Höhen erobert, schlangen sich durch jede Ritze und jeden Spalt, als wären der Wüste selbst Arme gewachsen, als zöge sie die Türme zu sich hinab in ihr heißes, trockenes Grab.

Ruinen über Ruinen, zu viele, als dass ich sie hätte zählen können.

Und immer wieder waren da Mädchen. Sie alle pilgerten zum Himmelsschloss, das Herz voll falscher Hoffnung. Selbst wenn ich den Schuh nicht gestohlen hätte, wären sie umsonst gekommen. Niemandem passte er – nur ihr, dem Mädchen, das mir den Mann geraubt hatte.

Gleichermaßen erschöpft wie wütend beugte ich mich vor und raffte den Rock. Das Sonnenlicht traf aufs Glas, brach sich schillernd. Der Schuh saß eng, ganz anders als in der Schatzkammer, und ich fragte mich, ob ich mir seine anfängliche Größe nur eingebildet hatte. Ich griff nach der Hacke und versuchte ihn auszuziehen.

»Hilf mir«, bat ich. Zögernd beugte sich Susann vor, ganz so, als wagte sie nicht, ihn zu berühren. »Bitte.«

Susann schluckte, beinahe zärtlich umfassten ihre Finger das Glas, dann zog sie. Ihre Augen weiteten sich überrascht. Sie zog fester, stemmte sich gegen die Bank, bog sich und keuchte vor Anstrengung, doch gleich wie sehr sie sich abmühte, der Schuh rührte sich nicht. Fassungslos sank sie nieder, Schweißtropfen glänzten auf ihrer Stirn. Ihr Blick traf meinen.

»Er geht nicht ab!«

»Zieh fester!«

»Ich sagte es Euch, Hoheit, mit Magie legt man sich nicht an.«

»Aber …«

»Jetzt habt Ihr den Schlamassel.«

»Ich werde diesen Schuh ja wohl ausziehen können!«

Sie biss sich auf die Lippe, griff erneut nach dem Stöckel und zog. Ergebnislos. Der Glasschuh saß fest.

»Wir müssen ihn zerbrechen.«

»Während Ihr ihn tragt?«, rief Susann entsetzt.

»Glaubst du, ich will den Rest meines Lebens damit herumlaufen? Gewiss nicht!«

Das schien Susan einzuleuchten. Sie stand auf.

»Was tust du?«

Sie hob das Polster der Bank an, auf der sie gesessen hatte. Ihre Wangen verfärbten sich. »Vor einiger Zeit ließ mich ein Stallbursche in einer Kutsche sitzen, deshalb weiß ich, dass hier die Droschkenwerkzeuge aufbewahrt werden. Vielleicht ist etwas dabei, womit wir den Schuh bezwingen können.«

Als sie einen wuchtigen Hammer hob, schlug mein Herz plötzlich viel zu schnell. »Versuch es lieber mit etwas Kleinerem.«

Sie blickte vom Schuh zum Hammer, nickte und zog etwas Längliches hervor, von dem ich keine Ahnung hatte, was es war oder wozu der Kutscher es brauchte. Aber es war aus Eisen und Eisen war hart.

»Bereit?«, fragte Susann.

Ich nickte tapfer.

»Herbst steh mir bei«, murmelte sie, holte aus und schlug zu. Glühender Schmerz durchzuckte meinen Knöchel, als das Eisen auf meine Haut traf. Ich schrie, erstickte den Schrei jedoch sofort mit meiner Faust.

»Oh heiliger Herbst! Hoheit, verzeiht, das wollte ich nicht!«

»Sag nicht«, keuchte ich unter Tränen, »dass du danebengeschlagen hast!«

»Nein«, rief sie beschämt, »aber das Eisen, es ist am Glas abgerutscht …«

Ich kämpfte gegen den Schmerz, der wie flüssiges Feuer durch mein Bein zog. »Dann schlag erneut zu, diesmal fester.«

»Seid Ihr sicher, Hoheit?«

»Schlag zu!«, knurrte ich und schloss die Lider. Ich sah nicht, wie Susann ausholte, ich hörte nur ihren Atem, der viel zu schnell ging, dann zischte etwas durch die Luft und – traf erneut meinen Knöchel. Ich schrie auf, mein Bein brannte.

»Es funktioniert nicht«, jammerte Susann. »Der Schuh hat noch nicht einmal einen Kratzer … und Euer Fuß … Euer Fuß …«

Ich konnte nicht sprechen, nur stöhnend vor und zurück wippen.

»Soll ich es doch mit dem Hammer probieren?«

»Nein!«, schrie ich entsetzt.

Susann sank zurück auf die Bank. »Wir finden einen anderen Weg, Hoheit.«

Ich zwang die Tränen nieder, atmete tief und langsam. *Konzentration*, flüsterte ich mir zu und als sich mein Herzschlag beruhigt hatte und ich die Augen öffnete, fand ich Prinz Tareks Blick durch das Fenster auf mich gerichtet. Sein Rappe tänzelte unruhig neben der Kutsche im Wüstensand.

»Ich hörte einen Schrei.«

Rasch wandte ich mich ab. Da war etwas an ihm, das meine sorgsam errichteten Mauern durchbrach, mich schwächte. Doch ich durfte nicht schwach sein.

»Mary?«, fragte er besorgt.

»Da war eine Spinne«, stand Susann mir bei.

»Eine Spinne?«

»Eine besonders dicke, Hoheit, eine von der Sorte mit den haarigen Beinen und dem Körper groß wie eine Apfelsine – oder zumindest wie eine Traube.«

»Prinzessin Mary fürchtet sich vor Spinnen?«

»Viele Damen tun das.«

Er blieb Susann eine Erwiderung schuldig, schnalzte mit der Zunge und trieb sein Pferd an. Alles, was blieb, war der flimmernde Staub.

»Susann?«

»Ja, Hoheit?«

»Nenn mich nicht mehr so.«

»Wie bitte?«

Ich sah zu ihr hoch. »Nenn mich Mary.«

»Aber … aber – Hoheit!«, stammelte sie. »Das gehört sich nicht!«

»Es gehört sich ebenso wenig, einen Schuh zu stehlen.« Ich blickte zu meinem Fuß, was ich hätte vermeiden sollen, denn mir wurde schlagartig speiübel.

»Es wirkt schlimmer, als es ist«, beruhigte mich Susann sofort. »Ich glaube nicht, dass er gebrochen ist und das Blut sieht nur so viel aus, weil es … nun ja … viel ist. Aber immer noch verhältnismäßig wenig, Hoheit.«

»Mary«, würgte ich hervor.

»Mary«, korrigierte sie sich hastig, konnte aber nicht verhindern, »Eure Hoheit« hinterherzuquetschen. »Ich schlage vor, Ihr ruht Euch aus, während ich das Blut beseitige und Eure Wunde reinige – und dann sind wir auch schon fast zu Hause.«

»Zu Hause«, wiederholte ich und fühlte mich plötzlich leer. »Ich habe kein Zuhause.«

»Oh doch, Mary, Eure königliche Hoheit, das habt Ihr.«

»Susann, es ist sinnlos, wenn du beides sagst. Nur Mary.«

Sie kniff die Lippen zusammen, nickte aber.

Erschöpft sah ich aus dem Fenster und fühlte mich so wüst und leer wie die Landschaft Maywaters. Es erschien mir unvorstellbar, dass die Dünen während der Regenzeit in voller Blütenpracht stehen sollten, dass Kaskaden aus Türkis die Hänge hinabfließen und das feinkörnige Weiß der Wüste durchdringen würden. Fast so unvorstellbar wie die Tatsache, dass Vaters Pläne durchkreuzt worden waren – zweimal. Kein Prinz wollte mich zur Braut – und ich, die ich bloß diese Zukunft gekannt hatte, wusste nicht wohin mit mir.

Mir blieben sieben Tage, um es herauszufinden.

DER KRONPRINZ

Da ist sie. Da ist Cinderella.

Die Rufe schallten durch das Schloss, anschwellend wie das Wispern der Wellen, bis es einem tosenden Sturm glich und selbst in den letzten Winkeln widerhallte.

Da ist sie. Da ist Cinderella.

Mit geschlossenen Augen lehnte er an der kühlen Steinwand, die Stirn von feinen Schweißperlen benetzt. Er musste hinaus und dem Ruf folgen – oder alles war vergebens. Er zwang sich, die Bilder zu verdrängen: Marys Scherbenaugen, des Goldkönigs Zorn, seines Vaters Verwirrung. Sie alle mussten es glauben – denn *ihre* Spione waren überall und wenn er *sie* überzeugen wollte, musste es echt aussehen. Nein, es musste echt sein.

»Cinderella.« Ihr Name ließ ihn beinahe würgen. Er schluckte den Zorn, den glühenden Hass, und zwang sich, die Fäuste zu lösen. »Cinderella«, wiederholte er und mit jedem Mal kam es flüssiger. »Cinderella. Cinderella.«

Da ist sie. Da ist …

Sie warteten auf ihn. Wenn er sich jetzt nicht zusammenriss und wie ein verliebter Narr die Treppen hinabsprang, um nach ihr zu suchen, würden erste Zweifel sprießen und Misstrauen wie Unkraut wuchern. Nein, er musste hinaus.

»Cinderella«, sagte er lauter, zärtlicher. Eine Liebkosung. Ein Fluch.

Entschlossen stieß er sich von der Wand ab und streckte den Rücken durch.

Sie gehörten zusammen wie Tag und Nacht.

Oder besser: *Wie Licht und Sonne. Hitze und Wüste.*

Er hob den Blick zu den letzten unverhüllten Gemälden seiner Ahnen, die noch kein Opfer des neuesten Wahns seines Vaters geworden waren, und fand, was ihn schon als Kind irritiert hatte: der Kontrast zwischen den Portraits, die vor dem großen Krieg entstanden waren, und jenen, die der Zeit danach entstammten. Aus stolzen, hoch erhoben dastehenden Königen waren verliebt dreinblickende Männer geworden, deren Präsenz hinter denen ihrer Bräute nahezu verschwand.

Da ist sie. Da ist Cinderella.

Er zwang sich, eine Maske aufzusetzen – Vorfreude, Lust, Erwartung –, und hastete die Flure entlang. An den Reaktionen der Diener, die ihm aufgeregt nachsahen, erkannte er, dass die Täuschung fruchtete. So wie bei Tarek. Er wusste, dass der westhamsche Prinz ihn getestet hatte. Er wusste nur nicht wieso.

»WO IST SIE?«, brüllte er, kaum dass er die vordere Halle erreichte. Wachen, Diener und letzte Adelige, sie alle zeigten nach draußen in die flimmernde Hitze und auf ein wogendes Meer aus blonden Frauen. Fast hätte er gelacht. Gelacht und geweint. So viele waren gekommen, um den Schuh zu testen.

»Da ist sie«, wisperte es von irgendwo und er wusste, was zu tun war. Was er getan hätte, würde der Zauber noch wirken. Es zöge ihn hinaus, als würde sein Herz für jemand anderen schlagen. Er spürte es noch, doch es war nur ein Nachhall der nächtlichen Ohnmacht, die Schlag Mitternacht eine jähes Ende gefunden hatte. Er wäre für sie durch die Hölle gegangen – und er wollte für niemanden durch die Hölle gehen.

Die warnenden Rufe seiner Wachen ignorierend, stürzte er sich zwischen die Frauen.

Sie alle waren ihm gleich. Einzig sie zählte.

»Eure Hoh…«

Weiter kam die Fremde nicht, die sich ihm in den Weg stellte. Er packte sie an den Schultern und schob sie beiseite. Ihre Augen weiteten sich. Blaue Augen, das erkannte er gerade noch, ehe sein Interesse schwand und er weitersuchte. Weiter nach ihr. Irgendwo unter diesen Frauen musste sie sein. Doch wo?

»Verzeihung …«

Erneut die Fremde. Er würdigte sie nur eines knappen Blickes. Verklebtes Haar, beschmutzte Kleidung, das Gesicht voll Asche. Verachtung ließ die Maske freudiger Erwartung verrutschen, es kostete ihn schier unendliche Mühe, sie wieder zu festigen. Fast wäre er aufgeflogen – wegen einer billigen Dirne, die sich nicht einmal die Hände gewaschen hatte und obendrein barfuß war.

»Aus dem Weg«, zischte er.

»Aber …«

»WACHEN!«

Sofort eilten zwei seiner Soldaten durch die Menge. Die Dirne erbleichte, ihr Mund klappte auf, dann verschwand sie überstürzt. Eine Blonde unter vielen. Es gab kaum jemanden in Maywater, dessen Haar nicht von der Sonne und dem Salz des Meeres gebleicht war. Wie sollte er sie da finden? Er zwang sich zur Ruhe und ließ den Blick konzentriert über die Menge schweifen. Kurz glaubte er, kupferrotes Haar zu erspähen, wie das von …

»Kronprinz Duncan!« Der feiste Graf von Athos hielt auf ihn zu. Wie er ihn hasste.

»Was?«, herrschte er ihn an, als sich der Graf zu ihm durchgerungen hatte.

»Habt Dank, zu gütig von Euch, auf mich zu warten …«

»Kommt zum Punkt, Graf, oder verschwindet. Der Goldkönig ist bereits abgereist, ebenso seine …« Er stockte, räusperte sich, versuchte es erneut, doch das Wort steckte fest. Der Graf nickte eifrig, ohne die Verlegenheit des Kronprinzen zu bemerken. Etwas daran irritierte Duncan. Ein milchiger Glanz verschleierte die Augen des Grafen. Er kannte diesen Ausdruck von den Tieren des Blutwaldes, kurz bevor er sie mit einem gezielten Schuss tötete.

»Auch ich werde in Kürze aufbrechen«, begann der Graf, doch Duncan unterbrach ihn sogleich – »Nun dann, lasst Euch nicht aufhalten!« – und wandte sich ab, um weiter nach Cinderella zu suchen. Was immer der Graf wollte, es konnte warten. Da war etwas an ihm, das Duncan zutiefst missfiel. Vielleicht die Art, wie er Mary während der Vertragsauflösung angesehen hatte. Als wäre sie ein Objekt, das es zu besitzen galt.

»Eure Majestät«, empörte sich der Graf.

Duncan erstarrte. »Falsche Anrede«, korrigierte er frostig.

»Nun, die Gerüchte halten sich hartnäckig, dass Ihr schon bald der neue Wüstenregent sein werdet, Eure Majes… äh … Hoheit.«

Duncan wurde schlecht. Hastig eilte er weiter, um Abstand zwischen sich und seinen Verfolger zu bringen. Er schob sich zwischen zwei Greisinnen hindurch, die sich unmöglich erhoffen konnten, von ihm auserwählt zu werden.

»Eure Hoheit! So wartet doch.«

»Wie Ihr seht, habe ich zu tun«, rief er über die Schulter, ehe er eine pralle Bäckerstochter zwischen sich und den Grafen brachte. Zumindest ließen das Mehl auf ihrem Kleid und der Zimtgeruch darauf schließen, dass sie aus einer Bäckerei kam.

»Aber Eure Hoheit«, jammerte der Graf.

Weiter und weiter schob er sich fort. Sein Blick glitt ziellos über die Gesichter, ohne dass eines sein Interesse weckte. *Cinderella*, mahnte er sich in Gedanken und beschwor ihr Bild herauf. Goldenes Haar, das schimmernde Kleid, ihre Anmut, ihr Lachen … doch die Gesichtszüge wollten ihm nicht einfallen. Statt hellblauer Augen sah er kupferne. Auch das Haar entflammte, bis nicht Cinderella, sondern jemand anderes vor seinem inneren Auge erschien. Seine erste Braut, die in Tareks Arme geflüchtet war. Er hatte gesehen, wie der westhamsche Königssohn mit ihr getanzt hatte – ehe glockenhelles Lachen ihn fortgezerrt hatte, zurück zu der einnehmenden Schönheit in seinen Armen. Cinderella hatte sein Kinn mit der Hand gehalten, die Lippen leicht schmollend verzogen. Er hatte sie küssen wollen, daran erinnerte er sich so klar, als sei es erst gerade gewesen. Und er hatte sie geküsst. Im Garten unter dem Rosenbogen, demselben Platz, an dem er Mary Zeit versprochen hatte.

Erschöpft hielt er inne und kam sich schrecklich verlogen vor.

Die Soldaten, die ihn von den umliegenden Mauern aus bewachten, kamen die Treppe hinab und halfen ihm, sich aus dem Pulk zu befreien. Er kämpfte mit den Stufen, als habe er die Nacht durchgezecht – was der Wahrheit viel zu nahe kam. Unzählige einsame Nächte hatte es gegeben, doch keine war wie die vergangene gewesen. Keine hatte ihn derart an seine Grenzen gebracht. Er erreichte die oberste Stufe, als die Dirne, die ihn belästigt hatte, erneut zu ihm vorstieß. Seine Soldaten fingen sie ab.

»Eure Hoheit, so hört mich –«

»Zurück!«, brüllten die Wachen.

»Aber ich bin es. Erkennt Ihr mich denn nicht?«

Er verharrte auf der Mauerkrone und sah zu ihr hinab. Ein dreckiges Gesicht, blaue Augen und ein Mund, der zum Küssen einlud. Sie war hübsch, keine Frage – doch da war kein Funke des Erkennens.

»Hoheit?«, fragte einer seiner Soldaten.

Er schüttelte den Kopf. Zum Sprechen fehlte ihm die Kraft.

»Aber ich bin es! Bitte, ich kann es beweisen: Seht!«

Sie zog etwas aus der fleckigen Schürze, doch bevor sie es heben konnte, hatte sich eine der Wachen auf sie gestürzt – vielleicht in dem Glauben, sie wolle ihn angreifen –, und was auch immer sie hatte zeigen wollen, klatschte zu Boden und zerbrach.

»War das etwa …?«, rief der Soldat entgeistert, doch Duncan wusste es besser.

»Nein«, krächzte er und wandte sich ab, ohne den Scherbenhaufen eines Blickes zu würdigen. »Führt sie ab.«

»Bitte, es war der zweite Schuh – ich schwöre es!«

Ihre Schreie schmerzten in seinem Kopf. Er taumelte zu den Zinnen, stützte sich ab und blinzelte auf seine Stadt hinab, auf den flimmernd weißen Ring aus Gebäuden, die ineinanderwuchsen wie

Gedärm. Er fand Kinder auf den Dächern spielen zwischen gegerbten Pferdehäuten und den Schloten der Glasbläsereien und Räucheröfen, dahinter die Färberviertel mit den bunten Wäscheleinen und im äußersten Ring die kegelförmigen Salzlager, die höher reichten als alle anderen Gebäude. Er betrachtete die prunkvollen Villen des Adels direkt unterhalb der Königsmauer, gesäumt von Gärten aus Palmen und Aprikosenhainen, Orangenalleen und Springbrunnen. Zwei Welten so nah beieinander, getrennt durch eine unüberwindbare Kluft – und plötzlich verstand er, wieso die beiden Greisinnen gekommen waren, um den Schuh zu testen. Jede Chance, und mochte sie noch so klein sein, dem äußeren Ring dieser Stadt zu entkommen, war eine Chance auf ein besseres Leben. Raus aus der Armut, dem Hunger und der Dunkelheit.

Er wusste, dass es weder Nahrung noch genügend Wasser gab. Dass selbst der Platz innerhalb der Klippen zur Neige ging. Erst letzte Woche hatte es einen Steinrutsch in den Stollen gegeben. Er wusste nicht, ob bereits alle Verschütteten geborgen worden waren oder ob sie noch nach Überlebenden suchten. Er wusste es nicht, dabei war er der Kronprinz dieser Stadt, der zukünftige Regent.

»Schickt Truppen zu den Ostvierteln, sie sollen beim Aufbau helfen«, befahl er einem Kommandanten.

»Beim Aufbau, Hoheit?«

»Bei was auch immer«, gab er gereizt zurück. »Und wenn sie fegen.«

Der Kommandant nickte knapp.

Nach einem letzten Blick auf seine Stadt schritt er auf der Mauerkrone zurück zum Schloss. Er musste sich konzentrieren, denn wenn er es nicht tat, würde er niemals der wahre König dieser Menschen sein. Er musste Cinderella finden. Vielleicht war sie irgendwo unter all diesen Frauen im Hof, vielleicht auch nicht. Er wusste es nicht, doch er würde es herausfinden. Mithilfe des Schuhs, den er vergangene Nacht vergeblich zu zerstören versucht hatte.

Kein Riss, kein Kratzer, nicht der leiseste Sprung war im Glas erschienen.

»Eure Hoheit – bitte!«

Der Kronprinz hielt widerwillig vor der Tür. »Ihr habt Euren Moment, Graf.«

»Habt Dank«, beteuerte der Graf rasch. »Ihr wollt sicherlich den Schuh holen?«

»So ist es.«

»Ja, nun, bevor Ihr mit all diesen reizenden Damen beschäftigt seid, möchte ich Euch ein Geschenk überreichen. Zur Verlobung – gewissermaßen.« Er zog ein kleines Säckchen hervor, das recht schlampig zugebunden war, als sei es in großer Hast geschehen. Die Finger des Grafens waren in kalten Schweiß getränkt. »Für Euch«, sagte er demütig und zog sich sogleich zurück.

Duncan wandte sich an eine Wache. »Sorgt dafür, dass er die Stadt verlässt.«

»Gewiss, Hoheit.«

Dann betrat er das Schloss, die Blicke seiner Dienerschaft ignorierend. Erst als er die verwaisten Treppen hinabschritt, erlaubte er sich, die Anspannung fallen zu lassen. Er ließ die Schultern kreisen und streckte den Nacken. All dieser Aufwand für eine Frau. Er hatte keine Wahl. Nicht, wenn er frei sein wollte, um zu leben und zu lieben, wie immer er wollte.

Mary, vielleicht konnte er Mary lieben.

Er strebte zur Schatzkammer, in der Hand das seltsame Geschenk des Grafens, dessen Knoten sich lästig sträubte. Erst als die Wachen ihn gegrüßt und die Tür geöffnet hatten, löste sich das Band. Ein Kristall fiel zu Boden – nein, eine Scherbe. Duncan bückte sich und schloss die Finger darum. Das Stück war erstaunlich kalt, als sei es aus Eis geschaffen, doch es war …

»Ein Spiegel«, murmelte er und merkte zugleich, dass etwas nicht stimmte. Die Kerzen in der Schatzkammer begannen zu flackern, der Sternenhimmel, den das reflektierende Licht des Schuhs auf die Decke zauberte, erstarb gemeinsam mit den Flammen. Eine einzelne

Kerze verblieb auf dem Tisch des Kämmerers. Ein Licht in der Dunkelheit, die zu tief war und zu kalt.

»Hoheit!«, riefen die Wachen entsetzt, während der Kämmerer zu kreischen begann.

Sieh hin, schöner Prinz, gurrte es tausendfach in dem Gewölbe.

Der Kronprinz hob den Blick zu der Säule, wo der Glasschuh stehen sollte.

Zu klein, säuselte der Wind. *Der Schuh ist zu klein.*

DER JÄGER

Vom Dach aus verfolgte er das Geschehen – und verfluchte sein Pech.

Die Dachpfannen versengten ihm die Haut, wann immer er sie berührte. Selbst seine Ledersohlen hielten der Hitze nicht stand. Er kochte geradezu im eigenen Saft. Die Luft flimmerte, er konnte sie kaum atmen. Dennoch war er dazu verdammt, reglos auszuharren, damit ihn die Soldaten nicht entdeckten, die rings um die Höfe Wache hielten. Wie sie die Hitze ertrugen, war ihm ein Rätsel. Ebenso die Frauen. Sämtliche Sonnenschirme hatten die Wachen kassiert, sowohl die aus feinster Seide als auch jene aus groben Leinen. Vereinzelte Kopftücher waren verblieben, allesamt grau oder schwarz – Maywater trug nach wie vor Trauer. Allein der Kronprinz, der sich wie ein Tänzer durch die Menge bewegte, trug die Farben seines Hauses: weiß und blau. Cinderella war wie für ihn geschaffen. Sein perfektes Gegenstück. Dennoch erkannte der Kronprinz sie nicht, als sie vor ihm stand.

Schlimmer noch: Er ließ sie verhaften.

Der Jäger fluchte und zog gleich drei seiner Wurfdolche. Er könnte drei Wachen zeitgleich ausschalten. Drei Würfe, drei Tote. Es würde schnell gehen, dafür sorgte das Ranblut in den Klingen. So schnell, dass sie den Schmerz nicht einmal spüren würden.

Dennoch zögerte er.

Er würde auffliegen und mit ihm Cinderellas wahre Herkunft.

Nein, er musste warten. Nicht gerade seine Stärke.

Als der Kronprinz das Himmelsschloss betrat, sank der Jäger in den Schatten eines vorspringenden Türmchens. Dieser Auftrag begann sich zu einem wahren Albtraum zu entwickeln. Erst verlor er die Spiegelscherbe, seine einzige Verbindung zu *ihr*, an den dicken Grafen; dann wurde er Zeuge vom Diebstahl des Schuhs, der den Kronprinzen an Cinderella hätte binden sollen. Die blasse Prinzessin besaß eindeutig mehr Schneid, als er ihr zugetraut hatte. Und jetzt das: Cinderellas Verhaftung.

Sein Blick flog zum Hof weit unter ihm. So viele Menschen. Seit Jahren hatte er nicht mehr derart viele seiner eigenen Rasse gesehen. Es faszinierte und erdrückte ihn zugleich. Sie waren so nah und dennoch fühlte er sich ihnen fremd. Er war ihr Feind. Er war anders.

Geopfert in einem Krieg, der niemals zur Ruhe kam.

Geraubt von der einen, die mächtiger war als jedes der sechs Königreiche, sogar als die vereinten Streitmächte der Monarchen. Die Menschen hatten ihn nicht vergessen, das wusste er, doch sie hatten keinen Versuch gewagt, ihn zu retten. Denn die Hexe hatte versprochen, er werde zurückkehren. Eines Tages. Als gereifter Mann und ihr treu ergebener Diener.

Er steckte die Dolche zurück. Auf dem Hof tat sich nichts, was sein Interesse verdiente. Sein Pech erneut verwünschend, eilte er über die Giebel – ein dunkler Schatten auf glänzendem Grund – und erreichte das geöffnete Fenster, durch das er hinausgeschlüpft war. Ein Blick hinein zeigte, dass zwei Dienerinnen die Laken wechselten und den Boden polierten. Lautlos duckte er sich unter die Fensterbank.

»… er wäre besser tot.«

»Schweig still! Wenn dich jemand hört …«

»Ruft immerfort nach seiner Liebsten, befiehlt ihr zu baden oder verlangt nach Tee – ich sage dir, er ist verrückt!«

»Dein loses Mundwerk wird dich noch den Kopf kosten.«

»Wer sollte mich denn richten? Der alte Wüstenkönig etwa?«

»Unser Kronprinz.«

»Ach, den hat es doch genauso erwischt …«

Leise zog sich der Jäger zurück, übersprang einen Giebel und glitt auf der anderen Seite geschmeidig hinab. Er fand ein unverschlossenes Fenster, durch das er geräuschlos einstieg.

Im Innern war es ungewöhnlich still. Fast schon zu still.

Ein Blick genügte: er befand sich im königlichen Schlafgemach. Tiefblaue Vorhänge, eine sternenklare Nacht, sanft errötend über dem gewaltigen Vierpfosten-Bett, wo die Sonne zu erwachen schien. Er stutzte. Seine Hände fanden von allein zu den geschwungenen Langdolchen, dann trat er vor. Auf den seidenen Laken lag der Wüstenkönig, als sei er geradewegs ins Bett und zugleich in einen tiefen Schlaf gefallen. Das eine Lid hing seltsam schief, die Haut war zu blass, der Raum seltsam still. Er beugte sich vor, horchte auf einen Atemzug, auf ein Schnarchen, auf irgendetwas – doch da war nichts.

Der Wüstenkönig war tot.

Im selben Moment schwang die Tür hinter ihm auf.

Mary von Athos

»Es gibt Monster, doch solange du den Wald meidest, können sie dich nicht sehen.«

Die schönste Braut zu Mary
vor dem Einschlafen

Ich musste eingenickt sein, denn als ich hochschreckte, herrschte Dämmerlicht. Susann schlief mir gegenüber, ihr Kopf war auf die Brust gesunken und wippte im Takt der Kutschräder. Mein Knöchel pochte schmerzhaft.

»Wieder unter den Lebenden, Dornröschen?« Prinz Tarek ritt neben der Kutsche. Sein Gesicht lag im Schatten, sein Haar flammte in der untergehenden Sonne. »Ihr habt einen festen Schlaf, ich war fast versucht, Euch auf die klassische Art zu wecken.«

Ich riss die Augen auf.

»Mit einem Eimer Wasser«, korrigierte er meine Gedanken spöttisch.

Sein vertrauter Ton verunsicherte mich, sodass ich ungewollt schroff reagierte. »Nur zu, sucht in dieser Einöde ruhig nach Wasser, solange aber lasst mich schlafen.«

»In Kürze passieren wir die Bogenbrücke.« Bedeutungsvoll pausierte er. »Wenn es Euch wirklich nach einer Abkühlung gelüstet …«

Ich lehnte mich näher ans Fenster. Der Horizont glühte rostrot, während am Himmel erste Sterne blinkten. Es roch nicht mehr nach

Wüste, sondern nach Wald. Die Luft gewann an Kälte, als wir in eine Nebelbank glitten.

»Was ist das für ein Lärm?«

Prinz Tarek zeigte gen Norden. »Der Silberfluss folgt dort oben einem Bogen und staut sich in mehreren Terrassen, ehe er über die Klippen fällt. Von der Brücke aus habt Ihr einen fantastischen Blick auf den Wasserfall.«

Das Geräusch der Räder veränderte sich, als wir die Bogenbrücke aus geweißtem Holz erreichten, die ich schon auf Dutzenden Zeichnungen, aber noch niemals in echt gesehen hatte. Sie verband das Ödland Maywaters mit den dichten Wäldern Westhams und Athos'. Darunter strömte der silberne Fluss schäumend gen Küste. Die Grenzposten salutierten, als wir sie passierten.

»Schaut«, sagte Prinz Tarek und zeigte zur Seite. Die Sonne tauchte sein Gesicht in warmen Glanz und spiegelte sich in seinen dunklen Augen, als glühe ein Feuer in ihnen. Der Anblick versetzte mich zurück zu dem Tag, als ich ihn das erste Mal gesehen hatte, hoch zu Ross, das Haar zerzaust, die Augen wild. Niemals könnte ich vergessen, wie er abgestiegen und auf uns zugekommen war, meinen Vater begrüßt und dann mich erblickt hatte.

»Ihr habt es verpasst«, sagte Prinz Tarek leise.

»Ich weiß«, antwortete ich und meinte doch etwas anderes.

Er räusperte sich. Der Nebel verfing sich als funkelnde Wasserperlen in seinem Haar, brach die letzten Sonnenstrahlen, als trüge er eine Krone aus Licht. Er, der niemals gekrönt werden würde, weil er nur der zweitgeborene Sohn eines Königs war.

»Ihr habt nun offiziell Maywater verlassen und befindet Euch auf westhamschem Grund.«

Ich hatte das Gefühl, dass er es nur sagte, um die Stille zu durchdringen, die nach dem Rauschen zu tief wirkte. Zu bedeutsam.

»Prinz Tarek …«, begann ich, doch er unterbrach mich.

»Wir erreichen in Bälde den Gasthof *zum Kraken*. Dort werden wir nächtigen, ehe sich unsere Wege endgültig trennen.«

Meine Hand, die ich zum Fenster hatte heben wollen, sank nieder. Ich verbarg die Faust in den Falten meines Kleides. Was hätte ich sagen können? Alle Entscheidungen waren heute oder vor langer Zeit getroffen worden. Kronprinz Duncan hatte mich verstoßen, ebenso Prinz Tarek. Ich war zur Diebin verkommen und der Schuh saß so fest an meinem Fuß, dass jede noch so winzige Bewegung schmerzte. Tapfer hob ich das Kinn und lächelte. So wie ich es gelernt hatte. So wie ich es seit Jahren tat.

Es entging ihm nicht. »Ihr seht unglücklich aus.«

»Ich habe Schmerzen«, korrigierte ich, ehe ich begriff, dass er es falsch verstand, dass er es auf Kronprinz Duncan bezog. Ich sah seine Verbitterung.

»Das geht vorbei.« Er gab seinem Pferd die Sporen, verschwand in die aufziehende Nacht und aus meinem Leben, von dem er niemals richtig Teil gewesen war. Er, der Einzige, der die Risse in mir zu erahnen schien.

Das geht vorbei. Ob er von uns gesprochen hatte?

DIE FÜRSTIN

Weihrauchduft tränkte die Luft, als sie das heilige Viertel betrat. Sie wusste, dass es in den anderen Königreichen nicht üblich war, jedem Kult zu huldigen – Westham verehrte allein den Frühling, wohingegen in Athos der Glaube des Herbstes blühte und Seval sich gänzlich von den vier Orden abgewandt hatte, Kor-Tand galt als Hochburg des Sommers und Morrigan als die des Winters –, Maywater jedoch huldigte wie in alten Zeiten jeder Jahreszeit. Vielleicht, weil sie niemals so sehr der Hoffnung bedurft hatten wie in diesen Tagen. Vier Tempel. Vier Kulte. Vier Hoffnungsträger.

Die Kapuze tief im Gesicht, hastete die Fürstin durch Pfützen aus Licht, still betend, niemand möge sie erkennen. Wie oft hatte sie als Kind in die schummrigen Gassen des Tempelviertels gespäht, die hinter dem Laden ihres Vaters entsprangen, fasziniert von den flackernden Laternen – Blau für Winter, Grün für Frühling, Gold für Sommer und Rot für Herbst –, bis sie es eines Tages gewagt hatte.

Es war nur ein Schritt gewesen, hinein in das Zwielicht und fort von all dem, was sie kannte. Doch dieser eine Schritt hatte sie weiter gebracht, als sie sich je zu erträumen gewagt hätte. Ihr Leben diente fortan einem höheren Zweck.

Sie war eine Schwester des Herbstes.

Eine Spionin des Roten Ordens.

Die Ringe an ihren Fingern blitzten im Schein der Laternen, als sie gegen das schmiedeeiserne Portal des Tempels pochte. Wie stolz war ihr Vater gewesen, als er von der Gunst des Fürsten erfahren hatte. Er hatte gelacht, ihr alter, mürrischer Vater, erst vor Unglauben, dann vor Stolz. Seine unscheinbare Tochter, die alle Männer zu übersehen pflegten, heiratete! Und dann auch noch einen Fürsten. Einen Fürsten!

Fauchend schwang das Portal auf und die einäugige Oberin trat in den Kegel der roten Laterne. »Du kommst spät.«

Die Fürstin drängte sich an ihr vorbei und warf den erstickenden Mantel ab. »Ich konnte erst jetzt verschwinden, ohne Verdacht zu erregen. Sein Tod ist Gegenstand jeglichen Gespräches, dicht gefolgt von der bevorstehenden Krönungszeremonie und der passenden Abendgarderobe, die nun entgegen der weitläufigen Erwartung nicht blau, sondern erneut grau ausfallen wird.«

»Die Türglocken im Schneiderviertel stehen nicht still«, murmelte ein unscheinbares, blasses Mädchen hinter der Oberin, das die Fürstin erst bemerkte, als es zu sprechen begann. Es mochte neun oder zehn Wüstenblüten zählen ... Ob die Einäugige es von der Straße gelockt hatte wie einst sie selbst?

Ein Kind.

Eine verlorene Seele.

Eine Anwärterin?

Misstrauisch musterte die Fürstin das klapperdürre Ding, das ihr erstaunlich glich – das klassische Beuteschema? –, jedoch feinere Sachen trug, als sie es sich jemals hätte leisten können – *damals*. Schneiderstochter, keine Frage. »Und das ist ...?«

»Die Neue«, fuhr die Oberin dazwischen und entzündete eine Kerze. Im flackernden Schein zog sich die verbliebene Braue der ranghöchsten Ordensschwester missmutig herab, die andere hingegen verlor sich in einem Wulst aus Narben. Drei fleischige Furchen, geschlagen von einer Bestie des Blutwaldes. Sie sprachen niemals darüber.

»Ist sie vertrauenswürdig?«

»Das lass meine Sorge sein.«

»Wenn sie plappert ...«

»Wird sie ihre Zunge verlieren«, knurrte die Oberin und fasste sich – ob bewusst oder unbewusst – an die Kehle. Dorthin, wo sich die Bestie einst verbissen und ihr neben dem Auge auch fast die Stimme geraubt hätte. Die Fürstin folgte ihr tiefer hinein in den sakralen Bau, an Dutzenden Türen vorbei, hinter denen verlorene Mädchen unruhig schliefen, und dunkle Treppenschächte hinab, die so schmal waren, dass die Silhouette der Oberin sämtliches Licht schluckte. Das Schneiderskind blieb an der Pforte zurück. Die Fürstin wusste, dass seine Neugier geweckt war. Sie erkannte sich selbst in ihm wieder, in dem Blick, mit dem es die Ringe und das prächtige Geschmeide betrachtet hatte. Noch sah das Kind nur den Reichtum. Noch war es frei. Beinahe hätte die Fürstin umgedreht und es hinausgestoßen, aus der Tür und raus aus dem heiligen Viertel. Auf dass es der unerträglichen Schwere des Wissens entkam, das in den Eingeweiden des roten Tempels lauerte.

Die Treppe endete vor einer blutroten, schmiedeeisernen Tür. Die Fürstin hob das Kinn, dann folgte sie der Oberin hindurch. Der Gestank ließ sie würgen. Unter dem schweren Aroma verschiedener Kräuter verbarg sich etwas Archaisches, metallisch und dunkel. Sie schloss die Augen, um sich zu konzentrieren. Das letzte Mal war sie während einer Opferzeremonie hier gewesen. Damals hatte sie geschworen, nie wieder zurückzukehren.

Ins Schlachthaus des Tempels, von dem nur die elitärsten Schwestern wussten.

Wenngleich sie alle früher oder später hier landeten – auch sie.

Die Oberin drückte ihr einen Eimer in die Hand, keinen Moment zu spät, denn die Übelkeit brach sich Bahn. All der Tee und das feine Gebäck, das sie im Damensalon zu sich genommen hatte, sammelte sich als zähe Masse am Grund des Eimers.

»Reiß dich zusammen«, knurrte die Oberin und stieß bereits die nächste Pforte auf. Ohne ein Wort des Protestes stakste die Fürstin durch das Gewölbe, zwanghaft bemüht, nicht in die Regale zu blicken, die links und rechts im Dämmerlicht standen, angefüllt mit Einmachgläsern aller Größen und jeglichen Inhaltes. Auch über die Schlachtbank sah sie bemüht hinweg, über die unzähligen Kerben im verfärbten Holz, von Beilen geschlagen und Sägen gezahnt. Ihre Kehle verengte sich, als läge eines der Eisen um ihren Hals. Auch wenn sie um die Wichtigkeit dessen wusste, was hier geschah, überkam sie das blanke Grauen bei dem Gedanken, eines Tages auf ebendiesem Altar zu enden. Die bisherigen Erfolge des Roten Ordens basierten allein auf der Bereitschaft der Schwestern, alles zu opfern: Moralvorstellungen und Werte, Familien und Seelen, zuletzt das Leben selbst.

»Lasst uns beginnen«, brummte die Oberin und betrat nach der Fürstin den zweiten Gewölbekeller. Die flackernden Kerzen in den Händen der wartenden Schwestern schufen einen Halbkreis aus Licht. Ein Kokon gesponnen aus Kerzenwachs und Feuer.

»Führt ihn hinein!«, verlangte die Oberin.

Unbehaglich wich die Fürstin zurück, doch der Fluchtweg war versperrt. Sie fühlte sich wie ein gefangenes Tier. Ausgeliefert. Schutzlos. Dabei waren das hier ihre …

»Schwestern des Herbstes«, begann die Oberin, als sich eine weitere Tür im Halbdunkel öffnete und drei Gestalten ausspuckte, zwei Schwestern, wie die Fürstin am Rot der Kutten erkannte, und einen Mann, gekleidet in Nacht und Schatten. Als er den Kopf hob, glomm silbernes Mondlicht anstelle eines Gesichtes in der Dunkelheit.

»Schwestern«, wiederholte dieser mit rauer Stimme, die der Fürstin entsetzlich vertraut vorkam. Sie wusste, dass er eine Maske trug, die aus Knochen gegossen war, ebenso, dass es nur eine einzige Person gab, die derart finstere Magie wob.

»Weißt du, wieso du hier bist?«, herrschte die Oberin.

Zähne blitzten im Gesicht des Fremden auf, als er sich der Fürstin zuwandte.

Er weiß es, erkannte sie entsetzt. *Er weiß, dass ich ihn mit Traumsand betäubte.*

Wie es ihr gelungen war, ihn zu überrumpeln und anschließend über die geheimen Gänge aus dem Schloss zu schleifen, konnte sie sich selbst kaum erklären. *Glück*, dachte sie. *Pures Glück.* Sogar mit auf den Rücken gebunden Armen erschien er ihr unendlich tödlich. Er hatte etwas Wölfisches, wie er angespannt dastand, die Zähne entblößt.

»Sie hat mich überrascht«, sagte er und klang dabei fast … anerkennend?

Die Oberin hatte den Bewusstlosen in den Katakomben übernommen, entwaffnet und gefesselt. Die Fürstin hingegen war in den Damensalon zurückgekehrt, hatte ihren Fächer gezückt, getratscht und gelächelt, während sie sich innerlich für den Sturm wappnete, der unweigerlich folgen musste und der sie trotz allem kalt erwischt hatte.

Der Wüstenkönig war tot.

»Ihr habt ihn getötet«, brach es aus ihr heraus. »Ihr habt über ihm gestanden, das Messer noch in der Hand …«

»Er ist erstickt«, fuhr der Fremde dazwischen.

»Er-erstickt? Unmöglich. Ich sah Eure Waffen!«

»Langdolche«, erklärte er lakonisch. »Die ich gern zurückhätte. Ebenso die übrigen.«

»Aber …«

Die Oberin hob eine Hand und trat vor den Fremden. »Habt Ihr ihn getötet?«

»Nein«, sagte dieser gedehnt. »Aber vielleicht wart Ihr es?«

»Dämlicher Hund, wir haben uns dem Schutz der Königshäuser verschrieben!«

Der Jäger schnaubte. »Eine rundliche Zofe und eine magere Drachentöterin, wen sollen die schon schützen?«

Die Fürstin schnappte nach Luft. Woher wusste er von ihnen?

»Und Ihr«, fuhr er an die Fürstin gewandt fort, »wie wolltet Ihr den Wüstenkönig schützen? Mit Traumsand?«

»Bei Euch hat es gereicht«, schrie sie beinahe.

»Nur war der König da bereits tot.«

Scham flammte in ihr auf. Ihre Hand schnellte vor und ehe der Fremde sich's versah, hatte sie ihm ins Gesicht geschlagen. Es klirrte, als das Mondlicht am steinernen Grund barst, verstreut über die Bodenplatten wie Sternenscherben. Die Oberin fluchte, jemand schrie auf und der Fremde …

»Beim Fall des Herbstes«, entfuhr es der Schwester neben ihm, sie fiel auf die Knie. Die Oberin folgte auf dem Fuße und nur wenige Augenblicke nachdem die Maske zerschellt war und das Gesicht des Mannes offenbart hatte, knieten sie alle, die Blicke gen Boden geneigt. Einzig die Fürstin war unfähig, sich zu bewegen. Ihre Wangen brannten.

»Wir hatten ja keine Ahnung«, röchelte die Oberin. »Wir dachten, Ihr wäret ihr Diener.«

»Ich *bin* ihr Diener.« Ohne dass ihm jemand half, löste der Jäger die Fesseln und rieb sich die Handgelenke, ehe er die Splitter aufzulesen begann. Die Schwestern blieben erstarrt am Boden. Immerhin war er … er war …

»Sie ist der Feind«, brach es aus der Fürstin heraus, das warnende Zischen der Oberin ignorierend. »Wie könnt Ihr für sie arbeiten?«

»Wie könnt Ihr mit einem Mann schlafen, den ihr nicht liebt?«

Ihr Mund klappte auf. »Das ist etwas anderes …«

»Ihr seid die Hure dieses Ordens.« Er hob den Blick. Schwarze Augen, die zu viel gesehen hatten. »Doch das ist nichts als eine Rolle, die ihr spielt. So wie die des Jägers meine ist.«

»Eure –«

»Lasst gut sein«, fuhr er dazwischen und erhob sich. Die Splitter in seinen Händen verschmolzen zu einem See aus Licht, in den er sein Gesicht tauchte. Als er die Hände zurückzog, saß die Maske wie zuvor. »Meine Waffen.«

Die Schwestern, die ihn hineingeführt hatten, eilten, um sie zu holen, während sich die Oberin schwerfällig erhob. »Wie können wir Euch unterstützen?«

Sein Blick glitt abfällig über die gesenkten Häupter.

»Wir mögen schwach wirken«, gab die Oberin zu, »doch wir besitzen Blutmagie. Keine so starke wie jene, die im Blutwald gewoben wird, doch sie bietet gewissen Schutz.«

»Ich sah, was trotz Eures Schutzes geschah. Der Wüstenkönig ist tot.«

»Dafür gibt es eine Erklärung.«

»Gewiss«, spottete der Jäger.

Kurz glaubte die Fürstin, dass die Oberin es nicht aussprechen würde. Das, was sie alle nicht wahrhaben wollten. Die rituellen Opfer, die sie brachten, entstammten der Zeit des großen Krieges. Je mehr Soldaten für ihren König bei einer Schlacht gefallen waren, desto unverwundbarer war er selbst geworden. Tödliche Hiebe verfehlten um Haaresbreite das Ziel, feindliche Klingen zerbrachen. Doch in der Zeit des ewigen Friedens war der Schutz der Könige geschwunden, weshalb der Rote Orden ihn künstlich aufrechterhielt. Durch Blut erkaufte Sicherheit.

»Wir schützen sie vor einem gewaltvollen Tod«, sprach die Oberin hastig, als fürchtete sie sich vor dem, was sie sagte. Vor dem, was es bedeutete. »Wir schützen jedes Königshaus – nur nicht voreinander. Schon während des großen Krieges, als der Schutz des Blutopfers geboren ward, galt er nicht, sobald ein König einem anderen gegenüberstand. Allein sie konnten einander besiegen. Monarch gegen Monarch. Auf Leben und Tod.«

Der Jäger verharrte inmitten der Bewegung, die Langdolche noch in der Hand, die er gerade zurückerhalten hatte. »Nur ein anderer König kann ihn getötet haben?«

»Ein König«, bestätigte die Oberin, »eine Königin, eine Braut oder ein Prinz.«

»Ausgeschlossen«, sagte er sofort.

»Niemand sonst hätte ihm ein Leid zufügen können. Nicht innerhalb des Schlosses. Dafür sorgt unser Schutz.«

»Dann hat er versagt.«

Sie alle wussten es besser und auch der Jäger, der kein Jäger war, begann zu begreifen. Er griff nach den letzten Waffen und verbarg sie an seinem Körper. Seine Bewegungen waren so geschmeidig und kontrolliert, dass sich die Fürstin fragte, wie sie es nicht hatte sehen können. Allein das Haar, die Statur … Es war so offensichtlich!

»Es gibt doch etwas, was Ihr für mich tun könnt«, sagte er und lächelte sein wölfisches Grinsen – und die Fürstin fragte sich beklommen, ob sie nicht einen Fehler begangen hatte, indem sie ihn herbrachte. Als hätte sie den Wolf ins Haus der Lämmer geladen.

DER KRONPRINZ

Er hatte es an ihren Gesichtern erkannt, am fehlenden Blickkontakt und der ungewöhnlichen Blässe. Niemand in Maywater war je blass – abgesehen von den armen Seelen im Innern der Klippen –, doch die Lakaien waren es gewesen, ebenso die Wachen und der oberste Kammerdiener seines Vaters. Sie alle verharrten nun erschüttert vor der Tür, auf das wartend, was unvermeidlich folgen würde.

Der Wüstenkönig war tot und ein König ging nicht ohne seinen Hofstaat.

So verlangt es die Tradition.

Seit er das Gemach betreten hatte und neben seinem Vater in die Knie gesunken war, hielt er dessen Hand. Magere Finger, die Haut so dünn wie Pergament, darunter überdeutlich die Knochen. Obwohl die königlichen Berater seit dem Tod der Schwanenbraut über nichts anderes sprachen und er selbst es Tausende Male in Gedanken durchgespielt hatte, war er nicht vorbereitet. Weder auf die Trauer noch auf die Last der Verantwortung.

Allein der Gedanke an die Krone ließ ihn sich beinahe übergeben.

Doch er musste stark sein.

Stärker, als Euer Vater es je war.

Sein Vater war ein Narr gewesen. Krank und blind und seiner Braut hörig.

Habt nicht auch Ihr Euch verliebt …?

Marys Bild geisterte durch seinen Kopf.

Sie hat Euch hintergangen.

Er sah sie beim Ball, in den Armen des westhamschen Prinzen.

Er hat sie auf ihr Zimmer getragen.

Nicht nur, dass sie ihm vorgegaukelt hatte, etwas für ihn zu empfinden, obwohl es immer Tarek gewesen war …

Sie wollte den Thron.

… nein, sie stahl ihm auch noch die einzige Chance auf Freiheit! Seine Finger gruben sich so fest um den Schuh, dass die Diamanten in seine Haut schnitten.

Sie wollte die Krone.

Und jetzt war sie fort und mit ihr Cinderellas Schuh.

Ihr seid König, wisperte es in dem stillen Gemach. *König. König. König.*

Er hob den Blick zu seinem Vater, der kalt und still dalag. Die Krone war ihm vom Haupt gerutscht. Der goldene Strahlenkranz, geschmiedet aus einem Bruchstück der Sonne, um auch den Himmel zu beherrschen. Doch kein irdischer Monarch konnte derartige Macht besitzen, der Grund, warum das einst fruchtbare Reich zur Ödnis verdammt war – zumindest der Legende nach. Duncan wusste, dass es anders gewesen war. Dass sein Urahn nicht die Sonne, sondern etwas aus Fleisch und Blut begehrt hatte. Etwas, das er sich mit Gewalt genommen und teuer bezahlt hatte. Mit Tod und Hitze. Einzig das Schloss auf den Klippen, das höher gen Himmel reichte als alle irdischen Bauwerke, war vom glühenden Zorn verschont geblieben.

Das Himmelsschloss inmitten der Wüste. Sein Reich.

Duncans Blick glitt zur funkelnden Sternennacht an der Decke, die über dem Bett aufklarte, als wäre es das Haupt des Königs, das wie die Sonne strahlte.

Wüstenkönige neigten zu Größenwahn. Es schlummerte auch in seinem Blut.

Eure Majestät, säuselte der Wind, als Duncan die Krone anhob und auf sein Haupt setzte. Sie passte, als sei sie eigens für ihn gefertigt. Er richtete sich zu voller Größe auf, in der Hand den falschen Schuh und den Kopf voll wispernder Stimmen, die nach Blut gierten.

Hol sie dir!

Hol sie dir!

Hol sie dir!

DIE ZOFE

Finde einen Weg, Susann, oder ich schwöre, ich hacke ihn eigenhändig ab!«

Susann ließ resignierend die Feile sinken, mit der sie in der letzten Stunde vergeblich versucht hatte, zwischen Glas und Haut zu dringen. Das einzige Ergebnis waren die gequälten Flüche der Prinzessin, die das Kissen der Gaststätte *Zum Kraken* erstickte.

»Er sitzt fest.«

»Was soll ich bloß Vater sagen?«

»Es war ein Fehler, ihn anzuprobieren.«

»Heiliger Herbst, das weiß ich!«

Die Prinzessin rollte sich auf den Rücken, die Arme und das Haar weit über die schneeweißen Laken des Himmelbettes gebreitet, und erinnerte dabei auf so unheimliche Weise an die verstorbene Königin, dass Susann fröstelte. Es existierten Hunderte Gemälde von Marys Mutter auf der Freitreppe des attischen Schlosses, die Haut zerbrochen, die verschneiten Stufen blutgetränkt. Ein in Athos beliebtes Motiv, vor allem beim Goldkönig. Allein drei *Gefallene Königinnen* hingen in seinem Schlafgemach, als erfreute ihn der Anblick seiner verstorbenen Frau. Oder aber – so hoffte Susann inständig –, er war selbst noch im Tod süchtig nach ihrer Schönheit. Denn das war sie gewesen, unbeschreiblich schön.

Susann wusste, dass einige Geschichten des fahrenden Volkes von verfluchten Königinnen erzählten. Ob die Anmut von Marys Mutter ebenso dazugehörte wie die betörende Stimme der stummen Königin, konnte sie nur erahnen. Als einzige Überlebende eines Schiffsunglücks und an den Strand von Seval gespült, hatte Letztere das Herz des sevalschen Kronprinzen im Sturm gewonnen: durch den Gesang ihrer überirdischen Stimme. Den Geschichten zufolge war diese die Gabe einer rachsüchtigen Hexe gewesen, geliehen, um die Krone zu erlangen, doch tausendfach zurückgenommen.

Stumme Königin. Zerbrochene Braut.

»Pass doch auf!«

Hastig lockerte Susann den Verband, den sie zu eng um den geschwollenen Knöchel der Prinzessin geschlungen hatte. »Verzeiht, Hoheit.«

»Mary«, verbesserte die Prinzessin gereizt. »und hör verflucht noch mal auf, mich so anzustarren. Ich bin nicht dem Tode geweiht! Es ist bloß ein Schuh.«

Susann hätte fast hysterisch gelacht, fing sich jedoch rechtzeitig und senkte den Blick, ehe die Prinzessin sie für die Tränen tadeln konnte. Tränen der Scham, wie Susann sich entsetzt eingestand. Ihre Finger bebten verräterisch, als sie den Verband feststeckte. Es war ihre Aufgabe, die Prinzessin vor Gefahren zu bewahren. Doch sie hatte kläglich versagt. Ohnmächtig und tatenlos hatte sie zugelassen, dass die Prinzessin den Schuh anprobierte, der nicht hätte passen dürfen. Sie hatte darauf vertraut; nur ein kurzer, von Misserfolg gekrönter Versuch, gefolgt von ihrer Abreise – so hätte es sein sollen. Doch der verfluchte Schuh saß wie eine zweite Haut um den Fuß der Prinzessin.

»Susann?«

»Ja, Hoheit?«

»Wir werden einen Weg finden, oder?«

»Ich bin zuversichtlich«, log Susann mit einem erzwungenen Lächeln.

Die Prinzessin drehte den Kopf zum Fenster. Susann wusste, dass Mary ebenfalls mit den Tränen kämpfte. Mit ihren ureigenen Dämonen, die sie des Nachts nicht schlafen ließen und die Stufen des Nordturms hinaufIockten – und so raffte Susann rasch das Verbandszeug und die blutigen Laken beisammen, ehe sie zur Tür schritt, um der Prinzessin ihren Freiraum zu lassen …

»Susann?«

Sie verharrte, die Klinke in der Hand. »Ja, Hoheit?«

»Sind sie noch da?«

Sie, Westhams Soldaten. Er, der Prinz.

»Sie sitzen im Schankraum.«

»Bleiben sie?«

»Bis morgen. Sie brechen zeitgleich mit uns auf.«

»Danke, Susann.«

Damit war sie entlassen und schloss die Tür hinter sich. Einen Augenblick lauschte sie, ehe sie den Flur des Gasthauses entlangschritt. Sie wusste, dass die Prinzessin auch in der Abgeschiedenheit ihres Zimmers die Kontrolle wahren würde. Noch nie hatte Susann sie mit verweinten Augen oder gar Tränenspuren auf den Kissen vorgefunden. Einzig auf dem Turm schien sie wahrlich frei zu sein. Auf dem Turm, auf dem auch die Königin …

»Susann!«

Sie japste erschrocken nach Luft. »Beim Herbst, du bist es.«

»Wer sollte es sonst sein? Hast du eine Verabredung mit einem meiner Soldaten?«

»Es sind nicht *deine* Soldaten.«

»Nun, sie gehorchen mir.«

»Weil du seine rechte Hand bist«, gab Susann matt zurück und schob sich an ihrer Schwester vorbei in das Zimmer, das die Drachentöterin für diese Nacht bewohnte. Es war deutlich spartanischer als das der Prinzessin. Schmuckloses Bett, ein Hocker und ein kleiner Tisch. Mehr nicht. Susann trat ans Fenster und sah hinaus in den von Fackeln erleuchteten Hinterhof. Zwei Drachentöter versorgten die Pferde, unter ihnen auch der Rappe des Prinzen.

»Warum lehnt er die Prinzessin ab?«, fragte sie, kaum dass sich die Tür schloss.

Elena trat feixend hinzu. »Ich dachte, das würde dich freuen.«

»Es irritiert mich, angesichts der Blicke, die er ihr zuwirft.«

»Zeig mir einen Mann, der sie nicht so ansieht.«

Susann betrachtete vorsichtig ihre Schwester, die sich betont entspannt an den Fensterrahmen lehnte und in den Hof hinabsah; ihr entging keineswegs, dass sie sich vor der Antwort drückte. Susann stutzte. »Gibt es etwas, das gegen diese Heirat spricht?«

»Abgesehen davon, dass die Prinzessin ihm das Herz gebrochen hat?«

»Ihres brach wie seines.«

Elena verdrehte die Augen. »Offensichtlich.«

»Du warst damals nicht dabei«, wehrte sie ab.

»Ich sah das Ergebnis. Er hat Grund genug, deine Prinzessin ihrem Schicksal zu überlassen – was er nicht tut. Er hat sie mitgenommen, obwohl er es nicht müsste. Gegen meinen ausdrücklichen Rat!«

»Er liebt sie noch«, schloss Susann überrascht und erkannte am Gesichtsausdruck der Drachentöterin, dass sie richtiglag. »Wäre es nicht in seinem Interesse – und auch in deinem –, wenn er sie zur Braut nähme? Verspräche es nicht einen gewissen Schutz?«

»Vielleicht. Vielleicht auch nicht. Niemand versteht die Hexe des Waldes.«

Susann schauderte. »Kennt er die Hintergründe?«

»So wie die Dinge in Westham liegen, war das unvermeidlich.«

»Wenn er von *ihr* weiß, sollte er Mary erst recht heiraten«, gab Susann fröstelnd zurück. Allein die Erwähnung der Hexe machte sie nervös. Sie zog die Schultern hoch und spähte in den Hof. »Ich mag ihn nicht, doch *sie* noch weniger.«

Elena hob eine Braue. »Dass du sie überhaupt miteinander vergleichst.«

»Du bist die einzige Spionin in Westham. Alles, was der Rote Orden über den Drachenkönig und seine Söhne weiß, haben sie von dir – es ist nicht viel.«

»Ich berichte, was nötig ist.«

»Westham hütet seine Geheimnisse«, sagte Susann leise und sah auf. »So wie du.«

»Unterstellst du mir etwas?«

»Liebst du ihn?«

Unglauben, Belustigung, Schmerz – Susann glaubte alles drei im Flackern von Elenas Augen zu erkennen, eine Antwort ersparte sich die Drachentöterin allerdings. Sie war hart geworden. Das Leben unter den Soldaten Westhams – den besten der sechs Königreiche – hatte sie verändert. Zum Guten und zum Schlechten. Vielleicht war sie die Einzige, die wirklich zu schützen vermochte. Vor dem, was im Blutwald lauerte, und vor jenen, die sich dem Schutz der Königshäuser verschrieben hatten und dabei Grenzen überschritten.

»Ist das Blut?« Elenas Blick hing am Laken. »Deines oder ihres?«

»Meins«, log Susann rasch und drehte die Bettwäsche so, dass der Fleck verschwand. Unmöglich konnte sie gestehen, was passiert war, was sie zugelassen hatte. Elena konnte weder ihr noch der Prinzessin helfen. Offiziell kannten sie sich ja nicht einmal. Nein, sie allein musste eine Lösung für das Schuhproblem finden – da trat die Drachentöterin bereits vor und zog den Ärmel von Susanns Kleid hoch. Ein langer Schnitt, kaum verheilt, brach bei der Bewegung auf. Susann entzog ihr den Arm und verbarg die Wunde, die ihr gelegen kam.

»Das sieht frisch aus«, sagte Elena. »Sie darf dich dabei nicht erwischen.«

»Ich tat es, während sie schlief«, verteidigte sich Susann.

Elenas Brauen zogen sich zusammen. »Ich hoffe, du weißt, was du tust.«

»So wie du?« Susann reckte das Kinn vor. »Ich sprach mit der Fürstin, bevor wir aufbrachen. Sie bestätigte die Gerüchte der Diener. Die Schwanenbraut starb keines gewöhnlichen Todes. Jemand hat nachgeholfen. Du warst da – am Tag ihres Todes.«

»Alle Königshäuser hatten Vertreter entsandt.«

»Du verteidigst ihn?«

»Ich erkenne Vorurteile, von denen du einige besitzt.«

»Er war da«, beharrte Susann trotzig.

»So wie fast alle – abgesehen von deiner teuren Prinzessin.«

»Mary hat nichts damit zu tun!«

»Habe ich das behauptet?«, gab sich die Drachentöterin unschuldig, lächelte jedoch hintergründig. »Alles funktioniert in zweierlei Richtung, liebe Schwester.«

Susann rang mit sich. »Du warst in Maywater. Vielleicht hast du ja etwas gesehen.«

»Vorzugsweise Tarek, der die Schwanenbraut erstickt?«, höhnte sie.

»Ich mag ihn nicht«, gab Susann unumwunden zu. »Aber ich vertraue dir.«

Schweigen dehnte sich zwischen ihnen aus – und Susann glaubte schon, dass sie zu weit gegangen war, als Elena sagte: »Neben den Maywaters waren die Königspaare aus Morrigan und Kor-Tand anwesend, ebenso die stumme Königin, der Goldkönig und Tarek.«

»Der Drachenkönig?«, hakte Susann vorsichtig nach.

»Verlässt Westham niemals. Ebenso wenig seine Braut.«

»Kronprinz Phillip?«

Elena zögerte. Nur kurz, aber Susann bemerkte es. »Ebenso.«

»Er war nicht unter den Gästen?«

»Nein«, sagte Elena fest, doch Susann wurde das Gefühl nicht los, dass sie ihr etwas verheimlichte. »Die viel wichtigere Frage aber ist doch: Wer hatte einen Grund, die Schwanenbraut zu töten?«

»Niemand«, log diesmal Susann.

»Wirklich niemand?«, fragte Elena und sah erneut auf das Laken. Susann drückte es fester an ihre Brust, als könnte sie so die nächsten Worte der Drachentöterin verhindern. Doch sie kamen so sicher, wie der Winter auf den Herbst folgt.

»Maywater braucht eine neue Königin.«

Mary von Athos

»Oh glückliche Welt, wäre sie frei von Menschen,
die nach Liebe streben.«

Die schönste Braut
als sie einer Geliebten den letzten Segen gaben

Das Feuer war zu einem Glimmen verkommen und drohte schon bald gänzlich zu vergehen. Doch noch lag ein Hauch seiner Geborgenheit in der Luft, vermischt mit dem Duft von Wald und Wein – und dem Geruch der Drachentöter, die alle, bis auf einen, in ihr Quartier verschwunden waren. Gehüllt in den Schatten der Schankstube stand ich da und beobachtete ihn – wie ich es schon einmal getan hatte, damals in Athos, als er verlassen am Feuer gesessen hatte, versunken in Gedanken, von denen ich zu gern Teil gewesen wäre.

Damals hatte ich geglaubt, dass sein Besuch in Athos Schicksal sei. Dass er und ich füreinander bestimmt waren.

Heute wusste ich es besser – und stand doch hier, mit klopfendem Herzen und flatterndem Magen. Er drehte sich zu mir, als wüsste er genau, dass ich da war. Wie damals. Zögernd trat ich aus dem Dunkel in den vergehenden Schein des Feuers, sorgsam darauf bedacht, den gläsernen Schuh an meinem Fuß zu verbergen, und sank ihm gegenüber in einen Sessel. Noch wagte ich nicht, zu ihm aufzublicken, zu sehr fürchtete ich, Verachtung darin zu finden, bodenlosen Zorn oder gar Hass.

Doch als ich es tat, fand ich nur Stille.

Sein Antlitz lag halb im Schatten, halb war es in zartes Orange getaucht. Die Narbe über seiner Braue verschob sich, als er mich musterte. Ich wusste, sobald wir zu sprechen begännen, würde der Moment des vermeintlichen Friedens vergehen.

Zu viel stand zwischen uns. Zu viel war geschehen.

Tarek schwieg ebenfalls. Vielleicht aus denselben Gründen wie ich.

Ob er auch daran dachte, wie ich die Finger mit seinen verflochten hatte? Ich war der Spur der Drachenschuppen gefolgt, hatte sie nachgezeichnet und schließlich die kleine Linie über seiner Braue berührt.

»Dornröschen«, warnte Tarek, die Stimme so abgekämpft, dass ich innehielt.

Meine Hand war der Erinnerung gefolgt – hastig zog ich sie fort, bevor ich ihn tatsächlich berührte. Ich wusste, was danach gekommen wäre. Sein Lachen, mit dem aller Widerstand geschmolzen war, und dann der Kuss.

Ich blinzelte. »Ich wollte nicht …«

»Ach nein?«

»Keineswegs!«

»Es würde nichts ändern. Kehrt heim und heiratet, wen immer Ihr wollt, doch lasst mich in Frieden.«

»Wen ich will?«, echote ich ungläubig und verletzt zugleich. »Ich kann niemals heiraten, *wen* ich will. Wenn Duncan es nicht ist, wenn *Ihr* es nicht seid, dann wird es Graf Blaubart sein, der mich am Altar erwartet.«

»Seid nicht albern.«

Ich lachte eine Spur zu laut. »Albern? Das ist, was Vater mir androhte, falls ich Euch – den zweitgeborenen Prinzen – verschmähen sollte!«

In seinen Augen flackerte es. »Darauf läuft es immer wieder hinaus: zweitgeboren.«

»Darum geht es nicht …« Doch er ließ mich gar nicht erst aussprechen.

»Ihr seid wahrlich Eures Vaters Tochter. Wusstet Ihr, dass er alles zu tun bereit war, um Euch mit dem Thronfolger zu verloben? All die Jahre hat er es versucht, hat verhandelt und gefeilscht. Regelrecht gebettelt.«

Ich erbleichte.

»Er bot Phillip sogar die Krone von Athos an – nach seinem Tod natürlich.«

»Eurem Bruder?«

»Meinem Bruder«, bestätigte er knapp.

Zwei Kronen. Athos und Westham vereint. Eine Übermacht, gegen die niemand bestehen konnte. Athos' Reichtum, seine Häfen und Handelsbeziehungen. Westhams Stärke und Größe, die fruchtbaren Ländereien und Erzminen. Unabhängig. Unbesiegbar.

Tarek sah aus, als wisse er genau, was ich dachte. »Er lehnte dennoch ab.«

»Wieso?« Kaum war die Frage hinaus, da begriff ich: »Wie hätte er Ja sagen können nach dem, was zwischen uns geschah?«

»Darum geht es nicht.«

Ich sah zu ihm auf. »Worum dann?«

»Damals wusste ich es noch nicht. Ich könnte Euch niemals heiraten, selbst wenn ich es wollte. Es ist unmöglich.«

»Selbst wenn Ihr – aber …«

Er fuhr fort, als hätte er meinen Einwand überhört: »Duncan ist ebenso wenig frei zu entscheiden; Cinderella ist seine Braut und niemand sonst. Euer Vater glaubte, den Verlauf der Dinge ändern zu können, indem er Euch aufs Spielfeld brachte, doch das war ein Irrtum.« Er fuhr sich mit den Händen durchs Haar. Fahrig. Ziellos. »Er wird es einsehen. Die Zeit ist beinahe um, dann wird er es einsehen.« Mit geschlossenen Lidern saß er da und massierte sich die Stirn. Wie Vater. Noch nie hatte ich ihn so verloren gesehen. Selbst als ich ihn abgewiesen hatte, war da nur Zorn gewesen. Zorn, Verachtung und gut verborgener Schmerz. »Bald wird es keine Prinzen mehr geben, an die er Euch binden könnte.«

Keine Prinzen, wiederholte ich in Gedanken und dann: *Cinderella ist seine Braut.*

»Ihr ... Ihr habt es gewusst.«

»Was?«, fragte Tarek erschöpft.

Es zog mich hoch, raus aus dem Sessel, so unfassbar, so *abwegig* kam mir der Gedanke vor. Doch als ich die Worte aussprach, fand ich die Wahrheit in seinen Augen. »Heiliger Herbst, es ist wahr! Ihr habt es gewusst. Dass Cinderella zum Ball kommen würde, dass sie ...«

Er seufzte. »Setzt Euch.«

»Aber – das ist unmöglich!«

»Setzt Euch«, forderte er erneut.

»Ihr wusstest es«, flüsterte ich entsetzt. »Ihr wusstest es und habt seelenruhig zugesehen, wie ich gedemütigt wurde. Ihr habt es zugelassen.«

»Verzeiht, Dornröschen, aber ich wollte wahrlich nicht den Ritter in schimmernder Rüstung spielen.«

»Er hat mir das Herz gebrochen!«

Tareks Lippen verzogen sich zu einem bitteren Lächeln. »Das war nicht zu übersehen.«

»Wie könnt Ihr es wagen ...«

Jetzt stand auch er, überragte mich drohend – und ich bekam einen Eindruck dessen, was seine Gegner fühlen mussten. Seine Schultern schluckten fast gänzlich das Licht, einzig sein Haar glühte, als trüge er erneut eine Krone. Er, der ewig Ungekrönte. »Wie ich es wagen kann? Ich habe Euch gerade erklärt, dass weder er noch ich Euch lieben dürfen, doch Ihr seht nur Euer eigenes Leid. Erkennt, dass ich Euch einen verfluchten Gefallen getan habe, indem ich Duncan zu Cinderella brachte.«

»Ihr habt, was?«, schrie ich beinahe.

»Und ich würde es wieder tun«, gab er herrisch zurück. »Obwohl er mein Freund ist, Dornröschen. Er ist mein Freund.«

Die Ohrfeige traf ihn überraschend. Seine Augen verengten sich zu Schlitzen, auf der Wange ein Abdruck meiner Hand. »Wie konntet Ihr mir das antun?«

»Ihr denkt, es ginge um Euch? Um Euer Herz? Eure Gefühle?«

»Es ist mein Herz, es sind meine Gefühle!«

»Es ist so viel mehr als das, und wenn Ihr nur einmal richtig zuhören würdet …«

»Oh, ich habe zugehört, Tarek von Westham.« Wütend stieß ich ihm den Zeigefinger gegen die Brust. »Vater wählte mir einen Ehemann, Ihr hingegen empfandet ihn als unpassend – oder vielleicht auch mich, weiß der Himmel! Doch keiner von Euch kam auf die Idee, zu fragen, *was ich will.* Ihr selbst habt davon gesprochen. War das nur eine weitere List?«

»Es geht nicht um Euch.«

»Es betrifft mich aber!«

»Es betrifft uns alle.«

»Wen ich heirate, betrifft alle?«

»Ihr habt ja keine Ahnung.«

»Dann klärt mich auf.«

Er wies mit dem Kopf Richtung Treppe. Ich folgte seinem Blick und fand Susann und die Drachentöterin in der Tür stehend. Susann besorgt, Tareks Soldatin mit vor der Brust verschränkten Armen.

»Euer Streit ist weithin hörbar«, informierte Letztere knapp.

»Das ist mir gleich«, zischte ich und wandte mich Tarek zu, der zurück in den Sessel sank und die Beine ausstreckte. Der Zorn war aus seinem Gesicht gewichen, stattdessen war da ein schwaches, bitteres Lächeln. Wie unfassbar gut er sich im Griff hatte. Wie leicht es ihm fiel.

»Oh, Ihr …«

»Nicht doch, Dornröschen, was könnten die Leute denken, die Euch hören?«

»Wagt es ja nicht, jetzt mit Spott zu kommen!«

Er hob eine Braue. An seine Soldatin gewandt fügte er hinzu: »Schau nicht so wütend – sie kam zu mir.«

»Hoheit?«, piepste Susann.

Ich hob die Hand und unterbrach sie, den Blick fest auf Tarek gerichtet, der unbeteiligt in die vergehende Glut starrte. Als hätte es keinen Streit gegeben. Als hätte er all die Worte niemals gesagt. Als hätte er nicht von Liebe gesprochen.

»Hoheit …«

»Moment«, rief ich und schaffte es kaum, das Zittern meiner Stimme zu verbergen. Wenn ich jetzt nicht sofort ging, würde ich weinen. Nach all den Jahren würde ich weinen. Und das wollte ich um keinen Preis, denn ich fürchtete, dass ich, wenn ich erst einmal anfing, nicht wieder aufhören konnte. Dass ich mich dann vollends verlor. *Konzentration*, befahl ich mir und kämpfte gegen den Zorn, der mir die Luft abschnürte. Meine Augen brannten. »Tarek, Ihr könnt unmöglich das Gespräch so beenden …«

»Und ob«, fuhr er dazwischen, nach seinem Weinglas greifend. »Es ist nicht meine Aufgabe, Euch aufzuklären. Fragt Euren Vater. Lauscht dem fahrenden Volk. Es gibt tausend Geschichten über das, was uns entzweit.«

»Abgesehen von Euch selbst?«, entgegnete ich heiser.

Der Sturm in seinen Augen flackerte ein letztes Mal auf. »Abgesehen davon.«

Bewegungsunfähig stand ich da. Jeder Atemzug schmerzte. Jeder Schlag meines Herzens. Jede Faser meines Körpers. Doch ich zwang mich, die Hände zu lösen. Zu lächeln.

Kopf hoch, glaubte ich Mutter zu hören und folgte ihrem Rat.

»Susann?«

»Ja, Hoheit?«

»Lass mein Gepäck in die Kutsche bringen. Wir reisen ab.«

»Jetzt?«, fragte sie entgeistert und auch Tareks Kopf ruckte hoch.

»Jetzt«, bestätigte ich, ehe er mich aufhalten konnte.

»Aber der Kutscher«, rief Susann, »er schläft.«

»Dann weck ihn.«

Tarek runzelte die Stirn. »Dornröschen …«

»Nein«, unterbrach ich ihn eisig. »Ihr wolltet, dass ich gehe, und genau das tue ich jetzt.« Er wollte etwas erwidern, doch ich zwang mich fort von ihm und der sterbenden Wärme. Vielleicht war es das

Beben meiner Stimme, vielleicht auch das verräterische Glänzen meiner Augen – er hielt mich nicht auf. Weder als Susann nach den Dienern rief und der Kutscher die Pferde anspannen ließ, noch als ich das Gasthaus *Zum Kraken* verließ, die Kutsche bestieg und sich je fünf seiner Drachentöter vor und hinter uns positionierten, um uns in die Nacht zu begleiten.

»Mary?«, wisperte Susann mir gegenüber in der Dunkelheit.

»Nicht«, bat ich erstickt und auch sie verstummte.

Einzig das Hämmern meines Herzens verblieb im Gleichklang mit dem der Hufe.

Athos. Wir fuhren gen Athos.

Meine Finger fanden den Schuh, der fest an meinem Fuß saß, und beinahe hätte ich gelacht. Weil ich Stück für Stück zerbrach, während er nicht den kleinsten Kratzer aufwies.

Welch bittere Ironie des Schicksals.

DER SOHN WESTHAMS

»Du hast es auch gesehen, oder?«

Elenas Stimme bebte. Furcht schwang darin mit, wie immer, wenn sie in der Nähe des Blutwaldes waren. Sie benahm sich, als wüsste sie, was unter den Bäumen hauste. Dabei kannte sie nur den Teil der Wahrheit, den der Drachenkönig mit seinen loyalsten Soldaten besprach. Über die Hexe im Wald und die Opfer, die sie regelmäßig verlangte.

»Sie trug ihn, Tarek, sie trug den verfluchten Schuh!«

»Ich weiß.« Er hatte das Glas aufblitzen sehen, als sie vor ihm zurückgewichen war, die Hände schützend um die Brust geschlungen. Mary hatte ja keine Ahnung, wie fragil sie wirkte. Als könnte der leichteste Windstoß sie brechen wie einst ihre Mutter.

»Tarek! Was tun wir jetzt?«

»Schick Späher aus«, befahl er knapp. »Sie sollen die Brücke im Auge behalten.«

»Du glaubst, er wird ihr folgen?«

»Er kann nur dort den Fluss passieren.«

»Hast du ihr deshalb so viele Drachentöter mitgegeben? Weil er ihr folgen wird?«

»Ich weiß es nicht«, brüllte er. »Verflucht, ich weiß es nicht! Also schick die Späher. Wir brechen auf.«

»Ihr hinterher?«, fragte Elena merklich kühler. Er sah ihr an, dass sein plötzlicher Ausbruch sie bestürzte, genauso wie ihn selbst. Er musste sich im Griff haben.

»Nach Westham. Ich muss den Drachenkönig sprechen.«

»Aber die Prinzessin …«

Ohne auf sie zu achten, schritt er zügig zu den Stallungen und zerrte seinen Hengst heraus. Die Zeit drängte. Mary trug den Schuh der falschen Prinzessin – und alles, was er über die Hexe und ihre Zauber wusste, war mehr als beängstigend. Er fürchtete nicht Duncan und auch keinen drohenden Krieg, sollte er den Fluss überschreiten, sondern allein die Hexe, sollte sie herausfinden, was geschehen war. *Sie* hatte versprochen, Mary in Frieden zu lassen, solange er Duncan zur Jagd in den Blutwald lud.

Fluchend lehnte er die Stirn gegen den Hals seines Rappens, um zur Ruhe zu kommen und die Furcht zu bändigen, die ihn beim Anblick des Schuhs ergriffen hatte. Zehn seiner besten Drachentöter begleiteten Mary, darunter Marduk und Hagen, mit denen er seit frühester Kindheit Seite an Seite kämpfte. Im Notfall konnten allein diese zwei es mit drei Dutzend Soldaten Maywaters aufnehmen, doch gegen die Ungeheuer des Blutwaldes waren sie machtlos.

»Wir sollten ihr folgen«, zog Elena ihn zurück in den Albtraum, der keiner war, sondern bittere Realität. »Wenn wir ihr folgen, ist sie in Sicherheit. Noch besser: Wir bringen sie nach Westham, wie es verabredet war.«

»Sollte Duncan ihr tatsächlich folgen, käme er genau deshalb nach Westham.«

»Aber …«

»Drei Königsadler – jetzt«, forderte er, ehe sie weitersprechen konnte, denn tief im Innern hätte er ihrem Drängen nur zu gern nachgegeben. Aber Marys Nähe war Gift für ihn. Für all seine Pläne. Nein, in Athos war sie sicher. »Schick einen nach Westham und kündige uns an«, befahl er, als Elena mit den drei Vögeln in schwankenden Käfigen zurückkehrte. »Den zweiten zum Goldkönig, ein knapper Bericht, mehr nicht.«

»Und der dritte?«

»Den nehme ich.«

Elena wollte sichtbar protestieren, war es doch gewöhnlich ihre Aufgabe, die Nachrichten zu verschicken, doch diese hier musste er selbst schreiben. Ohne auf Elenas verletzten Gesichtsausdruck zu achten, nahm er einen Käfig, Papier und Tinte entgegen und entließ sie. Es gab Dinge, über die er mit niemandem sprechen konnte, nicht einmal sein Bruder wusste, was er zu tun bereit war, um Westham zu schützen. Um sie alle zu schützen.

Zuletzt auch sich selbst.

Beim nächsten Blutmond.
Veranlasst alles, was nötig ist.
Treffen im maywaterschen Rosengarten.

P. v. Westham

DER GRAF

Als hätte sich die ganze Welt gegen ihn verschworen, war er gezwungen, die Nacht im Sattel inmitten der endlosen Dünen zu verbringen. Wahrscheinlich hatten sie ihm mit Absicht den lahmsten Gaul des königlichen Stalls aufgedrängt. Das Tier bestand bloß aus Haut und Knochen, stank bestialisch nach Urin und war störrischer als jeder attische Goldesel.

Er ließ die Gerte knallen. Ohne Erfolg.

Ächzend sank er zurück. Sein Hintern schmerzte, als säße er auf spitzen Steinen – vielleicht tat er das sogar. Die maywaterschen Dienstboten verachteten ihn, weil er aus Athos stammte und weil sie die Geschichten über ihn kannten. Er hatte es ihnen angesehen. Ihren Blicken und Gesten. Frauen, immerzu sprachen sie über seine Frauen. Dabei waren sie vollkommen ahnungslos, wie viele Leben er wahrhaftig geopfert hatte.

In der Nähe erklangen Kojoten, sie schienen sich um Beute zu balgen.

»Lauf weiter, du dämliches Tier!« Fehlte nur noch, dass er in dieser elendigen Wüste verendete. Schlimm genug, dass er ohne Begleitung reisen musste. Aber des Goldkönigs Wünschen durfte er sich nicht widersetzen.

Reite zum Drachenkönig, hatte der verlangt. *Sorg dafür, dass die Verlobung bestehen bleibt.* Als ob eine zweite Cinderella auftauchen und die Prinzen Westhams verführen könnte.

Mary muss heiraten. Als ob sein Leben davon abhinge.

Achte auf sie. Als ob er sich tatsächlich etwas aus seiner Tochter machen würde.

»Verflucht sei der Goldkönig«, brummte er und versuchte den Gaul anzutreiben. Bei Dämmerungsanbruch hatte er längst im Gasthaus sein wollen – jetzt herrschte tintenschwarze Nacht. Der Fluss nahte, er vernahm bereits sein Gurgeln als unterschwelliges Summen. Bald würde er in weichen Federn liegen und den qualvoll langen Ritt vergessen.

»Blödes Vieh«, grollte er, getrieben von den Bildern in seinem Kopf. Einladende Kissen, ein Tablett mit dampfender Suppe im Bett, dazu Wein. Viel Wein. Und vielleicht die eine oder andere Frau – je nachdem, wie viele Dirnen der Wirt zurzeit beschäftigte. Falls nicht alle in Beschlag genommen waren. Die Drachentöter mussten seit einer geraumen Weile im Gasthaus sein. Fluchend ließ er die Gerte zischen. »Beweg dich!«

Sie würden alle fort sein. In den Armen der Soldaten. In denen des Prinzen.

Er hatte es mit eigenen Augen auf dem Ball gesehen, die Begeisterung, mit der die Frauen gleich welchen Standes und Alters erst um den westhamschen Königssohn und später um den Kronprinzen herumscharwenzelt waren. So begierig und voller Hoffnung. Noch nie hatte ihn eine seiner Gattinnen derart angesehen. Überhaupt keine Frau, wie er indigniert feststellte. Dabei sollten sie ihn lieben, schließlich war er der Graf von Athos, ein enger Vertrauter des Goldkönigs, ein Mann von untadeliger Abstammung und noch reinerem Benehmen. Gehasst und verkannt für Taten, die unerlässlich waren.

»Drecksgaul«, brüllte er ungehalten, als sein Pferd jeden weiteren Schritt verweigerte. »Sollen sie dich unter dem Blutmond schlachten!«

»Aber, aber, Graf, redet man so mit einem heiligen Tier?«

Hinter ihm zeichneten sich die Silhouetten Dutzender Reiter ab. »Ho-Hoheit?«

»Sagt bloß, Ihr hörtet es noch nicht? Dabei wart Ihr es doch, der mich zuerst mit meinem *neuen* Titel ansprach.«

»Euer Vater …?«

»Tot«, bestätigte der neue Wüstenkönig glatt. »Als könntet Ihr in die Zukunft sehen.«

»Mein Beileid, Majestät«, beeilte sich der Graf zu versichern und verbeugte sich auf dem Pferd so tief es ging. »Welch Tragödie.«

»Nicht ganz der Ausdruck, der mir im Sinne steht.«

Der Graf hob den Blick, die Strahlenkrone auf dem Haupt des Wüstenkönigs zeichnete sich vor dem Nachthimmel ab. Sein Vater war noch nicht einmal in den Tempeln zur Ruhe gebettet worden, da trug er sie bereits.

»Man erzählt sich allerlei Geschichten über Euch«, fuhr der Wüstenkönig jovial, beinahe freundlich fort, wäre da nicht diese Kälte, die dem Grafen unter die Haut und direkt in die Knochen fuhr. »Es heißt, ein Fluch laste auf Euch.«

»Oh, das. Nichts weiter als Getratsche. Das kennt Ihr sicherlich, Majestät.«

»Tue ich das?« Eine einfache Frage. Eine kaum versteckte Drohung.

»Nicht, dass sie über Euch reden würden«, nahm der Graf hastig zurück. Er begann zu schwitzen, was mitnichten an der Wüste lag. Sein Blick huschte über die schattenhaften Reiter. Wie viele sich in der Nacht verbargen, vermochte er kaum zu sagen.

Unzählige, dachte er nervös.

»Gewiss nicht, Graf. Doch zurück zu Euch. Ihr habt ein wahrlich unglückliches Händchen, was die Wahl Eurer Bräute betrifft. Es heißt, sie kamen allesamt zu Tode, kaum dass sie Euch anvertraut wurden. Junge Frauen, in der Blüte ihres Lebens.«

»In der Tat«, gab er schweißgebadet zu.

»Und Mary«, fuhr der Wüstenkönig gefährlich ruhig fort, »ich hörte, auch sie weckte Euer Interesse. Ist das so, Graf?«

»Die … die Prinzessin? Niemals! Ich meine, wie käme ich dazu …«

Der Wüstenkönig unterbrach ihn. »Genug davon! Verratet nur, wozu all diese Opfer dienten? So viel unschuldiges Blut.«

Es wurde für Euch vergossen, lag ihm auf der Zunge, *für das Gemälde der Prinzessin, das euch verzaubern sollte – es tat, bis sie kam*. Die Blutmagie, die in Athos gewoben wurde, war erschreckend schwach im Vergleich zu jener, die der fremden Schönheit aus den Poren gesickert war. Beklommen fragte er sich, woraus sie bestand. Jungfrauenblut, wie er es für den Goldkönig erntete, barg reichlich Macht und war dementsprechend kostbar. Um den maywaterschen Thronerben zu gewinnen, war dem Goldkönig jedoch jede Summe recht gewesen. Er hatte nach Blut verlangt und er, der Graf, hatte geliefert. Die Hintergründe kümmerten nicht, der Lohn allein tilgte jegliche Zweifel. Erst im Angesicht Cinderellas hatte ihn Beklemmung überkommen und die Frage, gegen wen sie überhaupt intrigierten.

»Eure Informationen scheinen irreführend«, wagte der Graf vorsichtig, wohl wissend, dass ein falsches Wort seinen Kopf kosten konnte. »Meine Bräute starben allesamt eines natürlichen Todes. Nicht jeder ist für das attische Klima gemacht – erst recht nicht so hoch in den Bergen, wie ich lebe.«

»Erspart mir Eure Lügen.«

»Ma-Majestät?«

»Wir alle haben Geheimnisse, Graf, und wir alle nehmen sie mit ins Grab.«

»Gewiss«, beteuerte er unterwürfig, als Wind aufkam. Flüsternd. Zischend. Ein Chor aus wispernden Stimmen – und da erkannte er, dass er einen gänzlich anderen Fehler begangen hatte. Einen, der ihn alles kosten würde. Stets hatte er die Familien seiner Bräute gefürchtet, nach Rache dürstende Brüder, erzürnte Väter oder das Misstrauen der Diener – doch nicht seine Sünden würden ihm den Tod bringen, sondern eine winzig kleine Tat, die erschreckend unbedeutend schien. Voller Panik verfluchte er den Fremden, der ihn umgestoßen hatte – und sich selbst, weil er die Scherbe nicht hatte liegen lassen.

Fahl schimmernd hing sie um des Wüstenkönigs Hals.

Eine wispernde Stimme hatte ihm befohlen, sie aufzuheben und weiterzureichen. An den Kronprinzen, den neuen Wüstenkönig. Winddämonen, das hatte er sofort erkannt, jedoch geglaubt, ihnen und ihrem unheilvollen Einfluss zu entkommen, wenn er nur tat, worum sie baten. Jetzt strichen sie über die Ansammlung der Soldaten hinweg, blähten die Banner, säuselten und schufen Unruhe. Nervöse Pferde, leise klirrende Waffen. So viele Waffen.

Genug, um einen Krieg zu beginnen.

DER JÄGER

In dieser Nacht war die Wüste voller Leben.

Ein Rudel Kojoten lauerte in einiger Entfernung von dem Leichnam, der zerfetzt im Sand lag. Einzig seine Anwesenheit hielt sie auf Abstand, als wüssten sie, wer er war und wem er diente. *Kluge Tiere*, dachte er und beugte sich zu dem Festmahl nieder, von dem er sie verscheucht hatte. Der Körper war kaum noch als menschlich zu erkennen. Bloße Knochen, gerissene Sehnen und dampfendes Gedärm. Allein der Schopf, halb begraben unter Wüstensand, offenbarte die Tatsache, dass es sich um einen Mann handelte. Einen wohlhabenden, den Kleidungsfetzen nach zu urteilen. Vorsichtig griff er in die Haare und zog den Schädel hoch, die Kehle klaffte auf. Sauber durchtrennt.

Der Jäger kannte den Mann. Es war der, mit dem er im Schlosshof zusammengestoßen war. Ein Adeliger aus Athos. Schwächlich hatte er ihn in Erinnerung. Demütig.

Der Kopf fiel zurück in den getränkten Sand, der Jäger griff stattdessen nach etwas, das einst ein Arm gewesen war. Die Hand fehlte bereits. Er hegte keine Zweifel daran, dass sie eiskalt gewesen wäre wie seine eigene. Die Spiegelscherbe hinterließ Spuren, ebenso die Winddämonen. Dieser Tote war ihr Werk.

Rasch richtete er sich auf. Die Augen der Kojoten glommen in der Dunkelheit.

Heute Nacht war er nicht der einzige Jäger.

Gerade wollte er sich in den Sattel schwingen und weiter gen Silberfluss reiten, dessen Summen bereits die Luft füllte, als er ihn sah. Er lag nur wenig weiter, nahezu unversehrt. Als hätten die Kojoten ihn verschmäht angesichts der fetteren Beute. Doch bald, da war er sicher, würden sie auch über den Königsadler herfallen. Die geflügelten Boten galten als geschwind und nahezu unaufhaltsam – es sei denn, der Wind selbst trieb sie aus ihren sicheren Höhen hinab in die Reichweite der Schützen. Mit zwei Schritten war er bei dem Tier und hob es hoch. Ein Pfeil hatte den Adler vom Himmel gepflückt, der Schaft und die Federn unverkennbar in den Farben Maywaters gekleidet. Er griff nach dem Brief, der an einer Kralle hing. Er war geöffnet und achtlos zurückgelassen worden. In großer Hast. Oder heillosem Zorn.

Sorgsam strich er das Blatt glatt und las im Schein seiner Maske.

Mit einem Satz war er zurück beim Pferd, schwang sich in den Sattel und trieb es vorwärts. Hinter ihm fielen die Kojoten kläffend über den Grafen her, labten sich an ihm und dem Vogel, an dessen Bein noch immer die Nachricht hing.

Eure Tochter stahl den Schuh.
Sie erwartet Euch in Athos.

Westham

DER SPÄHER

Er klammerte sich an den Sattel, während die Straße unter ihm dahinflog. Drei oder vier Pfeile steckten in seinem Rücken, mindestens doppelt so viele im Leib seines Pferdes, genau wusste er es nicht. Warmes Blut durchweichte seine Stiefel und das schweißnasse Fell des Hengstes. Er wusste, dass keiner von ihnen diesen Höllenritt überleben würde. Dennoch drängte er vorwärts. Er musste Prinz Tarek warnen, ihm berichten, was geschehen war.

Drachenschuppen galten als undurchdringlich, allein zwischen den Schulterblättern besaßen die aus ihnen gefertigten Rüstungen eine Schwachstelle. Niemand außerhalb der Drachengarde wusste davon – doch die Schützen Maywaters hatten gleich mehrfach dorthin getroffen. Sirrende Pfeile, die unbeirrt ins Ziel fanden. Als hätte der Wind selbst sie gelenkt.

Zwei gegen einen tödlichen Geschossregen.

Seinen Kameraden hatten sie zuerst erwischt, samt Pferd war er durch die Brüstung der Bogenbrücke gebrochen und in den schäumenden Fluten des Silberflusses verschwunden. Er selbst war nur knapp dem Tod entkommen, um jetzt von ihm eingeholt zu werden.

»Schneller«, röchelte er seinem Pferd zu. »Schneller.«

Das Gasthaus *Zum Kraken* flog dunkel und verlassen vorbei. Ein Hauch der vergangenen Geschäftigkeit lag noch in der Luft, der Geruch von Leder und hastig gesattelter Tiere. Der Mond tränkte das Pflaster der Straße in milchiges Licht. Die Garnison der Drachentöter war nicht fern. Irgendwo vor ihm in der Nacht ritten sie donnernd gen Westham, angeführt von seinem Prinzen. Er musste ihn erreichen und von Maywaters Einfall berichten, ehe der Tod ihn erreichte. Er spürte schon, wie die Dunkelheit nach ihm griff.

Sie folgte ihm wie ein zweiter schattenhafter Reiter.

»Schneller«, keuchte er panisch. Das Pferd bündelte die letzten Kräfte. Er musste Westham warnen. Eine halbe Kompanie hatte die Brücke passiert, bevor er geflohen war. Wie viele Schützen noch gefolgt waren, vermochte er nicht zu sagen.

Genug, dachte er, *um einen Krieg zu beginnen.*

Der Wald lichtete sich, das Mondlicht flutete über Westhams Hochebenen. Ein silbrig weites Meer und mittendrin die Silhouetten Dutzender Reiter. Prinz Tareks Garnison.

Er triumphierte. Erleichtert. Ungläubig.

»Geschafft«, wisperte er, als das Pferd unter ihm nachgab.

Der Aufprall trieb ihm die Pfeile durch den Brustkorb, während sich die Dunkelheit um ihn verdichtete und der zweite Reiter neben ihm hielt, das Gesicht skelettiert, die Nacht im Rücken. Er war gekommen, um zu holen, was rechtmäßig ihm gehörte. Welch hoffnungsloses Unterfangen, dem Tod entkommen zu wollen. Er kniete nieder, eine Klinge blitzte im Mondlicht und das Röcheln des Spähers erstarb.

So kurz vor dem Ziel … so kurz …

MARY VON ATHOS

»Hast du je etwas getan, das du bereust?«

Die schönste Braut zu ihrer Zofe
nach dem Bruch

Als Kind hatte ich mir nicht vorstellen können, dass es ein schöneres Schloss als das attische geben sollte, mit all seinen dunklen Ecken und Geheimnissen. Wenn der Wind flüsternd durch die Gänge strich, schien es fast, als erwachten Geister in dem alten Gemäuer zu neuem Leben. Ihrem Wispern folgend, war ich des Nachts mit nackten Füßen und Abenteuerlust im Herzen durch die Korridore geschlichen, hatte den verbotenen Ostflügel erkundet, auf der verwaisten Tafel in der großen Halle getanzt und die Sterne vom Nordturm aus beobachtet – damals, als es noch Sterne in Athos gab.

Durch das Schloss zu streifen, hatte als verbotener Zauber begonnen, sich aber mehr und mehr zu einem Fluch entwickelt. Ich war Zeuge manchen Streits geworden, hatte Mutter schluchzen und Vater aus dem gemeinsamen Schlafgemach die Treppen zum Dienstbotentrakt hinabsteigen und hinter stets derselben Tür verschwinden sehen. Manchmal waren Stunden vergangen, ehe er wieder herauskam und schwerfällig die Stufen erklomm, als hielte ihn etwas zurück, als wäre er gebunden an das, was auch immer sich in der Kammer befand. Ich hatte nicht verstanden, was ihn zu der Frau lockte, die tagsüber meiner Mutter die Haare flocht. Erst nach dem Tag des Schwarzen Winters, als die Gerüchte über den Verrat der Zofe durch das Schloss getragen wurden, hatte ich ihre Rolle in der größten Tragödie meines Lebens begriffen. Mutter war ihretwegen den Nordturm hinaufgestiegen und zerbrochen. Ihretwegen – und meinetwegen.

»Warum stehen wir?«, fragte Susann verschlafen. »Wir sollten nirgends halten.«

»Vielleicht liegt ein Baum auf der Straße«, mutmaßte ich träge.

»Oder«, Susanns Augen wurden groß, während ihre Stimme zu einem Flüstern versackte, »wir werden überfallen!«

»Unsinn«, gab ich entnervt zurück. »Wir würden Kampfeslärm hören oder zumindest Geschrei.« Das Pochen meines Knöchels ignorierend, setzte ich mich auf und entzog mich den Klauen der Vergangenheit. Draußen herrschte tiefste Nacht, durchbrochen vom ängstlichen Schein weniger Fackeln – und den gedämpften Stimmen eines Streits. »Ich steige kurz aus und sehe nach.«

»Ausgeschlossen«, rief Susann entsetzt. »Das kann ich unmöglich zulassen, Hoheit! So beginnen all die Schauermärchen, die man sich in den Dienstbotenkammern erzählt.«

»Mary«, korrigierte ich und griff nach der Klinke.

»Mary«, flehte sie. »Wenn Euch nun ein Wolf anfällt?«

»Ein Wolf?«

»Oder ein Bär«, schlug sie vor. »Es könnte alles Mögliche dort draußen lauern. Habt Ihr denn nie die Gerüchte über den Blutwald gehört? Böse Dinge treiben dort ihr Unwesen, ganz und gar böse Dinge.«

»Susann, ich bitte dich. Ich sehe bereits vier der Drachentöter von hier aus. Welches Unheil sollte mir in ihrem Beisein schon geschehen?«

»Wir könnten sie rufen«, schlug Susann vor.

»Gewiss – doch mir ist nach Bewegung zumute; mein Rücken schmerzt vom langen Sitzen.« Das war zwar gelogen, doch mir war alles recht, solange ich nur der stickigen Kutsche und ihrer beklemmenden Enge entkam, in der meine Gedanken unaufhörlich kreisten. Susann verstand nicht, wieso es mich stets hinauszog – in die verlassen Flure, die Korridore oder den Hof –, ihr war jede körperliche Anstrengung zuwider. Ich hingegen glaubte zu ersticken, wenn ich zu lange in einem geschlossenen Raum verblieb. Ich brauchte Freiheit und Raum zum Atmen – so wie jetzt.

»Aber der Wald«, beharrte Susann.

Ich spähte hinaus, der Blutwald umgab uns wie die Arme einer eifersüchtigen Geliebten, sanft bestäubt vom Fackelschein. Niemals zuvor war ich ihm so nah gewesen; Mutter hatte mich stets von ihm ferngehalten. Allein aus weiter Distanz hatte sie mir erlaubt, ihn zu betrachten, und dabei von den Monstern erzählt, die Susann so fürchtete. Nach ihrem Tod war es mir gänzlich verboten worden, das Schloss zu verlassen – weshalb diese Fahrt, so viel Unheil ihr auch vorausgegangen war, etwas in mir befreite, das viel zu lang gefangen gewesen war. Ungeduldig stieß ich die Tür auf.

»Ich halte das für eine furchtbare Idee«, rief Susann vehement.

»Das wäre es gewiss – sollte ich den Wald betreten. Was ich mitnichten vorhabe.« Entschlossen setze ich einen Fuß auf die Schwelle. Mein Knöchel protestierte, ich biss die Zähne zusammen und kletterte aus der Kutsche. Susann begann zu beten, während mich die Nachtluft wie einen lang vermissten Freund umfing. Es roch nach vergehendem Laub, nach Abenteuer und Kindheit. Obwohl ich es vor Susann nicht zugeben hatte, kannte ich sämtliche Gerüchte, die sich die Menschen über den Wald erzählten. Über Kinder, die auf ewig in ihm verschwanden, feuerspeiende Ungeheuer und bluttrinkende Bäume. Glaubte ich ihnen, so lebte auch ein neunarmiges Monster unter der Brücke des Silberflusses, das die Feinde Maywaters verschlang. Ich wusste nicht, ob irgendetwas davon der Wahrheit entsprach, ob es Monster oder doch nur Menschen waren, die anderen Unvorstellbares antaten.

»Zurück in die Kutsche!«, befahl einer von Tareks Drachentötern, kaum dass er mich bemerkte. Ihm gegenüber, die Hand auf dem Schwertknauf, stand der Kronprinz von Maywater, auf dem Haupt die Krone des Wüstenkönigs.

»Duncan«, rief ich erschrocken, »dein Vater …?«

»Tot«, bestätigte dieser emotionslos.

»Wann?«, fragte ich nur.

»Kurz nach deiner Abfahrt.« Er zog einen Beutel hervor und leerte ihn aus. Als mein zurückgelassener Diamantschuh auf den Boden polterte, hörte ich Susann aufschreien. Ein Drachentöter namens Marduk, von dem ich wusste, dass er das Kommando führte, trat schützend vor mich, während sich Duncans Gefolge aus dem Schatten schälte. Ein ganzes Regiment maywatersche Schützen war ausgerückt, um zurückzuholen, was ich gestohlen hatte.

»Was wollt Ihr?«, herrschte Marduk.

»Ich verlange, was mir gehört.«

»Das da wäre?«

»Der Schuh«, sagte ich.

Duncan nickte bloß. »Du hast ihn gestohlen.«

»Cinderella stahl mir den Mann. Es erschien mir gerecht.«

»Gerecht?«, entfuhr es Duncan und für einen Augenblick verrutschte die Maske kühler Überlegenheit, die er sich auf die Züge gezwungen hatte. Darunter lag einzig mühsam beherrschter Zorn. »Dein Vater wurde für seinen Verrat mehr als großzügig entlohnt.«

»Du hast die Verbindung gelöst«, hielt ich dagegen.

Duncan hob eine Braue. »Sie war nutzlos geworden.«

»Nutzlos?«, echote ich ungläubig. »Athos' Reichtümer, der Handel …«

»Der Handel ist mir herzlich egal«, bellte er. Die Drachentöter zogen die Schwerter, das Geräusch glitt mir den Rücken hinab. Nebelschleier krochen aus dem Unterholz, hüllten uns in einen Kokon aus verzehrender Kälte. Mein Atem dampfte, ebenso Duncans. Er trat auf mich zu, Marduk drängte mich zurück.

»In die Kutsche«, zischte er. »Sofort!«

»Lasst mich mit ihm reden«, beschwor ich ihn. »Ich kann das klären.«

Marduk lehnte entschieden ab. »Ihr verschwendet Eure Worte.«

»Lieber verliere ich tausend Worte, als dass ich Waffen sprechen lasse.«

»Spar dir die Mühe«, sagte Duncan, der unser Gespräch mit angehört hatte und fordernd eine Hand ausstreckte. »Gib mir den Schuh und verschwinde.«

Ich zwang mich, ihn fest anzublicken. »Das täte ich, wäre es mir möglich.«

»Was soll das heißen?«

»Er ist nicht da«, log ich mit überraschend klarer Stimme. Allein mein verräterisches Herz drohte mir die Brust zu sprengen, doch solange Duncan mir nicht zu nahe kam, würde er davon nichts merken. »Ich stahl den Schuh aus der Schatzkammer, doch nachdem er sich standhaft weigerte zu zerbrechen, ließ ich ihn zurück. Im Schloss. Du bist umsonst gekommen.«

»Du lügst.«

Bedauernd seufzte ich. »Du wirst dich auf mein Wort verlassen müssen.«

»Das Wort einer Diebin«, ätzte er.

»Selbst die Versprechen eines Kronprinzen sind wertlos«, erwiderte ich spitz.

Marduk räusperte sich. »Ich halte es für unklug, ihn zu reizen.«

Ich bedachte ihn mit einem kühlen Blick. Er hatte ja keine Ahnung, was es hieß, unter einem Tyrannen aufzuwachsen. Ich hatte in Athos nicht nur lächeln, sondern auch lügen gelernt. Die wichtigste Regel dabei lautete: je verzweifelter man auf einer Behauptung bestand, desto weniger wurde sie glaubhaft; ließ man sie jedoch stehen, gewann sie an Wahrheitsgehalt. Duncan strich sich bereits fahrig über die Stirn. Erste Zweifel, welch leichte Saat. Nicht mehr lange und er würde mir glauben. Hoffentlich.

Hinter uns polterte es. Susann, die unser Gespräch durch die geöffnete Kutschtür verfolgt hatte, war die Stufen hinabgestürzt. »Hoheit«, krächzte sie und strich sich hastig den Rock über die entblößten Waden. »Wir können es beweisen!«

»Ich wüsste nicht, wie«, erwiderte ich äußerst gefasst, obwohl ich am liebsten zu ihr gelaufen und ihr auf die Beine geholfen hätte. Mir missfiel die Art, wie Duncans Schützen sie anstarrten; als wäre jetzt, da sie die erste Grenze bereits überschritten hatten, die Hemmschwelle für alle weiteren gesunken. »Er wird es bloß herausfinden können, indem er umkehrt.«

»Es sei denn, er sieht es mit eigenen Augen.« Susann ergriff meine Hände. »Verzeiht, Hoheit, aber lieber durchwühlt er Eure Koffer, als dass er Euch für eine Diebin hält.«

»Susann«, brachte ich tonlos hervor und griff nach ihren Händen. Sie erwiderte den Druck. Duncan gab bereits entsprechende Anweisung, seine Schützen traten vor; als die Drachentöter sie aufhalten wollten, stieß ich Marduk mit dem Ellenbogen an. Er verstand und gab den anderen durch ein knappes Kopfschütteln zu verstehen, dass sie zurücktreten sollten. Vier von ihnen saßen noch im Sattel, die anderen scharten sich im Halbkreis um uns, ebenso die Diener und der Kutscher, die mit geweiteten Augen das Eindringen der Schützen in meine Privatsphäre beobachteten.

»Wird er ihn finden?«, fragte Marduk angespannt.

»Nein«, erwiderte ich ebenso leise, was ihn sichtlich aufatmen ließ. Je gelöster sie wirkten, desto weniger würde Duncan ihnen misstrauen. Das höfliche Lächeln ersetzte ich durch eine missbilligende Miene. Mutter hatte sie mich alle gelehrt. Hochmut, Güte, Arroganz. Ich konnte meine Maske wechseln wie andere ihre Kleider, ich konnte Freude und Glück vortäuschen. Allein mit Trauer tat ich mich schwer, zu nahe kam es dem, wie ich innerlich empfand. Vielleicht überkam mich deshalb ein nagendes Gefühl von Schuld, als ich Duncan dabei beobachtete, wie er nervös um die Kutsche schritt und in jeden Koffer spähte, der zu seinen Füßen geleert wurde. Er kämpfte nicht nur mit dem Verlust seiner Eltern, sondern auch mit dem von Cinderella; seine einzige Chance, sie zu finden, hatte ich zunichte gemacht.

»Kein Schuh«, verkündete einer der Schützen, nachdem sie auch die letzte Truhe auf das Pflaster geleert hatten. Er stand in einem

Wulst aus grauer Seide, die sich rebellisch im Wind bauschte. Hinter ihm roch jemand an meinem Duftwasser, Duncan schlug es ihm aus der Hand, das Gefäß zerschellte am Grund, explosionsartig roch es nach Wald und Rosen. Ich zerquetschte beinahe Susanns Hand. Sieben Monde hatten wir des Nachts eine Seifensiederin aus dem Dorf ins Schloss geschmuggelt, um mit ihrer Hilfe diesen einen Geruch einzufangen. Rosen mit einem Hauch Erde und Laub – meine letzte Erinnerung an Mutter. Ich glaubte beinahe, an ihrem Grab zu stehen, die Rose in der Hand, die Erde aufgebrochen. Ich blinzelte.

»War das wirklich nötig?«, fragte ich mit belegter Stimme, kaum dass Duncan zu uns trat. Ich hatte nicht erwartet, dass er sich entschuldigen würde, und er tat es auch nicht.

»Wo ist der Schuh?«

»Ich sagte es bereits.«

»Du bleibst dabei?«

»Was möchtest du hören?«

»Die Wahrheit«, sagte er.

Ich durfte nicht nachgeben. »Soll ich es für dich wiederholen?«

Er sah mich wortlos an, seine Zweifel waren offensichtlich. »Du wirst mich begleiten und es beweisen«, entschied er schließlich und umschloss meine Hand, seine war eiskalt. Sofort griff Marduk ein und hielt mich fest. Duncans Gesicht färbte sich weiß vor Zorn.

»Zurücktreten!«, verlangte er gefährlich leise.

»Auf Befehl des Prinzen …«, begann Marduk, doch Duncan unterbrach ihn schneidend.

»Ich sagte: zurücktreten!«

Marduk blieb standhaft. »Ausgeschlossen.«

Duncans Augen verengten sich, dann lachte er auf, es lag keine Freude darin, vielmehr Verachtung und Zorn. »So viel Loyalität für eine fremde Prinzessin! Sag, Drachentöter, ist es allein die Treue gegenüber deinem Prinzen, die dich wagemutig macht? Oder hoffst du auf die Verlockungen des Goldes? Unzählige gab es vor dir, die dem Ruf der Münzen folgten und nun in Athos' Dienst stehen. Doch lass dir gesagt sein: Das Einzige, mit dem der Goldkönig großzügig umgeht, sind seine falschen Versprechen.«

Ich schluckte. »So wie du?«

Sein Blick traf mich unvorbereitet. Hinter dem Zorn glaubte ich Schmerz zu erkennen.

»Sechs Königreiche, doch in all den Jahren wurde keine einzige Tochter geboren. Bis auf dich, Mary. Du warst meine einzige Chance. Doch *sie* hat andere Pläne für uns.«

Mein Mund wurde trocken. »Sie?«

Duncan schien mit sich zu ringen, ob er überhaupt mit mir sprechen oder hier und jetzt sein Recht fordern und mich zurück nach Maywater schleifen sollte, koste es, was es wolle. Er entschied sich dagegen. »Die Hexe des Waldes, von der alle Geschichten handeln. Die der stummen Königin die Stimme stahl und dem Moorkönig das Augenlicht.«

»Dunkelheit und Dornen«, zitierte ich die Verse eines alten Kinderliedes.

Er nickte verkniffen. »Wenn du das Lied kennst, dann weißt du, wer *sie* ist.«

»Nicht alle Geschichten stimmen«, widersprach ich.

»Diese schon«, beharrte er.

Wer den Turm erblickt, oh, wer den Turm erblickt,
ist auf ewig verloren in Dunkelheit und Dornen.

Ich fröstelte unwillkürlich bei der Erinnerung an die langen Tage und noch längeren Nächte, die auf Mutters Tod gefolgt waren; wie ich damals vom Fenster aus die attischen Kinder beobachtet hatte, spielend und lachend, vereint und entzweit, sich streitend und vertragend, während ich mich selbst zusehends verlor. In ihrer Nähe war ich mir weniger allein und zugleich so einsam wie noch nie vorgekommen. Dennoch hatte ich ihnen Tag für Tag aus luftiger

Höhe gelauscht, während sie Märchen nachstellten und die Rollen verteilten. Meist gewannen die Guten, hin und wieder die Bösen. *Die Rettung der Turmbraut* war mein liebstes Spiel gewesen, weil ich im Stillen stets gehofft hatte, dass sie eines Tages auch mich erretten würden. Aus meinem goldenen Käfig. Meinem torlosen Turm.

Ja, ich kannte die Geschichte …

Von dem garstigen Weib und der gestohlenen Grafentochter.

Von dem betörenden Gesang und dem verhängnisvollen Sturz des Moorkönigs.

… doch ich wusste nicht, wie viel davon der Wahrheit entsprach und was der unerschöpflichen Fantasie des fahrenden Volkes entsprang. Alljährlich zogen sie mit ihren bunten, von Lachen und Geheimnissen gut befüllten Wagen durch die sechs Königreiche.

Abgesehen von Athos.

Eines kühlen Herbstabends, als die bunten Zelte vor den Toren aufgebaut worden waren, hatte ich mich todesmutig hinausgestohlen, um ihnen zu lauschen. Ihren Worten und Liedern, die von Wundern und Heldentaten erzählten, von Opfern und der einen, wahren Liebe. Wie nicht anders zu erwarten, hatte Vater mich bei ihnen erwischt, gehüllt in Lumpen und Leinen, das Gesicht rußbeschmiert und den Kopf voller *Lügen*. Noch am selben Abend hatte er ein Verbot gegen das fahrende Volk erlassen – und die Kinder, die mich zuvor als stille Zuschauerin geduldet hatten, begannen mich zu meiden. Wo einst Mitleid gewesen war, fand ich fortan Kälte.

Kind der gefallenen Königin.

Tochter des Tyrannen.

»Die Hochzeit war nicht meine Idee«, fuhr Duncan fort, er schien eigenen Gedanken nachgehangen zu haben; Dämonen, die ihn nur widerwillig zurück ins Jetzt entließen. Sein Blick war verklärt, seine Stimme rau. »Es war dein Vater, der mir die Wahrheit über das Schicksal der Könige offenbarte. All die Jahre habe ich zu verstehen versucht, wieso mich meine Mutter mit Ablehnung strafte. Wieso sie es kaum schaffte, mich anzusehen – ihren eigenen Sohn! Bis dein Vater mir die Augen öffnete. Über die Krankheit meines Vaters und Mutters Verrat.« Das Leid in seinen Augen brach auf. Ihn hatte er wahrlich geliebt, sie hingegen – »Sie hat ihn vergiftet«, spuckte er aus, »ihn mit ihrer abartigen Schönheit geblendet. Er sah einzig sie und ihre Wünsche. Alle Entscheidungen, die er traf, waren die ihren. Er hat aufgehört zu existieren, als sie in sein Leben trat – und mir wäre es genauso ergangen …«

Cinderellas Lachen perlte in meinen Ohren, ich sah sie in Duncans Armen durch den Saal rauschen, gehüllt in einen Traum aus blauer Seide, die Schuhe aus feinstem Glas – von denen mich einer schmerzhaft daran erinnerte, wie prekär die Lage war. Duncan mochte für den Moment meinen Worten glauben und den Schuh im Schloss vermuten, doch seine Hand lag fest um meinen Arm. Ob er mich gewaltsam zwingen würde, mit ihm zurückzukehren? Die Drachentöter hielten die Waffen gesenkt, aber fest in den Händen, sie fixierten die Schützen, die ihrerseits die Bögen umklammerten. Letztere hielten sich nur zurück, da Duncan und ich miteinander sprachen. Mir graute vor dem Moment, da alle Worte verbraucht wären.

»Dein Vater sagte, ich wäre sicher – doch die Hexe fand einen Weg.« Duncan sah mich an; ich spürte, wie er den Schmerz sorgsam in sich verbarg, wie er eine Mauer errichtete und sich abschirmte. »Es begann während der Jagd und es hätte mit dem Schuh geendet. Doch du stahlst ihn und damit meine einzige Chance auf Freiheit. Jetzt stehen wir hier – du unwissend und ich getrieben – und ich habe keine Ahnung, wie lange ich ihrem Werben noch widerstehen kann.«

Ich fröstelte unwillkürlich. »Wessen Werben?«

Duncan ächzte. »Sie flüstern in meinem Kopf. Sie verlangen nach so vielem, was ich nicht bereit bin, ihnen zu geben. Doch sie sollen nicht deine Sorge sein, Mary.«

Da erst begriff ich, wie unnatürlich die Kälte seiner Haut war. Wie damals auf dem Nordturm.

»Winddämonen«, keuchte ich.

Susann schrie auf, Marduk fluchte. Diesmal ließ Duncan zu, dass Tareks Soldat mich ihm entzog, er lächelte sogar. Wehmütig und bedauernd.

»Es ist gut«, sagte er und nickte seinen Männern zu. »Lasst sie gehen.«

»Duncan«, rief ich, »du darfst ihnen nicht trauen! Verschließe dich ihnen, hörst du?«

Erneut klang seine Stimme wehmütig. »Klug und schön.«

»Duncan, das ist kein Spaß!«

»Und so besorgt um mich.«

»Was wollen sie von dir?«, rief ich, den Schuh überdeutlich spürend.

Er wirkte unendlich verloren. »Weißt du das denn nicht?«

»Rasch«, drängte Marduk und schob mich vorwärts. »Mit Winddämonen ist nicht zu spaßen.« Schon waren wir bei der Kutsche, die Diener rafften eilig Truhen und Koffer beisammen, Stoff riss, ein weiteres Gefäß mit Duftwasser zerbrach; Susann blutete plötzlich.

»Halb so wild«, versicherte sie und wollte mir in die Kutsche helfen, doch der Drachentöter war schneller. Er umfasste meine Hüfte und hob mich hoch. Susann keuchte, Marduk stieß einen unterdrückten Fluch aus. Nicht nur er hatte das Glas aufblitzen sehen. Dutzende Pfeilspitzen glommen jäh im Schutz der Dunkelheit. Duncan trat vor, das Gesicht ein Wechselspiel an Emotionen. Unglauben, Entsetzen und Schmerz.

»Das Wort einer Diebin«, flüsterte er tonlos.

»Ich kann es erklären«, beschwor ich ihn.

»Mich interessiert deine Entschuldigung nicht, gib mir den Schuh und verschwinde.« Er streckte die Hand aus, ohne mich anzublicken. Er war so weit geritten, um den Schuh zurückzubringen. Was würde er tun, wenn er sich nicht von meinem Fuß löste? »Ich will dir nichts tun, Mary, gib ihn mir einfach.«

Marduk stieß mich in die Kutsche. »Los jetzt!«

»Erst der Schuh«, bellte Duncan.

»Sie gäbe ihn Euch«, beteuerte Susann und trat ihm in den Weg, »wenn sie könnte.«

Duncan stieß sie beiseite. Ihre Augen weiteten sich, doch kein Ton kam über ihre Lippen. Sie sah mich nur an. Ich schrie auf, die Peitsche schnalzte, ein Ruck ging durch die Kutsche. Sie holperte über etwas – einen Stein? Ein Koffer polterte nieder, sein Deckel sprang auf, Seide und Scherben über mich ergießend. Das Licht der Fackeln fiel zurück. Pfeile sirrten, jemand kreischte. Die Kutschräder rumpelten erneut über einen Widerstand, schluckten den Schrei, während ich im Bauch der Kutsche ertrank, in Seide und Leinen und dem lieblichen Duft der Rosen. Meine Welt stürzte ins Chaos, die Kutsche kippte, ich verlor den Halt; etwas traf mich an der Stirn, beißende Grelle explodierte vor meinen Augen. Dann lag die Kutsche still; und ich in ihr. Ich bekam kaum mit, dass der Verschlag geöffnet wurde, Hände zu mir hinabgriffen und mich hastig aus den Kleidern zu befreien versuchten – es war, als entwüchsen auch den Stoffen Arme, als hielten diese mich zurück, das fürchtend, was außerhalb lag. Mein Kopf fiel in den Nacken und das modrige Grab zurück, dann lag ich da, der Nachtluft preisgegeben. Sie liebkoste meine Waden, zerrte an meinem Haar – am Fuß …

»Er sitzt fest.«

»Zieh stärker!«

»Es ist unmöglich.«

Vor meinen Augen lichtete sich die stechende Helle, die Winddämonen zischten. Sie waren überall. In Duncan. Vor allem in Duncan, der über mir kniete, die Augen aus Eis.

»Zerschlagt ihn«, knurrte er.

Ein Hieb traf meinen Knöchel, ich schrie auf, die Soldaten fluchten.

»Kein Kratzer, nichts.«

»Versuch es erneut.«

Der Wald kippte, Schwerter blitzten, dann wurde es schwarz, doch statt in gnädigem Nichts zu verschwinden, hörte ich weiter die

Stimmen, spürte die Hände auf meiner Haut und das Bersten des Fußes, der den Schuh nicht hergeben wollte.

Vielleicht war ja doch ich die richtige Braut?

»Einen Dolch! Ich brauche einen Dolch.«

»Duncan«, lallte ich. »Duncan …«

»Wo bleibt der Dolch?«

Er war freundlich gewesen, damals, im Rosengarten.

Er hatte meine Hand gehalten und von unserer Zukunft gesprochen.

Und ich hatte ihm geglaubt. Ich hatte ihm vertraut.

»Beim Herbst, das dürft Ihr nicht tun! Majestät, ich flehe Euch an!«

Susanns Stimme trieb mir die Tränen in die Augen.

»Schneid den Schuh frei!«

Jemand brüllte, es war Marduk. Er kämpfte wie ein Berserker – kupferne Schuppen, gespickt mit blau gefiederten Federn. Tränen brannten in meinen Augen, kalter Stahl legte sich an meine Ferse – und auch ich begann zu kämpfen, raus aus der Ohnmacht und zurück in den Albtraum, der keiner war. Susanns Flehen verwandelte sich in kehliges Schluchzen. Marduk ging in die Knie.

»Du hättest den Schuh nicht stehlen sollen«, zischte eine Stimme, die nichts mehr mit der in den Rosengärten gemein hatte.

Dann kam der Schmerz, schlimmer als alles, was ich je zuvor gespürt hatte.

DER WÜSTENKÖNIG

Die Drachentöter waren zahlenmäßig unterlegen, doch sie kämpften wie besessen. Als der erste fiel, gespickt mit maywaterschen Pfeilen, begriffen sie, dass ihre Schwachstellen enttarnt waren. Rücken an Rücken schlugen sie zurück. Sie lernten verflucht schnell.

Treib sie zurück ... treib sie zu mir ... sie alle!

»Treibt sie zurück«, brüllte Duncan und etliche seiner Soldaten stürmten vorwärts – in den sicheren Tod –, während die anderen einen Ring um Mary bildeten, die wimmernd am Boden lag, das Kleid über die Schenkel gezerrt, die Haut entblößt. Porzellanweiß und von Schmutz gezeichnet und dennoch unfassbar reizend. Weich und warm. Er griff in ihr flammendes Haar und zerrte den Kopf zurück. Das Entsetzen in ihrem kupfernen Blick steigerte ihren Liebreiz nur noch. So zerbrechlich. So unfassbar zart. Vielleicht, dachte er entrückt, konnte wahre Schönheit niemals allein existieren. Vielleicht musste da immer diese drohende Vergänglichkeit sein, die aus einer anmutigen Frau eine anbetungswürdige machte.

Töte die Drachentöter!

»Wieso nur hast du ihn gestohlen«, murmelte er, sich von ihrem Schmerz abwendend. Er wusste, ihr Anblick würde ihn auf ewig verfolgen. In seinen Träumen und in den Armen aller noch kommenden Huren. Keine war wie sie und doch würden es alle sein.

»Duncan«, flehte Mary, doch die Stimmen in seinem Kopf waren lauter.

Sie wollte die Krone. Sie stahl den Schuh.

Töte die Drachentöter, töte sie alle ...

Sie liebt dich nicht. Niemand liebt dich. Niemand!

TÖTE SIE ALLE!

Der letzte Funke Widerstand schmolz mit dem Wind dahin, der kühl über seine Haut strich und sein Herz erkalten ließ.

Sie hat dich betrogen.

»Ich weiß«, sagte er und erhob sich, die Krone im Haar, die Augen aus Eis.

DER JÄGER

Das Pferd hatte er zurückgelassen. Im Blutwald behinderte es ihn nur.

Dies war sein Reich und niemand war schneller als er. Über umgestürzte Bäume und Wurzeln hinweg erklomm er Abhänge und hechtete durchs Dickicht. Dutzende seiner Art schlossen sich ihm an. Rinden brachen auf, entblößten dunkelschwarze Leiber und in kaltes Licht getränkte Gesichter. Sie lösten sich aus knorrigen Stämmen, in denen sie so lange geruht hatten, bis er ihrer Hilfe bedurfte.

»Folgt mir«, knurrte er und rannte weiter, flankiert von einer Armee, die kein Mensch besiegen konnte. Vor dem Tod gab es keine Rettung.

Lauf, mein Jäger, lauf.

Noch während er rannte, zog er seine Klingen, drei Wurfdolche in der einen Hand, den geschwungen Langdolch in der anderen. Seine Armee aus verlorenen Seelen tat es ihm gleich. Der Wind frohlockte – und er begriff, dass sie alle nur nach *ihrem* Willen handelten. Niemand, nicht einmal die Prinzen waren frei von *ihren* Einflüsterungen. Einzig er, ihr treuer Diener, wagte sich zu widersetzen. Er war dem Drachentöter gefolgt und hatte dem Pferd mit einem gezielten Wurf die Sehnen der Vorderbeine durchtrennt, bevor er vom Eindringen der maywaterschen Soldaten berichten konnte. Westhams Sohn durfte um keinen Preis umkehren. Nicht jetzt, denn es wäre sein Ende und der Beginn eines Krieges.

Nein, er allein musste sie retten, die attische Prinzessin.

Hol sie mir, flüsterte der Wind. *Hol sie mir. Hol sie mir.*

Und in einem Moment des puren Entsetzens fragte er sich, ob *sie* auch das vorhergesehen hatte. Ob er, ganz gleich was er tat, stets ihre Spielfigur war.

Hol sie mir, mein Jäger.
Hol mir das Königskind.

Mary von Athos

*»Je näher wir ihnen stehen,
desto blinder sind wir für die Abgründe ihrer Herzen.«*

Die schönste Braut zu ihrer Zofe
einen Tag vor ihrem Tod

Die Bäume ächzten. Ihre Blätter flossen mit der aufkeimenden Ohnmacht dahin wie Federn auf einem Bach. Alles zerfloss, die Dunkelheit, der Schmerz und das Stöhnen tief in meiner Kehle.

»Er löst sich nicht.«

»Dann schneid mehr weg.«

Mein Bein stand in Flammen, es brannte lichterloh.

»Es geht nicht, Majestät!«

Jemand kniete auf meiner Brust, schnürte mir die Luft ab, zwei weitere Soldaten hockten auf meinen Armen, während weiter unten … während …

»Hack ihn ab.«

»Wie bitte?«

»Du hast richtig verstanden.«

»Aber – Majestät!«

»Tu es.«

Nur das Rauschen meines Blutes und das qualvolle Wispern der Bäume.

»TU ES!«

»Sie ist eine Prinzessin.« Die Worte drangen verzerrt in mein Bewusstsein. Ich wandte den Kopf, fand Susann auf dem Laub liegend, gespickt mit Pfeilen, den Mund zu einem entsetzten O geformt, die Finger zu mir ausgestreckt.

Ich versuchte eine Hand zu heben. Meine Knochen knackten, mein Herz schrie.

»Dann tue ich es. Gib mir die Axt.«

Es zischte. Der Druck auf meiner Brust ließ nach. Zitternd holte ich Luft. Jemand brüllte, danach waren auch meine Arme frei. Schwerter klirrten, Duncan schrie Befehle. Und ich lag da, frei von den Fesseln, und konnte mich doch nicht rühren.

Flieh, flüsterten die Bäume.

Etwas landete dumpf neben mir. Den Kopf in die Richtung drehend, fand ich mich Auge in Auge mit einem sterbenden Soldaten Maywaters wieder, die Kehle eine sprudelnde Quelle. Ich wimmerte, zum Schreien fehlte mir die Kraft.

»Sie kommen aus dem Wald!«

Flieh, befahlen die Äste. *Flieh, solange sie kämpfen.*

Wohin?, klagte ich stumm, als etwas auf mich klatschte. Wärme tränkte mein Kleid. Panisch stemmte ich mich gegen den Körper, der Kopf löste sich vom Rumpf und rollte über das Laub, das Gesicht verborgen hinter flüssigem Mondlicht. Ich konnte den Blick kaum lösen, zu schrecklich war es, zu unecht; wie ein Albtraum, der Gestalt annahm. Doch das hier war kein Traum. Es geschah wirklich. Sie starben. Sie starben meinetwegen.

In den Wald, flüsterten die Zweige, *komm in den Wald.*

Wimmernd wand ich mich unter dem kopflosen Rumpf hervor. Die Leichen verschwammen mit dem Laub zu einer formlosen Masse aus Rostrot und Braun. Ich biss die Zähne zusammen und zog mich vorwärts, vorbei an den Kutschrädern, hin zu den Bäumen. Die Schreie der Kämpfenden folgten mir durch die Nacht.

Komm, lockten die Blätter.

Wenige Armlängen, dann hatte ich das Dickicht erreicht. Ich konnte bereits die ersten Zweige fassen, zerrte mich ins Unterholz. Meine Zähne gruben sich in die Unterlippe, ich schmeckte Blut. Das Wispern trieb mich an, ich griff nach dem Laub –

Die Schreie verstummten, das Klirren erstarb.

Noch zwei Armlängen, vielleicht drei, dann wäre ich außer Sicht.

Ich zog mich vorwärts.

»MARY!«

»Nein«, schluchzte ich, da packte mich jemand am Fuß, riss mich zurück.

»Glaubst du ehrlich, du kannst mir entkommen?«

»Duncan, nicht!«

»Wo ist mein Schwert? Bringt mir ein Schwert!«

»Duncan …«, flehte ich erstickt.

»Es hätte nicht so enden müssen, Mary. Du hättest den Schuh einfach lassen sollen, wo er war – aber nein, du musstest ihn ja stehlen! Her mit dem verdammten Schwert!«

»Meinst du das hier?«, fragte eine raue Stimme. Ich erkannte Mondlicht und Schatten. Im nächsten Moment blitzte eine Schneide über Duncans Kopf wie das kurze Aufleuchten einer Sternschnuppe in tiefster Nacht. Der neugekrönte Wüstenkönig keuchte auf, während ich schrie … und dann war da nichts mehr.

Dann umfing mich endlich heilsame, taube Schwärze.

SIE

Qualvoll lange Jahre hatte sie sich in Geduld üben müssen, doch die Zeit der Erlösung nahte. Das Kind von zweierlei Blut, das eine, das niemals hätte geboren werden dürfen, war endlich zum Greifen nah. Als bräuchte sie nur die Finger ausstrecken, um es zu berühren.

Nur noch ein bisschen, ein kleines bisschen tiefer in den Wald hinein …

… und sein Herz wäre ihres.

Komm, Königstochter, komm.

Mary von Athos

»Geh nie wieder in den Wald! Hörst du?
Nie wieder! Du hast ja keine Ahnung,
was in ihm lauert – was sie dir antäten …«

Die schönste Braut
als Mary dem weißen Hasen folgte

Das Klirren der Waffen verebbte zu sanftem Rauschen weit hinten in meinem Bewusstsein und verkam schließlich zu einer stillen Erinnerung. Was blieb, war der Schmerz. Mein Körper schien aus einer einzigen Wunde zu bestehen, mein Herz schlug dumpf. Woher es die Kraft nahm, war mir ein Rätsel. In mir sehnte sich alles nach Stille – und zum ersten Mal in meinem Leben verstand ich die Sehnsucht nach einem Ende. Die Sehnsucht nach der Tiefe.

Stumpf erklangen Worte, deren Sinn sich mir nicht erschloss, doch die Dringlichkeit, mit der gesprochen wurde, zog mich unerbittlich in die Realität und zurück in den Albtraum. Bilder des Überfalls rauschten durch meinen Kopf. Von den Soldaten Maywaters, von Duncan über mir und Susann am Grund liegend.

»Sie versuchen uns einzukesseln!«

Weitere Geräusche, gemurmelte Flüche, hastig gesetzte Schritte und das Gebell von Hunden, die viel zu nah klangen. Bedrohlich nah.

Jemand fluchte. »Ausgerechnet Hunde.«

Meine Lider flatterten. Jemand trug mich durch den Wald, ich roch das Laub, spürte die Wärme eines menschlichen Körpers, doch das Gesicht des Mannes, der mich in den Armen hielt, verschwamm mit den Ästen, die im fahlen Lichtschein über uns dahinglitten. Mein Bein stand in Flammen, der Schmerz wuchs mit jedem Schritt, den der Fremde tat.

»Durch die Schlucht.«

»Dort sind wir leichte Beute!«

»Uns bleibt keine Wahl.«

Gebrüll zerriss die Dunkelheit wie grollender Donner. Die Männer erstarrten, eine Hand erstickte mein Keuchen, während der Wald um uns plötzlich an Schwärze gewann, als würde die Nacht selbst ihn durchschreiten.

»Sie haben die Ran geweckt«, hauchte jemand, die Stimme dünn vor blankem Entsetzen. Das Brüllen grollte erneut, so unmenschlich, so unirdisch, dass mir das Blut in den Adern gefror.

»Still«, befahl der Fremde, in dessen Armen ich hing. Auch wenn ich gewollt hätte, wäre es mir unmöglich gewesen zu schreien. Selbst mein Herz schien verstummt, um auf das zu lauschen, was soeben in der Dunkelheit des Waldes erwacht war. Es schmatzte, als würde sich etwas aus Schlamm und Morast schälen, hinaufsteigen aus dunklen Gefilden. Etwas, das so uralt war und so unfassbar lange geschlafen hatte, dass nicht einmal die Legenden davon zu erzählen vermochten. Die Rufe der maywaterschen Soldaten verklangen, einzig das Knurren der Hunde verblieb, ein seltsam monotoner Laut, der kein Ende zu finden schien. Ob sie ahnten, was auf sie zukam?

Äste brachen qualvoll ächzend, als sich die Erwachten einen Weg durchs Gehölz suchten, direkt auf die Soldaten zu. Das Jaulen der Hunde schraubte sich in ungeahnte Dimensionen nackter Panik empor, ehe es sich in schrillem Winseln verlor und schließlich vollends erstarb. Die Stille *danach* war durchtränkt von dem Geruch frisch geschlachteten Viehs, der träge durch die Dunkelheit sickerte

… wie dem des weißen Wolfes, der einst an den Toren Athos' zum Ausbluten aufgehängt worden war. Ausgeweidet, den leeren Bauch mit Wackersteinen gefüllt. Der Gestank seines Fleisches hatte sich auf ewig in mir festgesetzt.

Eilig zogen sich die Männer zurück, Schritt für Schritt. Geschmeidig. Lautlos. Drachentöter, wie ich erleichtert erkannte. Aber auch andere, seltsam unmenschliche, in Nacht und Schatten gekleidete Krieger, die Gesichter verborgen hinter Masken, die fahl schimmerten. Ihr Schein reichte gerade weit genug, um hier und dort das Geäst für den Bruchteil eines Wimpernschlags zu skizzieren. Skelettierte Äste, tiefrotes Laub, das kurze Aufleuchten raubtierhafter Augen im Dickicht, bleich und hungrig, so unfassbar hungrig.

Ganz in der Nähe knackte ein Ast, die Männer erstarrten.

»Jäger«, wisperte einer. »Ihr Fuß, sie wittern das Blut.«

Die Hand von meinem Mund verschwand, stattdessen wurde ich über eine Schulter gehievt. »Festhalten«, knurrte mein Träger, ehe er lossprintete und die Welt aus den Fugen geriet. Ich klammerte mich an ihn wie eine Ertrinkende, wohl wissend, dass ich starb, sollte ich loslassen. Die Ohnmacht leckte an meinem Bewusstsein, lockte mich zurück in ihre gnädige Umarmung, während unter mir der Waldboden dahinflog.

»Susann«, ächzte ich.

»SCHNELLER«, schrie einer der Drachentöter. Sie brauchten nicht zu flüstern, die Monster hatten unsere Fährte längst aufgespürt. Mein Blut lockte sie an. Erneut erklang das gutturale Brüllen und diesmal galt es uns. Die Wächter des Waldes waren auf der Jagd und wir die Beute. Mir wurde schlecht: wegen Susann und dem, was mit den Soldaten geschehen war und uns noch bevorstand. Meine Finger krallten sich durch die Rüstung in den Rücken des Mannes, der abgehackte Befehle brüllte. Ich verstand kein Wort, doch die fremdartigen Krieger gehorchten. Sie schwangen herum, blitzende Schwerter aus den Scheiden ziehend, die Knie zum Sprung gebeugt, auf das wartend, was uns brüllend und berstend durch den Wald folgte. Einzig das Schimmern ihrer Masken durchbrach die Dunkelheit, spiegelte sich auf den blanken Schneiden der Schwerter. Fahles Licht, das mit jedem Schritt, den der Fremde mich forttrug, verblasste. Kurz bevor die Schatten sie vollkommen verschluckten, sah ich die Klingen durch die Luft flirren, blitzend und zuckend, als tanzten sie. Das Brüllen der Ran hallte von den Felsen wider wie Wellen am Strand, gewaltig, mächtig und unaufhaltsam. Nackte Panik drohte mich zu verschlingen. Wind kam auf, streifte das nasse Kleid der Bäume. Ein Tropfen traf meine Wange, rann über meine Haut wie eine vergossene Träne.

Eine Hand fand meine, drückte sie fest.

Dann brach die Panik über mir zusammen.

Ich schrie, die Bäume ächzten. Jemand warf mich herum, eine Phiole wurde an meine Lippen gepresst. Etwas benetzte meine Zunge, salzig wie das Meer, süß wie der Tod, erstickte den Schrei, der stumm in mir nachhallte. Über mir verschwamm das Gesicht des Mannes, der seine Kameraden opferte, um mich zu retten. Er zwang mich zu schlucken, die Phiole verschwand. Seine Hand fand meine Wange, wischte die Spur der Tränen hinfort, die nicht die meinen waren. Der Wald weinte. Er weinte für mich. Weil ich es niemals tat.

»Ist sie tot?«, krächzte ich, während mir zugleich die Sinne schwanden. Ich bekam nicht mit, was er antwortete, ob überhaupt. Verfolgt vom Ächzen seiner sterbenden Kameraden, trug er mich durch die Schlucht und weiter in den Wald hinein, bis einzig trügerische Stille verblieb, durchbrochen vom Keuchen der Drachentöter und dem Wispern der Bäume, das mit dem Säuseln des Windes verschwamm.

Komm, Königstochter, komm.

TEIL II

FRÜHLINGS TOD

Nordturm

Vor zwölf Wintern

»Nur ein Traum«, wisperte ich, stur hoffend, dass es so sein würde, wenn ich es nur oft genug wiederholte. Ein Traum, mehr nicht. Doch die klirrende Kälte der Stufen unter meinen nackten Füßen war zu beißend, der Sturm zu laut, die Furcht in meinem Herzen übermächtig. Obwohl mir die Winddämonen verraten hatten, was mich am Ende der Treppe erwartete und alles in mir schrie, ich solle umkehren und die Finger nicht nach der Klinke ausstrecken – tat ich es dennoch. *Nur du kannst sie retten.*

Die Tür glitt mir aus der Hand und krachte gegen die Wand. Mutter stand auf der Brüstung, ihr goldenes Haar tanzte mit den Schneeflocken. Ihr Gesicht, das meinem so ähnelte, erbleichte, als sie mich sah.

»Mary«, keuchte sie erschrocken. »Du darfst nicht hier sein! Geh zurück ins Bett, rasch! Es ist nur ein Traum« – ich wünschte, es wäre so – »nur ein böser Traum, Mary.«

»Mama«, flüsterte ich.

Sie blinzelte zum Abgrund, eine Hand auf den vereisten Zinnen. Als sie zurück zu mir sah, zwang sie ein Lächeln auf ihre Wangen. Ihre Stimme zitterte.

»Erinnerst du dich an das Versprechen, das du mir gabst?«

»Dass ich den Wald meide?«

»Halt dich daran, Mary, hörst du? Betritt ihn niemals! Versprich es mir.«

»Warum sagst du das immer?«

Ihr Lächeln brach. »Er ist das Unglück aller Königinnen.«

»Unglück?«, rief ich in verzweifelter Hoffnung, sie würde weitersprechen, immer weiter und weiter, und darüber hinaus vergessen, weshalb sie hierhergekommen und die vielen Stufen des Nordturmes hinaufgestiegen war. Weshalb sie auf der Brüstung stand.

Ihr Blick fand den Himmel, der dunkel und schwer über uns hing, von Blitzen erhellt und Donnern durchtränkt. »Es ist Winters Fluch, an dem wir alle zerbrechen.«

»Mama«, wimmerte ich.

Tränen erstickten ihre Stimme. »Du hast mein Herz, Mary. Mein Schicksal. Mein Gesicht. Du bist wie ich. Sei nicht wie ich.«

»Mama!«, schrie ich, da ließ sie los.

Unter Bestien

DER WÜSTENKÖNIG

Zweiunddreißig Mann hatte er verloren. Zweiunddreißig, während nur ein Drachentöter gefallen war und drei jener Wesen, die erst aufgehört hatten, sich zu wehren, nachdem sie ihnen die Köpfe abschlugen. Duncan trat gegen einen Schädel, er rollte herum und entblößte eine gesprungene Maske. Die Splitter zerflossen wie Milch, gaben den Blick frei auf das, was darunterlag. Bleiche Wangen, wächserne Haut, Kälte und Tod, die Zähne seltsam spitz wie die eines Raubtieres. Eines der Wesen hatte sich in das Handgelenk eines seiner Soldaten verbissen. Monster des Waldes. Untote. Blutsauger.

»Eure Majestät …«

»Was?«, fuhr er seinen Kommandanten an.

»Die Prinzessin ist entkommen.«

»Das sehe ich selbst.« Der Weg am Rand des Forstes glich einem Schlachthaus. Maywaters Soldaten, abgestochen wie Vieh. »Schickt mehr Männer nach!«

»Aber die Soldaten, die den Wald betraten …«

»Was?«

»Sie sind tot und die anderen fürchten sich.«

»Die Zofe?«

»Ist fort. Verschwunden wie die Prinzessin.«

Duncan warf den Kopf in den Nacken und starrte zu den Ästen empor, die den Pfad klauengleich überragten. Im ersten Sonnenlicht glommen sie blutrot. Welch Ironie des Schicksals, dass Mary ausgerechnet in *ihr* Reich geflohen war. Im Schutz der Bäume war er unterlegen. Er kannte die Legenden von den Wesen, die einzig dazu existierten, den Forst zu schützen und die älter noch waren als die Drachen, bösartiger und gefährlicher. Niemand, nicht einmal Tareks Drachentöter, konnte sie besiegen. Nein, sie würden den Tod finden, ebenso …

»Mary«, fauchte er und tastete nach der Spiegelscherbe, obwohl er wusste, dass sie fort war. Jemand hatte sie während des Kampfes gestohlen und auch wenn mit ihm der Hass geschwunden war, verblieb eisiger Zorn als Echo in seinem Herz.

Seine Finger schmerzten, so fest ballte er die Faust.

»Holt Äxte und Sägen. Treibt mehr Männer auf.«

»Eure Majestät, dieses Land gehört Westham …«

»HOLT ES!«, brüllte er und stiefelte davon.

Er konnte Mary unmöglich unter die Bäume folgen, zu groß war *ihre* Macht im Schutz des Waldes, doch er konnte sich einen Weg kahlschlagen. Eine Kerbe in ihr wohlbehütetes Reich. Eine Wunde, die sie bluten lassen würde. Er würde niemals aufgeben. Mary trug den Schuh, dem zu unterliegen er bestimmt war. Den Schuh Cinderellas. Er musste ihn haben. Ihn zerstören. Koste es, was es wolle.

CINDERELLA

Sie hat wirklich behauptet, die *eine* zu sein? Unfassbar!«

»Sie hat versucht, den Kronprinzen anzugreifen.«

»Nicht auszudenken …«

»Ich war zum Glück zur Stelle«, erklang es dumpf durch die Tür aus dem Korridor, gefolgt von begeisterten Heucheleien und warmem Kerzenschein, der durch den Türschlitz des Kerkers glomm und die Dunkelheit brach. Schlüssel klirrten, dann schwang die eisenverstärkte Holztür auf und ein goldenes Rechteck fiel auf den verdreckten Boden.

Cinderella trat aus dem Schatten, den Kopf eingezogen. Sie verbarg ihre Beklemmung so gut sie konnte, ebenso die aufkeimende Hoffnung. Wie lange sie bereits in dem Verlies ausharrte, in das der Kronprinz sie hatte werfen lassen, entzog sich ihrer Kenntnis. Es mochte mitten in der Nacht oder bereits der nächste Morgen sein.

»Wer seid Ihr?«, fragte sie mit rauer Stimme.

Der Wächter schielte zu der Frau an seiner Seite. Goldreife klimperten an ihren Armen, als sie ein spitzenbesetztes Taschentuch vor die Nase hob und darüber Cinderella warnend fixierte. »Was hast du dir nur gedacht? Wie das meinem Ansehen schaden könnte, käme heraus, dass *meine Zofe* mich derart beschämt hat.« An den Wächter gewandt fügte sie hinzu: »Ich kann doch auf Eure Verschwiegenheit zählen? Mein Dank ist Euch gewiss. Und natürlich auch Eurer Gattin, die – so habe ich gehört – delikate Törtchen backt?«

»Die besten des westlichen Viertels«, bestätigte er stolz.

»Welch Freude wäre es, könnte sie für eines meiner Feste backen! Nächste Woche gebe ich eine bescheidene Teegesellschaft. Wäre das zu übereilt?«

»Keineswegs«, versprach der Wächter übereifrig.

»Fabelhaft!« Die Adelige wedelte mit der Hand. »Nun, meine Zeit drängt.«

»Ihr wollt sie wirklich mitnehmen?«

»Colette ist meine beste Zofe.«

Der Wächter zögerte, die Schlüssel in seiner Hand klimperten nervös »Sosehr es mir danach strebt, Euch zu dienen, gnädigste Fürstin, sie hat den Kronprinzen angegriffen.«

»Kann man da wirklich von einem Angriff sprechen?«

»Nun, es war zumindest …«

»Seht sie Euch an«, unterbrach ihn die Fürstin und musterte Cinderella geringschätzig. »Sieht so eine Feindin des Königreiches aus? Sie ist eine Zofe, seit Jahren in meinem Dienst.«

»Das mag stimmen, dennoch …«

»Ich brauche sie«, jammerte die Fürstin. »Keine meiner Bediensteten reicht an ihre Künste heran. Ohne sie kann ich mich unmöglich zeigen – die Teegesellschaft! Ich wäre untröstlich.«

»Oh«, machte der Wächter und dann noch einmal, als er verstand: »Oh! Nein, nein, die Teegesellschaft muss stattfinden – und wenn Ihr dafür die Hilfe Eurer Zofe braucht …«

»Ich wusste, Ihr würdet verstehen.« Und tatsächlich, wenngleich sichtlich befangen, trat der Wächter beiseite. Er sah zu Boden, als die Fürstin mit spitzen Füßen in die Zelle stakste, die Brauen angewidert hochzog und Cinderella umkreiste. »Du siehst aus, als habe dich die Nacht in dieser Zelle gezähmt; das sollte Strafe genug sein – *vorerst*«, fügte sie mit einem honigsüßen Lächeln hinzu, ehe sie zur Tür wies.

Cinderella zögerte. Der Wächter räusperte sich.

Die Augen der Fürstin verengten sich zu Schlitzen: »Sagt, Hauptmann, vermag Eure Gattin auch Torten in Tierform zu backen? Der Fürst ist ein begeisterter Jäger; jedes Jahr verlässt er mich, um an der königlichen Hatz teilzunehmen.«

»Tierformen? Das lässt sich gewiss arrangieren.«

»Seid Ihr selbst ein leidenschaftlicher Jäger?«

»Ich?«, fragte der erschrocken. »Nun, bisher hatte ich niemals die … die Ehre, zu einer Jagdgesellschaft geladen zu werden.«

»Vielleicht sollte ich meinen Gatten bitten, Euch bei der nächsten Jagd als Beistand auszuwählen. Wäre das nicht wunderbar?«

»Wunderbar«, krächzte der Wächter.

Cinderella verstand sofort: Der Jäger, nur er konnte diese Frau geschickt haben. Wer sonst wusste von ihrer Not? Die Zofe Colette – eine weitere Rolle, die sie zu spielen hatte. Der Schlüssel zu ihrer Freiheit? Mit klopfendem Herz folgte sie der Fürstin aus der Zelle. Die Tür krachte ins Schloss, der Schlüssel klirrte. Der Wächter eilte samt Fackel voraus, vielleicht fürchtete er, sollte er noch länger mit ihnen sprechen, tatsächlich in den Blutwald zu müssen.

Es war keine Ehre – es war ein Todesurteil.

Wie oft hatten Cinderella die Schreie wach gehalten? Das Stöhnen derer, die Leib und Blut – vor allem Blut – dem Wald opferten. Halb verfault im Erdreich, die Körper umschlungen von Wurzeln und Geflecht, während das Leben aus ihnen wich. Manchmal dauerte es nur Stunden, manchmal Wochen oder gar Monate.

Magie hatte ihren Preis. Wie alles im Leben.

Während sie der Fürstin durch den feuchten Zellentrakt folgte, fragte sie sich, ob die Opfer, die sie hierhergebracht hatten, vergebens gewesen waren. Oder ob sie eine zweite Chance bekam, zu richten, was sie in einem Moment der Schwäche zerstört hatte. Der Anblick des Wüstenkönigs war zu viel gewesen. Sie hatte Duncan in ihm erkannt. Seine Gesichtszüge, sein weizenblondes Haar. Seine Zukunft – und ihre eigene.

Vor ihnen öffnete sich der Trakt zu einem kreisrunden Schacht, an dessen Wand kalkweiße Stufen gen Höhe führten wie das Rückgrat eines Skeletts, hinaus in die ewige Stadt Maywaters, die vom Zorn der Himmlischen verschont geblieben war.

Die Stadt, die zu beherrschen sie bestimmt war.

Auserkoren. Auserwählt.

»Für den Frieden«, flüsterte sie und bestieg die Knochentreppe, von der muffige Korridore in die Finsternis abzweigten, versperrt durch rostige Eisengitter. Hinter einem von ihnen kauerte ein Kind. Es hob die Hand, um sich vor dem Fackelschein abzuschirmen, die Haut so durchscheinend und bleich, als hätte es noch nie die Sonne erblickt.

»Beeil dich«, drängte die Fürstin.

Cinderella blieb vor dem Gitter stehen. »Woher kommt das Kind?«

Der Wächter sah nicht einmal zurück. »Sie graben sich von außen in die Klippen und besetzen unerlaubt die stillgelegten Gefängnistrakte. Daher die Gitter. Fehlt mir gerade noch, dass sie hier frei herumspazieren – wir sind kein Wohlfahrtsheim.«

»Die Kinder leben dort?«, fragte Cinderella entsetzt.

»Platz ist Mangelware.« Der Wächter zuckte mit den Schultern »Manche von ihnen hausen in den alten Verliesen, andere in verlassenen Piratenhöhlen. Was sich eben findet.«

Ungerührt eilte er weiter, die Fürstin folgte. Cinderella hingegen fiel es schwer, sich von dem Kind zu lösen – und während sie unschlüssig verharrte, schälten sich weitere Schemen aus dem übel riechenden Dunkel des Ganges. Noch mehr Kinder, ein Mädchen mit Säugling, verdreckte Frauen, erschöpfte Männer. Still und leise, als hätte ihnen das Schicksal nicht nur die Sonne, sondern auch die Stimme geraubt. Schmutzige Finger umfassten die Stäbe. Dürre Arme streckten sich ihr entgegen, lechzten nach Berührung und nach etwas anderem, das sie ihnen nicht geben konnte. Hoffnung?

»Bist du es?«, krächzte das Mädchen mit dem Säugling im Arm. »Wir haben die Wärter über dich reden hören. Bist du die eine, nach der er suchen lässt? Der Kronprinz?«

»Ja«, sagte Cinderella. »Die bin ich.«

»Colette«, rief die Fürstin.

Das Gesicht des Mädchens leuchtete auf, sie zitierte etwas, das wie ein Gebet klang:

Wenn sich ein Antlitz unter einem anderen verbirgt,
Herzen in Schwärze ertrinken
und Blut über Blut siegt;
wird sie kommen,
die eine, die der König sucht.
Zu bannen die Hitze.
Zu brechen den Fluch.
Die eine …

»COLETTE!«

»Du wurdest uns angekündigt«, flüsterte eine Frau. »Du wirst uns retten.«

»Retten? Wovor?«

»COLETTE!«

»Vor der Wüste«, flüsterte das Mädchen. »Sei gesegnet.«

»Sei gesegnet«, wisperten auch die anderen – und an jedem Verlies, an dem sie auf ihrem Weg die Treppe hinauf vorbeikam, streckten sich ihr Hände und Segenswünsche entgegen. Leises Murmeln, das unterirdisch wuchs und schon bald die ganze Stadt erfüllte.

Sei gesegnet … sei gesegnet …

DER JÄGER

Sie rasteten kein einziges Mal in dieser Nacht. Erst als der Morgen anbrach und sich das Schwarz zu Grau lichtete, wurden sie langsamer. Archaische Bäume schälten sich aus dem Dunkel des Waldes, die Borke derart entstellt, als klafften entzweigerissene Brustkörbe in den Stämmen. Vereinzelte Lichtstrahlen durchbrachen das Blätterdach, hauchzart und zum Sterben verurteilt. Blütenlose Dornenranken wanden sich durchs Unterholz, dazwischen unzählige Tümpel, spiegelglatt und schwarz wie Tinte, in denen manch unvorsichtiger Wanderer sein Ende gefunden hatte.

»Beim Frühling – da ist eine Leiche.«

Einer der Drachentöter kniete am Ufer eines Teichs. Nebelschleier kräuselten sich auf der Oberfläche. Sie zerrissen unter seinen Händen und offenbarten den Blick auf einen Frauenleib, der schwerelos im Wasser trieb.

»Weck sie nicht«, warnte der Jäger.

»Wecken? Sie ist tot.«

»Sie ist so lebendig wie ich«, erwiderte er bissig, »und wenn dir dein Leben teuer ist, halte dich von den Tümpeln der Jungfrauen fern. Sie reagieren auf Geräusche. Männliche Schreie hören sie besonders gern.«

Der Drachentöter erhob sich vorsichtig. Auch die anderen wichen vor den Gewässern zurück. Neun hatten überlebt. Neun von zwölf, zählte er die beiden Späher mit, die an der Brücke gefallen waren. Erstaunlich wenige in Anbetracht dessen, dass sie als unbesiegbar galten, und zugleich viele, wenn er daran dachte, wer Maywater half. Der Hunger der Winddämonen nach Zerstörung war unersättlich. Erst als er die Spiegelscherbe vom Hals des Kronprinzen geschnitten hatte, war ihre Macht geschwunden.

Winters Macht.

Warum *sie* den Kronprinzen der attischen Prinzessin nachgejagt hatte, war ihm unbegreiflich. Sie hätte nach Athos reisen und in Sicherheit sein sollen. Doch aus irgendeinem Grund – und er wagte zu bezweifeln, dass es allein des Schuhs wegen geschah – wollte Winter die Prinzessin bei sich haben. Hier im Blutwald. Er zog sie fester an sich. Die Prinzessin seufzte leise. Seit einer Weile schlief sie auf seinem Rücken und er hoffte inständig, dass sie erst erwachen würde, wenn sie die letzte Grenze erreicht und überschritten hatten.

Neun von zwölf. Doch das Schlimmste lag noch vor ihnen.

»Westham befindet sich im Norden«, hielt in der Drachentöter auf, den er als ranghöchsten einstufte. Er zeigte auf die Rinde der Bäume, anhand derer er die Himmelsrichtungen bestimmte. »Athos liegt südlich, wir hingegen wandern gen Westen.«

Der Jäger nickte. »Dort liegt unser Ziel.«

»Unsere Aufgabe ist es, die Prinzessin sicher nach Athos zu bringen.«

»Das ist euch ja wunderbar gelungen.«

»Sie lebt«, bellte der Drachentöter.

»Sie wird den Fuß verlieren.« Rohes Fleisch und blanke Knochen, umschlossen von funkelndem Glas. »Es sei denn, ich bringe sie tiefer in den Wald.«

»Niemals«, widersprach der Drachentöter vehement. »Wir wissen, woher der Blutwald seinen Namen hat. *Wem* du dienst.«

»Dann wisst ihr auch, dass *sie* helfen kann.«

»Die Waldhexe hilft einzig sich selbst.«

Wie wahr, dachte der Jäger, schwieg jedoch. Stattdessen schritt er weiter. Seine verbliebenen Schattenkrieger taten es ihm gleich. Hier und dort blitzten ihre Masken im Dämmerlicht auf. Mehr als die Hälfte hatte er an die Ran verloren und ihm schwante, dass weitere Verluste folgen würden. Treu über den Tod hinaus. Die Drachentöter hingegen verloren an Geschwindigkeit. Der Jäger seufzte. Er wusste, was kam. Es war unausweichlich. Für einen vergänglichen Moment hatten sie Seite an Seite gekämpft, doch jetzt, da Maywaters Soldaten zurückfielen, spalteten sie sich auf. Sie waren keine Feinde, aber auch keine Verbündeten. Sie mieden einander, wie vor langer Zeit beschlossen. Niemals, nicht einmal zur Jagd, betraten Drachentöter den Blutwald. Im Gegenzug suchten die Schattenkrieger einzig unter den Bäumen nach Beute – für *sie*. Für *ihre* Zauber.

O ja, auch er wusste, wie der Forst zu seinem Namen gekommen war.

»Wir können nicht zulassen, dass du die Prinzessin mitnimmst.«

Der Jäger wusste, dass die Hände der Drachentöter auf den Waffen lagen.

»Kämpft nicht gegen mich«, beschwor er sie. »Ihr würdet es bereuen.«

Die Prinzessin murmelte im Schlaf. Er verlagerte ihr Gewicht. Mit ihr auf dem Rücken war er nahezu kampfunfähig, dennoch konnte er mindestens drei Drachentöter ausschalten, ehe sie überhaupt in seine Reichweite kamen. Neben der Schwachstelle zwischen den Schulterblättern war das Gesicht ein wunder Punkt.

Drei Dolche, drei Augen. Drei Drachentöter weniger.

»Das ist nicht dein Krieg, Jäger.«

»Du könntest nicht mehr irren«, murmelte er und gab den Schattenkriegern ein Zeichen. Sie bezogen im Halbkreis hinter ihm Stellung. Schweigsame Marionetten, die nach seinem Willen tanzten. Laut sagte er: »Es liegt an euch, ob es bereits hier endet.«

»Warum mischst du dich ein?«, fragte der Drachentöter

»Weil ich keine Wahl habe. Ihr hingegen schon. Begleitet uns oder lasst uns ziehen, doch lasst eure Schwerter, wo sie sind. In diesem Wald wurde bereits zu viel Blut vergossen.«

»Wir können sie dir unmöglich überlassen.«

»Weil euer Prinz es befahl?«

»Sie ist ihm versprochen.«

»Prinz Tarek?«, fragte er überrascht, nur um im selben Moment aufzulachen. »Warum wundert mich das überhaupt? Natürlich ist sie das.«

»Tarek«, murmelte da die attische Prinzessin. Ihre Lider flatterten.

»Du sagtest, sie würde mindestens zwei Tage schlafen.«

»Das sollte sie«, gab der Jäger zu. Behutsam ließ er sie von seinem Rücken gleiten. Sie versuchte ihn daran zu hindern. Es misslang kläglich. Sie war nicht wach. Ihr Geist schwebte irgendwo zwischen dem Hier und einer längst vergangenen Zeit. Schneebeeren, welch gefährliches Gift. Wenige Tropfen in einem Fass Wein reichten aus, um ein halbes Regiment für Stunden ins Reich der Träume zu schicken – nun, fast. Denn es waren keine gewöhnlichen Träume – es war viel mehr als das. Echter. Gefährlicher.

»Wir bringen sie in Sicherheit.«

Er ignorierte den Drachentöter und betrachtete stattdessen die einzig wahre Prinzessin der sechs Reiche. Selbst blass und erschöpft erschien sie ihm unendlich ergreifend. Dass ihr ein Leid geschah, kam ihm seltsam unerträglich vor – fast war er geneigt, sie den Drachentötern zu übergeben. Raus aus dem Blutwald. Fort von Winter. Fort von ihm.

Bring sie mir, wisperten die Bäume – und er erkannte, dass er keine Wahl hatte, ganz gleich was er fühlte. Sein Leben gehörte *ihr*. Nur nicht sein Herz.

Während er aufstand, zog er die Wurfdolche, verbarg je drei pro Hand.

Weitere sechs, dachte er bitter und drehte sich um.

»Susann«, keuchte da die Prinzessin. »Susann … SUSANN!«

Ihre Stimme schwoll zu einem Kreischen. Etwas gurgelte. Dann teilte sich der Tümpel neben ihnen. Glänzend schwarzgrünes Haar, die Haut so fahl wie Gebein, erhob sich die erste Jungfrau aus den Wassern des Vergessens. Sie schlug die Lider auf, hinter denen faulende Leere herrschte, die Lippen zu einem Fauchen verzerrt. Zähne blitzten auf, nadelspitz und zahlreich wie Sterne. Die Drachentöter zogen die Schwerter.

»Zurück«, brüllte der Jäger, als sich weitere Teiche teilten und freigaben, was in ihnen hauste. Sechs Dolche durchschnitten die Luft und drangen schmatzend in die Brustkörbe der verwesenden Frauenleichen, die unbeirrt aus den Wassern stiegen. Kein Stahl konnte sie vernichten, keine Wunde minderte ihre Kraft lange genug. Ihnen blieb einzig die Flucht.

»Folgt mir«, befahl er, die schreiende Prinzessin durch das Unterholz zerrend.

Sie klammerte sich an ihn. »Susann …«

»Still«, flüsterte er. »Schweig still.«

Er sah nicht zurück, als sich seine Schattenkrieger zwischen die Fliehenden und die Jungfrauen stürzten und das Reißen ihrer Haut und der Gestank ihres Fleisches den Wald erstickte. Mit Leben erkaufte Zeit. Kostbare Momente, die ihnen Vorsprung gewährten.

»Wir müssen ihnen helfen«, schrie der Drachentöter. »Das sind deine Männer!«

Er schloss die Lider für einen Moment.

»Jäger?«

Deine Männer.

Bring sie mir.

»Vorwärts«, befahl er – und die Drachentöter folgten.

Mary von Athos

»Welche Gabe sie dir schenkten? Gar keine!
Denn sie existieren nicht.«

Die schönste Braut
als Mary die ersten Gerüchte über die Hexen hörte

Der Himmel weinte Ascheflocken, der Wind schluchzte.

»An die Arbeit!«, befahl Vater den Grabwächtern, das Gesicht glatt, die Augen kalt, und wandte sich ab. Die Minister folgten ihm, ebenso die Soldaten. Ohne zurückzublicken, verließen sie den Friedhof auf den Hängen über der Stadt; eine sich windende Schlange aus Leibern, die sich satt und gemächlich gen Schloss schob, bis auch der Letzte von ihnen in den warmen Hallen verschwunden war und die zufallende Tür ihr Lachen schluckte. Allein das Volk verblieb, still und andächtig im Halbkreis um das Grab geschart, an dessen ausgefranstem Rand ich stand. Mutterseelenallein. Während Athos in Dunkelheit versank.

Schwarzer Winter.

Einzig die Rose, die ich trotzig aus den Gärten gestohlen und bis zuletzt im Futter meines Mantels verborgen hatte, war rot wie der Herbst. Mit wunden Fingern warf ich sie in die Tiefe, hastig den Segen sprechend, der ihr verwehrt worden war. Dann schritten die Grabwächter zur Tat. Schaufel für Schaufel krachte die Erde auf das geweißte Holz, verhüllte den goldverzierten Sarg der Königin wie ein zusätzliches Leichentuch aus feinkrümeliger Seide

»Warum wird sie begraben?«, flüsterten die Kinder hinter uns. Eine Ohrfeige klatschte. Dann herrschte bis auf das leise Rumpeln der fallenden Erde wieder Stille zwischen den Steinhallen, in denen all die Vorfahren meiner Familie ruhten – nur sie nicht.

Warum begruben wir sie?

Das Grab klaffte wie eine Wunde. Tief. Schwarz. Endgültig. Bereit, die schönste aller irdischen Königinnen für immer zu verschlingen. Sie hatten mir verboten, Mutter zu berühren und ihr den Segen des Herbstes zu geben. Keinen einzigen Blick hatte ich auf sie werfen dürfen. Jetzt war es zu spät … denn selbst wenn ich den Mut gefunden hätte, den Sarg aufzureißen und die Finger auf ihr erkaltetes Gesicht zu legen, wäre es mir unmöglich gewesen: Weil ihr Tod schon Jahre zurücklag und ich nicht an ihrem Grab stand, sondern mich im Wald befand. Ich konnte ihn hören: das Knacken der Äste, das Klirren von Waffen in weiter Ferne. *Das Rieseln von Erde. Das Flüstern der Kinder.*

»Ihr Stöhnen lockt sie an, gib ihr mehr!«

»Soll ich sie umbringen?«

Vielleicht, dachte ich qualvoll langsam, *wäre ich besser tot.*

Wie die Königin. Wie die Kinder. Die Armen. Die Schwachen.

Auf Mutters Tod war der Hunger gefolgt, als weigerte sich die Erde, Leben hervorzubringen, da das der Königin verwirkt war. Sie nannten es das *Jahr der Knochen*, weil so viele Familien verhungerten. Nur hier und da überlebte jemand als Fragment einer Generation, die dem Tod geweiht war. So wie Susann. Ich hatte sie nie danach gefragt.

»Wir müssen uns trennen.«

»Niemals! Die Prinzessin …«

»… wird sterben, wenn ihr mir misstraut.«

»Dir trauen? Du bist *ihr* Jäger.«

»Weshalb ich allein den Jungfrauen entkommen kann.«

»Dann flieh, doch die Prinzessin bleibt.«

»Sie wittern ihr Blut, bleibt sie, ist das euer Ende.«

Jemand schrie, etwas fauchte, dann flog der Wald an mir vorbei, verlor sich im Ächzen und Klagen dessen, was nahte. Alles verschwamm. Jemand drückte meine Hand.

»Du hast schlecht geträumt – schlaf jetzt!«

»Ein Traum?«, lallte ich.

»Nur ein Traum«, antwortete er.

Seine Worte beruhigten mich, obwohl ich wusste, dass es eine Lüge war. Sowohl heute als auch am Tag des Schwarzen Winters, als ich die Stufen des Nordturms hinaufgestiegen war, das fürchtend, was ich finden würde. Die Winddämonen hatten es mir verraten.

Komm, Königstochter. Komm.

Betritt niemals den Wald, Mary.

Ich wünschte, ich könnte – doch ich war bereits dort.

In meiner Brust herrschte eisige Stille, während vom Hof erste Schreie gellten.

Die Königin! Beim Herbst, die Königin!

Ich stand an den vereisten Zinnen und Mutter war …

»Warum habt Ihr sie fallen lassen?«

Susann stand in der Tür, das Haar kürzer, die Wangen gerötet vom Aufstieg.

»Susann! Du … du bist hier?«

»Die Frage lautet: Was wollt Ihr hier, Hoheit?« Schaudernd spähte sie zum Rand. »Wenn Euch etwas geschieht, wird es meine Schuld sein! Euer Vater bat mich, Euch zu schützen, und schon an meinem ersten Tag entwischt ihr – ausgerechnet auf den Nordturm! Ich bin ganz außer Atem.«

Ich glaubte mich verhört zu haben. »Dein erster Tag?«

Susann hob vielsagend einen Finger. »Ich hörte die Geschichten über Euch, Hoheit. Es heißt, keine Zofe bliebe länger als drei Nächte. Jetzt weiß ich warum – diese Stufen! Meine Beine zittern noch. Seht Ihr? Ich kann kaum noch stehen!«

»Mit der Zeit wird es leichter«, gab ich wie von selbst zur Antwort. Ich erinnerte mich an diesen Tag in aller Klarheit: wie ich still und steif Vaters

Rüge ertragen hatte, ehe er ein Mädchen herbeizitierte, von dem er drohend verkündete, es sei meine neue und letzte Zofe. Susann, damals noch fröhlich und offen, war mir überallhin gefolgt und hatte unaufhörlich geplappert. Sie in ihrer jüngeren Version zu sehen, offenbarte mir, wie sehr das Leben im Schloss sie geprägt hatte. Oh, wäre sie doch niemals zu mir gekommen! Hätte Vater sie nur in dem Kloster gelassen, in dem die Waisen der Knochenjahre für den Dienst an der Krone erzogen wurden! Sie hätte weder ihr Lachen noch ihr Leben verloren.

»Gibt es denn keinen Turm mit weniger Stufen?«, erkundigte sich Susann hoffnungsvoll.

»Keinen wie diesen«, sagte ich bloß.

Susann wies sie zum Abgrund. »Warum habt Ihr das getan?« Sie verharrte an der Tür, befangen und fasziniert zugleich. Ob von mir oder den Geschichten, die sich die Menschen über meine Familie erzählten, wusste ich weder damals noch heute zu sagen. Sie neigte den Kopf, als versuchte sie, mich zu enträtseln. »Jetzt ist sie kaputt, die schöne Puppe.«

Ich beugte mich über die Zinnen: auf der Freitreppe lag nicht die Königin, sondern die Puppe, die ich an Mutters erstem Todestag hinabgeworfen hatte und die in tausend Splitter zerbrochen war. Richtiger Ort, falsche Zeit.

»Ich wollte wissen, wie es aussieht.«

»Wie was aussieht?«, fragte Susann unverständig.

Ich lehnte mich weiter vor. »Wenn jemand am Grund zerschellt.«

Susann lachte und vielleicht war es dieses Lachen, das mich aus meiner Trance befreite und zurück in den Turm gehen ließ, die Treppen hinab in ein Schloss, das kälter und einsamer war als zuvor und doch mit neuer Wärme gefüllt werden sollte. Mit Susanns Wärme.

»Kommt«, sagte sie – und ich folgte.

DIE STUMME KÖNIGIN

Der Königsadler landete während der Badezeremonie. Die Tempeldienerinnen wichen vom Altar zurück, die Gesichter entrückt, die Handgelenke blutverschmiert.

Geht – verlangte die stumme Königin harsch und erhob sich aus dem heißen Becken, von dem aus sie dem Ritual beiwohnte. Nur kurz flackerte Bedauern in ihrer Brust, ehe sie den Blick von den halb nackten Körpern ihrer Dienerinnen nahm und die Stufen zum Altar erklomm. Das rötliche Wasser dampfte von ihrer ausgemergelten Haut, es roch nach Salz und Eisen. Ein Tuch um ihre Brust schlingend, trat sie an den Altar, dessen kunstvollen Furchen feucht schimmerten. Purpurne Flüsse tröpfelten träge die Wände hinab und sammelten sich in der sichelförmigen Rinne im Boden, die das Becken speiste.

Wie viel sie doch mit Winter verband.

Der Königsadler beäugte sie misstrauisch, als sie die Hand nach ihm ausstreckte und den Brief von seinem Bein löste. Kaum hatte sie das getan, erhob er sich vom Altar und ließ sich stattdessen auf dem steinernen Thron nieder. Ohne ihn zu beachten, entrollte sie die Botschaft, von der sie gehofft hatte, sie niemals zu erhalten. Doch da standen die Worte saphierblau auf weiß. *Beim nächsten Blutmond.* Seine letzte Chance, dem Schicksal zu entkommen, welches *sie* für ihn erdacht hatte und das allen Königssöhnen bevorstand.

»Mutter?«

Der junge Kronprinz stand im Portal des Tempels, an der Hand seine kleine Schwester.

Ein Kind, von dem bislang niemand außerhalb Sevals wusste.

Eine Tochter. Eine Prinzessin. Eine Sünde gegen den Blutwald.

Was? – verlangte sie zu wissen.

»Wir möchten den Königsadler sehen«, gestand er und blinzelte vom Thron zu Aurora und zurück. »Dürfen wir …?«

Ein knappes Nicken, zwei strahlende Lächeln.

»Danke«, rief er und zog seine Schwester hinter sich her. Sie schwieg – wie immer.

Die Dienerinnen glaubten, es läge an ihrem Erbe. Dass sie es von ihr hätte, die Stille.

»Schau, wie groß er ist«, lachte Remus und schob Aurora vor sich, damit sie den Vogel besser betrachten konnte. Sie war erst acht Winter alt, doch ihre knospende Schönheit ließ erahnen, dass sie der attischen Prinzessin zu gleichen versprach.

Geküsst vom Herbst. Vergänglich zarte Schönheit.

Sobald Aurora zur Frau reifte und die Situation auf dem Festland es zuließ, würde die stumme Königin sie in die höfische Gesellschaft einführen. Die Prinzessin, deren Gesicht so schön wie der Sonnenaufgang war und deren Haar wir Rapunzelfeuer glomm, hatte die Herzen der Sevalesen bereits im Sturm erobert. Es würde ein Leichtes werden, einen Kronprinzen für sie zu begeistern – und ihn so aus den Fängen Winters zu befreien.

Remus war Aurora bereits verfallen. Er nahm sie überall mit hin, spielte mit ihr in den Wellen, führte sie hinauf zu den Klippen und schlief bei ihr, wenn Albträume sie plagten. Die stumme Königin hingegen war unfähig, auch nur einen zärtlichen Gedanken an das Kind zuzulassen, das zwar ihrem Schoß entsprungen war, doch keinen Platz in ihrem Herz fand.

»Von wo kommt er?«, fragte Remus, während Aurora an den Federn zog. Der Königsadler saß ganz ruhig, als könne selbst er der Prinzessin keinen Wunsch abschlagen.

Westham – die stumme Königin deutete auf das entsprechende Wappen an der Wand und verlangte darauf herrisch: *Lasst mich allein.*

Remus' Freude erlosch. »Dürfen wir ihn wenigstens füttern? Die Reise war lang. Er ist bestimmt ganz schwach und hungrig. Wir könnten ihn mitnehmen.«

Sie ersparte sich die Mühe, zu erklären, dass Königsadler niemals Erschöpfung verspürten. Sie waren zäh wie der Wind und das Einzige, was sie aßen, waren frisch entnommene Eingeweide. Leber, Nieren und Herzen. Vor allem Herzen.

Nehmt ihn und geht.

»Danke, Mutter.«

Erst als Remus' Lachen verklungen war, richtete sie ihre Aufmerksamkeit gen Portal, hinaus über die Klippen zur türkisfarbenen Bucht, und fragte sich, ob sie es auch für ihn tun konnte, ihren eigenen Sohn, sollte er sie je darum bitten. Eines Tages würde er wie die Söhne Westhams vor der Entscheidung stehen: sich zu ergeben oder zu kämpfen. Ganz gleich, welchen Weg er wählte, sein Herz würde er verlieren. Seine Liebe zu ihr und auch die zu seiner Schwester. Durch Winters Fluch oder ihre eigene Magie.

Wie der Goldkönig. Wie schon bald der Sohn Westhams.

Beim nächsten Blutmond.

DER GOLDKÖNIG

Leidenschaftslos musterte er die formlose und nach Seetang stinkende Masse auf den Planken. Der Fluss hatte ganze Arbeit geleistet und den Mann fast verzehrt, der nur durch eine glückliche Fügung auf die *Kaspar* gelangt war. Die Schiffsjungen, die ihn aus den Fluten gezerrt hatten, nachdem er träge dahintreibend gegen den Rumpf gestoßen war, hingen leichenblass über der Reling und entschädigten den Silberfluss für die gestohlene Beute. Die Würggeräusche zerrten an des Goldkönigs Nerven, mehr noch die Farben der Pfeile, die aus dem Leib des Toten ragten.

»Maywatersche Bastarde«, brummte der Kapitän der *Kaspar* und spuckte auf die Leiche, um die sich eine Lache aus Salzwasser und Schleim bildete. Da war kein Blut, als hätte der Fluss es sich einverleibt. Der Kapitän trat gegen den Brustkorb des Mannes. Ein Schwall Brackwasser ergoss sich über die Schuhe der Umstehenden. Die Seemänner wichen angeekelt zurück, nur die Königswächter standen unverrückbar um ihren König.

»Prinz Tarek brach vor uns auf?«, vergewisserte dieser sich beim Kapitän.

»Das tat er, Majestät, zusammen mit Eurer Tochter.«

»Mary, kostbare Mary«, murmelte der Goldkönig. Ob sie der Grund für diesen Angriff war? Duncan hätte sie heiraten können und sie wäre noch sein, wenn er darum bäte. Warum also sollte seine Schützen Westham angreifen? Es ergab keinen Sinn. Nein, Mary konnte unmöglich der Grund sein – dennoch wurde er das Gefühl nicht los, dass sie in Gefahr war. Er griff sich an die Stirn und atmete gegen den Schmerz, der sich pochend verstärkte. Die vergangene Nacht war hart gewesen, wie stets, wenn ein Monarch verstarb und nach Rache dürstend wiederauferstand. Das Ableben des Wüstenkönigs war keineswegs unerwartet gekommen, wenngleich früher als gedacht. Er ahnte, dass der Kronprinz seine Finger im Spiel hatte. Niemand sonst besaß einen Grund, den kranken Alten ins Reich der Geister zu schicken.

Ein neuer Regent und ein sich anbahnender Krieg.

»Es ergibt keinen Sinn«, wiederholte er laut und trat wie der Kapitän zuvor gegen die kupferne Rüstung, die gurgelnd und rülpsend in sich zusammenfiel. Ein Drachentöter war tot, gefallen unter Maywaters Pfeilen. Wiederholte sich das Schicksal der Welt? Er konnte – nein, er wollte es nicht glauben, denn das hieße, dass *sie* recht behielt. *Sie*, die ihm alles genommen hatte und die noch mehr zu nehmen bereit war. »Steuert den attischen Hafen an.«

Bewegung kam in die Seemänner, der Kapitän bellte Befehle, einzig die Königswächter bildeten eine ruhende Oase inmitten der Hektik. Sie sahen zur Flussmündung. Etwas hatte sich am Ufer des Silberflusses ereignet, etwas, das Unheil verhieß.

Er befahl seinen ältesten Königswächter heran. »Reite nach Westham. Finde Mary.«

Der Angesprochene neigte den ergrauten Kopf. »Sollte es zum Krieg kommen …?«

»Werden wir an der Seite der Sieger stehen«, vollendete der Goldkönig zynisch.

Ein weiteres Nicken seitens des Königswächters, er verbeugte sich niemals, als sei es unter seiner Würde. Dennoch vertraute der Goldkönig seinem loyalsten Mann. Die anderen, das wusste er, dienten ihm einzig aufgrund des stattlichen Soldes. Kein anderes Königreich konnte derart hohe Summen für seine Armee ausgeben. Nicht einmal Westham, dessen Drachentöter die besten Rüstungen und tödlichsten Waffen besaßen und hohes Ansehen in allen Reichen genossen; bis auf jene Verräter, die nach Reichtum gestrebt hatten und sich fortan Königswächter nannten. Alle waren käuflich, auch die so loyalen zweiten Söhne Westhams. Einzig dieser hier diente ihm aus einem anderen Grund.

»Sorg dafür, dass sie dich nicht hängen.«

Der Königswächter grunzte. »Das sollen sie versuchen.«

»Beschütze sie.«

»Mit meinem Leben.«

Eine Hand auf dem Herz, das vor langer, langer Zeit verstummt war und doch bei dem Gedanken an Mary schmerzte, sah der Goldkönig zum Horizont, wo sich in den ewigen Nebeln die Insel Seval verbarg. Die stumme Königin hatte ihn vor den Winddämonen gewarnt, die Maywater bis in die letzten Winkel durchzogen, mit ihren wispernden Stimmen und ihrer tödlichen Kälte, ihrer Boshaftigkeit und Trauer. Auch er hatte sie gespürt – und sich daran erinnert, wann ihn zuletzt derart viele umgeben hatten.

In der Nacht ihres Todes.

Schwarzer, schwarzer Winter.

Ob sich die Geschichte wiederholte?

MARY VON ATHOS

»Ich habe gelogen …
Es tut mir so leid, Mary. So unendlich leid.«

Die schönste Braut
als sie dachte, Mary schliefe bereits

»Susann?« Mein Ruf glich einem Krächzen. Bloß der Fremde, der mich in den Armen trug, hätte antworten können, doch er schwieg eisern, der Wald hastete an uns vorbei. Ich versuchte mich aufzurichten, jede Bewegung ähnelte einem Zug durch zähen Brei. Mit Mühe fand meine Hand seinen Nacken, zeitgleich begannen die Blätter vom Himmel zu tropfen und die Welt kippte aus ihren Angeln. Alles verschwamm. Ich ächzte.

»Schweig still«, knurrte der Fremde. »Die Jungfrauen mögen blind sein, aber ihr Gehör ist ausgezeichnet.«

»Jungfrauen«, wiederholte ich matt.

»Du entpuppst dich als überraschend lästig.« Er drückte meinen Kopf an seine Schulter, doch als ich die Lider schloss, fand ich mich in Tareks Armen wieder, sein Herz neben meinem, seine Wärme, die mich barg. Ich blinzelte zu ihm hinauf.

»Augen zu«, befahl er. Meine Hand fuhr in sein Haar, er fluchte, ich seufzte. Vielleicht tat ich es auch nur in Gedanken. Alles schien mir zu entgleiten. Etwas zerrte an meinem Geist, eine Dunkelheit, die mir nur zu vertraut erschien. Ich war gerade erst aus ihr erwacht.

»Schlaf, verfluchte Prinzessin. Oder willst du sterben?«

»Verflucht – das bin ich«, brachte ich hervor und begann zu zittern.

Unkontrolliert. Ohnmächtig.

»Ein letzter Tropfen, Prinzessin – bei meiner Seele – nur noch einen.«

Ein Finger teilte meine Lippen, er schmeckte salzig süß. Das Beben verebbte. Der Schmerz verblasste, betäubt von der Dunkelheit, die ihren tröstenden Mantel um meinen Leib schloss und mich wärmend einlullte. Mein Blick fand den Fremden, der kein Fremder war.

Oder doch?

Er sagte etwas, aber ich verstand kein Wort. Meine Sinne schwanden – und der Moment begann zu verstreichen, wie sie alle ungenutzt verstrichen waren. Auf dem Ball. In Duncans Gemächern. Während der Kutschfahrt. Im Gasthof. Wie oft war ich Tarek nah gewesen, ohne ihm wirklich nah zu sein? Ohne ihn zu berühren? Ohne das zu tun, was ich vielleicht längst hätte wagen sollen – wie damals.

Manchmal, so entschied ich mit dem letzten bisschen Verstand, der mir geblieben war, bedurfte es einfach ein wenig Muts. Jede Bewegung, die vorher noch ein Kraftakt gewesen war, schien plötzlich federleicht. Ich griff in sein Haar und zog ihn zu mir nieder. Seine Augen – Tareks Augen – weiteten sich überrascht, dann küsste ich ihn.

Es war wie nach Hause zu kommen.

DER JÄGER

Ihre Lippen schmeckten nach Tränen.

Die Versuchung war groß, sie ein kleines bisschen länger in dem Glauben zu lassen, dass er sei, für wen sie ihn hielt. Ihren Schmerz zu lindern und ihr Schluchzen einzudämmen. Sie wirkte wie ein Leuchtfeuer auf die Wesen des Blutwaldes. Schmerz zog sie ebenso an wie der Geruch frischen Blutes – und der Fuß, den er zwar notdürftig verbunden hatte, nässte unentwegt. Die Schnitte waren zu tief, die Haut vollkommen zerfetzt.

»Mut«, lallte die trunkene Prinzessin.

Ein Vorhang aus flüssigem Kupfer ergoss sich über seinen Arm, als ihr Kopf in den Nacken fiel. Ihre Arme schwanden von seinem Hals. Die fehlende Wärme ließ ihn frösteln. Die Schneebeeren hätten ihr jegliches Gefühl für das Hier und Jetzt nehmen sollen, doch die Wirkung schwand stetig mehr. Für flüchtige Momente gelang es der attischen Prinzessin, der Vergangenheit zu entkommen, und er fragte sich beklommen, was sie erlebt hatte, das so schlimm war, dass sie die jetzige Situation vorzog.

Ihr Gewicht verlagernd, schob er sich durch den Vorhang einer rotblättrigen Trauerweide. Ihr Inneres glich einer stillen Kathedrale, das Gewölbe aus verknoteten Ästen bestehend, das Licht diffus, zwischen den Wurzeln ein Bett aus Laub. So viele Blätter auch fielen, es wurden nie weniger, als weigerte sich der Wald, sein Kleid abzustreifen.

Als wäre er gefangen in blutroter, ewiger Pracht.

Schwarzer, schwarzer Winter.

Er bettete die Prinzessin zwischen den Wurzeln und sank erschöpft an den Stamm, die Knie angewinkelt, den Kopf angelehnt. Ihm schwindelte – und entsetzt begriff er warum. Sie hatte nach Tränen geschmeckt – die Schneebeeren! Fluchend spuckte er aus, rieb sich über die Zunge, doch es war zu spät. Er spürte bereits, wie die Fäden des Giftes durch seine Adern zogen und nach seinem Geist griffen. Bilder flackerten vor seinem inneren Auge auf. Westham und der Wald, seine Eltern und *sie*, immer wieder *sie*, die ihn gestohlen hatte.

Du träumst von mir?

Er verfluchte sie.

Du hättest sie nicht küssen dürfen.

Als ob das Absicht gewesen wäre! Die Prinzessin hatte *ihn* geküsst, weil die Beeren versagten. Er hätte ihr mehr geben müssen. Stattdessen war er vorsichtig gewesen, hatte ihr bloß einen letzten Tropfen mit dem Finger eingeflößt. Ein Fehler, wie er halb stöhnend, halb betäubt vom Gift erkannte. Schon tastete er nach der Phiole. Ein Schluck noch, vielleicht würde sie dann endlich Ruhe geben – und dann könnte auch er schlafen.

Nein. Winters Kälte fraß sich über seine Haut, verdrängte die Taubheit des Giftes.

Du musst wach bleiben! Bring sie zu mir.

Die Phiole schon in der Hand hielt er inne, die Flüssigkeit schwappte träge, schneeweiß und durchzogen von roten Splittern. Schneebeeren wuchsen einzig dort, wo das Blut gesprungener Herzen die Erde tränkte. Es war seltener und kostbarer als das Blut der Jungfrauen, zugleich gefährlicher, beinahe tückisch. Wie die Liebe selbst, dachte er und ließ die Phiole sinken. Gebrochene Herzen. Drohende Gewalt. Verlust. Ängste. Trauer. Die Gründe, warum Menschen in den Wald flohen, waren so vielfältig wie die Verwendungszwecke ihres Körpers.

Menschliche Haut für überirdischen Glanz
Jungfräuliche Augen für blendende Liebe
Gebrochene Herzen für ewige Träume

Winter säte Hass, Gewalt und Scham unter den Menschen, während er die Früchte ihres Treibens erntete. Unter den Bäumen. Im Blutwald. Sie jagten niemals außerhalb seines Schattens, doch wer ihn betrat, war verloren. Wie die Jungfrauen in den Tümpeln. Wie die verlassenen Bräute, deren Bräutigame von Winddämonen besessen Unvorstellbares taten.

Gräme dich nicht, flüsterte sie beinahe liebevoll. *Konzentriere dich.*

Er biss die Zähne zusammen und kämpfte gegen die lockende Umarmung der Dunkelheit, die ihm flüchtige Momente des Vergessens versprach. Er kannte die Geschichte jener Braut, die sich in ihren Erinnerungen verloren hatte; in einem Konstrukt aus Traum und Wirklichkeit, unfähig, einen Weg hinauszufinden. Wie viele Jahre sie geschlafen hatte, wusste er nicht. Vielleicht ein Jahrzehnt. Vielleicht länger.

Ihr Blut schlummerte auch in seinem, machte ihn ebenso anfällig für das Vergessen, wie sie es einst gewesen war. Doch hier und jetzt musste er stark sein – und vor allem bei klarem Verstand. Die Drachentöter drohten jeden Augenblick aufzuschließen. Warum er ihnen den Weg zur Weide beschrieben hatte, konnte er sich selbst nicht recht erklären. Vielleicht glaubte er, dass das Schicksal, das sie an seiner Seite erwarteten, ein harmloseres war als jenes, das sie allein zu finden drohten. Auf dem Weg raus aus dem Wald.

Sie würden niemals hinausfinden.

Sie hätten niemals einen Fuß hineinsetzen dürfen.

Doch sie hatten es gewagt. Für die attische Prinzessin, die *ihm* versprochen war.

Dem verfluchten zweitgeborenen Prinzen Westhams. Dass er nicht lachte.

Er ließ den Blick über ihre porzellanweiße Haut wandern, die sich fahl vor dem Herbstlaub abhob. Da war etwas an ihr, ganz und gar unmenschlich und zugleich betörend wie der Zauber Cinderellas – nur natürlicher. Als sei es Teil ihres Wesens. Ihre Mutter war eine falsche Braut gewesen, berüchtigt für ihre sinnliche Anmut, die sie auch ihrer Tochter vererbt hatte …

Zwei Drachentöter traten durch den Blättervorhang, ertappt zog der Jäger die Hand zurück, die er unbemerkt nach der Prinzessin ausgestreckt hatte. Als ob er sie hätte berühren wollen. Eine Folge der Beeren. Sie machten ihn leichtsinnig. Menschlich.

Die Augen des einen verengten sich zu Schlitzen. »Sie schläft?«

»Wie ein Stein«, log er.

Der, den er als Anführer erkannt hatte, trat neben die schlafende Prinzessin; wenn der wüsste, was soeben geschehen war … Dass die Prinzessin ihn mit dem westhamschen Königssohn verwechselt hatte, stand außer Frage – obgleich der Jäger ein etwas anderes Verhältnis zwischen den beiden erwartet hatte. Weniger innig. Er fragte sich, was vor drei Wintern wirklich geschehen war, als der Prinz um ihre Hand angehalten und sie ihn abgewiesen hatte. Vielleicht war sie ihm weniger abgeneigt gewesen, als alle vermuteten.

Weitere Drachentöter fanden Zuflucht im Herzen der Weide. Sie wirkten abgekämpft, die Rüstungen dunkel von verkrustetem Blut, die Gesichter hart vor Entschlossenheit. Einer hatte sein Schwert verloren und stützte einen Hinkenden. Dennoch zeigten sie keinerlei Furcht. Widerwillig empfand er Respekt für sie. Ob er einer von ihnen geworden wäre, hätte Winter ihn nicht geraubt? Die ersten Söhne Westhams übernahmen die Familiengeschäfte, die Adelstitel, das Handwerk – für die folgenden blieb einzig die Garde, um den Familien Ansehen und Ehre zu bringen. Selbst dem zweitgeborenen Prinzen. Ob sie ihm mit weniger Verachtung begegnen würden, wüssten sie, dass er wie sie aus Westham stammte?

»Wo sind Kastor und Deukes?«, fragte der Schwertlose. Schweigen unter den Männern und die bittere Erkenntnis, dass der Wald bereits seinen Tribut forderte. Sieben von zwölf.

»Wir müssen weiter«, sagte der Jäger in die Stille hinein.

»Wir lassen niemanden zurück«, hielt der Hinkende dagegen.

Der Jäger kämpfte gegen den Hohn in seinem Innern. Sie waren ja so ahnungslos ob der Gefahren in den Wäldern. »Hätten sie es geschafft, wären sie hier.«

Der Hinkende wollte protestieren, doch der Anführer hob eine Hand; und kurz fürchtete der Jäger, er wäre so närrisch und würde nach den Vermissten suchen.

Er wird sie nicht finden.

Der Wald hat sie sich einverleibt. Sie sind sein. Sein allein.

Der Anführer schien zu begreifen. »Wohin jetzt?«, fragte er zähneknirschend.

Zu mir, wisperte Winter. *Bring sie mir.*

Ihre Kälte allein hielt den Jäger bei Verstand – für den Moment –, doch das Gift der Schneebeeren fraß sich durch seinen Körper, zerrte an seinen Erinnerungen.

»Zum Turm«, brachte er flach heraus. »Dort werden wir rasten.«

Winters Flüstern ignorierend erhob er sich schwankend, fand Halt an der Weide und in Winters Kälte. Die Müdigkeit drohte ihn zu verschlingen, er bezwang sie ächzend.

»Bist du verletzt?«, argwöhnte der Anführer.

Der Jäger sparte sich eine Antwort.

»Wir lassen sie zurück?«, rief der Hinkende aus; der ohne Schwert trat vor, die Augen fiebernd, als würde er mit den Tränen ringen. Sie verloren ihre Kameraden und sie würden noch so viel mehr verlieren. Sie, die glaubten, den größten Ungeheuern bereits gegenübergestanden zu haben. Wie falsch sie doch lagen.

»Ich misstraue ihm«, knurrte der Schwertlose. »Diese Kreaturen sind zurückgeblieben, er ist geschwächt und allein. Wenn wir jetzt handeln …«

»Schweig«, knurrte der Anführer und fixierte den Jäger. Der erwiderte stumm den Blick. Sie waren auf ihn angewiesen; der Anführer allein verstand das. »Wir folgen ihm.«

»Aber …«

»Es ist entschieden.«

Der Jäger konzentrierte sich auf die nächsten Worte, die ihm nur schwer über die Zunge kamen. Er verfluchte das Gift und die unglückselige Prinzessin. »Der Wald ist in Ringe gegliedert. Dieser hier ist besonders tödlich. Wir müssen ihn verlassen, ehe sie ihre Mahlzeit beenden …«

Der Anführer sah sich misstrauisch um. »Du meinst diese blinden Nixen?«

»Jungfrauen«, korrigierte er und verfolgte durch gesenkte Lider, wie die Drachentöter entsetzte Blicke tauschten; sie misstrauten ihm sogar noch mehr als zu Beginn ihrer Reise, hatten sie ihn doch in seinem Element erlebt, wie er eins wurde mit diesem Ort des Bösen, der mehr Blut gekostet hatte, als für sie alle gut war. Er spürte es in seinen Knochen, er hörte es im Wispern der Bäume – nicht nur die Ran waren erwacht, sondern auch etwas im Herzen des Waldes. Etwas, das auf immer hätte schlafen sollen.

Unter Aufbietung all seiner Konzentration löste er die Hand von der Weide und zog die Prinzessin hoch. Er würde sie weitertragen, hinein in den Wald und zu *ihr*. Die Drachentöter zögerten, ehe sie ihm folgten. Nur kurz fühlte er sich elend; er war keiner von ihnen, er hatte niemals ihre Loyalität erlernt, an ihrer Seite gekämpft oder wie sie die Anerkennung der sechs Königreiche genossen. Er war ein geraubtes Kind. Er schuldete ihnen nichts.

»Zum Turm«, ächzte er und sie gehorchten.

Sieben Lämmer. Und er, der Wolf.

MARY VON ATHOS

*»Weißt du, warum Menschen sich Märchen erzählen?
Sie ertragen das Böse nicht, das in ihnen schlummert.«*

Die schönste Braut zu Mary
als sie die Leiche der Müllerstochter am Waldesrand fanden

Ich hatte verzweifelt gehofft, dass die Dunkelheit mich zu Mutter tragen würde. Doch als ich den Blick zur schönsten Braut hob, die diese Welt je gesehen hatte, knickten mir die Beine weg. Ihre Augen weiteten sich, dann fing sie mich auf. Gehüllt in ihren Duft, der mir fast abhandengekommen war, fühlte ich mich unendlich geborgen und zugleich verloren.

Weil ich sie nicht hatte halten können.

Weil sie gesprungen war.

»Fühlst du dich unwohl?«, fragte Mutter besorgt. »Die Nichte des Grafen kann die Rolle des Herbstes übernehmen und …«

»Nein«, protestierte ich erstickt.

Sie fühlte meine Stirn.

»Es geht mir gut«, log ich, denn egal, was dieser Ort war, ob echt oder vergangen, ob Traum oder Realität, ich war bei ihr und das war alles, was zählte.

Mutter zögerte, ehe sie mich vorzubereiten begann, wie sie es immer tat – getan hatte, denn sie war tot. Sie griff nach meiner Hand, ihre Finger schlossen sich um meine – und für einen winzigen Moment schien die Welt stillzustehen. Hunderte Male hatten wir uns mit strenger Perfektion vorbereitet, doch nie zuvor war mir die Sorge in ihren Augen aufgefallen. Stets hatte ich geglaubt, dass ihr die Etikette das Wichtigste sei, das Bildnis der Prinzessin, die ich zu sein hatte. Doch in diesem Moment begriff ich, dass da mehr gewesen war, etwas, das ich als Kind nicht hatte sehen können. Dabei war es so offensichtlich.

Meine Hand in Mutters Hand und Augen voll Sorgen.

»Warum muss ich eine vollkommene Prinzessin sein?«

Die Frage stand plötzlich zwischen uns. Ich hatte sie gar nicht stellen wollen, aus Angst, den Zauber dieser Erinnerung zu brechen, die ich verloren geglaubt hatte.

»Eines Tages werde ich nicht mehr sein«, sagte sie ungewöhnlich still, »dann kann nur dein Vater dich schützen, doch sein Herz wird kalt sein. Deshalb, Mary, musst du lernen, seinen Zorn zu meiden. Lächle, wann immer du kannst. Schweige, wenn er dich bekümmert. Weine im Stillen. Biete ihm keinen Grund, seinen Schwur zu brechen.«

»Welchen Schwur?«, fragte ich rau.

»Er versprach, dich zu schützen, wenn ich es nicht mehr kann.«

Da sah ich sie, die Risse, die sich über ihre Haut zogen.

Wie bei der Puppe. Wie bei mir.

Abrupt, vielleicht aus Angst, ich könne ihre Schwäche erkennen, trat sie hinaus in die Halle. Ich folgte ihrem Schatten, der – als wir in die gleißende Sonne traten – vom Licht gefressen wurde. Ich suchte meinen eigenen, fand ihn ebenfalls unter der grellen Helligkeit zergehen. Als wären wir gar nicht da. Als wären sie und ich nichts als ein Lufthauch.

Ein fallendes Herbstblatt. Vergänglich zart.

Mutter war in Schwarz gehüllt, ebenso die Menschen, die schweigend auf uns warteten. Athos trug Trauer. Aus den Fenstern und von den Giebeln hingen gedeckte Flaggen. Kein Wind regte sich, blähte die Stoffe oder strich durch die Menschenmenge.

»Lächle«, befahl Mutter; ich zwang die Lippen auseinander. Dann trat sie, schattenlos wie sie war, die Stufen zu dem schmalen Sarg hinab, der am Ende der Freitreppe stand, und ich erkannte, in welche Zeit mich die Dunkelheit geführt hatte. Wenige Wochen vor Mutters Tod.

»Das Müllersmädchen.«

Als hätte der Wind auf mein Wispern gewartet, begehrte er auf. Mutter drehte sich um, das Haar gelöst, die Haltung hoheitsvoll, doch ihre Augen glänzten verräterisch.

»Komm«, bat sie.

Komm, Königskind. Komm.

Ihrem Ruf folgend – oder dem des Windes –, fand ich mich neben ihr ein. Die Jäger, die das Müllersmädchen am Waldrand gefunden hatten, traten herbei, um den Sarg durch die Gassen zu tragen. Die Stille erstarb, als sich der Zug in Bewegung setzte.

Es war der Wolf, wisperten die Leute. Er hat sie gerissen. Er hat sie in Stücke zerfetzt.

Je weiter wir gingen, desto lauter wurde das Raunen, bis sie es in die Welt hinausschrien. Das, was sie fälschlicherweise, aber voller Inbrunst für die Wahrheit hielten.

Es war der Wolf. Er hat sie gerissen.

»Still«, bat Mutter und alle folgten.

Die Kapelle war klein, der Sarg noch kleiner. Sie stellten ihn vor den Altar in ein Meer aus knospenden Rosen. Die Mütter und Großmütter der Felsenstadt zwängten sich in die Bankreihen, um am letzten Ritual teilzunehmen: Dem Abschied. Während im Innern der Kapelle Kerzen entzündet wurden, ertönten von draußen Jagdhörner. Die Männer trauerten anders, sie brauchten Rache. Die schönste Braut ignorierte das Stampfen der Pferde und den Gesang der Jagd, sie sprach zu den Frauen. Ich hörte kaum zu, zu laut klangen die Stimmen, die nach Blut gierten. Es schien, als wäre dort eine weitere. Eine, die in jedem Luftzug mittrieb und nach mir rief.

Königskind.

Königskind.

»Mary?«

Ich sah auf und entsann mich meiner Aufgabe. Ich trug Rot – die Farbe des Herbstes –, während alle anderen Trauer trugen. Ich musste den *letzten Segen sprechen, das Müllersmädchen berühren und ihr das Symbol des Herbstes auf die Stirn zeichnen.*

»Du bist der Herbst«, sagte Mutter.

Jemand öffnete den Sarg, eine Frau begann zu klagen. Es war die Großmutter, zu der das Mädchen unterwegs gewesen war.

Es war der Wolf, schrien die Männer. Tötet den weißen Wolf!

In mir sträubte sich alles. Ich wusste, was in den Seidentüchern lag und was niemand sonst sehen durfte. Vom heutigen Tag an würden sie die Lüge erzählen …

Von dem Kind, das vom Weg abgekommen war, anstatt dem rechten Pfad zur Großmutter zu folgen.

Von dem Ungetüm, das auf sie gelauert und sie im Schatten des Blutwaldes gerissen hatte.

E*in weißes Kleid in Rot getränkt. Ein Monster in Wolfsgestalt.*

»Kein Wolf«, widersprach ich so leise, dass nur Mutter mich hören konnte, die neben mir darauf wartete, dass ich zum Altar schritt. Ihre Augen weiteten sich. Vielleicht fragte sie sich, wie ich darauf kam, da ich noch keinen Blick in den Sarg geworfen hatte – nicht hier und heute, sondern vor langer Zeit, als dies bittere Realität gewesen war und die Albträume begonnen hatten.

»Mary«, keuchte sie und plötzlich fiel alles von ihr ab. Das Lächeln, die Maske, ja selbst ihre Schönheit schien zu welken. »Ich habe dir verboten, in den Wald zu gehen!« Sie griff nach meinen Händen, hielt sie so fest, als hätte sie Angst, ich würde ihr entgleiten – vergehen wie das Müllersmädchen, dessen Gesicht von Schlägen geschwollen war.

Kein Wolf. Nur Menschen, schrecklich böse Menschen.

»Du musst fliehen, hörst du? Du musst raus aus dem Wald, sofort!«

Die Kapelle versank in kühler, fließender Dunkelheit. Allein die Stimme des Windes, die leise gurrend nach mir rief, verblieb. Einem Kichern gleich. Frohlockend.

Komm, Königskind.

Komm zu mir.

DIE DRACHENTÖTERIN

»Sie trägt wahrhaftig den Schuh?«

Tarek bestätigte die Frage seiner Mutter mit einem Nicken. Nach außen wirkte er gefasst, doch innerlich kochte er, das gelegentliche Zucken seiner rechten Faust verriet ihn. Seine Eltern mochte er täuschen, doch keineswegs Elena. Zu vertraut war sie mit ihm und seinen Dämonen.

»Wie seltsam«, sinnierte die Drachenbraut. »Er dürfte ihr gar nicht passen.«

»Wenn ich es doch sage.«

»Ich zweifle keinesfalls an deinen Worten, mich irritiert vielmehr die Tatsache, dass es so ist. Wobei Mary vielleicht …«

»Vielleicht *was*?«, fragte er mühsam beherrscht.

»Unwichtig«, tat die Drachenbraut ab, griff nach ihrer dampfenden Tasse Tee und rührte gedankenverloren mit einem Löffel darin. Sie befanden sich im Amtszimmer des Drachenkönigs. Im Gegensatz zum ihm, der hinter seinem Schreibtisch thronte, hatte Tarek zu stehen, flankiert von Elena. Sie gehörte als rechte Hand des Prinzen zu den wenigen Auserwählten, die an Gesprächen wie diesem teilnehmen durfte. Mehr eine Bürde denn eine Ehre – wenngleich es für den Roten Orden von unschätzbarem Wert war.

Würde sie von diesen Treffen berichten.

Was sie nicht tat.

»Du hättest sie wie geplant mitbringen sollen«, tadelte die Drachenbraut sanft.

»Die Hochzeit wird nicht stattfinden«, entgegnete Tarek.

Seine Mutter lächelte huldvoll. »Verzeih, dass du es auf diese Art erfahren hast. Dein Vater«, sie warf dem Drachenkönig einen spitzen

Blick zu, »war der Ansicht, es wäre klüger, dich vor vollendete Tatsachen zu stellen. Uns ist bewusst, dass du eine Vergangenheit mit der Prinzessin teilst, doch ein Bündnis mit Athos ist zum Besten aller – und da nur der Zweitgeborene frei wählen kann, ist diese Ehe obligatorisch.«

»Das nennst du frei wählen?«, höhnte Tarek.

Der Drachenkönig räusperte sich warnend, wie stets, wenn Tarek in diesem Tonfall mit seiner Mutter sprach. Es fehlte nicht viel und sie würden streiten. Wie so häufig in letzter Zeit. Nach jeder Auseinandersetzung floh Tarek in die Eisenberge oder das Siebengebirge. Was gäbe sie dafür, auch jetzt mit ihm den Wirren des sich anbahnenden Krieges zu entkommen, mit ihm durch die Berge zu streifen, auf der Suche nach Zerstreuung und fernab von all dem hier: dem Orden, den königlichen Verpflichtungen, den Monstern des Waldes und fern von …

»Mary steht nicht zur Debatte«, blieb Tarek hart.

»Du wirst deine Pflicht ebenso erfüllen wie dein Bruder«, bellte der Drachenkönig und erhob sich abrupt. Er war groß und drahtig, sein Sohn überragte ihn jedoch beinahe um Hauptеslänge. Furcht einflößend waren sie alle beide in ihrem unnachgiebigen Zorn.

Vater und Sohn. Zum Herrschen geboren.

»Die Abmachung lautet anders«, hielt Tarek dagegen.

Welche Abmachung?, dachte Elena.

»Wir nutzen sie zu unserem Besten.«

»Dann seid ihr ebenso schändlich wie die Hexe des Waldes!«

»Liebst du sie?«, fragte die Drachenbraut und zog aller Blicke auf sich.

»Halt dich raus, Frau, oder ich steck dich zurück in den Sarg, in dem ich dich fand.«

Seine Braut hob eine Braue. »Denk daran, mich vorab zu vergiften.«

Tarek stöhnte auf. Elena konnte es ihm nicht verübeln.

Der Drachenkönig wedelte unwirsch mit der Hand, woraufhin sich seine Frau sinnend zurücklehnte. »Du unterschätzt die Macht der Liebe«, tadelte sie hintergründig lächelnd.

»Die Verlobung steht«, beharrte der Drachenkönig und sah seinen Sohn fest an. »Mary von Athos wird in dieses Haus einheiraten. Durch sie erhalten wir Anspruch auf die attische Krone und festigen unsere Position. Eine derartige Verbindung können wir nicht ausschlagen.«

»Das habt ihr jahrelang«, hielt Tarek dagegen.

»Damals lagen die Dinge anders. Die Entwicklung der jüngsten Ereignisse verlangt, dass wir handeln. Ihr werdet regieren: In Athos und Westham.«

»Ich will kein Reich«, beschied Tarek. »Ich verzichte dankend auf die Krone.«

»Du hast ja keine Ahnung, was du da sagst.«

»Du unterschätzt mich, Vater.«

Elena zuckte zusammen, als der Drachenkönig mit den Fäusten auf den Tisch schlug. »Du bist dazu geboren! Und solange ich König bin, wirst du meinen Befehlen folgen.«

»Deinen Befehlen«, wiederholte Tarek zynisch. »Nur werden es niemals die meinen sein.«

Unbehagliche Stille folgte. Die Braut war schreckensbleich geworden. »Veränderungen geschehen niemals über Nacht, Sohn, sie brauchen Zeit, um ...«

»Zeit, die mir fehlt«, unterbrach Tarek sie. »Zeit, die uns allen fehlt.«

»Wir können nur den Grundstein für nachfolgende Generationen legen«, fuhr die Drachenbraut beschwörend fort. »Die Verbindung zwischen Athos und Maywater war zum Scheitern verdammt. Niemals hätte *sie* zugelassen, dass ein Königreich sich ihrer auf so einfältige Art entledigt. Westham jedoch hat zwei Söhne. Wir müssen diese Chance wahrnehmen.«

»Wir müssen kämpfen«, forderte Tarek. »Diese Tyrannei muss enden.«

»Einen Krieg beginnen?«, fragte der Drachenkönig ungehalten.

»Wir führen längst einen«, sagte Tarek hart. »Jedes Jahr reiten wir zur Jagd in den Blutwald und reichen unsere Leute als Tribut für die Hexe dar. Wir opfern sie wissentlich und willentlich und behaupten, es wäre reines Unglück. Westhams Männer und Söhne, wir verlieren sie in einem Krieg, den ihr euch zu kämpfen scheut.«

»Die Jagd ist Teil des Friedensvertrags, den dein Urahn mit den Hexen schloss«, sagte sein Vater. »Solange wir ihnen Menschen darbringen, verbleiben die Kreaturen im Wald.«

»Mit Blut erkaufter Schutz«, ätzte Tarek. Elena schluckte.

»Auch du genießt diesen Schutz«, erinnerte ihn sein Vater.

»Ich verzichte darauf.«

Die Züge des Drachenkönigs verhärteten sich. »Du warst im Wald. Du weißt, was dort haust. Keine Armee vermag dagegen zu bestehen. Selbst die Drachentöter sind machtlos, ebenso die Magie des Roten Ordens.« Elena erbleichte, als sie den Blick des Drachenkönigs auf sich spürte. Sie glaubte Spott darin zu erkennen und etwas anderes: Bedauern.

Er weiß es, erkannte sie entsetzt, *er hat es die ganze Zeit gewusst.*

Jetzt nutzte er dieses Wissen, um seinen Sohn abzulenken.

»Roter Orden?«, biss Tarek an.

»Ein Bund aus Schwestern, der sich dem Schutz der Königskinder verschrieben hat«, erklärte die Drachenbraut zuvorkommend und sah zu Elena. Auch Tarek wandte sich ihr zu.

»Leugnen ist zwecklos«, sagte der Drachenkönig. »Wir wussten es von Anbeginn.«

»Was wusstet ihr?« Tarek sah noch immer zu ihr.

Das Blut sackte ihr in den Magen. Ihr wurde kalt. Und schlecht. Sie blinzelte. Der Saal vor ihren Augen flimmerte. Wie konnte sie ihm die Wahrheit sagen? Noch schwelte in ihm der Zorn darüber, dass sie die Verlobungspläne seiner Eltern verschwiegen hatte. Wie erst würde er darauf reagieren, wer sie wirklich war?

Susann hat recht, wurde es Elena schlagartig bewusst. Sie war verliebt. In den Mann, den zu schützen und bespitzeln sie ausgebildet worden war. Den Mann, der schon bald ebenso wie alle anderen Monarchen ein Werkzeug in den Händen der Hexe sein würde. Willenlos, verliebt und manipuliert. Mit dem Unterschied, dass er es wusste.

»Sie ist eine Agentin des Roten Ordens«, half die Drachenbraut aus.

Tareks Augen verengten sich, das einzige Anzeichen seiner Überraschung. »Elena?«

»Es ist wahr«, hörte sie sich selbst bestätigen.

»Wieso weiß ich nichts davon?«, hakte er gefährlich sanft nach. Zu sanft. Zu still.

Die Angst in Elenas Brust glomm auf. Sie wusste, dass er es hasste, belogen zu werden, ebenso wie er es hasste zu lügen. Sie musste darauf vertrauen, dass er verstand, wenn er erst einmal die Zusammenhänge kannte. Sie brauchte nur die richtigen Worte und dann …

Doch der Drachenkönig kam ihr zuvor: »Die Mitglieder des Ordens agieren verdeckt in den sechs Königreichen. Kaum jemand weiß um ihre Existenz.«

Tarek sah Elena unverwandt an. »Wem untersteht der Orden?«

»Herbst«, sagte seine Mutter.

»Winters Schwester?« Tarek sprach, ohne den Blick von Elena zu lösen. »Das ist gut.«

»Im Gegenteil«, seufzte die Drachenbraut.

»Wenn eine der Hexen auf unserer Seite steht, dann …«

»Aber dem ist nicht so«, unterbrach sie ihren Sohn; die Teetasse klirrte verräterisch. »Herbst steht uns nicht bei, denn sie ist …«

»Tot«, vollendete Elena und zog damit die Aufmerksamkeit aller auf sich. Zum ersten Mal schienen diese sich ihrer Rolle voll bewusst zu werden. Nicht als Mitglied der Drachentöter, nicht als Spionin, sondern als Figur in diesem Krieg und als mögliche Verbündete.

»Was ist der Zweck des Ordens?«, hakte Tarek nach.

»Schutz«, reduzierte Elena es auf die elementarste Bedeutung ihres Daseins. »Seit dein Bruder …«

Die Tasse der Drachenbraut zerschellte am Boden. »Wer weiß davon?«

»Niemand«, beteuerte Elena rasch. »Ich schwor, Eure Söhne zu schützen, ich bewahre all ihre Geheimnisse. Auch dieses.«

»Der Orden?«, vergewisserte sich der König, der ebenfalls an Farbe verloren hatte.

»Ist ahnungslos.« Elena sah zu Tarek. »Ich sprach zu niemandem darüber.«

Er erwiderte ihren Blick vollkommen emotionslos. »Gibt es noch mehr Agenten, die mich schützen?« Die Art, wie er das letzte Wort hervorbrachte, ließ Elena blinzeln.

»Sie ist die einzige«, versicherte der Drachenkönig. »Wir wussten, der Orden würde nicht eher ruhen, bis eine von ihnen unserem Haus dient, und da es uns nützt …«

»Habt ihr sie geduldet«, vollendete Tarek und nickte. Sie hatte erwartet, dass er toben oder zumindest *irgendwie* reagieren würde. Wie bei Mary im Gasthaus. Doch sie hatte nicht mit dieser berechnenden Kälte gerechnet. »Ihr beschützt die Thronerben?«

»Unser Schutz gilt allen Mitgliedern der Königsfamilie.«

»Aber ihr begleitet«, er verschluckte sich fast an dem Wort, »nur die Nachkommen?«

Sie verstand, worauf er hinauswollte. »Auch Mary.«

»Die Zofe«, schlussfolgerte er.

Elena nickte, ihr Mund war staubtrocken. Immer Mary. Selbst jetzt noch.

»Sie würden für euch sterben«, sagte die Drachenbraut und trat zu ihrem Sohn. Ihre Hand fand dorthin, wo sein Herz schlug. »Sie widmen euch ihr Leben und sogar den Tod.«

Elena ertrug die Verachtung in Tareks Gesicht kaum. Früher war es Zuneigung gewesen. Keine Liebe, aber Freundschaft und Vertrauen. Vielleicht, dachte sie, wäre er auch für sie gestorben. In der Schlacht. In den Bergen. Einmal wäre es fast passiert. Er hatte ihr Leben gerettet und hätte dabei um ein Haar sein eigenes gegeben.

Tarek von Westham. Drachentöter. Die Rolle stand ihm gut.

»Verlass diesen Raum«, befahl er.

Sie zögerte.

»Sofort!«

Er positionierte sich zwischen seinem Vater und seiner Mutter, beschützt und doch schrecklich einsam. Hinter ihnen hing ein altes Familienportrait. Drachenkönig und Braut, davor die blutjungen Zwillinge. Sie glichen sich bis auf die Farbe der Augen.

»Raus«, knurrte Tarek und diesmal gehorchte sie.

DER KÖNIGSWÄCHTER

Bis zum Horizont zogen sich die Baumkronen – ein Meer aus Blut –, einzig dort, wo der Silberfluss den Wald begrenzte, gruben sich schwarze Rauchsäulen wie Fahnen des Todes gen Firmament, drohend und Unheil verkündend. Was der maywatersche Kronprinz im Reich der Hexe wollte, konnte der Königswächter nur erahnen. Ganz gleich, welchen Grund er besaß, den Wald niederzubrennen, es war längst überfällig! Viel zu lange hatten die Monarchen tatenlos zugesehen und sich dem Willen der Hexe gebeugt – abgesehen vom Goldkönig. Der Grund, weshalb der Königswächter vor mehr als einem Jahrzehnt den Drachentötern abgeschworen hatte und in Athos' Dienst getreten war. Er ertrug die Verlogenheit nicht. Die Opfer, die Toten und das Schweigen.

Sein Pferd tänzelte unruhig, es roch den Rauch.

Um nach Westham zu gelangen, musste er den Pfad am Fluss nehmen; mitten durch die zusammengezogenen Truppen Maywaters. Der Kronprinz griff den Blutwald an – etwas, das der Goldkönig mit Freude sähe –, doch die maywaterschen Schützen befanden sich auf westhamschen Grund, was einer Kriegserklärung gleichkam.

Westham, Athos und Maywater.

Dazu bestimmt, einander stets zu bekämpfen.

Dreihundert Winter waren seit dem letzten Krieg vergangen. Eine verschwindend geringe Zeit und doch lang genug, als dass die Menschen vergaßen. Wie viele Opfer er verlangt und wie blutig er geendet hatte; und dass sie die Schuld noch immer beglichen. Einzig in Athos sprachen sie noch darüber und suchten nach Lösungen. Doch diese hier, so befürchtete er, war zum Scheitern verurteilt. Abgemagert, korrupt und mangelhaft ausgebildet, standen die Chancen der maywaterschen Soldaten denkbar schlecht. Einzig die Schützen taugten etwas. Doch was nützten schon Pfeil und Bogen im Dickicht des Waldes?

Er schnalzte mit der Zunge und trieb sein Pferd den Abhang hinab. Seit einer Stunde befand er sich auf westhamschen Gebiet, Athos' wolkenverhangene Hochebene lag hinter ihm. Eine schnurgerade Linie am Himmel – verblassendes Blau neben ewigem Grau – markierte die Grenze zwischen den Königreichen. Er wusste, wieso es in Athos niemals aufklarte. Der Tod der schönsten Braut hatte tiefere Wunden geschlagen als das gebrochene Herz der Prinzessin. Er musste sie finden, denn Mary war der Schlüssel zum Sieg über die Hexe des Waldes.

Als er vor zwölf Wintern aus Westham geflohen und in den Dienst des Goldkönigs getreten war, hatte er geschworen, das Geheimnis der Zwillingsprinzen mit ins Grab zu nehmen, den wahren Grund, warum Westhams Drachenkönig im Gegensatz zu den anderen Monarchen *frei* gewesen war. Für einen einzigen, unbeschwerten Nachmittag, ehe Wolken aufgezogen waren und der Wind einen Teppich aus Eiskristallen ausgerollt hatte. Bevor *sie* das Schloss betreten und eine Schuld eingefordert hatte. Bevor der Drachenkönig nachgegeben und alles verloren hatte. Noch am selben Abend war der Königswächter aufgebrochen, der Hexe hinterher – und seither niemals zurückgekehrt. In Westham galt er als Verräter. In Athos als loyalster Verbündeter. Die Hexe musste fallen – um jeden Preis!

Sein Pferd scheute erneut, diesmal heftiger.

»Ruhig«, raunte er dem Hengst zu, als auch er es bemerkte. Zuerst war es nur ein schwacher, kaum wahrnehmbarer Geruch, der sich metallisch auf seine Zunge legte. Dann sah er den Fuß. Blutverschmiert ragte er unter einem zerschlissenen Kleid hervor. Hellgraue maywatersche Trauertracht, darunter fleckige Spitze. Er schwang sich vom Rücken des Pferdes, kraulte ihm beruhigend den Hals, wandte sich dann erst der Leiche zu, die hinter einem Felsen lag. Der Pfad am Rande des Blutwaldes wurde sowohl aufgrund der Geschichten über den Forst gemieden als auch seiner steilen Passagen wegen, die der

Frau zu seinen Füßen zum Verhängnis geworden waren. Ein dummer Zufall, dass ausgerechnet er sie fand. Ihrem Zustand nach dürfte sie noch nicht allzu lange hier liegen. Vielleicht ein paar Stunden, kaum mehr. Sonst hätte sich längst etwas an ihr genährt. Das Kleid war seltsam ausgebeult, es wirkte beinahe, als ragte der Kamm eines Drachen aus dem Rückgrat der Frau, schmale Spitzen, die den grauen Stoff schmerzhaft spannten. Er beugte sich vor und berührte das gestraffte Kleid; reißend gab es nach, entblößte einen stark vernarbten Rücken und die Schäfte blutgetränkter Pfeile. Die Eisenspitzen hatten Schulter und Bauch durchstoßen und waren am Rücken ausgetreten. Es waren dieselben Pfeile wie im Leib des Toten an Bord der *Kaspar*. Einen Drachentöter zu töten schien unter gewissen Umständen nachvollziehbar, wenngleich unbesonnen; eine einfache Frau zu ermorden, deutete jedoch auf blinden Wahn und eskalierende Gewalt – zumal sie der Kleidung nach aus Maywater stammte. Das Wüstenvolk trug Trauer, diese Frau tat es auch. Er berührte ihren Hals, spürte das Leben unter seinen Fingern schwach, aber unbestreitbar lebendig pulsieren.

Unentschlossen fixierte er den Waldrand, der sich eine Meile tiefer gegen die Hügel drängte, eine tiefrote Brandung, unfähig, die wachsenden Höhen zu erklimmen. Der Wind in den belaubten Kronen rauschte wellengleich. Ein wogendes Meer, das der Kronprinz mit Feuer und Axt bezwang. Eines, das unzählige Geheimnisse barg wie gesunkene Schiffe. Wracke der Zeit. Geduldete Opfer – wie er das hasste.

Die Frau stöhnte.

Der Königswächter fluchte. Eine Leiche hätte er ignorieren können. Er wusste, dass dem Goldkönig jede Verletzte gleich wäre – was zählte schon eine Bäuerin, wenn das Leben seiner Tochter in Gefahr war? –, doch in dem Innern des Königswächters schlummerte ein Mann mit Gewissen, der zu viele Menschen hatte sterben sehen.

Er musste sich entscheiden, das Wimmern ignorieren, das Pferd besteigen und nach Westham reiten – oder ein Leben retten. Erneut tanzten seine Finger über die vernarbte Haut der Verletzten, ertasteten die Wunden, brachen dann rasch die Pfeilspitzen ab. Der Frau entwich ein Röcheln. Es klang trocken. Mit etwas Glück hatten die Pfeile die Lunge verfehlt. Einer hatte das Schlüsselbein gespalten, der andere steckte im weichen Gewebe des Unterbauchs. Ihre Chancen standen schlecht. Dennoch rollte er sie herum, um die Schäfte auch auf der anderen Seite abzubrechen und zu fixieren. Vielleicht starb sie dabei, vielleicht überlebte sie. Er legte ihr Schicksal in die Hände des Zufalls.

»Bitte«, keuchte sie, als er nach dem ersten Schaft griff. Weitere Laute folgten, die er kaum verstand. Ohne auf ihr Gestammel zu achten, brach er den ersten Pfeil ab, ignorierte ihr gequältes Stöhnen und entfernte auch den zweiten Schaft. Er fixierte die gesplitterten Holzstäbe und verband sie notdürftig. Er war kein Wundheiler, doch wie alle Drachentöter verfügte er über genügend Basiswissen, um zu wissen, dass die Pfeile nicht entfernt werden durften, bis jemand vom Fach sich kümmern konnte. Wenngleich er befürchtete, dass ihr niemand mehr würde helfen können. Er verstaute seine Materialien in der Satteltasche, nahm seinen Umhang und kniete neben der Frau nieder, die ihm aus fiebrigen Augen entgegensah. Dass sie noch bei Bewusstsein war, grenzte an ein Wunder.

»Ich werde Euch zum attischen Grenzturm bringen«, erklärte er knapp. »Dort wird man sich um Euch kümmern. Mit etwas Glück übersteht Ihr das hier. Lasst es Euch eine Lehre sein.«

»Lehre?«, krächzte sie.

»Dieser Pfad ist tückisch. Ihr solltet ihn meiden. Erst recht, wenn Ihr allein seid.«

»Ich war nicht allein«, brachte sie mühsam hervor und fragte dann: »Königswächter?«

Er trug keine Tracht, kein Wappen, ja nicht einmal die Farben Athos' – Rot und Gold –, die ihn hätten verraten können. Mit erwachtem Argwohn musterte er die Frau, registrierte, dass ihr Kleid fein, wenngleich schlicht war, die Hände schmutzig, aber weich, ebenso die Füße, und nickte bedächtig.

»Herbst sei Dank! Die Prinzessin …«

»Prinzessin?«, hakte er nach.

»Wir wurden überfallen«, stammelte die Frau und plötzlich sah er sie gestochen klar vor sich: hinter der Prinzessin stehend, die Hände sittsam gefaltet, der Blick wachsam. Er hatte sie beobachtet und dabei mit Erstaunen bemerkt, dass sie alles ringsum stets im Auge behielt und die Prinzessin unbemerkt lenkte. Einen Schritt zurück, bevor einer der tollpatschigen Diener ein Tablett fallen lassen konnte, raus aus der Ecke, in der kurze Zeit später ein Streit zwischen zwei Ministern ausbrach. Fort von der Gefahr.

Diesmal schien sie versagt zu haben.

»Die Zofe«, sagte er.

»Maywater«, brachte diese hervor und er verstand.

»Wo ist die Prinzessin?«

»Entkommen.«

»Wohin?«

Sie wies schwach dorthin, wo sich der Rauch in den Himmel fraß.

Der Königswächter nickte grimmig. Er wusste, dass der Goldkönig ihm zweifelsohne auftragen würde, ihrer Spur zu folgen – erst recht, wenn diese ins Reich der Hexe führte –, anders als es der Drachenkönig vor all diesen Jahren getan hatte. Er beugte sich vor und half der Zofe in seinen Mantel und auf das Pferd. Als er sich hinter ihr in den Sattel schwang, lehnte sie sich Halt suchend an ihn, dann gab er dem Tier den Befehl zum Aufbruch.

»Falsche Richtung«, protestierte die Zofe.

»Erst bringe ich Euch in Sicherheit«, sagte der Königswächter.

Die Zofe wand sich in seinem Arm. »Ich muss zu ihr«, verlangte sie so abgekämpft, dass er glaubte, sich verhört zu haben, doch sie wiederholte ihr Bitte. »Sie ist verletzt … jede Verzögerung bringt sie dem Tode näher.«

»Euch ebenfalls. Bringe ich Euch nicht zum Grenzposten, sterbt Ihr gewiss.«

Überraschenderweise lächelte die Zofe. »So sei es.«

Er wollte erneut protestieren, doch sie drückte seine Hand und so zog er am Zügel und änderte die Richtung. Sie ritten den Abhang hinab, dem Forst entgegen.

Vielleicht vermochte er endlich, ihn zu bezwingen.

MARY VON ATHOS

»Vertraue niemandem.«

Die schönste Braut
vor Marys erstem Ball

Etwas Kaltes berührte meine Stirn, ein nasser Stofffetzen aus Seide, der Farbe nach ein Stück meines Kleides. Über mir hockte ein Drachentöter, die Augen so dunkel, dass sich der Schein eines Lagerfeuers darin spiegelte. »Verzeiht, dass ich Euch auf diese Art weckte.« Er rang sich ein entschuldigendes Lächeln ab. »Habt Ihr Schmerzen?«

Schmerzen? Mein Kopf schwirrte. Die vergangenen Tage – oder waren es nur Stunden gewesen? – kamen mir seltsam verzerrt vor. Gesprächsfetzen klangen in mir nach.

Das Jaulen von Hunden. Tareks Lippen auf meinen.

»Wo sind wir?«

»Im Blutwald, Hoheit.«

Ich fuhr hoch. »Susann! Ist sie …?«

Er zögerte und in diesem Zögern lag etwas, das mir die Luft abschnürte.

»Lebt sie?« Eine Frage so dünn und zerbrechlich wie Glas.

»Wir wissen es nicht.«

Ich schloss die Lider, atmete gegen die Ohnmacht. Prinzessinnen bewahrten stets Haltung, selbst wenn sie alles verloren, sie zeigten keine Trauer und keinen Schmerz, sie weinten im Stillen, wenn niemand sie sah. So hatte es Mutter gelehrt und so hatte ich es seit ihrem Tod gehalten. Mutters Sturz, Tareks Abkehr, Duncans Verrat – jetzt Susann …

Nicht auch noch Susann!

Der Drachentöter legte mir eine Hand auf die Schulter. »Ich brauche Euch bei Verstand, Hoheit, seid stark. Um zu erfahren, wie es Eurer Zofe geht, müssen wir den Wald verlassen.«

Geht – nicht ging. Als bestünde noch eine Chance.

»Mein Name ist Hagen. Der Prinz von Westham bat mich, Euch zu schützen und das habe ich vor. Die Jäger wollen Euch zur Hexe zu bringen – doch derzeit scheint ihr Anführer geschwächt. Das ist unsere vielleicht einzige Chance auf Flucht.«

Kontrolle. Fassung. Würde.

Ich konnte das hier. Ich war dafür gemacht.

All die Übungsstunden vor dem Spiegel und all die Tage, die ich stumm hinter Vaters Thron hatte stehen müssen, während er mit seinen Ministern tagte, halb verhungerte Kinder des Diebstahls bezichtigte oder Todesurteile aussprach, hatten mich gefestigt. Sie waren ein Teil von mir, so tief verankert, dass ich ihn nur hervorzulocken brauchte.

Perfekte Prinzessin. Herzlos wie der Vater.

Kontrolle. Fassung. Würde.

Ich war eine Meisterin. Ich konnte es.

Für mich und für Susann.

Die Ohnmacht bezwingend reckte ich das Kinn, straffte die Schultern und sah zu Hagen auf, registrierte das Veilchen um sein linkes Auge und die Schrammen an seinem Hals. Er hatte um meinetwillen gekämpft. Weil ich etwas gestohlen hatte, das nicht für mich bestimmt war. Ich sah mein Bein hinab, das ausgestreckt auf dem Moos lag – und spürte nichts.

Da war nur ein dumpfer, pochender Druck in meinem Herz.

»Was wisst Ihr über diesen Schuh?«, fragte ich belegt.

Hagen wippte nervös auf den Fersen. »Wenig.«

Ich sah zu ihm auf. »Aber Ihr wisst von dieser … Hexe?«

Er nickte widerstrebend und bestätigte damit ein weiteres Geheimnis, das keines war. Verlorene Prinzen, falsche Bräute und eine Hexe inmitten des Blutwaldes.

»Ist Euch bekannt, dass Prinz Tarek die Jagd vorzog?«

»Ja«, gestand Hagen widerwillig ein.

»Ist das … ungewöhnlich?«

»Traditionell ist es der Drachenkönig, der zur Jagd bittet.«

»Er sagte, er hätte mir damit einen Gefallen getan …«

»Davon weiß ich nichts.«

Ich biss mir auf die Lippe. »Wo trafen sie Cinderella?«

»Auch das entzieht sich meiner Kenntnis.« Er sah sich angespannt um. »Verzeiht meine Offenheit, Hoheit, aber das hier ist weder der richtige Ort noch die richtige Zeit, um derartige Fragen zu klären. Euer Wohl bedeutet dem Prinzen viel, deshalb lasst mich Euch schützen, wie er es von mir erwartet.«

»Mein Wohl«, echote ich.

»*Ihr* bedeutet ihm viel«, bekräftigte er.

»Gewiss«, sagte ich tonlos.

Hagen rang sichtlich mit sich. »Er ertrug den Gedanken Eurer Hochzeit kaum.«

Ich schnaubte, ungläubig, beinahe herablassend – und erkannte zugleich, dass ich es einzig tat, um den Gedanken an Tarek abzutun. Ich presste die Hand auf die Brust, der pochende Druck nahm mir die Luft. Ich kämpfte dagegen an, zählte meine Atemzüge.

Kontrolle. Fassung. Würde.

Ich konnte es. Oder?

»Tarek verabscheut mich«, brachte ich flach hervor. Der Drachentöter schien abzuwägen, wie viel er offenbaren konnte, ohne seinen Kopf zu riskieren. Doch ich wollte kein weiteres Wort hören – schon in Gedanken drohte es mir den Boden unter den Füßen zu entziehen. »Das ist unwichtig.«

Hagen nickte. »Erst gilt es, Euch in Sicherheit zu bringen. Wir warten allein auf Eure Zustimmung.« Es klang so einfach. Zu einfach? »Maywaters Truppen durchkämmen den Wald, wir müssen uns beeilen! Noch ahnt weder Athos noch Westham von unserer Not.«

Westham, Athos und Maywater.

»Hagen«, hauchte ich entsetzt, »Hagen, werden sie kämpfen?«

Er verstand es falsch, er dachte, ich meinte die schattenhaften Jäger, die mit dem Wald ringsum nahezu verschmolzen. Sein Gesicht wurde hart. »Sie dienen der Hexe.«

Ich blinzelte. »Trug mich einer dieser … Jäger?«

»Gegen meinen ausdrücklichen Willen.«

Ich spähte über meine Schulter. »Welcher ist es?«

»Er ist fort.«

»Wohin?«, fragte ich nervös.

»Was weiß ich. Monster jagen oder selbst zu einem werden.«

Westham oder die Hexe des Waldes? Fliehen oder bleiben?

Es gab nur eine folgerichtige Antwort. Ich wusste es, Hagen wusste es.

»Ich gebe meinen Männern Bescheid.«

»Hagen …«

Er hielt inne. »Ja, Hoheit?«

»Ich werde nicht laufen können.«

Wissend nickte er. »Wir werden Euch abwechselnd tragen.«

Damit erhob er sich und schritt zu seinen Männern. Ein vages Nicken seitens Hagen, ein knapper Blick zu den Jägern im Gebüsch, Hände, die zu den Waffen fuhren. Ich konnte – nein, wollte – nicht erneut Zeuge eines Kampfes werden, der allein meinetwegen stattfand. Das Grauen lauerte unter meiner Haut, ein stetes, dumpfes Pochen. Ich zwang meine Aufmerksamkeit fort von den Drachentötern zu ihren Schatten, die auf dem dornigen Gestrüpp ringsum tanzten. Meine Augen weiteten sich, als ich zwischen den Zweigen verwitterte Steine erkannte; eine Mauer, die im Angesicht der Flammen orange zu glühen schien, gen Himmel aber mehr und mehr mit der Nacht verwuchs.

So tief waren wir in den Blutwald gedrungen?

Unzählige Geschichten rankten sich um den torlosen Turm gleich der Dornen, die scharfkantige Schatten aufs Mauerwerk zeichneten. Bald würde es eine weitere geben …

Von der Prinzessin, die in den Wald geflohen war.
Von den sieben, die sie zu schützen versucht hatten.
Und von dem Jäger, der …

»Willst du, dass sie sterben?«

Mein Herz verstummte, nur um mit dem nächsten Schlag meine Brust zu zerreißen. Er stand hinter mir. Allein am Klang seiner Stimme hatte ich ihn erkannt – würde ich ihn unter Tausenden erkennen. Ich fuhr herum – und erstarrte.

DER JÄGER

Sie fuhr herum – und erstarrte. Er sah es mit Genugtuung. Ihre Furcht machte es ihm leichter, sich von ihr zu distanzieren, denn Distanz brauchte er dringend.

»Ihr …«, stieß sie hervor. »Ihr seid nicht …?«

»Entscheidend ist einzig, wer du bist.«

Sie schluckte. »Was wollt Ihr von mir?«

»Ich? Gar nichts.«

»Dann lasst uns gehen!«

Fast hätte er sie für ihre Kühnheit bewundert, wäre da nicht das Zittern ihrer Finger. Sie war so nervös wie die Drachentöter, nur verbarg sie es gekonnter. »Deine Beschützer können gehen, wohin auch immer sie wollen«, raunte er ihr zu, »doch du, Prinzessin, wirst mich begleiten.«

Diesmal kostete es sie einiges, die Bestürzung zu verbergen; sie presste die Lippen zusammen und das Laub zwischen ihren Fingern. Dass sie überhaupt bei Bewusstsein war, verwundert ihn zutiefst, steckte ihm selbst der Rausch doch bleischwer in den Gliedern. Seine Bewegungen waren fahrig, seine Konzentration geschwächt. Würde die Zeit nicht drängen – und wäre sie nicht erwacht –, hätte er länger geruht. Er hatte die Drachentöter in den Schatten des Turmes geführt und sich selbst in den Wald aufgemacht, um verstohlen im Schutz der Baumkronen zurückzukehren und in einer Astgabel direkt über der Prinzessin zu schlafen. Ihre Stimme hatte ihn geweckt, hinausgelockt aus dem Traum, in dem auch sie eine Rolle gespielt hatte.

»Was wollt Ihr von mir?«, verlangte sie zu wissen.

»Ich sagte es bereits, Prinzessin, ich will gar nichts von dir.«

Sie runzelte die Stirn. »Die Hexe, Ihr dient ihr …«

»Ich jage für sie«, präzisierte er. Und sie, die Prinzessin, war die Beute.

Am Stocken ihres Atems erkannte er, dass sie begriff. »Mein Vater traf ein Abkommen mit dem Drachenkönig«, versuchte sie an seine Vernunft zu appellieren. »Es ist im Interesse beider Königreiche, dass ich diesen Wald unbeschadet verlasse.«

»Sehnsucht nach deinem Prinzen?«, fragte er und pflückte ein Blatt aus ihrem Haar; sie zuckte kaum merklich zurück. »Sag, Prinzessin, warum wurde dir der Zweitgeborene versprochen? Warum nicht der Kronprinz? Ich hörte, es sei der Thron, nach dem du strebst. Sie reden davon in allen Reichen: von der Prinzessin, für die kein Edelmann und kein Prinz gut genug ist. Einzig einen zukünftigen König sei sie gewillt zu heiraten …«

»Ihr wisst nichts über mich«, zischte sie, die Wangen eine Nuance dunkler, und zum ersten Mal erhaschte er einen Blick auf das, was hinter ihrem maskenhaften Gesicht lag. Reflexartig griff er nach ihrem Handgelenk und zog sie hoch. Sie wehrte sich heftig, die Drachentöter sprangen auf. Seine Schattenkrieger traten aus dem Unterholz, die Schwerter kühl in den Händen liegend. Ihre Zahl war deutlich reduziert, doch es waren noch genug, sodass die Drachentöter innehielten.

»Die letzten sieben, bereit, sich für dich zu opfern«, spottete er. »Wie ehrenvoll.«

»Wagt es ja nicht!«, keuchte sie.

»Sie sollen die Waffen niederlegen.«

»Hagen«, rief sie dem Anführer zu, und dass sie einander so vertraut waren, versetzte dem Jäger einen ungewohnten Stich. »Unternehmt nichts! Es ist gut – alles gut!«

Er nahm es ihr beinahe selbst ab, wäre da nicht das verräterische Beben ihrer Hände und das Rasen ihres Herzens. Wie verflucht gut sie ihr Inneres zu verbergen verstand. Fast so gut wie er selbst. Der Drachentöter hingegen besaß weniger Talent, er ballte die Fäuste so fest um den Zweihänder, dass die Sehnen hervortraten. Ob er ihn gegen den Willen der Prinzessin schwingen würde? Unwahrscheinlich.

Loyalität war eine so tödliche Tugend. Beinahe erschien dem Jäger sein eigener Mangel an Zugehörigkeit erstrebenswert. Dass er nicht wie sie war. Dass er niemals erlernt hatte, was es hieß, sich mit Leib und Seele dem Dienst zu verschreiben.

Du hältst dich für frei?

Sein Herz gehörte ihm allein.

Du verfällst ihr bereits, warnte Winter.

»Will sie den Schuh?«, fragte die Prinzessin da und raffte todesmutig den Rock, darauf wartend, dass er nach dem Schuh griff. Was er tat.

Obwohl seine Hände sanft waren, stöhnte sie auf.

»Ich habe noch nicht gezogen«, ließ er sie wissen.

»Dann tut es, verflucht! Worauf wartet Ihr? Nehmt ihn endlich von mir!«

Vorsichtig umfasste er ihre Waden und den zerfetzten Knöchel, während sie sich an ihn krallte. Ohne die Nachwirkung der Beeren hätte es ihr längst die Sinne geraubt, so stand sie aufrecht – wenngleich durch ihn gestützt. Ihr Haar hatte sich gelöst, es roch nach Wald, Erde und Laub; und ein wenig nach Rosen. Er zwang sich, flach zu atmen.

»Zieht endlich!«, stieß sie zwischen zusammengepressten Zähnen hervor, zeitgleich hob der Drachentöter sein Schwert. Vielleicht dachte Hagen, dass sie keine Wahl mehr hatten. Dass sie hier und jetzt alles riskieren mussten, bevor sie das Herz des Waldes erreichten. Wie hätte er auch wissen können, dass sie längst verloren waren? Dass sie an der Pforte zum Herzen standen. Dass sie nur gerastet hatten, damit er – der Jäger – seinen Rausch ausschlafen konnte; und, wie er sich fluchend eingestand, weil er es nicht über sich brachte, den letzten Ring zu überschreiten. Dann gab es kein Zurück mehr. Weder für ihn noch für die Prinzessin. Erst recht nicht für die Drachentöter.

Sie haben den Wald betreten.

»Hagen«, mahnte die Prinzessin. Nein, sie wollte keinesfalls, dass sie starben.

Nun lechzt er nach ihrem Blut.

»Hagen«, japste die Prinzessin. »Hagen – nein!«

Er sah die Bewegung des Drachentöters, hörte das Zischen des Dolches, der die Luft durchschnitt. Die Prinzessin schrie auf; er wich aus – zu langsam aufgrund des Rauschs: Die Klinge streifte seine Wange. Den Schmerz spürte er kaum, es war das Klirren, das ihm durch die Knochen fuhr. Seine Maske brach schillernd wie das plätschernde Wasser eines Gebirgsbachs und gab seine Haut preis.

Mary von Athos

»Wird ein Thronfolger geboren,
so holt sich der Wald zur gleichen Zeit ein Kind.
Doch was gestohlen ward, kehrt zurück …«

Die schönste Braut
über die Geheimnisse des Blutwaldes

Ich hatte gedacht, ich wäre stark. Ich hatte gedacht, ich könnte es. Kontrolle. Fassung. Würde.

Doch als die Maske brach und sich sein Gesicht offenbarte, erkannte ich, wie falsch ich gelegen hatte. Wie nah ich dem Abgrund stand und dass es nichts mehr gab, das mich hielt. Eine weitere Lüge, eine zu viel. Ich schluckte, die Kehle eng vor pochendem Schmerz.

Weine nicht, glaubte ich Mutters Stimme zu hören und stöhnte auf.

Weil ich keine Luft bekam.

Weil ich an all den unterdrückten Tränen erstickte.

Weil ich nicht mehr konnte.

Meine Hand fand seine Wange, er zuckte zurück, die Augen so viel schwärzer, als ich sie in Erinnerung hatte. Darüber die Brauen – ohne Narbe. Während er meinen Blick erwiderte, vielleicht auf der Suche nach etwas, das gemeinsam mit seiner Maske zerbrochen war, hörte ich erneut Mutters Flüstern. Sie wies mir den Ausweg, führte meine Hand.

Es wird deinen Schmerz lindern, versprach sie sanft.

»Prinzessin«, begann er, und *seine* Stimme zu hören, ließ mich ächzen. Es war ein tiefer, kehliger Laut, der vom Grund meiner Seele kam und viel zu lange dort geschlummert hatte. Ich wusste, dass weitere hervorbrechen würden, dass ich die Kontrolle verlor – dass ich verloren war, seit sie die Stufen des Nordturms erklommen hatte. Mein Herz war mit ihr am Grund zerschellt. Am Tag des schwarzen Winters. Auf den Stufen des Schlosses.

Meine Hand fand die Phiole an seinem Gürtel. Er bemerkte es nicht. Sein Blick hing an mir, tiefer als der von Tarek, beinahe bodenlos und ebenso verloren wie ich selbst.

Er würde verstehen, warum ich es tat.

DER JÄGER

Er war gebannt von seinem Spiegelbild in ihren Augen. Vielleicht, wenn er weniger fixiert auf ihre Reaktion gewesen wäre, weniger getroffen angesichts ihres Schmerzes, vielleicht hätte er dann bemerkt, dass seine Phiole fehlte. Als das Glas in ihren Fingern aufblitzte, war es zu spät. Die Drachentöter, die eben noch ihr Leben für die Prinzessin gegeben hätten, hingen da wie Marionetten, deren Fäden gekappt worden waren. Niemand hielt ihn auf, als er ihr die Phiole aus der Hand schlug.

»Ausspucken!« Er packte sie an den Schultern. »Raus damit, Prinzessin!«

Doch sie starrte nur zu ihm auf; von Schluchzen ergriffen und tränenerstickt.

»Hör zu«, verlangte er beinahe panisch. »Es sind keine Träume. Es sind …«

Ihre Lippen teilten sich, rote Splitter in milchigem Saft. »Erinnerungen.«

Er zwang ihren Kiefer auseinander. »Wie viel hast du geschluckt?«

Sie antwortete nicht, ihr Blick verlor an Schärfe. Das Entsetzen darin schwand, ebenso die Anklage. Ihr Arm fiel neben ihm ins Laub. Schneeweiße Haut auf blutrotem Grund. Winter seufzte in seinem Kopf. Es glich einem Windhauch, der durch die Blätter strich, beinahe tröstend und doch unheilvoll Schlimmeres verkündend.

Bring sie zu mir.

Er zerrte sie hoch. Ihr Körper war schwer vom Rausch. Er hatte keine Ahnung, wie viel sie getrunken hatte, vielleicht einen Schluck, höchstens zwei – doch das allein mochte reichen, um sie für Jahre ins Reich der Träume zu schicken. Er kannte die Risiken. Er wusste um die Gefahr. Dennoch hatte er versagt. Zweifach.

»Wird sie sterben?«, fragte Hagen heiser.

»Nein, sie wird schlafen.«

»Wie Eure Mutter?«

»Ja«, brachte er hervor.

Sie wissen, wer du bist.

Zweifach versagt. Er schmeckte den Verrat auf der Zunge. All die Jahre und doch fühlte er sich schuldig: weil sie sterben mussten. Sie, die seine Männer hätten sein können. Die wie er waren und sich nichts hatten zuschulden kommen lassen, außer ein Mädchen zu schützen, das sie besser dem Tod überlassen hätten.

Mary von Athos. Tochter der Königin, die Stroh zu Gold spann.

»Komm her«, verlangte er vom Drachentöter, der sofort folgte, wenngleich schwankend. Sie hatten sein Gesicht gesehen, sie durften den Wald niemals mehr verlassen. Mochte ihre Chance vorher verschwindend gering gewesen sein, so war sie mit dem Fallen seiner Maske verblasst. Hagen überschritt gleichsam mit den anderen den letzten Ring. Er versuchte etwas zu sagen, doch aus seinem Mund drang kein Laut – und der Jäger wusste, dass ihre Zeit gekommen war. Dass Winter ihnen nun alles nahm.

Ich lasse ihnen das Leben, versprach sie in seinem Kopf. *Deinetwegen, mein Jäger.*

Weil sie dir etwas bedeuten. Weil sie sind wie du.

Gefangene des Waldes, dachte er bitter, während Winter in seinem Kopf seufzte und die sieben Männer an Kontur verloren. Rüstungen rissen, Kiele sprossen hervor, schneeweiße Federn. Die Arme der Drachentöter schmolzen dahin, stattdessen breiteten sich Schwingen aus. Der Jäger wandte sich ab, er ertrug das bleischwere Entsetzen der Männer kaum, die gerade etwas zu finden geglaubt hatten, das längst verloren war.

Mit der erschlafften Prinzessin im Arm ließ er sie zurück.

Er wollte nicht sehen, wie Winter ihnen alles nahm.

Ich lasse ihnen das Leben, wiederholte sie sanft, doch er wusste es besser.

Die verbliebenen Schattenkrieger folgten ihm schweigend, vorbei am torlosen Turm und den dornigen Ranken, die den letzten Kreis bildeten. In ihm hatte der König von Morrigan sein Augenlicht verloren – damals, vor all diesen Jahren. Als er etwas gesehen hatte, das er niemals hätte sehen dürfen. Als er dem Herz des Waldes zu nahe gekommen war.

Die Ranken gaben den Weg zum verwunschenen Schloss frei.

Winter erwartete ihn bereits auf der Freitreppe.

Sie lächelte, während über ihm am Himmel sieben Schwäne dahinzogen.

Willkommen, mein Jäger.

Winter

Was ist geschehen?, verlangte sie vom Jäger zu wissen.

Während er die Geschehnisse zusammenfasste, betrachtete sie die schlafende Prinzessin. Die Zielstrebigkeit, mit der diese nach der Phiole gegriffen hatte, obwohl sie weder hätte wissen dürfen, was darin war, noch wozu es diente, beunruhigte Winter zutiefst. Es gab nur eine Erklärung dafür. Jemand musste nachgeholfen haben, jemand, der wie Winter über die Macht verfügte, durch die Winddämonen zu sprechen. Doch das war ausgeschlossen.

Leg sie dorthinein, befahl sie tonlos.

»Das ist ein verdammter Sarg«, protestierte der Jäger.

Misstraust du mir?

»Immer.«

Wie außerordentlich klug.

»Lasst die Spielchen und helft ihr.«

Man könnte meinen, dir läge an ihr.

»Nein«, widersprach er eisig, doch der Ausdruck seiner Augen enttarnte die Lüge. Wie seltsam es war, ihn ohne Maske zu betrachten. Sie hatte beinahe vergessen, dass er dem westhamschen Prinzen wie aus dem Gesicht geschnitten war.

»Wären wir nur einen Augenblick später gekommen, hätte sie ihren Fuß verloren – und mit ihm den Schuh!«

Welch Glück, dass du dich zu ihrem Beschützer berufen fühlst.

»Der Kronprinz war außer Kontrolle.«

Sie stritt es nicht ab; stattdessen hob sie eine Hand an die Wange der Prinzessin. Der Jäger ließ keinerlei Regung erkennen. Wenn ihm etwas an ihr lag, dann verbarg er es gut. Flüchtig streifte sie seine Gedanken;

er zwang sich zur Reglosigkeit, bot ihr nichts als Stille. Sie ließ ihn gewähren – vorerst – und wandte sich der Prinzessin zu, die mehr tot denn lebendig schien. Im wachen Zustand war es nahezu unmöglich, ihre Gefühlswelt zu erkunden – zu gut verbarg diese ihr wahres Ich –, doch im Reich des Vergessens gab es keine Schranken. Es brauchte bloß einen Blick und Winter wusste, wo sich die Prinzessin befand.

Seufzend zog sie die Hand zurück.

»Könnt ihr sie wecken?«

Solange ihr Geist den Verlust nicht überwunden hat, kann ihr niemand helfen.

»Sie stahl die Phiole«, verteidigte sich der Jäger.

Argwöhnisch neigte Winter den Kopf und horchte in die Stille des Waldes hinein. Sie vernahm den Schmerz der Bäume, ihr Ächzen und Klagen unter des Wüstenkönigs Angriff, ebenso das Schwappen der Weiher, in die sich die gesättigten Leiber der Jungfrauen schoben. Der Wald war erfüllt von einer Vielzahl an Geräuschen. Einzig jenes, das gewöhnlich wie ein Herzschlag unter allen anderen lag, schien verstummt. Das Unbehagen in Winters Brust verstärkte sich. Erneut wies sie auf den Sarg. *Leg sie hinein.*

Diesmal gehorchte der Jäger, bettete Mary auf dem Samtkissen und strich ihr Haar zurück. Der Ausflug zu den Menschen hatte ihn tief greifender verändert, als Winter erwartet hatte. Das war gut und schlecht zugleich, erleichterte es ihm doch die Rückkehr – sollte sie Wort halten. Es schien beinahe, als wäre dieser Tage keinerlei Versprechen mehr von Wert.

Sie sah zu den Glassärgen, die wie zwei Wächter im Dämmerlicht der Gruft standen. Zwischen ihnen und jenem, in dem nun die schlafende Prinzessin ruhte, klaffte eine Lücke wie für einen vierten Sarg. Doch dieser war fort und würde nie zurückkehren, wie auch die Prinzessin sich zu verlieren drohte. Jemand hatte sie nach den Schneebeeren greifen lassen und ins Reich des Vergessens gelockt. Jemand, der sich etwas davon versprach, dass sie nun vollkommen wehrlos war – seelisch wie körperlich.

Die Kluft zwischen den Särgen kam ihr plötzlich zu gering vor.

Leg dich zu ihr, befahl sie.

»Niemals«, widersprach der Jäger vehement.

In ihr schlummert so viel von ihrer Mutter. Auch das schwache Herz. Spürst du es unter ihrer Haut? Es ist so fragil. Ihre Trauer hingegen ist gewaltig; sie hat sie nie zugelassen, jetzt wird sie von ihr vereinnahmt.

»Ich lege mich nicht zu ihr!«

Du wirst, befahl sie sanft, *denn andernfalls ist sie verloren.*

»Was interessiert Euch, ob sie lebt oder stirbt?«, begehrte er auf.

Ich brauche sie noch, sagte Winter sanft. *Ich brauche ihr Herz.*

Der Jäger stöhnte.

Halte sie, befahl sie bereits im Gehen, *solange sie dich spürt, wird sie zurückfinden.*

Dann war sie fort, um das Rätsel der Stille zu ergründen.

SCHERBENHERZ

Vor drei Wintern

Der Rauch der Goldgießereien hüllte den Tag in ein dunkles Gewand und verbarg das kostbarste aller irdischen Güter vor den Gestirnen des Himmels – vielleicht, damit sie nicht vor Neid erblassten. Ich stand an den Zinnen. Der Wind zerrte an meinem Kleid, klatschte mir die Strähnen meines gelösten Haares gegen die Wange und küsste die Tränen hinfort.

Ich weinte, während ich den Reitern hinterhersah, die kaum mehr als schwarze Punkte in einer Welt aus graugrünen Tälern und schroffen Felsen waren, und erinnerte mich an die langen Abendessen und die noch längeren Nächte, an das Gejohle der Soldaten und an Prinz Tareks Blick, der viel zu oft auf mir geruht hatte. Es war seine Garnison, die dort gen Horizont ritt. Sie verschwanden, während die Dienstmägde noch damit beschäftigt waren, die Spuren der letzten Nacht zu beseitigen, und das Lachen meines Vaters und seiner Minister durch die Flure hallte. Nur ein zweitgeborener Königssohn.

Ich begann zu zittern.

»Ihr solltet reinkommen, Hoheit, bevor Ihr Euch erkältet.« Susann stand leichenblass in der Tür, die Hände so fest um den Rahmen geschlungen, dass die Knöchel weiß hervortraten. Als hätte sie Angst, mit der nächsten Böe hinausgezerrt zu werden.

»Gleich«, wisperte ich in den Wind. Er trug meine Worte fort und für einen Augenblick schien es, als würde Prinz Tarek am Horizont innehalten und zurückblicken. Ich wusste nicht, ob ich mir den Moment des Zögerns nur einbildete oder ob er wirklich verharrte und zu mir sah, mich vielleicht sogar hoch oben auf den Zinnen des höchsten Turmes erkannte. Doch ganz gleich, ob er es tat oder der Wind mich täuschte, er riss sein Pferd herum und verschwand.

»Er ist fort, Hoheit, und wenn Ihr mich fragt, ist das auch besser so!«

Ich versuchte zu lächeln, doch es misslang kläglich.

»Prinzessin«, klagte Susann, wagte sich aber nicht hinaus. Zu sehr fürchtete sie die Tiefe, die einst der Königin zum Verhängnis geworden war. »Bitte, Hoheit, so kommt doch hinein!«

Ich beugte mich vor, erwartete fast die Puppe zu sehen, genau dort, wo auch der Sturz der Königin sein abruptes Ende gefunden hatte: Zersplittert am Grund.

»Mary«, flehte Susann. »Es wird jemand anderes kommen. Jemand Besseres.«

Dann schwieg sie. Vielleicht, weil sie einsah, dass kein Wort mein Leid lindern konnte.

Woher hätte sie auch ahnen können, dass es kein Glück für mich gab? Dass ich dazu verdammt war zu zerbrechen. Genau wie sie.

IM TIEFEN,

TIEFEN WALD

DER SOHN WESTHAMS

Der Kronprinz hatte in aller Frühe zu den Ministern gesprochen. Es war eine kurze Rede gewesen, eine, wie er sie schon hundertmal gehalten hatte. Nichtssagende Worte zu Themen, die ihm so fremd waren, dass es stets eines Notizzettels bedurfte, um ihn fokussiert zu halten. Dass ihn die Finanzen des Königreiches ebenso wenig interessierten wie der Ausbau der Minen oder die Stadtentwicklung, war allseits bekannt. Der Kronprinz galt als ausgesprochen verschroben, verbrachte er seine Zeit doch stets hinter verschlossenen Türen in der Bibliothek. Dass er in Wahrheit kaum ein Buch gelesen, geschweige denn beendet hatte, wussten die wenigsten. Tatsächlich bestand der Kreis der Eingeweihten aus gerade einmal drei – nein, vier – Personen. Der Drachenkönig und seine Braut taten alles, um das Geheimnis ihres Sohnes zu hüten. *Ihrer Söhne*, wenn er es genau nahm.

Noch im Laufen streifte er die Jacke mit den Abzeichen ab.

Er hasste sie. Er hasste, wer er damit war.

Elena erwartete ihn vor seinem Gemach. Er ignorierte sie. Sie hatte ihn auf so viele Arten betrogen, dass nicht einmal die Front daran etwas ändern konnte – wenngleich ihm der Gedanke an Dracheninnereien auf ihrem Haupt ein schmales Lächeln entlockte.

»Tarek«, begann sie stockend, als sich die Tür hinter ihnen schloss, »ich hätte es dir gesagt, wenn sich die Gelegen…«

»Als ob«, unterbrach er sie, schälte sich aus dem Hemd und griff nach seiner Rüstung. Drachenschuppen waren das Einzige, in dem er sich wohlfühlte. Er brauchte sie wie andere Seide und Geschmeide. Während er sich vom Kronprinzen zurück in Tarek verwandelte, drehte er sich zu Elena. Dass sie schwieg, offenbarte alles, was er wissen musste.

Sie war eine Schwester des Roten Ordens und ihre Mission galt seinem Schutz. Es missfiel ihm, dass er es übersehen hatte. Die einzige Frau der Drachengarde, von seinem Vater höchstpersönlich aufgenommen und geweiht; das allein hätte ihn misstrauisch machen sollen – doch damals war er noch ein Kind gewesen, von Kummer gezeichnet und überfordert von den zwei Rollen, die er auszufüllen hatte. Kronprinz in Westham, Drachentöter an der Front. Phillip und Tarek.

»Woher weißt du es?«, stellte er die Frage, die ihm schon den ganzen Tag auf der Zunge brannte. Wie hatte er sich verraten?

»Durch deinen Kampfstill. Die anderen schoben die Übereinstimmung auf eure Ähnlichkeit, ich jedoch erkannte, dass es stets derselbe Junge war, der zu den Übungseinheiten kam – dein Ausfallschritt hat dich verraten.«

»Mein Ausfallschritt.« Ächzend rieb er sich den Nacken. »Wer weiß es noch?«

»Niemand«, versicherte sie sofort. »Es gab Gerüchte, die Hexe habe versucht, die Zwillingsprinzen zu entführen, jedoch erfolglos. Daraufhin wurde der Orden gegründet. Um euch – um *alle* Nachkommen zu schützen. Du kannst dir meine Überraschung vorstellen, als ich herausfand, dass nur einer von euch existiert.«

Vier Eingeweihte – zusätzlich zu ihm. All die Jahre hatten sie sich akribisch bemüht, das Fehlen seines Bruders zu verheimlichen. Sie hatten die Unterrichtszeiten so gelegt, dass stets nur ein Prinz zu den Übungen auf dem Waffenplatz kam, während der andere vom Drachenkönig höchstpersönlich gelehrt wurde. Dass sein Vater die Zeit stattdessen allein in der Bibliothek zubrachte, wurde zum Staatsgeheimnis. Nach und nach verschwand der Kronprinz von der Bildfläche, verbrachte mehr und mehr Zeit zwischen Büchern, während er – Tarek – in die Lehre der Drachentöter ging, so wie es die Tradition verlangte.

»Ich versicherte dem Orden, der Kronprinz bedürfe keinerlei zusätzlichen Schutz, da er das Schloss niemals verlasse. Sie gaben sich damit zufrieden.«

»Warum hast du gelogen?«

Die Antwort kam schnell. »Ich misstraue der Oberin.«

»Oberin?«

»Sie bildet die zukünftigen Schwestern aus. Sie ist sehr …«

»Streng?«

»Gewissenhaft«, sagte sie gedehnt und er verstand genau.

»Was zwingen sie euch zu tun?«

Elenas Gesicht wurde ausdruckslos. »Alles, was nötig ist, um den Schutz zu erhalten.«

Schweigend band er sich seinen Waffengurt um, zerrissen zwischen dem Bedürfnis, sie vor der unbekannten Oberin zu schützen, und dem Drang, seinem Zorn nachzugeben. Er entschied sich für einen Mittelweg. Mit verschränkten Armen lehnte er sich gegen den Schrank, in dem er die Uniform des Kronprinzen sorgsam hatte verschwinden lassen, und fixierte Elena. Er wusste, dass es sie in den Wahnsinn trieb, unwissend über seine Absichten zu sein. »Schutz«, wiederholte er möglichst neutral, »wir brauchen keinen Schutz, wir brauchen Verbündete im Kampf gegen Winter.«

»Das übersteigt unsere Möglichkeiten«, gestand Elena ein.

Er hob die Brauen. »Was nützt ein Orden, der untätig ist?«

»Es ist kompliziert.«

»Ich wage zu behaupten, komplexe Sachverhalte zu verstehen.« Er registrierte, wie sie mit sich rang; ihre Zweifel waren so offensichtlich, ihre Furcht so klar wie Glas, dass er sich fragte, wie sie ihn je hatte täuschen können. »Erklär es mir.«

»Unsere Macht ist beschränkt«, gab sie widerstrebend zu. »Du sahst die Zofe, sie kann weder kämpfen noch weiß sie ein Schwert zu halten, geschweige denn einen Bogen. Wir begleiten die Königskinder während ihrer Kindheit, doch sobald sie den Blutwald betreten, sind sie verloren. Kronprinz Duncan war der erste, von dem wir hofften, er würde dem Einfluss der falschen Bräute entkommen. Hättest du ihn nicht zur Jagd geladen, wäre er heute frei.«

»Die Hexe hätte einen Weg gefunden. Wie all die Jahre zuvor.«

»Durch Westham«, gab Elena zu bedenken. »Es war stets dein Vater, der zu den verhängnisvollen Jagden lud, auf denen die Könige ihre Bräute fanden. Niemand, abgesehen vom Goldkönig, hat sich je dieser Einladung verweigert. Westham dient der Hexe.«

»Du denkst, ich hätte Duncan geopfert?«

»Ich denke, du hättest ihn retten können«, korrigierte sie.

»Indem ich die Jagd verhindere?«

»Ja«, sagte sie, unwissend darüber, dass er alles getan hatte, damit sie vorgezogen wurde; wohl wissend, was Duncan widerfahren würde. Er hatte ihn geopfert. Seinen Freund. Weil der Gedanke einer Hochzeit zwischen ihm und Mary unerträglich gewesen war. Und weil er eine Schuld zu begleichen hatte. Schwaches, schwaches Herz.

»Die Bräute mögen Winters stärkste Waffe sein«, fuhr Elena fort, »doch sie sind zugleich ihre einzige Schwachstelle.«

»Inwiefern?«

»Sie sind menschlich, sie lieben und hassen und fühlen genau wie wir; und sie allein können die Flüche brechen, unter denen die Könige stehen. Doch wenn sie das tun …«

»Dann straft Winter sie«, erkannte er und verstand plötzlich.

Es hatte in Westham begonnen und sich in Athos fortgesetzt.

Gestohlenes Kind. Schwarzer Winter.

»Wir schützen die Kinder«, sagte Elena, »damit die Bräute eine Wahl haben.«

Fieberhaft stieß er sich vom Schrank ab und durchquerte das Gemach der Zwillingsprinzen, das sie sich für ein Jahrzehnt geteilt hatten, ehe ihm eine Hälfte genommen worden war. Zwei Betten, zwei Schränke, zwei Bäder – und eine geheime Tür in der Bücherwand, durch die er regelmäßig verschwand, nur um erneut das Gemach zu betreten, als zweitgeborener Prinz oder als Kronprinz.

Zwei Rollen. Zwei Leben.

Er berührte bereits den Buchrücken von *Der verfluchte Prinz*, hinter dem sich der Mechanismus der Geheimtür verbarg, als ihn eine Sache zurückhielt.

»Wie?«, fragte er und sie verstand. Er sah es am Erbleichen ihres Gesichtes.

»Bevor wir gegen einen Drachen in die Schlacht ziehen, gebe ich ein Stück von mir, um dich zu schützen. Bevor wir das Schloss verlassen, tue ich es. Während der Nächte, die wir unter freiem Himmel verbringen.« Sie zog die Lederschienen von den Handgelenken und rollte die Ärmel hoch. Ein Geflecht aus alten und frisch verheilten Schnitten zeichnete ihre Haut. »Jeder Tropfen meines Blutes wahrt dein Leben. Es ist ein Tausch. Blut für Schutz.«

Er zwang sich, die Narben zu betrachten, die Spuren eines Jahrzehnts. Ihm wurde speiübel. »Nie wieder«, knurrte er. »Tu das nie wieder!«

»Das entscheidest nicht du.«

Er griff nach ihrem Handgelenk, zwei blutrote Linien stachen ihm ins Auge.

»Unsere Abfahrt in Maywater«, sagte Elena ruhig, »und die Nacht in der Taverne, als wir überstürzt aufbrachen.«

»Ich war keineswegs in Gefahr.«

Ein trockenes Lachen entfloh ihr. »Du bist *immer* in Gefahr. Gerade jetzt, da deine Zeit naht. Cinderella war nur der Anfang. Du bist der Nächste, Tarek.«

»Du wirst dich nie wieder für mich schneiden!«

»Ich bin eine Schwester des Roten Ordens. Ich habe mein Leben deinem gewidmet. Es ist meine Bestimmung.«

»Du bist eine Drachentöterin«, hielt er dagegen. »Dein Schwert wird mich schützen, nicht dein Blut.«

»Beides gehört dir, mein Schwert und mein Blut, und du kannst nichts dagegen tun. Zumal es auch die Sicherheit deiner Eltern gewährt. Hier im Schloss kann ihnen kein Leid geschehen. Hier wirkt der Schutz am stärksten. Bist du bereit, diese Sicherheit aufzugeben?«

»Wir besitzen die fähigste Armee aller Königreiche.«

»Dennoch stahl Winter deinen Bruder. Mühelos.«

»Das ist lange her.«

»Das war vor unserem Schutz«, bestätigte sie und er stöhnte auf.

»Verflucht seist du, Elena!«

»Nein, Tarek, du bist es.«

Er griff erneut nach dem Buch. Ein schmaler Spalt öffnete sich in dem Regal, das eine Wand des Zwillingsgemachs zur Gänze bedeckte, dahinter gähnte bodenlose Schwärze.

»Ich wünschte, du hättest es mir gesagt. Es wäre hilfreich gewesen.«

Jemand, bei dem er wahrhaftig er selbst hätte sein können.

Er hasste Lügen. Er hasste und lebte sie.

»Es tut mir leid«, sagte Elena.

»Erspar mir das.«

»Tarek …«

»Lüg mich nie wieder an, hörst du? Nie mehr!«

»Ich tat es, um …«

»Mich zu schützen? Schwachsinn! Wenn du mich begleiten willst, muss ich dir vertrauen können. Keine Lügen, keine Geheimnisse.«

Erst als sie nickte, trat er in den geheimen Korridor, der zu einem System aus Verbindungsgängen gehörte, das während des Krieges mit Maywater entstanden war, doch seither brachlag. Er brauchte kein Licht, er fand jede Abzweigung blind. Seit seinem zehnten Lebensjahr nutzte er die verborgenen Wege, seit damals lebte er eine Lüge.

Als Elena ihm folgen wollte, hielt er sie auf.

»Ich bin im Schloss, hier bedarf ich keines Schutzes.«

Widerwillig nickte sie.

»Dann geh und sattle die Pferde. Wir brechen vorm Mittag auf.«

»Wohin reiten wir?«

Er sparte sich die Antwort. Sie konnte es sich zusammenreimen, er sah es an ihren Augen, die plötzlich verräterisch glänzten – und er fragte sich, ob sie noch ein weiteres Geheimnis hütete. Eines, das er nicht kennen wollte.

DER WÜSTENKÖNIG

Der Wald starb laut und brutal. Das Ächzen der Urwaldriesen erfüllte die Luft gleichsam mit den Hieben der Schneiden und dem Unbehagen der Soldaten. Stamm für Stamm fiel dem Hunger der Äxte zum Opfer, zurück blieb aufgerissene Erde und schwelendes Holz, eine schwarze Furche inmitten des Forstes, den kaum jemand zu betreten wagte – abgesehen von den königlichen Jagdgesellschaften. Er selbst hatte vor Kurzem den Forst durchquert, gemeinsam mit Tarek, der ungewohnt schweigsam gewesen war. Heute wusste er warum. Sein Freund hatte ihn verraten. Es schmerzte ihn mehr, als er gedacht hatte.

Eine Frau verloren. Womöglich seine Zukunft. Und einen Freund.

Auch wenn zweites am schwersten wog, kehrten seine Gedanken stets zum westhamschen Prinzen zurück. Nach der Verlobungsauflösung hatte Duncan zwar das Audienzzimmer seines Vaters durch die Seitentür verlassen, jedoch hinter der Tür verharrt und gelauscht auf das, was dort geschah. Wie dringend er mit Mary hatte sprechen wollen! Um ihr alles zu offenbaren über die falschen Bräute, den Fluch der Könige und den Versuch, seinem Schicksal zu entkommen. Doch nachdem auch der Goldkönig aufgebrochen war, hatte er sie gehört – Tarek und Mary – und begriffen, dass sie etwas verband, was er niemals mit ihr geteilt hatte. Obwohl die Worte unverständlich gewesen waren, hatte der leidenschaftliche Ton sie verraten: So stritt nur ein Paar, das sich liebte.

»Wir erzielen gute Fortschritte«, informierte ihn der Kommandant. Eine ausgerollte Karte lag vor ihnen. Duncan überflog die fein säuberlich gezogenen Grenzen. Maywater, einst die Oase aller Königreiche, bildete heute einen kargen Fleck inmitten der Karte. Ein totes Land, wertlos und verflucht. Kein Wunder, dass Mary Westham bevorzugte. Fruchtbare Ebenen, gesegnet vom Frühling. Sein Finger folgte dem Silberfluss bis zur Brücke.

»Aus welchen Gründen wurden Kriege geführt?«, fragte er seinen Kommandanten unvermittelt, der, falls ihn die Frage überraschte, seine Irritation gut verbarg.

»Aus den verschiedensten, Eure Majestät.«

»Die da wären?«

»Aus der Not heraus, aus innerer Überzeugung oder aufgrund von fehlgeschlagener Diplomatie.«

Duncan neigte sinnend den Kopf. »Ich frage mich, was in diesem Fall zutrifft.«

»Euer Handeln ist korrekt, Majestät, die anderen Reiche werden das einsehen, wenn sie erst vom Verrat der Prinzessin erfahren. Um Eure wahre Braut zu finden, braucht Ihr den Schuh, den sie Euch stahl. Euer Glück hängt davon ab!«

Duncan musterte seinen Feldherrn, der die Worte der Lüge so leicht geschluckt hatte. Ob er mehr wusste, als er vorgab? Im Grunde war es gleich, solange er seinen Befehlen nachkam – und das tat er. Er hatte eine Palisade errichten lassen, die zwischen Westhams Ebene und der Bogenbrücke lag. Sollte es zum Angriff kommen, könnten neue Truppen nachrücken; wenngleich ihnen beiden klar war, dass sie den Drachentötern kaum etwas entgegenzusetzen hatten und die Brücke allein der Flucht diente.

»Wie lange liegt der große Krieg zurück?«

»Knappe drei Jahrhunderte«, antwortete der Kommandant vage. »Es existieren kaum Dokumente dazu. Eure Vorfahren ließen sie sämtlich vernichten.«

»Ihr wisst warum?«

Ein deutliches Stocken. Aufflackernde Furcht?

»Nur zu«, forderte Duncan leichthin. »Sie schämten sich, deshalb zerstörten sie die Aufzeichnungen. Sie machten es sogar zur Bedingung diverser Verträge, damit auch die anderen Königreiche ihre Geschichtsbücher schwärzten. Was sagt das über meine so ruhmreichen Vorfahren?«

»Nun«, ein unsicheres Räuspern, »es steht mir nicht zu, über die Erlasse Eurer Ahnen zu urteilen.«

»Ich bestehe darauf.«

Der Kommandant zögerte: »Ich würde sagen, dass sie etwas zu verheimlichen hatten.«

»Das ist offensichtlich. Die Frage lautet: Was?«

»Eine Niederlage?«

»Oh, sie verloren den Krieg – das ist kein Geheimnis, wenngleich ungern gehört. Nein, der Grund aller Heimlichkeiten liegt in der Ursache für den Krieg.«

»Wie ich bereits sagte, brechen Kriege aufgrund verschiedener Motive aus …«

»Ich hörte Eure Gründe«, unterbrach Duncan ihn. »Doch Eure Liste ist unvollständig.« Er strich über die Karte, seine Finger fanden erst Westham, dann Maywater. »Der große Krieg entbrannte aufgrund einer Frau. Sie stahl das Herz zweier Könige; und entschied sich für den falschen, woraufhin der verschmähte beschloss, sie zu stehlen.«

»Habgier«, nickte der Kommandant. »Die Geschichte wiederholt sich.«

Duncan sah zum Waldrand, der verkrüppelt vor ihm lag. Irgendwo in seinem Innern verbarg sich Mary. Er hatte mit Angriffen gerechnet, doch bisher hielt ihn niemand auf. Allein die zerfetzten Körper derer, die Mary gefolgt waren, zeugten von den Monstern, die zwischen den Stämmen hausten. Dass sie die Macht seines Heeres fürchteten und sich deshalb verbargen, wagte er zu bezweifeln. Nein, er wurde das Gefühl nicht los, dass *sie* ihn im Blutwald willkommen hieß. Dass er einzig aufgrund *ihrer* trügerischen Gnade so weit hatte eindringen können. Dass er vielleicht besser floh, ehe es kein Entkommen mehr gab.

Ein Soldat eilte auf sie zu, die Augen gerötet, als hätte er geweint oder sich kürzlich …

»Verzeihung«, stammelte er und erbrach sich vor den Füßen des Kommandanten.

»Bastard«, knurrte der und packte ihn am Kragen. »Sprich rasch, ehe ich mich vergesse.«

»Im Wald«, brachte der Soldat hervor, Schleim tropfte ihm vom Kinn, »die Bäume – beim Himmel! Die Legenden stimmen, sie trinken Blut!«

»Wessen Blut?«, harkte Duncan nach.

»Frauen … ich glaube, es sind Frauen. Man erkennt es kaum.«

Dem Pfad der Verwüstung folgend, betrat Duncan den Wald, der im frühen Morgenlicht erwachte. Der Kommandant folgte ihm. Fliehen oder tiefer hinein? Es schien, als habe der Wald selbst darauf geantwortet; als spräche er zu ihm wie zuvor die Winddämonen.

Doch es klang höhnisch. Nicht lockend.

Die Krone steht Euch gut. Besser, als sie Euren Vorfahren je stand.

Und er begriff, dass es immer *sie* gewesen war. Die Dämonen, der Hass, die Gedanken, die nicht seine eigenen gewesen waren. *Sie* hatte seinen Zorn geschürt. Seine Furcht genährt. Seine Wunden bloßgelegt. Bis er *ihr* willentlich gefolgt war. Bis er *ihr* gehorcht hatte.

Wie sein Vater.

Du bist stärker, als er es je war.

Und doch war er hier.

Sag, junger König, wie konntest du ihrem Zauber entgehen?

Er wusste, dass *sie* den Schuh meinte. Den Schuh, den Cinderella ausgezogen hatte.

Sie seufzte in seinem Kopf. Es war ein schwerer Laut – und mit Erschrecken erkannte er, dass *sie* wusste, was er dachte. Dass *sie* sah, was er sah. Sich wie er erinnerte. An den Moment im Palastgarten unter dem Rosenbogen, als er Cinderella ewige Liebe geschworen hatte.

So wie du es solltest.

An Cinderellas Gesicht hingegen erinnerte er sich kaum. Sie war bloß ein strahlend blendendes Etwas in seinen Erinnerungen. Als er wieder hatte klar sehen können, mit dem Glasschuh in der Hand, war sie bereits im Saal gewesen. Ein Fleck himmlisches Blau zwischen tristem Grau. Doch er war zu langsam gewesen, sein Körper schwer vom Fluch, seine Gedanken träge. Sie war verschwunden und einzig der Schuh verblieben – den er kurz darauf an Mary verloren hatte.

Du wirst seinem Zauber erneut erliegen.

»Niemals«, knurrte er, der Kommandant neben ihm räusperte sich verhalten.

»Majestät?«

Die Hexe lachte in seinem Kopf. Die Bäume um ihn taten es ihr gleich. Ein höhnisches Echo, die Blätter flammendrot, die Stämme alt und verknotet. Der Wald trank kein Blut. Es war eine Legende. Wie die Monster. Wie die Hexe selbst.

»Beim Himmel«, entfuhr es dem Kommandanten, ehe auch er sich in die aufgebrochene Erde übergab. Duncan blinzelte. Rings um ihn knieten und hockten würgende Soldaten, die Gesichter aschfahl. Er half einem Jungen, der keine zehn Winter zählte, auf die Füße. Zu jung für das Heer und den Wald.

»Geh«, befahl er dem Jungen, für den er sich vornahm, eine andere Aufgabe zu finden, ehe er sich auf das konzentrierte, was seine Männer aus der Fassung brachte. Es zwang ihn beinahe selbst in die Knie. Sein Hals wurde eng. Er schmeckte Galle, doch er schluckte sie hinunter.

König des toten Landes, murmelte die Stimme in seinem Kopf. *Sieh, was ich tat, um den Zauber zu weben, der dich hätte binden sollen. Erkenne die Opfer, die vergebens waren. Weil du dich sträubtest.*

»Das ist nicht wahr.«

Du verlangst nach etwas, das dir niemals bestimmt war.

»Freiheit?«, fragte er bitter, das Misstrauen seiner Soldaten ignorierend, die ihn verängstigt beobachteten. Ein König, der mit sich selbst sprach – was machte das schon angesichts dessen, was sie hier vor sich sahen? Jeder Mann, der dabei nicht einen Teil seines Verstandes einbüßte, war kein Mensch. Der Soldat hatte recht, die Leiber an den Bäumen waren kaum noch als menschlich zu erkennen. Gliedmaßen, derart mit der Borke verwachsen, dass erst die scharfen Schneiden der Äxte ihre wahre Beschaffenheit offenbart hatten. Es schmatzte, als er an einen Stamm herantrat. Eine Axt steckte im Holz. Sie hatte ein Bein zerteilt. Blut quoll die Schneide hinab, sättigte die Erde zwischen den Wurzeln. Er berührte den verformten Stamm, ertastete die verkrüppelte Wölbung eines Brustkorbes, spürte das leichte Spannen unter seinen Fingerkuppen, als das, was darunter gefangen war, einatmete. Er konnte es hören, das zischende Entweichen von Luft; allein deshalb fand er das Gesicht und ein Paar menschlicher Augen.

»Es sind Hunderte«, presste der Kommandant hinter vorgehaltener Hand hervor. »Sie sind am Leben. Nun, zumindest die, die noch nicht …«

Glatte Schnitte, tiefrotes Fleisch und Augen, in denen Bewusstsein steckte.

Duncans Finger fuhren über die Rinde, verharrten einen Moment dort, wo er einen schwachen Herzschlag zu spüren vermeinte. Sein eigenes schlug leiser, als wappnete es sich gegen das Mitgefühl, das in ihm aufkeimte. Es durfte ihn nicht schwächen.

»Was sollen wir tun?«, fragte der Kommandant. »Sie sind überall.«

»Versucht sie zu befreien«, befahl er leise.

»Aber Eure Majestät …«

»Es sind unsere Leute«, unterbrach er seinen Kommandanten und trat zurück. »Sie waren es zumindest einst.« Das Haar verriet sie. Hauchdünne Fäden zwischen den Ästen, ein Netz gesponnen aus Gold. Auf den ersten Blick wirkte es, als flösse es aus dem Stamm selbst. Kein Wunder, dass den Soldaten sein Ursprung entgangen war.

Maywaters Frauen besitzen das schönste Haar. Blendend wie die Wüste.

Waren sie deshalb hier? Aufgrund ihres Haares?

Und aufgrund ihrer Haut, kam die Antwort, die er lieber nicht gehört hätte. *Nur die besten Zutaten für die stärksten Zauber. Haare aus Gold und ein Kleid aus Haut. Blendende Schönheit, junger König. Alles für dich.*

»Schneidet sie frei!«, befahl er und wies auf die drei nächstbesten Stämme. »Versucht es bei diesen. Misslingt es …« Duncan spürte ihre Blicke. Die des Waldes. Die der Soldaten.

Junger König. Krone aus Eisen. Schweres Haupt.

Was wollt Ihr tun, wenn sie sich nicht lösen? Sagt, was wollt Ihr dann tun?

»Dann fällt sie«, knurrte er.

DIE DRACHENBRAUT

Ich dachte mir, dass du mich suchen würdest.«

Viel zu lange hatte sie dieses Gespräch hinausgeschoben, ein Teil von ihr hatte gar gehofft, dass sie es niemals würde führen müssen, doch die Zeit war gekommen. Ihr verbliebener Sohn, der so tapfer all die Jahre durchgehalten hatte, brauchte Antworten. Er war nun erwachsen, ein Soldat und Drachentöter sowie der zukünftige Regent Westhams.

»Liebling.« Zärtlich umfasste sie sein Gesicht. Er glich seinem Vater auf viele Arten. Augen tief wie der Sturm und ein Herz zäh wie das eines Drachen. »Es tut mir leid«, begann sie, wohl wissend, dass ihre Reue zu spät kam. Sowohl für ihn als auch für …

»Sie hat ihn deinetwegen geraubt«, unterbrach er sie hart und obwohl seine Worte sie bis ins Mark trafen, nickte sie.

»Ich habe ihre oberste Regel gebrochen.«

»Die da wäre?«

»Ich habe geliebt«, erwiderte sie schlicht.

»Du hast ihn verflucht!«

Sie löste sich von dem Vorwurf in seinen Augen.

»Aus deiner Sicht mag ich die Böse sein, doch auch ich habe eine Geschichte.«

Sie bat ihn, ihr in den geheimen Garten zu folgen; an Sträuchern vorbei, deren Äste schwer vor Beeren gen Boden hingen, als verneigten sie sich vor der Braut, die ihren Platz unrechtmäßig erworben hatte; bis hin zu dem alten Apfelbaum, der ganzjährig blühte und sich im zarten Morgenlicht räkelte. Sie spürte, wie ihr Sohn erstarrte, als er den Sarg erblickte. Das fahrende Volk erzählte viele Geschichten darüber …

Von der schlafenden Schönheit inmitten des Waldes.
Von dem verzauberten Prinzen und dem Kuss der wahren Liebe.

… doch niemand hatte den Sarg zu Gesicht bekommen, seit sie ihn vor all diesen Jahren ins Schloss und diesen Garten hatte bringen lassen. Verhüllt von einem schwarzen Tuch war er durch die Gassen der Stadt getragen worden und seitdem Bestandteil unzähliger Sagen und Legenden. Doch keine davon kam der Wahrheit auch nur annähernd nahe. Sie war so viel unromantischer, so viel weniger heldenhaft. Ein schmerzliches Lächeln umspielte ihre Lippen, als sie neben den Glassarg trat, dessen Deckel gesprungen war, als hätte sich das, was auch immer in ihm geruht hatte, einen Weg hinausgebrochen. Wie gesplitterte Zähne ragten die Scherben aus der einst glatten Fläche, von ohnmächtigem Zorn zeugend oder grenzenlos naiver Liebe.

»Ich traf deinen Vater vor meiner Zeit. Winter, die gewöhnlich alles im Blick behielt, ahnte nicht, dass wir uns ineinander verliebten. Ihre Nachlässigkeit war unser Glück. Wir stahlen heimliche Momente, trafen uns oft und öfter, bis auch wir nachlässig wurden.«

»Sie hat euch erwischt?«

»Herbst war es und sie war gnädiger, als ihre Schwester es gewesen wäre – vielleicht, weil sie selbst die Liebe suchte. Statt uns zu verraten, führte sie mich nach Athos zum alten Goldkönig und dessen Braut; die auf die Probe gestellt, beinahe durch eine vergoldete Erbse zu Fall gebracht worden wäre.«

»Was hat die Braut auf der Erbse mit deinem Verrat zu tun?«

Sie zwang sich, ihm nicht zu zeigen, wie hart sie seine Verachtung traf. »Marys Großmutter verliebte sich in den König, den sie beherrschen sollte. Während eines Unwetters entfloh sie dem Wald und suchte Obdach in Athos. Sie gab sich als verunglückte Prinzessin aus und wurde dem König vorgestellt. Dieser zweifelte an ihrer Herkunft und veranlasste die berühmte Probe, von der noch heute das fahrende Volk berichtet. Die Braut auf der Erbse – du kennst die Geschichte. Entgegen der geläufigen Version versagte Marys Großmutter jedoch;

allein Winter verhinderte Schlimmeres, indem sie herbeieilte und den alten Goldkönig blendete, so wie sie von diesem Tag an alle Könige blenden sollte.«

»Und sie lebten glücklich«, höhnte ihr Sohn.

»Nein«, widersprach sie leise, »das taten sie nicht. Weder der Goldkönig noch seine Braut. Das war, was Herbst mir zeigte. Den Schmerz der Braut auf der Erbse an der Seite eines Greises, den sie zeitlebens geliebt hatte, der jedoch zu keinerlei echtem Gefühl in der Lage gewesen war. Herbst zeigte mir meine Zukunft.«

»Die Situation zwischen dir und Vater war anders. Er hat dich geliebt.«

»Er wäre geblendet worden, ob mit oder ohne meine Zustimmung – zu meinem Schutz. Indem Winter den Königen den freien Willen nimmt, stellt sie sicher, dass keines ihrer Kinder menschlicher Willkür ausgesetzt ist. Es ist eine Notwendigkeit zum Wohle aller.«

»Abgesehen von den Königen.«

»Abgesehen von einer Minderheit.«

Bedacht ließ sie sich auf der steinernen Bank nieder, die neben dem Sarg unter dem Apfelbaum stand. Hier saß sie stets, wenn die Sehnsucht zu groß wurde und der Drang, sich dem Vergessen hinzugeben, sie beinahe erstickte. Bloß im Schatten des uralten Baumes und neben den Scherben ihres Fluchs fand sie die Kraft weiterzumachen.

Zu atmen und zu leben. Vor allem zu atmen.

»Winters Fluch«, zwang sie sich fortzufahren, »ist es, zu überleben, während alles um sie herum vergeht. Sie sah Rassen aussterben, Wälder zerfallen, Königreiche untergehen und neue auferstehen, bis auch diese im Sog der Zeit entschwanden. Nichts hat Bestand.«

»Abgesehen von ihr selbst.«

»Abgesehen von ihr und ihren Schwestern. Bis sich vor mehr als dreihundert Jahren eine von ihnen in einen menschlichen König verliebte und die Sicherheit des Waldes verließ. Ihre Schönheit sprach sich rasch herum, Hunderte Künstler zogen herbei, um einen Blick auf sie zu erhaschen. Sie wurde zum Quell jeglicher Inspiration, prägte die

Kunst über alle Grenzen hinaus für mehr als eine Epoche. Dutzende Gemälde versuchten ihre Anmut einzufangen – und doch gelang es nur einem einzigen Künstler. Das Bildnis der Blüte – oder wie es später genannt wurde: des Unglücks Werk. Sein Schöpfer, dessen Name weder damals noch heute Bedeutung besaß, war nutzte einzig Farben aus jungfräulichem Blut. Wie viele Leben in das Gemälde flossen, ist niemals ganz geklärt worden, das Wissen darum steigerte jedoch den Wert des Bildnisses und seinen Mythos zugleich. Der Legende nach soll jeder, der es erblickt hat, sein Herz im selben Moment verloren haben.«

»Wo befindet sich das Gemälde heute?«

»Ich nehme an, es wurde zusammen mit den anderen zerstört.«

Er hob die Brauen. »Allesamt?«

»Soweit ich weiß, existiert bloß ein letztes Gemälde, sicher verwahrt in Winters Reich.«

»Natürlich«, sagte er ohne jeden Spott.

»Angelockt durch die Mythen, schickte ein fremder König seinen Diener aus, dieses Gemälde zu erwerben. Die Summe, die er dem Künstler bot, soll die aller anderen um ein Vielfaches überstiegen haben – und so gelangte er in den Besitz des Bildnisses und sein Herz in die Fänge Frühlings.«

»Moment! Frühling? Sie ist …? Sie hat …?«

»Der Mann, den sie erwählte, war dein Urahn. Ihr Sohn war der erste Drachenkönig. Unseren Aufzeichnungen zufolge gebar sie ihn in derselben verhängnisvollen Nacht, als sie vom König der grünen Ebene gestohlen wurde.«

»Maywater?«, rief er überrascht, nur um darauf grimmig zu nicken. »Natürlich.«

»Unser aller Geschichten sind miteinander verknüpft. Marys, deine und die Duncans. Es war sein Vorfahr, der Frühling in sein Reich entführte, von dem er fand, es sei das einzige ihrer würdige.«

»Heute ist es eine Wüste.«

»Wundert dich das? Der Zorn der Hexen ist gewaltig. Sie sind nachtragend, waren es seit jeher. Frühling wurde gestohlen, dein

Urahn zog aus, sie zurückzuerobern; es kam zu einem Krieg, der zwei Dekaden andauern sollte. Abertausende ließen ihr Leben, kein Reich blieb verschont, nicht einmal das jener Wesen, von denen heute bloß noch die Legenden berichten. Erst starben die Riesen, missbraucht als Kämpfer an vorderster Front, später folgten weitere Rassen, zermahlen zwischen den Fronten eines Kampfes, der kein Ende zu finden drohte. Erst durch den Freitod der geraubten Braut wendete sich das Blatt.« Da war ein süßer Schmerz, wenn sie an die fremde Frau dachte, der sie sich verbunden fühlte, obwohl sie kein Blut teilten – nur das ihrer Söhne. Auf gewisse Weise ähnelten sich ihre Schicksale, hatten sie doch beide alles gegeben, um zu schützen, was sie liebten.

»Sie brachte sich um?« Ihr verbliebener Sohn drehte sich, um in die Krone des Apfelbaumes zu blicken. Das Schwert an seiner Seite drängte in ihr Sichtfeld. Geschmiedet aus schwarzem Eisen, geprüft in Hunderten Schlachten, über die Generationen weitervererbt. An den Erstgeborenen, immer an den Erstgeborenen.

»Frühlings Sohn«, fuhr sie belegt fort, »reifte während ihrer Gefangenschaft zum Mann und zog an der Seite seines Vaters in die Schlacht. Er war stark, stärker, als es die anderen Krieger waren. Vielleicht, weil er so viel mehr zu gewinnen hatte; oder aber weil in ihm das Blut des uralten Geschlechts floss, das mit den verbliebenen Hexen auszusterben drohte. Was es auch war, seine Ruhmestaten eilten ihm voraus und gelangten schließlich bis an den maywaterschen Hof und zu Frühling selbst.«

»Ich stamme wahrhaftig von ihr ab?«

»Hast du dich nie gefragt, warum du in Drachenblut baden musstest wie all deine Vorfahren; niemand aber sonst? In deinen Adern fließt das Blut zweier auf den Tod verfeindeter Geschlechter. Ohne das Bad würde es euch zerreißen – innerlich wie äußerlich. Eure Vorfahren verfielen einer nach dem anderen einem schrecklichen Wahn – erst die Hexen wiesen uns auf die Heilkräfte des Drachenblutes hin. Es fügt zusammen, was von Natur aus getrennt sein sollte. Nur deshalb überlebte unsere Linie.«

»Winter ist …«

»Auf gewisse Weise verwandt mit dir«, vollendete sie sacht.

Ungläubig hob er die Brauen; er war misstrauisch geworden. Eine Folge der Lügen, die er hatte leben müssen. Sie konnte bloß erahnen, wie er sich fühlte, konnte sie selbst es doch kaum ertragen – die Lügen, das Schweigen und die Schuld.

»Frühling«, sagte er und überging damit bewusst ihre Worte: »Ich nehme an, sie starb, um ihren Sohn vom Schlachtfeld zu retten?«

»Mit ihrer Existenz, so hoffte Frühling, vergehe auch der Grund für den Krieg. Doch die erlittenen Wunden reichten zu tief. Beiderseitiger Hass verblieb und Blindheit dafür, weshalb und wofür sie überhaupt kämpften. Frühling war tot, doch der Krieg bestand fort; die Menschen sahen sich außerstande, ihn zu beenden.« Eine Apfelblüte folgte dem Werben des Windes, der flüchtige Tanz endete in ihrem Schoß; sie erkannte es als ein Zeichen jener längst verstorbenen Braut an, dass sie fortfahren sollte. Mit der Geschichte und dem Schmerz. Mit all dem, was die Menschheit entzweite und zugleich einte.

»Es war Sommer«, fuhr sie fort.

»Die vierte Schwester?«

»Sie beendete den Krieg, indem sie eine noch tiefere Wunde schlug.«

»Die Wüste«, erkannte er und sank neben ihr nieder.

»Ihr Zorn kam über Maywater, verbrannte Städte, Burgen und Höfe innerhalb von Augenblicken; vernichtete Armeen, Lazarette, Schulen und Flüchtlingsheime. Einzig die Stadt auf den Klippen entkam den Flammen. Vielleicht brachte sie es nicht über sich, den Ort zu zerstören, an dem ihre Schwester den Tod gefunden hatte; vielleicht verrauchte ihr Zorn, bevor sie die Klippen erreichte; oder es war ein flüchtiger Moment der Gnade, der sie und ihre Drachen innehalten ließ. Was es auch war, das Himmelsschloss allein verblieb: eine verblichene Erinnerung des einstigen Wohlstands inmitten schwelender Ödnis und dem Klagen eines sterbenden Volkes. Erst da, im Angesicht von so viel größerem Leid, erkannten die Menschen die Bedeutungslosigkeit ihres eigenen Krieges.«

»Es gab keine Sieger, nur Verlierer.«

»Manche verloren mehr, andere weniger, doch verloren waren sie alle.«

»Und die Hexen?«

»Sommer zog sich zurück in die Berge, während ihre Drachen in der Welt der Menschen verblieben; eine stetig wachsende Plage und Ermahnung daran, wie katastrophal der Krieg geendet hatte. Wenngleich die meisten längst vergessen haben, woher die Drachen stammen und was sie einst taten. Das fahrende Volk allein erzählt noch davon, doch was vermögen Worte schon auszurichten, wenn sie auf taube Ohren stoßen?«

»Die Drachen …«

»… sind Sommers Kinder, so wie die falschen Bräute Winters Kinder sind. Während die eine den Menschen einen Grund gab, vereint gegen einen neuen Feind zu stehen, begann die andere, die Königshäuser zu infiltrieren, um die Gefahr von innen zu bannen.«

»Die Gefahr auf einen weiteren Krieg«, echote er und presste sich die Faust gegen die Stirn, als könne er so der Worte Herr werden, die in ihm Unvorstellbares anrichten mussten. Er, der Drachentöter, lebte mehr als eine Lüge. »Heißt das, die Drachengarde existiert einzig und allein deshalb, um gegen Bestien in die Schlacht zu ziehen, die uns davon abzuhalten sollen, einander an die Kehle zu gehen?«

»So ist es«, gab sie bekümmert zu und er stöhnte auf.

»Maywater leidet bis heute unter den Nachwehen des Krieges, Westham hingegen erholte sich rasch – bestünde keine Gefahr von außen, wäre Westham die Gefahr.« Er fluchte, sie berührte ihn sanft am Knie. Zuneigung ließ ihre Stimme weich werden. »Wir sind in diesem Spiel deshalb nicht die Bösen, weil die Hexen uns die Guten sein lassen: die Beschützer der Grenzen und Bewahrer des Friedens.«

»Wir sind Marionetten!«

»In gewisser Weise«, stimmte sie zu.

»Alles für den Frieden«, ätzte er, »der kein Frieden ist.«

»Seit die Könige unter Winters Kontrolle stehen, kam es zu keiner Konfrontation unter den Reichen – wenngleich die ersten Jahre schwer waren. Rivalitäten unter den Erben, Thronfolgekämpfe; all das vermeidet Winter nun, indem sie jedem Reich einen einzigen Sohn zugesteht. Einen Thronfolger …«

»Was ja auch so wunderbar funktioniert hat!«

»… der zur rechten Zeit dem Wald übergeben wird.«

»Geopfert«, korrigierte er. »Wie die Jäger. Wie die Toten, die an den Bäumen hängen.«

»Wie schwer wiegen wenige Tote im Vergleich zum Frieden der sechs Reiche? Käme es erneut zu einem Krieg gleich jenem, der durch Frühlings bloße Existenz ausbrach, gäbe es mehr Leichen, als wir Gräber ausheben könnten.«

»Opfer bleiben Opfer.«

»Das der Könige ist ein verschwindend geringer Preis.«

»Den du nicht zu zahlen bereit warst«, erinnerte er sie.

Ihre Hand fand den Sarg und die scharfkantigen Bruchstellen.

Sie brachte die Wahrheit nicht heraus. Zu tief saßen die Wunden. Sie schmeckte das salzige Aroma der Schneebeeren auf der Zunge, spürte das Echo des Soges, das sie nachts keuchend hochfahren ließ, schweißgebadet, panisch, sehnsüchtig. Auch jetzt pochte träge lockende Dunkelheit in ihrer Brust und das Verlangen nachzugeben wuchs beinahe ins Unermessliche. Rasch schloss sie die Finger um die Splitter, der Schmerz ließ sie aufstöhnen, er linderte die Ohnmacht und verwurzelte sie in ihrem Körper. Zwei Jahrzehnte hatte sie in tiefstem Rausch verbracht, Tage und Monate waren ineinandergeflossen, weder Zeit noch sonst irgendetwas hatte existiert. Nichts und niemand. Nicht einmal sie selbst.

Aus weiter Ferne beobachtete sie, wie ihr verbliebener Sohn ihre Finger vom Glas schälte, zurück blieb ein blutroter Handabdruck. Rasch und routiniert band er ein Stück ihres Saums um die Schnittwunde. Er färbte sich blütenrot, seine Fingerspitzen ebenfalls. Vielleicht verstand er ohne Worte, dass sie in ein Gefilde vorgedrungen waren, über das sie niemals sprechen konnte. Nicht in diesem Leben und auch nicht im nächsten. Zwei Jahrzehnte, dachte sie erschöpft, und ein weiteres ohne Sohn. Sie war auf schlimmere Art verflucht, als er annahm.

»Ich dachte«, flüsterte sie um Atem ringend, »es gäbe einen Weg, doch ich täuschte mich. Winter hat so viel Zeit, die Spanne unseres Lebens hingegen ist verschwindend gering. Dutzende gab es vor uns und Dutzende werden folgen.« Sie zwang sich zu den nächsten Worten, obwohl es sie innerlich zerriss. »Westham bestand vor dir und es wird nach dir existieren. Unser Volk lebt in Frieden. Würdest du nicht alles geben, damit es so bleibt?«

»Bestünde Gefahr, würde ich sofort für Westham in den Krieg ziehen.«

»Ob du dein Leben während eines Krieges gibst oder zum Erhalt des Friedens – wo besteht da der Unterschied? Deine Verantwortung gilt Westham, deinen Soldaten und ihren Familien. Sie vertrauen darauf, dass du sie schützen wirst, wie es dein Vater tat.«

»Wüssten sie die Wahrheit, würden sie den Kampf der Sklaverei vorziehen!«

»Vielleicht – doch du bist der Einzige, der die Wahrheit kennt.«

Fassungslos starrte er sie an. »Du willst wahrhaftig, dass ich aufgebe?«

Sie verschloss ihr Herz und erstickte den Aufschrei. »Ich will, dass du im Sinne des Volkes handelst – und wenn das Aufgabe erfordert, dann ja, möchte ich, dass du aufgibst.«

Er sah sie lange an; sie spürte, dass sie ihn vollends verlor, so wie sie schon einen Sohn verloren hatte. Den einen an den Wald, den anderen an die Wahrheit. Es hatte sie Jahre gekostet, zu erkennen, dass Winters Herrschaft gerecht und notwendig war.

»Frieden erfordert Opfer.« Es brachte sie fast um. »Ich gab einen Sohn dafür.«

»Jetzt auch mich.«

»Ja«, sagte sie. »Auch dich.«

Er wich von ihr zurück. Jeder Schritt trieb ihn fort – ihre Worte hatten das getan. Sie bereute ein jedes und wusste doch, dass sie keine Wahl hatte. Frischer Wind kam auf, zerrte an ihrem zerrissenen Saum und tanzte durch die Zweige, als wollte er die Apfelblüten daran erinnern, dass der Herbst nahte. Doch selbst der tiefste Winter konnte sie nicht vertreiben. Schneeweiße Blüten auf raureifen Zweigen und eine frierende Braut in seinem Schatten. Ein gespenstischer Abglanz der Frau, die sie einst gewesen war.

»Wie wird der Fluch der Bräute gebrochen?«, verlangte er zu wissen.

»Wozu willst du das wissen?«

»Es nähme Winter die Macht.«

»Es würde sie bloß verstimmen«, entgegnete sie leise. Alles in ihr war still. Sie hatte sich seit Jahren darauf vorbereitet. Sie wusste, dass es so enden musste. »Winter ist eine mächtige Zauberin. Selbst der Rote Orden – ihr Gegenspieler, wenn du so willst – untersteht ihr in gewisser Weise. Sie duldet ihn, denn der Schutz der Schwestern kommt ihren Bräuten zugute und diese sind loyal genug, als dass sie keinen Verrat fürchtet.«

»Dann weißt du, dass der Orden euch unterstützen würde, solltet ihr revoltieren.«

»Ich habe revoltiert«, erinnerte sie ihn merklich kühler. »Der Orden wurde aufgrund meines Verlustes gegründet. Winter nahm mir das Kind und sie hätte auch Mary geraubt. Doch die schönste Braut kam ihr zuvor. Wir sprachen so viele Monde darüber. Über den Fluch der Könige, über dich und …« Sein Name lag ihr auf der Zunge, doch sie schaffte es nicht, ihn auszusprechen. Zwölf Winter – eine Ewigkeit in Kinderaugen.

Sie zerdrückte die Apfelblüte, die ihr in den Schoß gefallen war. Ein ewig blühender Baum und in seinem Schatten ein gesprungener Glassarg. Ende und Neubeginn vereint.

»Weißt du, wieso der Blutwald niemals sein Kleid verliert?«

Er verneinte und sie nickte ergeben.

Weil sie ihm nun das letzte Geheimnis anvertrauen würde.

Das vielleicht größte von allen.

Mary von Athos

»Wer sich erheben will, muss lernen zu fallen.«

Die schönste Braut
als Mary von der Schaukel stürzte

Die Stufen schwanden unter mir, der Wind trieb mich an.

Ich wusste sofort, wo ich mich befand und dass es diesmal wahrhaftig der Tag des schwarzen Winters war. Dennoch streckte ich die Hand nach der Tür aus und stieß sie auf. Mutter stand auf der Brüstung, das Haar gelöst, der Himmel schwarz. Nichts fürchtete ich so sehr wie den Moment, in dem sie erneut am Grund zerschellen würde. Gemeinsam mit mir.

»Mary!«, stieß Mutter überrascht aus.

Ich taumelte hinaus auf den Nordturm, um den der Sturm mit eisiger Kraft tobte –lautlos wie in all meinen Träumen. Mehr war auch das hier nicht: ein Traum. Ich sagte es laut. Mutter lachte. Es glich jenem Lachen, dem ich in den Nächten vor ihrem Tod gefolgt war, wenn Vater die Treppen in den Dienstbotentrakt hinabgestiegen und Mutter aufgestanden war, um sich vor den großen Spiegel zu setzen und das Haar zu bürsten. Manchmal hatte sie dabei gesungen, selten geweint und hin und wieder war es dieses Lachen gewesen, das wie Geisterstimmen durch das Schloss geperlt war. Es schien Trauer und Freude zugleich zu sein. Hoffnung und Hoffnungslosigkeit.

»Du bist groß geworden, Mary.«

Das Nachthemd zerrte an meinen Beinen, in den Armen hielt ich die Puppe, die gleich Mutter zersplittern würde. Doch hier und jetzt war sie unversehrt und ich acht Winter alt.

»Wie kannst du das wissen?«, rief ich; selbst meine Stimme klang wie damals: hell und spröde aus Furcht vor dem, was bevorstand.

Die unterschiedlichsten Emotionen flossen über Mutters Züge: Zorn, Ohnmacht, Schmerz, Zuneigung. Letzteres gewann. »Seit ich am Sarg des Müllersmädchen in deinen Augen eine junge Frau erblickte, weiß ich, was geschehen wird – was geschehen ist. Du befindest dich im Blutwald. Im Reich des Vergessens. Seitdem hoffe ich, dass du stark genug bist, um der Dunkelheit zu widerstehen.«

»Aber das war nur …«

»Ein Traum?« Mutter lächelte voller Wehmut. »Es ist so viel mehr als das.«

Ich umklammerte die Puppe. »Bist du wirklich hier?«

»So wirklich wie du selbst.«

»Mama«, flüsterte ich, während der Himmel Schneeflocken weinte und die Puppe unbeachtet zu Boden fiel. Mutter stieg von der Brüstung und schlang die Arme um mich. Wir sanken nieder, aneinandergeklammert und gehüllt in die Nähe des anderen, die so vertraut und fremd zugleich erschien. Sie küsste mein Haar, mein Gesicht.

»Wundervolle, süße Mary.«

»Du musst es nicht tun«, stieß ich erstickt hervor, verzweifelt, hoffnungsvoll, alles zugleich. Denn wenn sie wahrhaftig hier war und das mehr als ein Traum war, dann konnte ich sie halten. Dann würde ich sie halten. Meine Hände krampften sich um ihre Arme.

»Mary, ich …«

»Bitte bleib! Ich brauche dich. Ich brauche dich so sehr.«

Ihre Augen glänzten. »Wer auch immer dir von den Schneebeeren gab, vergaß zu erzählen, wie sie wirken. Du bist hier – und all das«, sie umfasste mit einer Geste den Turm und die unsichtbare Welt, die von Wolken verhangen rund um uns lag, »existiert durch dich. Es ist deine Vergangenheit. Doch die Geschichte lässt sich nicht ändern. Ganz gleich, was du tust oder sagst, am Ende unseres Gesprächs werde ich auf die Brüs-

tung steigen und springen. Weil ich es längst getan habe. Die Schneebeeren lassen dich Momente des Glücks oder des Unglücks erneut erleben, sie lassen dich zurückreisen; und wenn du es von ganzem Herzen wünschst, vermagst du die Zeit ein klein wenig anders zu erleben. Du kannst neue Blickwinkel einnehmen, Fragen stellen, eine Hand ergreifen; doch all die Dinge, die dazu führten, dass du zu diesem Menschen hier vor mir geworden bist, lassen sich niemals ungeschehen machen. Du kannst mich nicht retten, ebenso wenig wie du dich selbst hier und jetzt von den Zinnen stürzen könntest. Nein, Mary, meine Geschichte ist bereits geschrieben. Vor langer Zeit entschloss ich mich zu gehen und kann es nicht mehr ändern. Mary, ich kann es nicht.«

Sie umfasste mein Gesicht, während die Risse über ihre Haut wuchsen.

Weil sie längst zerbrochen war.

Auf der Treppe vor dem Eingangsportal.

Wortlos zog sie den goldenen Ring vom Finger, den sie stets getragen hatte, und betrachtete ihn mit einem so offensichtlichen Schmerz, dass sich alles in mir zusammenzog. Ich wollte sie in den Arm nehmen, ihr sagen, dass sie geliebt wurde – von mir. Dass meine Liebe ausreichte, wenn sie es nur zuließ.

Doch es hatte nicht gereicht. Nicht für sie.

Ihr Blick fand die Tiefe, eine Sehnsucht lag darin, die mir das Herz klamm werden ließ.

»Wieso hasst Vater dich?«

Solange wir sprachen … solange wir nur weitersprachen.

»Was weißt du über die falschen Bräute?«, fragte sie.

»Duncan erwähnte sie.«

Behutsam bettete sie den Ring neben sich auf den Zinnen, doch als sie sprach, tat sie es mit großer Hast, als würde die Zeit zerrinnen. »Die Hexe des Waldes stiehlt Kinder, um sie nach ihren Vorstellungen zu formen und im rechten Augenblick den Königssöhnen zuzuführen. Doch einer widerstand dem Charme der falschen Bräute und so schuf sie etwas, das nachhalf: ein gläsernes Attribut, ein Gefäß falscher Liebe.«

»Einen Schuh?«

Der Wind seufzte, Mutter tat es ihm gleich. »Einen Schuh, ein Diadem, ein Sarg oder eine Spindel; es blendet die Prinzen, nimmt ihnen das Licht und das Herz zugleich.«

»Wieso hat dein Zauber versagt?«

Sie sah auf. »Du glaubst, ich sei eine falsche Braut?«

»Bist du es nicht?«

Die Frage schien sie nachdenklich zu stimmen. »In gewisser Weise bin ich es, wenngleich ich niemals für diese Rolle vorgesehen war.« Sie zog etwas aus den Falten ihres Kleides; als sie die Hände öffnete, glitzerte es in ihnen. Der Wind zerrte an Mutter; er rief sie zurück zu den Zinnen. Die Scherben dessen, was auch immer sie gehalten hatte, tanzten um uns wie Schneeflocken und verschluckten die Welt. Es gab nur Mutter und mich, die Tiefe und den Sturm. Ich spürte, wie es sie zum Abgrund zog. Ich verlor sie erneut, weil ich sie beim ersten Mal nicht hatte halten können. Ihre Wimpern senkten sich wie zwei schwarze Halbmonde auf ihre Wangen. Die schönste aller irdischen Königinnen, mit Haut so weiß wie Schnee und Haaren golden wie Athos. Erst im Tod würden sie ebenholzfarben sein, getränkt von ihrem Blut, aufgefächert auf den Stufen vor dem Palast, verewigt auf unzählbaren Gemälden.

»Warum?«, rief ich aus. »Warum bist du gesprungen?«

Erneut flackerte ein Reigen aus Emotionen über ihr Gesicht und kurz glaubte ich, nicht Mutter, sondern einer völlig Fremden gegenüberzustehen. Ihr Lächeln zerriss. »Ich stahl ein Leben, das nicht mir bestimmt war, und gebar ein Kind, das nicht existieren dürfte. Ich strebte nach Liebe – und obwohl ich die deines Vaters nicht erringen konnte, fand ich Erfüllung in dir. Ich wünschte, er könnte dich mit meinen Augen sehen. Ich wünschte, er könnte dich lieben.« Die Risse brachen auf, während sich der Himmel über uns verfinsterte. Sie sah dem Abgrund entgegen. »Die Tiefe ruft, ich kann ihr kaum noch widerstehen.«

Alles in mir schrie. Doch der Wind hielt mich umfangen, tröstend und eisern zugleich.

Du kannst sie nicht retten.

Schneeflocken verfingen sich auf Mutters Rock, kleideten sie in ein weißes Leichenhemd. »Ich muss gehen, Mary.«

»Ich komme wieder«, versprach ich sofort.

»Nein, Mary, ich will nicht, dass du dich in der Vergangenheit verlierst. Du kannst mich nicht retten, allein dein Herz kannst du schützen.« Ihre Hand fand ein letztes Mal meine Wange. Schweißtropfen standen auf ihrer Stirn. »Schneebeeren sind bloß für eines gut.«

»Wofür?«, rief ich erstickt.

»Du kannst Abschied nehmen.«

Da begriff ich, dass ich stark sein musste, so wie sie es stets für mich gewesen war.

»Warte! Vater, er …«

»Ja?« Da lag so viel Pein in diesem einen Wort, dass mir ganz schwer wurde.

»Du hast dich getäuscht. Er liebt mich, er liebt mich sehr!«

Sie lachte, der Kummer schwand aus ihren Zügen und machte einer seligen Ruhe Platz. Vielleicht wusste sie, dass ich log. Vielleicht erkannte sie es als das, was es war: eine Geste des Verzeihens und ein Lebewohl. Sie kam mir ganz nah, um mich ein letztes Mal zu küssen. Ihre Lippen streiften meine Stirn hauchzart wie die Berührung eines fallenden Herbstblattes. »Sieh nicht hin, Mary.«

Ich gehorchte, wie ich es schon so oft getan hatte, und schloss die Lider. Eine Träne rann über meine Wange. Mutter wischte sie hinfort, ehe ihre Wärme schwand. Das Kleid raschelte wie trockenes Laub, als sie auf die Brüstung stieg. In Gedanken sah ich sie die Arme ausbreiten, den Kopf in den Nacken legen und in den Himmel blicken. Als würde sie sich in einen Vogel verwandeln, die Schwingen entfalten und davonfliegen.

Die Welt verstummte, um den letzten Worten der Königin zu lauschen. Diesmal würden es andere sein. Neue Worte. Wichtige Worte.

»Hüte dich vor dem Sarg.«

»Ist gut«, flüsterte ich erstickt. Der Wind seufzte.

Dann verblieb einzig Stille. Tiefe, endgültige Stille.

SIE

Qualvoll lange Jahre hatte sie sich in Geduld üben müssen – was machte da schon ein weiterer Tag? Er erschien geradezu verschwindend gering im Vergleich zu der zähen Ewigkeit, die hinter ihr lag. Das Königskind hatte zu den Schneebeeren gegriffen und verweilte nun im Reich der Träume, dem sie selbst zu entsteigen gedachte. Sie spürte die Euphorie bereits in sich erstarken, diesen unbändigen Durst nach Rache, der sie all die Jahre über genährt hatte, als Licht und Hoffnung rar gesät waren.

Sie brauchte nur die Hand auszustrecken.

Sacht entflocht sie ihren Geist aus dem Geist der Königstochter. Es hatte etwas in ihr berührt, der Wiedervereinigung von Mutter und Tochter beizuwohnen; nicht anders konnte sie sich erklären, wieso sie aus der Gestalt der Mutter herausgebrochen war, um still und heimlich den Erinnerungen des Kindes zu lauschen. Sie hatte beobachtet, wie die Trauer es niederzog und Winter durch den Wind in eine tröstende Umarmung. Es war beinahe herzergreifend gewesen – hätte sie ein Herz besessen.

Sie horchte in sich hinein und fand nichts als Stille.

Bald, ganz bald würde wieder Leben ihre Brust erfüllen.

Träume tief, flüsterte sie und zog sich gänzlich zurück, ehe Winter ihre Anwesenheit bemerken konnte. Ursprünglich hatte sie geplant, das Kind in seinen Träumen zu quälen, um es in tiefste Verzweiflung zu stürzen – doch dieser Einblick hatte eines offenbart.

Das Kind fürchtete nichts so sehr wie die Einsamkeit.

Und in der drohte es zu ertrinken.

DER JÄGER

Sie ist nicht tot, sie schläft bloß.

Einem Mantra gleich wiederholte er die Worte, zu sehr erinnerte ihr lebloser Körper an eine Leiche, wie er umschlossen vom funkelnden Glas dalag. Ihre Burst hob und senkte sich kaum, so flach atmete sie, eine Nebenwirkung der Beeren, um die Täuschung zu perfektionieren. Eine nicht verwesende Leiche wie seine Mutter vor all diesen Jahren – im Gegensatz zu den anderen, die im Dunkel der Gruft verwesten.

Wir verlieren sie.

Winter war unmerklich hinzugetreten.

Flüchtig sah er von der schlafenden Prinzessin auf. »Sie spricht im Schlaf.«

Das ändert nichts daran, dass sie uns Stück für Stück entgleitet.

Die ganze Nacht hatte er sie im Arm gehalten und gemeinsam mit ihr im Sarg gelegen. Sein Rücken war steif vom Liegen, seine Arme schmerzten. Gerade erst hatte er sich erhoben, weil er es nicht mehr ausgehalten hatte. Ihre Nähe. Ihren Duft. Alles an ihr war toxisch. Er wusste, je länger er ihr ausgeliefert war, desto tiefer würde er fallen. Wie sein Bruder zuvor.

»Gibt es einen Weg, sie zu wecken?«

Es liegt an ihr, so wie es damals an deiner Mutter lag.

»Was hat Mutter zurückgeholt?«

Winter berührte den Sarg, alles an ihr war schwarz. Das Haar, das Kleid, die Augen – vor allem die Augen. Da war kein Weiß, keine Iriden, einzig eine Leere ähnlich jener der erblindeten Jungfrauen, wenngleich bodenloser. Schwindelnder. Er hatte gelernt, den Blickkontakt zu meiden, denn das, was er in ihrer Dunkelheit erkannte, spürte er auch in sich selbst. Trauer. Hass. Abgrundtiefen Zorn. Und eine finstre, schwelende Gier.

Dein Vater. Allabendlich ritt er in den Wald, um an ihrem Sarg zu wachen.

Er sah auf die Prinzessin nieder, deren Wangen im Schlaf von leichter Röte überzogen waren. Er versuchte sich vorzustellen, wie es für seinen Vater gewesen sein musste, an der Seite seiner Braut auszuharren, während die Jahre dahinflossen und die Bäume ihr Laub verloren – damals, als sie es noch konnten. Er sah sich selbst am Grabe der Prinzessin wachen, Nacht für Nacht und Winter für Winter. Vielleicht lag es ihm im Blut.

Der Tod durch Schneebeeren gleicht dem langsamen Entschwinden in einen Traum; es existiert keine friedlichere Art zu gehen. Deine Mutter wählte ebendiese, um deinen Vater vor dem Schicksal der Könige zu bewahren.

»Dennoch ist sie heute an seiner Seite.«

Drachenbraut und Drachenkönig, sinnierte sie.

Frei vom Fluch – und loyal zu mir stehend.

Es ging einzig um Kontrolle und Macht.

Um Frieden, korrigierte sie sacht.

Als ob diese Welt wahrhaftig friedlich wäre.

Du hast nicht gesehen, wie sie zuvor war, raunte Winter in seinem Kopf.

Frei zu sein von ihren Einflüsterungen, er konnte es sich kaum vorstellen.

Ich werde dir fehlen, nicht wahr, Jäger?

Er schnaubte und riss sich vom Anblick der Prinzessin los, Winter hingegen lächelte still. Vielleicht, ja ganz vielleicht würde er diese Art der Kommunikation vermissen. Sosehr er die Hexe auch dafür hasste, dass sie ihm alles genommen hatte, verstand sie doch wie niemand sonst, wer er war. Ein geopferter Prinz.

Nicht sie wählten dich.

Als ob es das besser machte, hatten sie doch nichts getan, um ihn zu halten.

Sie hätten einen Krieg riskiert.

War das Opfer eines einzelnen Lebens den Frieden vieler wert?

Ist es das?

Er wusste es nicht.

Kein Frieden ist vollkommen, tröstete sie beinahe sanft. *Stille wird mit Schweigen erkauft. Schwerter verstummen, nachdem sie in der Schlacht sangen. Rüstungen rosten von Blut befleckt. Das eine folgt dem anderen und währt doch niemals ewig. Kein Frieden, keine Stille, nicht einmal die der Gräber. Leid verbleibt stets. Dieser Tage durchdringt es mehr und mehr die Stille. Das Wispern der Wetzsteine, das Klagen der Schmieden, das Ächzen der Schilde. Sie bereiten einen Krieg vor, einen, der den vorangegangenen in den Schatten stellen wird.*

»Maywater?«, fragte er.

Der Wüstenkönig greift den Wald an.

Selbst vor den Weberinnen macht er keinen halt.

»Ihr habt ihn genau dort, wo Ihr ihn haben wollt.«

Zu seiner Überraschung widersprach Winter. *Es war nicht meine Stimme, die ihm den Weg wies. Es waren die Dämonen.* Flüchtig berührte sie seine Hand; er spürte, wie sich ihre Präsenz in seinen Gedanken intensivierte, auf der Suche nach etwas – oder jemandem.

Ich bin nicht allein, flüsterte sie.

Diesmal wagte er aufzublicken, doch Winters Aufmerksamkeit lag nicht auf ihm. Sie hatte sich den abseitsstehenden Särgen zugewandt, die im Halbdunkel düstere Geheimnisse bargen. Er wusste, was sich in ihnen befand; er fürchtete genauso zu enden, sollte er zurück in den Sarg der Prinzessin steigen. Als er vor einer halben Ewigkeit mit den gestohlenen Kindern durch die verbotenen Gewölbekeller geschlichen war, hatte er diese Gruft entdeckt. Mit klopfendem Herzen hatte er sich durch die schwarzblättrigen Brombeeren gekämpft, während die gestohlenen Kinder an der Tür verharrten, die Augen bloße Kieselsteine, die Kerze ein ängstlich zitternder Stern in ihren Händen; seine hatte er auf den Boden gestellt, um die Ranken beiseitezuschieben. Noch heute umschlangen sie die Glassärge gleich einer zärtlichen Umarmung; einzig jener der Prinzessin stand seines Kleides beraubt da. Er sah flüchtig zurück; Winter beobachtete ihn still – wie sie ihn damals beobachtet hatte …

Dennoch wäre ich beinahe zu spät gekommen.

… und wie damals legte er eine Hand auf den Sarg, der am nächsten zur Tür stand; das staubgraue Glas klarte auf wie schmelzendes Eis. Er wusste, was darunter lag, der Anblick hatte sich in seinen Geist geätzt. Dennoch hielt er unwillkürlich den Atem an, als er die Hand zurückzog und auf die Liebenden niedersah. Wenn es wahre Liebe auf Erden gab, dann lag sie hier vor ihm, knochenbleich und über den Tod hinaus während.

Ihre Liebe ist unsterblich, flüsterte Winter.

Die blanken Schädel einander zugewandt, als würde der eine dem anderen lauschen, lagen sie da, eng umschlungen und vergessen von der Welt. Die Stoffreste eines halb zerfallenen Kleides schmiegten sich um die Knochen; er glaubte Diamantsplitter darauf zu erkennen. Wer auch immer diese Toten waren, sie schienen vermögend gewesen zu sein.

Sie verloren alles.

Er sah zu dem dritten Sarg, den er damals gerade erklommen hatte, als Winter in die Gruft gerauscht war und ihn zurückrissen hatte: *Niemals, niemals darfst du ihn berühren!*

Mit seltsamer Distanz dachte er an die Zeit zurück, als er rebelliert hatte. Kaum vorstellbar, dass er sich wahrhaftig an dieses eine Gebot gehalten hatte und der Gruft mit ihren geheimnisvollen Toten ferngeblieben war. Heute, da er all ihre Befehle ohne Zögern befolgte, fragte er sich, was geschehen musste, damit er sein Muster erneut durchbrach.

Sofort fand sein Blick zur Prinzessin.

Keiner von euch war für diese Welt vorgesehen.

Keiner von euch sollte existieren.

Er zwang sich zur Reglosigkeit. Niemals, das hatte er gelernt, durfte er Schwäche zeigen. Sie verzieh keine Angst. Erst recht keine Liebe.

Wie gut du mich zu kennen glaubst.

Auf einen Wink ihrer Hand hin begann sich der Sarg der Prinzessin zu trüben. Unwillkürlich trat er vor. Verlangen keimte in seinem Herzen, das er für abgestumpft und finster gehalten hatte. Doch hier und jetzt begriff er, dass es die Nähe der Prinzessin war, die es erhellte wie der Mond die Nacht – und er erkannte, dass er alles für sie tun würde; nicht aus Loyalität zu Winter, sondern für sich selbst. Für sein Licht.

Winter lächelte wissend. Dann gab sie ihm eine Phiole.

Schneeweiße Früchte mit tiefroten Samen.

Folge ihr, mein Jäger. Finde ihr Herz.

Finde den Grund, der es am Schlagen hält.

DER GOLDKÖNIG

Widerwillig schälten sich das Riff aus dem morgendlichen Dunst, knochenbleich und an den Kamm eines Ungeheuers erinnernd. Es gab Legenden darüber …

Vom Angriff des Seedrachen und dem Heldenmut der Sevalianer.
Vom Opfer der verbotenen Tochter und ihrer Rettung in letzter Sekunde.

… der Goldkönig jedoch hielt sie allesamt für übertrieben. Wenngleich er wusste, dass in jeder Geschichte ein Körnchen Wahrheit lag, sorgsam verborgen zwischen Lügen, gekleidet in süße Worte, getragen über Generationen. Eine Saat, die unweigerlich aufging.

Wie seine Tochter. Kind der Lüge.

Er besaß keine Erinnerung daran, wie sie empfangen worden war, geschweige denn an ihre Geburt. Sie war einfach da gewesen, als hätte sie schon immer existiert. Lebender Beweis seiner Ohnmacht, Zeuge seines Fluchs und seiner Schwäche – zugleich seine stärkste Waffe.

Denn Winter hatte niemals Töchter geduldet. Weder in Athos noch in Seval.

Die Nebelschleier rissen auseinander – es stank nach Algen und Salz und etwas anderem, süßlich und modrig wie die Reste des Drachentöters auf den Planken – und entblößten die Kolosse, welche die schmale Passage zum sevalschen Hafen flankierten. Auf ihren ineinander verflochtenen Händen flammten gewöhnlich Leuchtfeuer; heute jedoch waren sie erloschen, als habe die stumme Königin mit seiner Ankunft gerechnet. Doch er war zu vertraut mit den Nebeln, als dass er ihr den

Gefallen tat, an den Klippen zu zerschellen. Der Kapitän der *Kaspar* folgte seinen Anweisungen, der Schiffsrumpf ächzte, als sie unter den gekreuzten Armen der Kolosse hindurchglitten, geschmeidig wie ein Hai und ebenso selbstsicher. Die Fäuste in die Hüften gestemmt, stand der Goldkönig da, breitbeinig und eisern, während die Nervosität unter den Matrosen spürbar stieg. Die hoch aufragenden Felsen schienen sich auf die *Kaspar* zuzubewegen, manch weniger wagemutiger Kapitän wäre umgedreht, so kurz vor dem Ziel. Drachenriff, Nebelschleier und wandernde Felsen. Seval lag gut verborgen vor den Augen der Welt inmitten der Bucht. Es war der vielleicht einzige Ort diesseits der Eisenberge, an dem Winters Macht schwand; der Grund, warum er hierherkam.

Die Felsen flachten ab, der Nebel lichtete sich. Sonnenlicht funkelte auf den hochherrschaftlichen Häusern, die das Ufer des Kais säumten und ihn im Herzen Sevals begrüßten. Die Prachtstraße, Stolz aller Sevalesen, führte schnurgerade zum Palast und zu ihr, der Herrin aller Schifffahrtswege, Kapitänstochter und Monarchin des Juwels.

Keine Frau in den sechs Königreichen besaß derartige Macht.

Oder derart zwiegespaltene Loyalitäten.

Während die Matrosen die Segel einholten, bestieg er, umringt von seinen Königswächtern, ein Beiboot. Die Menschen am Kai hielten inne, kaum dass er einen Fuß auf die Insel setzte. Er wusste, dass sie ihn fürchteten, den fremden König mit dem Herz aus Stein. Reglos beäugten sie, wie er die Prachtstraße entlangschritt. Kein Niederknien, kein gezollter Respekt. Er hatte mit der üblichen Ablehnung gerechnet, mit Schweigen und stillem Hass, nicht jedoch mit dieser lauernden Vorsicht. Die Königswächter spürten es ebenfalls. Ihre Hände ruhten auf den Schwertscheiden, bereit, ihren König jederzeit zu schützen. Erst mit dem Erscheinen der stummen Königin, die ihm entgegenkam, versickerte die Anspannung. Die Menschen nickten ihr zu, blieben jedoch wachsam.

»Welch euphorische Begrüßung«, sagte er trocken.

Ein schmales Lächeln spannte ihre Lippen. *Was willst du?*

»Auch ich freue mich, dich zu sehen, Cardea.«

Sie hob eine Braue. Er wusste, dass sie ihn lieber tot sähe. Ihm lag ebenso wenig an ihr, dennoch waren sie Verbündete in diesem Krieg. Gezwungenermaßen durch seine verfluchte Braut, als würde diese selbst aus dem Totenreich heraus noch seine Geschicke lenken.

Wie die Hexe des Waldes. Sie glichen sich auf paradoxe Art.

»Willst du mich in deinen Palast laden? Zu Speis und Trank bitten?«

Cardeas Ausdruck gewann an Schärfe, sie nickte zu seinen Wächtern. *Ohne sie.*

»Nein«, sagte er lapidar.

Erneut dieses Lächeln, diesmal beißend. *Dann kann ich nichts für dich tun.*

»Oh, du wirst etwas für mich tun. Denn das, was ich dir zu berichten habe, wird dich interessieren, so sehr sogar, dass du mich danach anflehen wirst, dir beizustehen.«

Schwelte vorhin ein Feuer in ihrem Blick, so flammte es jetzt. *Sprich!*

»Nicht doch, Cardea. Ich respektiere deine sonderbar innige Beziehung zu deinen Landsleuten, doch was ich dir zu offenbaren habe, ist keineswegs für ihre Ohren bestimmt. Bitte mich hinein, bring mir Wein – und dann reden wir.«

Sie gab nach, er sah es am Zucken ihres Wangenmuskels. Mit den Jahren hatte er gelernt, ihre Gesten und Mimik zu deuten. Er konnte sich mit ihr unterhalten wie kaum jemand. Vielleicht, weil sie mehr als Geheimnisse miteinander geteilt hatten.

Sie waren Vertraute und Feinde, beides zugleich.

Als sie beiseitetrat und ihm damit Zugang zu ihrem Palast gewährte, fühlte er sich an das letzte Mal erinnert – damals, vor beinahe zwölf Jahren, als er gekommen war, um einen Pakt zu schließen. Einen, der ihnen alles abverlangt hatte.

»Der Weißdorn blüht früh dieses Jahr«, stellte er fest, als sie die Allee des Parks durchschritten. Es gab keine Wachen in Seval. Keine Richter oder Soldaten. »Ich bewundere deinen Mut und deine Naivität. Noch immer glaubst du, sicher vor ihr zu sein.«

Ich bin es, fuhr sie mit einer harschen Handbewegung dazwischen.

»Nebelschleier, Drachenklippen, Weißdorn – all das vermag dich keineswegs zu schützen, wenn der Wald sein Kleid verliert.« Sie erstarrte so plötzlich, dass es ihn mit boshafter Genugtuung erfüllte.

»Wein?«, fragte er.

Wo ist Mary?

»In Westham.« Seine Hand suchte wie von selbst die Stille seiner Brust. Sie schien ihm weniger tief als zuvor. Ihre Augen weiteten sich.

Du spürst etwas? Wo ist sie? Wo ist Mary?

»Ich sagte es bereits.«

Sie maß ihn mit einem nervösen Blick, ehe sie zwei Dienerinnen mit raschen Handbewegungen Befehle erteilte. Er wusste, dass sie unverzüglich gehorchen würden. Die stumme Königin brauchte keine Waffen, keine Soldaten, kein Heer als Machtdemonstration oder zum Einfordern der Gefolgstreue. Nein, das sevalsche Volk folgte all ihren Wünschen und schützte ihr Leben, als wäre sie schon immer die ihre gewesen.

Komm, verlangte sie und schlug einen Weg ein, den er nur zu gut kannte. Fort von den prunkvollen Gemächern des Palastes, durch verzweigte Kreuzgänge und an üppig blühenden Innenhöfen vorbei. Allerorts wucherte der Weißdorn und schwängerte die Luft mit seinem lieblichen Duft. Schutz vor Winddämonen. Für die Kinder, alles für die Kinder.

»Mutter?«

Der Goldkönig fuhr gleichsam mit der stummen Königin herum. *Fort*, verlangte sie harsch, da hatte er sich bereits in Bewegung gesetzt und dem Kronprinzen genähert. Der Junge war in die Höhe geschossen, seit er ihn zuletzt gesehen hatte; schlaksig, ein Anflug von Härte im Gesicht, die sich mit den Jahren ausprägen würde. Das Ebenbild seines Vaters. Daneben, halb versteckt und an seiner Hand zerrend, als wüsste sie, wer der Fremde war, stand die Prinzessin. Sie erinnerte ihn auf groteske Art an Mary. Sie war in etwa in dem Alter, in dem Marys zur Halbwaisen geworden war. Ein verzerrtes Spiegelbild. Wunderschön, wenngleich …

Du hast sie gesehen, jetzt komm!

Die stumme Königin befahl ihren Kindern zu verschwinden. Remus gehorchte, starrte jedoch finster über die Schulter, und zum ersten Mal verfluchte der Goldkönig Cardeas Offenheit gegenüber ihrem Volk.

»Du schaufelst dir dein eigenes Grab«, sagte er unvermittelt, worauf sie den Kopf in den Nacken warf und davonstolzierte. *Wir betten uns gemeinsam zur Ruhe*, glaubte er ihren Gesten zu entnehmen. »Wir triumphieren«, hielt er dagegen und wusste doch, dass sich das Blatt zu wenden drohte. Wenn Westham tatsächlich gegen Maywater in den Krieg zog, Mary zwischen die Fronten geriet und ihr Blut vergossen wurde …

Sie muss es freiwillig tun.

»Sie ist in Westham«, beharrte er.

Warum bist du hier, wenn nicht aus Sorge um sie?

Er zog ein Pfefferminzbonbon hervor und schob es sich zwischen die Zähne. Der Kopfschmerz nahm zu, ebenso der Druck in seiner Brust. »Ein Drachentöter ist gefallen.«

Die stumme Königin, die soeben die Flügeltüren zum Tempel aufgestoßen hatte, verharrte inmitten der Bewegung, die Arme wie Schwingen ausgebreitet. *Maywater?* Sein Nicken ließ sie einknicken. Er fing sie auf – sie war dünner, als er sie in Erinnerung hatte. Rasch führte er sie an dem Becken vorbei, dessen Oberfläche spiegelglatt und dunkelrot dalag und in dem er bereits gebadet hatte, zusammen mit ihr – damals. Er verdrängte den Gedanken an ihren nackten Leib, ihre stummen Schreie, ihren unheiligen Zorn, und half ihr auf den Thron.

Wahrlich, formte sie mit den Lippen, *du bist menschlicher als zuletzt.*

Er ignorierte die Spitze, nahm den Wein der Dienerinnen entgegen und goss zwei Gläser ein. Eines reichte er ihr, das andere leerte er in einem Zug. Der säuerliche Geschmack mischte sich mit dem Aroma des Bonbons und überdeckte die Galle.

»Ich hätte nicht erwartet, dass sie ihr derart gleichen würde.«

Das war der Sinn des Ganzen, erwiderte sie knapp.

»Es hat lange gebraucht.«

Ich bin keine Hexe. Der Wein schwappte über ihre Finger, so heftig unterstrich sie die Geste. *Und das* – sie wies zum Becken – *war dunkelste Blutmagie.*

»Als wären sie Zwillinge.«

Cardea lachte stumm, ihr Atem kam stoßweise; es erinnerte ihn an das Bad, an ihren geschmeidigen Körper, getränkt von Blut, und an sich selbst, wie er all seiner Konzentration bedurft hatte, um sich in ihr zu verlieren. Die Kälte seines Herzens hatte ihm mehr genommen als die Fähigkeit zur Liebe. Sie hatte auch die Lust zu einem kümmerlichen Etwas verkommen lassen. Doch jetzt, in diesem Moment, spürte er ein Ziehen in seinen Eingeweiden gleich einem Echo echten Verlangens. »Der Fluch lässt nach.«

Wir wussten, dass das passieren könnte.

»Warum jetzt?«, fragte er gleichermaßen erschöpft wie nervös. Zwei schlaflose Nächte umringt von rastlosen Geistern forderten ihren Tribut. Der Inselkönig hatte ihn heimgesucht, als er sich Seval näherte, hatte gezischt und getobt. »Warum lässt der Fluch nach?«

Weil deine Furcht, sie zu verlieren, stärker ist als der Drang, nichts zu fühlen.

»Es wäre mein Ende«, stellte er fest.

Wo ist sie?, fragte sie und diesmal gab er nach und erzählte ihr alles.

Vom maywaterschen Thronerben und seinem gescheiterten Plan.

Von Mary und dem Gemälde aus Blut.

Von dem Vertragsbruch und Tarek.

Sie nahm es reglos hin – bis er von den Geistern sprach und ihr offenbarte, dass der Wüstenkönig unter ihnen weilte. Ihre Augen weiteten sich, sie sprang auf, ihre Hände fuhren an den Hals, durch die Falten ihres Kleides. Dann sah sie auf und Zorn färbte ihre Augen.

Es ist weg.

DIE STUMME KÖNIGIN

Sie wusste sofort, wer es gestohlen hatte. Keine ihrer Dienerinnen war so dumm, sich an ihrem Eigentum zu vergreifen; zumal sie die Magie fürchteten, die in diesem besonderen Gegenstand schlummerte. Bloß die Prinzessin kannte keine Furcht. Bloß sie konnte es an sich genommen haben, als sie mit Remus nach dem Königsadler gesehen hatte, beim Thron, wo ihr Gewand während des Bades stets lag – zusammen mit dem Spiegelamulett. Das Kind der Rache, geschaffen aus Blut und Zorn, gezeugt von einem Mann ohne Herz, ausgetragen von einer Frau, die zum Schweigen verdammt war.

Ein stummes Gebet gen Herbst schickend, dass die Prinzessin das Spiegelamulett nicht in der Hand gehalten und betrachtet hatte, kontrollierte sie erneut ihre Taschen. Es war kein gewöhnliches Spiegelamulett, es war mit jenem Spiegel verbunden, der alles sah. Sollte Winter herausfinden, dass es eine weitere Prinzessin gab, die der attischen bis aufs Haar glich, würden weder Weißdorn noch Drachenklippen sie schützen.

Holt die Prinzessin!, verlangte sie von der Dienerin, die den Wein gebracht hatte.

Jede Braut besaß einen Gegenstand, der von Winter stammte, angefüllt mit Magie, wie sie nirgends außerhalb des Blutwaldes gewoben werden konnte. Ein Sarg, eine Spindel, eine Brosche – oder eine gläserne Muschel. Letztere hatte sie um den Hals getragen, schimmernd wie Perlmutt, zerbrechlich wie Glas – und zerbrochen war sie. Die Sehnsucht nach Liebe hatte gleich einem Fieber unter den falschen Bräuten gewütet; auch bei ihr. Es hatte so leicht ausgesehen. Die schlafende Braut hatte das Herz des Drachenkönigs im Sturm gewonnen und herrschte fortan gleichberechtigt neben ihrem Mann. Ihr selbst war weniger Glück beschieden gewesen – wie auch der schönsten Braut. Unerwiderte Gefühle, die schlimmste Art zu lieben.

Ihr Hals brannte, wenn sie an den Abend dachte, der alles hätte verändern sollen – und das hatte er, wenngleich anders als erwartet. Kaum hatte sie ihren Gemahl vom Fluch befreit, war dieser ohnmächtig vor Zorn auf sie losgegangen. Er hatte ihre Schuld erkannt und sie, stumm wie sie war, hatte nichts erklären können. Ob Worte etwas geändert hätten? Sie vermochte es nicht zu sagen.

Sie hatten gekämpft. Er war gestürzt.

Etliche Diener hatten es mit angesehen und waren ihr zu Hilfe geeilt, der hochschwangeren Braut, die von ihrem plötzlich rasenden Mann beinahe zu Tode geprügelt worden wäre. Hätte sie nicht, ja hätte sie nicht nach ihm getreten und wäre er nicht mit dem Schädel gegen den Marmortisch gekracht. Knochen brachen so leicht.

Sie hatte sich alles von diesem Abend versprochen, geblieben war ihr bloß das Kind unter dem Herzen und die Splitter zu ihren Füßen. Bruchstücke einstiger Liebe, getränkt von Winters Macht. Ihr Gatte war zu Grabe getragen und sie selbst zur Königin gekrönt worden.

Stumme Königin, schweigendes Volk.

Sie gebar ihnen einen Erben, versprach ihnen Frieden – und Winter war zufrieden. Die Splitter der Muschel hatte sie aufbewahrt und erst kürzlich – nach dem Tod der Schwanenbraut – vom besten Glasschmied Maywaters in etwas anderes wandeln lassen: in zwei völlig identische Spiegelamulette, von denen sie eines dem Wüstenkönig umgehängt hatte, um ihn im Blick zu behalten. Das andere hatte sie behalten.

Sie griff sich an die Kehle und fand bloß Leere.

Sorgsam darauf bedacht, ihre Furcht zu verbergen, wandte sie sich dem Goldkönig zu. Er besaß ein erstaunliches Talent darin, ihre Gedanken zu lesen. Vielleicht lag es an seiner Gefühlskälte. Womöglich vermochte er deshalb andere so viel besser zu deuten. Es hatte Momente gegeben, in denen sie sich gefragt hatte, ob sie beide womöglich *mehr* hätten sein können. Wenn statt der schönsten Braut sie selbst für ihn auserwählt worden wäre, und wenn, ja wenn sie einander nicht hassen würden.

»Nein«, sagte er lapidar und sie erkannte, dass er schon wieder in ihren Kopf gedrungen war. »Deine Unfähigkeit, ein Geheimnis zu wahren, lässt mich in dir lesen wie in einem offenen Buch. Sag, Cardea, welchen Nutzen bringt es, dein Volk wissen zu lassen, dass es die Hexe gibt? Widerspricht es nicht allem, was du bist? Allem, was du tust?«

Welchen Sinn hat es, sie zu belügen?

»Nicht alle vermögen die Last der Wahrheit zu tragen.«

Das Volk von Seval ist anders.

Vor sieben Generationen war die erste Tochter Sevals von Winter gefordert und auf die Felsen gebunden worden, um sie der See zu opfern. Damals hatten die Sevalesen die Wahrheit über die falschen Bräute erfahren; und entschieden, dass es leichter war, mit der Lüge zu leben, statt für die Wahrheit zu kämpfen. Heimlich hatten sie das Kind gerettet, es vor Winter verborgen und als eines der ihren aufgezogen. Tochter des Volkes, Mutter der Zukunft. Stimmten die Legenden, waren ihre Nachfahren zahlreicher als der Sand im Meer und der Grund, warum die stumme Königin auf die bedingungslose Treue ihres Volkes bauen konnte. Das Wohl der Kinder – und Frieden – ging ihnen über als alles.

»In Athos liegen die Dinge anders.« Der Goldkönig nickte zu den Königswächtern. »Sie allein wissen von der Hexe und ihren Untaten. Sie dienen mir aus genau diesem Grund.«

Nicht des Goldes wegen?

»Idealismus trägt nicht weit.« Feixend goss er sich Wein nach.

Es war lange her, seit sie ihn hatte lächeln sehen. Als noch ein Herz aus Fleisch und Blut in seinem Körper geschlagen und er weder von der Hexe noch von falschen Bräuten oder verbotener Blutmagie gewusst hatte. Als er ein Prinz wie die Söhne Westhams gewesen war. Wie ihr Sohn. Wie alle Kinder – unschuldig und unwissend.

»Der Mann, der ich hätte sein können, starb mit der schönsten Braut.«

Hast du sie geliebt?

Er ließ sich Zeit mit der Antwort, seine Finger klopften einen nervösen Takt auf seiner Brust direkt oberhalb des Herzens. »Ein Jahrzehnt vergeht nicht spurlos, bloß weil eine Spindel bricht.«

Was genau spürst du?

»Zu viel«, sagte er und stürzte den Inhalt seines Glases hinunter.

Sie wandte sich dem Altar zu. Die Königswächter beäugten jede ihrer Bewegungen, als sie die Hände nach dem Weißdorndolch ausstreckte und die Klinge prüfend drehte. Zwölf Winter waren seit dem Sturz der schönsten Braut vergangen. Zwölf Winter, die der Wald in blutroter Pracht blühte und Athos in Dunkelheit verbrachte, wolkenverhangen und lichtscheu. Das fahrende Volk nannte es das Reich der Geister und seinen König einen Narren.

Wie falsch sie doch lagen.

Geister gab es, auch jetzt spürte sie ihre Anwesenheit rund um den attischen Monarchen, sie folgten ihm konturlos und still. Allein des Nachts gewannen sie an Form, als würde das Mondlicht ihnen Kraft verleihen und sie nähren. Es verwunderte kaum, war es doch die Macht des Blutmondes, die ihn erst in das verwandelt hatte, was er heute war.

Ein herzloser König, mehr tot denn lebendig, doch niemals ein Narr.

Sie drehte den Weißdorndolch in den Fingern. Den Fluch erneuern. Ob es von Erfolg gekrönt wäre? Sie wusste bloß das, was die schönste Braut ihr in der Nacht vor dem schwarzen Winter erklärt hatte: *Das größte Opfer wirkt den größten Schutz.*

Blutmagie. Blutmond. Bluttaufe. Blutopfer.

Alles hing zusammen. Alles war eins.

Mit erhobenem Dolch drehte sie sich dem Goldkönig zu, der sie schweigend beobachtete. Er schien über Nacht gealtert, sein Haar war ergraut. Er verlor an Härte. An Kälte. Beklommen fragte sie sich, ob sie es wirklich tun konnte. Zwölf Winter hatte er kaum etwas empfunden, im Verborgenen gegen die Hexe gekämpft, Pläne geschmiedet,

Allianzen gegründet und das Netzwerk des Roten Ordens ausgebaut. Doch jetzt, da ihr Ziel zum Greifen nah war, begann er zu zweifeln – und zu fühlen.

Nachdenklich trat sie zu ihm, er hatte sich auf ihrem Thron niedergelassen, sie nahm es reglos zur Kenntnis. Hier und jetzt waren sie keine Konkurrenten. Es gab keine Ränge, keine Machtkämpfe zwischen ihnen. Er war bloß ein Mann, der ihrer Hilfe bedurfte, und sie eine Frau, die ihm Erleichterung verschaffen konnte – wenn sie es nur über sich brachte.

»Wir haben keine Wahl«, sagte er und öffnete Knopf für Knopf sein Hemd, offenbarte eine Brust hart wie Granit und verfärbt wie die eines Goldschmieds. Doch es war kein Ruß; die Schwärze saß im Fleisch und marmorierte die Haut; wenngleich heller als zuletzt.

Der Fluch verblasst.

»Hättest du mir mein Herz gelassen, wäre heute eine falsche Braut an meiner Seite und ich blind vor Verlangen; und das will ich nie wieder sein.«

Zwölf Winter. Konnte sie ihm ein weiteres Jahrzehnt stehlen?

»Du musst.«

Sie blinzelte. Seine Nähe war zu vertraut.

Sie empfand nichts für ihn, doch in einem anderen Leben hätte sie ihn vielleicht geliebt.

Wenn der Blutmond am höchsten steht …

»Ich weiß«, unterbrach er sie. »Ich werde da sein.«

Ihr Mund verzog sich zu einem Lächeln. Es schmeckte nach Verrat.

Ich werde in Maywater sein.

»Weshalb?«

Sie erzählte vom Brief des westhamschen Prinzen. Der Goldkönig stand auf und knöpfte sein Hemd zu, bedacht, hoch konzentriert und unfassbar zornig.

Zwei freie Könige sind besser als einer.

»Zwei Tyrannen«, korrigierte er.

Sorgst du dich?

»Du hast ja keine Ahnung, wie die ersten Jahre waren – und ich hatte Zeit, mich vorzubereiten! Ich hatte eine Mission. Ein klares Ziel. Er hingegen hat keine Ahnung, worauf er sich einlässt. Das ist Wahnsinn!«

Er tut es für die Freiheit.

»Er sollte Mary heiraten!«

Du weißt, warum er es nicht kann.

»Tue ich das?«, hielt er dagegen, straffte die Schultern und gewann an Autorität. Die Wärme, die sie zuvor in seinem Gesicht gefunden hatte, kühlte merklich ab, bis vor ihr der Monarch stand, den sie zu fürchten gelernt hatte. Der Narr, der sich das Herz mit einem in Ranblut getränkten Weißdorndolch hatte durchstechen lassen, um niemals wieder dem Zauber der falschen Bräute zu verfallen. Keine Liebe, keine Blendung. »Mary wird Tarek heiraten und Phillip sein Herz verlieren. Damit ist Westham frei von Winters Einfluss, ebenso Athos und Seval.«

Was ist mit Maywater?

Sie erkannte an der Art, wie er sich an die Stirn fasste, dass er es nicht wusste.

»Maywater«, stöhnte er, »notfalls vernichten wir Maywater.«

DIE FÜRSTIN

»Das also ist sie, die erwählte Braut Maywaters.« Die Kapuze verbarg das zerstörte Gesicht der Oberin und den mühsam beherrschten Zorn, der in jedem ihrer Worte mitschwang, ein heiseres, beinahe tonloses Krächzen. »Sie ist bezaubernd.«

»Ich hielt es für angebracht, sie zu waschen«, beeilte sich die Fürstin zu sagen, »das Kleid war kaum zu retten, ich ließ es entsorg…«

»Du hast, was?«, fauchte die Oberin des Roten Ordens.

»Es war schwer genug, den Gestank aus ihrem Haar zu kriegen, das Kleid …«

»Ist aus tiefster Blutmagie gewoben!«

»Aus …? Oh!«

»Hol es zurück.«

»Selbstverst…«

»Sofort«, zischte sie und die Fürstin, die sich nur zu gut an den Zorn der Oberin erinnerte, an die Schläge, die sie als Anwärterin des Ordens über sich hatte ergehen lassen müssen, knickste eilig – was völlig überflüssig war – und zog sich zurück. Außer Hörweite begann sie zu fluchen. Sie residierte in einem der prunkvollsten Gebäude der letzten Stadt, verfügte über einen ganzen Hofstaat an Bediensteten und wurde regelmäßig in das Schloss geladen, um an Teegesellschaften teilzunehmen oder der Schwanenbraut aufzuwarten – bevor diese verstorben war. Dennoch schien all das nichtig in den Augen der Oberin, jener Frau, der sie diese Stellung überhaupt erst verdankte.

Fürstin im Hause Maywater. Vertraute der Königin.

Alles nichtig. Mittel zum Zweck. Tarnung.

Obwohl sie sich allmorgendlich an den Grund ihrer Existenz erinnerte, wenn sie in den seidenen Laken erwachte und die Narben auf ihren Schenkeln brannten, gab es Momente, in denen sie es vergaß. In denen sie ganz und gar zur Fürstin wurde. Momente, in denen sie darüber nachsann, ein Kind zu gebären und eine Familie zu gründen. Momente, nach denen das Erwachen umso länger dauerte.

Schwester des Roten Ordens.

Auserwählt, um zu schützen. Zu dienen und zu opfern. Alles.

Die Magd, die in der Waschkammer über einen Bottich gebeugt stand, war ahnungslos ob des Zorns ihrer Herrin. Überrascht sah sie auf, als die Fürstin eintrat, ihre Augen weiteten sich, als die flache Hand sie im Gesicht traf.

»Das Kleid«, zischte die Fürstin. »Wo ist es?«

»Das … der Zofe?«

»HOL ES!«, verlangte sie harsch und hob erneut die Hand, die Magd erbleichte. Eilig knicksend – wie zuvor die Fürstin – hastete sie aus dem Raum, um das Kleid zu holen, das für wertlos erachtet worden war. Aus Blut gewoben. Aus menschlicher Haut. Die Schultern der Fürstin sackten herab. Sie fühlte sich besser und schlechter zugleich. Weil sie geworden war, was sie zutiefst verachtete. Furcht. Gehorsam. Kontrolle. Unerlässlich, um ihre Aufgabe zu erfüllen. Zwei tiefe Atemzüge später hob sie das Kinn und straffte den Rücken. Ihr Rock schwang weich, als sie den Korridoren ihres Anwesens folgte, zurück zu ihr, die sie mehr fürchtete als die Hexe des Waldes. Seltsam, wie das Vertraute beängstigender sein konnte als das Fremde – und einen Herzschlag lang fragte sie sich, ob sie für die richtige Seite einstand.

Die Oberin war noch dort, wo sie sie verlassen hatte, verborgen hinter der gewaltigen Flügeltür, die Kapuze tief im Gesicht, unmissverständlich die falsche Braut fixierend, die im Garten auf einer Bank saß und eine Orange in den Händen drehte, als hätte sie nie zuvor eine solch exotische Frucht gesehen.

»Was werden wir ihretwegen unternehmen?«

Die Oberin wandte sich der Fürstin zu – es waren nicht die Narben, es war das Glühen in dem verbliebenen Auge, das sie schaudern ließ. Da lag so viel Bosheit darin, dass ihr angst und bange wurde. Unwillkürlich dachte sie an das Schlachthaus unter der Stadt. An den Altar und das Stöhnen der Schwestern, an den metallischen Geschmack warmen Blutes und dampfenden Fleisches.

»Sie strotzt nur so vor Magie«, raunte die Oberin. »Genug, um zwei Leben zu leben.«

»Was habt Ihr vor?«

»Winter nennt es Ernte. Sie pflückt Menschen wie saftige Pflaumen, bringt sie ein in der Blüte ihres Lebens, um die Vorratskammern zu füllen.«

»Ihr … Ihr meint …?«

»Sie kennt keine Gnade mit denen, die sich im Blutwald verirren. Warum also sollten wir mit einer der ihren gnädig verfahren?«

Der Fürstin wurde schlecht. Seit sie Cinderella aus dem Verlies geholt hatte – nicht nur auf Wunsch des Jägers, der kein Jäger war, sondern auch auf Befehl des Ordens –, war ihr klar gewesen, wozu die Oberin die falsche Braut zu nutzen gedachte. Sie hatte deren Aufenthaltsort beinahe fieberhaft in Erfahrung gebracht. Um sie zu fangen und zu ernten.

»Winter ist alt – uralt«, fuhr die Oberin fort. »Sie ist die Letzte eines nahezu ausgerotteten Geschlechts. Ihre Art verfügte einst über enorme Kräfte und beherrschte die gesamte bekannte Welt; doch etwas stahl ihnen jegliche Macht. Seitdem nähren sie sich am Blut anderer, um einen Abglanz dessen zu schaffen, was sie ehemals ihr Eigen nannten. Sie bedienen sich verbotener Praktiken, um die im Blut verbliebene Magie zu nutzen und zu kanalisieren. Praktiken, bestialischer als alles, was diese Welt zuvor erfuhr. Was ich mit *ihr* vorhabe«, die Oberin fixierte Cinderella, »ist harmlos im Vergleich zu dem, was Winter den Menschen antut, um an etwas festzuhalten, das längst vergangen ist.«

Die Fürstin schluckte.

»Bring sie zu mir, wenn die Nacht anbricht.«

»Gewiss«, versprach die Fürstin still und sah der davonhumpelnden Oberin nach, als diese durch eine Dienstbotentür verschwand, um alles vorzubereiten. Sie würde die Kerzen entzünden, die Schwestern einstimmen, sich schneiden und zu Herbst beten, Winters verstorbener Schwester und Gründerin des Roten Ordens, Patronin aller Königskinder. Die Praktiken, die sie von ihr erlernt, in den dunklen Kammern anwandten, waren ebenso bestialisch wie die des Blutwaldes. Vielleicht sogar schlimmer noch.

Denn sie taten es wissentlich um die Tiefe der Schuld.

DER SOHN WESTHAMS

Elena erhob sich von dem Drachentöter, der im Gras lag. Sie hätten ihn beinahe übersehen. Allein die Spuren zweier Reiter, die vom Waldrand in die Ebene führten, hatten sie innehalten und umdrehen lassen. Als sie den mit Pfeilen gespickten Rumpf des Pferdes entdeckten, waren sie auch auf ihn gestoßen: einen der Späher, die sie an der Bogenbrücke zurückgelassen hatten.

»Maywater«, sprach Elena aus, was offensichtlich war. Die Farben der Pfeile ließen keinen Zweifel an ihrer Herkunft. »Sie kennen unsere Schwachstelle – woher kennen sie unsere Schwachstelle? Tarek! Hörst du mir überhaupt zu?«

Er hockte neben dem Kadaver und tastete dessen Fell ab. Krähen lauerten in einiger Entfernung; sie hatten sich bereits an den Weichteilen genährt. Die Augäpfel des Tieres fehlten, ebenso ein Teil der Niere und die Leber. Es war pures Glück, dass kein größeres Raubtier die Witterung aufgenommen hatte, sonst hätte er es vielleicht übersehen: Jemand hatte dem Pferd die Sehen durchtrennt und es zu Fall gebracht. Den Reiter hatte es noch schlimmer erwischt. Die Krähen hatten ganze Arbeit geleistet, dennoch fand er nach kurzem Tasten, wonach er suchte: Spuren eines sauberen Schnitts an der Kehle.

»Er wurde verfolgt und umgebracht.« Elena wies auf die Abdrücke im Gras. »Zwei Reiter. Einer ist umgekehrt.«

Er wusste, was das bedeutete. Elena wurde es nur einen Augenblick später klar.

»Beim Frühling – der maywatersche Bastard ist hinter der Prinzessin her! Falls er sie nicht längst hat. Wir hätten sie niemals gehen lassen dürfen!«

»Weißt du es?«, fragte er bebend vor unterdrücktem Zorn. »Weißt du, dass die Hexe im Wald gefangen ist? Dass sie ihn niemals verlassen kann?« Ihr schuldbewusster Ausdruck war Antwort genug. »Ich Narr war bei ihr. Im Wald.«

Es kostete Elena sichtlich Mühe, nicht zu brüllen. »Was?! Wann?«

»Vor der Jagd.«

»Aber ich dachte …«

»Ich hätte den Kronprinzen gemimt?«

»Dein Vater sagte, du hättest Verpflichtungen im Rat.«

»Er hat gelogen. Er lügt oft. Es liegt ihm im Blut.«

»Dann wusste er, dass du …«

»Nein«, unterbrach er sie und rieb sich den verspannten Nacken. »Bei Frühlings Tod, hätte er es bloß gewusst! Er hätte mich aufgehalten.«

»Zu Recht«, zischte sie. »Warum hast du es getan?«

Er fuhr sich durchs Haar. »Ich kam mir so heldenhaft vor.«

»Tarek«, fauchte sie. »Tarek, was hast du bloß getan?«

Er gestand ihr alles; angefangen bei den Verträgen, die seine Eltern vor zwölf Jahren über die Rückkehr seines Bruders ausgehandelt hatten, bis hin zu dem kürzlichen Bündnis, dem er in den Tiefen des Blutwaldes zugestimmt hatte; und zuletzt seine Übereinkunft mit der stummen Königin.

Elena lauschte vollkommen reglos, allein ihre Gesichtsfarbe wechselte von knochenweiß zu herbstrot und zurück. »So lautet also die Abmachung, die deine Eltern mit der Hexe trafen – und das glaubst du auch noch?«

»Mutter vertraut darauf.«

»Sie ist eine falsche Braut!«, spie sie ihm entgegen.

Er zwang sich zur Ruhe. »Sie hat rebelliert.«

»Genau aus diesem Grund ist ihr Wort ebenso wertlos wie das der Hexe.«

Er packte sie am Arm und zerrte sie tiefer ins Feld. »Verstehst du denn nicht? Sobald ich unter Winters Kontrolle stehe, ist er überflüssig.«

»Und dann, was?« Sie befreite sich aus seinem Griff; ihre Finger zuckten, als suchten sie den Kampf. »Lässt sie ihn gehen? Ohne Braut? Niemals! Wäre ich die Hexe, hätte ich einige Pläne für ihn und keiner davon würden dir gefallen.«

Ächzend rieb er sich die Stirn. Seit dem Ball hatte er kein Auge zugetan.

»Ich hielt deinen Vater stets für einen Feigling«, fuhr Elena unerbittlich fort. »Statt alles zu geben, um deinen Bruder zu retten, verbarrikadierte er sich im Schloss und tanzte nach dem Willen der Hexe. Ich glaubte, du wärst anders.« Sie sah ihn unendlich anklagend an. »Ich dachte, du würdest dich der Hexe widersetzen und ihre Macht brechen. Stattdessen hast du deinen wichtigsten Verbündeten in diesem Kampf geopfert.« Sie wich zurück, die Augen verräterisch glänzend. »Für eine Frau, die dir das Herz gebrochen hat!«

Seine Kiefer mahlten. »Du verstehst das nicht.«

»Dass der Gedanke ihrer Heirat unerträglich für dich war? Ob du es glaubst oder nicht, Tarek, dafür habe ich durchaus Verständnis – nur endet es dort, wo du einen verfluchten Handel mit der gefährlichsten Hexe dieser Welt abschließt!« Sie schlug ihm gegen die Brust. »Ich fasse es nicht!«

Er wich zurück. »Nicht die Hexe stand des Nachts in meinem Zimmer.«

»Schon klar«, brüllte Elena und setzte ihm nach, »denn das verdammte Biest kann den Wald ja schlecht verlassen!«

»Davon wusste ich nichts.« Mit knapper Not fing er ihren nächsten Schlag ab. »Lass das«, warnte er finster. »Ich kann nicht auch noch gegen dich kämpfen.«

»Du hättest mich fragen sollen!«, schrie sie ihm entgegen. »Ich hätte dir alles gesagt! Ich hätte dich aufgehalten! Dein Vater, deine Mutter – jeder von uns hätte dich aufgehalten! Nachts den Wald betreten, bloß weil dich die Hexe rufen lässt – du spinnst doch!«

»Er ist mein Bruder, Elena, ich würde alles für ihn tun.«

Vielleicht war er ein Narr, weil er seinem Bruder gefolgt war. Doch als dieser am Fußende seines Bettes gestanden hatte, mehr Schatten denn Mensch, das Gesicht verborgen hinter milchigem Glas und doch so offensichtlich sein Zwilling, hatte er nicht anders gekonnt, als ihm zu folgen; durch die Geheimgänge des Schlosses und hinaus auf den Hof, wo die Hexe sie einst getrennt hatte. Selbst am Waldrand hatte er nicht gezögert. Weil tief in ihm drin etwas verzweifelt gehofft hatte und noch immer hoffte, dass sie waren, was sie vor beinahe zwölf Wintern verloren hatten. Die zwei Hälften eines Ganzen. Unvollkommen ohne den anderen. Brüder durch und durch.

»Es mag falsch sein, auf das Wort der Hexe zu hoffen«, gestand er ein.

»Ach«, höhnte sie.

»Aber ich vertraue ihm.«

Ungläubig starrte Elena ihn an. »Er brachte dich dazu, deinen Freund zu verraten!«

»Sie ließ mir die Wahl zwischen Mary und Duncan«, korrigierte er frostig; er war es leid, sich zu rechtfertigen. »Ich tat, was ich tun musste, um Mary zu schützen.«

»Die Hexe kann keinen Fuß aus dem Wald setzen, geschweige denn Mary töten: unser Blutopfer schützt sie!«

Er biss die Zähne zusammen, denn auch wenn er nichts von der Existenz des Ordens gewusst hatte, so war er im Bilde über die Legenden vom *Schutz der Könige*.

Elena wurde es im selben Augenblick klar. Ihr Mund klaffte auf.

»Du sagtest, du vertraust ihm!«

»Und das tue ich«, fuhr er dazwischen. »Denn er ist mein Bruder.«

Und genau deshalb konnte er als Einziger Mary schaden; weil er einer Königslinie entstammte. Sein Bruder, der ihn in den Wald gelockt und zu Winter gebracht hatte, war das Zünglein an der Waage gewesen. Er hatte gedroht, Mary zu töten, sollte die Hochzeit wie geplant stattfinden. Daraufhin hatte er nachgegeben, die Jagd forciert und Duncan in den Wald geführt, direkt in die Fänge Cinderellas. Obwohl er es bedauerte, täte er es erneut.

Für Mary. Für seinen Bruder.

Elena sah über die Weiden zum Blutwald, der Westham im Süden begrenzte. Dahinter lag wolkenverhangen und grau Athos. »Was, denkst du, wird geschehen, sobald die Hexe erkennt, dass du auch sie verrätst? Du willst dir das Herz nehmen, um ihrem Fluch zu entkommen. Doch ohne Kontrolle über dich wird sie deinen Bruder niemals gehen lassen.«

Das war er, der Schwachpunkt, über den er so lange gegrübelt hatte.

»Deshalb tue ich es in der Nacht des Blutmondes.« In dieser Nacht sollte ihm laut Vertrag seine Braut zugeführt werden – und sein Bruder heimkehren. In zwei Tagen.

Elena rang mit sich. »Du hast keine Ahnung, worauf du dich einlässt.«

»Es ist unsere einzige Chance.«

»Darauf, zu werden wie der Goldkönig!«

Er dachte an den erbarmungslosen Monarchen und die Gesetze, die dieser nach seinem Verlust erlassen hatte; an die Menschen, die unter seiner Herrschaft zugrunde gegangen waren; und an Mary. »Ich bin kein König, meine Macht ist beschränkt.«

»Wissen deine Eltern davon?«

»Nein, aber wenn es so weit ist, werden sie mir beistehen.« Er bedachte Elena mit einem zögernden Blick. »Und du – wirst du mir beistehen?«

»Bastard«, zischte sie und wandte sich ab. Er wusste, dass sie weinte.

»Ich muss das tun, Elena.«

»Ist sie das wert? Sich mit dem Feind verbünden, deinen Freund verraten und dein Herz opfern – ist sie das wert?«

»Elena«, begann er, doch sie hob eine Hand.

»Ich will es nicht wissen.« Sie klang schrecklich verletzt.

»Elena«, versuchte er es erneut, doch sie floh bereits vor ihm. Er folgte ihr nicht. Stattdessen sah er zum Silberfluss, der im Osten die Landschaft durchschnitt: flimmernde Hitze auf der einen, saftiges Grün auf der anderen Seite. Er dachte Duncan, an den Ausdruck auf seinem Gesicht, als sie gemeinsam durch den Blutwald geritten und auf Cinderella gestoßen waren. War es das wert? Er wusste es nicht.

DER JÄGER

Die Welt der attischen Prinzessin war von Grau durchtränkt. Die Wolken, der gewaltige Felsvorsprung, auf dem das attische Schloss thronte, und zuletzt das Schloss selbst waren so trist und aller Farben beraubt, dass es ihn kaum verwunderte, wieso sie den Blutwald in seinem prächtigen Rot bevorzugte. Er selbst spürte eine stechende Sehnsucht nach der schützenden Umarmung der Bäume. Athos hingegen war kalt und kahl und völlig menschenleer. Am Burgtor hielt ihn niemand auf, keine Wache kreuzte seinen Weg, kein Königswächter und auch sonst niemand. Dies hier war das Athos, an das sich die Prinzessin erinnerte.

Ein trostloser, dunkler Ort.

Erinnerung. Vergangenheit. Irgendwas dazwischen.

Als er neben ihrem leblosen Körper in den gläsernen Sarg gesunken war, hatte er keine Ahnung gehabt, was ihn erwartete. Er hatte ihren Kopf auf seine Schulter gebettet – wenn er in sich hineinhorchte, spürte er ihn dort schwer und warm ruhen – und die Beeren von Winter entgegengenommen. Sie wollte, dass er der Prinzessin folgte.

In ihren Traum. Ihre Vergangenheit.

Jetzt stand er vor der Freitreppe, auf deren Stufen der zerschundene Körper der schönsten Braut lag, das Haar dunkel vor Blut, der Hals seltsam verrenkt. Mit diesem Anblick hatte er gerechnet; die Särge jedoch, die sauber aufgereiht im Hof standen, irritierten ihn zutiefst. Der Deckel von einem lag schräg auf, als hätte jemand flüchtig hineingelinst – so tat es auch er. Ein bleiches Mädchen, den Blutergüssen nach Opfer schrecklicher Gewalt. Ob in den anderen Särgen ebenfalls Tote ruhten? Dies war das Innerste der Prinzessin, ein Ort der Erinnerung, und all diese Leichen waren Teil davon.

Ohne zurückzublicken schritt er die Stufen der Freitreppe empor. Hinter der Pforte des Schlosses war es genauso kalt und kahl wie außerhalb, abgesehen von den Gemälden, die in stattlichen Größen die Wände schmückten. Gefallene Königin – eine makabre Art, sich zu erinnern. Unwillkürlich fragte er sich, wie es für die Prinzessin gewesen sein musste, in diesem Mausoleum aufzuwachsen, wo jeder Zoll an ihre verstorbene Mutter erinnerte.

Er fand sie schließlich vor einer geöffneten Tür, ganz in Grau gekleidet und unverkennbar so, wie er sie im Sarg im Arm hielt. Unbemerkt trat er näher; gebannt starrte sie in den Raum, vor dem sie stand. Darin befand sich die schönste Braut und an ihrer Seite ein Kind – Mary. Als hätte er ihren Namen laut ausgesprochen, drehte sie – die erwachsene Prinzessin – den Kopf und sah ihn überrascht an.

»Daran erinnere ich mich nicht.«

»An mich?«, fragte er.

»Du warst nicht hier. Nicht so.« Sie beäugte seine Schattenrüstung, legte die Stirn in Falten und fing seinen Blick; er hielt ihr stand, obwohl er sich ohne schützende Maske entblößt vorkam. Die vergangenen zwölf Winter hatte er sie wie einen Schild getragen, jetzt hatte er sie gleich zweimal verloren. Die Prinzessin hob eine Hand, als würde sie ihn berühren wollen und es doch nicht wagen. »Niemand hier sieht oder hört mich. Abgesehen von dir.«

»Es sind Erin…«

»Ich weiß«, unterbrach sie ihn. »Es ist längst vergangen.«

»Wenn du das weißt, warum bist du dann noch hier?«

»Die Frage sollte ich stellen. Du gehörst nicht hier hin.«

»Stimmt«, gab er zu und lehnte sich an die Wand, an der ein Gemälde den Sturz vom Nordturm festhielt. Die Erinnerungen der Prinzessin schienen sich zu überlappen; sie selbst war aus ihrem früheren Ich herausgebrochen und verweilte als stille Beobachterin in dieser zusammengeflickten Welt, die einem Puzzle ihrer Seele glich. »Dieser Ort birgt kein Glück«, ließ er sie wissen. »Er zeigt bloß, was hätte sein können, was war und was nimmermehr ist.«

Zeitgleich sahen sie zur schönsten Braut, die der kindlichen Mary gerade in einen blutroten Mantel half. »Mir gefällt es hier«, sagte sie.

Er nickte zum Gemälde. »Und das da?«

»Was weißt du schon«, fuhr sie ihn an und schien im nächsten Moment zu verblassen. Rasch ergriff er ihre Hand, ehe sie sich in eine andere Erinnerung flüchten konnte. Die Prinzessin sah mit geweiteten Augen zu ihm auf. »Du bist es nicht, oder?«

Er wusste, was sie meinte. »Ich bin sein Bruder.«

Sie blinzelte; er konnte die Gedanken in ihrem Kopf beinahe hören. »Es hieß, er sei im Schloss, er verlasse es niemals – genau wie …«

Ich – hatte sie sagen wollen, das Wort hing förmlich zwischen ihnen; sie schluckte es, den Blick fragend, beinahe zögerlich auf ihm ruhend, als suche sie nach einer Gemeinsamkeit. Ob sie sich ihm nahe gefühlt hatte? Einem Leidensgenossen?

Er schnaubte. »Du solltest nicht alles glauben, was erzählt wird.«

Sie hob eine Braue. »Eine Welt voller Lügen. Sag, warum bist du hier? Ich meine nicht diesen Ort.« Sie umfasste das Schloss, das sich bereits zu wandeln begann, flüchtige Spuren von längst vergangenen Leben offenbarte, ehe diese wieder verblassten wie beim Durchblättern eines Buches. »Warum bist du im Wald? Bist du gekommen, um mich zu …«

»Ich diene Winter«, unterbrach er sie.

Irritiert blinzelte sie. »Der Hexe des Waldes?«,

»Sie stahl mich als Kind, seither diene ich ihr.« Er bemerkte, wie ihr Widerstand schmolz. Sie empfand Mitleid, doch wenn es eines gab, das er nicht gebrauchen konnte, dann das. Vielleicht sagte er deshalb: »Ich werde heimkehren, schon bald.«

Sie zögerte. »Weiß er es? Weiß Tarek, dass du …«

»Dass ich gestohlen wurde? Ja. Dass ich frei sein werde? Auch das. Es ist unser gemeinsames Schicksal, Winter zu dienen. Jetzt und auch später.«

»Durch die Heirat mit einem ihrer Kinder?«, fragte sie bedacht.

Diesmal war er überrascht. »Hat der maywatersche Bastard dich über die falschen Bräute aufgeklärt, während er deinen Fuß abhackte?«

Wie seltsam es war, sie bar jeglichen Schutzes zu sehen. Keine Maske, kein falsches Lächeln. Bloß Mary, die bei seinen Worten an Farbe verlor. »Mutter war es«, entgegnete sie tapfer und sah zur schönsten Braut, die gerade nach der Hand ihrer Tochter griff. »Woher weiß sie, dass ich den Wald betreten habe?«

»Sie sollte es nicht wissen«, gab er zu und fixierte die junge Mary; den einzigen Lichtblick in dieser ergrauten Welt. »Weshalb trägst du Rot?«

»Es ist die Farbe des Todes.«

»Ach ja, Athos huldigt dem Herbst.«

»Wir huldigen den Toten«, korrigierte sie bitter, als würde sie selbst nicht glauben, was sie da sagte. »Das Vergehen ist etwas Heiliges, das uns allen bevorsteht.«

»Deshalb die Gemälde?«

Sie hob eine Hand zu dem vor ihnen an der Wand, überbrückte jedoch nicht den letzten Abstand, als fürchtete sie, die Silhouette ihrer Mutter zu berühren. Mit ausgebreiteten Armen, die Schwingen glichen, fiel sie gen Tiefe. »Vater gab sie in Auftrag.«

»Um dem Tod zu huldigen?«

»Ich weiß es nicht«, gestand sie und wirkte verlorener als zuvor. War es das, was sein Bruder in ihr sah? Diese zerbrechliche Seite? Oder war es das schöne Gesicht, die makellose Haut, das herbstrote Haar? Nein, beschied er, sein Bruder kannte diese Mary, die hier vor ihm stand. Eine Frau, die der Dunkelheit trotzte, dem eintönigen Grau eines Lebens, das ihr alles abverlangt und sie dennoch nicht gebrochen hatte. Noch nicht, fügte er stumm hinzu.

Denn hier und jetzt drohte sie sich zu verlieren.

Dich allein spürt sie.

Weil er das Gesicht des Mannes trug, den sie liebte?

Das herauszufinden, bist du hier.

»Lass uns über meinen Bruder sprechen«, sagte er deshalb. »Liebst du ihn?«

Ihre Gestalt flackerte, der Saal begann sich zu wandeln, die schönste Braut und die kindliche Mary vergingen, stattdessen hing bleischwer der

Geruch der Schlacht in der Luft: Rauch, Eisen und Blut. Der Himmel verdunkelte sich. Es wurde Nacht.

»Nein«, keuchte die Prinzessin und er begriff, dass seine Worte sie in eine andere Zeit gezerrt hatten, die ihr ebenso deutlich in Erinnerung geblieben war und die sie um jeden Preis vor ihm zu verbergen versuchte. Vor ihm, dem falschen Prinzen. Als er noch in Westham gelebt hatte, war er ständig mit seinem Bruder verwechselt worden; sie hatten sogar bewusst die Rollen getauscht. Wer hätte auch ahnen können, dass schon bald einer von ihnen zur Gänze das Leben des anderen führen würde? Beinahe hätte er aufgelacht, so absurd kam er sich vor. Im Kopf der Prinzessin, auf der Suche nach ihrem Herz, das seinem Bruder gehörte, der alles besaß, was eigentlich ihm hätte gehören sollen.

Und er selbst? Er hatte nichts.

Trotzdem war er hier und spielte Amor.

Er hatte dem fahrenden Volk gelauscht, wenn es in der Nähe des Waldes rastete.

Er kannte die Geschichte.

Von dem Drachentöter, dessen Herz entflammt war.
Von der Prinzessin, die bloß einen wahrhaftigen König wollte.
Von der alles entscheidenden Frage und dem bitteren Ende.

Welch Ironie des Schicksals, dass sie seinen Bruder aufgrund der fehlenden Krone abgewiesen hatte. Ohne auf ihren Protest zu achten, schritt er zur zweiflügeligen Tür, hinter der Stimmengewirr und Lachen erklang. Des Rätsels Lösung lag dort.

»Halt!«, keuchte sie.

Die Hand auf der Klinke hielt er inne. »Wach auf und kehre mit mir zurück.«

»Ich kann nicht …«

»Du hast herausgefunden, was dieser Ort ist. Dass er Leid und Glück vereint. Du weißt sogar, wie er funktioniert, sonst würdest du nicht hier stehen, sondern in deiner jüngeren Version bei den Drachentötern sitzen

und das Vergangene auf ewig durchleben und dabei jegliches Zeitgefühl verlieren; zuletzt auch dich selbst. Aber du bist nicht dort drin, sondern hier. Wie hast du es herausgefunden?«

»Sie verbot mir zurückzukehren.«

»Deine Mutter?«

Sie biss sich auf die Lippe. »Ich konnte sie nicht halten.«

Der Turm. Die Treppe. Die Leiche der schönsten Braut auf den Stufen.

»Nein«, sagte er gedehnt. »Nein, dass konntest du weder damals noch heute.«

»Du sagst das, als gäbe es einen Grund dafür.«

»Du weißt es nicht?«

Ihr Lachen überraschte ihn. Es war so voller Bitterkeit und Zorn. »Niemand, wirklich niemand spricht zu mir! Und fällt doch einmal ein Wort, so schafft es mehr Fragen als Antworten. Vater verwehrte dem fahrenden Volk den Zugang und verbot mir, die Felsenstadt zu verlassen. Ich weiß nichts! Weder über Mutter noch über den Wald oder gar mich selbst! Ich weiß nichts, weil Vater die Dienerschaft zum Schweigen zwang. Sogar Susann!«

»Die Zofe?«

»Meine einzige Vertraute«, schmetterte sie ihm entgegen. »Wenigstens sie hätte ehrlich sein müssen! Nur ein paar Worte. Über Mutter. Den Wald. Die Prinzen.«

»Die Prinzen. Natürlich.«

Ihre Wangen entflammten. »Du wagst, über mich zu urteilen? Du kennst mich nicht.«

»Was ich sehe, reicht mir.«

»Was soll das heißen?«

»Die Opferrolle steht dir gut. Sie ist wie für dich gemacht.«

»Wag' es ja nicht …«

»Dein Vater ersparte dir das Wissen über die Abgründe dieser Welt«, fuhr er dazwischen, »er behielt dich im Schloss, statt dich der Hexe auszuliefern, wie er es hätte tun sollen. Deine Mutter opferte sogar ihr Leben, um das deine zu schützen; aber natürlich ist deines ruiniert, nicht ihres, das auf *der Freitreppe endete.« Sie verlor zusehends an Farbe. »Du bist undankbar, klagst über dein Schicksal, jammerst und beschwerst dich …«*

Das ist der falsche Weg, *warnte Winter in seinem Kopf, doch er ertrug nicht, wie die Prinzessin dastand, in ihrem seidenen Kleid, gesegnet mit überirdischer Schönheit – und nichts davon zu schätzen wusste.*

»Du lebst«, knurrte er, »das ist mehr, als andere von sich behaupten können.«

»Du hast ja keine Ahnung«, flüsterte sie.

»Glaubst du, ich wüsste nicht, wie es ist, fernab von allem aufzuwachsen? Keine Vertrauten zu haben? Keine Freunde? Keine Mutter? Oder einen Vater? Täusch dich nicht, Prinzessin. Wir gleichen einander – mit dem Unterschied, dass ich die Abgründe dieser Welt nicht nur gesehen, sondern auch durchschritten habe.« Mit jedem Wort hatte er sich ihr genähert, stand jetzt direkt vor ihr. Ihre Hand schnellte empor, er fing sie mühelos ab. »Eine Prinzessin durch und durch«, höhnte er, »wenn Worte nicht helfen, dann Gewalt.«

Sie schrie auf und stieß ihm gegen die Brust. »Du verurteilst meinen Zorn, dabei höre ich ihn aus deinen Worten genauso heraus.«

»Ich jammere nicht.«

»Du dienst der Hexe, die dich stahl. Wenn das nicht zutiefst jämmerlich ist.«

Da stieß er sie gegen die Wand. Sie keuchte auf, es kümmerte ihn nicht. Warum auch? Es geschah allein in ihrem Kopf. »Provozier mich nicht«, warnte er.

»Sonst was?« Sie hob eine Braue. »Hilft dann bloß noch Gewalt?«

Abrupt ließ er sie los. Ihr Lachen folgte ihm bis zur zweiflügeligen Tür und verebbte erst, als sie begriff, was er vorhatte. »Wag' es ja nicht!«, schrie sie, da stieß er die Tür bereits auf. Sein Bruder saß am Kamin, Drachentöter durch und durch, das Haar rabenschwarz, die Drachenschuppen wie geschmolzenes Kupfer. Seine Aufmerksamkeit galt der jüngeren Version von Mary, die abseits der Soldaten saß, die Wangen von einem Hauch Röte überzogen; vielleicht, weil sie bemerkt hatte, wie der fremde Königssohn sie betrachtete.

Die brave Tochter. So schrecklich wohlerzogen und keusch.

»Das ist er also, der denkwürdige Moment eurer Zusammenkunft.«

Gereizt rauschte Mary in den Saal. »Gratuliere, du hast es erfasst.«

Er bezwang den Aufruhr in seinem Innern und trat zur Prinzessin der Vergangenheit. Eine Locke hatte sich aus ihrer Frisur gelöst, er drehte sie um einen Finger. Die echte Mary griff sich an den Nacken, als spürte sie eine Berührung.

»Ihr seid miteinander verbunden«, erkannte er. »Du fühlst, was sie fühlt.«

Sie reckte das Kinn. »Es ist nicht echt.«

»Falsch«, erwiderte er bissig, »ich bin das einzig Echte hier.« Er ließ die Strähne fallen, pikste stattdessen in ihre Wange. Die echte Mary wedelte mit der Hand, als versuche sie ein Insekt zu verscheuchen. Ihre Aufmerksamkeit galt ihm allein, nicht seinem Bruder – wie er zynisch feststellte. »Irritiert dich, was du siehst?« Lauernd sank er neben ihrem vergangenen Ich auf die Bank. »Tarek neben dir. Tarek, der deine Hand ergreift.« Er verflocht seine Finger mit ihren, wohl wissend, dass sie es spürte. »Verrate mir, Prinzessin, was geschah in jener Nacht zwischen euch?«

Sie öffnete und schloss die Faust. »Lass das!«

»Gefällt es dir nicht?«

»Als würde mich ein Geist anfassen.«

»Wäre dir lieber, ich käme wahrhaftig zu dir?«

»Wag' es ja nicht!«

Da war er schon bei ihr. Niemand im Saal reagierte, als er sie an sich zog – all die Leute, die junge Mary und selbst der fremde Königssohn waren bloß ein flüchtiges Bild, das an den Rändern bereits zu verblassen begann. Vielleicht weil sie sich durch ihn, den Jäger, auf die Gegenwart zu konzentrieren begann.

Erinnere dich an deinen Auftrag, mahnte Winter und beinahe hätte er laut geflucht.

Weil er genau diesen ausführte, gerade jetzt, da er die Prinzessin im Arm hielt.

Ist es nicht zu deinem Vergnügen?

»Du ähnelst ihm so sehr«, flüsterte Mary.

»Liebst du ihn?«, raunte er.

»Ich kenne ihn kaum.«

»Dennoch rast dein Herz und dein Atem geht zu flach, du schwitzt sogar.«

Sie lachte auf, heiser, rau, sein eigener Atem schien sich zu verflüchtigen. »Ich schwitze? Beim Herbst! Ihr mögt euch optisch gleichen, doch euch unterscheidet viel.«

»Mehr als du ahnst, Prinzessin.«

Sie hob eine Braue, eine verflucht kupferne Braue. Alles an ihr schimmerte wie Metall.

Ihr Haar, ihre Brauen, selbst ihr Mund.

»Hast du ihn geküsst?« Die Frage überraschte ihn ebenso wie die Prinzessin. Der Saal verlor an Farbe, die Drachentöter verschwanden einer nach dem anderen, bis allein der Prinz verblieb, der kein einfacher Prinz war. Ob sie es wusste?

Die vergangene Mary erschien im Schatten eines Torbogens, eine fast geisterhafte Erscheinung, die Wangen blass, die Augen zu dunkel für das Gesicht.

»Es zieht mich zurück«, stieß sie hervor.

Obwohl die Worte bleischwer auf seiner Zunge lagen, zwang er sie hervor: »Lass es zu.«

Nervös biss sie sich auf die Lippe. »Warum?«

»Weil es etwas gibt, das du erledigen musst«, log er. »Etwas, das du vielleicht gern getan hättest. Was ist es, Prinzessin? Was hält dich hier?«

»Nicht er«, beharrte sie.

Er glaubte ihr nicht. Schweiß trat ihr auf die Stirn, ihre Schultern zitterten, doch sie gab nicht nach, klammerte sich geradezu an ihn. Eben noch hatte sie ihn verflucht, jetzt war er ihr Halt. Weil ihr das, was sich vor ihnen abspielte, zu nahe ging und sie ihn vielleicht, ganz vielleicht, tatsächlich liebte, den Kronprinzen Westhams.

Seufzend trat er, der Zweitgeborene, hinter sie …

… und gab ihr einen Schubs.

DAS GESTOHLENE KIND

Das war sie also, die einzige echte Prinzessin dieser Welt: Mary von Athos, Tochter der Königin, die Stroh zu Gold spann. Sie war schöner noch, als sie es sich vorgestellt hatte. Haut bleich wie Porzellan und Wimpern wie Halbmonde. Die Schönheit war ihr in die Wiege gelegt worden, ein Geschenk, das mehr kosten denn einbringen würde. Schönheit blendete, Schönheit besaß Macht, aber sie verging wie das Laub der Bäume. Winters Fluch hingegen währte ewig. Deshalb würden über kurz oder lang sie gewinnen, die gestohlenen Kinder. Weil ihre Macht nicht an Irdisches gebunden war.

»Wir sollten nicht hier sein.«

»*Sie* sollte nicht hier sein«, korrigierte sie ihre Schwester, die auf der anderen Seite des Sarges stand. Sie glichen einander bis auf Haar – Zwillinge, wie die Prinzen Westhams –, im Innern allerdings waren sie Tag und Nacht. Während ihr Gegenüber die Arme kreuzte, streckte sie ihre eigenen nach dem schlafenden Jäger aus. Nie zuvor hatte sie ihn ohne Maske gesehen, nie zuvor war sie ihm so nahe gewesen. Ihrem zukünftigen Gemahl.

»Er sieht friedlich aus, wenn er schläft«, flüsterte sie.

»Du weißt, dass er nicht schläft.«

Widerwillig zwang sie ihre Aufmerksamkeit zu den gesenkten Halbmonden dunkler Wimpern und dem kupfernen Mund. Es juckte sie in den Fingern, darüberzureiben, um zu sehen, ob die Farbe verstrich. Schönheit, welch listige Falle.

»Winter riskiert sein Leben, um das ihre zu retten!«

»Sie wird ihre Gründe haben«, versuchte ihre Schwester sie zu besänftigen, unwissend darüber, dass sie geradezu in sich ruhte. Es war jene Art Gefasstheit, die einen überkam, wenn alle Entscheidungen getroffen worden waren und es nur noch einen Weg gab.

»Ihre Existenz allein ist Grund genug, sie zu vernichten.«

»Dennoch liegt sie hier vor dir …«

»In den Armen des Mannes, der mir bestimmt ist!« Ihr Aufschrei glich dem Fauchen der Jungfrauen. Oh, wenn die Jungfrauen sie doch nur verschlungen hätten! Zerfetzt, gefressen, hinabgerissen in ihr modriges, lichtloses Reich. Die Welt wäre eine bessere gewesen ohne das Kind der Schande, das ihre Aussichten gefährdete.

Tief atmete sie ein und bezwang den Zorn.

Sie war ruhig, mehr als ruhig. Sie wusste, was zu tun war.

Oh ja, das tust du.

Ihre Schwester sah sich nervös um. »Wir sollten gehen, bevor Winter …«

»Sie erwartet das neue Kind. Die Mondbraut hat vergangene Nacht den Erben Kor-Tands entbunden, die Jäger sind bereits ausgeschwärmt, um eine passende Braut zu finden.« Ein Kind, wie sie es war. Geraubt aus den Armen der Mutter und hinein in den Blutwald. Ein Kind, das herrschen würde. Wie sie. Wie ihre Schwester. Wie Cinderella. Wie die falschen Bräute an der Seite der Monarchen. Und niemand, nicht einmal diese verfluchte Prinzessin, würde das ändern.

»Du«, zischte sie, »darfst niemals erwachen.«

Sie zog einen Kamm hervor, schimmernd wie Perlmutt, gezackt wie der Schlund der Ran und durchtränkt von ihrem Blut. Die Bestien schliefen für Jahrhunderte im Erdreich und erwachten nur, wenn der Blutwald angegriffen wurde. Kürzlich hatten sie sich aus ihren Gräbern erhoben, um den Wald zu verteidigen; Winter hatte den Moment genutzt, um ihre Vorräte aufzufüllen. Ranblut – so kostbar und so giftig.

»Nein«, hauchte ihre Schwester, hielt sie jedoch nicht auf, als sie sich über die Schlafende beugte. Die Prinzessin roch nach Rosen, so süß und unschuldig. Beinahe sanft schob sie die Finger unter das Haar, dann steckte sie den Kamm fest.

»Er gehört mir«, raunte sie der Prinzessin zu.

Mary von Athos

»Ich hoffe, du erstickst an all deinem Gold!«

Die schönste Braut zu ihrem Mann
eines Nachts in Athos

Das Feuer war zu einem Glimmen verkommen und drohte schon bald gänzlich zu vergehen. Doch noch lag ein Hauch seiner Geborgenheit in der Luft, vermischt mit dem Duft von Wald und Wein – und dem Geruch der Drachentöter, die alle, bis auf einen, in ihr Quartier verschwunden waren. Gehüllt in den Schatten des Dienstbotenganges stand ich da und beobachtete ihn, den fremden Prinzen, der mir nicht mehr fremd war.

Mein Blick huschte durch den verwaisten Saal. Falls der Jäger anwesend war, verbarg er sich in den Schatten. Ich glaubte ihn zu spüren, irgendwo am Rand meiner Gedanken. Er glaubte, dass ich etwas bereute, etwas, das ich zu ändern wünschte. Er hatte ja keine Ahnung. Mein Leben bestand aus einer Reihe von katastrophalen Entscheidungen. Angefangen beim Diebstahl des Schuhs und Susanns Tod über den blinden Gehorsam Vater gegenüber und die Verlobung mit Duncan bis hin zu Mutter. Gäbe es die Möglichkeit, wahrhaftig etwas zu ändern, würde ich sie halten, wieder und wieder, für den Rest meines Lebens.

Doch sie war fort. Ebenso Susann.

Da ist noch so viel, für das es sich zu leben lohnt.

Die Stimme in meinem Kopf fühlte sich überraschend vertraut an.

Ich spreche schon lange zu dir, Prinzessin.

Wie am Tag des schwarzen Winters?

Auch da, *sagte sie.*

Als mich die Dämonen aus dem Bett gezerrt hatten, war ich ihre Zuflucht gewesen, ihre letzte Chance. Sie hatten gleich mir gehofft, dass Mutter meine Hand ergreifen und die Stufen hinabschreiten würde, zurück ins Schloss.

Zurück zu dir, Prinzessin. Doch nichts konnte sie halten.

Weil sie für mich gestorben war?

Sie hielt es für den einzigen Weg. Doch erinnere dich an das, was sie sagte.

Über die Vergangenheit und diesen Ort.

»Abschied«, murmelte ich.

Als hätte er mich gehört, blickte Tarek zu der Ecke, in der ich stand und von der aus ich ihn Nacht für Nacht beobachtet hatte – damals –, und ich erkannte, dass es sinnlos war, mich zu verstecken. Ich trat aus dem Dunkel, hinein in den vergehenden Schein des Feuers. Er hob den Kopf und mein Herz schmerzte.

Weil ich – ganz gleich, was ich hier und jetzt tat – ihn bereits verloren hatte.

Weil ich nur gekommen war, um Abschied zu nehmen.

Von ihm. Von uns. Und dem, was hätte sein können.

Ohne ein Wort sank ich neben seinem Sessel nieder. Sein Antlitz lag halb im Schatten, halb war es in zartes Orange getaucht. Wie damals. Wie in der Taverne. Als wären wir dazu bestimmt, allein flüchtige Momente zwischen dem Ende der Nacht und Tagesanbruch zu teilen. In seinen Augen tobte ein Sturm. Er kämpfte mit sich – so wie er es schon einmal getan hatte. Ich wusste, dass die Sehnsucht gewinnen würde, und berührte seine Hand. Er schloss die Lider, gemahnte sich ein letztes Mal der höfischen Sitten, die es ihm verboten, mich zu berühren, während meine Finger sich mit seinen verflochten, sanft und spielerisch. Wir brauchten keine Worte. Alles, was er dachte, alles, was er fühlte, stand in seinen Augen.

Ein Spiegelbild meiner Seele.

Ich zog ihn aus dem Sessel. Er folgte mir, seine Hand schützend und unendlich zart um meine gelegt. Ich konnte nicht verhindern, dass wir uns verloren. Doch diese Nacht gehörte uns. Ich lotste ihn durch die Dunkelheit der Gänge, glaubte den Klang seines Herzens in der Stille des schlafenden Schlosses im Einklang mit meinem eigenen zu hören. Eine Träne stahl sich durch meine Wimpern. Unsere Flucht endete vor der Tür, die uns von dem Saal trennte, in dem wir uns verlieren würden. Nur ein einziges Mal. Ein verflucht einziges Mal, bevor ich am nächsten Morgen die Worte sprechen würde – es getan hatte –, die uns auf ewig voneinander trennten. Weil Vater es so gewollt und ich nicht den Mut gefunden hatte, mich gegen ihn zu stellen. Meine Augen brannten. Ich sah nichts mehr, stand einfach nur da, während mein Atem zu schnell ging und zu sehr schmerzte. Ich wollte nicht weinen. Nicht hier. Nicht jetzt.

Tareks Hand berührte meinen Nacken, strich das Haar beiseite. Sein Atem liebkoste meine Haut, doch immer noch zögerte er. Ich ließ mich gegen ihn sinken. Seine Arme umfingen mich schützend, seine Wange schmiegte sich an meine. Erneut fanden sich unsere Finger, während er endlich, endlich den letzten Abstand überbrückte und meinen Nacken mit seinen Lippen berührte, so zart, als fürchtete er, ich könne zu Staub zerfallen. In diesem Augenblick verstand ich. In meiner Brust schlug ein Herz aus Glas und nur er hätte es halten können, ohne dass es zerbrach. Nur er hätte mich vor dem Sturz bewahren können. Vor dem Abgrund.

Als spürte er meinen Kummer, drehte er mich in seinen Armen.

Wir waren kaum mehr als Schemen in der Nacht – Schatten der Erinnerung.

Sachte hob er mein Kinn. »Prinzessin …«

Ich ließ ihn nicht ausreden, meine Hand fand die Klinke, die Tür schwang auf. Das Schimmermoos tauchte uns in silbrigen Glanz, doch Tarek bemerkte weder die Schönheit des verbotenen Ostflügels noch die Splitter unter den Fenstern, durch die der Mond sein Licht ergoss. Er sah mich allein. Ich verbannte das Wissen um unsere unausweichliche Zukunft, wollte nur lieben und geliebt werden, als gäbe es kein Morgen und kein Gestern. Keinen Verrat und keinen Hass.

»Liebst du mich?«, fragte er rau vor Verlangen.

Mit zitternden Fingern begann ich die Rüstung zu öffnen, er umfing meine Handgelenke. Ich sah auf, stockte. Denn in seinen Augen fand ich so viel mehr, als da gewesen war.

Eine Dunkelheit, die mich verschlang.

Eine Sehnsucht, die der meinen glich.

Ein Glühen, das ich noch nie zuvor an ihm gesehen hatte.

»Liebst du mich?«, fragte er.

Und ich begriff, dass ich nicht die Einzige war, deren Herz aus Glas bestand.

»Ich …«

Ein stechender Schmerz fraß sich in meinen Kopf. Ich schrie auf. Tarek fing mich. Seine Haut brannte auf meiner. Alles brannte. Der Saal stand in Flammen. Das Schimmermoos regnete glühend von der Decke … Nichts davon war geschehen. Nichts davon … Das Prasseln der Flammen übertönte Tareks Schreie. Nur ein Laut durchdrang das Inferno. Eine Stimme, die gleich Winters – und doch ganz anders – durch meine Gedanken trieb.

Er gehört mir.

Er gehört mir.

Er gehört mir.

DER KÖNIGSWÄCHTER

Ihr gellender Schrei hallte von den Bäumen wider, der Königswächter fluchte. Zu spät fand seine Hand ihren Mund, erstickte den qualvollen Schmerz. Die Zofe wand sich in seinem Arm, bäumte sich auf. Etwas schien sie von innen heraus zu zerreißen.

»Still«, zischte er, krampfhaft bemüht, das Pferd zu beruhigen. Es tänzelte nervös, die Nüstern geweitet. Es wusste um die Gefahr, die in den Tümpeln lauerte. Noch lagen sie spiegelglatt da und er betete, dass es so bleiben würde. »Beruhige dich oder wir sind verloren!« Die Zofe wimmerte. »Ruhig«, forderte er und erst als sie krampfhaft nickte, ließ er die Hand sinken, seine Anspannung jedoch blieb. »Was ist geschehen?«

Die Zofe zitterte, ihre Haut war eiskalt und beinahe so wächsern wie die der Jungfrauen in den Tümpeln. »Mary!«

»Ist sie in Gefahr?«

»Sie stirbt«, schluchzte die Zofe. »Oh Herbst, sie stirbt!«

Ohne nachzufragen, schnalzte er mit der Zunge und trieb sein Pferd vorwärts, lenkte es zielstrebig zwischen den matten Oberflächen hindurch, unter denen der Tod lauerte. Schon einmal hatte er gegen die Jungfrauen gekämpft und dabei seinen gesamten Trupp verloren. Dreiundzwanzig Mann, die er ins Verderben geführt hatte bei dem Versuch, den Prinzen zu retten. Der Gestank ihrer Gedärme und zerfleischten Körper verfolgte ihn bis heute. Er haftete an ihm wie ein Schatten. Sooft er sich auch die Hände wusch, sie waren vom Tod seiner Männer getränkt. Er allein hatte überlebt. Vielleicht, weil *sie* es so gewollt hatte.

Die Hexe des Waldes.

Die wahre Bestie unter den Bestien.

Bis heute fragte er sich, ob *sie* ihn hatte entkommen lassen oder ob es pures Glück gewesen war. Oder uralte Magie. Das Blut seiner Männer für sein Leben.

Die Zofe enger an sich ziehend, behielt er die Teiche im Blick. Beinahe war er dankbar, keine Spuren des Gemetzels vorzufinden, zerrissene Rüstungen, gebrochene Klingen oder geborstene Schädel. Er hätte es nicht ertragen. In diesem Punkt erwies sich der Wald als gnädig. Er ersparte ihm den Beweis seiner Schuld, wenngleich sein Geist die fehlenden Puzzlestücke ergänzte. Jeder Schatten glich verstümmelten Leichen, jeder Ast einem Knochen, jeder funkelnde Tautropfen einer Drachenschuppe. Alle fort.

»Sie stirbt«, ächzte die Zofe in seinem Arm.

Woher sie die Gewissheit nahm, wusste er nicht, doch er glaubte ihr. Sie waren verbunden, die Prinzessin und ihre Zofe. Er hatte die Narben gesehen, sorgsam verborgen an Stellen, die niemand – abgesehen von einem möglichen Ehemann – jemals zu Gesicht bekam.

Torso, Schenkel, die Innenseite der Arme.

Der Körper der Zofe glich einem Schlachtfeld.

»Dolch«, verlangte sie heiser und obwohl es ihm widerstrebte, zog er eine Klinge. Er musste ihre Finger um den Griff schließen, so schwach war sie.

»Du wirst das nicht überstehen«, warnte er.

»Sie stirbt«, war alles, was die Zofe antwortete und er begriff, dass es ihr niemals um sich selbst ging. So wie es ihm nicht um sich selbst gegangen war, als er dem Prinzen in den Wald gefolgt war und alles verloren hatte. Seine Männer. Seinen Status. Seine Heimat. Seinen Glauben. Zuletzt auch sich selbst. Irgendwo in dem Gestrüpp, durch das er gekrochen war, in den Dornen des Waldes, der ihn nur widerwillig freigegeben, jedoch ein Stück von ihm behalten hatte.

Er spürte den Moment, als die Schneide durch ihre Haut glitt. Wärme tränkte seinen Arm, sie wimmerte, dann erschlaffte sie. Er fing den Dolch auf. Ihre Kraft schwand stetig mehr. Warum ausgerechnet sie die Prinzessin bewachte, erschloss sich ihm nicht. Er bezweifelte, dass sie ein Schwert schwingen konnte, dass sie irgendeinen Schutz abgesehen von ihrem Blut bot. Der Goldkönig höchstpersönlich hatte sie ausgewählt. Er fragte sich, warum. Ihr Atem kam ruhiger, sie entspannte sich merklich. Sie hatte ihre Pflicht getan und sie würde es wieder tun, sobald die Notwendigkeit bestand. Vielleicht, dachte er, hatte er sie genau deshalb erwählt. Weil sie bereit war, alles zu opfern.

»Mary«, flüsterte die Zofe benommen.

Ob die Prinzessin das Gleiche für sie täte, hätte sie die Wahl?

Oder der Prinz. Wäre er ihm, dem Diener, gefolgt?

Er kannte die Antwort.

»Es hilft nicht«, stöhnte die Zofe. »Mehr … ich muss mehr opfern …«

»Du verlierst schon jetzt zu viel Blut.«

Sie brachte ein Glucksen heraus. Es hätte ein Lachen oder ein Husten sein können.

»Wenn sie stirbt, sterbe ich auch. Wir sind auf mehr als eine Art gebunden.«

»Verfluchter Orden«, knurrte er, entblößte jedoch ihren anderen Arm, schob den Ärmel hoch und setzte den Dolch auf die Haut.

»Sie braucht mich«, wisperte die Zofe.

»Was passiert, wenn du stirbst? Stirbt auch dann sie?«

»Nein … nein. Sie wird leben.«

»Ein mieser Handel.«

Erneut dieses Glucksen. Lachen und Husten zugleich. »Sterben sie, sterben wir. So ist gewiss, dass wir wahrhaftig schützen. Dass wir alles geben. Unser Blut und unser Leben.«

Er atmete tief ein, zog dann die Klinge über ihren Arm. Ihrer Brust entrang sich ein kehliges Röcheln, ehe sie das Bewusstsein verlor. Rasch schlang er die Finger um die Wunde, verschloss sie so gut er konnte.

»Noch nicht«, beschwor er sie. »Noch ist deine Zeit nicht gekommen.«

DER JÄGER

Es brannte lichterloh. Die Särge im Hof, die Häuser um das Schloss, die Dächer, die Giebel. Er hastete durch die Flure. Die Flammen leckten an den Gemälden, fraßen sich über die Teppiche und golddurchwirkten Vorhänge. Keine Menschenseele war zu sehen, kein Wächter, keine Prinzessin. Drohendes Grollen erklang aus den Tiefen des Schlosses, die Steine unter seinen Füßen bebten. Etwas war geschehen, das er nicht begriff. Eben noch hatte er sie im Arm gehalten, so kurz davor, die Worte zu hören, die er brauchte, um Winters Mission zu erfüllen, da war sie plötzlich fort und ihre Welt brach auseinander. Winter hatte ihn davor gewarnt, was passieren könnte, sollte er sie nicht im Arm halten. Aber das tat er– er horchte in sich hinein. Ja, sie war da. Er spürte ihren Kopf auf seiner Schulter, ihren Körper an seinem.

Sie war da. Verflucht, sie war in seinem Arm!

Wieso starb sie dann?

Ein erneutes Beben erschütterte das Schloss, Flammen quollen aus einem Spalt empor, der sich vor ihm auftat. Die Prinzessin starb, bei allen Geistern! Sie starb. Über den Abgrund hechtend rief er nach ihr. Dieses Schloss war ihm fremd. Er wusste nicht, wo sie war, wo sie sein könnte. Ob sie überhaupt noch da war.

»PRINZESSIN!«

Das Portal zum Saal, in dem sie in ihrer Erinnerung mit den Drachentötern gesessen hatte, brannte lichterloh, von den Soldaten keine Spur. Ebenso wenig von ihr. Er fuhr herum, drehte sich um die eigene Achse. Der Raum, in dem er sie mit ihrer Mutter gesehen hatte, war verwaist – abgesehen von den Flammen, die sich über Tische und Stühle fraßen, und dem Rauch, der ihm die Sicht nahm und in den Augen brannte.

»Prinzessin!«, schrie er. »Wo bist du?«

Und gleich darauf in Gedanken: WINTER!

Nie zuvor sehnte er ihre Stimme so sehr herbei. Ihre allmächtige Präsenz. Doch ausgerechnet jetzt blieb sie stumm. Die Stille verhöhnte ihn, während das Schloss in den Flammen starb und das Grollen stetig wuchs. Der Saal erbebte, als eine Wand nachgab und krachend zusammenstürzte. Tiefschwarzer Rauch stieg in einen ebenso tiefschwarzen Himmel. Hatte er die Welt zuvor für farblos gehalten, erkannte er jetzt, dass sie es nicht gewesen war. Grau, ja, aber nicht so abgrundtief finster. Das hier war der Tod.

Warum, bei allen Jungfrauen, starb sie?

Er sah auf, fand ein letztes unversehrtes Gemälde, jenes, an dem er während des Gespräches mit Mary gelehnt hatte. Es zeigte die schönste Braut im freien Fall.

Der Nordturm! Wo war der verfluchte Nordturm?

Wenn es einen Ort gab, an den sie sich zum Sterben zurückzog, dann dorthin. An den Ort ihres größten Unglücks. An dem sie ihre Mutter, ihre Zukunft und den Glauben an sich selbst verloren hatte. Weil sie sie nicht hatte halten können.

»Verdammte Prinzessin«, schrie er. »Niemand hätte sie halten können.«

Plötzlich schienen die Flammen weniger heiß, der Rauch weniger beißend.

Ob sie ihn hörte?

»Hör zu«, fuhr er hastig fort, »ich bin hier! Im Schloss. Du musst mir den Weg zum Nordturm zeigen. Ich komme zu dir! Und wenn ich bei dir bin, werde ich dir die Wahrheit sagen, hörst du? Ich werde dir alles erzählen. Über deine Geburt und deine Mutter und ihren Tod.«

Der Flur hinter ihm brach berstend, er hechtete zurück, im Saal schlugen die Flammen höher. Der einzig verbleibende Weg führte tiefer hinein ins Schloss. Er konnte nur hoffen, dass sie es war, die ihn lotste.

»Ich komme«, schwor er und rannte los.

FAHRENDES VOLK

Vor sechs Wintern

Die bunten Tücher flackerten im Wind.

Rot, Orange und Lila in einer grau durchtränkten Welt.

Mein Herz zersprang beinahe, als ich mich den Wachposten näherte, meine Handflächen waren schweißnass. Rasch wischte ich sie am groben Baumwollstoff des Kleides ab, das ich trug, um zu verbergen, wer ich war, und senkte den Blick. Die Furcht war ein stechender Knoten in meinen Eingeweiden, der erst an Gewicht verlor, als die Wachen mich gelangweilt passieren ließen. Sie erkannten mich nicht, sie sahen nur das, was sie sehen sollten: eine Magd, keine Prinzessin. Es war nicht ihre Schuld, glaubte doch ganz Athos, die Prinzessin sei zu verschreckt, um sich dem Willen ihres Vaters zu widersetzen – und in der Tat fürchtete ich ihn so sehr, dass ich zusammenzuckte, als eine der Wachen hustete. Doch der Soldat sah nicht mich an, er hatte sich bloß verschluckt. Sein Kollege schlug ihm feixend auf den Rücken, mich hatten sie bereits vergessen. Eine Magd, keine Prinzessin.

Manchmal war die Einsamkeit größer als die Angst.

Manchmal war ich verzweifelt genug, um mutig zu sein.

Ich stolperte die Freitreppe hinab und hinein in die abendstille Stadt, die sich um das befestigte Schloss bettete, durch Gassen, deren Luft vom Rauch der Goldgießereien in den Augen brannte. Die Tränen hinfortblinzelnd, raffte ich den Rock und eilte durch Pfützen, in denen der Ruß schwamm. Selbst der Regen war schwarz, als könnte nicht einmal der Himmel den Schatten von Athos waschen. Oder die Schuld.

Meine Schuhe weichten auf, die Luft dampfte eisig.

Nicht mehr lange und es würde schneien, rußige Flocken, die nach Asche schmeckten.

Da erhaschte ich einen Blick durch die Häuserschluchten auf die Zeltstadt, die auf der Hochebene vor den Toren entstanden war – Rot, Orange und Lila –, und eilte vorwärts. Ich folgte dem Verlauf des Pflasters, wich Gruppen von betrunkenen Heimkehrenden aus, die noch in Erinnerungen schwelgten. Sie alle waren bei den Zelten gewesen, hatten den Geschichten des fahrenden Volkes gelauscht, sich an Wein und Melancholie gelabt, an längst vergangenen Heldentaten und unsterblicher Liebe.

Mein Herz klopfte schneller, diesmal nicht vor Furcht, sondern aus Vorfreude. Das Grau der Stadt blieb zurück, die Luft schmeckte nach gebratenem Mais und süßen Zuckerstangen. Knisternde Lagerfeuer woben Kokons aus Licht, in denen sich Scharen von Lauschenden drängten, die Zelte drumherum entflammt in der aufziehenden Dämmerung. Es war beinahe, als würde ich eine fremde Welt betreten und das Licht die Kälte des vergehendes Jahres hinfortwaschen; als ließe sich die Dunkelheit, die Athos gefangen hielt, mühelos abstreifen, sobald ich zwischen die Zelte und ihren unirdischen Schein trat.

Wärme tränkte meine Haut, die gewebten Teppiche dämpften meine Schritte. Sie wiesen den Weg, lockten mich tiefer hinein. Ich erhaschte Gesprächsfetzen, hier ein paar Zeilen über die verlorene Seemannstochter, dort etwas über den Wüstenkönig und seine Schwanenbraut. Die Lagerfeuer spiegelten sich in den Blicken derer, die mir entgegenkamen, als würden sie alle, die gekommen waren, um dem fahrenden Volk zu lauschen, ein Stück dieser Nacht in sich heimtragen. Einen Funken, ein Glimmen.

… sie banden die Königstochter auf die Klippen, um sie dem Ungeheuer zu opfern …

… als er den Turm hinabstürzte, verlor er sein Augenlicht …

… er kehrte zu der Schlafenden im Glassarg zurück, unfähig, sie zu vergessen …

Ich schloss die Lider, lauschte den Worten, die nur flüchtig existierten, sog sie in mich auf, badete in ihnen, wohl wissend, dass ich sie für viele Monde, vielleicht sogar für mehrere Winter verwahren musste. Sie konnten die einsamsten Nächte erfüllen und den tiefsten Schmerz lindern. Sie waren Heilung und Versprechen zugleich. Ein gewispertes Zeugnis davon, dass alles verging und nichts ewig währte. Keine Gefangenschaft und keine Freiheit. Kein Leid und kein Glück. Alles verging. Alles war flüchtig.

»Warum so traurig?« Eine Frau berührte mich an der Schulter. »Trockne deine Tränen, sie sind zu kostbar, als dass du sie an diese Nacht verschenkst.«

»Ich weine nicht«, widersprach ich unwillig, »es ist der Ruß der Goldgießereien, der mir in den Augen brennt.«

Strahlend weiße Zähne blitzten auf. »Fürchtest du das Feuer?«

Ich sah sie unverständig an. »Warum sollte ich?«

»Warum sonst brächte es dich zum Weinen?« Sie neigte lächelnd den Kopf, die bunten Bahnen, die ihren Leib und auch ihr Haupt kleideten, blähten sich im Wind. »Jeder Mensch fürchtet etwas. Die Nacht, den Morgen, die Schwelle der Tür, die anderen oder sich selbst. Was ist es, das du fürchtest?«

Vater, hätte ich fast gesagt, hielt mich jedoch zurück. »Die Einsamkeit.«

»Ah«, machte sie und schien wahrhaftig zu verstehen. »Selbst unter Hunderten von Menschen spürst du sie, nicht wahr? Auch ich kenne die Einsamkeit. Einst war sie mein Feind, nun ist sie ein gern gesehener Gast.«

»Ein … was?«, fragte ich verunsichert.

»Du bist gefangen, wie ich es einst war; komm«, sie hob einen Arm, um mir den Weg zu weisen, »und setz dich zu mir, damit wir beide ein bisschen weniger einsam sind.«

Zwischen den Feuern hindurch lotste sie mich zu einem abseits stehenden Zelt, schlug die Bahnen auseinander und bat mich einzutreten. Beindicke Äste stützten das Tuch, hinter dem Athos verschwand. Es roch nach Kerzenwachs und würzigem Tee. »Setz dich«, forderte die Frau des fahrenden Volkes, die Augen im Zwielicht zwei blanke Kiesel, das Weiß darum gespenstisch hell.

Urplötzlich fröstelnd schlang ich die Arme mich. »Ich stehe lieber.«

Die Frau nickte gedankenverloren, als müsste sie noch darüber entscheiden, ob ich ihre Beute sei – oder etwas weitaus Kostbareres. »Setz dich«, bat sie lockend, »und reich mir deine Hand, Prinzessin, ich werde dir sagen, was dich erwartet.«

»Woher …«

»Ich weiß viel, doch du weißt wenig. Bist du nicht deshalb hier? Um die Fragen zu stellen, die dir auf dem Herzen liegen? Um die Wahrheit zu erfahren? Über dich und deine Mutter? Über den Thron, den sie sich stahl? Und das Unrecht, das sie dir damit tat?«

»Unrecht?«, brachte ich flach hervor.

»Setz dich«, verlangte sie diesmal so streng, dass ich nicht wagte, mich zu sträuben. Befangen sank ich auf die Knie, meine Finger gruben sich in die Kissen, die auf dem Boden verteilt lagen, als erwarte sie noch Besuch. Vielleicht aber waren ihre Gäste bereits gegangen; andere vor mir, die sich hatten aus der Hand lesen lassen.

Ein Blick in die Zukunft, was würde ich dafür geben! Zugleich überkam mich allein bei dem Gedanken daran, dass das, was sie sah, keine Hoffnung barg, die blanke Panik. Wollte ich wissen, wie mein weiteres Leben aussah? Konnte ich aufstehen und ins Schloss zurückkehren – in mein Gefängnis –, sollte sie mir sagen, dass ich es niemals wieder verlassen würde? Könnte ich damit leben? Oder würde mich das Wissen darum zugrunde richten? Würde ich aufgeben, wie Mutter es getan hatte? Würde ich den letzten Ausweg suchen?

»Du bist nicht wie sie«, widersprach die Fremde und entzündete eine schlanke Kerze, die sie zwischen uns platzierte. Träge perlte das Wachs hinab, golden wie die Öfen der Gießereien, wie Vaters Krone und der

Schmuck, den er mich zwang zu tragen, wie die Teller in der großen Halle und die Rahmen der Gemälde, die Mutters Tod festhielten.

»Gewähr mir einen Blick«, forderte die Fremde, die goldene Flamme ein doppeltes Spiegelbild in ihren Iriden, darunter ein raubtierhaftes Lächeln, dem ich mich ebenso wenig entziehen konnte wie ihrem Befehl zuvor. »Zeig mir deine Zukunft, Prinzessin. Zeig mir dein Schicksal.«

Ihre Finger schlossen sich warm um meine Faust und lösten sie von den Fransen des Kissens. Lockend fuhr sie über meine Haut, überredete einen Finger nach dem anderen, bis ich ihr die Handfläche offenbarte und sie sich tief darüberbeugte. Ich stieß den Atem aus, hatte ihn unbewusst angehalten, meine Haut brannte. In der Ferne vernahm ich dumpfe Rufe, die das Gewisper der Geschichten durchdrangen. Stiefelschritte, zu schwer für die Teppiche. Klagende Zeltbahnen, die den Eindringlingen nichts entgegenzusetzen hatten. Das Klirren von Metall und abgehackte Befehle. *Wo ist sie? Wo ist die Prinzessin?*

»Sie kommen«, erkannte ich entsetzt. »Sie kommen mich holen!«

Die Fremde sah auf, der Blick tiefer als zuvor. Ihre Finger bogen sich um meine, schlossen sie sanft. »Alles«, sagte sie, »was zerbricht, kann heilen.«

Dann zerriss die Dunkelheit unter einem Streifen gleißenden Lichts.

Hier ist sie! Hier ist die Prinzessin!

»Alles«, wiederholte die Fremde, »kann heilen.«

Ehe sie zurücktrat und die Königswächter nach mir griffen.

Ich sah nicht, wohin die Fremde verschwand. Ich sah bloß die Zeltstadt hinter mir entrücken. Ein sanftes, warmes Leuchten, das Athos fortan fehlen würde.

Rot, Orange und Lila – auf ewig gebannt.

»Sieh nicht hin«, befahl der oberste Königswächter, als er mich die Stufen zum Schlossplatz hinaufbugsierte. Ich verstand nicht, bis ich die baumelnden Stiefel sah, spielerisch bewegt vom Wind – oder vom Echo eines Kampfes, der bereits verloren war.

Sie hätten mich nicht entkommen lassen dürfen.

Eine Prinzessin, keine Magd.

Da legte der Königswächter eine Hand auf meine Augen und zog mich unter den Leichen hindurch, die am Schlosstor hingen.

König ohne Herz.

Tochter ohne Tadel.

Alles verging. Doch nicht alles, was zerbrach, konnte heilen.

WOFÜR ES SICH

ZU STERBEN LOHNT

DER WÜSTENKÖNIG

Er stand in einem Sumpf aus abgetrennten Gliedmaßen. Zerstückelte Opfer, die unerlässlich gewesen waren. Die Hexe hatte ihm keine Wahl gelassen. Er hasste sie. Er hasste sie so sehr, dass es schmerzte. Zornig holte er aus und grub die Axt in den Baum vor ihm.

In den Menschen.

Kein Baum. Ein Mensch.

Er zwang sich, bei jedem von ihnen den ersten Hieb zu tun, den Kopf abzutrennen, bevor seine Männer folgten, um sie gänzlich zu fällen. Niemandem konnte er diese Last aufbürden, sie gehörte ihm allein. Er war der König dieser Menschen. Er musste damit leben. Kraftvoll riss er die Axt zurück, warmes Blut sprenkelte sein Gesicht. Es ging schnell. Ein Hieb. Ein Ächzen. Dann stapfte er weiter, die Axt hinter sich herschleifend.

Zum nächsten Baum – zum nächsten Menschen.

»Eure Majestät.«

»Was?«, fuhr er seinen Kommandanten an.

»Westham. Unsere Späher haben ihre Banner ausgemacht. Sie kommen rasch näher.«

»Wer?«, fragte er und wusste doch, dass es nur einer sein konnte.

»Prinz Tarek, Eure Majestät.«

Er hatte damit gerechnet. Früher oder später. Dass er schon jetzt kam, erleichterte ihn auf gewisse Weise. Tarek hatte ihn verraten, der vielleicht einzige Freund, den er je gehabt hatte. Ausgeliefert an die Hexe! Er schmetterte die Axt in den nächsten Stamm – die nächste Kehle. Seine Schultern sackten herab. Tarek hatte ihn wahrlich verraten. Keine Freundschaft, keine Liebe, nichts in dieser Welt war von Bestand.

»Bringt ihn zu mir«, befahl er dem Kommandanten, ehe er die Axt aus der Frau vor ihm zog – sie löste sich schmatzend – und zum nächsten Baum schritt, um auch dort ein Leben zu nehmen. Der Kommandant zögerte, als wollte er noch etwas hinzufügen. Duncan hob die Axt und der Kommandant verbeugte sich hastig. Er sah schon nicht mehr, wie das nächste Opfer des Blutwaldes fiel.

Baum für Baum. Kehle für Kehle.

»Sie sterben wegen dir«, zischte er in den Wald, wohl wissend, dass sie ihn hörte. Er hoffte vom Grunde seines Herzens, dass sie litt – und sei es nur ein Abglanz dessen, was er fühlte. »Wegen dir«, knurrte er und hob erneut die Axt.

Und erneut.

Und erneut.

Und erneut.

Mit jedem Schlag verlor er ein Stück von sich selbst.

Mit jedem Schlag gewann er etwas dazu.

Etwas Dunkles, das niemals mehr vergehen würde.

WINTER

Das Kind, das sie in den Armen trug, schlief seelenruhig. Es spürte nichts von dem nahenden Unheil, noch wusste es, dass die Frau, die es hielt, nicht seine Mutter war und ihm niemals eine sein würde. Sanft wiegte sie es hin und her, in Gedanken weit weg – beim Wüstenkönig, der Zofe und dem Königswächter. Durch den Wind, er war ein Teil von ihr, so wie sie von ihm. Dämonen, wie die Menschen behaupteten, existierten allein in ihrer Gestalt. Sie war die Letzte ihrer Art, der verbliebene Rest eines einst übermächtigen Geschlechts. Dennoch glaubte sie, ein fremdes Wispern vernommen zu haben. Ein Raunen, ein Rauschen, ein Flüstern und Locken – etwas, das nicht sein dürfte. Frühling, Sommer, Herbst und Winter – niemand sonst vermochte durch den Wind zu sprechen. Wenn also nicht sie die Dämonen dem Wüstenkönig hinterhergehetzt und Mary in den Wald gelockt hatte – wer dann?

Frühling, Sommer, Herbst und Winter; sie wusste, dass sich darin die Lösung des Rätsels befand. Die letzten Stunden hatte sie intensiv dem fahrenden Volk gelauscht; wenn es jemanden in dieser Welt gab, der Antworten auf Fragen wusste, die ihr unbekannt waren, dann die Geschichtenerzähler; Kinder ihrer verschollenen Schwester.

Sommer, flüsterte sie in Gedanken und erhielt doch keine Antwort.

Das Wispern schien verstummt – und dass es so war, beunruhigte Winter zutiefst.

Das Kind in ihren Armen regte sich; ihre Jäger hatten es gestohlen und in den Wald gebracht, jetzt gehört es ihr allein. Sie summte ihm eine Melodie vor, deren Sinn längst in Vergessenheit geraten war. Nicht einmal die Winddämonen schienen sich ihrer zu erinnern.

Liebes Kind, trag die Hoffnung und die Träume.
Bring mir ihre Herzen, nimm der Menschen Wärme.

Schlaf, mein Kleines, raunte sie mit schwerer Stimme, ehe sie es in die Wiege legte. Wie es dort lag, erinnerte es sie an ein früheres Kind, in einer früheren Wiege. Unvergessen war der Tag, an dem sie der attischen Prinzessin den Segen gegeben hatte, der keiner war.

Sie hatte Mary dazu verdammt zu zerbrechen.

Wie die Spindel der schönsten Braut.

Wie der Sarg der Drachenbraut.

Wie die Muschel der stummen Königin.

Ihre Bräute hatten sie betrogen, unwissend darüber – oder bewusst ignorierend –, dass jeder Frieden auf Opfern erbaut und bloß eine Illusion war. Monarchen, so edel ihre Absichten auch sein mochten, so menschlich waren ihre Herzen.

WINTER!

Sanft gab sie der Wiege einen Stoß und betrachtete das winzige Gesicht des Kindes, das an der Seite des Kronprinzen von Kor-Tand herrschen würde, um den Frieden zu wahren, den die Könige nicht in der Lage waren zu halten.

WINTER!

In Gedanken tastete sie nach dem Jäger, der so vehement nach ihr rief. Sie fand ihn im Sarg liegend, die Prinzessin in den Armen. Als sie seinen Geist berührte, zuckte sie zurück.

Sie stirbt, brüllte der Jäger. *Alles hier stirbt.*

Sie erhaschte einen Blick auf das Inferno im Herzen der Prinzessin. Hell flackernde Flammen – heiß, so unglaublich heiß – und wich hastig zurück. Sie ertrug die Hitze nicht.

Du musst sie retten, wisperte sie. Ihre Lunge brannte vom Rauch. Alles brannte.

WINT…

Hastig schloss sie ihn aus, die Prinzessin und den Jäger, konnte ihm nicht helfen. Nicht, wenn die Welt, in der er verweilte, in Flammen stand. Alles, nur keine Flammen!

Zitternd stützte sie sich an der Wiege ab, rang um Atem.

All die Jahre, all die Leben, und noch immer fürchtete sie das Feuer.

»Winter?« Die Zwillinge traten näher. Die eine gefasst, die andere zögernd. Tag und Nacht. Himmel und Hölle. »Wir möchten das neue Kind sehen.«

Es schläft, antwortete sie erschöpft, erlaubte den Schwestern jedoch näher zu treten. Der schlafende Säugling trug die Zeichen der Hexen: schwarzes Haar, bleiche Haut und Lippen wie Blut. In jeder Generation fanden sich Wechselbälger wie dieses – wie die Zwillinge –, doch ihnen wohnten keinerlei Kräfte mehr inne. Bloß eine Spur des Zorns glaubte Winter zu erkennen; jenen Zorn, für den sie und ihre Schwestern berüchtigt gewesen waren.

In einem anderen Leben. In einer anderen Zeit.

DER JÄGER

Er fand sie nicht. Verflucht, er fand sie nicht!

Athos war größer, als er gedacht hatte. Gang reihte sich an Gang, ein Labyrinth aus Sackgassen und sich verzweigenden Korridoren – und fast glaubte er, dass es die Prinzessin selbst war, die sich ihn vom Leib hielt. Immer dann, wenn er hoffte, den richtigen Weg gefunden zu haben, wurde er von Flammen ausgebremst. Das Grollen war zu einem stetigen Unterton dieser Welt geworden. Alles brach auseinander, Löcher klafften im Mauerwerk, dahinter nichts als bodenlose Schwärze.

Du musst sie retten – *wenn das so leicht wäre!*

Fluchend blieb er stehen und riss die Arme hoch. »Du willst nicht, dass ich dich finde, schön! Aber willst du, dass ich sterbe? Denn verdammt, Prinzessin, das passiert! Du stirbst und ich sterbe mit dir! Wir beide! Willst du das?«

Er erwartete nicht, dass sie antwortete. Er wusste ja nicht einmal, ob sie ihn hörte. Und wenn – warum sollte sie ihn retten? Nicht ihn liebte sie, sondern Phillip, der irgendwo da draußen war, einen gestohlenen Namen trug und ein gestohlenes Leben lebte. Weder er noch seine Eltern hatten versucht, ihn – den wahren Tarek – zu retten, warum sollte es da eine Fremde tun? Nein, ob er lebte oder starb, interessierte niemanden.

»Zwölf lange Jahre«, stöhnte er, »und jetzt endet es so.« Die Erkenntnis ließ ihn sich beinahe übergeben. »Zwölf Jahre, Prinzessin. Nach dem nächsten Blutmond wäre ich frei gewesen. Du bringst Pech, Prinzessin, du ziehst es geradezu an und weißt es noch nicht einmal.« Erschöpft sank er gegen die Wand. »Du hast keine Ahnung.«

Er rutschte zu Boden, die Beine angewinkelt, die Arme auf den Knien liegend. Die Drachenschuppen blätterten von seinem Leib, bis er wieder die Rüstung des Waldes trug, gewoben aus Schatten und Blut. Er würde sterben, wie er gelebt hatte – als ihr Diener und Wesen des Blutwaldes. Erschöpft ließ er den Kopf gegen die Wand sinken und schloss die Lider. Er spürte die Beben, die durch das Gemäuer liefen, die Hitze des Feuers. Nicht mehr lange und die Flammen würden ihn erreichen – und dann wäre er nicht mehr. Welch bittere Ironie, dass er einst durch ein Feuer wiedergeboren wurde und nun durch ein Feuer sterben sollte. Er hasste die Flammen. Ebenso Winter. Wie ähnlich sie sich waren.

»Vielleicht ist es Schicksal«, flüsterte er.

»Schicksal?«

Er traute seinen Augen kaum. Da stand die Prinzessin, das Haar gelöst, die Augen gerötet, während Risse über ihre Haut wuchsen. Unweigerlich streckte er eine Hand nach ihr aus, glaubte nicht, dass sie wirklich da war, bis sich ihre Finger heiß um die seinen schlossen und sie sich neben ihm niederließ. Ihr Körper fieberte, als würde sie von innen verglühen. Sie war das Abbild dieser Welt. Brennend und berstend.

»Du stirbst«, sagte er.

Statt mit Furcht zu reagieren, nickte sie bloß. »Ich weiß.«

»Warum lässt du es zu?«

»Wie könnte ich es ändern?« Sie lehnte sich an seine Schulter, ihre brüchige Hand in seiner. »So stelle ich mir den Tod vor«, antwortete sie auf seine unausgesprochene Frage und zog die Knie an. »Mutter zersplitterte auf den Stufen des Schlosses. Wie meine Puppe.«

»Deshalb zerbrichst auch du«, erkannte er und fuhr eine Kerbe auf ihrem Arm nach. Die an gesprungenes Porzellan erinnerte. »Deshalb reißt alles auseinander.«

»Dass du mit mir stirbst, tut mir leid.«

»Stirb nicht«, bat er. Sie sagte nichts.

Einhellig schweigend lauschten sie dem Grollen und Ächzen des Schlosses. Es hätte schlimmer kommen können, erkannte er. Bei ihr zu sein, der Frau, deren Herz seinem Bruder gehörte, war weniger unerträglich, als er gedacht hatte. Beinahe konnte er sich einreden, dass sie seinetwegen neben ihm saß und nicht, weil er ihm ähnelte.

»Liebst du ihn?«, fragte er.

»Tue ich das?«, fragte sie zurück.

»Tust du es nicht?«

Sie drehte ihre miteinander verschränkten Hände, sodass seine oben lag. Mit der anderen fuhr sie über seine Fingerknöchel, ohne sich dessen bewusst zu sein. Tanzende Fingerspitzen, eine Berührung gleich wärmenden Sonnenstrahlen. »Vor drei Jahren glaubte ich, ihn zu lieben; doch den Mann von heute kenne ich kaum, so wie auch er nichts von mir weiß. Wir sind den Erinnerungen entwachsen. Es ist allein der Gedanke an das, was hätte sein können, der mich bisweilen verfolgt.« Sie umspielte seine Finger, vertieft in eine andere Zeit. »Ich wies seinen Antrag ab, weil Vater es wollte. Ich tat es bei allen folgenden.«

»Männer verlieben sich oft in dich.«

»Überall und ständig. Du spürst es auch, nicht wahr?«

Er konnte es nicht zugeben. »Mein Herz ist schwarz.«

»Meines ist aus Glas.«

»Du weißt davon?«

Sie hob den Kopf von seiner Schulter, sofort vermisste er ihre Wärme.

»Dass mein Herz aus Glas besteht? Mutter sagte, es sei …«

»Es ist dein Fluch«, unterbrach er sie. »Winter hat dich verflucht.«

Sie biss sich auf die Lippe. Er konnte nicht anders: er beugte sich vor und atmete ihren Duft ein, der unter dem Rauch des sterbenden Feuers hing. Laub und Rosen.

Und wie er es spürte.

»Du bist Gift«, flüsterte er und merkte, dass auch sie den Atem anhielt. »Gift für mich. Für uns alle. Winter schenkte es dir am Tag deiner Taufe.«

»Ein Fluch?« Er spürte die Worte mehr, als dass er sie hörte. Nur ein winziger Abstand trennte sie noch. Nur ein klitzekleines bisschen. Bei allen Geistern des Waldes, sie war so unschuldig und schön. Nein, verbesserte er sich: nicht unschuldig, bloß schön. Dennoch war es ihm unmöglich zurückzuweichen, genauso konnte er den letzten Abstand überbrücken. Als wäre da eine unsichtbare Barriere, die sie trennte. In ihren Augen *stand ein verzehrendes Feuer, ihre Haut glühte – und plötzlich verstand er, wieso Winter nicht half.*

Es lag an den Flammen. An der Hitze!

Mary starb. Die Liebe seines Bruders. Der alles besaß, was ihm gehören sollte.

Auch sie?

Die Prinzessin schluckte. »Wie geschah am Tag meiner Taufe?«

Plötzlich war er sich sicher. »Ich kann es dir zeigen.«

»Wie das?«, fragte sie nervös.

Er zwang sich zu einem Lächeln. »Vertraust du mir?«

Nur ein bisschen weiter und er würde sie küssen. Wenn er es tat, wenn er erst ihre Süße gekostet hatte, wusste er nicht, ob er jemals wieder von ihr lassen könnte. »Das hier«, er wich von ihr zurück, nur ein bisschen, um wieder atmen zu können, »ist dein Innerstes. Wenn du mir in meines folgst, kann ich dir alles zeigen, was ich weiß.«

»Erzähl mir davon.«

Er verneinte. »Du musste es erleben, um es zu begreifen.«

»Und das geht nur, wenn ich dir folge?«

Es würde ihm vor allem erlauben, mit Winter zu sprechen.

Seine Finger fanden die Risse auf ihrer Haut. »Ja.«

»Ja«, sagte auch sie. »Ich vertraue dir.«

Diesmal war sein Lächeln echt. Der Mond in seinem Innern schien heller als je zuvor.

»Gut«, sagte er rau. Dann küsste er sie.

Mary von Athos

»Hörst du den Wind flüstern?
Er singt dich in den Schlaf, wenn ich es nicht mehr kann.«

Die schönste Braut zu Mary
am Abend vor dem Tag des Schwarzen Winters

Ich hatte gehofft, dass er mich küssen würde. Doch als er es tat, sich wahrhaftig vorbeugte und meine Lippen mit seinen streifte, zerriss es mich. Weil ich das hier brauchte. So verzweifelt brauchte, dass ich die Hände um seinen Nacken schlang, mich an ihn schmiegte und zugleich das Bild Tareks vor Augen hatte. Mein Körper verglich sie sofort, fand die Unterschiede blind. Tareks Haar war kürzer, das des Jägers weicher. Tareks Küsse glichen einem Sturm, zogen mich hinauf, machten mich schwerelos. Der Jäger hingegen küsste, als wäre er noch nie geküsst worden. Verzweifelt wie ein Verdurstender. Er brauchte diesen Kusses ebenso dringend wie ich, vielleicht sogar noch mehr.

Er stöhnte an meinen Lippen. Ich spürte, wie etwas in ihm erkaltete. Er verschloss sich vor mir, wie er es von Beginn an getan hatte. Bloß einen Blick hatte er mir gewährt. Auf sein Herz, das im Gegensatz zu seinen Worten keinesfalls schwarz war.

»Nein«, murmelte er an meine Lippen, mich nicht mehr küssend, aber auch nicht gänzlich weichend. »Nein, vertrau mir nicht.«

»Weil du ihr Diener bist?«

»Wer so lange wie ich in den Schatten gelebt hat, wird Teil von ihnen.«

Er löste meine Hände von seinem Nacken. Sein Blick war tief wie die Nacht, anders als Tareks, der einem tobendem Sturm glich, wann immer er mich fand.

»Was willst du mir zeigen?«, fragte ich leise. Der Gang um uns war verschwunden, Athos jedoch geblieben, wenngleich anders als zuvor, nicht grau, nicht sterbend. »Ist das eine deiner Erinnerungen?«

»Nein.«

»Wessen ist es dann?«

Wir standen auf dem Schlossplatz, Schneeflocken strauchelten aus perlweißen Wolken, die schwerelos über uns hingen. Dies hier war das Athos vor dem Tag des schwarzen Winters. Der Jäger hob meinen Arm und berührte die Risse, die unaufhörlich wuchsen. Ich spürte den Schmerz dumpfer als zuvor. Vielleicht wurde es einfacher, je weiter es mich hinabzog.

»Wessen Erinnerung ist es?«

Er drehte mich um und blieb hinter mir, warm, beschützend und stark; ich hob den Blick und sah sie. Eine Erscheinung in frostigem Weiß: Haare wie der wolkenverhangene Himmel, ein Kleid aus sich stetig verflechtenden Schneeflocken, die Augen eisblau.

Überirdisch. Unmenschlich. Wunderschön.

»Das ist sie?«, fragte ich.

»Das war sie«, korrigierte er. »So sieht sie schon lange nicht mehr aus.« Damit stieß er mich vorwärts, hinein in die Hexe, die uns entgegenkam. Die Welt drehte sich rundherum, ehe sie urplötzlich zurück ins Gleichgewicht fiel.

Du glühst.

Ich sterbe, gab ich in Gedanken zurück, was sie zum Lächeln brachte. Ich spürte es, weil ich lächelte. Weil ich sie war. In ihrer Erinnerung.

Für einen Augenblick werde ich deinen Geist ertragen.

Sie schritt über den attischen Hof, an verzagten Wächtern vorbei und die Stufen zum Eingangsportal hinauf. Die Welt um uns verlor an Farbe, Wind kam auf, trieb die Schneeflocken über den blassgrauen Himmel, der sich mehr und mehr zum Sturm verdichtete. Niemand hielt sie auf, als sie die eisenverstärkte Pforte aufstieß und die Vorhalle betrat. Ein Dienstmädchen schrie auf; die Wachen, die herbeieilten, stolperten, kaum dass sie begriffen, wer da in ihr Reich eindrang, das zu schützen sie existierten. Ich folgte den Spuren von Winters Erinnerung durch den ausladenden Flur und in die große Halle, aus der Stimmen erklangen, Musik und Gelächter.

Doch mit uns – mit ihr – hielt die Stille Einzug.

Stille und Kälte.

Mutter fuhr vom Kopf der Tafel hoch, an der die Monarchen der sechs Reiche versammelt saßen; selbst aus Seval und dem fernen Morrigan waren sie angereist.

»Sieh an«, sagte Winter mit schwerer Stimme. »Zwölf sitzen da und speisen – so friedlich und vereint. So ungemein friedlich. War da kein Platz für einen Gast mehr?«

»Für dich ist immer Platz«, brachte Mutter hervor und winkte ein Dienstmädchen herbei. »Bitte, setz dich. Ich lasse einen weiteren Teller holen.«

»In allen Königreichen war stets ein Tisch für uns gedeckt. Mit Gold und Silber und feinstem Glas. Nur Athos ist anders, natürlich ist es das.« Statt zur Tafel zu schreiten, wandte sie sich dem Erker zu. Das schwindende Tageslicht fiel durch die Bleiglasscheiben und tauchte die goldverzierte Wiege in unheiligen Schein.

»Winter«, flehte Mutter.

Doch in Winters Brust war kein Platz für Gnade.

Ich – nein, sie trat an den Rand des Bettchens und sah hinab auf das Kind.

»Ein Mädchen. Wie töricht.« Winters Hände umfassten den zierlichen Leib. Stühle wurden zurückgeschoben, jemand rief nach den Wachen. »Wie viele Leben hast du geopfert, um dieses eine zu empfangen? Ein Dutzend? Einhundert? Der Gestank sickert ihr aus allen Poren, ein Kind dunkelster Blutmagie, du Närrin.«

Mutter reckte das Kinn, wie um der Furcht zu trotzen. Ich hatte sie noch nie so ängstlich erlebt. »Sie ist meine Tochter.«

»Das ist sie nicht.«

»Ich habe sie geboren«, beharrte Mutter.

Winter hob das Kind an, es gurrte im Schlaf. »Was sie nicht zu deinem Fleisch und Blute macht. Flammendes Haar wie der Vater, das Gesicht der Mutter und ein Herz aus …«

»Warte!«

Winter drehte sich zu den Monarchen, auf dem Arm das schlafende Kind.

Es war die Königin von Seval, die auf uns zutrat.

»Es ist nur ein Kind«, beschwor sie Winter. »Wen interessiert, auf welche Art es empfangen wurde? Sie wird ihre Aufgabe erfüllen, wie unsere Söhne es tun. Die Drachenbraut bekam Zwillinge, einer von ihnen wird sie ehelichen und dann …«

»Für die Zwillinge ist gesorgt«, widersprach Winter frostig.

»Es wäre nicht das erste Mal, dass ein gestohlenes Kind ersetzt wird.«

»Wie das eine, das zu töten ihr versuchtet?«

»Wir haben nicht …«

Winters Fauchen ließ den Saal erstarren, Frost fraß sich über das Bleiglas, Eissplitter stoben über den Tisch, der bloß für zwölf Monarchen gedeckt war, nicht aber für sie; und in diesem Moment, da ihr Blick die Tafel fand, begriff ich, wie verletzt sie war. Nicht bloß des Kindes wegen, sondern weil sie ausgeschlossen wurde.

Sie nahm sich einen Mann, der ihr nicht bestimmt war, stahl sich eine Krone, die ihr nicht zustand, verschwor sich mit meinen Bräuten und versuchte, eines meiner Kinder zu töten. Dann schuf sie dich und wurde zu dem, was wir bekämpften.

»Schönste Braut von Athos«, sprach Winter, die Stimme klar, als würde ein jedes Wort in die Luft gezeichnet, »alles, was du dir so sorgsam erstohlen und erlogen hast, wird zunichte sein. Dein Reich soll leiden, deine Ehe scheitern, und das Kind, welches niemals hätte geboren werden dürfen …«

»Tu es nicht«, unterbrach die sevalsche Königin den Fluch; die Kälte im Saal verdichtete sich, und ich verstand, wieso sie verstummt war. Sie hatte gewagt, das Wort gegen Winter zu heben. Sie hatte versucht, das Kind zu schützen und zur Strafe hatte Winter ihr die Stimme genommen. Stumme, stumme Königin.

»Das Kind soll dir von Angesicht und Anmut gleichen«, fuhr Winter unerbittlich fort. »Zerbrechlich zarte Schönheit und ein Herz fragil wie Glas; an dem Tag, da sie es verschenkt, wird es brechen.« Das Kind erwachte mit einem Schrei; als Winter es ansah, spürte ich Tränen in ihren Augenwinkeln. Sie hob es an ihre Lippen und küsste es sanft auf die Stirn. »Dies ist der Preis für dein Leben.« Sacht legte sie es zurück in die Wiege, steckte die Decke fest, drehte sich um und verschwand.

Ich folgte ihr durch die Gassen, vorbei an all den Menschen, die sich von dem Tag an fragten, welche Gabe die Hexe aus dem Wald der ersten und letzten Prinzessin wohl gebracht haben mochte. Sie hatten ja keine Ahnung.

DIE STUMME KÖNIGIN

Das Gesicht der Dienerin, die ausgeschickt worden war, um die Prinzessin zu finden, war erschreckend farblos, als sie vor der stummen Königin erschien, die Hände ringend und zu häufig blinzelnd.

Wo ist sie?

»Ich konnte sie nicht finden, Eure Majestät.«

Die stumme Königin hob eine Braue.

»Zuletzt waren sie in der Küche. Mit … mit dem Königsadler.«

Ihr schwante Böses. *Weiter.*

»Die Köchin klärte sie darüber auf, was ein Königsadler frisst; darauf verließen die Kinder das Schloss, um … um …«

Missgestimmt rieb sich die stumme Königin den Nacken, sie spürte die Verspannung aufsteigen, den Schmerz, der tagtäglich nach ihr griff. Er begann im Kreuz, wanderte die Wirbelsäule hinauf und gipfelte im Schädel. Eine Folge der Geburt, die keine gewöhnliche gewesen war. Sie hatte ihr alles abverlangt, körperlich und seelisch; wie der schönsten Braut und Frühling zuvor. Sie alle hatten ein Kind geboren, dessen Existenz wider die Natur war.

Schickt mehr Diener aus, sie sollen sie finden und herbringen.

»Gewiss, Eure Majestät.«

Die Dienerin knickste und verschwand, kurz darauf strömten die Tempeldienerinnen in den Königinnensaal. Sie begannen ihre Herrin zu entkleiden und das Bad anzuheizen. Die stumme Königin atmete auf, als die letzte Stoffbahn von ihrem Körper schwand, und noch einmal, als sie in das Becken glitt und das Wasser ihren Leib umschmeichelte. Schwappend nahm es von ihr Besitz. Voll Wonne sank sie zurück, zwei Dienerinnen nahmen sie in Empfang, folgten mit den Händen der

Spur des Wassers und verschafften ihr Entspannung, wie nur sie sie zu geben verstanden. Durch gesenkte Lider beobachtete sie entrückt, wie die übrigen am Altar hantierten, Kerzen entzündeten, Dolche erhitzten. Der Flammenschein spiegelte sich auf den Klingen und den Rundungen der Dienerinnen, als seien sie mit Öl begossen. Es glich einem lustvollen Spiel, wie sie einander berührten, die Schneiden liebevoll in den Händen, auf der Haut, dem Bauch, den Armen, den Schenkeln. Die Rinnen füllten sich mit purpurnem Lebenssaft, die Luft mit warmen Seufzern, das Bad gewann an Farbe, das Wasser schwappte – und der Schmerz schwand. Ihr Körper fühlte sich fest an, biegsam und heiß.

Mehr, verlangte sie und sank tiefer in die Umarmung.

Blut stählte sie, Blut gab ihr Luft, verschaffte Linderung – und zugleich Ekstase.

Sie brauchte es wie der Goldkönig seinen Fluch. Er war fortgegangen, nachdem sie ihm offenbart hatte, worum sie gebeten worden war und von wem. Sie würde das Herz des westhamschen Kronprinzen durchstechen, ihm die Last der Liebe nehmen und zugleich seine größte Schwäche in diesem Krieg. Auf dass Westham frei sei, dachte sie und schloss die Augen.

Wie Athos. Wie er.

Das Gesicht des Goldkönigs flammte vor ihrem inneren Auge auf. Sie sah sich in seinen Armen liegen, seinen Leib mit ihrem vereint, das Wasser ebenso tiefrot, ebenso wogend, um sie herum die Tempeldienerinnen, helfend und unterstützend. Sie drehte den Kopf, kostete von der süßen Rundung jener, die sie hielt. Sie hatten es oft versuchen müssen, waren Mond für Mond miteinander verschmolzen, über viele Winter hinweg, ehe sein Samen gefruchtet hatte. Oh, wie sehr sie ihn vermisste! Auf animalische Art. Sie biss in die zarte Haut, die Dienerin stöhnte, ein weibliches, kehliges Stöhnen – nicht rau und hart wie das des Goldkönigs. Erneut biss sie zu, erneut erklang das Stöhnen. Niemand konnte ihn ersetzen.

Vielleicht, dachte sie entrückt, sollten sie es erneut wagen. Weitere Nächte damit zubringen, eine Waffe zu schmieden. In ihrem

Schoß. Zwei Töchter waren besser als eine. Gesegnet mit überirdischer Schönheit, dazu geschaffen zu verzaubern, wie es die Flüche Winters taten. Das Herz eines Prinzen konnte bloß durch dreierlei gewonnen werden: wahre Liebe, Winters Zauber oder verfluchte Schönheit, wie Mary sie besaß – und nun auch Aurora.

Zwei Waffen in diesem Krieg. Zwei Chancen auf Freiheit.

Obgleich die Schönheit der Prinzessinnen wie der Fluch Winters betörte, war sie doch subtiler. Sie blendete weder noch stahl sie den freien Willen, sie verstärkte lediglich die Begierde und schuf eine Verliebtheit, die wahrer Liebe gleichkam – und doch niemals wie sie war. Nein, keiner der Prinzen würde wahrhaftig lieben, doch sie würden befreit sein von den falschen Bräuten und Winters Fluch. Duncan hätte der erste sein sollen, doch die Hexe war ihnen zuvorgekommen und ihr Plan schrecklich misslungen.

Vielleicht sollten sie es erneut wagen.

Vielleicht würde sie es vorschlagen.

Beim nächsten Blutmond.

Der Goldkönig würde sich im Rosengarten einfinden, um dem westhamschen Kronprinzen beizustehen – und um sein eigenes Herz zu opfern.

»Eure Majestät …«

Sie schenkte dem Eindringling keinen Blick, gedachte nicht, aus der warmen Umarmung zu fliehen, wie sie es zuletzt wegen des Königsadlers hatte tun müssen. Ihr Körper lechzte nach Erfüllung. Das Blut ihrer Dienerinnen umfloss ihre Haut, pulsierte in ihren Adern.

»Eure Majestät …«

Was?, fragte sie ungehalten.

Die Antwort kam zu rasch. »Der Kronprinz und die Prinzessin …«

Sie blinzelte ungehalten zu der Dienerin, die verlegen am Beckenrand stand, die Wangen gerötet, die Augen unstet. *Habt ihr die Kinder gefunden?*

»Nun … nicht direkt.«

Dann störe nicht und finde sie.

»Sie waren auf der Anhöhe«, fuhr die Dienerin unbehaglich fort.

Die stumme Königin runzelte die Stirn. Dort gab es nichts außer Lilien und Schafen.

»Wir haben ein Lamm gefunden. Zwei weitere fehlen.«

Die Tempeldienerinnen, die ihr Erstarren falsch deuteten, fuhren fort, sie zu liebkosen, und während die eine ihre Brust umfasste, traf sie die Erkenntnis.

Beseitigt es, verlangte sie von der Dienerin. *Und findet sie. Rasch!*

Ohne abzuwarten, ob ihr Befehl befolgt wurde, legte sie den Kopf in den Nacken und versuchte, ihre Gedanken auf das Hier und Jetzt zu fokussieren, auf den Klang des Wassers, den metallischen Geschmack des Blutes, die lockenden Berührungen, die sich anbahnende Erlösung. Sie brauchte das hier, brauchte es so sehr, um für den Blutmond gewappnet zu sein, dass der Zorn auf die kleine Prinzessin ins Unermessliche wuchs und die Erregung zu verdrängen drohte. Sie biss die Zähne zusammen und verlangte nach *mehr*. Die Schneiden glitten über die Haut, Blut rann auf den Altar und von dort über die Furche im Boden zum Becken.

Mehr Blut. Mehr von allem.

Zwei Herzen. Zwei Flüche.

Damals, als die schönste Braut erklärt hatte, wie das Ritual zu vollziehen sei, hatte sie die Anweisungen ohne Zögern befolgt. Heute, zwölf Winter danach, überkam sie allein bei dem Gedanken das blanke Grauen. Der Weißdorndolch war schwer und unnachgiebig gewesen, die Haut des Goldkönigs weich und so leicht zu durchstoßen – wie ihre eigene. Mit den Fingerspitzen hatte sie die Rippen gezählt, die leichte Vertiefung dazwischen gefunden – wie die Tempeldienerinnen. Sie hatte die Klinge angesetzt und war butterweich bis zum Heft hineingeglitten – tief hinein. Sie warf den Kopf zurück, stöhnte lautlos, alles zog sich in ihr zusammen, das Grauen vermischte sich mit animalischer Gier nach – *mehr!* Das Wasser schwappte über den Rand, klatschte auf die Marmorfliesen, die schon zu viel Blut gekostet hatten. Wie der verfluchte Wald. O ja, sie und Winter waren sich ähnlich, so unfassbar ähnlich. Sie nutzten das Blut anderer, um Macht zu erlangen und zu verteidigen. Sie brachen die Regeln des Anstandes, um eine höher liegende Moral zu befriedigen – *O Himmel!* Nur in zweierlei unterschieden sie sich. Ihr eigener Körper war schwach und menschlich – und wie berauscht –, während der Winters seit Jahrtausenden unverändert blieb. Weil Winter kein Mensch war; wenngleich sie einst einem entsprungen war. Wie das Biest, das sie selbst zur Welt gebracht hatte. Das Biest, das nicht menschlich war. Nicht ganz, zumindest.

Blut, verlangte sie fiebrig und erhielt es unversehens. Der Kelch erzitterte in ihren Fingern, Metall benetzte ihre Zunge, brachte die Erlösung, nach der sie sich verzehrte. Die Hitze in ihrer Mitte wuchs ins Unerträgliche, das Blut füllte sie aus, von innen und außen. Sie schrie lautlos und still. Das Wasser kräuselte sich. Die Hände der Tempeldienerinnen schwanden, ließen sie allein im Moment höchster Ekstase. Sie tauchte unter, fühlte sich mächtig, schwerelos und unbesiegbar. Sie kostete das Gefühl ihres gesättigten Körpers aus, der so viel voller und weicher schien als zuvor, ehe sie die Oberfläche mit neuer Kraft durchbrach. Die Tempeldienerinnen zogen sich bereits zurück, blass und geschwächt, aber glückselig, dass sie ihrer Herrin beistehen konnten.

Ich danke euch, brachte sie wohlgesonnen hervor, die Glieder von neuem Leben erfüllt. O ja, ihr Körper unterschied sich von Winter, doch es war der Wille, der über Sieg und Untergang entschied. *Die Kinder*, verlangte sie von einem Diener, *sind sie gefunden?*

»Noch nicht.«

Sieg oder Untergang.

Die Prinzessin, die sie geboren hatte, war der Schlüssel.

Weil Mary es nicht war.

Findet sie!

DIE BLUTPRINZESSIN

Das Amulett sprach wispernd zu ihr. Aurora hielt es sicher verborgen in ihren Händen, damit er es nicht sah. Sie wollte es ihm nicht zeigen, sie wollte es ganz für sich allein. Es schimmerte so schön, wenn sich das abendliche Licht darin brach, zauberte Sterne auf ihre Haut, als hielte sie ein Stück des dämmernden Himmels in ihren Händen. Es war wertvoll, das wusste sie. Mutter trug es stets bei sich. Sie hatte es aufblitzen sehen, sobald sich die Königin vorbeugte, um ihren Bruder zu küssen – niemals hingegen sie selbst. Vielleicht lag das daran, dass sie so schön war, außergewöhnlich, überirdisch, beinahe unmenschlich schön, während die Königin stetig an Anmut verlor. Das zumindest hatten die Diener gesagt, die ihr beim Baden halfen. Sie sprachen viel über die Königin, in dem fälschlichen Glauben, dass Aurora nichts verstand.

»Was hast du da?«

Hastig schloss sie die Finger um das Amulett und verbarg es in den Falten ihres Kleides, bevor ihr Bruder hinzutrat und auffordernd eine Braue hob.

»Hast du etwas von Mutter gestohlen?«

Heftig schüttelte sie den Kopf. Remus' Lächeln erlosch.

»Du weißt, wie böse sie sein kann. Erst recht, wenn es um, na ja, um dich geht.«

Aurora wusste das. Sie mochte erst acht Winter zählen, doch sie hatte bereits verstanden, dass die Königin sie nicht liebte. Jeder ihrer zaghaften Versuche, der Königin Zuneigung zu entlocken, war gescheitert. Einmal, als sie des Nachts in das Bett ihrer Mutter gestiegen war, den Kopf vorsichtig auf ihre Brust bettend, ihren gleichmäßigen Atemzügen lauschend und ihren schweren Duft einatmend, da hatte sie, kaum dass die Königin erwacht war und sie aus den Laken gestoßen hatte, eine Woche das Zimmer nicht verlassen dürfen. Selbst Remus, der gewöhnlich bei ihr schlief und sie diese eine Nacht nicht hatte halten können, war kein Besuch gestattet worden. Sie war allein gewesen. Mutterseelenallein. Vielleicht hatte sie zuvor geahnt, dass etwas mit ihr nicht stimmte, ab da hatte sie es gewusst.

Sie war anders. Sie war besonders.

»Aurora«, sagte Remus und kniete vor ihr nieder, die Hände glänzend rot, als hätte er gemalt. »Was es auch ist, du kannst es mir zeigen.«

Aurora zögerte und beinahe, beinahe gab sie ihrem Bruder nach. Er liebte sie wahrhaftig – vielleicht sogar zu sehr. Doch gerade als sie die Faust, in der ihr errungener Schatz schlummerte, öffnen wollte, hörte sie es. Das Wispern schien aus dem Nichts zu kommen – oder aus ihr selbst. Sie war sich nicht sicher.

Remus strich ihr über die Wange, berührte ihre Nasenspitze. »Komm«, flüsterte er, um sie nicht weiter zu drängen. So war er immer. Aufopferungsvoll. Schützend. Zärtlich. Er tat, was sie verlangte. Auch Lämmern den schlanken Bauch zerschneiden. Er hatte eine Schere aus der Küche entwendet, nachdem er um Nahrung für den Königsadler gebeten hatte. Niemand achtete auf ihn, wenn sie dabei war. Als wäre sie das Licht und er ihr Schatten, unsichtbar neben ihr und zugleich untrennbar mit ihr verbunden.

»Komm«, flüsterte er und führte sie, seine glitschig warme Hand mit ihrer freien verwoben, zu dem wolligen Etwas im Gras. Dunkel glänzende Klumpen dampften im vergehenden Sonnenlicht, verströmten einen vertrauten Geruch. Niemals würde Aurora den Duft *ihrer* Haut vergessen. Sich aus Remus' Griff befreiend, berührte sie die Eingeweide, die aus dem aufgeschnittenen Pelz glitten. Sie waren warm und weich und nass. Aurora kicherte. Remus' Brust spannte sich merklich vor Stolz. Der Königsadler, der mit dem vorherigen Lamm unbefriedigt schien, flatterte zu ihnen herüber. Seine Flügelspitzen streiften Auroras Gesicht, sie zuckte zurück. Remus war sofort an ihrer Seite.

»Fürchte dich nicht«, murmelte er und legte seine schweren Hände auf ihre Schultern, durchweichte ihr Kleid. »Er ist noch hungrig. Siehst du, wie er nach den besten Stücken sucht? Bloß das Herz pickt er sich hervor. Schau, da! Jetzt hat er es gefunden. Schau, wie es ihm schmeckt!«

Erneut kicherte Aurora und erneut spürte sie, wie auch Remus vor Freude anschwoll. Seine Hände hielten sie ein bisschen fester, er zitterte beinahe, so sehr wollte er ihr gefallen. Sie lehnte sich gegen ihn, er umfing sie vollständig – mehr besitzergreifend denn schützend.

»Aurora«, wisperte er und löste eine Hand von ihr. Sie starrte auf den Adler, der seine Beute fest im Griff hatte, die Darmschlingen platzten zwischen seinen Krallen, während sie das Amulett umklammerte und Remus sie. Der Wind seufzte. Sie konnte es hören.

Das Reißen der Sehnen, das Ächzen, das Wispern.

Halt es höher, flüsterte das Amulett in ihrer Hand. Remus hörte es nicht.

Damit ich dich besser sehen kann.

Selbst als sie es vorsichtig hob und zwei Finger öffnete, hatte er keinen Blick dafür.

Es gehörte ihr allein. Es war ihr geheimster Besitz.

Da bist du ja, mein Wölflein.

Und wie sie so dastand und sich im ersten Spiegel betrachtete, den sie je zu Gesicht bekommen hatte, einer Stimme lauschend, die von wundersamen Geschichten sprach, von Schicksalen so alt, dass sie einem gewöhnlichem Geist die Vorstellungskraft sprengten, nicht aber ihr, die sie – so erfuhr sie jetzt – ganz und gar besonders war, wenn auch nicht einzigartig – und wie sie so dastand, gehalten von ihrem Bruder und die Augen weit, fand sie die Dienerschaft. Aurora hörte kaum das Klatschen der Ohrfeige. Sie sah nicht das Entsetzen in den Gesichtern. Sie sah und hörte bloß Winter.

Winter

Korrigiere deinen Fehler, verlangte sie von dem gestohlenen Kind – der Frau, die vor ihr auf dem Boden kniete. Sie hatte ihre Gedanken gut verborgen. Es gab nicht viele, die ihren Geist zu verschließen wussten. Die attische Prinzessin tat es unbewusst, die schönste Braut hatte es ihr antrainiert. Das gestohlene Kind jedoch hätte es nicht können dürfen. Winter wusste, sobald sie die Kontrolle über ihre Schützlinge verlor, verlor sie auch die Macht über die Welt der Menschen.

»Sie sollte nicht existieren!«, verteidigte sich das gestohlene Kind.

Es liegt nicht an dir, darüber zu urteilen.

»Lasst sie sterben! Wenn sie stirbt, ist es, als hätte sie nie existiert. Athos' Reich wird an jemand anderen fallen …«

An den westhamschen Prinzen?, fragte Winter lauernd.

Die junge Frau erhob sich. Sie besaß mehr Schneid als die meisten Menschen, die Winter je untergekommen waren. Willen und Ehrgeiz. »Er ist Euer treuer Diener, ihm Athos' Krone zu verschaffen, erscheint mir klug – es ist schlichtweg genial! Ihr erlangt die Kontrolle über das Hochreich zurück …«

Mit dir an seiner Seite?

»Ich bin für ihn vorgesehen«, sagte sie geradeheraus. »Ihr habt mich für ihn erwählt, doch während meine Schwestern zu Bräuten gekrönt werden, steht mir nach der Hochzeit nur der Titel einer Prinzessin zu. Ich will mehr. Ich will Euch dienen. In Athos. Als Braut. Es wird sein, als hätte es den Bruch niemals gegeben. Ihr selbst spracht davon!«

Athos, Westham, Maywater und Seval.

Ihre Kontrolle bröckelte, sie wusste es.

Zugleich boten sich ganz neue Chancen.

In Athos, Westham, Maywater und Seval – vor allem in Seval.

Doch niemals hatte sie davon gesprochen.

Öffne deinen Geist, verlangte sie und das gestohlene Kind gehorchte demütig.

Sie sah alles. Den Sarg, die Prinzessin, den Kamm. Und sie vernahm das Wispern, welches das gestohlene Kind zum Gift hatte greifen lassen. Sie erkannte die Stimme sofort; es zwang sie beinahe in die Knie. *Unmöglich*, dachte sie, *du bist tot!*

Bin ich das?, antwortete ihr ein sanftes Echo wie der Nachhall ihrer eigenen Stimme.

Halt suchend tastete Winter nach der Wiege, das Kind wimmerte im Schlaf.

Aber dein Herz …?

Wahrhaftig, flüsterte die Stimme in ihrem Kopf, *mein Herz ist fort – du selbst nahmst es mir. Jetzt liegt es an dir, deine Schuld zu begleichen. Du brauchst nur die Hand auszustrecken und mir zu geben, was schon immer mein war.*

»Lasst sie sterben!«, verlangte das gestohlene Kind erneut, unwissend darüber, was gerade geschah. »Mit ihrem Tod wird sich alles ändern. Es wird Frieden herrschen, wie Ihr es gelehrt habt. Tarek und ich werden …«

Er ist mit ihr verbunden, fuhr Winter dazwischen, das gestohlene Kind erbleichte. *Nur wenn sie erwacht, wird auch er zurückkehren. Du verstehst, dass ich nicht dulden kann, dass sie stirbt. Denn wenn sie stirbt …*

»O nein«, keuchte die Braut des westhamschen Prinzen und verstand, dass nicht nur sein, sondern auch ihr eigenes Leben an dem der Prinzessin hing.

Wenn er stirbt, zischte Winter, *bist du überflüssig.*

DIE FÜRSTIN

Ihr solltet so spät nicht ausgehen«, warnte der Lakai, der ihnen die Hintertür aufschloss. »Sämtliche Soldaten wurden nach dem Aufruhr um diese Mirella abgezogen.«

»Cinderella«, korrigierte die Fürstin und bedachte besagte Aufrührerin über ihren Fächer mit einem scharfen Blick. Sie schwieg – was gut war. Einen Aufstand vor ihrem Anwesen konnte sie wahrlich nicht brauchen.

»Es ist gefährlich auf den Straßen«, fuhr der Lakai spürbar nervös fort. »Es gab Plünderungen, sogar Angriffe auf Adelige – und niemanden, der dem Einhalt gebietet.«

»Deshalb sind wir entsprechend gekleidet«, wies die Fürstin ihn zurecht und richtete den Rock aus grober Wolle, der sich so viel schwerer trug als ihre üblichen Seidengewänder. Cinderella trug ebenfalls graues Sackleinen, was ihrer Schönheit keinen Abbruch tat. »Niemand wird uns erkennen«, gab sich die Fürstin dennoch zuversichtlich.

Der Lakai schien weniger überzeugt, gab den Wünschen seiner Herrin jedoch nach. Vielleicht fürchtete er die Strafe, sollte er sich widersetzen. Die Fürstin hatte gelernt, dass es verschiedene Arten der Furcht gab, und in einer Stadt, in der Nahrung knapp war und Wasser ein Luxusgut, brauchte es keine Gewalt, um Gehorsam zu erzwingen. Die Rationierung des Lohns allein reichte aus. Kein Lohn, keine Nahrung.

Zufrieden schritt sie an dem Lakaien vorbei, der das Tor hastig hinter ihnen schloss. Der prächtige Garten mit den duftenden Orangenbäumen und kühlen Springbrunnen blieb zurück, sie tauchten in den Schatten der Gasse, die unterhalb der hochherrschaftlichen Residenzen verlief und von der Dienerschaft genutzt wurde, um Einkäufe ungesehen einzubringen. Cinderella folgte ihr schweigend über das Kopfsteinpflaster, unter ihren Füßen knirschte der Sand. Tagtäglich befahl die Fürstin ihren Dienern, den Garten und Innenhof sowie die Terrasse besenrein zu fegen, in den Gassen jedoch kamen sie kaum hinterher. Auch die Straße, auf die sie nun einbogen, lag unter einer feinen Sandschicht begraben. Die Wüste war unersättlich. Sie gierte nach der letzten Stadt, die in ihrem Reich verblieben war – und vielleicht, ganz vielleicht würde sie eines Tages siegen. Dann bliebe nichts als das Gerippe einer Stadt, die ehemals Millionen Seelen Zuflucht geboten hatte, gekrönt von einem Schloss, das den Himmel berührte und doch niemals hoch genug hatte reichen können.

»Wo sind all die Soldaten?«, fragte Cinderella.

»Das hat dich nicht zu interessieren.«

Cinderella zögerte merklich. »Warum helft Ihr mir?«

»Nun, weil er mich bat.«

»Der Jäger?«, hakte Cinderella verunsichert nach.

»Der Prinz«, korrigierte die Fürstin geringschätzig und überging die Überraschung ihres Gegenübers. »Er hat sich uns offenbart.« Mehr oder weniger. »Wir dienen den Königen, also auch ihm.«

»Obwohl er loyal zu Winter steht?«

»Das bezweifle ich«, widersprach die Fürstin und wich einem Karren mit Fischfässern aus, von denen sich die Umstehenden frei bedienten, die wütende Peitsche des Kutschers ignorierend, die in die Menge knallte. Ein Fass kippte, Salzwasser ergoss sich über die Straße und spülte den Sand hinfort. Zurück blieben glänzende Fischleiber, auf die sich zerlumpte Straßenkinder stürzten. »Weiter«, zischte die Fürstin und stieß Cinderella vorwärts, die mit großen Augen das Gebalge beobachtete.

»Sagt, wieso ist diese Stadt so …«

»Schmutzig?«, half die Fürstin bitter aus. »Verdreckt? Voller Gesindel? Es liegt an der Wüste. Sie frisst das Land, zerstört die Städte und Höfe. Was bleibt, ist die Stadt auf den Klippen und die Fischerei.«

»Sand und Salz«, sinnierte Cinderella. »Davon kann niemand leben.«

Wie wahr, dachte die Fürstin. Mit der falschen Braut im Schlepptau bahnte sie sich einen Weg durch die dicht gedrängten Gassen der Stadt, in der sie es zu Ansehen und Reichtum geschafft hatte – und mit der sie untergehen würde, sollte die Knochenmauer unter dem Ansturm der Wüste brechen.

Sand und Salz. Wüste und Meer.

Sie ist da … sie ist da!

Schreie erfüllten die Luft, feurige Rufe, fanatische Gesänge und panisches Wiehern. Pferde stoben donnernd durch die Menge, das Fell dunkel vor Schlacke wie die Gesichter derer, die sie brüllend vorantrieben. Die Fürstin wurde mitgerissen, trieb die nächtliche Straße entlang inmitten eines Stromes, der nach Erlösung schrie.

Sie ist da. Sie wird uns retten!

Beißender Rauch schwelte zwischen den Gebäuden, tränkte die Luft und brannte in den Augen. Jemand klatschte ihr Asche ins Gesicht, der Fächer ging verloren unter den Füßen derer, die nachdrängten. Sie sangen und grölten, während die Fürstin keuchend um Halt rang. Ein Ellenbogen traf sie in die Rippen, brachte sie zum Straucheln, die Menschen sangen laut und lauter, euphorisch hoffend, dass sie erhört wurden. Dass es jemanden gab, der ihnen Gnade erwies …

Sie ist da. Sie ist da!

… doch da war niemand, der sie ihnen geben konnte. Kein Regenschöpfer und auch sonst niemand, ganz gleich, wie viele Pferde sie auch während des Blutmondopfers schlachteten. Noch stand der Mond nicht einmal voll am Himmel, die Masse jedoch interessierte sich nicht für Astronomie. Genauso wenig dafür, dass die eine, von der sie sich Rettung versprachen …

Sie ist da. Cinderella ist da!

… verloren gegangen war. Unter ihnen. Mitten unter ihnen.

Eine von Tausend. Eine Magd. Eine falsche Braut.

»Colette«, schrie sie. »Colette!«

Doch da war niemand, der antwortete.

Der Sohn Westhams

»Ach du heilige …«

Elena fluchte selten; dass sie es jetzt tat, bestätigte nur, was er selbst fühlte. Vor ihnen in der Senke des Flusses lagerte ein ganzes Heer. Müsste er schätzen, würde er behaupten, dass die letzte Stadt der Wüste unbewacht dalag. Es schien geradezu, als habe Duncan jeden Mann und jede Frau abgezogen, um den Wald anzugreifen. Ein Meer aus Lagerfeuern und blau-weißen Bannern säumte den Flusslauf, eine Palisade trennte seinen eigenen Trupp von den Soldaten Maywaters.

»Er hat mit uns gerechnet«, knurrte Elena, »und einen Wall errichten lassen – als ob uns das aufhalten könnte.« Sie tätschelte ihrem Pferd beruhigend den Hals, während hinter ihnen die Drachentöter Stellung bezogen. Er hatte nur ein halbes Regiment dabei, mehr Drachentöter bewachten die Eisenberge und das Siebengebirge. Wenn er sie zusammenzog, wäre das hier kein Krieg, es wäre ein Massaker.

»Er befindet sich auf westhamschen Grund«, fuhr Elena fort und sah ihn erwartungsvoll an. Er könnte zwei Reiter ausschicken, einen nach Westham, einen zum Fort in den Eisenbergen, dem Ausbildungslager der Drachentöter, und Verstärkung anfordern. Spätestens im Morgengrauen wären sie hier. Maywater hätte keine Chance. Er wusste es. Duncan wusste es. Dennoch hatte er den Fluss überquert. Warum?

»Wir gehen allein«, entschied er und gab seinen Männern den Befehl, zu warten.

»Allein? Bist du von Sinnen!«

»Dein Schwert wird mich schützen«, erinnerte er sie, was sie mit einem Schnauben quittierte, lenkte ihr Pferd jedoch neben seines, als er sich von dem Regiment löste und zur Palisade ritt.

»Du hast gesehen, wo die Pfeile den Späher trafen«, erinnerte sie ihn. »Sie kennen unsere Schwachstelle – verflucht, Tarek! Du hast keine Ahnung, was uns erwartet.«

»Stimmt«, gab er zu. »Aber er war mein Freund und ist es noch. Wir sind keine Feinde.«

»Du hast ihn verraten!«

»Ich hatte keine Wahl.«

»Falsch, Tarek, du hast dich gegen ihn entschieden! Du hättest ihn aufsuchen und mit ihm über die Hexe sprechen können. Ihr hättet gemeinsam den Wald angreifen und bezwingen können. Westham, Maywater und Athos vereint. Zusammen hättet ihr eine Chance gehabt. Stattdessen hast du einen Weg gewählt, der euch entzweit.«

»Wie hätte ich den Wald angreifen können? Mein Bruder ist irgendwo da drin.« Er wies zum Dickicht, das sich finster neben dem Pfad erhob. Er kannte nun den Grund, warum der Wald niemals sein Laub abwarf. Gefangen in blutroter Pracht. »Er dient ihr, Elena. Hätte ich mich offen gegen sie gestellt, hätte ich gegen ihn kämpfen müssen.«

»Er ist seit zwölf Wintern fort«, schmetterte sie ihm entgegen.

»Er bleibt mein Bruder.«

»Verflucht, Tarek …«

Er wusste, was ihr auf der Seele brannte. Er wusste es.

Gemeinsam hätten sie eine Chance gehabt. Durch die Hochzeit von Mary und Duncan wäre Maywater frei gewesen – genauso Athos und Westham. Drei Reiche gegen den Wald. Vier, zählte er Seval dazu. Doch der Preis, den er hätte zahlen müssen, war ihm zu hoch erschienen. Seinen Bruder opfern, Mary aufgeben.

Er hatte es nicht gekonnt. Er war schwach gewesen. War es noch.

Missgestimmt blickte er den Soldaten Maywaters entgegen, die an Farbe verloren, kaum dass sich ihre Silhouetten aus dem Dunkel der dämmernden Nacht schälten. Obwohl nur er und Elena sich der Palisade näherten, wichen die Soldaten zurück. Maywaters Armee war ein Witz. Wahrscheinlich bräuchte er nicht einmal die Verstärkung aus dem Fort, um zu siegen. Er müsste nur höhere Verluste in Kauf nehmen. Einen härteren Kampf.

»Achte auf deinen Rücken«, zischte Elena, als die Soldaten einen Durchgang schufen und sie hindurchließen. Sie umfasste die Griffe ihrer Schwerter; Elena kämpfte stets zweihändig, etwas, das er ihr beigebracht hatte und in dem sie ihn in Kunstfertigkeit weit übertraf. Einer der Gründe, warum sie seine rechte Hand war. Niemand hatte es je geschafft – oder gewagt –, ihn zu Boden zu schicken, abgesehen von ihr. Wenngleich bloß ein verflucht einziges Mal. Er erinnerte sich an das Aufblitzen von Stolz in ihren Augen und an den Unglauben der Ausbilder. Sie waren jung gewesen, beide Außenseiter – das Mädchen und der Prinz –, und hatten härter trainiert als alle anderen, um die Besten zu werden. Sie waren es geworden.

Elena an seiner Seite zu wissen, gab ihm ein Gefühl von Sicherheit, das er ohne sie schmerzlich vermisste. Freundin. Vertraute. Gefährtin.

Dennoch hatte er ihr im entscheidenden Moment nicht vertraut und dadurch alles verdorben. Vielleicht gab es keine Hoffnung mehr.

Weder für ihn noch für Duncan oder …

Elena holte zischend Luft. Er folgte ihrem Fingerzeig. Am Waldrand, skizzenhaft berührt vom Fackelschein, lagen mindestens drei Dutzend maywatersche Soldaten aufgereiht, niedergemetzelt und zerfetzt, daneben weitere Leichen, die zwar menschlich anmuteten, dem Verwesungszustand nach aber unmöglich lebendig gewesen sein konnten. Zuletzt, er verspannte sich merklich, ein Drachentöter. Marduk. Er fluchte.

»Die Bastarde haben die Kutsche angegriffen«, fauchte Elena.

»Wir wissen nicht, was geschehen ist«, widersprach er heiser vor Schock, obwohl er bereits die Straße absuchte. Nach flammend rotem Haar und blasser Haut. Als er die verwaiste Kutsche fand, achtlos beiseitegeschoben, die Pferde verschwunden, erstarkte seine Furcht. Die Hand, die er zuvor um dem Sattelknauf gekrampft hatte, fuhr zum Schwert. Mit erzwungener Ruhe verlangte er nach Duncan, den Zorn mühsam bändigend.

Der Soldat, der ihnen am nächsten stand, erbleichte.

»Im Wald«, stammelte dieser, »der Wüstenkönig befindet sich im Wald.«

»König?«, zischte Elena wie betäubt, als sie die Pferde in die gezeigte Richtung lenkten. Der Weg beschrieb eine Kurve an der Kutsche vorbei, dahinter öffnete sich eine von Fackeln gesäumte Schneise im Unterholz. Gefällte Bäume stapelten sich am Rand, Feuer schwelten im Unterholz, Pferde zogen Stämme aus dem Dickicht, Karren wurden entladen. »Er greift wahrhaftig die Hexe an.« Sie brauchte nicht auszusprechen, was sie dachte, er fand die Worte in ihren Augen. Zusammen hätten sie eine Chance gehabt. Jetzt war Marduk tot – einer seiner engsten Freunde – und es war seine Schuld. An die anderen wagte er kaum zu denken.

Sie leben, beschwor er sich. *Ebenso Mary.*

»Eure Hoheit.« Ein Soldat, den Abzeichen nach Kommandant, kam ihnen zu Fuß entgegen, die Stimme abweisend, das Gesicht verkniffen. Offensichtlich war er mit dem folgenden Befehl alles andere als einverstanden: »Der Wüstenkönig erwartet Euch.«

»Was genau, denkt er, tut er hier?«, schoss Elena zurück. »Dies ist nicht sein Land!«

»Dort entlang«, ignorierte er ihre Frage.

»Beim Frühling«, entfuhr es Elena. Sie fixierte den Rücken des Kommandanten, während er selbst die Umgebung taxierte sowie die Karren, die ihnen entgegenkamen. Er erhaschte einen Blick auf gespaltenes Holz und jede Menge Blut. Irritiert runzelte er die Stirn und ritt näher heran. Das, was er für Holzscheite gehalten hatte, entpuppte sich als zerhackte Gliedmaßen, eindeutig menschlicher Natur. Erneut fluchte er. Elena bemerkte nichts davon, zu beschäftigt war sie, einen Dolch über ihre Haut zu ziehen.

Gereizt entwand er ihn ihr. »Dein Schwert wird mich schützen!«

»Zeitverschwendung, mich aufhalten zu wollen.« Sie biss sich auf die Lippe, zog sie dann zu einem berechnenden und umso blutigerem Lächeln auseinander. »Ich werde stets einen Weg finden, für dich zu bluten.«

Er hob die Hand, um das Rot von ihrem Mund zu wischen, hielt jedoch inne, als er den Aufruhr in ihren Augen bemerkte; Gefühle, die er zu übersehen gelernt hatte. Er machte es ihr nicht leichter. Sich selbst auch nicht.

»Verflucht seist du, Elena.«

Er warf den Dolch zurück. Mühelos pflückte sie ihn aus der Luft und fuhr sich damit über den Handrücken. Angespannt stieß sie den Atem zwischen den Zähnen hervor.

»Es schützt auch ihn. Mein Blut schützt auch deinen Bruder.«

»Was nützt es, solange es dir schadet?«, knurrte er und fixierte die Umgebung.

»So besorgt um mein Leben?«, fragte sie leichthin, doch er hörte den Schmerz. »Ich tue, was Soldaten tun. Sie opfern sich für ihre Kameraden.«

»Bin ich das? Dein Kamerad?«

»Du bist mein Prinz«, erwiderte sie gelassen. »Ich werde dich mit allem schützen, was mir zur Verfügung steht. Nicht weil ich muss. Sondern weil es das ist, was ich will. So wie du alles für Mary tun würdest. Den Wald betreten«, sie verdrehte die Augen, »und einen Handel mit der gefährlichsten Hexe dieser Welt abschließen. Wir gleichen einander mehr. Wäre es dein Blut, das Mary Sicherheit verspräche, wäre deine Haut gezeichnet wie meine.«

»Das ist etwas anderes.«

»Inwiefern? Weil du ein Prinz bist?« Gereizt hob sie die Brauen. »Ein Mann?«

»Weil ich es freiwillig täte.«

Sie schnaubte. »Keiner von uns hat sich seine Pflichten ausgesucht. Du wurdest als Königssohn *geboren*, ich wurde für den Orden *erwählt*. Es ist unser Schicksal.«

Wie sehr er dieses Wort hasste.

Er glaubte nicht an *Schicksal*. Er glaubte an den Willen. An Ehrgeiz. An Tapferkeit. Der Gedanke, dass, egal was er tat, alles von außen gelenkt wurde, dass er keinen Einfluss auf sein Leben, seine Entscheidungen und seine Zukunft hatte, war ihm verhasst.

»Kein Schicksal«, sagte er deshalb kategorisch. »Es liegt an uns, was wir mit dem, was uns gegeben wurde, anfangen. Ob wir uns fügen oder ausbrechen.«

»Wie poetisch.« Die Stimme seines Freundes erwischte ihn kalt, seine Hand am Schwert zuckte. Der Wüstenkönig registrierte die Bewegung mit einem wissenden Blick; dann hob er die Arme, blutgetränkt wie alles an ihm. Das Gesicht, die Rüstung, selbst die Krone auf seinem Haupt starrte vor verkrustetem und frischem Blut. »Bist du gekommen, um über das Unglück der Welt zu sinnieren oder um mir beizustehen?«

»Beistehen? Wobei?«

Einladend wies Duncan tiefer in den Wald hinein. »Komm und sieh selbst.«

Trotz Elenas Protest stieg er ab, die Hand fest auf dem Heft seines Schwertes.

Duncans Zähne blitzten weiß. »Willkommen in der Hölle, *mein Freund.*«

DIE DRACHENTÖTERIN

Tag und Nacht. Himmel und Hölle.

Zu Fuß folgte sie ihrem Prinzen und dem blonden Wüstenkönig tiefer hinein in den summenden Wald. Während sich auf dem Rücken des einen der Fackelschein in den Drachenschuppen brach, starrte der andere vor Dreck. Beide waren zweifelsfrei königlich, die Häupter hoch erhoben, die Schultern breit, der Gang sicher trotz des aufgebrochenen Erdreichs. Elena folgte ihnen, die Nerven aufs Äußerste gespannt. Sie taxierte das nächtliche Unterholz, die Soldaten, die ungewöhnlich still der ungewohnten Arbeit nachgingen. Sobald sie den fremden Königssohn an der Seite ihres Königs erkannten, verharrten sie.

Was er ihnen wohl erzählt hatte? Lügen über den Wald? Oder auch über sie?

Die Feindseligkeit der maywaterschen Männer war zum Greifen nah. Sie sah Hände zu den Bögen fahren und auch wenn sie wusste, dass sie es mit mindestens einem Dutzend aufnehmen konnte – zwischen den umgestürzten Bäumen und qualmenden Gerippen gab es genug Schutz vor den tödlichen Geschossen –, sehnte sie keinen Kampf herbei. Ohne Unterstützung würden sie unterliegen, früher oder später, aber sie würden unterliegen.

»Das ist, woraus ihr Zauber besteht«, hörte sie den Wüstenkönig sagen. Seine Stimme war schwer, als hätte er zu viel getrunken – doch sein fester Gang überzeugte sie, dass er nüchtern war. Viel zu nüchtern angesichts dessen, worauf er wies. Elenas Magen zog sich krampfhaft zusammen. Tarek hingegen trat scheinbar gelassen neben den Wüstenkönig und berührte … er berührte … *Beim Frühling!*

Das Entsetzen gewann, der Ekel brach sich Bahn. Auf die Knie gestützt übergab sie sich auf die Erde. Sie keuchte, als sie erkannte, worüber sie sich beugte – *worauf* sie stand –, sie fuhr herum, stolperte über einen zerteilten Torso, verfing sich in einer Darmschlinge, bekam in letzter Sekunde den Rand eines Karrens zu fassen, über dem es bestialisch summte. Hektisch um sich tretend befreite sie sich von den Gedärmen. Wohin sie auch sah, Gliedmaßen, zerhackte Leiber, das Fleisch roh, als wäre es geschält.

Tareks Hand fand ihre Schulter, er zwang sie hoch.

»Konzentriere dich auf die Lebenden.«

Die Lebenden, deshalb hatte sie die anderen nicht bemerkt.

Nicht erkannt, wohin der Weg führte. Auf ein Schlachtfeld inmitten des Waldes.

Ein besorgter, aber nicht minder warnender Blick, dann wandte Tarek sich ab und trat zurück zum Wüstenkönig, der sie fixierte. War da Mitleid in seinen Augen? Wohl kaum. Jemand, der Derartiges tat, konnte kein Mitleid empfinden. Sie streckte den Rücken durch, atmete tief ein. Ein Fehler; der Gestank, der dem Wagen entströmte, war kaum zu ertragen. Prustend stolperte sie vorwärts, panisch darauf bedacht, sich nicht erneut im Gedärm zu verfangen.

»Sieh nach oben«, befahl Tarek und Elena gehorchte.

Etwas schmatzte unter ihrem Stiefel, es war weich, dann knackte es.

Ein Ast, nur ein Ast zwischen Matsch und glitschigen Erdklumpen.

Ein Ast, sonst nichts.

Sie schluckte und zwang sich, die Soldaten zu beobachten.

Nicht das, was sie taten.

Nicht das, was sie in die Karren hievten.

Abgebrochene Äste. Zweige.

Sonst nichts.

Sie zählte bis zehn, konzentrierte sich auf das Summen der Fliegen, die in Schwärmen um … *Nichts* surrten. Als Drachentöterin war sie totes Fleisch gewohnt. Drachenfleisch. Hin und wieder auch eine Wunde unter ihren Kameraden. Aber das? Niemals das. Es gab keine

Kriege unter den Menschen, keine Schlachten. Nicht mehr. Und für einen verzweifelten Moment fragte sie sich, ob sie für die richtige Seite einstand. Ob der Frieden, der in den Reichen herrschte, jener Frieden, den *sie* erzwang, nicht die bessere Alternative war.

Wie klug du bist, wisperte es in ihrem Kopf.

Sie wusste sofort, wer da zu ihr sprach. Dies hier war *ihr* Reich. Der Orden hatte sie davor gewarnt, dem Wald zu nahe zu kommen. In seinem Schatten war *ihre* Macht grenzenlos.

So grausam kann das Leben sein. Ich bewahre euch davor.

Elena wusste, dass sie den Einflüsterungen kein Gehör schenken durfte.

Fürchtest du dich vor der Wahrheit?

Sie konzentrierte sich auf die Soldaten. Auf die Gesichter der Männer. Auf das Dickicht.

Auf irgendwas, nur nicht auf das, was sie zerteilten.

Ich brauche dich, fuhr Winter fort. *Damit all das auf den Blutwald beschränkt bleibt.*

Äste. Zweige. Keine Gliedmaßen.

Sieh hin, verlangte sie sanft, *sieh hin und entscheide, ob das der Welt erspart bleiben soll. Es liegt an dir, Menschenmädchen. An dir allein.*

»Nicht zuhören«, presste sie zwischen den Zähnen hervor. »Nicht hinsehen.«

Das ist, was ihr Menschen so tugendhaft pflegt, die Augen und Ohren vor dem Schmerz anderer zu verschließen, selbst wenn ihr knöcheltief in deren Leid watet. Ihr weigert euch hinzusehen. Es wahrzunehmen. Es zu ändern.

Du kannst es ändern.

»Nein«, zischte sie. »Nein.«

Tarek betrachtete sie besorgt. Sie nickte hastig, um ihn zu beruhigen.

Du magst ihn, nicht wahr?

Woher …?

Ich weiß viel, erklang es in ihrem Kopf. *Wer mein Reich betritt, offenbart sich mir mit Leib und Seele. Ich weiß, für wen dein Herz schlägt und für wen das seine.*

Das wusste auch sie.

Und dennoch hoffst du.

Tarek stand so dicht beim Wüstenkönig, als wären sie noch Freunde.

Als hätte nicht einer den anderen verraten.

Als würden sie nicht dieselbe Frau begehren.

Als gäbe es keine Geheimnisse und keinen drohenden Krieg.

Zusammen hätten sie eine Chance gehabt, wiederholte Winter die Worte, die sie ihm an den Kopf geworfen hatte. *Doch entzweit bleibst du ihre einzige Hoffnung.*

Elena verstand nicht.

Du wirst verstehen, versprach Winter und offenbarte ihr, was sie von ihr wollte.

»Niemals«, brachte Elena hervor. »Das kann ich nicht tun!«

Ich bin in ihren Köpfen. Ich weiß, was sie denken.

»Nein …«, hauchte sie.

Er wird ihn töten. Nicht jetzt, nicht gleich, aber er wird es tun.

Westhams Sohn nickte. Der Wüstenkönig legte ihm eine Hand auf die Schulter.

Nur du kannst ihn retten.

»Was muss ich tun?«

DER JÄGER

Er stand am Rand des Blutwaldes im Schatten einer Linde, die Arme verschränkt, den Rücken am Stamm, und starrte über die westhamsche Hochebene, ein goldgrünes Meer aus Halmen, in dem Mary bis zur Hüfte versank. Winddämonen jagten durchs Gras, spielten mit dem gelösten Haar der Prinzessin, flüsterten in seinen Gedanken.

Es war das Blut der Ran, wie du vermutet hast.

»Wer?«, fragte er nur.

Deine Braut.

Er lehnte den Kopf gegen den Stamm, ohne die Prinzessin aus den Augen zu verlieren.

»Wird sie überleben?«

Der Kamm wurde entfernt, die Verletzung heilt.

Eine Narbe wird bleiben, ebenso ein Echo des Schmerzes.

Das wusste er nur zu gut, war es doch Ranblut, das ihn zu dem gemacht hatte, was er heute war. Mehr als ihr Diener. Mehr als ein Jäger.

Gegen Ranblut bin selbst ich machtlos.

»Wird sie sich verändern?«

Sie ist nicht wie du, *sagte Winter.*

Er nahm es reglos zur Kenntnis.

Wie hast du es herausgefunden?

»Es war das Feuer«, sagte er. »Es gehörte nicht zum Bild, das sie vom Tod hatte. Sie zerbrach, Athos zerbrach – wie ihre Mutter.« Die Flammen jedoch hatten ihn an etwas anderes erinnert: An den brennenden und alles verzehrenden Schmerz, als er, in dem ohnmächtigen Versuch, dem Wald zu entkommen, Ranblut getrunken hatte. Doch er war nicht gestorben, nicht ganz zumindest. »Ranblut frisst sich wie Feuer durchs

Fleisch«, sprach er aus, was er noch nie laut ausgesprochen hatte. »Mary hat geglüht, Athos hat gebrannt – wie ich damals.«

Kluger Jäger, *sagte sie ohne den gewohnten Spott.*

Vielleicht weil sie selbst das Feuer fürchtete.

Ich hasse die Hitze, *gab sie zu.*

Deshalb hatten sie Marys Erinnerungen verlassen müssen und sich in seine geflüchtet, damit er Winter alles offenbaren und sie die Prinzessin mitnehmen konnte.

Sie braucht Antworten.

»Sie braucht einen Grund zum Leben«, präzisierte er.

Wem gehört ihr Herz?

Er wusste es nicht.

Wenn es nicht deinem Bruder gehört, dann vielleicht dem Wüstenkönig.

»Dem Bastard?«, fragte er wenig überzeugt, als die Prinzessin sich zu ihm drehte und lächelte. Das Haar flammte in der Sonne. Westhams Farben: sie Kupfer, er Schwarz.

Sie ist ein Geschöpf dunkelster Blutmagie.

»Wie ich«, sagte er stur.

Winter seufzte.

Finde ihr Herz.

Finde jemanden, für den sie leben oder sterben würde.

Die Prinzessin kam auf ihn zu, die Risse waren zu Narben verkommen, bleiche Spuren des Zerfalls, Zeichen ihres Triumphs. Sie starb nicht länger – jetzt lag es an ihm allein, ihr einen Grund zum Leben aufzuzeigen. Als sie unter die ausladenden Äste der Linde trat, lächelte sie.

Dass sie dazu noch in der Lage war, ließ ihn hoffen.

Sie strich sich eine Strähne aus der Stirn und schnupperte.

»Ich mag den Geruch von Linden«, kam er ihr zuvor.

»Erinnert er dich an Westham?«

»Auch«, gestand er, unfähig, zuzugeben, dass der Wald mehr Zuhause für ihn war als das Schloss in der Ferne, von dem er nicht einmal mehr wusste, wie es aussah. »Es war ein vergifteter Kamm«, wechselte er in

weniger verhängnisvolle Gefilde. »Er wurde entfernt. Es liegt nun an dir, diesen Ort zu verlassen.«

»Und wenn ich mich weigere?« Sie neigte den Kopf, betrachtete ihn aufmerksam. »Wirst du mich dann wieder wegstoßen?«

»Wenn es sein muss«, entgegnete er todernst, was sie zum Lachen brachte. Er mochte die Art, wie ihr Gesicht sich dabei veränderte. Ihre Züge wurden weicher, ihre Augen schienen heller. Nichts kleidete so schön wie ein Lächeln. Ihres ließ ihn die Welt vergessen.

Ohne etwas von seinen Gedanken zu ahnen, lehnte sie sich neben ihn an den Stamm der Linde und sah in die verzweigten Äste hinauf. »Gewöhnlich ist es gelb.« Sie wies hinauf. »Das Laub. Dunkler als reifer Weizen, blasser als Sonnenblumen. Warum ist es hier rot? Trinken die Bäume wahrhaftig Blut?«

Nicht die Bäume, erwiderte er stumm und sagte laut: »Es liegt am Fluch.«

»Mir scheint, alles und jeder ist dieser Tage verflucht.«

Wie wahr, dachte er.

Sie wandte sich ihm zu. »Erzähl mir davon.«

»Ich bin kein guter Erzähler.«

»Ich kenne wenige Geschichten. Ich werde keinen Vergleich anstellen können.«

»Wozu?«

»Ich bin neugierig«, erwiderte sie schlicht. »Und einsam.«

Das war auch er – vor ihr.

»Ich will nur für einen Augenblick vergessen, weshalb ich hier bin und weshalb du an meiner Seite bist.«

»Nein«, sagte er.

»Du hast es versprochen! Sollte ich dich zu mir führen, würdest du alles erklären.«

»Du hast mich gehört«, stellte er fest. Sie errötete zauberhaft. Bei allen Geistern! Zauberhaft? »Ich sagte dir schon, Prinzessin, trau mir nicht.«

Sie hob das Kinn. »Du willst etwas von mir, ich will etwas von dir.« Sie sah vielsagend zur Ebene hinaus. »Es ist so friedlich hier. In deinen Erin-

nerungen zu verweilen, wird mir nicht schwerfallen. Vielleicht möchte ich sie gar nie mehr verlassen.«

»Du willst verhandeln?«

Sie tat seinen Einwand mit einem Lächeln ab. »Du bist ein Schuft, der seine Versprechen bricht, deshalb wirst du beginnen. Eine Geschichte, dann werde ich tun, worum du bittest. Nur aufwachen werde ich nicht.«

Worum auch immer er bat? Sofort schalt er sich für seine Gedanken. Kupfernes Haar über weicher Haut, seine Hände auf ihren … »Was willst du hören?«

»Weshalb stahl sie dich?«, fragte sie zu seiner Überraschung. »Winter, meine ich.«

»Weil Mutter mit ihr brach.«

Sie schien auf mehr zu warten. »Das ist die ganze Antwort?«

»Was willst du hören? Dass meine Mutter die Freiheit ihres Mannes gegen die meine tauschte? Dann ja, Prinzessin, das tat sie. Dabei hätte sie wissen müssen, dass Winter sie strafen würde – vielleicht tat sie das auch, doch es hielt sie nicht auf.«

»Sie befreite deinen Vater vom Fluch der Bräute?«

»Und zahlte dafür mit dem Leben ihres Sohnes.«

Die Prinzessin betrachtete ihn nachdenklich; wenn sie jetzt sagte, dass er ihr leidtat, würde er sie zurück ins sterbende Athos stoßen. Er brauchte kein Mitleid. Er ertrug es nicht. Seine Geschichte stand fest: er war gestohlen worden und nun Winters Diener. Kein Mitleid und kein noch so gut gemeinter Trost vermochte das zu ändern.

Vielleicht spürte sie seine Abwehr, denn sie fragte bloß: »Wie brach sie den Fluch?«

»Ist das eine zweite Frage?«

»Sie hängen zusammen.«

»Zwei Fragen, zwei Gefallen.«

Sie nickte nachsichtig und nahm auf einer vorspringenden Wurzel Platz.

Er räusperte sich. »Sie zerbrach ihr Gefäß und mit ihm den Fluch.«

»Das Gefäß falscher Liebe?«

»So ist es.«

»Aber der Schuh ist unzerbrechlich!«

Er sah auf ihren Fuß, der selbst hier in dem gestohlenen Glasschuh steckte. »Cinderella allein vermag ihn zu brechen, so wie bloß meine Mutter den Sarg zerstören konnte und deine ihre gläserne Spindel.«

»Eine Spindel?«

Er hob eine Braue. »Deine dritte Frage?«

»Nein«, widersprach sie – und dann: »Doch! Mutter besaß eine Spindel?«

»Es war ihr Gefäß.«

»Warum zerbrach sie es?«

»Frage vier?«

»Das gehört zur dritten.«

Diesmal gab er nach. »Weil sie wie meine Mutter hoffte, ihre Zuneigung würde erwidert werden. Doch während der Drachenkönig seine Braut anerkannte, war dein Vater unfähig, den Betrug zu verzeihen, und nahm sich eine Geliebte.«

»Die Zofe«, murmelte sie.

»Zofe?«, fragte er irritiert.

Ihr Lächeln bröckelte. »Eine Gegenfrage?«

Woran auch immer sie dachte, es tat ihr weh.

»Nein. Ich will es nicht wissen.« Er wollte, dass sie lächelte.

Sie nickte. »Erzähl weiter.«

»Der Drachenkönig war frei, Winter brauchte ein Druckmittel. Das bin ich.«

»Aber du wirst frei sein. In zwei Tagen.«

»Du hast gelauscht.«

»Du hast zu mir gesprochen. Wieso lässt sie dich gehen?«

Er stöhnte innerlich. »Wie viele Fragen gehören noch zu der einen?«

»Ich verspreche still zu sein, wenn du fortfährst.«

»Womit?«

»Der Geschichte.«

»Die ist beendet.«

Überrascht sah sie ihn an. »Aber …«

»Ich kann nichts dafür, dass sie dir missfällt.«

»Das sagte ich nicht.« Sie lächelte versöhnlich. »Was ist mit der Maske?« Die Maske, die er nicht mehr trug, seit sie erneut zerbrochen war – und hier sowieso nie. »Bitte«, fügte sie hinzu und er gab nach, tat es ungewohnt oft, wenn sie ihn darum bat.

»Es kommt vor, dass ich den Wald verlassen muss.«

»Wozu?«

»Ist dir bewusst, wie viele Gefallen du mir bereits schuldest?«

»Drei«, sagte sie seltsam frohgemut.

»Eher dreihundert«, murrte er und fuhr dennoch fort. »Ich bin Winters Jäger. Ich erledige gewisse Aufträge für sie …«

»Diebstähle?«, half sie aus, nicht ahnend, dass er tatsächlich etwas gestohlen hatte – oder besser: jemanden. »Trägst du die Maske, damit dich niemand erkennt?«

»Wir alle tragen Masken.«

Sie erbleichte. »Da waren andere wie du, als Duncan … als er …«

»Sie sind wie ich – nur älter«, sagte er rasch.

Die Prinzessin blinzelte.

»Länger im Dienst der Hexe«, präzisierte er, unfähig, ihr die Wahrheit zu offenbaren.

»Sind sie ebenfalls gestohlene Kinder?«

Er wusste nicht, wie er ihr erklären sollte, dass die Schattenkrieger nicht menschlich waren. Nicht ganz zumindest. Oder besser: nicht mehr. Das Blut all jener, die ein fremdes Leben nahmen, verdarb, als würde sich ein Schatten darüberlegen, eine Schuld, die niemals getilgt werden konnte. Verirrten sich diese Menschen in den Blutwald, waren sie für Winters Zauber nutzlos. Für die Schattenkrieger jedoch …

»Trinkt der Wald wahrhaftig Blut?«, kam Mary auf ihre erste Frage zurück, nicht ahnend, wie nah sie der letzten Antwort war. »Ich hörte Geschichten von gefräßigen Bäumen.«

»Nicht die Bäume laben sich am Blut, sondern das, was in ihnen haust.«

Eine Teilwahrheit. Wie konnte er ihr auch gestehen, dass all jene, die den Schattenkriegern als Fraß dienten, später als ebensolche auferstanden? Neugeboren – wie er. Das Blut pechschwarz und bloß ein Schatten menschlichen Abglanzes. Wie er. Genau wie er.

»Die Geschichten stimmen also?« Schaudernd verzog sie das Gesicht.

»Stimmen die über dich?«, schoss er zurück, in dem plötzlichen Drang, sie von sich zu stoßen – mit Erfolg. Ihre Miene verschloss sich.

»Ich weiß nicht, was sie über mich erzählen.«

»Willst du es hören?«

Sie presste die Kiefer zusammen. »Dass ich einen Prinzen ablehnte, weil er keine Krone trug? Das ist keine Geschichte, sondern eine Tatsache.«

»Dass du jeden Tag auf dem Nordturm hockst, in der Hoffnung, wie die Turmbraut von einem Prinzen errettet zu werden? Ist das auch eine Tatsache?«

Die Gesichtszüge entglitten ihr.

»Ist es wahr?«, hakte er nach.

Ihr Mund öffnete sich, doch kein Laut drang heraus.

»Ich hätte nicht gedacht, dass du so naiv bist.«

War sie vorhin erbleicht, färbte jetzt flammende Röte ihre Wangen. »Naiv?«

»In der Tat, Prinzessin, zu warten und zu hoffen, das ist naiv.«

»Du hast ja keine Ahnung …«

»Gab es keinen Weg hinab? Eine Treppe vielleicht?«

Ihre Lippen bildeten einen zornigen Strich. »Du denkst, ich hätte mich selbst befreien sollen?«

»Sag du es mir, Prinzessin.«

»Es gab nur einen Weg hinunter.«

»Tatsache?«

»Tatsache«, zischte sie und er wusste, was sie meinte. Ihrer Mutter hinterher.

»Dann bist du nicht nur naiv, sondern auch einfältig.«

Da sprang sie auf und stieß ihn gegen die Brust. »Ich bin nicht mutig! Hörst du? Ich bin es nie gewesen. Weder mutig noch klug noch selbstständig. Ich kann mich kaum allein ankleiden oder auch nur eine Mahlzeit zubereiten. Ich kann gar nichts! Weil sie niemals wollten, dass ich etwas kann! Ich musste bloß …« Schön sein. Er wusste es. Sie wusste es.

Ein gequälter Laut entrang sich ihrer Brust.

»Ich kann gar nichts, wie hätte ich mich da befreien können?«

»Einfältig«, wiederholte er und erntete dafür einen flammenden Blick.

»Denkst du, ich wüsste nicht um meine Mängel? Ich bin ein Schwan mit gestutzten Flügeln. Eine Rose mit gekappten Dornen. Schön, aber nutzlos.«

»Und dennoch deinem Turm entkommen«, vollendete er.

Sie blinzelte. Sie verstand nicht.

Er wies über ihre Schulter, fasste mit einer Geste alles ein, den Wald, die Ebene und alles, was dahinterlag. »Das hier ist weder Athos noch der Nordturm noch Maywaters himmlische Hallen. Hier gibt es keine Etikette, keine …« Beinahe hätte er Regeln gesagt, doch die gab es auch hier, vielleicht sogar mehr als außerhalb. »Du bist deinem Vater und einer arrangierten Verlobung entgangen.«

»Als ob das meine Absicht gewesen wäre«, fauchte sie.

»Du hast dich gegen Duncan gestellt.«

»Ich wurde von ihm angegriffen«, korrigierte sie.

»Weil du etwas gestohlen hast.«

»Unfreiwillig!«

»Nenn es Schicksal oder eine zweite Chance. Die Frage ist doch bloß, was du damit anfängst. Hier wird kein Prinz in schimmernder Rüstung vorbeikommen, um dich zu retten. Du wirst es selbst tun müssen, Prinzessin.«

Ihr Mundwinkel zuckte. »Schimmernde Rüstung?«

»Niemand braucht einen Prinzen«, sagte er todernst.

»Zumindest keinen in schimmernder Rüstung.«

Er mochte es, wenn sie lächelte. Er fühlte sich leichter, wenn sie es tat. Instinktiv streckte er eine Hand nach ihr aus und berührte sie an der Wange – und begriff, dass er ihr zu nah war. Nicht nur hier und jetzt, sondern insgesamt.

»Du musst lernen, für dich selbst zu kämpfen, Prinzessin.«

Kämpfen?, fragte Winter. Gegen mich?

Für sich, *korrigierte er in Gedanken.*

Du sollst ihr Herz finden. Sie zum Erwachen bewegen.

Dafür braucht sie Mut, *gab er frostig zurück.*

Armer, törichter Jäger.

Räuspernd zog er die Hand zurück, für ein paar Herzschläge schwiegen sie.

»Verrätst du mir, wie sie ist?«

»Wer?«, fragte er belegt.

Der Name der Hexe klang weich aus ihrem Mund, weniger wie ein Fluch. Als würde sie jetzt, da sie in Winters Erinnerung gewesen war, etwas für sie empfinden. Etwas, das er nicht zuordnen, geschweige denn verstehen konnte.

»Was willst du wissen?«

»Irgendetwas. Über sie. Über …«

»Ihre Bräute?«

»Mhm«, machte sie.

Er zögerte mit der Antwort. »Drei Gefallen, Prinzessin. Erst wirst du sie einlösen.« Ehe sie protestieren konnte, hob er die Hand. »Brichst du dein Wort?«

»Nein«, brachte sie schwer hervor und nickte schicksalsergeben. Vor ihm stehend sah sie zu ihm auf, vertrauensvoll und so unfassbar gefasst. »Was soll ich tun?«

Er zwang sich, die Gewissensbisse zu verdrängen. Nicht an ihn zu denken. Nicht jetzt.

Denn hier und jetzt konnte er alles tun, ohne dass er es in Wahrheit tat. Es war nicht von Bedeutung. Es geschah bloß in seinem Kopf.

Ihre Augen weiteten sich.

»Alles, was ich verlange«, erinnerte er sie.

»Du willst einen Kuss?«, fragte sie erschrocken.

»Ja.«

»Du spürst es auch.« Er sah die Enttäuschung in ihrem Gesicht aufflammen. »Du verfällst mir, wie es alle tun. Ein Kuss.« Sie lachte auf, bitter, verletzt. »Ich werde dich küssen, Jäger. Doch werde ich nicht an dich denken.«

»Weil du ihn liebst?«, fragte er sofort.

»Weil ich ihm zuerst begegnet bin.«

Da erkannte er, dass Winter ihm mehr als nur seinen Titel genommen hatte.

»Ich wäre es gewesen«, stieß er hervor. »Hätte sie mich nicht gestohlen, wäre ich es gewesen.« Er packte ihren Nacken, zog sie heran und presste seine Lippen auf ihre. Hart. Besitzergreifend. Zornig. Sie wehrte sich nicht, gab sich ihm aber ebenso wenig hin. Ob sie an ihn dachte? An Phillip? Wütend auf sich selbst, gab er sie frei. Er sah sie nicht an, wollte die Verachtung in ihrem Gesicht nicht finden, vor der er sich fürchtete. Alles würde er ertragen, nur das nicht. Nicht jetzt, da gerade etwas in ihm zu heilen begann.

»Maywater«, befahl er knapp. »Der Ball. Kehre zurück. Finde den Kronprinzen.«

»Wozu?«, fragte sie merklich kühler.

»Tu es einfach.«

»Und dann?«

Da hatte er sie schon umgedreht. Vor ihnen öffnete sich der Abgrund. Westham verschwand, Athos blitzte auf. »Konzentriere dich auf den Ball. Du bestimmst, wohin es dich trägt. Es ist weder Traum noch Vergangenheit – es sind Erinnerungen.«

Damit stieß er sie erneut. Der Boden unter ihr wandelte sich in glänzenden Mamor, der den Schein Tausender Kerzen spiegelte. Maywater in all seiner Pracht, wie er es seit Jahren nicht mehr gesehen hatte. Zuletzt als Kind in Begleitung seiner Mutter. Auf einem Ball, bei dem auch Mary gewesen war. Ein kleines, schüchternes Mädchen, das sich geweigert hatte, mit den fremden Zwillingsprinzen spielen, die älter und frecher gewesen waren.

Er verdrängte das Bild, fokussierte sich auf sie.

Mary von Athos. Zukünftige Königin von Maywater.

MARY VON ATHOS

*»Jeder könnte ihr Diener sein.
Jedes Kind, jede Zofe, jeder Soldat.«*

Die schönste Braut zu ihrem Mann
in der Nacht ihres Todes

Die Nacht hing samtschwarz über den Kristallleuchtern, ein dunkler Himmel geschaffen aus Stein, Farbe und Diamant. Ich blinzelte zu dem falschen Sternenhimmel empor, der hoch über den Gästen Maywaters so wenig Beachtung fand wie beim letzten Mal. Neben mir kaute die fleischige Baronin auf einer Traube, während die hagere, aber umso bemüht hoheitsvollere Fürstin das einfache Volk mit Blicken erdolchte. Uns gegenüber saß der Graf. Seine Geschichten über die Monster des Blutwaldes entlockten mir bloß ein verächtliches Ächzen.

»Glaubt Ihr, sie haben die Spiegel aufgehängt, damit der Pöbel aus Scham weniger isst?«, fragte die Fürstin genauso ätzend, wie ich es in Erinnerung hatte.

»Wohl kaum«, entgegnete ich, bevor es die Baronin tun konnte, und klaubte die Schale mit den Weintrauben auf. »Die Spiegel dienen einzig dem Zweck, die Verkommenheit des Adels zu offenbaren.«

Der Baronin fiel das fleischige Kinn auf die Brust, die Fürstin keuchte entsetzt, selbst der Graf, der gewöhnlich zu meiner Rettung herbeieilte, verlor die Fassung und leerte versehentlich sein Glas über den Schoß einer der

Damen, die eben noch fasziniert seinen Reden gelauscht hatten. Ich erhob mich zornesbebend, wohl wissend, dass mein Groll nicht ihnen, sondern jemand anderem galt, und ließ einen Tisch voll entsetzter Adeliger zurück.

»Und die soll unsere Braut werden?«, hörte ich die Fürstin japsen, als ich zu Susann ans Büfett trat, wo sie sehnsüchtig die Kirschen musterte. Ich reichte ihr die Schale mit den Weintrauben und drückte ihre Hand.

»Nur zu. Die Torte ist für alle da.«

»Hoheit«, rief sie irritiert. »Ihr solltet nicht …«

»Den Adel gegen mich aufbringen? Soll ich mich lieber schikanieren lassen?«

Susann knickte sofort ein. »Verzeiht, ich wollte nicht …«

»Schon gut«, unterbrach ich sie. Ich war auf vieles wütend, aber gewiss nicht auf sie. Wie könnte ich auch? Sie war die Einzige, die stets zu mir gehalten hatte, trotz meiner Launen, meiner Stille und meines Selbstmitleides. Vielleicht hatte ich erst mein Herz, meine Zukunft und auch mein Leben verlieren müssen, um das zu erkennen. Ich hatte sie stets als selbstverständlich hingenommen und mehr als Dienerin denn als Vertraute betrachtet – dabei war sie meine einzig wahre Freundin, und ich wusste so wenig von ihr. Weder warum sie ihre Haut unter all diesen Stoffschichten verbarg, noch woher sie kam oder ob sie Familie besessen hatte. Vor dem Hunger. Vor der Not. Der Tag des schwarzen Winters hatte uns allen jemanden genommen. Freunde, Bekannte, Familie. Sicherlich auch ihr. Ich hatte bloß nie gefragt.

»Hoheit?« Meine Musterung verunsicherte sie.

»Nenn mich Mary«, bat ich, wohl wissend, dass es keine Rolle spielte. Sie würde sterben, von Pfeilen gespickt am Rande des Blutwaldes, weil ich etwas gestohlen hatte, das nicht mir bestimmt war. »Bitte«, fügte ich hinzu, ehe ich mich fluchtartig abwandte.

»Wo wollt Ihr denn hin?«, rief sie mir hinterher.

»An die frische Luft«, log ich, es fiel mir schwerer als gedacht. »Iss, Susann, wer weiß, wann wir das nächste Mal Gelegenheit dazu haben.«

Zwischen den angereisten Mädchen hindurch, die vor mir zurückwichen, als fürchteten sie meine Nähe oder Vaters Zorn, bahnte ich mir einen Weg zur Treppe. Ich erkannte, dass ich mich unter ihnen freier fühlte als zwischen den steifen Adeligen, die auf der anderen Seite der Halle saßen, sicher verwahrt hinter blauen Bändern, die ganz und gar nicht der Farbe ihres Blutes entsprachen. Wir alle waren gleich, egal ob Fürstin oder Schweinemagd, Prinzessin oder Zofe.

»Hoheit«, stammelte der Zeremonienmeister, da war ich schon an ihm und den Dienern vorbei, die eifrig beiseitetraten, um mich hinauszulassen, direkt in die Arme von …

»Prinz Tarek«, stieß ich atemlos aus und konnte mich gerade noch fangen, ehe ich uns beide zu Boden riss. »Willkommen«, fügte ich verspätet hinzu und trat rasch zurück. Die Drachentöterin, die ihm stets wie ein Schatten folgte, fixierte mich gereizt, während ich mein gewohntes Lächeln auflegte. Es brannte auf den Wangen.

»Prinzessin«, sagte Tarek gedehnt. »Solltet Ihr nicht im Mitternachtssaal auf Euren Verlobten warten?«

Ich lachte auf, zu laut, zu impulsiv. »Um mich vor aller Augen demütigen zu lassen? Nein danke.«

Sein Blick gewann an Schärfe. »Man sollte meinen, einen Antrag des zukünftigen Regenten zu erhalten, sei die Erfüllung all Eurer Träume.«

»Ein Antrag, ganz gleich von wem, sollte niemals in aller Öffentlichkeit stattfinden«, entgegnete ich fest und sah zu ihm auf. Es war, als würde ich ihn zum ersten Mal wahrhaftig sehen. Vielleicht konnte ich es erst jetzt, da sich niemand an mich erinnern würde. An meine Fehltritte und meine Makel. Perfektion, wie sehr ich sie verabscheute. Ich wollte über Witze lachen, auch wenn sie unlustig waren. Ich wollte das Gesicht verziehen, wenn mir etwas missfiel. Ich wollte ehrlich sein. Endlich wollte ich ehrlich sein.

»Und warum nicht?«, riss mich Tarek aus meinen Gedanken. Ich brauchte einen Moment, um zu begreifen, wonach er fragte. Der Antrag.

»Es bringt die Braut in eine unmögliche Situation«, antwortete ich wahrheitsgemäß. »Sollte sie Einwände oder gar Bedenken haben, so kann sie diese kaum vor Zeugen äußern, ohne dass ihre Zuneigung infrage gestellt wird.«

»Zuneigung spielt bei den wenigsten Eheschließungen eine Rolle«, hielt er dagegen.

Die Worte taten mir im Herz weh. »Vielleicht ist genau das der Grund, warum manch ein Antrag abgelehnt wird.« Ich sollte ihn stehen lassen und nach Duncan Ausschau halten. Ich sollte die Zeit nutzen. Stattdessen stand ich dem Prinzen von Westham gegenüber und sosehr ich es auch wollte, meine Füße gehorchten mir nicht. Ebenso wenig mein Herz, das verräterisch in meiner Brust pochte. Ehrlichkeit, wie gut sie tat. Wie sehr sie schmerzte.

»In dieser Hinsicht habt Ihr mich einiges gelehrt«, erwiderte Tarek nüchtern.

»Vielleicht lag es in diesem Fall nicht an mangelnder Zuneigung.« Die Worte waren entschlüpft, bevor ich sie aufhalten konnte. »Ich meine«, korrigierte ich hastig, »es existieren ein Dutzend Gründe, einen Antrag abzulehnen!«

»Wie eine fehlende Krone?«

Wir wussten beide, dass wir nicht von Duncan sprachen.

Dass es nie um Duncan gegangen war.

Tarek trat näher, er roch so intensiv nach Wald, dass mir flau wurde. Es rief mir in Erinnerung, wo ich mich befand und wer zusah. All das, was hier und jetzt zwischen uns geschah, würde nichts ändern. Meine Reise endete im Blutwald.

Von Tarek verlassen und von Duncan gejagt.

In den Armen des Jägers, der kein Jäger war.

»Du hättest um ein Gespräch bitten können«, sagte ich.

»Hätte es etwas geändert?«, fragte er nur.

»Vielleicht«, sagte ich und wusste doch, dass mein Mut nicht gereicht hätte. Damals noch nicht. »Wir werden es nie erfahren.«

Ehe er etwas erwidern konnte, entschuldigte ich mich und trat zum Eingangsportal. Seltsamerweise fiel mir jeder Schritt plötzlich leichter, als hätte sich etwas gelöst, das mich stets gehalten hatte, ich aber gezwungen gewesen war zu ignorieren.

Ehrlichkeit – nichts war so befreiend.

Ich trat hinaus ins schwindende Abendlicht. Eine nicht enden wollende Schar junger Frauen kam mir entgegen. Unter ihnen würde schon bald ein Mädchen in Himmelsblau sein. Sie würde kommen, so sicher wie Duncan mich verstoßen und einzig ein Schuh von ihr verbleiben würde. Tarek räusperte sich, er war mir gefolgt.

»Ihr verpasst den Ball«, kam ich ihm zuvor. »Die Nichte des Grafens wäre entzückt, bätet Ihr sie zum Tanz.«

»Und wenn ich gar nicht mit ihr tanzen will?«

»An Auswahl sollte es nicht mangeln.«

»Mich interessiert kein Mädchen in diesem Saal.«

»Der einzige Prinz«, sagte ich leichthin, es klang schrecklich verletzt, »doch keine Prinzessin und kein Mädchen ist ihm gut genug.«

»Es gibt eines«, erwiderte er, doch ich verbot mir, ihn anzusehen, aus Angst vor dem, was ich in seinen Augen finden würde. Meine Mission galt Duncan. Allein seinetwegen war ich hier. Nicht für Tarek, dessen Schulter meine berührte und dessen Arm meinen streifte. Ich bräuchte nur die Finger drehen, um seine Hand zu ergreifen.

»Erwartet Ihr jemanden?«, fragte er, um einen neutralen Ton bemüht und nicht ahnend, dass ich an den Kuss im Wald dachte und den Moment, den ich nicht hatte verstreichen lassen. Noch immer schmeckte ich ihn auf meinen Lippen, spürte die Hand des Jägers an meinem Nacken. Ich blinzelte zu der Narbe über Tareks Braue, die ich zu gern einmal berührt hätte und die mir jetzt seltsam deplatziert vorkam.

Liebte ich ihn? Oder er mich? Hätten wir glücklich sein können?

»Würdet Ihr für mich den Blutwald betreten?«, fragte ich jäh.

Ein Muskel zuckte an seinem Kiefer.

»Vater täte es nicht, Duncan hingegen aus den falschen Gründen. Doch Ihr, würdet Ihr mich retten? Auch wenn der Versuch zum Scheitern verdammt wäre?«

Er schwieg. Natürlich. Er hatte mich abgelehnt und er würde mich wieder ablehnen, ganz gleich, was wir hier besprachen. Weil es bereits geschehen war. Ich könnte ihn küssen oder über das Geländer stoßen, mich betrinken oder auf einem Bein tanzen – nichts davon würde etwas ändern.

Deshalb lachte ich, als hätte ich einen Scherz gemacht. Er schwieg weiterhin, vielleicht weil er keine zufriedenstellende Antwort geben konnte; oder aber, weil die Antwort nicht für die Ohren der Umstehenden geeignet war. Um einer Gruppe von Damen auszuweichen, trat er näher. Seine Schuppenrüstung drängte gegen meinen Rücken. Sie war so viel härter als die Lederrüstung des Jägers.

»Habt Ihr tatsächlich im Blut eines Drachen gebadet?«, fragte ich, um die Stille zu ersticken.

Er sah mich nicht an. »Wie kommt Ihr darauf?«

»Die Baronin sprach davon.«

»Ihr solltet nicht alles glauben, was die Leute erzählen.«

»In den Geschichten des fahrenden Volkes stecken mehr Wahrheiten, als gemeinhin angenommen wird.« Ich dachte an die Legenden des Blutwaldes, an den Nordturm und den Jäger. Auch über Tarek gab es Geschichten, vorwiegend jene, die von seinen Heldentaten sprachen. Eine wurde öfter erzählt als alle anderen.

Von dem Prinzen, der seinen Körper durch Drachenblut stählte.
Von dem Lindenblatt und der einzig verbliebenen Schwachstelle.

Instinktiv hatte ich die Hand zu seiner Brust erhoben, dorthin, wo der herzförmige Abdruck des Lindenblattes unter der Rüstung schlummerte, direkt oberhalb des Herzens. Ich wusste genau, wie es aussah. Bei Kerzenschein und verschwitztem Lachen; zwischen verwaisten Fluren und verbotenen Hallen.

»Stimmen die Geschichten?«, fragte ich leise. »Stammt der Abdruck daher?«

Er umfing mein Handgelenk. »Das ist nicht meine Schwachstelle.«

Bevor er aussprechen konnte, was so deutlich in seinen Augen stand, verflocht ich zögernd, fast schon andächtig meine Finger mit seinen. Er ließ es zu, genauso befangen und fasziniert wie ich selbst. Ein Seufzen wuchs in meiner Brust, voll Traurigkeit und süßem Schmerz. Manchmal bedurfte es nur ein wenig Mutes – und so trat ich vor und hob den

Kopf. Seine Augen brannten lichterloh. Ehe er protestieren konnte, stellte ich mich auf die Zehenspitzen und küsste ihn. Flüchtig, seufzend. Ein Lebewohl. Es war genau, wie ich es in Erinnerung hatte. Erfüllend, berauschend und schmerzhaft zugleich. Weil es vergänglich war.

»Tarek von Westham«, flüsterte ich an seine Lippen, wie ich es schon einmal getan hatte, damals in den Hallen von Athos. Ich hatte ihn geküsst – und ihm am nächsten Tag das Herz gebrochen, weil Vater es so gewollt hatte und ich nicht stark genug gewesen war.

Nur ein zweiter Königssohn.

»Prinzessin«, brachte er hervor und ich starb beinahe.

Weil es nicht echt war.

Weil er nicht echt war.

Unsere Finger glitten auseinander und ich hastete erneut an einem völlig hilflosen Zeremonienmeister vorbei, der etwas zu sagen versuchte. Als ich die Treppen erreichte, begriff ich. Inmitten des Saals, umgeben von einer ehrfürchtig erstarrten Menschenmenge stand Kronprinz Duncan und ihm gegenüber Cinderella. In meiner Brust explodierte die vertraute Schmach, ich wich zurück. Nicht echt. Bloß eine Erinnerung. Mehr nicht.

Dennoch floh ich beinahe, die Diener versteiften sich, die Drachentöter musterten mich argwöhnisch, zwischen ihnen der Prinz, den ich soeben erst verlassen hatte. Ich stöhnte, der Zeremonienmeister stammelte etwas. Das Orchester spielte zum Tanz, die Musik floss durch den Saal, schwappte zu uns hinaus, lockend und höhnend zugleich. Dort unten waren sie alle, die Reichen und Schönen, die Adeligen und Monarchen, vereint in ihrer Schadenfreude über mein Versagen.

»Fühlt Ihr Euch unwohl?«, wagte der Zeremonienmeister zu fragen.

»Mir geht es ausgezeichnet«, brachte ich flach heraus. Wenn ich durch diese Tür trat und die Stufen hinabstieg, dann gab es kein Zurück. Dann musste ich den Abend überstehen, die Häme und den Spott.

»Prinzessin Mary?«, intonierte der Zeremonienmeister erneut.

»Nur einen Moment«, bat ich verzweifelt.

Die Drachentöter warfen sich vieldeutige Blicke zu, die Diener sahen betreten zu Boden, Tarek hingegen trat vor. Ich hob die Hand, hinderte *ihn daran, mir zu nahe zu kommen. Denn plötzlich war da so unfassbar viel Wut.*

»Das ist, was du wolltest«, zischte ich. »Meine Demütigung. Deine Rache.«

Das Aufblitzen von Schuld in seinen Augen war Antwort genug.

Zitternd holte ich Luft und zählte innerlich bis zehn. Traum oder nicht, die Regeln das Anstandes waren zu tief in mir verwurzelt, als dass ich es schaffte zu weinen, obwohl mir danach zumute war. »Nicht echt«, flüsterte ich und hasste mich dafür, dass ich nicht anders konnte, als mich in die Rolle zu fügen, die für mich erdacht war. Selbst hier, wo es niemand sehen konnte. Ich straffte die Schultern und hob den Kopf, versuchte tief einzuatmen, doch die geschmiedeten Federn saßen zu straff. Halt suchend fing ich mich an der Wand ab, während sich im Saal die Demütigung meiner Zurückweisung wiederholte.

»Steh mir bei«, flüsterte ich. »O bitte, steh mir bei!«

Obwohl ich wusste, dass nichts hiervon echt war, obwohl ich es verzweifelt zu glauben versuchte, verlor ich die Kontrolle. Die Kälte der Wand unter meiner zitternden Hand war zu beißend, die steifen Diamantschuhe, von denen ich einen in die Schatzkammer stellen würde – es bereits getan hatte –, saßen zu fest, der Schmerz der Zurückweisung in meiner Brust zu tief, der Goldschmuck um meine Kehle zu eng. Ich zerrte an den Verschlüssen, das Gewicht des Goldes drohte mich zu ersticken. Ich rang um Atem, um Fassung, um alles …

Da schoben sich Finger über die meinen, enthakten die Verschlüsse. Die geschmiedeten Federn schwanden und mit ihnen das Gewicht.

Mit brennenden Augen drehte ich mich um. »Du bist hier.«

Er nickte bloß. »Du hast mich gerufen.«

»Ich dachte nicht, dass du kämst.«

Das Lächeln, das er mir schenkte, reichte nicht bis zu seinen Augen. »Ich kann schlecht zulassen, dass du scheiterst.« Widerwillig bot er mir den Arm.

»Du willst mich begleiten?«, flüsterte ich ungläubig.

»Von wollen kann keine Rede sein.«

Ich sah über seine Schulter. Prinz Tarek stand lebloser da als zuvor, die Hand auf dem Schwertknauf, der Blick leer. Sie konnten kaum unterschiedlicher aussehen, der eine aus kupfernen Drachenschuppen gegossen, der andere schwarz wie die Nacht – aus der er gekommen war, um mir beizustehen. Kein Prinz in schimmernder Rüstung, bloß ein Jäger, der seine Pflicht tat. Er hob er das Geschmeide, von dem er mich befreit hatte.

»Ein Tribut an Maywater, nehme ich an.«

»Athos' Reichtum für die maywatersche Krone«, bestätigte ich beschämt.

»Subtil.« Er hängte es dem starren Zeremonienmeister über den Hut. Weder er noch die Diener schienen bei Bewusstsein zu sein. Als wären sie alle in einen tiefen Schlaf gefallen.

Dabei war ich es, die schlief.

»Hast du ihnen das angetan?«, argwöhnte ich.

»Sie halten dich auf«, erwiderte er bissig; da verstand ich plötzlich.

»Wegen des Kusses …«

»Erspar uns das, Prinzessin. Du hast eine Aufgabe. Erledige sie.«

»Zu spät.« Ich wies gen Saal, aus dem uns Lachen und Musik entgegenperlten. Duncan tanzte bereits mit Cinderella.

Der Jäger fluchte. »Bis Mitternacht ist er jetzt vollkommen nutzlos.«

Ich zwang meinen Stolz hinunter. »Kannst du die Zeit schneller vergehen lassen?«

»Es ist deine Erinnerung. Nicht meine.«

Ich nickte zu den Drachentötern: »Wenn du das kannst …«

»Es kostet meine ganze Konzentration«, unterbrach er mich unwirsch. »Deshalb nein, Prinzessin, so gern ich dir auch behilflich wäre, es liegt außerhalb meiner Kontrolle.«

»Kann ich es tun?«, hakte ich nach.

»Erinnere dich an einen späteren Moment.«

Ich versuchte es wirklich, doch alles, woran ich denken konnte, waren die verschwommenen Momente meiner Schmach. »Können wir einfach verschwinden?«

Er hob die Brauen. »Das wäre kaum im Sinne der Aufgabe.«

»Willst du, dass ich mich quäle?«

»Hast du dich gequält?«, fragte er lauernd.

»Ich habe mich rettungslos betrunken«, gab ich betroffen zu. »Dein Bruder trug mich in mein Gemach. So viel zum schimmernden Retter.«

Er ignorierte meine Worte. »Gibt es keinen klaren Moment davor?«

Ich erinnerte mich bloß an Tarek: wie er die Hand der Nichte des Grafens küsste, wie er mich zum Tanz aufforderte. Alles andere war verschwommen vom Wein.

»Nein«, log ich. »Keinen einzigen.«

»Dann bleibt uns bloß, die Zeit verstreichen zu lassen.« Erneut bot er mir den Arm, es hatte beinahe etwas Märtyrerisches. »Wollen wir?«

»Nein«, sagte ich geradeheraus.

»Ist es nicht befreiend, so offen zu sprechen?« Er zog mich an seine Seite. Ich spürte den Druck in mir erstarken. Es war derselbe Sog, der Mutter auf die Zinnen gezwungen hatte und mich die Stufen des Nordturms hinauf. Jetzt lockte er mich in den Saal, allein des Jägers Arm bot Halt. Er war mein Felsen inmitten der Fluten.

»Es zieht mich vorwärts«, gestand ich.

»Wohin?«

In Tareks Arme – doch das konnte ich unmöglich sagen.

»Du hast mit meinem Bruder getanzt. Schau nicht so überrascht. Ich spüre den Sog auch in ihm. Es zieht ihn zu dir.«

»Er hat mich gerettet«, sagte ich nur.

»Wovor? Der adeligen Meute?«

Ich ignorierte seinen Spott, raffte den Rock meines Kleides, das mitnichten grau war.

»Rot steht dir«, raunte der Jäger. Seine Augen blitzten.

»Warst du das?«

»Ist das hier mein Kopf? Es sind deine Erinnerungen.«

Argwöhnisch hob ich die tizianroten Stoffbahnen, die mehr waren als ein Teil meiner Vergangenheit. Sie erinnerten mich daran, wo ich mich befand und was ich zu tun hatte. Und an der Seite des Jägers betrat ich den Saal, um den Moment der Demütigung erneut zu erleben.

DER JÄGER

Er ließ den Blick über die Menge schweifen und fand sie sofort. Cinderella schwebte in den Armen des Kronprinzen über die Tanzfläche, ebenso betörend, wie sie es beim letzten Mal getan haben musste. Gläserne Schuhe, goldenes Haar und ein himmlisches Kleid, um den Kronprinzen des Himmelsschlosses zu erobern. Wie sorgsam durchdacht Winters Pläne doch waren. Er führte Mary zum Büfett, an dem ihre Zofe stand. Mit geweiteten Augen sah sie ihnen entgegen, ebenso alle anderen. Die Köpfe ruckten zwischen dem Paar auf der Tanzfläche und der verschmähten Prinzessin hin und her. Ihre Finger gruben sich in seinen Arm.

»Wissen sie, wer du bist?«, fragte sie nervös.

»Nein«, gab er lakonisch zurück und widmete sich den Äpfeln, die zu goldenen Pyramiden aufgetürmt auf dem Büfett thronten. Er klaubte einen auf, rieb die vergoldete Schale an seinem Ärmel ab und biss hinein. »Bei allen Geistern«, entfuhr es ihm, ehe er einen zweiten Bissen nahm und einen dritten.

»Sieh an, der Jäger mag Äpfel.«

»Ich liebe Äpfel«, korrigierte er mit vollem Mund.

»Warum?«

Er zuckte mit den Schultern. »Warum magst du Käse?«

Auf ihren überraschten Blick hin, hob er vielsagend einen Käsespieß. Ihre Augen weiteten sich. Ob sie sich daran erinnerte, dass er einst eine Käseplatte für sie gestohlen hatte? Auf einem Ball, der zwölf Winter zurücklag. Damals waren die Bräute so vertieft in ihr Gespräch über den baldigen Bruch gewesen und die Könige so entzückt von ihren Bräuten, dass niemand bemerkt hatte, wie die kleine Prinzessin unter dem Büfett schmollte. Die schönste Braut hatte ihr verboten, von dem Käse zu kosten, es sei eine Speise des einfachen Volkes und einer Prinzessin unwürdig. Daran erinnerte er sich glasklar. An Mary, wie sie verstohlen ihre Tränen getrocknet und ihn angelächelt hatte; und an die Käseplatte zwischen ihnen – wie jetzt dieser Spieß.

»Wir werden platzen, ehe es Mitternacht schlägt«, scherzte Mary leichthin, doch ihre Augen glänzten, als sie ihn entgegennahm.

»Von einem Stück Käse? Das bezweifle ich.«

»Eure Hoheit …« Die Zofe war unmerklich hinzugetreten, in den Händen ein Glas Schaumwein, das die Prinzessin nur widerwillig entgegennahm.

Er sah es mit Belustigung. »Hat sie dich auf dem Ball mit Wein versorgt? Es ist leicht, Kleinigkeiten zu verändern, Gesprächsverläufe, Gesten – nicht aber die großen Dinge. Dein Unterbewusstsein versucht, alles in die gewohnten Bahnen zu lenken.«

Marys Augen weiteten sich. Hinter ihm stand der attische Adelige, der längst dem Hunger der Wüste zum Opfer gefallen war. Oder dem der Winddämonen. Oder den Kojoten. Unabhängig davon, welches Monster sich ihn einverleibt hatte, er war und blieb tot.

»Will er etwas von dir?«

Die Prinzessin sah auf das Glas, von dem sie keinen Schluck getrunken hatte, und stellte es so rasch auf das Büfett, als fürchtete sie, es könnte nach ihr schnappen. »Tanz mit mir«, bat sie und ergriff seinen Arm. Ihm blieb gerade genug Zeit, den Apfel hinunterzuwürgen, da standen sie inmitten der Tänzer. Sie führte sein Hand zu ihrer Taille. »Ich bringe es dir bei.«

Er hob fragend eine Braue.

»Es ist keine Schande, nicht tanzen zu können«, gab sie sich versöhnlich.

»Wir lernten tanzen, bevor wir kämpfen konnten.«

»Wie gesittet«, neckte sie, während er sie widerwillig an sich zog. Er war kein herausragender Tänzer wie höchstwahrscheinlich sein Bruder, er beherrschte bloß die Grundregeln. Die Prinzessin schien zufrieden. »Beim Tanz«, raunte sie, als würde sie ihm ein gut gehütetes Geheimnis anvertrauen, »werden die eigentlichen Schlachten geschlagen.«

Ihre Worte brachten ihn aus dem Takt. Vielleicht war es auch ihre Nähe. Lächelnd korrigierte sie seinen Fehler. Keine Spur mehr des vorherigen Zorns.

»Sind wir Gegner?«, fragte er da. »Ist das hier ein Kampf?«

»Im Gegenteil«, sagte sie und fuhr mit den Fingern in seinen Nacken. »Es ist ein Bündnis, das wir für die Dauer eines Liedes eingehen.«

Er hatte größte Mühe, sich auf die Schritte zu konzentrieren. Ihre Finger raubten ihm den Verstand und einen schrecklichen Moment lang fragte er sich, ob sie ihn ebenso vertraut berührt hätte, trüge er noch die Haut seines Bruders. Den Neid bändigend zwang er sich, an die flüchtige Berührung ihrer Lippen mit den seinen zu denken – die nicht wirklich die seinen gewesen waren. Sie hatte Phillip geküsst, bevor sie ihn um Hilfe gerufen hatte, und er, einfältiger Narr der er war, hatte den Leib seines Bruder verlassen, um wahrhaftig bei ihr zu sein.

Liebte sie Phillip? Oder den maywaterschen Kronprinzen?

Beide hatten Mary etwas zu bieten, das er ihr niemals würde geben können.

Eine Krone, einen Titel und ein Reich.

Mary fuhr mit den Fingern in sein Haar. Verbündete, dass er nicht lachte. Ihre Waffen waren tödlich. Sie waren Feinde und er drohte zu unterliegen.

»Du warst nicht auf dem Ball«, sagte sie da.

»War ich nicht?«

Sie lächelte wissend. »Nein.«

»Ganz sicher?«

»Sieh doch, wie sie dich anstarren!«

»Sie sehen keineswegs zu mir«, korrigierte er und drehte sie so, dass sie gezwungen war, zum Kronprinzen zu blicken, der in den Armen seiner Angebeteten durch den Saal rauschte. Kurz bevor sie sich weiterdrehten, traf Duncans Blick Mary. »Alle sehen dich an – taten es damals und tun es jetzt.« Er strich mit den Daumen über ihre nackten Schultern und registrierte befriedigt, dass sie ebenso wenig gegen Zärtlichkeiten immun war wie er. Er konnte sie mit ihren eigenen Waffen schlagen. Wenn er sie denn *schlagen wollte. Fasziniert beobachtete er die Gänsehaut, die über ihren Nacken kroch. Beinahe war er versucht, ihn zu kosten, den Geschmack ihrer Haut direkt unterhalb ihres Ohres. Er war ihr bereits so nah, dass sie seinen Atem spüren musste. Vielleicht konnte er es wagen, die letzten Zentimeter überbrücken – wie in Athos, als sie ihn durch das schlafende Schloss gelotst und er herauszufinden versucht hatte, ob sie seinen Bruder liebte. Schon da hatte er nicht widerstehen können und von ihrer Süße gekostet. So wie jetzt. Sie neigte den Kopf, gewährte ihm Zugang.*

»Ich war da«, sagte er und spürte, wie sie erschauderte.

»Was?«, fragte sie verwirrt.

»An jenem Abend. In der Stadt. Ich war da, wenngleich nicht im Schloss.«

»Wo dann?«, fragte sie, ihre Finger verflochten mit seinen wie zuvor mit Phillips. Da begriff er, dass er es nicht ertragen konnte. Nur einmal sollte sie ihm gehören. Ihm allein.

Er griff in ihren Nacken, zog sie herum und presste sie …

… gegen die Knochenmauer, die sich in die Nacht erhob. Der Wind kräuselte sich im Sand zu ihren Füßen, Hitze stieg auf, die Luft flimmerte, Sterne leuchteten. Über ihnen, verschluckt von der Dunkelheit, ertönte das metallische Kratzen eines Speers, der hier und da die Felsquader streifte. Doch weder er noch die Prinzessin achteten darauf. Im Schutz der Nacht und verborgen vor den Augen der Welt, stahlen sie sich einen Moment, der ihnen nicht bestimmt war. Ihre Lippen schmeckten nach Apfel. Er wusste, dass Winter ihn hierfür strafen würde. So sicher wie er wusste, dass dieser Augenblick jede Strafe wert war.

DIE DRACHENTÖTERIN

Die Leichen verschwammen im Fackelschein zu einer Masse aus Rostrot und Braun, verkamen zusammen mit dem Gestank zu einer Kulisse, die sie sich zu ignorieren zwang. Das hier war ihre Bühne, der Schauplatz ihres Triumphs oder Versagens. Winter hatte ihr alle Informationen gegeben, derer sie bedurfte, um das Spiel zu gewinnen, von dem sie schon lange Teil war, ohne sich dessen bewusst zu sein. Sie waren bloß Figuren in dieser Welt, die Winter nach ihren Vorstellungen formte.

Nun stand ihr großer Auftritt bevor.

Sie fixierte den Wüstenkönig, fand die Splitter in seinen Augen, den harten Zug um seinen Mund – Schmerz? – und spannte sich an. Ehe auch nur einer von ihnen realisierte, was geschah, kreuzte sie die Klingen vor seinem Hals. Tarek zog fluchend seinen Zweihänder, der Wüstenkönig bellte einen Befehl, die Soldaten, die ihre Bögen hochgerissen hatten, hielten inne, aufs Äußerste gespannt.

»Was tust du?«, zischte Tarek, Rücken an Rücken mit ihr. Auch wenn er nicht wusste, was sie vorhatte, stand er sofort an ihrer Seite, würde mit ihr kämpfen und sterben. Doch das konnte sie nicht zulassen. Niemals.

»Das Amulett«, verlangte sie und sah am Heben der Brauen, dass der Wüstenkönig verstand. »Rasch!«

»Was für ein Amulett?«, verlangte Tarek hinter ihr, während der Wüstenkönig an seinen Kragen griff und es hervorzog. Es spiegelte den Fackelschein. Sie entwand es ihm, eine Klinge an seinen Hals verbleibend.

»Was hat *sie* dir versprochen? Reichtum? Macht?«, fragte der Wüstenkönig und wirkte dabei ehrlich interessiert. »Was es auch ist, trau ihr nicht.«

»Klappe!« Sie zwang ihn, rückwärts zu gehen. Ein dünnes Blutrinnsal tröpfelte über ihre Klinge, benetzte den Stahl. »Weitergehen – raus aus dem Wald.«

»Und dann?«, fragte er, Schritt für Schritt zurückweichend, die Hände beschwichtigend erhoben, den Blick auf sie fixiert, während Tarek ihnen folgte, ihren Rücken schützend und gefährlich still. Sie wusste, später würde er ihr die Hölle heiß machen.

Doch erst musste sie ihn retten. Koste es, was es wolle.

»Es geht um ihn«, erkannte da der Wüstenkönig. »Was hat er nur an sich, dass ihr ihm allesamt verfallt? Sind es seine Küsse? Seine Blicke? Der eine, der niemals gekrönt wird, erntet reihenweise Herzen. Welch magerer Trost.«

»Schweig!«

»Weiß er es?«, fragte er – und lauter: »Weißt du es, Tarek?«

Tarek schwieg eisern.

»Was hat die Hexe gesagt?«, fragte der Wüstenkönig erneut. »Dass ich ihn töten würde, sofern sich die Chance ergibt? Sie spricht auch zu mir – vielleicht sogar zu ihm. Hörst du sie, Tarek? Was verspricht sie dir? Die Krone deines Bruders?« Er feixte, Elena fluchte. »Weißt du«, fuhr er jovial, beinahe freundlich fort, als würde nicht ein Zucken ihrer Hand sein erbärmliches Dasein beenden können, »es wäre beinahe lustig, hätte nicht erst *sie* die Gedanken gesät, die in mir so prächtig blühen. Fruchtbarer Boden, das war ich. Fruchtbarer Boden, das bist auch du, Drachentöterin. Allein Mary wusste um die Bosheit der Dämonen.«

»Wo ist sie?«, knurrte Tarek. Elena starb ein winziges bisschen. Ihre Hand zuckte, der Wüstenkönig spürte es. Sein überhebliches Grinsen schwand.

»Wir gleichen einander«, sagte er ohne jeden Spott und laut: »Die Bestien haben sie zerfetzt!«

Ein Ächzen entrang sich Tareks Brust. Er fuhr herum, gab Elenas Rücken preis und auch seinen eigenen. Er stieß Elena zurück und hob mit der Spitze seiner Klinge das Kinn des Wüstenkönigs, seines ehemaligen Freundes. Die Blicke der Männer verhakten sich ineinander und für einen Augenblick sah Elena den Schmerz in ihnen beiden. Entzweit von der Welt.

»Wenn Winter sie hat, sind wir verloren!«

»Wovon sprichst du?«, rief Elena, als der erste Pfeil an ihrer Rüstung abprallte. Sie duckte sich hinter einen Stamm, ein Geschoss streifte des Wüstenkönigs Wange.

»Nicht schießen!«, brüllte der.

Elena hechtete zu den Pferden, schwang sich in den Sattel und streckte Tarek die Hand entgegen. »Tarek«, schrie sie. »Schnell!«

Doch er sah sie nicht an. Er sah nur ihn.

Der Wüstenkönig hob die Brauen. »Willst du nicht fliehen?«

»Nein«, knurrte er.

»Tarek!«, brüllte sie, ein vereinzelter Pfeil schlug trotzig hinter ihr in den Stamm, der Wüstenkönig fluchte, das Pferd stieg, sie konnte es kaum halten. Tarek sah nur flüchtig auf. Nur ein Blick. Und sie schrie. Weil sie verstand, dass er ihr nicht folgen würde. Nicht mehr.

Er riss des Wüstenkönigs Schwert hervor, schwer landete es zwischen ihnen im Laub.

»Heb es auf«, verlangte er.

»TAREK!«, brüllte sie.

»Wie du willst«, zischte der Wüstenkönig.

Tarek gab dem Pferd einen Klaps, es stob los.

Das Letzte, was sie sah war, wie der Wüstenkönig das Schwert hob.

Dann gingen sie aufeinander los.

CINDERELLA

Das Pferd stieg, fanatisch fixierte sie das blitzende Richtschwert, mit dem der Henker zustach. Ein Schwall heißes Blut ergoss sich über ihren Saum. Die Masse tobte. Sie wurde mitgerissen, wogte mit den Umstehenden zu einem Puls, der die ganze Stadt durchdrang.

Dumpf. Dröhnend. Unheilvoll. Verzweifelt.

Sie ist da. Die eine, die uns retten wird!

Die Menschen grölten, sie lachten, sie fielen sich in die Arme, nicht wissend, dass die eine mitten unter ihnen weilte, angesteckt von der Ekstase einer Generation, die zu hoffen beinahe verlernt hatte.

Sie ist da. Sie wird uns retten!

Ein zweites Pferd starb schnaufend, weiter hinten ein drittes. Die Straße kochte unter dem vergossenen Blut. Es klebte auf ihrer Haut, vermischte sich mit dem Schweiß und Sand zu einer zähen roten Masse, brannte in den Augen und haftete in den Haaren. Jemand zog sie an sich, küsste sie heiß und viel zu lang, ehe sie weitergereicht wurde, trunken von trügerischem Glück und erfüllt von zerbrechlich zarter Hoffnung.

Sie ist da! Cinderella ist da!

Sie schrien ihren Namen. Cinderella lachte, sie lachte und weinte, bis sie keine Luft mehr bekam. Das hier war ihre Stadt, ihre Heimat. Und sie fragte sich, wie sie je an ihrer Aufgabe, an ihrer Pflicht und Wichtigkeit hatte zweifeln können.

Cinderella!

Sie würde all diese Menschen retten, ihnen Frieden und Hoffnung schenken.

Jemand drückte ihr einen dampfenden Krug in die Hand. Sie prostete dem nächtlichen Himmel zu, den Menschen, all diesen Fremden, deren Braut sie schon bald sein würde. An Duncans Seite. König und Braut. Wiedervereint. Sie leerte das Gebräu mit einem Zug. Es brannte heiß in ihrer Kehle, Wärme durchflutete sie. Sie lachte, ihre Finger kribbelten, dann begann sich die Straße zu drehen. Jemand fing sie auf, der Krug zerschellte am Grund.

Da ist sie … Da ist …

Braut. Königin. Hoffnungsträgerin.

»Da bist du ja, mein Täubchen.«

Mary von Athos

»Nichtachtung ist eine starke Waffe, wenn sie weise und im rechten Moment Nutzen findet.«

Die schönste Braut
über die Sitten an königlichen Höfen

Für einen Augenblick – oder eine Ewigkeit? – hatte ich geglaubt, mich außerhalb des Schlosses zu befinden. Über mir nur Sterne und Nacht, in meinem Rücken die Stadt, in der mein Stolz gebrochen worden war. Es war mir, als würden Sandkörner statt Scherben auf dem Marmor knirschen; ich spürte die Hitze in meinen Gliedern, den Kuss der Wüste, der nach Apfel schmeckte, während um mich herum alle wie zuvor unter dem falschen Himmel Maywaters tanzten. Einzig Duncan und Cinderella waren fort und mit ihnen der Jäger.

Zielstrebig eilte ich zu den Flügeltüren, hinter denen der Balkon begann und an dessen Ende eine Treppe in den königlichen Garten führte. Dorthin war Duncan während des Balls mit Cinderella verschwunden. Diesmal würde ich ihnen folgen. Die Diener öffneten mir, ich tauchte hinaus in die Kühle, von der ich soeben gekostet hatte – oder nicht?

War ich dort gewesen? Am Fuße der Knochenmauer?

Für einen Augenblick lehnte ich mich an die Brüstung und sah hinauf zu den Sternen, von denen ich niemals genug bekommen würde, weder in diesem noch in allen folgenden Leben. Da hörte ich sie, Cinderella und

Duncan. Aneinandergeschmiegt saßen sie unter dem Rosenbogen, unter dem auch ich mit ihm gesessen hatte. Lautlos näherte ich mich ihnen, hörte ihn etwas murmeln und sie seufzen; Träge schälten sich Worte aus der Dunkelheit, verbanden sich zu Sätzen, die mir zutiefst vertraut waren. Ich hatte in ihnen Stärke gesucht, Zuneigung und Hoffnung. Dabei hatten sie mich niemals erreicht.

»Ich wünschte«, sagte Duncan gerade, »du wärst während der Regenzeit gekommen, denn wenn der Regen kommt, erblüht die Wüste. Wie die Rosen im königlichen Garten.«

Er brach eine Knospe.

»Du wirst es lieben lernen«, versprach er und reichte ihr die Rose wie einst mir.

Dann beugte er sich vor und küsste sie.

Mein Herz schlug dumpf, es schlug und schlug – und ich verstand endlich die Wahrheit, die doch so offensichtlich gewesen war: ich hatte Duncan zu lieben versucht, und es doch niemals getan. Die Erkenntnis war so überwältigend, dass ich zurückwich – und gegen den Jäger stieß. Schweigend nahm er meine Hand und zog mich zu einem alten Granatapfelbaum.

Eine Bank stand in seinem Schatten.

Der Jäger sprach kein Wort, er setzte sich bloß neben mich, schweigend und nachdenklich wie ich selbst. Vielleicht brauchten wir beide diesen trügerisch friedlichen Moment, den die Dunkelheit um uns wob. Zärtlich strich der Wind durchs Geäst, zupfte an den Bahnen meines Kleides und liebkoste meine Knöchel. Der Glasschuh lag halb im Schatten, halb tauchte goldener Kerzenschein ihn in unirdischen Glanz. Ich hatte ihn vollkommen vergessen.

Jetzt war er der erste Riss in unserer Blase.

Der Jäger beugte sich vor, die Arme auf die Knie gestützt. Unwillkürlich flackerte das Bild seines Bruders durch meine Gedanken. Eine einzige rebellische Nacht hatte nicht ändern können, wer ich zu sein dachte. Erst der Blutwald, erst er, der neben mir saß, so still und schützend, hatte es vollbracht. Ob wir uns dadurch, dass wir einander unser Innerstes offen-

bart hatten, näher waren, als wir es unter gewöhnlichen Umständen gewesen wären?

Er und ich. Der gestohlene Prinz und die verfluchte Prinzessin.

»Du kennst mich kaum«, sagte er und schien aufstehen zu wollen.

Ich hielt seine Hand ein wenig fester. »Geh nicht.«

»Ich bin hier, weil du mich brauchst«, stellte er nüchtern fest und drehte unsere Hände so, dass meine oben lag; die Risse bleich im Kerzenschein. »Du hast alles verloren. Deine Heimat. Deine Zukunft. Deinen Verlobten. Nur ich bin dir verblieben. Der Zwilling des Mannes, den du liebst. Deshalb hältst du meine Hand. Deshalb bittest du, dass ich bleibe.«

Er sprach klar und ruhig; vielleicht traf es mich deshalb umso tiefer, zumal er meine Narben mit den Fingerkuppen nachfuhr. Als würden er und sein Körper verschiedene Sprachen nutzen. Ich tastete verzweifelt nach der Kälte, die stets mein Schutz gewesen war, doch sie war fort, geschmolzen in seiner Wärme – oder der Hitze der Wüste – wer wusste das schon?

Keine Maske, kein Lächeln konnte mich vor ihm abschirmen.

»Hoffst du, dass ich dich befreie?«, fragte er.

Ich wusste keine Antwort.

»Ich werde dir nicht helfen«, stellte er klar.

»Was will sie von mir?«, fragte ich. »Winter, meine ich.«

Er sah flüchtig auf und da begriff ich: »Du weißt es nicht.«

»Niemand versteht die Hexe«, wehrte er ab, doch sein Tonfall verriet ihn.

Er war nervös. Warum war er nervös?

»Ist es der Schuh? Braucht sie ihn?«

»Seit ich dich ins Schloss brachte, würdigte sie ihn keines Blickes.«

»Wenn es nicht der Schuh ist …«

Da war er auf und davon in die Dunkelheit.

Hinter mir raschelte es.

»Prinzessin?«

Jäh fuhr ich herum – und da stand sie, die Haare schimmernd, das Gesicht makellos, den entsetzten Blick auf meine Füße gerichtet.

»Das ist mein Schuh!«, rief sie und hob ihren Rock, wie um sich zu vergewissern, dass ihre noch waren, wo sie zu sein hatten – und tatsächlich steckten ihre Füße in gläsernen Schuhen. »Ist das meiner?«

»Ja«, gestand ich.

Die Gesichtszüge entglitten ihr. Ich hatte mit allem gerechnet: Unglauben, Fassungslosigkeit, Verachtung oder gar Hass; nicht aber mit Trauer. Duncan tätschelte ihr schrecklich unbeholfen die Hand. »Geh«, verlangte sie erstickt; er tat wie befohlen.

Sie war sein Licht. Sein Alles.

»Setz dich«, bat ich und tatsächlich kam sie meiner Aufforderung nach.

»Ich habe ihn abgelegt?«, rief sie, das Gesicht aschfahl.

Unbeholfen nickte ich; ich war nicht gut in diesen Dingen. Ich konnte kaum mit meinen eigenen Ängsten umgehen, wie sollte ich da einer Fremden beistehen? Cinderella holte tief Luft. Es war seltsam, ihr dabei zuzusehen, wie sie die Züge glättete und den Schmerz sorgsam unter einer Maske verbarg. Als würde ich in einen Spiegel blicken.

»Du fürchtest dich«, erkannte ich.

»Keineswegs«, wiedersprach sie hastig; doch ihre Maske war bei Weitem nicht so gut wie meine. »Du bist im Wald, nicht wahr?«

»Unfreiwillig«, gab ich zu.

Sie biss sich auf die Lippe. »Dann weiß er es.«

»Duncan? Ja. Er weiß es.«

»Der Jäger«, stieß sie aus. »Weiß er von meinem Verrat?«

»Nein«, zwang ich hervor.

Eine Lüge mehr, was machte das schon? Dieses Gespräch fand nicht wirklich statt.

Cinderella schien mir glauben zu wollen; vielleicht hatte sie wie ich gelernt, dass es manchmal leichter war, mit der Lüge zu leben. Sie blinzelte zu Duncan, der abseits stand.

»Du magst ihn«, erkannte ich.

Ihr Blick traf meinen Fuß. »Du auch?«

»Nicht auf diese Art.«

Sie schien mir nicht zu glauben. »Warum trägst du dann den Schuh?«

»Ich täte es nicht, würde er sich lösen.«

»Er sitzt fest«, erkannte Cinderella.

Mehr als ein Nicken brachte ich nicht zustande. Ich war so erschöpft.

»Es dient dem Schutz der Bräute«, sagte sie. »Niemand kann ihn dir entreißen.«

»Schutz der Bräute«, echote ich und ließ den Kopf in den Nacken sinken; über uns lauschte der Himmel. Oder war es gar Winter? Sie schien überall und nirgends zu sein.

Cinderella hob ihren Rock; der Kerzenschein brach sich dreifach auf unseren Schuhen. »Solange ich ihn trage, wirkt der Fluch«, sagte sie mehr zu sich selbst als zu mir; vielleicht sprach auch sie zu Winter. »Erst die Jahre lassen den Zauber mit dem Geist der Könige verwachsen – wie beim Wüstenkönig. Er besteht nur noch aus Haut und Knochen und verzehrt sich nach dem eigenen Tod, um mit seiner Braut vereint zu sein.«

»Du hast dich gegen dieses Leben entschieden.«

Sie sah auf den Schuh, den ich trug. »Das habe ich wohl.«

»Bereust du es?«

»Wenn zwei Wege durch den Abgrund führen, wie kann da einer besser als der andere sein?«, sagte sie matt. »Manchmal gibt es kein Richtig und kein Falsch.«

»Es gibt nur Winter«, stimmte ich zu.

Cinderella lächelte. »Du bist anders, als ich dachte. Weniger steif.«

»Ich bin nicht steif«, gab ich schrecklich steif zurück, was sie zum Lachen brachte. Vielleicht war es die Nervosität, die sich in ihr Bahn brach. Vielleicht erschien es ihr aber auch schlicht besser zu lachen, statt zu weinen. Ich hatte weder das eine noch das andere getan. All die Jahre hatte ich bloß geschwiegen. Erst jetzt, da ich neben Cinderella saß, die trotz ihrer Situation lachen konnte, fiel ich zaghaft mit ein. Es fühlte sich überraschend gut an.

Wir saßen nebeneinander und lachten.

Wir lachten und lachten, bis ihr die Tränen kamen; und dann weinte sie doch. Unbeholfen nahm ich ihre Hand in meine und sah in den Himmel, während sie bitterlich schluchzte. Meine Augen brannten, die Sterne blitzten, der Ball schritt voran. Zwei Diener öffneten eines der Fenster, Musik schwappte hinaus. Cinderella strich sich über die Wangen, streckte die Schultern durch und sog die Nachtluft ein. Beklommen sah ich ihr dabei zu.

Ein Spiegel, das war sie wahrhaftig.

»Du lachst nicht oft«, stellte sie wehmütig fest. »Weinst du je?«

»Niemals«, gestand ich.

»Du bist deiner Mutter sehr ähnlich.«

Mein Herz schlug dumpf. »Du kanntest sie?«

»Jedes gestohlene Kind wächst mit den Geschichten über sie auf: die Braut, die keine war. Sie stahl sich einen König; manche behaupten gar, sie hätte dessen rechte Braut den Monstern des Waldes zum Fraß vorgeworfen.« Da lag Ehrfurcht in ihrer Stimme, aber auch Sorge. Vielleicht fürchtete sie gar, auf dieselbe Art zu enden. »Winter sagt, deine Mutter hätte bis zuletzt weder um Gnade gebeten noch jemals geweint.«

»Niemals«, bestätigte ich – selbst im Angesicht ihres Todes.

»Winter besitzt ein Gemälde von ihr; einzig eure Haarfarbe unterscheidet euch.«

»Ihres wie meines war golden«, widersprach ich mit schwerer Zunge.

Irritiert hob sie die Brauen. »Auf dem Gemälde ist es rabenschwarz.«

Ein Sturz aus luftiger Höhe, eine Stufe unnachgiebig und stur.

Ich schloss die Lider. »Das Blut färbte es dunkel.«

»Oh«, sagte Cinderella und verstand; sie schwieg betreten.

Erstaunlich, wie schnell die Wärme schwand.

Wie gut ich darin war, sie zu ersticken.

»Das wusste ich nicht«, sagte Cinderella sanft.

»Wieso kann ich den Schuh nicht ablegen?«, überging ich ihre Entschuldigung.

Sie schluckte hörbar, strich sich den Rock glatt und stand zitternd auf. »Es liegt an dir, so wie es an mir liegt. Es ist eine bewusste Entscheidung.«

»Ich habe alles versucht. Er löst sich nicht.«

»Finde heraus, woran du hängst. Wenn es nicht Duncan ist …« Als hätte sie ihn gerufen, trat er hinzu und bot Cinderella den Arm. Ihr Lächeln wirkte erzwungen. »Wenn nicht er es ist, hängt dein Herz an etwas anderem, das mit dem Schuh verloren ginge. Finde heraus, was das ist, löse dich davon und du wirst ihn ablegen können.«

»Woran mein Herz hängt?«

»Das ist alles, was ich dazu sagen kann. Du musst es selbst herausfinden.« Sie hakte sich bei Duncan ein. »Ich werde nun meinen letzten Tanz genießen.«

»Warte«, bat ich. Sie sah mich fragend an. »Der Jäger«, ich zwang mich, mein schlechtes Gewissen und ihre aufflackernde Furcht zu ignorieren, »er sagte, du allein könntest den Schuh zerbrechen.«

»So ist es«, bestätigte sie bleich.

»Dann tu es doch! Ich flehe dich an.«

Bedauernd schüttelte sie den Kopf. »Es ist eine Erinnerung, es hätte keinerlei Wert für dich. Du bist im Wald und ich – wo bin ich?«

»Duncan sucht dich«, zwang ich hervor, unfähig, ihr zu gestehen, dass er es einzig tat, um sie zu vernichten. Welch bittere Ironie, dass wir beide Duncan vertraut hatten, während er ihr nach dem Leben und mir nach dem Fuß trachtete.

»Er will mich töten, nicht wahr?«, erkannte sie bekümmert. »Ich kann es ihm kaum verübeln.« Sie versuchte sich an einem Lächeln; ihre Maske saß schlechter denn je, die Furcht sickerte hindurch wie Quellwasser durch uraltes Gestein. Ich streckte eine Hand nach ihr aus. Sie drückte sie fest. So standen wir beide da – sie Himmelsblau und ich Blutrot.

»Du solltest den Wald verlassen. Sofort.«

»Ich schlafe derzeit.«

»Winter kennt keine Gnade.«

»Sie braucht bloß den Schuh.«

Cinderella sah mich lange an. »Das hoffe ich für dich.« Ein letzter Händedruck, dann ließ sie los. »Ich bedaure, dass wir einander unter diesen Umständen trafen. In einem anderen Leben hätten wir Freundinnen sein können.«

»Das hätten wir«, bestätigte ich, als sie Seite an Seite mit Duncan die Treppen erklomm. Kaum schlossen sich die Flügeltüren hinter ihnen, fühlte ich mich einsamer denn je; als hätte ich etwas verloren, bevor ich es überhaupt gefunden hatte.

Zwei Diener öffneten ein weiteres Fenster gegenüber der Rosenbank; Stimmengewirr und Lachen drangen heraus; das Orchester stimmte ein neues Lied an, das seltsam heiter schien – und plötzlich war ich mir sicher, dass Cinderella darum gebeten hatte, um mich in den Ballsaal und raus aus meiner selbst erwählten Einsamkeit zu locken, hinein unter all diese Leute. Womöglich waren mehr Freundinnen unter ihnen, als ich stets angenommen hatte.

Eine war es gewiss.

Mit klopfendem Herzen eilte ich die Treppen hinauf; selbst als ich stolperte, verblieb der Schuh an meinem Fuß. Ein stures, verbissenes Etwas. Ohne ihn zu beachten, rauschte ich in den Saal. Cinderella glitt in Duncans Armen über das Parkett, sie lächelte mir zu. In einem anderen Leben hätten wir Freundinnen sein können, doch für den Moment gab es nur eine Person, die mir am Herzen lag. Als ich sie entdeckte, drängte ich zielstrebig auf sie zu.

Ihre Augen schwammen in Tränen.

»Oh Hoheit«, klagte sie. »Wo wart Ihr nur? Ich war in großer Sorge.«

»Alles ist gut«, versprach ich und klaubte eine Flasche Wein vom Büfett. Ich verstand nun, dass das, wonach ich mich stets gesehnt hatte, längst da gewesen war.

Vor meinen Augen. An meiner Seite.

»Nimm so viel Torte, wie du tragen kannst. Wir wollen feiern.«

»Feiern? Oh Hoheit. Es tut mir ja so leid!«

Meine Hand fand ihre Schulter, gerade als die Musik anschwoll.

»Es ist gut. Komm, Susann, komm mit mir.«

Sie nickte unter Tränen, griff nach einer Platte Torte und folgte mir, wenngleich widerstrebend und über die Schulter zurückblickend; dorthin, wo der Kronprinz mit seiner neuen Braut zum letzten Mal tanzte. Ich kreuzte den Blick des Jägers, der hoch oben auf der Treppe stand, das Gesicht verschlossen, die Haltung hoheitsvoll. Doch seine Augen brannten.

Ich war nicht seinetwegen hier. Sollte er seinen Auftrag selbst erfüllen.

»Komm«, sagte ich und ergriff Susanns Hand. Wir würden die Decken von meinem Bett auf den Balkon zerren und uns unter den Sternen ein Nest bereiten, den Wein trinken und uns an der Torte laben. Wir würden lachen, reden und vielleicht sogar weinen.

Ich würde sie nach ihren Eltern fragen. Nach Geschwistern – falls sie welche hatte.

Ich würde ihr zuhören. Endlich würde ich ihr zuhören.

Weil das hier unsere Nacht war.

Weil wir uns voneinander verabschieden konnten.

WINTER

Es ist die Zofe, teilte er ihr mit.

Überrascht fand sie Mary auf einem Balkon sitzend vor, an ihre Zofe geschmiegt, trunken von Wein und das Kleid voller Tortenkrümel. *Wie Schwestern,* erkannte sie und fühlte einen dumpfen Stich in ihrer Brust. Sie selbst hatte ihre Schwestern verloren und nicht einmal die Zeit, von der sie im Überfluss besaß, vermochte den Schmerz zu lindern. Er war zu einem festen Bestandteil ihres Wesens geworden. Er lag ihr im Blut. Wie der Wind und die Kälte.

Ich bin nicht fort, flüsterte es von den Wänden des Gewölbes.

Die Stimme des Windes ignorierend, gab sie dem Jäger Anweisungen und suchte zugleich nach der Zofe, von der sie wusste, dass sie sich in ihrem Reich aufhielt. Sie fand sie mehr tot denn lebendig bei den Schneebeerenfeldern. Während sie die folgenden Schritte plante, schaukelte sie die Wiege, in der das gestohlene Kind schlief.

Wozu die Zofe quälen?, wisperte der Wind listig. *Ich lenkte die Pfeile, sie trafen gut. Es gibt keine Hoffnung; und mit ihrem Tod wird das Königskind auch den seinen finden. Niemand vermag sie zu retten, nicht einmal dein Jäger. All die Jahre sprach ich zu ihm. Er hielt mich für dich, hielt die meinen Grausamkeiten für die deinen – dein treuester Diener. Wenn selbst er dich verkennt, wer bleibt dir dann noch?*

Ihr Blick streifte die Gemälde, die hinter Eis und Schnee verborgen nahezu unsichtbar an den Wänden hingen. Seit Jahrzehnten hatte sie keines betrachtet; jetzt trat sie näher und strich den Schnee beiseite. Darunter kam das Portrait eines Mannes mit goldenen Augen zum Vorschein, die bleichen Haare von Schnee gekrönt, die Augen golden, um die Schultern ein Wolfsfell. Ihr Herz schlug dumpfer, als sie sich an seine flüchtige Lebensspanne erinnerte – und an seinen Tod. Sie wischte über die anderen Gemälde und offenbarte Gesichter, die einander allesamt glichen: dunkelhaarige Frauen mit zu blasser Haut.

Schwestern, flüsterte sie.

Allesamt vergangen. Abgesehen von …

Mir, gurrte der Wind.

Sie verharrte vor dem letzten Portrait, jenem, das unvollendet blieb. Sie konnte es nicht über sich bringen, es zu beenden. Es zeigte sie selbst, wie sie einst ausgesehen hatte und nie wieder aussehen würde. Vielleicht, dachte sie, hatte sie den Tag des schwarzen Winters gebraucht, um zu begreifen, dass sie nicht war, was sie versucht hatte zu sein.

Keine Wohltäterin.

Keine Friedensbewahrerin.

Bloß ein Wolf in Menschengestalt.

DER KÖNIGSWÄCHTER

Sie starb ihm in den Armen weg. Alle paar Atemzüge tastete er nach ihrem Puls, vergewisserte sich, dass sie noch da war.

»Halte durch«, beschwor er sie und lenkte sein Pferd über eine Lichtung, die im kalten Sternenlicht lag. Der Duft, der von den Hufen aufstieg, war beißend und süß zugleich. Er erinnerte ihn an den Gestank des Meeres. Salz und Seetang.

Oder Tränen.

Misstrauisch spähte er über die nächtliche Lichtung, die verlassen dalag. Erst unter den Bäumen begann das Rot. Hier, unter dem sternenklaren Himmel, wirkte die Welt wie mit Eis bestäubt. Fahlgraues Gras, saftige Beeren, frostige Blätter. Die Zofe in seinem Arm lallte vor sich hin – vielleicht bildete er es sich aber auch nur ein. Es fiel ihm fortschreitend schwerer zu unterscheiden, was wirklich war und was seinen Gedanken entsprang. Gedanken, die sich fremd anfühlten. Als wäre er nicht mehr Herr seiner Sinne. Seit Stunden ritten sie durch den nächtlichen Wald, die Eintönigkeit ließ seine Wachsamkeit bröckeln, doch er wusste, dass die Stille trog. Dass in den Bäumen, der Erde, den Tümpeln, sogar in der Luft Dämonen hausten, darauf wartend, dass er nachließ und seine Aufmerksamkeit schwand. Dass er einen Fehler beging. Sein Pferd in einen Sumpf lenkte, sich verirrte oder …

Erneutes Lallen. Keine Einbildung.

Die Lider der Zofe flatterten, ihre Haut war klamm. »Mary lebt …«

»Das ist gut«, erwiderte er.

»Sie ruft mich …«

»Mary?«

»Nein«, brachte sie schwach hervor. »Sie hat Mary.«

Der Königswächter fluchte. »Wo?«

Die Zofe wies voraus. Im Dickicht der Bäume entblätterte sich ein verwitterter Pfad. Er führte geradewegs zu einer maroden Mauer. Ein Tor gähnte zwischen den Steinen, das Fallgitter wie Zähne aus dem Mauerwerk ragend.

Er hatte das Schloss gefunden.

DIE ZOFE

Sie braucht dich, wisperte Winter in ihren Gedanken.

Der Wald um sie verlor an Farbe. Da war kein Rot mehr, kein Braun.

Nur noch ein klein wenig länger.

Sie braucht mich, wiederholte Susann und tastete mit aller Macht nach ihrem Körper.

Doch da war nichts.

Kein Schmerz, keine Wärme, gar nichts. Alles war taub.

Nur noch ein kleines bisschen, versprach Winter.

Und Susann kämpfte. Ihre Finger fanden die Hand des Königswächters. Sie klammerte sich daran; es kam ihr vor, als bestünde ihre ganze Welt nur noch aus Händen.

Aus ihren und seinen.

Solange sie ihn spürte.

Solange sie ihn nur spürte.

Gleich, wisperte Winter, gleich hast du es geschafft.

DIE DRACHENTÖTERIN

Die Brücke flog donnernd unter ihr dahin, die Pfeile, die sie in die Nacht verfolgten, verfehlten ihr Ziel, als würde der Wind selbst sie lenken.

Das Amulett fest in den Händen, konzentrierte sie sich ganz und gar auf die Aufgabe, die vor ihr in der Dunkelheit lag, nicht auf das, was sie zurückließ. Tarek war stark. Er war zäh. Die Drachentöter waren sofort durch die Palisade der maywaterschen Soldaten gebrochen, kaum dass sie ihnen zugeschrien hatte. Wie eine zornige Flut stürmten sie das von Fackeln erhellte Feldlager des Wüstenkönigs. Elena konnte nur beten, dass sie schnell genug bei Tarek sein würden. Um ihn zu unterstützen und zu retten.

Weil sie es nicht konnte. Nicht jetzt.

Rette sie, hatte Winter geflüstert und von Cinderella berichtet. Von ihrer Not.

Wenn sie sie nicht fand und rettete, war alles verloren.

Duncan würde Tarek töten. Westham und Maywater würden in die Schlacht ziehen. Athos würde folgen, später Kor-Tand und Morrigan. Nicht einmal Seval bliebe von dem Krieg verschont, der alle vorangegangenen in den Schatten stellen würde.

»Schneller«, zischte sie ihrem Pferd zu und trieb es über die nächtliche Straße der letzten Stadt entgegen, nicht ahnend, dass sie zu spät kommen würde.

DER SOHN WESTHAMS

Er hatte den Hieb nicht kommen sehen. Vielleicht, wenn er weniger zornig gewesen wäre, weniger verzweifelt angesichts dessen, was Duncan ihm fortwährend entgegenschrie, dass sie tot war – *gefressen von den Monstern des Waldes, verspeist bei lebendigem Leib!* –, vielleicht hätte er ihn dann parieren können. Doch er war blind vor Schmerz; Mary war seine Schwachstelle, niemand verstand das besser als er, der jetzt über ihm stand und auf ihn niedersah, die Stirn verschwitzt, das Haar blutig, die Krone schwer.

»Du hast mich verraten«, klagte Duncan ihm. »Du hast es getan!«

Das Schwert inmitten seiner Brust erschwerte ihm das Antworten. Jeder Atemzug kam flacher als der davor. »Sie hat … meinen … Bruder.«

Duncan strich sich übers Gesicht, vermischte das Blut der Gefällten mit seinem eigenen. »Die Geschichte des fahrenden Volkes stimmt? Die Hexe stahl ihn wahrhaftig? Ich habe es für ein albernes Ammenmärchen gehalten.« Duncan sank neben Phillip nieder, eine Hand am Schwertgriff, die andere aufs aufgebrochene Erdreich gestützt. »Wenn nicht einmal eure hochgelobten Drachentöter die Hexe aufzuhalten vermochten, wie konnten dann meine Männer«, er fasste sie mit einem Blick, der Phillip offenbarte, dass Duncan sehr wohl um die Mängel seiner Soldaten wusste, »so weit in den Blutwald dringen? Keine Monster weit und breit – und von Mary fehlt jede Spur.«

Phillip ächzte.

»Nicht doch, mein Freund. Schon deine Kräfte.«

»Mary?«

»Oh, ich habe nicht gelogen. Vielleicht war sie unter den zerfetzten Leibern derer, die wir fanden. Wer kann das schon sagen? Meine

Männer sind noch damit beschäftigt, die Körper derer zusammenzufügen, die unserer kostbaren Prinzessin in den Wald folgten. Wir fanden bloß Rückstände.« Duncan verzog das Gesicht. »Vielleicht ist Mary darunter. Vielleicht auch nicht. Das herauszufinden, bin ich hier …«

Der Wüstenkönig stöhnte erschöpft. Vielleicht, dachte Phillip, hatte sie beide dieses Schicksal verdient. Er spürte die Kälte in seinen Gliedern erstarken. Zwei Pfeile hatten seine Rüstung im Rücken durchbrochen, jene Schwachstelle, die Elena zu schützen versprochen hatte. Er hoffte zutiefst, dass sie dem Wald und den tödlichen Geschossen entkommen war.

»Vielleicht ließ mich die Hexe den Wald betreten, weil sie wusste, dass du mir folgen würdest.« Duncan sah bekümmert zu ihm nieder. »Gäbe es einen anderen Ort als diesen, an dem ich dir ebenbürtig bin? Wir wissen beide, dass mein Können niemals an deines reicht. Nein, einzig hier, wo Mary allgegenwärtig ist, bist du schwach. Mary macht dich schwach, mein Freund.«

»Sie braucht Mary …«

»Um den Fluch des Waldes zu brechen.« Duncan nickte gedankenverloren. »Der Goldkönig erwähnte einen Fluch, wenngleich er vergaß zu erwähnen, was es damit auf sich hat. Wie recht du hattest: es sind die Geheimnisse, die uns zu Fall bringen.«

»Duncan …«, stieß er hervor, während der Wald um ihn erwachte. Wind kam auf, zerrte an den aufgebrochenen Stämmen: die Soldaten ächzten; vielleicht tat es auch er, der zwischen zerhackten Leibern lag und die Erde gleich ihnen tränkte.

Es war, als zöge ihn etwas hinab.

»Sie spielt mit uns«, murmelte der Wüstenkönig, der den aufkommenden Sturm nicht zu bemerken schien. »Sie spricht zu mir – auch jetzt. Hörst du sie?«

»Duncan …«

»Früher oder später spricht sie zu uns allen, auch zu dir …« Der Wind toste, die Soldaten schrien. Duncan ließ den Kopf in den Nacken fallen. Er ächzte, es klang unendlich müde. »Sie war es, die mich getrieben hat. Niemals hätte ich Mary etwas angetan! Das musst du mir glauben, Tarek. Niemals!«

Phillip spürte, wie es ihn fortzog. Die Erde erzitterte, es grollte – am Himmel hoch über ihnen zuckte ein Blitz. Dann begann es zu regnen. Das Gesicht seines einstigen Freundes verschwamm vor seinen Augen.

»Mary ist tot. Die Monster haben sie geholt – wie sie uns holen werden! Ich kann sie schon riechen. Sie sind überall. Wir werden gemeinsam sterben. Du und ich, die wir Seite an Seite hätten stehen sollen! Ist das nicht ironisch? Dass wir ihr die Arbeit abgenommen haben, indem wir uns gegenseitig vernichteten? Welch große Taten hätten wir vollbringen können, wären wir ehrlich zueinander gewesen! Das ist der Preis der Lügen und des Verrats.«

Der Wald erbebte, Wurzeln rissen, Brüche klafften auf.

Erneut grollte es, diesmal nicht vom Himmel.

»Flieht!«, brüllte Duncan; und zu Phillip: »Die Hexe hat bekommen, was sie wollte; ich hätte es erkennen müssen … Es tut mir leid, mein Freund … es tut mir leid.« Ohne hinzublicken, riss er das Schwert aus Phillips Brust. Der keuchte auf und fiel in sich zusammen. Die Erde zog ihn in ihre schützenden Arme, während der neugekrönte Wüstenkönig das Schwert gegen die Monster schwang, die sich aus dem Morast schälten. Der Wind trieb sie aus ihren Gräbern, weckte ihr Grollen. Blitze barsten aus den Wolken, zerrissen die Nacht.

Die Soldaten schrien, der Regen prasselte.

Gleich, flüsterte der Wald. *Gleich ist es vorbei.*

Mary von Athos

*»Es sind die kleinen Gesten,
die wahre Zuneigung zeigen.«*

Die schönste Braut
als Mary nach ihrem Vater fragte

Ich fand ihn unter der Linde sitzend, die Beine angewinkelt, den Kopf gegen den Stamm gelehnt, die Augen geschlossen, und erkannte, dass er ganz und gar anders war als sein Bruder. Sein Gesicht war härter, seine Brauen dunkler, ebenso das Haar. Vielleicht lag es an seiner Rüstung, schwarz wie die Nacht, dass er mit den Schatten beinahe verschmolz. Ich erinnerte mich, wie mein eigener Schatten im gleißenden Licht der Sonne zergangen war und fragte mich, ob ich überhaupt einen besaß – oder ob er das fehlende Puzzlestück zu meiner Existenz war. Er schlug die Lider auf und fixierte mich mit Augen, die zu viel gesehen hatten – oder zu wenig? Kannte er Güte? Freude? Oder war da nur Dunkelheit?

»Warum hast du nichts gesagt?«

»Hätte es etwas geändert?«, fragte er wie sein Bruder zuvor und schien, als sei er sich dieser Tatsache sehr wohl bewusst. »Ich habe alles mit angesehen.«

»Dann weißt du, dass ich Duncan nicht gesprochen habe.«

»Das spielt keine Rolle.«

Befangen sank ich vor ihm nieder und glättete mein Kleid. Er beobachtete mich reglos.

»Es war der Käse«, gestand ich schließlich. »Du warst es, der ihn mir gab. Du bist …«

»Hör auf«, fuhr er mich an und ich gab nach.

Er blieb stumm, während ich die Form des Schuhs nachfuhr, die Hacke, den Absatz, die geschliffenen Kanten. »Warum fürchtet Cinderella dich?«

»Weil sie klug ist.«

Ich sah zu ihm auf. »Und ich bin es nicht?«

»Offensichtlich.«

»Du bist der zweite Sohn Westhams …«

»Und der Mann, den du abgewiesen hast, war der Kronprinz«, ätzte er und ich begriff, dass ich ihn verletzt hatte. »Nimmst du ihn jetzt, da du die Wahrheit weißt?«

»Ich habe dir alles dazu gesagt.«

»Dass du nicht weißt, ob du den Mann, der er heute ist, noch lieben kannst? Glaub mir, Prinzessin, die Krone macht es bedeutend leichter.«

»Verachtest du ihn so sehr?«

»Er stahl meinen Namen. Mein Leben.« Das ›auch dich‹ schwang ungesagt mit. »Wie könnte ich ihn nicht verachten?«

»Er ist dein Bruder.«

»Mit sieben Jahren erlegte ich meinen ersten Drachen«, offenbarte er mir unvermittelt. »Ich badete in seinem Blut, um meinen Körper zu stählen. Als ich ein halbes Leben später Ranblut trank, um meiner jämmerlichen Existenz ein Ende zu bereiten, starb bloß ein Teil von mir. Gestärkt durch das Blut des Drachen, zog es meinen Körper unerbittlich zurück ins Diesseits.« Er schloss die Lider, sein Atem kam schwer. »Ich starb tausend Tode, ehe Winter meinen Geist halten konnte.« Er umschloss meine Finger und zog sie zu seinem Herz. »Dieser Teil von mir starb in jener Nacht«, er sah mich an; mit so viel Schmerz und so viel Zorn, »weil ich als Knabe von sieben Jahren das Lindenblatt übersah.«

Das ist nicht meine Schwachstelle.

Es war seine. Die des echten Tareks.

Gelähmt beobachtete ich, wie er die Rüstung ablegte, erst die Arme freilegte, dann die Schultern, zuletzt Brust und Rücken. Der herzförmige

Lindenblattabdruck prangte genau dort, wo auch sein Bruder ihn besaß; nur stand dieser hier auf dem Kopf und war nicht weiß, sondern tiefschwarz, die Ränder scharf geschnitten, als trüge er wahrhaftig ein Blatt auf der Brust, das ich nur abzuziehen bräuchte. Sein Brustmuskel zuckte unter meinen Fingerspitzen.

»Schmerzt es?«

»Weniger seit …« Er verstummte. Ich fand die Worte in seinen Augen.

»Es ist mein Fluch«, begriff ich.

»Er bringt mich um den Verstand.«

Ich fuhr die Form des Herzens nach. »Was kann ich dagegen tun?«

»Wach auf.«

»Inwiefern hilft das?«

»Es trennt uns.«

Liebst du ihn?, *fragte Winter zugleich.*

Ich wusste es nicht. Ich wusste gar nichts mehr.

»Du sprichst mir ihr«, erkannte er und berührte mich an der Schläfe.

Er verlor sein Herz an das Blut der Ran.

Es stahl ihm die Fähigkeit zur Liebe.

Bloß die Dunkelheit nährt es. Bloß das verbleibt.

Sag, Prinzessin, wie sollte ein solcher Mann dich wahrhaftig lieben?

Gar nicht, erkannte ich und berührte die Schwärze, die er nicht nur auf der Haut, sondern auch im Herzen trug. Welch bittere Ironie, dass ich weder die Liebe meines Vaters noch die des Mannes, der mich zu hoffen gelehrt hatte, erringen konnte.

Es ist dein Fluch, *seufzte Winter.*

Es ist deiner, korrigierte ich.

»Ich bin ihr Jäger, Prinzessin – sie befahl mir, mich zu dir zu legen und in deinen Geist zu steigen. Doch deine Nähe ist Gift. Ich halte es kaum aus.«

»Niemand zwingt dich zu bleiben«, erwiderte ich leise.

»Du hast nicht zugehört«, sagte er und trat zurück. »Seit zwölf Wintern diene ich der Hexe. Anfangs versuchte ich allnächtlich zu fliehen; für

jeden Versuch strafte sie mich. Erst nachlässig, doch als sie erkannte, dass es mehr als eines Gefängnisses bedurfte, um meinen Willen zu zähmen, wurde sie gewissenhafter.«

Ich sah befangen zu ihm auf, während er zur Ebene starrte.

Erinnerte sie ihn an die Tage der Freiheit?

Oder an jene, die gefolgt waren?

»Drachenblut stählt die Körper derer, die darin baden«, sagte er mehr zu sich selbst als zu mir. »Es stärkt Sehnen und Knochen, lässt Wunden rascher heilen.«

»Du bist unverwundbar?«

»Nein.« Er sah mich ausdruckslos an. »Nein, bin ich nicht.«

Da waren sie, die Abgründe, von denen er gesprochen hatte.

»Ich hasste Vater, weil er mir befohlen hatte, einen Drachen zu jagen.« Er sprach so distanziert, als beträfe es nicht ihn, sondern jemanden, der vor langer, langer Zeit existiert hatte und es jetzt nicht mehr tat. »Durch das Drachenblut war ich nicht bloß gefangen in diesem Wald, sondern auch in einem Körper, der mir die letzte Freiheit verwehrte.«

»Deshalb das Ranblut«, erkannte ich entsetzt.

Er hatte mich nach einer Treppe gefragt, einem Weg hinab vom Nordturm. Niemals hatte ich versucht, meinem Gefängnis zu entkommen. Er hingegen hatte alles riskiert und alles verloren. Und plötzlich verstand ich, wieso er mich so sehr verachtete; mich für eingebildet und schwach hielt; mich vorwärtsstieß, wenn ich stehen blieb: trotz all der Unterschiede glichen wir einander, nur besaß er den Mut, der mir fehlte; den Willen, der mir gebrochen worden war.

Vielleicht wäre ich wie er geworden, hätte Winter mich gestohlen.

Vielleicht hätten wir einander stärken können.

Vielleicht wäre sein Leben dann nicht zur Qual verkommen.

»Tarek …«

»Jäger«, korrigierte er und ich verstand, dass Tarek der Teil seiner selbst war, der vor all diesen Jahren verloren gegangen war, zusammen mit seiner Haut und seinen Hoffnungen. Geblieben war der Jäger. Herzlos, hart und finster wie sie, die ihn geformt hatte.

»Morgen endet das zwölfte Jahr«, sagte er.

»Sie lässt dich gehen?«

»Sie lässt niemanden gehen«, widersprach er. »Nicht einmal mich.«

Wie wahr, *seufzte Winter und es schien, als bedaure sie diesen Umstand zutiefst.*

»Tu mir diesen einen Gefallen«, bat er. Meine Hand tastete nach seiner Wärme, doch sie war fort, ebenso die Nähe. Er stand da, wie ich ihn kennengelernt hatte: still und unbeweglich, als bestünde sein Inneres nicht aus Knochen und Blut, sondern aus Nebel und Stein; als hätte Winter ihn aus einem Felsen geformt und Leben eingehaucht, das gerade so zu überzeugen vermochte. »Wach auf«, befahl er.

»Was ist mit Duncan? Ich habe ihn nicht gesprochen.«

»Es ist Susann, die dir am Herzen liegt, für die du sterben oder leben würdest.«

»Susann ist tot«, erwiderte ich und spürte, wie sich mir die Kehle zuzog.

»Sie lebt«, entgegnete der Jäger. »Sie ist dazu bestimmt, dich zu schützen: mit ihrem Blut und ihrem Leben. Sollte sie versagen und du sterben, stirbt auch sie. Sag, Prinzessin, willst du, dass sie deinetwegen stirbt?«

Ich traute meiner Stimme kaum. »Wag es nicht, mich zu belügen!«

»Bei meiner Seele.«

»Besitzt du überhaupt eine?«, fauchte ich in dem verzweifelten Versuch, mich gegen die Hoffnung zu wappnen. Wenn Susann wahrhaftig lebte …

»Vertraust du mir?«, fragte er.

»Du selbst hast mich davor gewarnt.«

Er lächelte erzwungen. »Das habe ich …«

»Sie lebt?« Eine Frage dünn wie Glas.

Ein knappes Nicken. »Winter lässt sie in ebendiesem Moment ins Schloss bringen.«

Ich konnte es kaum glauben – und tat es dennoch. Ich traute ihm, diesem einsamen, mürrischen Mann mit dem Herz, das keineswegs so schwarz war, wie er mich glauben lassen wollte. Ich traute ihm, weil unsere Schicksale ineinander verwoben waren.

Schicksal, *flüsterte Winter,* existiert einzig in meiner Gestalt.

»Wie kann ich aufwachen?«, ignoriere ich sie. »Sag, wie!«

Das erzwungene Lächeln schwand von seinen Zügen. Es wirkte gar, als hätte er noch nie in seinem Leben gelacht. Und fast hätte ich darum gebeten, noch ein wenig länger an diesem Ort zu verweilen: für ihn. Doch ich musste zu Susann. Sie war die Letzte, die mir verblieben war. Später, das schwor ich mir, würde ich ihm beistehen.

»Horch' in dich hinein.« Er strich über meinen Nacken. »Hier spürst du meinen Arm – ebenso hier.« Er berührte mich an der Taille; überall dort, wo ich unterbewusst etwas Schweres wahrnahm. »Konzentriere dich darauf und du wirst erwachen.«

Später, versprach ich ihm still und schloss die Lider, fokussierte mich ganz auf den fremden Arm. Auf das sanfte Heben und Senken eines Brustkorbes, an den ich geschmiegt dalag. Auf die Wärme eines Körpers, der nicht der meine war. Die Berührung des Jägers hingegen verblasste. Nur vage nahm ich wahr, dass er mich küsste – falls er es tat.

Traum und Realität verschwammen.

»Wach auf«, flüsterte er an meine Lippen.

DER JÄGER

Der Wind trieb durch die grüngoldenen Halme und Wolkenfetzen über einen blassblauen Himmel. Er wusste nicht, ob das Westham seiner Erinnerung noch existierte. Ob es je auf diese Art existiert hatte. Zu viele Tage, Wochen, vielleicht sogar Jahre hatte er an diesem Ort verbracht, ihn zu dem geformt, was er heute war. Eine Linde am Rande des Blutwaldes, davor endlose Weiten. Kein Mensch, kein Tier, kein Monster weit und breit. Nur er und der Himmel, die Linde und die Ebenen. Hier gehörte er hin. Hier schlug sein Herz.

Warum er ihr seine Zuflucht gezeigt hatte, wusste er selbst nicht genau. Sie war sich nicht einmal bewusst, wie tief er sie hatte blicken lassen. Welche Bedeutung diesem Ort beikam, an dem er niemand war. Nur frei und allein. Ohne Hass. Ohne Reue. Ohne Zorn.

Sie ist zurück.

Gut, *dachte er und sah hinauf zur Baumkrone. Es geschah schleichend, ganz so als fürchtete die Linde, ihr Kleid abzustreifen. Nur hier, bat er und sie gab nach. Wind kam auf, ein Reigen aus tiefrotem Herbstlaub ging nieder, zurück blieben pastellgelbe Blätter, dunkler als Weizen, blasser als Sonnenblumen.*

Sie würde nie erfahren, wie sehr sie ihn verändert hatte.

Er schloss die Lider. Einen vergänglich schwachen Herzschlag lang hielt er an seiner Zuflucht fest, lauschte dem Duett von Wind und Linde, genoss den Duft, der plötzlich süßer schmeckte – nach Rosen? –, ehe er die Augen öffnete …

… und sich im Sarg wiederfand. Die Prinzessin lag an ihn geschmiegt, eine Hand auf seiner Brust, die andere unter ihrem Kinn. Ihre Lider flatterten; er hielt den Atem an, war ihr so nah, dass er die Verästelungen auf ihrer Haut zählen konnte. Echos jener Brüche, die sie in Athos erlitten hatte. Er hob ihr Haar, fand die Verfärbung des Ranblutes sofort. Die Prinzessin stöhnte bei der Berührung, wachte jedoch nicht auf – warum wachte sie nicht auf?

Sie schläft. Lass sie schlafen.

Kein Traum?

Sie träumt sehr wohl.

Einen schlichten, menschlichen Traum, der sie erfrischen wird.

Einen, in dem du eine tragende Rolle spielst.

Er zwang sich, die Spuren zu betrachten, die der Kamm hinterlassen hatte, wünschte, er könnte ihr diese Last nehmen, wenngleich er fand – er fuhr die Narben auf ihrer Stirn nach –, dass sie ihr gut zu Gesicht standen. Sie zeigten, wer sie war. Keine zerbrechliche Porzellanpuppe, sondern eine starke und zähe Kämpferin, die bloß ein Ziel gebraucht hatte.

Einen Grund zum Leben. Einen Sinn.

Es wundert mich, dass ich nicht früher darauf kam. Die Zofe, wie naheliegend.

»Lebt sie?«

Kaum noch.

Er fluchte. Er musste sie wecken.

Nein, fuhr Winter dazwischen.

Sie braucht die Ruhe, ihr Körper ist schwach, die Wunden reichen tief.

Wenn du sie weckst, war alles vergebens.

Dann verlieren wir sie, ehe ihr Herz von Nutzen war.

Vorsichtig schälte er sich aus Marys Nähe und entzog ihr den Arm, auf dem sie schlief. Er blickte auf sie hinab und erkannte, dass er verloren war. Beinahe fluchtartig zwängte er sich aus dem erstickenden Sarg, streckte die Glieder, die vom langen Liegen schmerzten, und ignorierte den wachsenden Druck in seiner Brust. Sie waren zurück, alles, was von nun an geschah, ließ sich nicht ungeschehen machen. Kein Kuss. Keine Nähe. Kein gar nichts.

Er brauchte ein halbes Dutzend Atemzüge, um sich zu wappnen, dann beugte er sich über sie, hielt die Luft an, bis er sie aus dem Sarg gehoben und ihren Kopf auf seiner Schulter gebettet hatte.

Was tust du?

»Sie soll in keinem Sarg erwachen.«

Wie ritterlich.

Seine Schritte waren ungelenk, sein Rücken verspannt. Schlaftrunken fand einer ihrer Arme seinen Nacken – wie im Wald, wo sie ihn das erste Mal mit Phillip verwechselt hatte. Die Erinnerung tief in sich verschließend, trug er sie aus der Gruft und von dort in einen weitläufigen Flur, der halb Wald, halb Schloss war. Verwitterte Steinwände, an denen bis zur Unkenntlichkeit verblasste Gemälde hingen, die Rahmen aus purem Gold, die Leinwände brüchig; dazwischen klaffende Wunden im Mauerwerk, Äste, die in den Flur hineinragten, herbstlicher Wein, der sich um vergessene Möbel und verstaubte Kerzenleuchter schlang.

Bring sie ins Gemach ihrer Mutter.

Er gehorchte. Nicht weil er es musste, sondern weil er es wollte.

Er würde die Prinzessin im Gemach ihrer Mutter zur Ruhe betten, die Decken um sie feststecken und ihr das Haar aus der Stirn streichen, sie vielleicht ein letztes Mal berühren, wie er sie nie wieder berühren durfte, ihre Hand halten für einen Augenblick. Dann würde er gehen und die Zofe aufsuchen und so lange bei ihr wachen – sie am Leben halten –, bis Mary stark genug war, um sich zu verabschieden.

Ich lasse sie nicht sterben.

Nicht ganz zumindest.

Er fluchte, sie lachte.

Bald, flüsterte sie, *bald bist auch du frei.*

Doch er wusste, dass er nie wieder frei sein würde.

DIE FÜRSTIN

Beim Herbst, sie war verschwunden!

Irgendwo in der Masse auf dem blutverschmierten Kopfsteinpflaster. Obwohl sie alles abgesucht hatte, jede Gasse, jede Taverne, konnte sie sie nicht finden. Der schwere Baumwollstoff klebte ihr am Leib; er stank bestialisch nach Schweiß und Fisch. Sie hasste Fisch! Weiter hinten hatte jemand ein Fass Makrelen über die Menge gekippt, Schuppen und Gedärm klebten auf ihren Wangen.

Sie hasste Gedärm!

Sie hasste diese Stadt!

Sie hasste ihre Aufgabe!

Und Cinderella, sie hasste Cinderella, weil sie ihr entkommen war.

Durch Pfützen aus Blut und Licht stapfend, bahnte sie sich einen Weg durch das heilige Viertel, in dem die geschlachteten Tiere im Schein Dutzender Kerzen gehäutet wurden, um auf den Altären der vier Glaubensrichtungen geopfert zu werden – und um die Mägen der hungernden Bevölkerung zu füllen. Heute Nacht würden sie feiern, morgen würden sie speisen.

Sie hasste Pferdefleisch!

Sie hasste den Blutmond!

Außer sich vor Wut hämmerte sie an die Tür, über der die rote Laterne schaukelte und einen Kreis dunstigen Lichts schuf. Es dauerte eine Ewigkeit, bis jemand ihr energisches Pochen vernahm. Das Schneidersmädchen öffnete.

»Euer Gnaden«, flüsterte es, da war sie schon an ihm vorbei und schälte sich aus dem Kleid.

»Bring mir was zum Wechseln!«

Das Mädchen duckte sich instinktiv.

Die Fürstin hielt inne. »Ich wollte dich nicht schlagen.«

»Gewiss …«, stammelte das Kind, die Augen zu groß.

»Steh nicht nutzlos rum!«, fauchte sie und sah dem Kind gereizt nach, gestand sich jedoch ein, dass sie sehr wohl kurz davor gewesen war, es zu schlagen. Aus Zorn über sich selbst und aus Wut über diesen vermaledeiten Tag. *Wie die Oberin*, dachte sie ätzend und streifte den durchnässten Rock ab. Sie fühlte sich sogleich leichter, beinahe befreit. Ohne Kleid war sie niemand, keine Fürstin, keine Spionin. Nur sie selbst.

»Euer Gnaden.« Das Kind reichte ihr ein Gewand. Sie nahm es grunzend entgegen. Mit jeder Schicht, die ihre Haut verbarg, wurde sie zu einer Schwester des Ordens. Als sie den letzten Knopf der roten Tracht schloss, verlangte sie, die Oberin zu sprechen. Sie würde von ihrem Versagen berichten müssen – und die Strafe hinnehmen, die unweigerlich folgte.

»Wo ist sie?«

Das Kind sprach so leise, dass sie es kaum verstand.

Im Schlachthaus. In den Eingeweiden der Stadt.

»Ich finde den Weg allein«, brummte sie. »Geh rasch, ehe ich es mir anders überlege.«

Das Mädchen knickste, dann floh es die Treppen hinauf, während sie selbst Stufe für Stufe hinabschritt, der Hölle entgegen. Im Geiste ging sie bereits alle Erklärungen durch, legte sich Worte zurecht und wusste doch, dass keine den Zorn der Oberin würden besänftigen können. Als sie die Tür zur Schlachtkammer erreichte, blieb sie stehen, um sich zu sammeln. Durchzuatmen. Die Fäuste zu lösen. Die Furcht zu verdrängen.

Dann stieß sie die Tür auf.

Die Oberin sah auf, das Gesicht blutverschmiert, die Augen fiebrig.

»Du bist spät«, zischte sie und hob eine triefende Schere.

Die Fürstin fing sich gerade noch am Türrahmen ab, ehe es ihr den Magen umdrehte. Sie übergab sich auf den Boden, der bereits durchtränkt war.

Sie hasste Blut.

Sie hasste Gedärm.

Sie hasste Cinderella.

TEIL III

HERBST IM BLUT

BLUTSBANDE

Vor zwölf Wintern

Es war das Lachen, das mich den nächtlichen Flur entlanglockte, fort von der Treppe, über die Vater hinabzusteigen pflegte, über die kalten Steinfliesen und an den Zimmern der schlafenden Zofen vorbei bis zu Mutters Gemach. Die Tür war nur angelehnt, Kerzenschein glomm hinaus, ein schmaler Streifen Licht auf nackten Füßen. Mutter saß mit dem Rücken zu mir vor dem Spiegel, das Haar ergoss sich wie ein goldener Schleier um ihre Schultern, doch entgegen ihrer Gewohnheit lag die Bürste diese Nacht unberührt auf dem Holz. Schaudernd schlang ich die Arme um mich, als könnte ich so die Kälte verdrängen, die von den Steinfliesen aufstieg. Vater trat in mein Blickfeld und legte seine Hände auf Mutters Schultern. Die Geste kam mir so falsch vor, dass ich unwillkürlich zurückwich.

»Wir müssen handeln«, verlangte er mit harter Stimme.

»Ich weiß«, war alles, was sie sagte.

»Beinahe wäre es der Hexe gelungen, einen der Zwillinge zu stehlen! Wenn sie nach Mary trachtet … Bei meinem Leben, das lasse ich nicht zu!«

Mutter murmelte etwas, ich beugte mich vor, um sie besser zu verstehen.

»… verliert die Kontrolle über den Wald.«

»Sie bekommt Mary nicht!«

»Ich weiß«, sagte Mutter erneut. Ihre Hand fand Vaters, verflocht sich beinahe andächtig mit ihr. »Ich werde sie aufhalten.«

Vater knurrte. »Und wie gedenkst du das zu tun? Selbst die geballte Macht der Drachentöter konnte nicht verhindern, dass die Hexe ins Schloss eindrang. Unsere Soldaten wären ihr vollkommen unterlegen! Verfluchtes Westham, wenn sogar sie sich nur mit Not verteidigen konnten, wie sollen wir dann Mary schützen?«

Ich sah Mutter im Spiegel lächeln, es war ein Ausdruck, den ich nie zuvor an ihr gesehen hatte – und beinahe wäre ich erneut zurückgewichen, raus aus dem Streifen Licht, zurück in die Dunkelheit des Flures, vorbei an den Türen, hinter denen die ahnungslosen Zofen schliefen, wie auch ich hätte schlafen sollen. Doch ich konnte weder schlafen noch mich rühren. Denn Mutters Gesicht, beim Herbst, ihr Gesicht glich plötzlich denen der Jäger, die ich so sehr fürchtete. Nachdem sie den Wolf gefangen und ausgeweidet hatten, waren sie zu mir gekommen, um sich den Segen des Herbstes zu holen. Sie hatten vor mir gestanden und wie Mutter gelächelt, die Hände rot, die Augen schwarz.

Keine Monster, bloß böse, böse Menschen.

»Vielleicht«, sagte Mutter und selbst ihre Stimme glich jener der Jäger, sie kitzelte die Gänsehaut hervor, gleichsam das Entsetzen, »vielleicht ist es an der Zeit, dir die Wahrheit darüber zu offenbaren, wer ich bin und wie ich zu dir kam.«

»Du bist eine falsche Braut«, sagte Vater.

»Ich bin so viel mehr als das.«

»Du bist …«

»Ihre Schwester«, vollendete Mutter.

Vater taumelte zurück, während ich wie betäubt dastand und Mutter vom Stuhl aufstand – zweifach, einmal mit dem Rücken zu mir, einmal im Spiegel. Ihr Blick traf meinen flüchtig, ihre Brauen verengten sich, dann drehte sie sich zu Vater. Zoll für Zoll entblätterte sich die Seide des Nachtgewandes, bis sie nicht mehr Mutter war, sondern eine Fremde in einem blutenden Blätterkleid.

»Ich werde einen Fluch spinnen, der sie hindern wird, den Wald zu verlassen. Sie wird auf immer gefangen sein – und Mary«, erneut traf mich ihr Blick, diesmal warnend, »wird in Sicherheit sein, solange sie den Wald meidet. Niemals darf sie ihn betreten, denn wenn sie es tut, wird mein Fluch zunichte sein und mit ihm alles, was wir opferten.« Vater sank auf die Knie, Mutter ragte über ihm auf, eine Hexe, eine Fee, ein Wesen des Waldes. »Verstehst du das, mein Gemahl? Niemals darfst du sie gehen lassen! Nicht in den Wald, nicht einmal in seine Nähe. Behalte sie bei dir. Schütze sie vor allem, was da draußen existiert, denn selbst wenn sie im Wald gefangen ist, wird ihre Macht verbleiben. Jeder könnte ihr Diener sein. Jedes Kind, jede Zofe und jeder Soldat.«

»Du … du bist …?«

Mutter umfasste sein Gesicht, er zuckte zurück. »Mein wundervoller Mann – wenn ich dir doch nur hätte widerstehen können. Ich wollte dich und dieses Leben, ich wollte die Braut an deiner Seite sein und Mary, ich wollte Mary. Jetzt zahle ich den Preis für dieses Leben, das nicht mir bestimmt war, sondern einer anderen.«

»Du bist wahrlich eine Hexe«, krächzte Vater.

»Gräme dich nicht, wie hättest du es wissen können? Ich wechsle meine Namen wie meine Kleider.«

»Das Stroh«, stammelte er, »das Gold …«

»Glaubst du mir, dass ich dein Herz auf ehrliche Art zu erringen versuchte? Ich verhalf dir zu mehr Reichtum, als all deine Vorfahren je besaßen; mehr als deine Nachfahren in mühseliger Arbeit den Bergen je stehlen könnten. Du bist fürwahr der einzig wahre Goldkönig. Dank mir. Und dennoch …«

»Ich liebte dich nicht«, erkannte er heiser.

»Deshalb stahl ich dein Herz wie du das meine. Doch jetzt, da ich weiß, dass unser Glück zum Scheitern verdammt ist und ich das Ausmaß von Winters Schuld erkenne, gibt es nur einen Weg für uns. Ich werde mein Leben geben und du dein Herz.« Ihre Hand fand seine Brust, ich erstickte den Schrei, der in meiner Kehle platzte, Mutter zuckte zusammen. Als sie weitersprach, klang ihre Stimme spröde wie Glas. »Flüche werden aus Blut gewoben und ein so mächtiger, wie ich ihn schaffen werde, erfordert alles, was ich geben kann.«

»Dein Leben?«, fragte er und ich starb innerlich. Alles in mir schrie danach, die Tür aufzustoßen und mich in Mutters Arm zu stürzen, sie anzuflehen, niemals zu gehen, egal wer sie war und woher sie kam. Doch ich war unfähig, mich zu rühren. Die Kälte hielt mich fest umklammert. Tröstend und eisern zugleich. Nicht, noch nicht.

»Der größte Schutz fordert das größte Opfer«, sagte Mutter.

»Das kann ich nicht zulassen!«

»Törichter König, wenn nicht ich es tue, wer schützt dann dein Kind?«

»Du kannst zaubern …«

»Und genau das werde ich tun. Sosehr ich mir dieses Leben auch wünschte, so wenig wusste ich, wie es sich anfühlen würde, wahrhaftig ein Kind zu gebären, es in den Armen zu halten, es zu lieben und zugleich um es zu fürchten. Zu spät erkannte ich, welch Bürde ich mir aufgeladen hatte, wie schwer es mir fallen würde, sie eines Tages zu verlassen – denn das hatte ich vor: zu gehen, sobald ihr mich langweilen würdet. Doch dieser Tag kam und käme nie, wenn nicht, ja wenn ich dich nicht befreit hätte.«

»Oh Herbst«, stöhnte Vater.

»Ja«, sagte Mutter sanft. »Das bin ich.«

Damit ließ sie von ihm ab und trat an ihm vorbei. Sie ließ ihn zurück, auf dem Boden kniend, den Kopf in den Händen vergraben. Ich wollte zu ihm und von hinten die Arme um ihn schlingen, ihn halten und beteuern, dass alles gut war. So wie Mutter es stets tat, wenn ich des Nachts schreiend erwachte, gejagt von Jägern, deren Hände nach Blut schmeckten.

Mit großen Schritten kam Mutter auf die Tür zu.

Sie wusste, dass ich hier war, dass ich gelauscht hatte.

»Du irrst«, krächzte da Vater und Mutter hielt inne.

»Inwiefern?«, fragte sie leicht, das Gesicht halb mir, halb ihm zugewandt. Ich sah, wie es splitterte, kaum dass er die Worte sprach, und schaffte es endlich, mich aus der Starre zu lösen, während sie sich gänzlich zu Vater umwandte.

Ich habe dich immer geliebt. Damals wie heute.

Die Steinfliesen flogen unter mir dahin, meine Füße klatschten auf ihnen wie das Herz in meiner Brust. Die Kälte folgte mir wispernd. Selbst als ich dir Tür hinter mir zuschlug, kroch sie durch den Spalt im Boden und die Ritzen an den Seiten. Sie folgte mir bis ins Bett zwischen die Laken und das Kissen, das nach Albträumen schmeckte.

Du wirst vergessen, kleine Prinzessin.
Alles, was du heute gesehen und gehört hast, wirst du vergessen.
Es ist besser so. Besser für mich.
Und vielleicht auch für dich.
Schlaf jetzt, träume süß.

Auf den Spuren

der Ahnen

DIE DRACHENTÖTERIN

Die Wüste schmeckte nach Staub und Verlust.

Elena konnte sich kaum vorstellen, dass Maywater einst eine Oase gewesen war. Goldglänzende Weizen- und Rapsfelder unter einem veilchenblauen Himmel. Heute war Maywater bloß noch heiß, eine verblichene Erinnerung ehemaligen Reichtums. Durch verlassene Handelsstädte, allesamt zu Ruinen verkommen, donnerte sie der letzten Stadt entgegen, die sich trotzig aus der Wüste erhob. Die Mauer wuchs in schwindelerregende Höhe, je näher sie kam. Erbaut aus dem Gebein Maywaters, bot sie Schutz vor dem Hunger der Wüste. Selten hatten sie über Maywaters Zerfall gesprochen; weder Tarek noch der Orden schien wahrhaftig daran interessiert, weshalb das einst blühende Reich zerfiel. Als Folge des großen Krieges und namensgebend für die Nachkriegszeit – die Ära der Hitze –, war alles, was Elena über Maywaters Schicksal wusste, dass es mit den Hexen zusammenhing. So wie alles mit ihnen zusammenhing. Die Ära der Hitze war mit dem Tag des schwarzen Winters in die Ära der Dunkelheit übergegangen – wenngleich beides fortbestand, die Not in Maywater und die in Athos. Ewige Wolken und glühende Hitze.

Als wären alle Reiche verflucht. Auch der Blutwald.

Hätte sie doch nur mit Tarek gesprochen! Über den Orden und den Sturz der Königin, über die Königskinder und Bräute – und über den Wald. Nichts von alledem wäre geschehen.

Kein Pakt mit der Hexe, keine Cinderella, kein drohender Krieg.

Elena kämpfte mit den Tränen, weil sie wusste, dass es zu spät war. Zu tief hatten sie sich im Gespinst der Lügen verfangen, zu feige waren sie gewesen. Tief lehnte sie sich über den Hals des Pferdes und gab sich für einen Augenblick der Ohnmacht hin, die ihr wie ein Schatten folgte. Kurz, nur kurz durfte sie schwach sein, durfte zweifeln, weinen, schreien, ehe sie sich fokussieren musste: auf die einzige Möglichkeit, den drohenden Krieg abzuwenden.

Was hat sie dir versprochen?

»Frieden«, wisperte sie und wusste doch, dass es etwas anderes gewesen war, das sie hatte zustimmen lassen. *Nur du kannst ihn retten.*

Das Spiegelamulett fest in den Händen, atmete sie tief durch und streifte die Ohnmacht ab. Sie blieb zurück wie ein Mantel, gebläht vom Wind und schwer zu Boden sinkend, während ihr Pferd sie durch die Ruinen trug. Ihr Atem ging ruhig, ihr Herz schlug fest, ihre Schultern spannten sich, als sie das Pferd vorwärtstrieb, in den lang gezogenen Schatten der Knochenmauer und durch sie hindurch, an unbesetzten Wehrtürmen vorbei. Niemand hielt sie auf, kein Soldat, keine Wache; selbst die Straßen waren erschreckend leer, als würde die Stadt nach einer durchzechten Nacht ruhen. Das Krachen der Hufe hallte zwischen den verstummten Häusern wider, ein vielstimmiger Chor, als würde eine ganze Armee aus Drachentötern sie begleiten.

Doch sie war allein. Und sie war nicht als Drachentöterin hier.

Zielstrebig sprengte sie zum heiligen Viertel. Sie roch das Fleisch, bevor sie es sah. Zu Bergen aufgetürmte Häute, zusammengefaltet wie Laken, dazwischen Karren mit abgetrennten Schädeln, mindestens ein Dutzend, wenn nicht gar doppelt so viele – dahinter weitere Karren, Kisten voll Fleisch, Hunde, die sich um abgeschälte Knochen balgten, Kinder, die aus Schweifhaar Zöpfe flochten. Die Panik ihres Tieres ignorierend, trieb sie es tiefer in das Viertel hinein, an Fellen vorbei, die gerade erst zu trocknen begannen, durch Pfützen aus geronnenem Blut und Schwärme von Fliegen. Die Kinder sahen nur flüchtig auf, zu vertieft waren sie in ihr neuestes Spielzeug, die Hunde tollten sich in eine abgelegene Gasse. Ein Fleischer trat aus der Tür, ein Beil in der Hand, die Augen eindringlich auf Elenas Pferd gerichtet. Sie strafte ihn mit einem flammenden Blick, er zuckte nur die Schultern.

Unter der roten Laterne sprang sie ab, band die Zügel an einen Haken, trat dann an das Portal, um zu klopfen, zögerte. Die Tür stand einen Spalt offen, dahinter gähnte kühler Schatten. Wachsam schob sie sich hinein, lauschte in die Stille, die einzig von summenden Fliegen durchbrochen wurde. Eine Ansammlung aus rauem Stoff lag zusammengeknüllt in einer Ecke, hastig abgestreift, umschwirrt von Aasfliegen.

Sie hasste Fliegen.

Geräuschlos durchquerte sie den Raum und sank neben dem Kleiderhaufen auf ein Knie. Ein derbes Kleid wie für eine Magd. Es stank elendig nach Fisch und Gedärm und ein wenig nach Blut. Der Wüstenkönig würde sein wahres Wunder erleben, käme er heim.

Was er vielleicht niemals tat, nicht, wenn Tarek ihn tötete.

Angespannt erhob sie sich von dem Stoffknäuel, trat in den angrenzenden Raum und sah sich um. Es war beängstigend still. Der Orden umfasste nur wenige Mitglieder, darunter vor allem Kinder, die auf ihre spätere Aufgabe vorbereitet wurden, dazu die Oberin und einige Schwestern. Dennoch war Elena der Tempel niemals so verlassen vorgekommen wie an diesem Morgen. Misstrauisch trat sie zur Treppe. Sie wusste, wohin der dunkle Schacht führte. Hinab, hinab. Widerwillig folgte sie den grob in den Fels gehauenen Stufen, zählte sie stumm, wissend, dass es genau vierzig waren, bis sie das Schlachthaus erreichte.

Acht.

Neun.

Zehn.

Sie hatte jede einzelne Stufe gefürchtet, damals, als sie noch ein Kind gewesen war, auserwählt, dem Orden zu dienen, von der Straße geklaubt, geformt und manipuliert.

Dreizehn.

Vierzehn.

Gekauft mit Essen, Trinken und einem Dach über dem Kopf.

Fünfzehn.

Sechzehn.

Niemals konnte sie vor Tarek zugeben, dass sie in dieses Leben gezwungen worden war. Dass sie keine Wahl gehabt hatte. Keine wirkliche zumindest.

Neunzehn.

Zwanzig.

Sie verharrte – wie sie es früher stets getan hatte – in der Mitte der Treppe. Zwanzig Stufen hinter ihr und zwanzig, die weiterführten. Hinab, hinab. Wenn sie hier gestanden hatte, zwischen oben und unten, zwischen der Stadt und der Hölle in ihren Eingeweiden, hatte sie sich stets gefühlt, als hätte sie eine Wahl. Als bräuchte sie bloß umzudrehen, die Stufen erklimmen, die Pforte durchschreiten und dem heiligen Viertel entfliehen. Hinein in die Stadt und fort von dem, was unter ihr lag.

Zwanzig Schritte bis zur Freiheit.

Zwanzig Schritte hinab, hinab.

Einundzwanzig.

Das Gleichgewicht wankte. Die Freiheit verlor – wie stets.

Zweiundzwanzig.

Weil sie niemals eine Wahl gehabt hatte. Weder damals noch heute.

Sie erinnerte sich, wie sie als Kind der Oberin durch die schummrigen Gassen gefolgt war, fasziniert von den schwankenden Laternen und bunten Farben – vielleicht auch von der Oberin selbst, deren Narben und den Geschichten, die sie erzählte. Über Monster in Wäldern und jenen in Schlössern. Von Bräuten, die sich in menschliche Häute kleideten, und Königen, die erblindeten, von lebenden Toten und gestohlenen Kindern. Sie erinnerte sich, wie sie zum ersten Mal vor der Pforte gestanden hatte, unter der roten Laterne. Das Licht hatte sich so wunderbar leicht angefühlt, anders als die klebrige Hitze in den unteren Vierteln, aus denen sie stammte. Dunkel und heiß und staubig und überbevölkert. Sie hatte nicht lange gezögert. Auch Susann nicht. Niemand von ihnen.

Achtundzwanzig.

Neunundzwanzig.

Das unsichere Leben auf den von hungernden Kindern ausgetretenen Straßen oder ein Dasein als Schwester des Roten Ordens.

Dreißig.

Auserkoren, um zu schützen.

Zweiunddreißig.

Dreiunddreißig.

Vierunddreißig.

Der Preis erschien gering, der Nutzen gewaltig.

Und doch, während hier und jetzt die letzten Stufen unter ihr dahinschwanden, wusste sie, dass der Orden ihr mehr abverlangt hatte, als es ein Leben auf der Straße je gekonnt hätte. Der Orden opferte Kinder, um einen Krieg zu fördern, dessen Spuren noch heute die Welt entzweiten. Brach liegendes Land, zerfallende Städte, Berge von Häuten und Zöpfe aus Schweifhaar. Das war die Welt, in der sie lebte – und starb.

»Damit sie eine Wahl haben«, flüsterte Elena, doch die Worte klangen hohl.

Was hat sie dir versprochen?

Achtunddreißig.

Neununddreißig.

Vierzig.

Etwas schepperte. Sie fuhr herum, die Klinke schon in der Hand. Ein Mädchen stand über ihr auf der vierunddreißigsten Stufe. Ein Mädchen, wie sie es gewesen war, mit derselben Vorsicht im Blick und gehüllt in die traditionelle Ordenstracht, damit niemand das Blut sah, sollten die Schnitte aufbrechen. Beim Anblick der langen Ärmel, dem steifen tizianroten Stoff, hochgeschlossen bis zum Hals, wurde ihr schlecht. Wie alt mochte sie sein? Acht? Neun?

»Für wen bist du vorgesehen?«, verlangte sie zu wissen.

Das Mädchen krampfte die Finger um den Eimer, den es in der einen Hand trug und in dem es dunkel schwappte. Mit der anderen hielt sie einen tropfenden Wischmopp, dazu eine flackernde Kerze. Elena ächzte innerlich, weil sie wusste, wozu das Mädchen die Stufen hinabstieg. Es gab nur einen Grund, das Schlachthaus zu säubern. Sie selbst hatte es nur wenige Male tun müssen, ehe sie in den Dienst der Drachentöter abkommandiert worden war. Andere, das wusste sie, blieben auf ewig im Tempel, um den Ritualen beizuwohnen und das Blut aufzuwischen – so wie das Mädchen, dessen Anblick ihre Zweifel nährten wie der Silberfluss das Meer.

»Für niemanden«, antwortete es kleinlaut.

Elena zwang sich, keinerlei Mitgefühl zu zeigen. Es würde dem Mädchen nicht helfen, ihm höchstens vor Augen führen, wie aussichtslos seine Lage war. Falls es das überhaupt zu begreifen vermochte. Denn all jene, die für niemanden bestimmt waren, dienten einem anderen Zweck. Von ihnen verlangte der Orden das größte Opfer.

»Wo ist sie?«

»Die Fürstin?«

Elenas Brauen schossen hoch. »Sie war hier?«

Das Mädchen zuckte verängstigt zurück und erklomm instinktiv die dreiunddreißigste Stufe.

Gut so, dachte Elena. *Hinauf mit dir, hinauf in die Freiheit.*

»Was wollte sie hier?«

Die Antwort kam so leise, dass Elena größte Mühe hatte, die Worte zu verstehen.

Braut. Kleid. Opfer. Genug, um zu begreifen, was geschehen war.

Die Klinke brannte sich in ihre Haut, ihr war schlecht. »Seit wann ist sie fort?«

»Im Morgengrauen waren sie fertig.«

Fertig.

Das Wort hallte in Elena nach.

Fertig.

Fertig.

»Die Oberin?«

»Ging ebenfalls.«

»Wohin?«

Das Mädchen stammelte etwas vor sich hin.

»Es ist mir gleich, dass du gelauscht hast. Ich muss wissen, was sie sagten.«

»Sie suchen ein Kleid. Weil das, welches die Fürstin brachte, das falsche war.«

»Wo sind sie?«, hakte sie nach, doch das Kind wusste keine Antwort, und so blieb Elena nichts übrig, als die Klinke hinunterzudrücken und das Schlachthaus zu betreten, jenen Raum, von dem sie wusste, dass auch ihr Leib eines Tages in ihm verschwinden würde, dann, wenn ihre Dienste nicht länger gebraucht wurden und eine jüngere Schwester an ihre Stelle treten würde. Ausgedient – wie die Person auf der Schlachtbank.

Oder eher das, was davon noch existierte.

Es war gerade genug, um die Überreste als menschlich zu identifizieren. Keine Haut, kein Herz, kein Haar. Der Körper glich einem aufgebrochenem Gefäß, das Blut sorgsam abgezapft, die Krüge, in denen es aufgefangen worden war, noch feucht. Elena trat tiefer in den Raum, fand die frisch aufgereihten Einmachgläser und träge dahintreibenden Organe im dämmrigen Nass. Das Mädchen folgte ihr, es trat zum Kopfende des Opfertisches.

»Wozu braucht sie ihr Gesicht?«

Elena glaubte sich verhört zu haben. Doch das Mädchen sah hoch, die Augen zwei blanke Kiesel, das Grauen spiegelnd, und wiederholte die Frage. Elena stutzte. Ihr Blick suchte die Einmachgläser. Da war Haut. Haufenweise Haut. Konserviert für spätere Zauber. Für dunkelste Blutmagie. Aber da war kein Gesicht.

»Sie trägt es«, sagte das Mädchen.

Elena taumelte. Das Spiegelamulett brannte in ihrer Hand, das Schwert mit der blutigen Spitze wog plötzlich schwerer.

Nur du kannst ihn retten.

Aber zu welchem Preis?

DIE FÜRSTIN

Das Kleid war das falsche gewesen, die Scherben aber, die sie in den Händen hielt, stammten von dem Schuh, den Cinderella getragen hatte. Zwar von dem, der nicht mit Winters Zauber durchtränkt war, aber immerhin. Glas blieb Glas und Scherben blieben Scherben. Behutsam, damit sie sich nicht verletzte, trug sie den Beutel zu ihrem Anwesen. Der Wachmann in den königlichen Kerkern hatte ihn ihr beinahe überhastig ausgehändigt, nutzlose Scherben – wer brauchte die schon? Er hatte sich höflich, wenngleich nervös nach dem Wohlergehen der Zofe erkundigt, ehe er die Pforte des Kerkers fest verschloss. Er fürchtete die Euphorie des vergangenen Tages, sollte sie sich gegen die überfüllten Zellen des Kerkers richten. Noch war die Stadt erstaunlich ruhig, als würde sie dem Rausch der Nacht nachhängen, als fiele ihr das Erwachen schwer, so wie es auch ihr manchmal schwerfiel.

Weil sich nichts verändert hatte.

Volle Mägen für wenige Tage, mehr nicht.

Kein Regen, keine Erlösung von der Wüste.

Wie gern würde sie es hinausposaunen, dass die eine, von der die Prophezeiung sprach – eine mehr als lächerliche Prophezeiung, wie sie fand –, keine Heilung würde bringen können. Nicht mehr. *Und hätte es auch nie*, fügte sie in Gedanken hinzu. Alles andere verbot sie sich zu glauben. Denn wenn es stimmte und Cinderella wahrhaftig die eine war, die den Fluch der Wüste hätte brechen können, dann war alles vergebens.

Der Lakai öffnete das Tor, durch das sie vergangenen Abend entschlüpft war. Nach Cinderella – oder besser: Colette – wagte er nicht zu fragen, genauso wenig wie er die Ordenstracht ansprach, die sie trug. Er neigte nur den Kopf, wie es die Etikette verlangte.

Sie drängte hinein. »Verweilt mein Gast im Salon?«

»Sehr wohl, Euer Gnaden.«

»Sorge dafür, dass uns niemand stört.«

»Nun«, er hüstelte, »es wünscht Euch noch jemand zu sprechen.«

»Ich erwarte niemanden.«

Er beugte sich vor, als fürchtete er, belauscht zu werden: »Es ist ein ungewöhnlicher Gast. Eine … Drachentöterin.«

Die Fürstin versteifte sich. »Wo?«

»Ich bat sie, im Orangenhain zu warten.«

»Kein Wort darüber. Zu niemandem!« Damit entließ sie ihn und eilte über die frisch gefegten Steinpfade an sorgsam gestutzten Rasenflächen vorbei, bis sich vor ihr der Orangenhain öffnete. Der gesamte Garten war von kalkweißen Mauern eingefasst, damit niemand von außen einsehen konnte, welch Paradies sich in ihrem Innern verbarg. Aprikosen, Orangen, sogar einen selten gewordenen Granatapfelbaum nannte sie ihr Eigen. Unter den ausladenden Ästen, die derzeit schwer vor Früchten gen Boden hingen, fand sie die Drachentöterin, in der Hand eine Orange, passend zu den Schuppen ihrer Rüstung.

»Wie kannst du es wagen, mich in meinem Heim aufzusuchen«, zischte die Fürstin, kaum dass sie in Hörweite war. »Du gefährdest alles!«

»Ich? Oder seid Ihr es?«

Der Blick aus umschatteten Augen traf die Fürstin wie ein Schwall kaltes Wasser. Halt suchend tastete sie nach der Bank, die der Drachentöterin gegenüberstand.

»Du warst dort?«

»Das Kind, das ihr zum Putzen dagelassen habt, ist wie alt? Acht? Neun?«

»Ich weiß es nicht«, gab die Fürstin zu. Sie hatte kein Auge zugetan, seit sie vergangenen Abend aufgebrochen und auf der Suche nach dem Kleid, nach dem es der Oberin verlangte, von Taverne zu Taverne gezogen war. Cinderella hatte ihres gegen das einer Dirne getauscht – doch die Fürstin hatte es nicht aufspüren können. Allein die Scherben, sie presste den Beutel fester an sich, allein ihrer war sie habhaft geworden.

»Ich habe ihr verboten, die Sauerei aufzuwischen.«

»Warum?«, fragte die Fürstin irritiert.

Die Drachentöterin schnaubte. »Wenn du das fragen musst, begreifst du die Antwort nicht.« Nur zu gern hätte die Fürstin beteuert, dass sie sehr wohl verstand, jetzt, da sie darüber nachdachte – doch die Wahrheit war, dass sie keinen Gedanken an das Mädchen verschwendet hatte. »Sie ist zurück auf der Straße«, fuhr die Drachentöterin fort, »besser sie schließt sich einer Diebesbande an als …«

Uns, stimmte die Fürstin im Stillen zu.

»Wem dienen wir?«, fragte die Drachentöterin unvermittelt.

»Dem Orden.«

»Und wer«, präzisierte sie bedacht, »leitet den Orden?«

Die Fürstin strich sich die Strähnen aus der Stirn, schon jetzt war es unerträglich heiß, dabei stieg die Sonne erst gen Zenit. »Die Oberin las uns von der Straße auf, sie bildete uns aus und wies uns unsere Plätze zu. Sie erwählte uns.«

»Und wer erwählte sie?«

»Herbst.«

»Wer sagt das?«

»Die Oberin. Sie ist das Oberhaupt.«

»Richtig«, sagte ihr Gegenüber gedehnt und drehte die Orange in den Händen, »denn Herbst ist tot und so gibt es niemanden, der ihre Aussage anzweifeln könnte.«

Die Fürstin zerrte am Kragen der Ordenstracht. Sie brauchte ein kühles Bad, etwas für den Magen und Wein, viel Wein. Es kostete sie ein Höchstmaß an Konzentration, nicht in die Rolle der herrischen Adeligen zu verfallen und auf der Stelle danach zu verlangen. Selbst wenn sie die Drachentöterin des Hauses verwies, verblieb die Oberin im Salon und mit ihr das schlechte Gewissen. »Worauf willst du hinaus?«, fragte sie deshalb gereizt.

»Ich rekapituliere die letzten Tage. Ich rekapituliere vieles. Die schönste Braut starb, um die Prinzessin zu schützen. Ihr Blutopfer färbte den Wald und verbot ihm, sein Laub abzuwerfen. Sie schuf ein Gefängnis für Winter – doch jetzt ist es *ebendiese*, die mich zu dir schickt. Zur Oberin.«

»Winter?«

Ein gedehntes Ja. Eines, das mehr sagte als bloß das. »Sie bat mich, zweierlei mitzunehmen.«

»Und das wäre?«, fragte die Fürstin unwillig.

»Weißt du das nicht?«

Der Beutel mit den Scherben zog sie nieder. Sie hatte niemals nachgefragt, hatte es nicht wissen wollen. »Was hast du dabei?«

»Blut«, sagte die Drachentöterin nachdenklich, »und etwas, das einst einer falschen Braut gehörte.« Sie zog das Spiegelamulett hervor. »Wem dienen wir?«, fragte sie mehr sich selbst als die Fürstin, während sie sich in dem blitzenden Spiegel betrachtete. »Herbst?«

Die zweite Frage hing unausgesprochen zwischen ihnen in der glühend heißen Luft.

Oder Winter?

Mary von Athos

»Glaubst du mir,
dass ich dein Herz auf ehrliche Art zu erringen versuchte?«

Die schönste Braut
in der Nacht vor ihrem Tod

Ein Sonnenstrahl kitzelte mich wach. Blinzelnd folgte ich der gleißenden Linie aus Licht und fand mich unter einem zerschlissenen Baldachin wieder, in einem Bett, das ich nicht kannte, und mit einem Gefühl in der Brust, das mir fremd war. Ranken schlangen sich um die Bettpfosten, spannen ein Netz unter dem brüchigen Gewölbe, durch das sich der Lichtstrahl geschlichen hatte. Ein Dutzend weitere brach hindurch und sprenkelte das Gemach, das einst einer Prinzessin würdig gewesen wäre. Durch ein klaffendes Loch im Mauerwerk ergoss sich ein Schwall Licht, dahinter lag still und verboten der Blutwald.

Zitternd befreite ich mich von der Decke, die sorgsam um mich gesteckt war, und schwang die Beine über die Kante. Es klirrte, etwas funkelte; ich glaubte einen Gedanken fassen zu können, doch aufkommender Schwindel zwang ihn nieder. Das Gemach begann sich zu drehen. War das hier Westham? Daran erinnerte ich mich: an den Aufbruch aus Maywater, die Wüste, den Fluss und das Licht, das sich in seinen Haarspitzen verfangen hatte.

»Tarek?«, krächzte ich.

Schritte erklangen, eine Tür wurde aufgestoßen. Zwei Frauen rauschten herein, die einander glichen, als wären sie der jeweils anderen Spiegelbild. Während eine im Hintergrund verblieb, trat die zweite zu mir. Schlank, groß und dunkelhaarig waren sie alle beide, die Lippen blutrot, die Augen verengt. Letztere taxierte mich; was sie sah, schien ihr zu missfallen.

»Sieh an, wer da von den Toten auferstanden ist. Wir dachten schon, du würdest auf ewig ruhen – wie seine Mutter.«

Ich verschloss mein Gesicht. »Wie lange habe ich geschlafen?«

»Keine zwei Tage.« Sie wirkte fast, als würde sie diesen Umstand bedauern. Ihr Blick tastete mein Gesicht ab, mein Haar, meinen Nacken. Dort blieb er hängen; unwillkürlich griff ich dorthin und zuckte zurück. Die Haut war verbrannt.

»Rose«, warnte die andere.

»Ich beiße sie schon nicht, keine Sorge.« Unbeirrt lächelnd blieb Rose, wo sie war; sie kam sogar noch näher. »Sieht aus, als würde es schmerzen. Bei Ranblut ist selbst Winter machtlos. Es heißt, die Ran seien Drachen, die während des großen Krieges fielen. Getötete Drachen, die keinerlei Ruhe fänden. Aufregend, nicht wahr?«

»Wo bin ich?«, ignorierte ich ihre Worte.

»Im Schloss der Jahreszeiten – wo sonst?« Sie sagte es so abschätzig, dass sich alles in mir zusammenzog. »Wie nachlässig. Ich vergaß, uns vorzustellen. Meine Schwester und ich, wir sind die zukünftigen Bräute Westhams.« Ich erstarrte, während sie beinahe schnurrte. »Nenn mich Rose und sie Alba. Zauberhafte Namen, ich weiß. Winter gab sie uns. Sie ist so vorausschauend.«

Hätte ich nicht jahrelang Haltung geübt, wäre mir ein wahnsinniges Gelächter entschlüpft; so jedoch starrte ich die Schwestern bloß an, die auf den zweiten Blick kaum Ähnlichkeit besaßen. Während in Roses Augen ein hintergründiges Feuer schwelte, wirkte ihre Schwester erschreckend farblos und leer.

»Du darfst nichts verraten«, zischte Alba.

»Eine Andeutung hier und dort, was schadet das schon?«

»Bräute von Westham – wirklich?«

Rose sah auf ihre Nägel. »Sie hätte es sowieso erfahren.«

»Nicht von dir!«

Ein schmales Lächeln. »Was macht das für einen Unterschied?«

»Wir dürfen uns keinen Fehler mehr erlauben …«

Da fuhr Rose herum: »Ach, jetzt ist es meine Schuld? Du warst es doch, die …«

»Rose«, warnte Alba.

Rose verdrehte die Augen. »Schon gut, schon gut. Es *ist* meine Schuld.«

»Ein falsches Wort von dir und …«

»Ich habe verstanden«, fiel Rose ein und sank zu mir aufs Bett; rasch zog ich die Beine an – da erblickte sie den Schuh. Das falsche Lächeln fiel von ihren Wangen wie ein Regenguss. »Cinderellas Blut steckt in diesem Schuh, so wie das des maywaterschen Kronprinzen. Nur auf ihn dürfte er wirken, nur ihr dürfte er passen …« Rose schnaubte und zog eine schimmernde Kugel hervor, die sie zornig in die Luft warf und wieder fing; warf und fing. »Winter ist nachlässig geworden. Schafft einen Schuh, der der Falschen passt. Sie verliert die Kontrolle über ihre Bräute, der Wald wird angegriffen – was kommt als Nächstes?«

»Du redest zu viel«, fuhr Alba dazwischen.

»Was schadet es? Winter lässt sie eh nie wieder gehen.«

Alba schwieg. Ich fröstelte.

»Sie sollte es wissen«, sagte Rose leichthin, »anders als wir ist sie keine Braut und wird deshalb diesen Wald und dieses Schloss niemals mehr verlassen. Sie wird gefangen sein, wie wir es all die Jahre waren. Die einzig wahre Prinzessin, wenn das nicht wahrhaft ironisch ist!«

Ich schloss die Augen. Mein Kopf schmerzte. Meine Brust war zu eng.

Für einen Augenblick glaubte ich gar, mich wieder auf seinem Rücken zu befinden, während das Jaulen der Hunde erstarb und der Waldboden unter uns dahinflog.

»Susann«, erinnerte ich mich jäh. »Ich muss zu ihr. Er sagte, sie sei hier.«

Das Spiel mit der Kugel stockte. »Er?«

»Der Jäger. Er sagte, sie sei im Wald. Meine Zofe. Ist sie hier?«

Rose Lächeln drohte ihr die Wangen zu zerreißen. »Gewiss ist sie das.«

»Sie ist hier?«

»Das sagte ich doch gerade.«

Da schwang ich die Beine aus dem Bett; der erste Schritt ließ mich schwanken, der zweite keuchen, beim dritten begriff ich, dass mein Knöchel mich unmöglich tragen konnte. Halb blind vor Schmerzen sank ich in einen Sessel, der unter Moos und Flechten verborgen kaum als solcher zu erkennen war. Während ich um Atem rang, stritten sich die Schwestern.

»Es ist nur noch dieser eine Tag.«

»Selbst eine Stunde wäre zu lang!«

»Denk an Cinderella.«

»Bei allen Geistern, das tue ich!«

»Rose …«

»Geh«, zischte diese und Alba gab nach. Kaum hatte sich die Tür hinter ihr geschlossen, da baute sich Rose vor mir auf. »Weinst du je? Alba tut es nicht. Sie lächelt auch nie. Sie sagt, es sei nutzlos. Nutzlos! Kannst du dir das vorstellen? Ich konnte einst singen, *das* war nutzlos.«

Ich atmete gegen den Schmerz und schwieg.

Rose fiel rücklings aufs Bett, ihre Haare ergossen sich wie schwarze Seide über die Laken. Schnaubend nahm sie das Spiel mit der Kugel wieder auf. »Du bist wie Alba. Du lachst nicht, du weinst nicht, wenn du denn wenigstens singen würdest.« Die Kugel streifte die Ranken, das einzige Anzeichen ihres inneren Aufruhrs. »Ihr seid so schrecklich kalt, als schlüge ein Herz aus Eis in eurer Brust.«

»Du weißt nichts von mir«, erwiderte ich erschöpft.

Rose begann an den Fingern abzuzählen. »Du wurdest wie ein Stück Vieh an den Kronprinzen vom Maywater verschachert, der dich vor aller Augen verschmähte, nur um anschließend nach deinem Leben zu trachten. Deine Mutter ist tot, dein Vater herzlos. Du leidest, das ist glasklar; aber du weinst nicht. Warum weinst du nicht?«

»So wurde es mir beigebracht.«

»Von wem?«

»Meiner Mutter.«

»Die sich vom Turm stürzte.« Spöttisch hob Rose die Brauen.

Vielleicht hätte ich mit Zorn reagieren sollen, stattdessen fühlte ich mich bloß schrecklich schläfrig; ich sank tiefer in den Sessel. Nur kurz wollte ich ruhen, bis der pochende Schmerz im Fuß nachließ und die bleierne Müdigkeit wich.

»Warum darf eine Prinzessin wie du nicht weinen?«, hakte Rose nach.

»Sie ist ein Vorbild.«

Verständnislos schürzte sie die Lippen. »Ist Trauer nicht erstrebenswert?«

»Es ist eine Schwäche.«

»Eine Schwäche?«, wiederholte Rose so ungläubig, dass sie es gar nicht erst auszusprechen brauchte: sie war anderer Meinung. »Warum sollten Trauer und Schmerz nicht Teil des Lebens sein? Braucht es nicht auch Regen und Sonnenschein, damit das Getreide auf den Feldern wächst?« Sie hatte ja keine Ahnung, wie oft ich mir diese Frage als Kind gestellt hatte. Der Blick, den sie mir zuwarf, war erschreckend klar. »Liebst du ihn?«

»Wen?«, fragte ich schwach. Ich konnte ihr nicht folgen.

Sie lachte blechern. »Wenn du das nicht weißt, ist es keine Liebe!«

»Woher willst du das wissen?«

Sie schnalzte mit der Zunge. Wie konnte ich es auch wagen, ihre Worte anzuzweifeln?

Naserümpfend widmete sie sich ihrer Kugel. »Dein Kleid ist ein Albtraum. Es stinkt.«

Die graue Seide war kaum noch als solche zu erkennen, ausgefranst und schmutzstarrend, vielleicht auch vor Blut, hing sie in Fetzen an mir herab.

»Meine Zofe«, fragte ich erschöpft. »Wo ist sie? Geht es ihr gut?«

Rose rollte sich lasziv herum. Ein hintergründiges Lächeln teilte ihre Lippen. »Ich würde fast sagen, es ging ihr niemals besser.« Ein letztes Mal flog die gläserne Kugel in hohem Bogen zur Decke, plumpste irgendwo zwischen den Farn und blieb unbeachtet liegen. »Du kannst zu ihr, aber nicht so! Dein Kleid ist so verdreckt, dass sie ganz bestimmt stirbt, wenn sie dich darin erblickt.« Rose schwang sich vom Bett, das Moos schluckte ihre Schritte, dann stand sie neben einem umwucherten Schrank. Drei Kleider hingen darin aufgereiht, allesamt blütenweiß. »Die Auswahl ist bescheiden, aber ich denke, es genügt.« Sie zog eines hervor, betrachtete es prüfend. »Ganz gleich, welches du wählst, ein jedes wird dich an deinen Verlust erinnern.«

Irritiert runzelte ich die Stirn.

»Der Kronprinz? Die Hochzeit? Das Brautkleid?«, half Rose mit hochgezogenen Brauen aus, spitzte dann die Lippen. »Maywater gehört dein Herz definitiv nicht. Nun, du wirst es beizeiten herausfinden.« Ihr Gesicht blieb seltsam unbewegt, als sie mich aus der Seide schälte, die wie eine zweite Haut an meinem Körper saß. Sie gab mir ein feuchtes Tuch. »Das muss reichen. Es ist nur eine Zofe und kein Königssohn.«

»Sie ist alles für mich.«

»Wie Alba für mich«, sagte sie und ich hatte das Gefühl, dass sie wahrlich verstand. »Wir wurden in der Nacht unserer Geburt gestohlen, niemals verließen wir seither das Schloss. Es ist unser Zuhause und unser Gefängnis.« Sie half mir, das Kleid über den Kopf zu ziehen und die Schnüre des Mieders zu schließen. »Niemand von uns kann den Wald verlassen. Nur er. Er hat dich getragen, nicht wahr? Wie ein verfluchter Ritter – aber das ist er nicht. Kein Ritter. Nur verflucht.« Das Mieder sträubte sich, Rose zerrte fester.

»Rose, könntest du …«

»Wir sind zusammen aufgewachsen: Alba und ich, Cinderella und er.«

»Rose«, ächzte ich, als sie gewaltsam an den Bändern riss.

»Alle hatten ihn aufgegeben. Seine Eltern. Sein Bruder. Niemand kam, um ihn zu retten – so wie niemand kommen wird, um dich zu retten.«

»Rose …«

»Ist es nicht ironisch, dass euer Schicksal einander so gleicht? Zwei ungewollte Kinder, verloren im Blutwald, tot geglaubt. Es ist beinahe tragisch.«

Panisch tastete ich nach den Schnüren. Rose schlug meine Hände weg und stieß mich zurück in den Sessel. Mein Atem ging flach. Der Schmerz in meinem Kopf schwoll an, ein dumpfes Pochen, das mir die Sicht nahm.

»Nicht du warst es, die ihn rettete, als alle anderen ihn aufgegeben hatten. Nicht du hieltest ihn Nacht für Nacht, die er starb. Es waren nicht deine Arme, in denen er allmorgendlich erwachte, nur um erneut zu sterben.« Ihre Stimme verschwamm, ihr Gesicht verzerrte sich vor meinen Augen. »Nicht du liebtest ihn, nicht du ertrugst seine Zurückweisung in dem Wissen, dass er eines Tages dir gehören würde …«

Ihre Worte verklangen.

Alles verklang. Das Ächzen meiner Lunge. Der Schmerz in meinem Kopf.

»Hättest du doch den maywaterschen Kronprinzen geliebt.«

DER KÖNIGSWÄCHTER

Der Mann, der ihm entgegentrat, ähnelte dem Kronprinzen so frappierend, dass eigentlich kein Zweifel an seiner Identität bestand, dennoch war da etwas Unmenschliches in den Zügen, das ihn zögern ließ. »Ihr seid es, nicht wahr? Keine Wahnvorstellungen, keine Illusion. Ihr … seid es?«

»Leibhaftig«, sagte der gestohlene Prinz.

Der Königswächter stieß den Atem aus. »Nach all den Jahren!«

»Zwölf, um genau zu sein.«

»Ich bin Euch noch am Tag des Raubes hinterher; drei Dutzend Drachentöter starben bei dem Versuch, Euch zu retten. Seither ist es ihnen verboten, den Blutwald zu betreten; der Grund, warum ich die Garde verließ und es auf eigene Faust versuchte.«

Da war keine Regung im Gesicht des Prinzen, dennoch veränderte sich die Atmosphäre zwischen ihnen, die Luft wog plötzlich schwerer, wie vor einem drohenden Gewitter, wenn die Wolken den Himmel violett verfärbten und erste Blitze durch das Dunkel zuckten.

»Euer Bruder flehte mich an, Euch zu retten; er fürchtete sehr um Euch.«

»Nicht genug«, gab der gestohlene Prinz zurück, »um es selbst zu versuchen.«

»Er war ein Kind.«

»Das ist er schon lange nicht mehr.«

Wie wahr, dachte der Königswächter; er wagte nicht daran zu denken, was der Junge von damals alles hatte erfahren müssen, zusätzlich zu der Tatsache, dass kein Familienmitglied sich je auf die Suche nach ihm gemacht hatte. Die Züge des gestohlenen Prinzen waren kantiger als die des Drachentöters, seine Haltung glich der eines Raubtieres.

»Was hat sie Euch bloß angetan«, murmelte er.

Die Augen des Prinzen verengten sich; er sah selbst das Zucken der Fingerspitzen des Königswächters, die nach dem Schwertknauf lechzten. Der Prinz hingegen trug Dolche. Vier hatte er bereits erkannt und zweifelte keinen Augenblick, dass da weitere waren, gut verborgen am Leib des Mannes, der mehr den Wesen glich, denen er im Blutwald entgegengetreten war, als dem Jungen, den er zu finden gehofft hatte.

Er räusperte sich. »Wo ist die Prinzessin?«

Der Prinz hob eine Braue. »Ihretwegen seid Ihr hier.«

Eine Feststellung, keine Frage. Leugnen war zwecklos.

»Das bin ich.«

»Und dennoch behauptet Ihr, mich gesucht zu haben.«

»Viele Jahre«, beteuerte der Königswächter. »Der Wald erwies sich als unbezwingbar.«

»Und so gabt Ihr auf.« Erneut eine Feststellung. »Wem dient Ihr nun?«

»Dem Goldkönig.«

»Er sucht seine Tochter?«

»Das täte jeder Vater.«

»Nein«, sagte der gestohlene Prinz gedehnt. »Nicht jeder.«

Der Königswächter erahnte den Zorn hinter den Worten; eilig bemühte er zu versichern: »Ich trat in Athos' Dienst, um gegen die Hexe und ihre Willkür vorzugehen. Euer Vater hat sich – im Gegensatz zum Goldkönig – ihrem Willen gebeugt.«

»Weil er blind vor Liebe ist.«

»Seiner Braut hörig«, bestätigte der Königswächter, »selbst nach dem Bruch.«

»Winters ergebener Diener«, ätzte der Prinz

»Wie Ihr«, gab er bedacht zurück. Seine eigene Verachtung für den Mann, dem er einst gedient hatte, konnte nur ein Abglanz dessen sein, was sein Sohn empfand, dennoch empfand er eine Art Restschuld gegenüber dem Drachenkönig. Ihn zu verteidigen war zu lange unabdingbarer Teil seiner Existenz gewesen. »Doch im Gegensatz zu Eurem Vater werdet Ihr frei sein – schon morgen, wenn mich nicht alles täuscht.«

Der gestohlene Prinz blieb eine Antwort schuldig. Vielleicht fürchtete dieser gar den Tag der Rückkehr; vielleicht wollte er, der Königswächter, aber auch gar nicht zu genau wissen, was im Kopf des Prinzen vorging.

»Wo ist die Prinzessin?«, fragte er deshalb.

»Sie schläft.«

»Kann ich zu ihr?«

»Nein.«

»Ist sie wohlauf?«

Ein vages Heben der Brauen. »So besorgt um Euren Schützling?«

Er wusste, dass der Prinz mitnichten von der Prinzessin sprach. »Ich war stets um Euch besorgt.«

»Dann wart Ihr der Einzige.«

»Ihr irrt.«

»Nein, Ihr irrt, wenn Ihr denkt, mein Bruder sorgte sich. War es doch er, der mich hierherbrachte.«

»Die Hexe …«

»… kam, um den Kronprinzen zu stehlen«, bellte er mit einer Härte, die den Königswächter zurückzucken ließ, »und den vermeintlichen Kronprinzen nahm sie mit, nicht ahnend, dass es der falsche Sohn Westhams war. Der für wertlos erachtete Zweitgeborene.«

»Aber …«

»Wir befanden uns im Hof, als sie kam. Zwei Knaben von zehn Wintern und eine Hexe, älter als die Zeit.«

»Aber …«

»Wollt Ihr die Wahrheit erfahren oder mich weiter unterbrechen?«

»Eure Hoh…«

»Das bin ich schon lange nicht mehr!«

»Wie soll ich Euch nennen?«

»Jäger.« Nur Jäger. Mehr nicht.

Der Königswächter rang mit sich. »Von welcher Wahrheit sprecht Ihr?«

»Von Betrug spreche ich.«

»Betrug an Euch?«

»An allen.«

Und da begriff der Königswächter, dass an diesem Nachmittag, als die Hexe gekommen war, um den Erstgeborenen Westhams zu stehlen, etwas geschehen war, das tiefere Wunden geschlagen hatte, als ein einfacher Diebstahl es hätte tun können.

»Das ist lange her«, sagte er deshalb.

Das Gesicht des gestohlenen Prinzen wurde noch raubtierhafter. »Ihr hättet nicht kommen sollen.«

»Die Prinzessin …«

»Ist sicher.«

Da war nichts mehr von dem Jungen, dem er einst das Kämpfen beigebracht hatte. Die ersten Holzschwerter hatte er für sie geschnitzt, sowohl für den ersten als auch für den zweiten Sohn. Weil da niemals ein Unterschied bestanden hatte, nicht in seinen Augen.

»Erinnert Ihr Euch an mich?«, fragte er deshalb.

Der Prinz neigte den Kopf wie ein Wolf. »Nein.«

Vielleicht, dachte der Königswächter, war das die Strafe für sein Versagen. Er hatte aufgegeben, war in Athos' Dienst getreten und hatte die Jahre verstreichen lassen, darauf hoffend, dass die Zeit erreichen würde, was er nicht imstande war zu tun. Morgen kehrte der gestohlene Prinz heim, nach zwölf langen Wintern. Doch er, der Einzige, der je nach ihm gesucht hatte, würde es nicht mehr erleben.

»Sie hat Euch geschickt, um mich zu töten«, erkannte er mit einer Ruhe, wie sie nur ein alter Mann besitzen konnte. Zum ersten Mal spürte er die Last der Vergangenheit schwinden. Zwölf Winter hatte er nach dem Jungen gesucht, zwölf lange Winter. Er schaffte es sogar zu lächeln.

»Ich bin ihr Diener«, war alles, was der gestohlene Prinz sagte, ehe er einen der vielen Dolche zog. Die Klinge war lang und gebogen, er hielt sie so viel fester, als er es ihn als Kind gelehrt hatte. Sicher, selbstbewusst; und doch war da ein sanftes Beben.

Ein Aufblitzen von Schuld.

»Es ist gut«, sagte er deshalb und wollte noch so viel mehr sagen.

Doch die Schuld verging rasch.

Und dann verging alles.

DIE DRACHENBRAUT

Es war das Flüstern der Dienerschaft, das ihr die Kehle zuschnürte. Nie zuvor hatten sie gewagt, in ihrer Gegenwart zu tuscheln – doch jetzt, da sie die Flure des Palastes entlangeilte, verfolgte sie das Wispern wellengleich, es ebbte ab, sobald sie sich näherte, und schwoll an, wenn sie der Weg weitertrug. Ihr war nicht bewusst, dass sie zu rennen begonnen hatte, bis die Drachentöter vor dem königlichen Audienzzimmer alarmiert zu den Waffen griffen.

»Eure Majestät?«

Hastig hob sie die Hand, die zweite fest auf die Brust gepresst, gleichermaßen um Fassung wie um Atem ringend. Gewöhnlich standen hier keine Drachentöter, erst recht keine aus dem Regiment ihres Sohnes. Und – bei Frühlings Tod – »Ist das Blut?«

Entsetzt starrte sie auf die befleckte Rüstung.

Der Drachentöter, den sie angesprochen hatte, räusperte sich befangen.

Kaltes Grauen stieg in ihr auf. »Mein Sohn?«

Es war die Art, wie die Drachentöter einander ansahen, das kaum merkliche Zögern, das ihre Furcht ins Unermessliche steigerte. Wie betäubt flog sie an ihnen vorbei und hinein ins Audienzzimmer ihres Gemahls, in dem sich weitere Drachentöter aufhielten, allesamt in Schuppen und Blut gekleidet – nur er nicht. Nur er fehlte.

»Stephan?«, krächzte sie, der Drachenkönig hob den Kopf – und da wusste sie es.

»Nein«, hauchte sie. »Nein, nein, nein …«

Mit zwei großen Schritten war er bei ihr; sie verlor die Verbindung zum Boden, die Welt kippte; er fing sie auf und doch gab es kein Halten mehr.

»Den Diwan, rasch!«, hörte sie den Drachenkönig bellen, spürte seine Arme beben, als er sie hochhob – auch er litt – und zum Diwan trug, den die Drachentöter eilig von Kissen und Decken befreiten, ehe sie sich diskret zurückzogen. Er bettete sie nieder; und wie sie da lag, mit wundem Herz, dem Ersticken nah, erinnerte sie sich, wie er schon einmal über ihr gehockt hatte. Damals am Sarg.

Oh, hätte er sie doch niemals geweckt! Hätte er sie doch vergessen können!

Keiner von ihnen würde jetzt leiden.

Nicht sie, nicht er – und vor allem nicht ihre Kinder.

Sie schloss die Lider, der Schmerz in ihrer Brust drohte sie zu zerreißen.

Ihre Kinder, bei Frühlings Tod, sie hatte alle beide verloren.

»Wann?«, krächzte sie.

»In der Nacht.« Stephan strich ihr eine Strähne hinters Ohr, seine Finger zitterten. »Es kam zu einem Kampf mit Maywater. Phillip war allein, als er auf Duncan traf …«

Sie wollte es nicht hören. »Wo?«, unterbrach sie ihn und zwang sich mit brennenden Augen, zu ihm aufzublicken. Er schien um Jahre gealtert.

»Der Kronprinz querte mit Truppen den Fluss. Phillip wies sein Regiment an zu warten, während er das Gespräch suchte …« Seine Stimme brach, er räusperte sich, doch auch danach klang er, als würde er ersticken. Nichts war von dem stolzen, jähzornigen Mann geblieben, der noch gestern hinter seinem Schreibtisch gethront und seinem Sohn die Stirn geboten hatte.

»Die Spionin«, fragte sie, »was ist mit …«

»Sie rief die Verstärkung, bevor sie in die Wüste floh.«

»Sie flüchtete?«

»Keiner weiß warum.«

Sie erinnerte sich an den Blick, mit dem die Drachentöterin ihren Sohn bedacht hatte, als dieser sie des Raumes verwies. Das war mehr als gekränkter Stolz gewesen. War sie verletzt genug, um ihn zu verraten? Um ihn den Monstern des Waldes auszuliefern? Die Drachenbraut wusste nicht, was besser war: tot oder dem Wald hörig. »Ich habe ihm von seiner Abstammung erzählt, von Maywaters Schuld und dem großen Krieg – hätte ich doch bloß geschwiegen, hätte er doch nur niemals davon erfahren!«

»Dich trifft keine Schuld«, sagte Stephan, doch sie wusste es besser. Zu gut erinnerte sie sich an Phillips Verachtung. Niemals würde sie seinen Blick vergessen, als sie ihm offenbart hatte, dass sie ihn ebenfalls zu opfern gedachte – wie seinen Bruder.

Jetzt war es zu spät. Jetzt war er tot.

»Was wirst du tun?«, krächzte sie.

Ihr Mann erhob sich, verschloss sein Gesicht und barg den Schmerz sorgsam in sich. Dann nickte er jemandem zu, die Drachentöter traten ein. Mehr als zuvor. Der Befehlshaber des Forts war unter ihnen, ebenso die Offiziere, die in den Eisenbergen Wache hielten.

»Jetzt«, knurrte er und erhob sich zu voller Größe, »werden wir kämpfen.«

Die Drachenbraut spürte den Drang der Dunkelheit in sich erstarken. Zwei verlorene Söhne – und ein Krieg stand bevor. Sie zwang sich auf die Beine und den Kummer zu schlucken, ihn unter der Haut zu tragen. Es kam ihr fast vor, als bestünde sie im Innern einzig aus Glas und Schmerz. Die Drachentöter ließen sie passieren, die Gesichter grimmig entschlossen.

»Wenn du kämpfst«, stieß sie hervor, »war unser Opfer vergebens.«

Stephan stand hinter seinem Schreibtisch, die Fäuste auf die Platte gestützt, den Kopf gesenkt. Alles an ihm war zum Bersten gespannt. »Seit zwölf Wintern schweigen wir.«

»Zwölf Winter auf den Tag«, rief sie – und er verstand. Wenn er jetzt zu den Waffen griff, verloren sie ihn vollends. »Sobald der Blutmond am Himmel steht, wird er zurückkehren«, beschwor sie ihn. »Heute Nacht.«

»Das sagte sie, doch endlich sehe ich klar.« Er hob den Kopf, fixierte sie über die ausgerollte Landkarte hinweg. Sie erkannte den Silberfluss, die große Weststraße, die letzte Stadt Maywaters – und die winzigen Bronzefiguren, die rund um das Himmelsschloss postiert waren. »Die Hexe hat keine Macht mehr über mich.«

»Wenn du das Schloss verlässt …«

»Zu lange hat sie mich geknechtet. Es ist Zeit, das Schicksal unseres Reiches selbst zu bestimmen – und wenn es mich das Leben kostet.«

»Keinem ist geholfen, wenn du fällst!«, hielt sie dagegen.

»Wir schützen ihn mit unserem Leben«, gelobte einer der Drachentöter, die anderen nickten. »Mit unserem Leben«, bestätigten sie feierlich.

Stephan nahm es schweigend zur Kenntnis, seine Aufmerksamkeit lag auf der Karte. Er zog die Bronzefiguren aus dem Umland zum maywaterschen Schloss, bis sie allesamt um die Mauern postiert waren. »Ein Ball steht an, eine Hochzeit. Wie unhöflich wäre es, würden wir die Einladung ausschlagen? Nein, heute Nacht feiern wir …«

»Stephan«, flehte sie, doch er überging ihren Einwurf.

»… und im Morgengrauen, wenn sie trunken vom Wein sind, rächen wir Phillip!«

Sie sank auf die Knie, während die Drachentöter die Fäuste reckten und das Arbeitszimmer verließen, um die Truppen vorzubereiten. Sie würden nach Maywater ziehen und einen Krieg beginnen, mit dem die Herrschaft der Bräute vor fast dreihundert Jahren ihren Anfang gefunden hatte. Niemals würde Winter das hinnehmen.

»Du spielst mit seinem Leben«, flüsterte sie.

»Hält sie Wort, ist er vor Morgengrauen zurück. Bricht sie es jedoch …« Er ließ den Satz unvollendet. »Es ist entschieden. Heute Nacht endet ihre Herrschaft.«

Damit verließ er sie. Kaum schloss sich die Tür, brach die mühsam aufrechterhaltene Fassade zusammen. Sie taumelte fort vom Tisch, auf dem das Ende des Friedens geplant wurde. Er zog in den Krieg, der Mann, den sie mehr als alles auf der Welt liebte. Einmal hatte sie sich für ihn und gegen Winter entschieden. Heute, so schien es, musste sie erneut diese Wahl treffen. Für ihn. Oder für Winter und ihren zerbrechlichen Frieden.

DER WÜSTENKÖNIG

Das fahrende Volk hatte seine Zelte inmitten der Wüste aufgeschlagen. Viele Frühlingsblüten war es her, seit sie zuletzt so weitab von der Stadt gelagert hatten. Die Wüste war gefährlich, auch für sie, die mit jedem Land verschmolzen. Mit den Bergen im Hochland, den grünen Ebenen Westhams oder dem Moor in Morrigan. Manchmal überkam ihn der Gedanke, dass sie die wahren Herrscher der sechs Reiche waren. Sie, die eine jede Geschichte kannten, auch die über den Krieg und seine Anfänge. Sie wussten um die Schuld seiner Vorfahren, so wie sie die seine zu kennen schienen. Er sah es in ihren Gesichtern, in ihren Blicken, die ihn nicht losließen, kaum dass er gefolgt von seinen gebrochenen Soldaten zwischen sie geritten kam. Sie säumten die alte Handelsstraße und klagten ihn schweigend an, als wüssten sie, was geschehen war. Im Forst. Zwischen den Bäumen. Im Dunkel des Waldes, der zu viel Blut gekostet hatte – auch das seines Freundes.

Unbewusst griff er sich an die Wange, dorthin, wo die Klinge der Drachentöterin seine Haut geritzt hatte; die einzige Verletzung, die er davontrug. Tarek hingegen war verloren. Sollte sich der Wald an ihm laben, die Untoten und Toten, die Jungfrauen und Monster unter der Erde, zuletzt auch *sie*, die alles wusste. Ob sie auch das vorhergesehen hatte?

»Majestät, die Älteste bittet um ein Gespräch.« Der General, der die Spitze des Zuges anführte, hatte sein Ross neben das seine gelenkt. »Sie behauptet, es sei dringend.«

Und ob sie von seiner Schuld wussten. Von dem Blut an seinen Händen, den Taten, die zurücklagen, und jenen, die noch folgen würde. Er konnte nicht aufgeben. Nicht jetzt, da er bereits so viel geopfert hatte. Alles für die Freiheit, sein Reich und Frieden.

»Wo ist sie?«

Der General wies voraus. Eine Schneise öffnete sich im fahrenden Volk; begleitet von vier berittenen Schützen folgte er dem Pfad. Die Schritte seines Pferdes verklangen, als das Pflaster der Wüste wich. Die Zeltbahnen flatterten im Wind, es klang wie der Beifall eines Volkes, das längst den Flammen und der Glut zum Opfer gefallen war; zu Staub zermahlen, der fortan Maywater erdrückte und jeden Atemzug zur Qual verkommen ließ. Die Hitze abseits der Pfade war unerträglich. Sein Pferd scheute, die Bogenschützen fielen zurück. Niemand verließ die Handelsstraßen, denn wer es tat, war verloren. Abgesehen vom fahrenden Volk. Rot, lila und orange flackerten ihre Zelte in den Dünen, genauso die Stoffbahnen der Frau, die ihm barfuß im kochenden Sand entgegentrat. Er selbst unterdrückte ein Aufkeuchen, als er sich aus dem Sattel schwang und knöcheltief versank. Er biss die Zähne zusammen.

»Welch schwere Krone Ihr da tragt«, grüßte die Älteste, deren Gesichtszüge keineswegs alt wirkten. Sie neigte ihr Haupt; er tat es ihr gleich, was ihm irritierte Blicke einbrachte, sowohl von den eigenen Leuten als auch vom fahrenden Volk. Die Älteste musterte ihn eingehend. »Ihr seid ein ungewöhnlicher König.«

»Ihr wolltet mich sprechen?«, fragte er.

»Ich wollte mich überzeugen, dass Ihr seid, was sie von Euch erzählen.«

»Sie?«

Die Älteste entblößte eine Reihe blitzender Zähne. »Mein Volk ist das Gedächtnis dieser Welt; wir hüten und bewahren, was einst war, beobachten und erzählen von dem, was geschieht, und deuten, was sein mag; und Ihr, junger König, seid Bestandteil vieler Zukünfte.«

»Wolltet Ihr mich sprechen, um meine Zukunft vorauszusagen?«

Der Wind lachte auf, die Bahnen, die ihren Leib umschlangen, offenbarten einen Blick auf ihren bloßen Nacken. Ihr Kopf war kahlgeschoren, die Haut knochenbleich, ihre Augen so blendend wie der Himmel über Maywater – und ebenso schwindelerregend. »Ihr habt Euren Weg gewählt«, sagte sie bedacht, »was nun folgt, entzieht sich Eurer Kontrolle.«

»Das bedeutet?«

»Ihr seid dem Blutwald entkommen, kehrt heim und besteigt den Thron …«

»So ist es geplant«, fuhr er dazwischen.

»Doch jeder Zug hat seinen Preis – und der Eure fällt hoch aus.«

»Ich zahlte bereits.«

Sie trat auf ihn zu, die Schützen hinter ihm spannten die Bögen, er hörte das Ächzen der Sehnen und hob die Hand, um sie zurückzuhalten. Anerkennung blitzte in den Augen der Ältesten – oder aber Genugtuung? Er konnte es nicht recht deuten.

Sie raunte, sodass nur er verstand: »Eure Mutter zu opfern, erforderte Verzweiflung und Mut gleichermaßen, ebenso der Tod Eures Vaters. Sie standen für all das, was war und was auf immer wäre, wenn nicht jemand wie Ihr den Mut gefunden hätte zu ändern, was zu ändern ist.«

Er zwang sich, tief einzuatmen. »Ihr wisst davon?«

»Habt Ihr daran gezweifelt?«

Er betrachtete die Zelte, die verhüllten Männer und Frauen und Kinder, die schweigend ihrem Gespräch lauschten. Sie würden ein jedes Wort hüten, es sicher verwahren und manch eines in ferner Zukunft weitertragen, wenn niemand mehr wusste, was wahrhaftig geschehen war. Sie würden von ihm im warmen Schein unzähliger Lagerfeuer sprechen, an Betten von Kindern, in Wirtshäusern bei schwindendem Licht und würzigem Wein. Von ihm, dem König, der sich eine Krone gestohlen hatte und dessen Hände vor Blut starrten. Vielleicht würden sie auch von Cinderella und ihrem gläsernen Schuh erzählen; von der Suche nach ihr und dem Ball, auf dem er sein Herz beinahe verloren hätte. Vielleicht käme auch Mary in den Geschichten vor. Er schloss die Lider, damit die Älteste den Schmerz nicht sah, der in seinem Innern wütete. Was konnte ihm das Schicksal noch nehmen, was nicht bereits verloren war?

Seine Eltern. Mary. Sogar Tarek.

»Junger König, schweres Haupt«, flüsterte die Älteste. Oder der Wind?

Vielleicht war es der Wind, der da zu ihm sprach. Die Dämonen dieser Welt, die niemand, nicht einmal sein Schwert – oder das seines Freundes – besiegen konnte. Sie lauerten im Blut, in seinem und dem seiner Vorfahren. In dem aller Menschen. Sie waren schwach, das wusste er, dazu verdammt, auf ewig dieselben Fehler zu begehen und niemals aus der Geschichte zu lernen. Tat nicht auch er alles, um einen Krieg heraufzubeschwören? War nicht auch er ein König, der nach etwas gierte, das ihm nicht bestimmt war?

Freiheit oder Liebe, der Preis war derselbe.

»Krieg«, flüsterte er. »Zahle ich mit Krieg?«

»In mehr als einer Version der kommenden Ereignisse ist das Euer Preis.«

Er ächzte, die Wüste tat es ihm gleich. Die Hitze trieb ihm den Schweiß aus den Poren, vermischte ihn mit dem geronnenen Blut des Waldes, das an ihm haftete wie eine zweite Haut. Wie hatte er auch annehmen können, dass nur er allein zahlte? Er war der König eines ganzen Volkes. Sie alle büßten für seine Fehler. Seine Sünden waren die ihren. Sein Preis der ihre.

»Und wie«, fragte er heiser, »verhindere ich das?«

Die Älteste griff nach ihm. Befangen sah er auf ihre Hand, ihr Handgelenk war vernarbt, die Haut darum makellos weiß wie die von Mary. Als er den Blick hob, glaubte er eine gewisse Ähnlichkeit zu erkennen, die sich mit ihrem Lächeln verflüchtigte. Denn ihr Lächeln, beim Himmel all seiner Ahnen, ihr Lächeln …

»Ihr seid wahrhaftig der König, den ich mir erhoffte.«

Er schluckte die Zweifel und die aufkommende Furcht.

»Was muss ich tun?«

DER JÄGER

Er wischte den Dolch ab und zwang sich, nicht dorthin zu blicken, wo das Blut über den Boden kroch, langsam und erkaltend, als würde es erst jetzt begreifen, dass es kein Entkommen gab. Er horchte in sich hinein, suchte nach etwas, das sich wie Schuld anfühlte. Reue, Widerwillen, Scham, Gewissen, irgendwas. Doch da war nichts – abgesehen von einer irritierenden Furcht vor ihrer Reaktion, sollte sie herausfinden, dass er tatsächlich das Monster war, das er versucht hatte, ihr zu erklären.

Ich bin nicht er.

Das weiß ich.

Ohne die Leiche seines ehemaligen Mentors eines Blickes zu würdigen, verließ er den Saal, in welchen Winter den Königswächter gelotst hatte. Endlos viele Gemächer und ein jedes trug Spuren von vergangenen Gräueltaten. Eines mehr, was machte das schon? Menschlich, welch Hohn! Er war alles andere als menschlich, kaum besser als sie.

Du weißt es nur noch nicht.

Aber sie weiß es.

Rasche Schritte ließen ihn aufhorchen; eine der Zwillingsschwestern flog beinahe um die Ecke, strauchelte und fing sich an der Wand ab. Gewöhnlich suchte er das Schloss während der Nächte auf und verschwand, bevor die gestohlenen Kinder erwachten. Er ertrug ihre Nähe nicht. Zu sehr erinnerten sie ihn an das, was er verloren hatte. Einst waren sie eine Familie gewesen, heute waren sie einander bloß noch fremd.

Fühlst du Bedauern?, fragte Winter.

Er fixierte die Frau, mit der ihn nichts verband, abgesehen von der Tatsache, dass sie seinen Bruder heiraten würde. Es besaß Erinnerungen an sie – Bilder, Momente und Gespräche –, doch sie fühlten sich seltsam leer an. Als hätte nicht er diese Augenblicke mit den gestohlenen Kindern erlebt, sondern bloß den Körper und die Erinnerungen eines Fremden übernommen; als wäre all das nicht er. Nicht wirklich.

Du denkst zu viel nach.

Er dachte an den Königswächter. An Alba, Rose und Cinderella.

Und während er das tat, erreichte ihn das gestohlene Kind.

»Schnell«, japste es und zerrte an seinem Arm.

Er rührte sich nicht vom Fleck.

»Du musst kommen!«, schrie sie. »Sonst stirbt sie!«

Winter?

Moment, erklang es in seinen Gedanken und dann: Mary.

Mehr brauchte er nicht.

»Herbstgemach«, japste der Zwilling hinter ihm.

Winters Furcht fachte die seine tausendfach an. RETTE SIE!

Über Trümmer und eingestürzte Wände hinweg hetzte er die Flure entlang, sprang über ein Treppengeländer, federte sich mit den Knien ab und sprintete weiter. Rasch, trieb Winter ihn an, beflügelte seine Schritte. Vor ihm färbte sich bereits der Flur, der Teppich schwand unter Laub, die Luft erwärmte sich, der Flügel des Herbstes nahte.

Er passierte den gewaltigen Torbogen, dessen Säulen den Fall des Herbstes spiegelten, sorgsam geschnitzt aus Eschenholz – er hatte keinen Blick dafür, auch nicht für die vergänglich zarte Schönheit der Halle, die er durchquerte. Marys Bild allein schwebte vor seinen Augen, als er die Wendeltreppe erklomm, stets drei Stufen auf einmal nehmend, reihum hinauf, dem Gemach der einstigen Hexe entgegen, die schon lange nicht mehr war – wie auch Mary nicht mehr sein würde, sollte er zu spät kommen. Er verbot sich daran zu denken, erreichte den letzten Absatz und riss die Tür auf. Er fand sie sofort. Ihr Arm, so viel blasser als gewöhnlich, hing schlaff über die Lehne eines Sessels, der unter Flechten und Moss ertrank. Angespannt sank er neben ihr nieder, erleichtert und zugleich irritiert, dass niemand sonst da war. Er wusste nicht, was er erwartet hatte, vielleicht eine Bestie des Waldes, vielleicht einen Dolch inmitten ihres Herzens, irgendetwas – nur nicht nichts. Vorsichtig hob er ihr Kinn, tastete nach einem Puls – und stieß erleichtert die Luft aus, als er ihn fand.

»Du lebst«, flüsterte er und begriff, dass es ihn umgebracht hätte, wäre es nicht so gewesen. Rasch untersuchte er ihren Nacken, fand die Spuren des vergifteten Kamms, suchte weiter, nach etwas anderem, einer Wunde, einer Schwellung, etwas Vergiftetem, irgendetwas. Doch da war nichts. Sein Blick flog durch das Gemach; er fand die graue Seide sofort. Das Kleid! Sie hatte das Kleid gewechselt! Er fluchte, als er begriff, dass es ihr die Luft abschnürte. Der Knoten saß eng, er sträubte sich lästig. Ohne zu zögern, zog er einen Dolch und zerteilte die Stoffbahnen mit einem gezielten Schnitt.

Marys Lunge weitete sich, ihre Lider flatterten, dann sah sie zu ihm auf.

Er ließ sie erst gar nicht zu Wort kommen, er zog sie bloß in seine Arme. Menschlich, das erkannte er jäh, war er einzig in ihrer Nähe. Sie hatte etwas in ihm entfacht, jetzt brannte er lichterloh. Sie zitterte, ihr Brustkorb hob und senkte sich unter zu flachen Atemzügen; sie schien nicht zu bemerken, wie sehr sie sich ihm offenbarte. Oder es war ihr schlicht egal.

Ihm war es egal. Solange sie nur atmete.

»Du bist da«, keuchte sie.

»Wo sollte ich sein?«

»Irgendwo …«

»Nur nicht bei dir?«

Tief sog sie die Luft ein, das Kleid klaffte auseinander. Hatte ihn ihre Nacktheit eben kaum interessiert, wurde er sich ihrer nun überdeutlich bewusst. Ungelenk versuchte er sie von seinem Schoß zu schieben, sie hingegen klammerte sich umso fester an ihn, je weiter er sie zurückdrängte. Es ähnelte einem stummen Ringen, das keiner von ihnen gewann.

»Bleib«, bat sie erstickt.

»Du hast ja keine Ahnung, was du da von mir verlangst.«

»Bitte, bis ich wieder atmen kann.«

»So kann ich nicht atmen!«

Sie sank gegen seine Schulter. Obwohl sich alles in ihm zusammenzog und seine Rüstung ihm zu eng vorkam, gab er nach. Er wusste nicht wohin mit seinen Händen – wohin mit der Wärme, der Nähe, der aufkeimenden Zuneigung. Das hier war kein Traum. Es war echt und jede ihrer Taten besaß Konsequenzen.

»Du riechst nach Wald«, flüsterte sie.

»Wir befinden uns im Wald.«

»Du bist es«, beharrte sie und atmete tief ein – er hoffte inbrünstig, sie würde den Tod nicht riechen. Das Blut, das er soeben vergossen hatte, erschien ihm wie eine zweite Haut, die er nicht abzulegen vermochte. Ihre Hand fand zögernd zu seinem Nacken, nicht ahnend, was sie ihm damit antat. Oder vielleicht wusste sie es doch. Vielleicht tat sie es, um ihn zu reizen und auf ihre Seite zu ziehen, ihn, den Jäger, in der Hoffnung, dass er ihr helfen würde zu entkommen. Vielleicht war sie ebenso kalkulierend wie die falschen Bräute, die von Kindesbeinen nichts anderes erlernten, als sich Gehör zu verschaffen. Durch Schönheit, beinahe zufällige Berührungen, weiche Haut und willige Körper.

»Ich dachte, du wärst fort«, flüsterte sie. »Ich habe von dir geträumt – so viel habe ich geträumt. Verwirrende Dinge – doch du warst überall …«

Er versuchte zwanghaft, sich auf ihre Worte zu konzentrieren, nicht auf die Berührung ihrer Fingerspitzen oder den klaffenden Spalt ihres Kleides. »Prinzessin …«

Sie lächelte und raubte ihm damit den Atem – beim Grab der Ran, er war ihr zu nah! Verzweifelt versuchte er, sie von seinem Schoß zu schieben, doch als ahnte sie seine Bewegung voraus, hielt sie ihn umso fester. Es fehlte nicht viel, und er würde nachgeben. Doch wenn er das tat, wenn er zuließ, dass sie sich ineinander verloren – und mochte es nur dieses eine Mal sein –, wäre er nicht besser als Winter, die erstaunlich still war, als ob sie spürte, dass sie hier und jetzt die Intimität stören würde.

Winter?, rief er in Gedanken und hoffte fast, sie möge antworten.

Doch da war bloß Marys Atem und das Rascheln ihres Kleides, das wie von selbst tiefer floss. Er brauchte es nur gleiten zu lassen und schon würde er ihre Haut berühren – wie einst sein Bruder. Der Gedanke ließ ihn erstaunlich kalt. Keine Rachegelüste. Keine Eifersucht. Diese Mary hier vor ihm war so anders als jene, die er in ihren Erinnerungen erlebt hatte. Drei Jahre lagen dazwischen. Drei Jahre und unendlich viele Leben. Der Stoff glitt zwischen seinen Fingern hindurch, offenbarte warme und wunderbar weiche Haut.

Sie war aus ihren Trümmern auferstanden.

Ein Kunstwerk. Eine Überlebende.

»Tarek«, hauchte sie.

»Jäger«, korrigierte er; er ertrug den Gedanken nicht, dass sie ihn für seinen Bruder hielt. Nur kurz stach die Eifersucht, die er so hart zu kontrollieren gelernt hatte.

»Ich weiß, wer du bist. Keine Narbe. Dafür Schatten im Blick.« Sie berührte seine Braue; allein das Zittern ihrer Finger verriet ihre Nervosität. »Du hast mich entführt …«

»Gerettet.«

»… und irgendwo in den Wald gezerrt.«

»Getragen.«

»Zweimal wäre ich beinahe gestorben …«

»Sechsmal«, verbesserte er automatisch.

Sie blinzelte verwirrt. »So oft?«

Er zählte es atemlos auf.

»Jungfrauen?«, fragte sie verständnislos.

»Wächter des Waldes, ausgesprochen tödlich.«

»Wie bin ich ihnen entkommen?«

Er hob eine Braue und sie verstand.

»Du hast mich gerettet?«

»Sechsmal«, murmelte er. Ob sie seinen raschen Herzschlag spürte?

»Wer hat dich gerettet?«, fragte sie leise.

Er begriff sofort, worauf sie hinauswollte. »Was haben sie dir erzählt?«

»Dass nicht ich dich fand.«

Ächzend sank er auf den Ellenbogen – was er nicht hätte tun sollen, denn jetzt, da er sie vor sich sah, konnte er beinahe glauben, dass sie ihn wollte; nicht seinen Bruder. Allein der Gedanke an die falschen Bräute hielt ihn zurück. »Sie säen Zwietracht.«

»Stimmt es denn?«

»Dass sie mich fanden und Winter holten? Ja. Doch das spielt keine Rolle.«

Sie biss sich auf die Lippe; es kostete ihn alle Kraft, sich auf ihre Worte zu konzentrieren, nicht auf ihren Anblick oder das, was ihre Fingerspitzen mit ihm machten. »Rose sagte noch etwas anderes, bevor ich die Besinnung verlor.« Sie beugte sich vor und wiederholte Rose' Worte über wahre Liebe und den Kronprinzen Maywaters.

Er hörte ihr kaum zu, er sah sie bloß an.

»Vielleicht … vielleicht dachten sie …«

»Was?«, fragte sie über ihm, so weich und warm und unglaublich nah.

»Dass du …«

»Dass ich …?«

Er verlor den Faden.

Sie lächelte sanft, beugte sie sich vor und küsste ihn – und er gab auf, wie sich die Könige im Angesicht ihrer Bräute aufgaben. Er hatte keine Ahnung, wann er aufgestanden war, sie zum Bett getragen und darauf niedergelegt hatte. Sie zog ihn mit sich, wollte ihn ganz und gar – und obwohl er kaum noch einen klaren Gedanken fassen konnte, hielt er sich ein letztes Mal zurück. »Prinzessin, wir sollten nicht …«

»Sei mutig«, flüsterte sie und zerrte ihn zu sich. Ihr Lächeln empfing ihn verheißungsvoll, ihre Lippen öffneten sich für ihn. Er stöhnte in ihren Mund, während der Rest des Kleides schwand und seine Rüstung sich widerwillig ergab. Er überließ sich ihren Liebkosungen, ihrem Flüstern und ihren Küssen, während er von ihrer Haut kostete, sich an ihrem Hals verlor und in ihrem Seufzen. Er hatte nicht gewusst, dass es so sein würde, so wundervoll und schmerzlich zugleich. Sich zu verlieren mit Haut und Haar, mit Leib und Seele. Mit all seiner Schwärze.

»Tarek«, hauchte sie.

»Jäger«, knurrte er und entlockte ihr damit ein atemloses Lachen.

DAS GESTOHLENE KIND

Ihre Schritte verklangen dank des Moosteppichs lautlos. Das Kleid hatte sie vor der Hüfte zusammengerafft, damit sein Rascheln sie nicht verraten konnte. Was sie tat, war gewagt, doch es ließ ihr keine Ruhe. Sie musste sich vom Ableben der Prinzessin überzeugen. Schon einmal war diese dem Tod entkommen, hatte das Gift der Ran überlebt und dem Sog der Schneebeeren widerstanden. Diesmal durfte kein Zweifel bestehen. Sie musste es mit eigenen Augen sehen. Die Wendeltreppe schraubte sich steil gen Höhe, der Saal des Herbstes fiel zurück; er war ein Abbild des Waldes, in dem sich das verwunschene Schloss verbarg.

Als Kind hatte sie diesen Ort stets mit einer gewissen Ehrfurcht betreten, wissend um die Grausamkeit jener Hexe, die sich als Braut ausgegeben und die für den König Erwählte den Bestien des Waldes zum Fraß vorgeworfen hatte. Es war eine Geschichte, die jedes der gestohlenen Kinder hinter hervorgehaltener Hand wisperte, hoffend, dass Winter sie niemals dabei erwischte, und zugleich fasziniert war von der Bösartigkeit des Verrats. Von der Leidenschaft. Denn war es nicht Leidenschaft gewesen, die Herbst in die Arme des Menschenmannes getrieben hatte? Vielleicht sogar Liebe. Wenn nicht Liebe, was sonst konnte solch dunkle Abgründe gebären?

Ein Bruder, der den Platz seines Zwillings einnahm.

Eine Mutter, die den Sturz in die Tiefe wagte.

Ein Vater, der sich das Herz aus der Brust riss.

Eine Braut, die für den ihr zugewiesenen Mann tötete.

Liebe, Leid und Leidenschaft. Es kam ihr fast vor, als würden die Grenzen zerfließen. So wie ihre eigenen Grenzen sich zusehends verschoben. Hatte sie ursprünglich gehofft, blinde Liebe sei genug, wusste sie heute, dass sie nicht ausreichte. Er hatte die schlafende Prinzessin durch den Hof zu Winter getragen; nie würde sie seinen Blick vergessen, die Zärtlichkeit, die darin gelegen hatte. Sie selbst war nie auf diese Art von ihm angesehen worden.

Liebe, Leid und Leidenschaft, drei Stränge eines geflochtenen Zopfes.

Während der letzten Stufen begann sie sich auf den Anblick der Toten vorzubereiten. Ihr Magen zog sich vor Erwartung zusammen. Sie rief sich das Unbehagen der Prinzessin ins Gedächtnis, den Ausdruck auf ihren verflucht ebenmäßigen Zügen, als sie sie zurückgelassen hatte in diesem so bedeutsamen Gemach. Sie erreichte die Empore, schritt durch den Farn zur Tür. Etwas ließ sie stutzen. Ein Geräusch erklang aus dem Gemach, ein Lachen, gefolgt von der Antwort eines Mannes. Die Klinke brannte in ihrer Hand. Ohnmächtig stand sie da, das Kleid gerafft, die Luft zu schwer in ihrer Lunge, und lauschte den Stimmen, die dumpf durch das Holz drangen. Zwei Stimmen. Ein Mann und eine Frau.

Sie wimmerte, als sie begriff.

Ihre Handfläche brannte, so fest ballte sie die Faust. Es bedurfte ihrer ganzen Konzentration, den ersten Finger vom Metall zu lösen, der zweite folgte ebenso widerwillig. Sie ächzte, als sich der dritte hob, dann war sie frei und zog den Arm zurück, betrachtete ihre Hand, die sich seltsam taub anfühlte. Als wäre es nicht die ihre, als besäße sie einen fremden Willen. Einen, der den Kamm vergiftet hatte und der zu so viel mehr in der Lage war. Der alles tun würde, um zu beschützen, was sie zu verlieren drohte. Ihre Finger krampften sich zusammen, klauengleich, dann sah sie zur Tür.

Sie hatte alles gegeben. Sie hatte alles erduldet.

Mit verhärtetem Herz löste sie sich vom Herbstgemach. Sie hatte gewartet, so lange hatte sie auf ihn gewartet. Darauf, dass er mehr in ihr sah als eine Schwester; später, dass er nachts heimkehrte; und schließlich, dass er gebunden wurde. Sie stakste zu einem Spalt im Mauerwerk. Seit Herbstes Tod zerfiel das Schloss unaufhaltsam. Starben die Hexen, starb auch der Flügel, den sie geschaffen hatten. Von der

Halle des Frühlings war kaum mehr als ein kahles Gerippe verblieben, durchbrochen von vereinzelten Blütenständen, die sich wie eine vage Erinnerung durch das Gebein der eingestürzten Kuppel schälten. Hier etwas Blau, dort fast vergessenes Gelb. Sie fragte sich, was von ihr selbst bliebe, sollte sie hier und jetzt sterben. Kein Schloss, keine Ruine, ja nicht einmal ein Stein würde ihrer erinnern.

Es wäre, als hätte sie niemals existiert.

Ächzend zog sie sich über die Trümmer hinaus auf den Hang. Der Blutwald umfing sie wispernd und wies den Weg zu einem weiteren Bruch im Gemäuer. Wie in Trance tastete sie sich über die Gesteinsbrocken, den Kopf voll klagender Stimmen. Hinter dichtem Farn fand sie die Pfosten des Himmelbettes, die zerschlissene Seide, den rankenden Wein, die durchbrechenden Lichtstrahlen, die wie Glühwürmchen auf den Leibern zweier ineinander verschlungener Körper tanzten. Nein, nicht das Licht; es waren die Körper, die den sinnlichsten aller Tänze vollführten. Die Arme der Prinzessin hoben sich weiß vom Rücken des Jägers ab, umschlangen ihn, während er sie besaß, wie er sie niemals besitzen durfte.

Die Prinzessin zog ihn tiefer, er stöhnte.

Der Laut traf sie mitten ins Herz.

Liebe, Leid und Leidenschaft. Sie fühlte alles zugleich.

Und während sie dort auf den Trümmern ihrer Existenz kauerte und dem Mann, den sie liebte, dabei zusah, wie er sich in den Armen einer anderen verlor – wie er sie hielt, als fürchtete er sie zu zerbrechen, sie streichelte, als hätte er niemals etwas Kostbareres besessen, sie mit einer Verzweiflung liebte, die der ihren in nichts nachstand –, wuchs noch ein viertes Gefühl in ihrer Brust. Eines, das den Schmerz linderte, sich an ihm nährte und ihre Finger dazu brachte, sich endlich als Teil ihres Körpers zu fühlen.

Hass, sie fühlte unendlich tiefen Hass.

DER JÄGER

Sie hatte das kupferne Haar zu einem langen Zopf geflochten, den er ihr über die Schulter nach vorn strich. Sie saß vor ihm, den Rücken an ihn geschmiegt, und sah wie er durch den Bruch im Mauerwerk hinaus auf den Blutwald. Es war so still, dass er glaubte, erneut im Reich des Vergessens zu sein; doch es war echt. Sie war es und er auch. Und als er das begriff, wagte er endlich die Frage zu stellen, die ihm auf der Seele brannte.

»Warum hast du mich geküsst?«

»Weil du es gewesen wärst?«

»Das war keine Antwort.«

Er konnte ihr Gesicht nicht sehen, doch er glaubte zu spüren, dass sie lächelte. »Nicht? Ich dachte, das würde dir reichen.« Er schnaubte und sie schmiegte sich enger an ihn. »Wenn ich an Mutter denke, dann an ihre Regeln. Lächele, sei still, meide den Wald. Sie ließ es mich so oft wiederholen, dass ich es sogar des Nachts murmelte. Sie lehrte mich, meinem Vater bedingungslos zu gehorchen; sie ermahnte mich so oft meiner Pflichten, dass ich selbst nach ihrem Tod daran festhielt. Ich gehorchte. Ich schwieg. Ich lächelte. Die perfekte Prinzessin nannten sie mich. Dann traf ich deinen Bruder.«

Er verspannte sich merklich.

»Ich verbrachte eine Nacht mit ihm …«

»Überspring den Teil«, fuhr er dazwischen.

Sie drückte sacht seine Hand. »Es änderte nichts, verstehst du? Diese eine Nacht änderte nicht, wer ich gelernt hatte zu sein. Ich wollte mit ihm gehen …«

»Prinzessin«, warnte er.

»… doch Vater verbot es und ich gehorchte. Selbst als er mir befahl, in ein fernes Land aufzubrechen und einen Prinzen zu heiraten, den ich nie zuvor gesehen hatte, erhob ich keinerlei Einwand.« Sie lachte plötzlich. »Wenn Vater wüsste, dass ich einen Diebstahl beging, um seine Forderungen zu erfüllen, er wäre entsetzt! Oder auch nicht. Ich weiß es nicht. Er war immer mein König, niemals aber mein Vater. Verstehst du?«

»Was hat das mit uns zu tun?«, fragte er und biss sich sofort auf die Zunge.

Uns. Es gab kein uns. Es gab nur sie und ihn.

»Du hast nicht zugehört, Tarek.«

»Jäger«, korrigierte er.

Sie schüttelte den Kopf, langsam, bedacht. »Ich sehe mehr in dir als deine Vergangenheit. So wie du mehr in mir siehst als die Hülle, die sie mir auferzwungen haben. Wir tragen unsere Haut und unsere Narben und verbergen darunter, wer wir wirklich sind. Wir gehorchen Befehlen, handeln gegen unsere Instinkte …«

»Doch das hier. Das waren wir allein.«

»So ist es«, flüsterte sie. »Niemals hatte ich genug Mut, um mich gegen Vaters Willen zu stellen, niemals wagte ich, meinem Herzen zu folgen. Nur bei dir …«

»Dein Vater ist weit weg«, fiel er ihr ins Wort.

»Du wärst es gewesen«, blieb sie stur. »Immer.«

»Du denkst …«

»Dass wir zueinander gefunden hätten, in einer Welt ohne *sie*.«

Ohne Fluch. Ohne Wald. Er, der Drachentöter. Sie, die Prinzessin.

»Vielleicht«, sagte er nur, denn es spielte keine Rolle. Er war ein Jäger, kein Prinz.

»Du zweifelst«, erkannte sie.

Sie hatte ja keine Ahnung, wie oft er die Geschehnisse in Gedanken durchgegangen war und sich ausgemalt hatte, wie sein Leben hätte sein können, wenn nicht er, sondern sein Bruder der Hexe zum Opfer gefallen wäre. Wenn er noch in Westham leben würde, an der Seite seiner Eltern, als Drachentöter und derjenige, der Mary zuerst traf.

»Es lässt sich nicht ändern«, sagte er deshalb.

Er betrachtete ihre Haut; die Risse, die nichts von ihrer Schönheit nahmen; er dachte an ihr Lächeln, das bloß deshalb brüchig wirkte, weil es nicht einstudiert war, sondern vom Grund ihrer Seele kam. Dunkel, trist, grau – so hatte er sie vorgefunden, doch da war mehr. Etwas, das sie all die Jahre hatte überstehen lassen. Eine tiefe, unnachgiebige Stärke.

Sie hatte bloß einen Grund zum Kämpfen gebraucht.

Und dieser Grund war die Zofe. Oder?

Kein einziges Mal hatte sie nach ihr gefragt. Dabei war Mary allein ihretwegen erwacht. Hatte zurückgefunden, um sie zu beschützen. Oder – der Gedanke blitzte so plötzlich auf, dass er ihn kaum fassen konnte – hatte sie es aus Pflichtgefühl getan? So wie sie alles aus Pflicht tat: die Absage an Phillip, die Verlobung mit Duncan – und jetzt Susann?

Ihr Tod hätte auch Susanns bedeutet. Ebenso seinen eigenen.

Als sie sich in seinem Arm drehte und sich ihre Blicke trafen, wagte sie ein zögerliches Lächeln, das ihm viel zu nahe ging. Er zwängte sich an ihr vorbei, raus dem Bett, das ihm plötzlich viel zu klein vorkam, streckte die Glieder, die vom Liegen taub waren, und ignorierte den Schmerz, der in jeder unausgesprochenen Silbe zwischen ihnen hing und die Luft bittersüß schmecken ließ. Sie hatte sich ihm hingegeben – oder er sich ihr? Er wusste es nicht, fühlte sich sowohl schuldig als auch verletzt. Stück für Stück verbarg er seine Haut unter dem Leder, als würde er eine Mauer errichten. Zwischen ihr und ihm. Einen Schutz – für wen?

»Wo ist Susann?«, fragte sie mit herrlich matter Stimme.

»Winter hat sie«, sagte er knapp.

Sie rutschte zur Bettkante, versuchte aufzustehen, ihre Beine knickten ein. Rasch umfing er ihre Taille, bevor sie stürzen konnte.

»Dein Fuß«, warnte er.

Sie erbleichte. »Das ist mir entfallen.«

»Dass dir ein Fuß abgehackt wurde?« Er kniete nieder und hob sacht ihr Bein. Die Haut hatte sich tiefviolett verfärbt – er bezweifelte, dass sie je wieder würde laufen können. Dass sie sich nicht vor Schmerzen krümmte, lag allein an der Nachwirkung der Beeren.

Entfallen, er schüttelte ungläubig den Kopf.

»Das sieht schlimm aus, oder?«

»Halb so wild«, log er. »Winter hat einiges an Übung im Zusammenflicken von menschlicher Haut.« Er sagte es leichthin, spürte jedoch, dass sie die Bedeutung hinter seinen Worten begriff. Im Zusammenflicken *seiner* Haut.

Sie berührte ihn an der Wange. »Zuerst muss ich zu Susann.«

»Die Wunden …«

»… werden auch noch da sein, wenn ich Susann gesehen habe.«

»Andersherum genauso.«

»Sie ist mir wichtig.«

»Du bist auch wichtig«, hielt er dagegen und zwang sich, ihr plötzliches Strahlen zu ignorieren. »Erst Winter, dann Susann. Notfalls trage ich dich.«

Sie strich ihm eine Strähne aus dem Gesicht; er kniete noch vor ihr, als würde er ihr einen verdammten Antrag machen. »In dir steckt mehr von einem Prinzen, als du denkst.«

Er stand abrupt auf. »Woher hattest du das Kleid?«

Sie wies auf den Schrank, er biss die Zähne zusammen und riss sich von ihr los. Er wollte nicht ihr Beschützer sein. Sie brauchte keinen Beschützer. Erst recht nicht ihn. Mit zwei großen Schritten war er beim Schrank, zwei Kleider hingen darin. Rasch wählte er eines aus und entfernte mit gezielten Schnitten die Schnüre.

»Was tust du da? Wie soll ich das Kleid ohne Bänder schließen?«

»Du findest schon einen Weg«, brummte er und drehte sich zu ihr um. Sie lehnte am Bettpfosten und lächelte zaghaft, fragend – und amüsiert.

»Nicht du wirst wie ein Mehlsack aussehen.«

»Als ob du einem Mehlsack ähneln könntest.«

»War das ein Kompliment?«

»Eine Tatsache.« Ihre Finger berührten die seinen, als er ihr das Kleid reichte. »Nichts kann dich entstellen. Nicht einmal diese Narben.«

Sie hob ihren Arm, als würde sie erst jetzt die filigranen Brüche bemerken. Befangen drehte sie die Hand, folgte den Spuren über Arm und Schulter. Er zwang sich, den Blick von ihren Fingerspitzen zu lösen, die über den Bauch tanzten, die Taille und …

»Fertig?«, knurrte er.

Sie fixierte ihn anklagend. »Du hast nichts gesagt.«

»Dass du aussiehst wie eine gesprungene Porzellanpuppe?«

Er spürte, dass es sie fortzog. Zum Turm, immer zum Turm.

Bei allen Geistern, wie er diesen Turm hasste!

»Zieh dich an«, befahl er knapp. »Winter erwartet uns.«

»Tut sie das?«

Tu ich das?, fragte Winter zeitgleich in Gedanken.

Er ertrug keinen Augenblick länger ihre Nähe.

Liebe schmerzt, nicht wahr, mein Jäger?

»Ich werde sie verlieren«, sagte er und merkte einen Herzschlag zu spät, dass er laut gesprochen hatte. Marys sah hoch, ihre Lippen öffneten sich, doch ehe sie etwas erwidern konnte, hatte er ihr das Kleid über den Kopf gestülpt. »Zieh dich an, jetzt!«

»Verfluchter Jäger!«

»Zimperliche Prinzessin.« Er trat beiseite, um sich erneut den Armschienen zu widmen, obwohl sie bereits perfekt saßen. Er brauchte eine Beschäftigung, etwas, das ihn von ihr ablenkte. Sich schmerzlich der Tatsache bewusst, dass er sie wahrhaftig verlieren würde, beobachtete er, wie sie mit dem Stoff kämpfte. »Man sollte meinen, du wüsstest, wie ein Kleid anzuziehen ist.«

»Falls es dir entgangen ist: ich kann fast gar nichts allein!«

»Jammerst du?«

Ein Stöhnen erklang aus dem Stoff, sie schwankte, es folgte ein Aufschrei – und erneut war er da, um sie aufzufangen. Lachen explodierte in seiner Brust, als er ihr half, den Kopf durch den dafür vorgesehenen Schlitz zu stecken. Ihre Wangen glühten, ihr Zopf hatte sich gelöst. Sie sah so hinreißend aus in ihrem Zorn, dass er nicht anders konnte, als sie zu küssen.

Keuchend wich er zurück. »Hast du mich gebissen?«

»Hab ich! Stülpst mir das Kleid über den Kopf und besitzt auch noch die Frechheit, über mich zu lachen. Hilf mir lieber und küss mich anschließend.«

Seine Mundwinkel zuckten.

»Mach dich nur lustig«, fauchte sie, »du hast es gut mit deiner Rüstung und deiner Hose – ich will auch eine Hose.«

»Frag Winter.«

»Ich frage dich.«

Er hob entschuldigend die Hände. »Ich besitze einzig diese.«

»Bloß eine?«, rief sie entsetzt. Er würde den Teufel tun und ihr etwas von sich geben. Es reichte, auf ewig das Bild von ihr in zerwühlten Laken im Kopf zu haben, er brauchte nicht noch eines von ihr in seinem Hemd oder gar seiner Hose. Zu intim. Zu nah. Zu bedeutsam.

»Was schaust du mich so an?«, fragte sie misstrauisch. »Wirst du mich wieder schubsen? Oder mir etwas über den Kopf ziehen?«

»Verlockend, aber nein.«

»Was dann?«

Vehement schüttelte er den Kopf. »Niemals, Prinzessin, meine Gedanken gehören mir.«

Tun sie das?, fragte Winter sanft.

»Abgesehen von Winter«, fügte er hinzu. »Sie weiß alles.«

Mary zerrte an dem Stoff des Kleides, das tatsächlich sehr sackartig an ihr hing. Er glaubte sie irgendetwas von *Mehl* murmeln zu hören und verkniff sich mühsam ein Lachen.

»Es ist egal, wie ich aussehe«, sagte sie so todernst, dass er ehrlich mit sich zu kämpfen hatte. »Wichtig ist nur, dass ich zu Susann kann.«

Schlagartig kehrte das schlechte Gewissen zurück.

»Aber erst«, sagte sie und lächelte zärtlich, »küss mich noch einmal.«

Er wollte Nein sagen, sich abwenden, irgendetwas von Winter und Verpflichtungen vorschieben – und hatte sie doch plötzlich im Arm. Er wollte nicht ihren Nacken umfassen, ihr Kinn anheben, sie küssen. Er wollte es nicht, weil er wusste, dass er sich Stück für Stück verlor. Dass selbst seine Rüstung, die ihm eben noch wie ein Schutz erschienen war, ihn nicht retten konnte vor dem, was ihre Nähe mit ihm machte. *Menschlich*, klagte er und verfluchte Winter, sich selbst und Mary. Vor allem Mary, die sich so herrlich weich an ihn schmiegte, dass es ihn äußerste Entschlossenheit kostete, sich von ihr zu lösen. Ihr Atem vermischte sich mit seinem, ihre Wangen schienen nur noch eine Farbe zu kennen. Wie ihre Lippen.

Ruckartig trat er zurück, sodass sie beinahe stürzte.

»Das war …«

»Ein Fehler«, schnappte er.

Sie hob die Brauen, mehr irritiert denn tatsächlich verletzt. »Warum?«

»Falscher Ort, falsche Zeit.« *Falscher Mann,* hätte er beinahe hinzugefügt, schluckte es jedoch hinunter, wenngleich er ahnte, dass sie es stumm ergänzte. Er war nicht Phillip, er war nicht menschlich, nicht heldenhaft, nicht gut.

Du bist so streng mit dir.

Er war bloß ehrlich.

Liebst du sie?, fragte Winter lauernd.

Das *Nein* lag ihm auf der Zunge, er brachte es nicht heraus. Winter seufzte. Vielleicht verstand sie, dass er selbst nicht benennen konnte, was hier geschah. Allzu oft überkam ihn das Bedürfnis, Mary von sich zu stoßen, denn nur mit Abstand zu ihr konnte er klar denken – und atmen. Doch er schaffte es nicht. Wollte nicht. Konnte nicht.

Denn sich von ihr zu trennen hieße auch, zurück in die Dunkelheit zu fallen.

Ich bin einsam, hatte sie gesagt.

Er war es auch; vor ihr und er würde es nach ihr sein.

Du wirst nichts fühlen, versprach Winter sacht.

Ächzend schloss er die Lider, wappnete sich innerlich.

Du verschließt dich vor mir …

Es ist nichts, knurrte er in Gedanken. *Nichts. Gar nichts.*

Winter beließ es dabei. Er wusste, sie würde später darauf zurückkommen.

Es gibt kein Später, sagte sie und er verstand plötzlich, wieso sie ihm diesen einen Augenblick mit Mary gelassen hatte. Fluchend drehte er sich zum klaffenden Loch im Mauerwerk, damit Mary seinen Schmerz nicht sah. Nicht, dass er wahrhaftig weinte – das tat er niemals –, aber gerade war der Druck hinter seiner Stirn so groß, dass er fürchtete, es nicht auszuhalten. Sie würde es ihm ansehen. Bei allen Geistern, er brauchte seine Maske, mehr denn je zuvor.

Er würde Mary verlieren.

Er würde sich selbst verlieren.

Winter ließ niemanden gehen.

Ich darf nicht, sagte sie und schien es ehrlich zu bedauern.

Warme Arme schlossen sich um seine Mitte, ohne ein Wort schmiegte sie sich an seinen Rücken. Sie war einfach da und hielt ihn, während er mit sich kämpfte, mit den Gefühlen, die er für verloren geglaubt hatte – wären sie doch bloß niemals zurückgekommen! Wäre er doch noch, wer er gewesen war. Ein Jäger. Kein gestohlener Prinz. Kein Mann, der die Liebe gekostet hatte. Mary hielt ihn ein wenig fester. Er schloss die Lider.

»Beim Herbst!«, japste sie.

Er traute seiner Stimme nicht. »Mhm?«

»Der Schuh …«

Alarmiert drehte er sich um. Da stand er, der gläserne Schuh, der so fest an ihrem Fuß gesteckt hatte: inmitten des Farns. Er zauberte einen Reigen aus Licht auf die schwankenden Halme und die nackten Füße der Prinzessin.

DIE BLUTPRINZESSIN

Die ganze Nacht hatte sie dem Wispern gelauscht, das aus dem Amulett drang. Die Diener waren unvorsichtig gewesen – oder zu verängstigt, um es ihr abzunehmen. Vielleicht hatten sie die Veränderung gespürt, die in ihr vorging, die Kälte, die das Herz der kleinen Prinzessin für sich zu vereinnahmen ersuchte. Mit süßen Worten und lockenden Versprechen. Aurora war wichtig, o ja, sogar unbeschreiblich wichtig! Es lag in ihrer Hand – im wahrsten Sinne des Wortes –, ob das fremde Königreich, von dem sie schon so viel gehört hatte, von seinen enthaupteten Pferden und sterbenden Städten, ob dieses Königreich weiterhin bestand oder in die Hand der Menschen fiel.

Menschen sind schwach.

Sie neigen zu Fehlern.

Wie ihre Mutter, wie ihr Bruder. Nicht aber sie, nein, in ihren Venen floss das Blut eines jahrtausendealten Geschlechts, einst dazu bestimmt, die Welt zu beherrschen –

Auch heute noch, wenngleich stiller.

Aurora lächelte. Sie tat es viel in diesen letzten Stunden, die sie in der Abgeschiedenheit ihrer Kammer verbrachte, auf dem zu großen Bett, in der Hand das Amulett und auf dem Schoß ein Kätzchen, das Remus ihr vor wenigen Tagen geschenkt hatte. Damit sie nicht einsam war, wenn er nicht bei ihr sein konnte – so wie jetzt, da die Diener ihn an den Ohren den Hang hinabgezerrt und zur Königin geschleift hatten. Er hatte gekämpft wie ein Wolf – doch er war kein Wolf. Sie schon.

Wir sind aus demselben Blut.

Wir gehören zusammen.

Deshalb, mein Kind, tu, worum ich dich bitte.

Ihre Finger krampften sich um das Amulett. Das Kätzchen rollte sich verspielt herum, verlangte schnurrend nach Aufmerksamkeit. Aurora haderte. Sie wusste, was von ihr verlangt wurde, dass es richtig und wichtig war – doch dann wäre sie wieder allein.

Du wirst niemals mehr allein sein, versprach die Stimme lauernd.

Das Kätzchen maunzte. Aurora kraulte es hinter den Ohren. Ihre Finger waren kalt.

Sie wusste, dass sie es tun musste, aber sie wollte nicht.

Nur noch ein kleines bisschen länger, was schadete das schon?

Die Zeit eilt, wisperte es in dem Zimmer, dessen Wände über und über mit Zeichnungen versehen waren. Die Sonne, das Meer, die Diener, Schafe, Weißdorn und darunter ihr Ebenbild an der Hand ihrer Mutter – wieder und wieder. Von allen Seiten lächelte ihr eigenes Gesicht neben dem der Königin. Anfangs hatten die Diener fast täglich die Wände überstrichen, Schicht um Schicht mit zähflüssig weißer Farbe, bis sie Erbarmen mit der kleinen Prinzessin fanden, die sich bloß nach Nähe sehnte. Nach mütterlicher Geborgenheit.

Du bist nicht von ihrem Fleisch und Blut.

Niemals wird sie dich lieben.

Obwohl sie das wusste, ertappte sich Aurora dabei, wie sie die Hand nach der Zeichnung ihrer Mutter ausstreckte und so tat, als würden sie sich berühren. Bröckelige Farbe unter weicher Haut. Die Finger verblassten bereits, so oft fuhr sie mit ihren eigenen darüber – doch der Geruch war noch da: der Duft der Königin. Sie hatte sich in den heiligen Saal geschlichen, eine gestohlene Karaffe in das Bad gleiten lassen und mit der Flüssigkeit befüllt, in der ihre Mutter zu baden pflegte, um damit die Zeichnungen nachzufahren. Jetzt rochen diese erdig und ein wenig nach dem Schlüssel, den Remus ihr vor langer Zeit geschenkt hatte – den Schlüssel für sein Zimmer.

Er lag verborgen unter ihrem Kopfkissen – neben den anderen Kostbarkeiten: eine Scherbe von ebenjener Karaffe, die am Boden zerschellt war, als eine kreischende Dienerin sie gefunden hatte; ein Stück Stoff vom Kleid ihrer Mutter; eine heimlich abgetrennte Strähne von

Remus' Haar und das Bonbon, das der fremde König ihr zugesteckt hatte, als er am vergangenen Tag zu seinem Schiff aufgebrochen war. Am liebsten würde sie auch das Amulett dazulegen, doch sie wusste, dass sie das nicht durfte.

Sie seufzte. Das Kätzchen schnurrte.

Stattdessen holte sie den Schlüssel hervor und presste ihn an die Lippen, wie sie es so oft des Nachts tat, wenn sie nicht schlafen konnte und Remus neben ihr mit seinen eigenen Dämonen zu kämpfen hatte. Meistens genügte es, an ihm zu riechen, um die Einsamkeit zu vertreiben, manchmal nahm sie ihn in den Mund und kostete seinen Geschmack – und wenn sie das tat, konnte sie sich wahrhaft vorstellen, sie wäre bei ihrer Mutter, in deren Arm, unter der schweren Decke, ihren Atemzügen lauschend – nicht denen von Remus.

Aurora wusste, dass er bei der Königin war und es versetzte ihr einen Stich.

Das Kätzchen verlangte maunzend nach Aufmerksamkeit. Aurora ließ die Hand sinken, streichelte den flauschig weichen Bauch, spürte das kleine Herz unter ihren Fingerspitzen rumpeln. Alle Wesen besaßen ein Herz – nur der König nicht, dessen Lenden sie entsprungen war. Gestern hatte sie nicht gewusst, wer der fremde Mann war. Heute – durch *sie* – war ihr seine Bedeutung klar. Vater – das Wort klang fremd, ihre Lippen formten den Laut. Vater, wie seltsam. Bisher hatte sie nicht gewusst, dass zwei Menschen notwendig waren, um einen dritten zu schaffen.

In deinem Fall waren es noch so viel mehr.

Aurora neigte den Kopf und musterte das Kätzchen. Es hatte blaue Augen.

Jedes Leben erfordert Opfer.

Deines genauso wie das des Wüstenvolkes.

Soll es leben, Aurora?

Oder zugrunde gehen?

Aurora kostete ein letztes Mal den Schlüssel, ehe sie ihn zurück unter das Kissen schob und stattdessen nach der Scherbe tastete. Sie wusste, was sie zu tun hatte.

Was rumpelt und pumpelt in seinem Bauch?
Es ist, was der Adler zu fressen begehrt.
Gib es ihm, mein Kind.
Gib ihm das Herz.

DER JÄGER

Hab Dank, spottete Winter, kaum dass er ihr den gläsernen Schuh entgegenschleuderte. Klirrend schlitterte er über das Eis und kam vor ihren Füßen zu liegen.

Unversehrt, natürlich.

»Ihr könnt ihr Herz nicht haben!«

Winter lächelte nachsichtig. Wer sagt, dass ich es will?

»Sie ist Eure Nichte«, brüllte er.

Marys Blut ist so verwässert, dass Herbstens Anteil kaum eine Rolle spielt. Doch selbst wenn es dem meinem entspräche, hätte es keinerlei Bedeutung. Mein Geschlecht hat Verwandtschaft niemals anhand der Blutfarbe entschieden, war es uns doch unmöglich, eine Familie auf Menschenart zu gründen. Erst Frühling gelang das. Es hieß, ein Gemälde sei aus jungfräulichen Blut entstanden, das sie fässerweise ins Schloss karren ließ. Stattdessen hat sie darin gebadet, um ihren Körper zu stählen und ein Kind zu empfangen: ein Kind tiefster Blutmagie – das ist auch Mary.

Nur dass es in ihrem Fall schwerer wiegt.

»Warum?«, verlangte er zu wissen.

Die Welt nennt uns nicht ohne Grund Hexen, Feen oder Wechselbälger. Kein Mann gehörte je zu uns, kein Mann fand je auf natürliche Art Zugang zur Magie; auch nicht Frühlings Sohn. Er verfügte zwar über mehr Stärke, Geschick und Ausdauer, als es ein Mensch hätte besitzen sollen, und war doch bloß das: ein Mensch von zweierlei Blut. Das bist auch du, das sind auch dein Vater und Bruder. Allein Mary ist anders.

»Der Schuh«, erkannte er jäh und starrte auf das gläserne Gefäß, das still und unschuldig zwischen ihnen lag. Selbst im Dämmerlicht von Winters Reich schillerte er schwach. »Er hat ihr nicht gepasst.«

Nein, hat er nicht.

»Dann ist sie … sie ist eine …?«

Nein, sagte Winter bedacht, *doch es schlummert in ihr, und deswegen ist sie in größerer Gefahr, als ich annahm. Ihr Herz ist nicht nur der Schlüssel zum Wald, es ist auch das einer Hexe – und dadurch als einziges in der Lage, jenes zu ersetzen, das ich vor langer Zeit stahl. Etwas in den Wäldern ist erwacht, eine Dunkelheit und Rachsucht, wie ich sie ewig nicht mehr gespürt habe. Mehr und mehr Ran erheben sich aus ihren Gräbern, die Jungfrauen dürsten nach Menschenfleisch, Flüche werden gewoben und durchdringen den einen, den ich während der Taufe über Mary legte. Sein Schutz schwindet.*

»Ein Herz fragil wie Glas? Das soll ein Schutz sein?«

Ein gebrochenes Herz ist besser als keines.

»Das kann auch nur eine Hexe sagen.«

Ihre Hülle hat erste Risse bekommen, fuhr Winter fort. *Die Schönheit, die ich ihr schenkte, vergeht bereits; ist sie erst verloren, liegt auch ihr Herz bloß.*

Nebel kroch zwischen den Säulen hervor, verdichtete sich um sie und schluckte das Licht. Die Bahnen, die ihren Leib kleideten, bauschten sich seufzend. Alles an ihr war schwarz, das Kleid, das Haar, die Seele, zuletzt auch ihr Herz. Ihres wie das seine.

Meines war niemals schwarz – deines ist es nicht mehr. Wehmütig hob sie eine Hand an sein Gesicht, ihre Kälte küsste seine Haut. *Dein Herz starb durch das Gift der Ran, ihre Liebe heilte es – nun ist es bereit für den Fluch der Bräute.*

Er rang den Zorn nieder, die bittere Erkenntnis. Wie töricht von ihm zu hoffen. *Sie* würde ihn nicht gehen lassen, niemals. Er hatte das Unausweichliche zu ignorieren gelernt. Erst als er in Marys Leben getreten war, als er in ihrem sterbenden Innern die Mauern hatte fallen sehen, war ihm bewusst geworden, wie sehr er sich nach Freiheit sehnte.

Nach irgendeiner. Und wenn es die des Todes war.

Er folgte Winter zu einem Durchgang, hinter dem vereiste Stufen hinabführten. Obwohl er schon oft in den Katakomben gewesen war, besaß der Ort keine Vertrautheit. Wenn er den groben Steinstufen folgte, war es ihm fast, als betrete er Winters Heiligtümer zum ersten Mal. Es lag ein Zauber darüber, sodass jeder, der diesen Ort verließ, seine Bedeutung vergaß; bis er erneut hinabtrat und die magische Barriere passierte. Es glich dem Durchtauchen von eiskaltem Wasser. Der Schock raubte ihm den Atem, Raureif floss über seinen Körper. Er zwang sich vorwärts, auf einen Schlag wissend, dass, sollte er stehen bleiben, ihn die Kälte übermannen würde. Dann bliebe nichts von ihm als eine Skulptur, wie Winter sie zuhauf besaß und von denen er gar nicht so genau wissen wollte, ob sie einst wie er gewesen waren – oder ob sie einer von Winters künstlerischen Epochen entstammten. Denn das war Winter, eine Künstlerin. Neben den Gruften, in denen sich Regale und Fässer voll Eingeweide stapelten, gab es eine, in der eine scheinbar vergessene Staffelei stand. Mehr als einmal, dass wusste er jäh, hatte er vor dieser Gruft gestanden und sich vorzustellen versucht, wie Winter vor der Staffelei saß und malte. Es misslang ihm kläglich. Auch diesmal.

Es ist lange her. Fast dreihundert Jahre.

»Warum habt Ihr aufgehört?«

Wir alle bringen Opfer.

In den Gewölbekellern befanden sich all jene Schätze, die Winter im Laufe der Jahrhunderte gehortet hatte. Ranblut, gestohlene Augen, der Saft gebrochener Herzen, menschliche Häute, Organe; alles, was sie für ihre Zauber benötigte. Dazu Spiegel – gleich ein halbes Dutzend hing im Spiegelsaal. Früher – daran erinnerte er sich so klar, als wäre das Wissen darum schon immer in seinem Kopf gewesen – waren es doppelt so viele gewesen. Jetzt sorgten diese in den sechs Reichen für

Frieden, getragen von falschen Bräuten, kontrolliert durch Winter. Die Scherbe, die er mit sich führte, stammte ebenfalls von einem Spiegel, wenngleich sie ohne Macht war. Wie der zweite wertlose Schuh.

Die Spiegel entstammen einer Zeit, als das Wirken von Magie noch keines Blutes bedurfte. Ich schuf sie für meine Schwestern, nicht ahnend, dass sie unser Untergang sein würden. Wenn ich heute in sie blicke, sehe ich unsere größten Siege und schwärzesten Stunden. Es lag nahe, auf ihnen die neue Ära zu begründen.

Er folgte ihr in den kreisrunden Spiegelsaal, dessen Gewölbe spitz zulief wie bei einem Turm. Im Zentrum stand ein Springbrunnen und gluckerte gemütlich vor sich hin. Die Wände waren durch Säulen in Abschnitte geteilt, an ihnen hingen die verbliebenen Spiegel, einzig die Mauer gegenüber der Tür war nackt. Sie befanden sich in Winters Herz.

Ich trage es unter Eis. Es ist meine Art zu überleben, während alles um mich vergeht; dieser Tage schneller denn je. Vier Reiche bereiten einen Krieg vor, ich sah die Truppen marschieren, ich hörte die Schlachtrufe und das Ächzen der Schiffe, die in der Bucht vor Anker liegen. Noch zögern sie. Doch schon bald werden sie sich erheben – gegeneinander oder gegen den Wald. Keins von beidem darf geschehen.

Er dachte mit einer gewissen Genugtuung daran, dass Winters Macht bröckelte.

Es birgt große Gefahr.

Gefahr für Winter, dachte er spöttisch.

Der Wald hält nicht nur mich gefangen.

Und plötzlich war ihm, als wäre da ein zweites Wispern, eines, das all die Jahre über dort gewesen und nun erstarkt war. Ein Raunen und Säuseln.

Du hörst sie auch.

»Sie?«, fragte er nervös.

Meine Schwester.

»Ich dachte, sie wären allesamt vergangen.«

Ich wünschte, es wäre so – und dass sie das sagte, fachte seine Furcht an.

»Ist Mary in Gefahr?«

Sollten sich die Reiche gegen den Wald erheben und ihr Blut ihn stärken, kann niemand sie schützen. Selbst jetzt, da ich mit dir spreche, spinne ich Fluch um Fluch, um meine Schwester am Erwachen zu hindern. Sie ist verbunden mit dem Wald, sie nährt sich an all denen, die sich in ihm verirren – ihre Macht wächst stetig.

Doch noch bin ich ihr überlegen.

»Welche ist es?«, verlangte er zu wissen.

Du sahst sie bereits.

Im letzten Sarg, jenem, den sie ihm verboten hatte zu erklimmen.

Sie fanden dich auf ihm, flüsterte sie – zum allerersten Mal sah er sie schwanken. Ihre Hand fand Halt am Brunnen, ihre Finger zitterten; sie streckte sich nach ihm aus, berührte ihn an der Wange, wie eine Mutter ihr Kind berühren würde. *Sie rief dich Tag und Nacht – ich hätte es hören müssen, doch ich war blind vor Trauer um Herbst, und so kam ich zu spät. Ihre Stimme hatte sich bereits in deine Gedanken gefressen. Sie hat dich gequält, dich glauben lassen, es gäbe nur einen Ausweg.*

Er erinnerte sich nicht daran; er wusste bloß noch, dass Winter ihm seine Haut genommen hatte, seine Augen, seine Organe – und dann dabei zusah, wie sie nachwuchsen.

Sie hatte ihn entleert wie ein Gefäß.

Er trat zurück, ihre Hand verharrte in der Leere zwischen ihnen.

Sie hatte ihm keinen Ausweg gelassen, deswegen hatte er zum Ranblut gegriffen. Er wusste das, denn die Erinnerungen daran waren so klar, als hätte sie jemand eigens für ihn gezeichnet. Es waren Bilder der Qual, Bilder, die ihn daran gehindert hatten, sich irgendjemandem nahe zu fühlen – weder den gestohlenen Kindern noch ihr.

Winter schwieg dazu, sie sah ihn bloß an mit all ihren Sinnen.

Er spürte die Dämonen um sich streichen. Sie sprachen mit gespaltener Zunge.

Sie hat dich gequält.

Sie hat dich ausgeweidet.

Sie hat dich gehäutet.

»Das ist sie«, erkannte er.

Noch immer schwieg Winter.

»Was will sie?«

Rache, flüsterte es tausendfach von den Wänden.

Rache, sagte Winter. *Und ein neues Herz.*

Da erkannte er, dass er gehen würde, um zu tun, was auch immer nötig war, um die Revolution der Könige im Keim zu ersticken. Und wenn es ihn das Leben kostete.

Du weißt, wer dafür weichen muss.

Er wusste es und es brachte beinahe um.

Winter griff in den Brunnen; als sie die Finger zurückzog, gefror das Becken klirrend, die Fontäne erstarrte, das Eis fraß sich über den Rand und die Rinnen im Boden, bedeckte die nackte Wand mit spiegelklarem Frost. Es war ein Portal.

Die Entscheidung liegt bei dir.

Er wusste, sollte er die Hand ausstrecken, würde sie wie durch Wasser gleiten. Dahinter lag Maywater. Er erkannte das Gewölbe als jenes wieder, in das ihn der Rote Orden geschleift hatte. Eine rot gewandete Gestalt eilte durch das Bild und verschwand aus seinem Blickfeld. Er glaubte gar Schritte zu hören und das Schaben eines Besens.

Es liegt an dir, wiederholte Winter und zog sich zurück.

Er sah zum Portal. Die Gestalt in der Kutte eilte erneut durchs Bild. Konnte er es tun? Unzählige Leben hatte er gestohlen, im Schatten der Bäume ausgeharrt, verängstigte Jäger wie Beute durchs Dickicht gehetzt, Wanderer im Schlaf erstickt, Suchende in die Irre geführt und Verzweifelte von ihrer Not befreit. Hunderte Weberinnen hatte er an Bäume gepfählt und unzähligen Jungfrauen das Licht genommen, ehe er sie in den Tümpel zur Ruhe bettete.

Er hatte getötet, um Winters Vorratskammern zu füllen.

Er würde auch diesmal töten, wenngleich nicht für sie.

Wirst du sie retten?

Das würde er.

Kluge Wahl, raunte sie mitfühlend. *Heute Nacht auf dem Ball muss enden, was niemals hätte beginnen dürfen. Ersticke die Revolution, die zum Scheitern verdammt ist.*

Töte den Goldkönig und bring mir sein Herz.

»Wozu?«, fragte er tonlos. Seine Wahl stand bereits fest.

Kein Fluch vermochte bisher ein steinernes Herz zu erweichen, doch Marys Schönheit hat dich erreicht – vielleicht lässt sich daraus ein Gegengift spinnen, das nicht nur dein, sondern alle vergifteten Herzen erlösen wird.

»Es gibt weitere?«

Drei Könige in drei Generationen verloren ihr Herz auf diese Art. Einer ist tot, zwei verbleiben – ein vierter wird folgen. Dann bist da noch du.

Er ballte die Fäuste.

Töte den Goldkönig und sein Reich gehört dir.

»Was ist mit der stummen Königin?«

Stell sicher, dass jede Braut erfährt, was es heißt, sich gegen mich zu stellen.

»So soll es sein«, sagte er, wie er es all die Jahre getan hatte, und neigte den Kopf. Schon wollte er sich abwenden und die Stufen erklimmen, die Gruft verlassen und sämtliche Erinnerungen an diesen Ort mit Ausnahme seiner Befehle abwaschen, als sie ihn aufhielt.

Dieses Mal nutze den Spiegel.

Sie wies auf das Portal.

Er wusste: Wer auf diesem Weg ihr Herz verließ, kehrte niemals wieder.

Du schon.

Er hatte Dutzende Schattenkrieger zu heiklen Missionen durch das Portal verschwinden sehen. Kaum jemand von ihnen hatte überlebt –

und falls doch, so empfing Winter sie auf besondere Art. Es war ihm fast, als würde er ebenjene heimgekehrten Krieger hinter sich in den Fässern und Einmachgläsern ächzen hören.

Dein Schicksal wird ein anderes sein.

Du wirst König, flüsterte sie und lächelte.

Er trat ohne Zögern zu dem Portal. Er wusste, dass es keinen anderen Weg gab. Alles war er bereit für Mary zu opfern. Ihren Vater, ihr Vertrauen, zuletzt auch sich selbst.

»Schwört, dass Ihr sie schützen werdet.«

Das werde ich, versprach Winter.

Dann trat er durch das Portal.

GLASSÄRGE

Aufbruch nach Maywater

Das Meer lag tintenschwarz in der Nacht. Kein Wind, keine Welle kräuselte seine Oberfläche. Es war beinahe gespenstisch still. Selbst die *Kaspar*, die den ganzen Tag geächzt und geknarrt hatte, hüllte sich in Schweigen.

Susann gähnte hinter vorgehaltener Hand. Einer von Vaters Königswächtern streifte sie mit einem missbilligendem Blick, sagte jedoch nichts. Zusammen mit einem zweiten folgte er uns auf Schritt und Tritt, seit wir die Kabine verlassen hatten. Die letzten Stunden unter Deck hatten Albträume hervorgekitzelt, die ich vergessen glaubte. Das Meer hatte sie geweckt: das Rauschen der Wellen, der Geruch von Seetang und Salz. Schon einmal hatte ich mich an Bord der *Kaspar* befunden; vor so langer Zeit, dass die Erinnerungen daran verloren schienen. Nur die Träume waren geblieben. Bruchstückhafte Bilder gleich einem zersplittertem Spiegel, der nur einen Teil der Wahrheit zeigte und diesen je nach Blickwinkel variierte.

»Lasst uns zurückgehen, Hoheit, die Stille ist mir unheimlich.« Susann blieb in der Nähe des Mastes, sie fürchtete das Wasser, wie ich es tat. Doch gerade, da es spiegelglatt vor uns lag, wagte ich, an die Reling zu treten und einen Blick zu riskieren. Tintenschwarze Nacht – oben wie unten. Es wirkte beinahe, als könnte ich einen Fuß daraufsetzen und zurück nach Athos laufen – fort von dem, was vor mir in der Dunkelheit lag.

»Hoheit«, jammerte Susann erneut.

»Es ist das Meer«, teilte ich ihr mit. »Ich hörte einst eine Geschichte über sein Schweigen. Es trauert um die verlorenen Seelen seiner Bewohner. Seejungfrauen, Nixen, Undinen; ich hörte, sie starben vor ewigen Zeiten aus.«

»Seejungfrauen?« Susann schauderte. »Ein Grund mehr, der für Eure Kabine spricht!«

»Sie sind fort«, flüsterte ich und beugte mich vor. Das Licht der Laternen, die auf der *Kaspar* entzündet worden waren, berührte kaum die See.

»Vorsicht!« Einer der Königswächter hatte mich an der Schulter gepackt und zurückgezogen. Ich kannte seinen Namen: Jack, ehemaliger Drachentöter.

»Ich kann auf mich selbst aufpassen«, gab ich mich kühl.

»Euer Vater befahl, Euch nicht aus den Augen zu lassen.«

»Als könnte ich davonlaufen.« Ich sah hinaus in die Nacht. Selbst wenn ich es gekonnt hätte, täte ich es nicht. Vater wusste das und ich wusste das. »Warum befahl er Euch, mir zu folgen? Gewöhnlich tut er das nicht.«

Jack räusperte sich. »Es ist das Meer, Hoheit.«

Ich verstand nicht. »Inwiefern?«

Ein erneutes Räuspern, ein unbehaglicher Blick über die Schulter, als könnte der Goldkönig höchstpersönlich an Deck erscheinen. Manchmal tat er das, kaum dass sein Name gefallen war; eine beängstigende Zauberkraft, doch heute ohne Wirkung.

»Er trank drei Flaschen Wein«, erinnerte ich Jack.

Der kniff die Augen zusammen. »Euer Vater fürchtet, ihr könntet dem Locken des Meeres verfallen – wie einst als Kind.«

Meine Brauen hoben sich. »Wie bitte?«

»Ihr wart keine drei Winter alt, wahrscheinlich erinnert Ihr Euch deshalb nicht an das Unglück. Sogar in Westham sprachen sie damals davon. Ihr seid über Bord gefallen; drei Tage und drei Nächte suchten sie Euch; als man Euch fand, wart Ihr klatschnass und durchgefroren und bleich wie der Tod, aber wohlauf. Es war ein Wunder.«

»Ich war im Meer?« Meine Stimme klang seltsam hohl.

»Es heißt, die verstorbenen Sirenen hätten euch in die Tiefe gelockt. Oder die Winddämonen – wer kann das schon unterscheiden? Deswegen befahl Euer Vater, auf Euch zu achten.« Jack trat zurück, kaum dass er seinen Bericht abschloss. Susann ergriff meinen Arm; ich ergab mich ihrem Zerren und folgte ihr hinab in den Bauch des Schiffes. Doch selbst als sie mir munter plappernd die Haare flocht und schließlich in ihre Koje verschwand, konnte ich an nichts anderes als an die Worte des Königswächters denken.

Drei Tage und drei Nächte.

Sirenen? Oder Winddämonen?

In dieser Nacht träumte ich davon, an Bord der *Kaspar* zu sein; ich sah die Reling, das Meer, die Sonne und Mutter Lachen. Und ich hörte den Wind.

Beug dich tiefer … tiefer … nur noch ein Stück.

Ich hörte Mutter schreien.

Rette sie! Oh, ich flehe dich an! Rette sie!

Und ich hörte noch jemanden, eine Stimme, knirschend wie Eis.

Leg sie in den Sarg und ich will sehen, ob ich eine Seele für sie finde.

VOM STURZ

DER BRÄUTE

DIE FÜRSTIN

Sie hasste es, diesen Teil der Stadt aufzusuchen.

Die Luft zwischen den Glasbläsereien brannte in den Augen und ließ jeden Atemzug zur Qual verkommen. Schon als Kind hatte sie den Qualm der Schmelzöfen gefürchtet, der zähflüssig in den Gassen hing, als weigerte er sich gen Himmel zu steigen, entstand doch in seinem Feuer das feinste Glas der sechs Reiche, das angereichert mit kostbarem Salz eine stolze Blaufärbung aufwies. Königsblau nannten sie es. Ihr Vater hingegen hatte es Diebesgut geschimpft, wenn er mit ihr an der Hand und einer gepökelten Schweinehälfte auf dem Rücken durch die giftigen Rauchschwaden gestiefelt war, um einen Handel abzuschließen.

Sie stahlen die Sterne vom Himmel, hatte er mit kratziger Stimme behauptet und ihre Finger zärtlich gedrückt, *und zahlten dafür einen unermesslich hohen Preis. Statt daraus die Lehre zu ziehen, dass Dinge existieren, die wir Menschen uns nicht aneignen sollten, schmelzen sie nun tagtäglich Bruchstücke des Himmels in ihren Öfen, um daraus zu trinken oder um Blumen hineinzustellen.*

Damals hatte sie nicht gewusst, was Blumen waren. Dennoch hatte sie zustimmend genickt und die törichten Glasbläser mit anklagenden Blicken gestraft, während ihr Vater mit ihnen handelte. Er mochte sie verachten, doch ihren Lohn nahm er nur zu gern. Wenn er dann um seine Traglast ärmer und um wenige Münzen reicher den Rückweg antrat, erzählte er ihr von all den feinen Dingen, die sie sich davon kaufen konnten. Etwas Fisch, einen Bottich Salz, vielleicht auch ein neues Tuch, wie es die feinen Damen trugen, oder gar eine blau gefärbte Feder, die sich die Mädchen in den unteren Vierteln in die Haare flochten. Letztlich hatte es nie gereicht. Weder für ein Tuch noch für eine

Feder. Bloß für Fisch. Haufenweise abgestandenen Fisch und den Bottich Salz, um das Schweinefleisch zu pökeln.

Schweine sind treue Tiere, pflegte ihr Vater zu sagen, *sie fressen alles.*

Selbst Fisch, dachte die Fürstin und zwang die Galle nieder.

Der Glasbläser, in dessen Laden sie stand und der als kunstfertigster der Stadt galt, trat aus dem Dunst der angrenzenden Werkstadt, einen Schwall Hitze mit sich führend. Schweiß rann seine nackten Arme hinab.

»Über Nacht wird er abkühlen«, ließ er sie wissen und streckte eine Hand aus.

»Erst muss ich es sehen.« Die Fürstin drückte den Beutel mit den Münzen an sich. Dass sie hier stand, um etwas von diesen *Dieben* zu kaufen, denen sie ihr früheres Überleben verdankte, kam ihr herrlich ironisch vor. Ob er sich an sie erinnern würde, sollte sie ihn darauf hinweisen? Sie bezweifelte es stark. Alles an ihr war nun anders. Teurer. Erlesen. Sogar ihr Geschmack. »Ich muss es prüfen. Es darf keinen Makel aufzeigen.«

Der Glasbläser kniff die Brauen zusammen. »Erst das Gold.«

»Erst das Glas«, blieb sie standhaft und hob das Kinn.

»Wie Ihr wollt«, gab er nach und wies auf die Tür zur Werkstatt, durch die brüllende Hitze waberte, unterm Türblatt kräuselten sich kochende Schwaden.

»Dorthinein?«, fragte sie entsetzt.

»Wenn Ihr es zu sehen wünscht …« Er ließ den Satz unvollständig, wirkte aber schrecklich selbstzufrieden. »Ihr könnt auch bis Mitternacht warten.«

»Nein«, zischte sie und rauschte hoheitsvoll an ihm vorbei. Ihr Rock streifte seine Stiefel, er trat weder zurück noch hielt er ihr die Tür auf. Vielleicht erwartete er, dass sie zurückschrecken würde, doch ihr Zorn glomm stärker, als es die Öfen konnten. Die Hitze tränkte ihre Haut, das Kleid bot Schutz und erstickte zugleich. Rasch hob sie eine Hand vors Gesicht und trat an den gemauerten Schmelzofen. Sein Inneres glühte.

Sie war nicht schwach. Sie war nicht ängstlich.

Sie war eine Fürstin. Eine …

Da legte sich eine Hand auf ihre Schulter – beinahe hätte sie aufgeschrien – und der Glasbläser dirigierte sie an den Öfen und den aufgereihten Glaspfeifen vorbei zum hinteren Teil der Werkstatt. Zwischen kunstfertigen Kelchen, blau schillernden Vasen und vielfältigem Flachglas, das in den angrenzenden Glasschneidereien und Schleifereien weiterverarbeitet wurde, stand *er* und changierte in allen Regenbogenfarben.

»Nicht anfassen«, hielt der Glasbläser sie zurück.

Sie nickte zum Zeichen, dass sie verstand, und beugte sich vor. Der Regenbogen erstarb, als ihr Schatten auf das Glas traf. Es war nahezu makellos, nur hier und dort durch leichte Schatten getrübt. »Habt Ihr sämtliche Splitter verwendet?«

Er nickt, die Arme vor der Brust gekreuzt.

»Das Amulett?«

»Ist ebenfalls eingeflossen.«

»Und – das Blut?«

Diesmal zögerte der Glasbläser, ehe er verkniffen nickte.

»Gut.« Sie straffte die Schultern. »Wann kann ich ihn mitnehmen?«

»Mitternacht«, kam die Antwort lapidar.

Erhobenen Hauptes stolzierte sie in den Laden und warf den Beutel auf den schmalen Verkaufstresen, die Münzen protestierten klirrend. »Die zweite Hälfte bei Abholung.« Der Glasbläser brummte etwas, da war sie bereits auf der Gasse, die sich im trübsten Dämmerlicht präsentierte. Hastig schlang sie den blauen Seidenschal vors Gesicht – einen von vielen, die sie ihr Eigen nannte –, streckte den Rücken durch und ignorierte das Prahlen der Händler, die sie in ihre Läden zu locken versuchten, das schillerndste Bleiglas oder die kunstvollsten Kelche versprachen. Niemand erkannte sie, wusste, wer sie war oder woher sie kam. Bloß die Fassade sahen sie; das für sie unerschwinglich teure Tuch, die schwere Seide des Kleides, die Ringe an ihren Händen. Manchmal, ja manchmal kam sie bloß deswegen hierher. Um durch die Gasse zu stolzieren und in ihrem Neid zu baden. Sie, die nicht wussten, wie teuer sie sich dieses Leben erkauft hatte. Welch hohen Preis sie dafür zahlte.

Eine Fürstin, eine Schwester des Ordens, eine Todgeweihte.

Ebenso das Kind, das die Drachentöterin aus dem Tempel des Orden getrieben hatte, zurück auf die Straße, auf der es frei gewesen wäre, wenn sie seiner nur nicht mehr bedurft hätten. Der Qualm der Schmelzöfen verflüchtigte sich, Salzlager sprossen gen Höhe, schluckten mehr Licht, als es der Dunst zuvor vermocht hatte. Säcke voll weißem Gold säumten die Gasse, Fleischer und Fischer feilschten mit den Bauern, die alltäglich auszogen, um ihre Salzgärten zu wässern; das einzige Gut, das außerhalb der schützenden Mauer wuchs.

»Kostet den Atem der See«, rief einer der Händler, doch sie ignorierte ihn, wie sie alle zu ignorieren pflegte, die sie in ihrem ersten Leben keines Blickes gewürdigt hatten. Zu tief saß der Zorn. Zu fest verankert die Scham darüber, wer sie in Wirklichkeit war. Vielleicht fiel es ihr deshalb so schwer, sich den Befehlen der Oberin zu verweigern. Weil sie in ihrem Innern niemals aufgehört hatte, die Tochter eines Schweinebauern zu sein. Vielleicht konnte niemand, gleich wie aufwendig er sich auch kleidete, seine wahre Haut abstreifen.

Blaue Wimpelbänder hießen sie im Schneiderviertel willkommen, zwei Soldaten ließen sie passieren. In den Schaufenstern der Schneidereien lagen die feinsten Stoffe aus, allesamt grau – aufgrund des neuesten Todesfalls –, doch hier und dort blitzte verschämtes Blau hervor, als hoffte manch einer, der Kronprinz würde auch diese Tradition brechen. Von Zofen und Dienern umringte Adelige flanierten zwischen den Läden, besahen hier eine eigens aus Kor-Tand importierte Spitze, dort eine filigrane Brosche aus Athos. Der zweite der angekündigten drei Bälle stand kurz bevor. Einer für die Brautschau, einer für die Hochzeit, der dritte für die Krönung. So war es angekündigt worden. Doch seit Abreise der attischen Prinzessin stand der junge Wüstenkönig ohne Braut da – noch. Der zweite Ball stand bevor und mit ihm die geplante Hochzeit. Die Türglocke wimmerte, als sie den versteckt liegenden Laden einer Seitengasse betrat. Das Kind aus dem Orden sah mit aufgerissenen Augen hoch.

»Wo ist sie?«, verlangte die Fürstin kühl und zwang sich, nicht an das Schlachthaus zu denken. Stumm wies das Kind tiefer in den Laden hinein. Die Fürstin zwängte sich zwischen Regalen hindurch, in denen sich graue und blaue Stoffe türmten, als wären auch sie unschlüssig, welche Farbe dem zweiten Ball angemessen war. Grau aus Trauer um den verstorbenen Wüstenkönig? Oder Blau zu Ehren der Hochzeit? Die womöglich gar nicht erst stattfand, wie der Fürst beim Frühstück angemerkt hatte. Wie hätte er auch ahnen können, dass die Fremde im Himmelskleid zwar verloren war, aber wiederaufzuerstehen gedachte?

Ebenso berauschend. Ebenso bezaubernd. Wenngleich schrecklicher.

Gleich vier Schneiderinnen krümmten sich über himmelsblauen Stoff, die Finger wie Spinnen über die Seide huschend, die Fäden aus ihren Kuppen sprießend. Wie sie so dasaßen, die Torsi aus dem Stoff entwachsend, kam es der Fürstin vor, als gehörten sie alle zu einem einzigen Körper. Als wären ihre Arme die Gliedmaßen eines emsig arbeitenden Insekts.

»Da bist du ja«, schnarrte es aus den Tiefen des Ladens – sie zwang sich, den Blick von den Spinnenbeinen zu lösen und tiefer hinein ins Netz zu schreiten, in dem sie sich rettungslos verfangen hatte. Das Licht schwand, die Fürstin zog den Schal ein wenig fester um Nase und Mund, um den Gestank zu ertragen. Denn hier, wo all die sorgsam gelegten Fäden zusammenliefen, wurde etwas anderes genäht.

Stich für Stich fand alte Hülle zu neuem Glanz.

Stich für Stich wichen Narben frischer Haut.

»Wunderschön, nicht wahr?«, krächzte die Oberin mit glänzenden Augen.

Mary von Athos

»Mancher Fluch entpuppt sich gar als Segen.«

Die schönste Braut
in Erinnerungen an Marys Taufe

Der Jäger war geflohen, kaum dass der Schuh von meinem Fuß fiel. Ohne ein Wort. Dafür mit Schuh.

Ich kroch der Tür entgegen, hinter der er wortlos verschwunden war. Er stieß mich fort, wann immer ich ihn zu fassen glaubte – er würde mir einiges erklären müssen, wenn er zurückkam. Ich erreichte den Sessel, zog mich an der Lehne hoch und hüpfte zum Schrank. Trotzig zog ich das Band vom letzten Kleid und wickelte es um meine Mitte, ehe ich mich an der Wand entlang zur Tür hangelte. Sie war verschlossen.

Ungläubig rüttelte ich am Knauf, doch sie blieb stur.

Er hatte mich eingeschlossen.

Verärgert und erschöpft zugleich rutschte ich das Türblatt hinab und überblickte das Gemach. Die zerwühlten Laken schienen mich zu verhöhnen, der Sessel, in dem ich beinahe erstickt wäre, lockte mich träge. Der Farn wucherte, das Laub seufzte durch die Spalten im Mauerwerk. Ich konnte mich auf die Matratze setzen und warten; so wie ich stets gewartet hatte.

Auf Vaters Befehle.
Auf seine Abwesenheit.
Auf die Stille der Nacht.

Erst wenn die letzten Kerzen in Athos erloschen waren, hatte ich mich in den verbotenen Ostflügel gewagt: die Kerben zwischen den Steinplatten hatten den Weg gewusst, das Schimmermoos für mich geleuchtet, das Schloss im Einklang mit mir geatmet. Seine Einsamkeit war meine gewesen, seine Stille hatte mich durchtränkt. Ich hatte es seit dem Verbot des fahrenden Volkes nie mehr verlassen. Es war ein Käfig gewesen, meine ganze Welt.

Wie sehr ich doch dem weißen Täubchen glich, das Vater einst von seinen Reisen für mich mitgebracht hatte. Anfangs hatte es stets nach Freiheit gestrebt, kaum dass ich das Türchen zum Füttern öffnete. Doch mit der Zeit war seine Welt auf die Größe des Käfigs geschrumpft, bis es selbst bei geöffnetem Tor keinerlei Fluchtversuch mehr wagte. Vielleicht hatte es verlernt zu fliegen, oder aber es wusste nicht einmal mehr, dass es dazu einst in der Lage gewesen war. Womöglich hatte es auch schlicht vergessen, dass eine Welt jenseits der Stäbe lag – oder es fürchtete sie, wie ich sie zu fürchten gelernt hatte.

Das Schloss war meine Voliere, Vaters Wille meine Schwelle.

Bis zuletzt hatte ich einzig im Schutz der Dunkelheit gewagt, meine Haut abzustreifen; ich fragte mich, ob auch das Täubchen, wenn niemand hinsah, aufbegehrte, still und heimlich in seinem Käfig die Flügel spreizte und den Stäben zürnte – womöglich auch mir, die ich seine Qual tatenlos erduldet hatte. Als ich nach Maywater aufgebrochen war, hatte ich ihm die Freiheit verwehrt – vielleicht weil sie mir selbst fremd war. Eine der Zofen kümmerte sich fortan um den kleinen Vogel in dem goldenen Käfig, der irgendwo in einem düsteren Schloss von einem anderen Leben träumte. Ob er gerade an mich dachte? So wie ich an ihn? Verfluchte er mich? Oder sehnte er sich nach der Zuneigung seines Wächters?

Vermisste er mich – wie ich Vater?

Seufzend lehnte ich den Kopf gegen die Wand und starrte zur Decke empor.

Ich wusste, wieso sich der Schuh gelöst hatte. Es war weniger ein Akt des bewussten Wollens als ein allmähliches Erkennen gewesen. Vater entschied nicht länger darüber, welchen Weg ich ging. Es lag nun in meiner Hand. Wie hier und jetzt.

Ich konnte warten, wie ich stets gewartet hatte.

Oder ich war mutig und nahm mein Schicksal in die Hand.

Ich konnte mein Leben hinter Stangen zerfließen sehen.

Oder ich wagte mich hinaus.

Ich maß den Abstand bis zur geborstenen Wand, hinter der still und verboten der Blutwald lag und süße Freiheit versprach. Der Weg zurück zum Bett und von dort zur außen liegenden Mauer zog sich endlos. Ich ignorierte den pochenden Schmerz im Knöchel, erklomm den Spalt und zog mich ins Freie. Der Wald umfing mich mit Sonnenschein, tief sog ich seinen Duft ein – und erinnerte mich jäh an das letzte Mal.

Geht nicht hinaus, Hoheit, ich bitte Euch!

Die Bilder ließen mich straucheln – ich verlor den Halt und stürzte, doch selbst als ich auf dem Laub aufschlug, war es mir, als fiele ich unablässig tiefer. Mir war schlecht, mein Knöchel und mein Herz schmerzten. Ich musste zu Susann. Sofort.

Es ging ihr gut. Sie war im Schloss. Sie lebte.

Der Jäger hatte es versprochen.

»Sie lebt«, wisperte ich.

»In der Tat – du bist nicht totzukriegen.«

Hoch oben auf den Trümmern thronte Rose, in der Hand die Kugel.

»Willst du beenden, was du angefangen hast?«, fuhr ich sie an.

Sie lachte glockenhell. »Himmel, nein! Du warst bloß zur falschen Zeit am falschen Ort. Hätte ich dir nichts getan, wäre Alba es gewesen – und glaube mir, ihr Streben wäre von Erfolg gekrönt gewesen. Du solltest mir danken, dass ich es war, die dich zu töten versuchte.«

»Danken? Ich wäre fast erstickt!«

»Aber nur fast«, betonte sie und stieg die Trümmer hinab. Ich robbte zurück. Beschwichtigend hob sie die Hände. »Ich hege dir gegenüber keinen Groll, falls du das befürchten solltest. Immerhin war ich es, die den Jäger über deine missliche Lage informierte, sodass er heldenhaft zur Rettung eilen konnte.« Ich glaubte ihr kein Wort. Rose lächelte gezwungen. »Ich liebe meine Schwester – aber sie ist etwas speziell.«

»Du hast mich erstickt und dann Hilfe geholt – um sie zu täuschen?«

Rose wirkte nicht im mindesten zerknirscht. »So in etwa. Es täte mir auch leid, wärst du gestorben; bist du aber nicht. Deswegen denke ich, dass etwas Dank deinerseits durchaus angebracht wäre.« Unbeeindruckt ob meines Zorns ließ sie sich vor mir nieder und pustete sich eine Strähne aus der Stirn. »Himmel, heute ist es schrecklich heiß, findest du nicht?«

Ich starrte sie an und sie mich.

»Warum?«, verlangte ich zu wissen. »Warum hast du das getan?«

»Das ist doch offensichtlich! Er liebt dich, Alba liebt ihn und sie wartet schon zu lange, als dass sie verzichten könnte. Nein, sie ist fest entschlossen. Sie versuchte bereits, dich zu töten – ohne Erfolg. Auch das verdankst du mir.«

»Moment«, unterbrach ich sie, doch sie ließ mich gar nicht erst zu Wort kommen.

»Winter kann dieses Gedankendings, du weißt schon: sie spricht in deinem Kopf, du antwortest ihr, ohne es wahrhaftig zu tun – so habe ich ihr von Albas Verrat erzählt. Sie war stinksauer. Beide waren es. Als ob ich höchstpersönlich den vergifteten Kamm in dein Haar gesteckt hätte … Tja, so ist das, wenn man den Helden spielt.«

Ich blinzelte. »Sie war das mit dem Kamm?«

»Hörst du eigentlich zu? Das sagte ich doch gerade!«

»Alba ist für ihn bestimmt?«

Rose betrachtete vielsagend ihre Fingernägel. »Offensichtlich.«

»Wo ist er jetzt?«

»Nun, wir könnten ihn suchen – vorausgesetzt du vertraust mir.«

»Mitnichten«, gestand ich freiheraus.

Sie seufzte. »Wie schade. Jetzt, da wir zwei uns so blendend verstehen und geklärt haben, auf welcher Seite wir stehen …«

»Haben wir das?«

Roses Lächeln wirkte erzwungen. »Ich habe für dich meine Schwester hintergangen, was einiges bedeutet, oder? Immerhin sähe sie dich am liebsten tot und begraben.«

»Im Gegensatz zu dir.«

»Säßest du dann noch hier und würdest dümmliche Fragen stellen? Wohl kaum.«

Ich ächzte. Mein Knöchel schmerzte; er war so dunkel und geschwollen, dass er kaum noch an einen Fuß erinnerte. *Halb so wild* – dass ich nicht lachte.

»Du bist den Schuh los. Du verlierst deine Trümpfe.«

»Ich spiele nicht«, hielt ich dagegen.

»Dann interessiert dich nicht, welche Pläne Winter für Vater hegt?«

»Er hat mich benutzt«, gab ich mich kühl, doch mein Herz schlug dumpf.

»Oh, das hat er«, bestätigte Rose auf eine Weise, die mir verriet, dass sie allzu genau um meinen Zwiespalt wusste.

»Er ist ein Tyrann.«

Rose nickte. »Auch das stimmt.«

»In seiner Brust schlägt ein Herz aus Stein.«

Diesmal neigte sie den Kopf. »Das ist nur die halbe Wahrheit. Tatsächlich vergiftete er sich das Herz auf dieselbe Art, wie es der Jäger tat. Durch Ranblut.«

Ich suchte nach der List in ihren Worten, denn alles, was sie sagte, schien eine zu sein.

»Solange dein Vater nichts fühlt, ist er sicher vor Winters Bräuten – und dadurch in der glücklichen Lage, dich zu schützen.« Sie tätschelte meine Hand, als könnte sie mir dadurch eine Reaktion entlocken; ich zwang mich zur absoluten Ruhe. »Du dachtest, es läge an dir, nicht wahr? Dass du nicht liebenswert seist. Dabei lag es am Ranblut.«

Ich sah sie bloß an.

Unbeschwert fuhr sie fort: »Obwohl wir im Wald gefangen sind, kennen wir die Geschichten der Welt. Die deines Vaters ist seit jeher meine liebste, sein Opfer ist das tragischste von allen, findest du nicht auch? Das Herz für die eigene Tochter.«

Das Herz für die eigene Tochter.

Wie seltsam, dass alles, was ich zu wissen glaubte, mit nur einem Satz verrückte. Als würde Rose mir einen Spiegel vorhalten, durch den ich mich aus einem neuen Blickwinkel sah.

Ich war nicht jämmerlich. Kein verhasstes Kind und keine Versagerin.

Ich war bloß zum Scheitern verdammt.

Durch Winter. Immer wieder durch Winter.

Indem sie mich verfluchte.

Indem sie Vater zwang, sich zu schützen.

Indem sie Duncan keinen Weg abseits der Rebellion ließ.

Sie war der Feind. Das einzig wahre Monster dieser Welt.

Ich hob den Kopf, entschlossen wie nie zuvor. »Wo ist Winter?«

»Sieh an. Wir spielen also gemeinsam.« Rose hielt mir eine Hand hin, die ich bereitwillig ergriff. »Komm, Prinzessin, lass uns herausfinden, was unsere Hexe so treibt.«

»Nein.« Ich schüttelte den Kopf. »Ich will zu Susann.«

Rose lächelte gefällig. »Wie du wünschst.«

Von ihr gestützt, kam ich auf die Beine.

»Du bist wahrlich schwach«, urteilte sie nach wenigen Schritten.

Ich ignorierte ihren Spott und den stechenden Schmerz.

Über uns raschelte es. Hunderte Täubchen hockten auf den Ästen und starrten zu uns hinab – allesamt schneeweiß und totenstill. »Das ist Winters persönlicher Hofstaat. Gib acht, was du in ihrer Nähe sagst, vielleicht ist ein allzu gesprächiges Vöglein unter ihnen. Verzieht euch!« Sie fuchtelte mit den Armen, doch die Tiere blieben, wo sie saßen.

»Ich besaß einst ein Täubchen wie dieses. Vater schenkte es mir.«

»Ob Vogel, Geist oder Mensch, Winter hatte ihre Finger überall. Sie plant und manipuliert, sie flüstert und wispert, bis einem die eigenen Gedanken fremd vorkommen. Selbst Könige mit versteinertem Herzen lassen sich bisweilen lenken.«

Ohne die Vögel aus dem Blick zu lassen, kroch ich die Trümmer empor. Das Schloss war in einem katastrophalen Zustand: Schluchten klafften im Mauerwerk, von einem Seitenflügel stand bloß noch das Gerippe – und überall saßen Vögel.

Rose half mir, den Spalt zu bezwingen. »Womöglich ist selbst unsere Freundschaft …«

»Wir sind keine Freunde«, unterbrach ich sie, was sie schlicht überhörte.

»… von Winter gewollt. Wobei ich keineswegs behaupten will, sie sei allmächtig. Himmel, nein! Sie ist eine Spielerin, die ihren Gegnern stets einen Zug voraus ist.« Rose klopfte sich den Staub vom blütenweißen Kleid, lüftete den Rock und reichte mir eine Hand. Vor uns öffnete sich ein Saal, der dem Innern einer verlassenen Kathedrale glich. Fäden aus Licht kräuselten sich durch die Stille, küssten den Wein und das Laub; Risse furchten den schneeweißen Marmor; Bäume stützten das Gewölbe gleich Säulen. Es war ein Spiegelbild des Waldes, der außerhalb lag und durch die geborstenen Scheiben blinzelte.

Ein Spiegelbild von mir.

Rose schien sichtlich zufrieden. »Willkommen in der Halle des Herbstes.«

Und tatsächlich vermeinte ich sie zu spüren: die Schutzpatronin von Athos und Wegbegleiterin des Todes. Hier, in dieser verwundeten Halle war ich ihr so nah, dass ich glaubte, sie stünde hinter mir. Doch als ich mich umdrehte, saßen da nur Täubchen – drei an der Zahl – und beäugten mich mit neugierigen Augen.

Rose zog mich hoch. »Wir sollten uns beeilen, ehe Winter dein Fehlen bemerkt. Ich habe sie beobachtet. Seit Tagen konzentriert sie sich auf zweierlei. Was auch immer sie plant, wird während des Balls heute Abend geschehen. Der Jäger ist bereits dort …«

»Was? Seit wann?«

»… um ihre Befehle auszuführen. Was uns zur zweiten Absonderlichkeit bringt: Sie spinnt unentwegt Flüche; sie ist gar so beschäftigt damit, dass ihr die Anschläge auf dich entgingen, was ganz und gar untypisch ist.« Obwohl sie mich stützte, kamen wir kaum vorwärts. »So wird das nichts«, entschied sie entnervt und half mir, mich niederzulassen. »So sind wir niemals vor Beginn des Balls im Spiegelsaal – und dann verpassen wir den Tanz!«

»Du willst zum Ball?«

Sie lachte auf. »Natürlich! Wie sonst sollen wir deinen Vater retten?«

»Du denkst, sie will ihm etwas antun?«, fragte ich nervös.

»Das wäre, was ich an ihrer Stelle täte. Seit Jahrhunderten wahrt sie einen fragilen Frieden; durch das Eingreifen deines Vaters kam es zu einem Ausbruch an Gewalt. Der maywatersche Kronprinz griff den Wald an, Westham wiederum Maywater …«

Ich sah es vor mir. Duncan, der auf der Suche nach dem Schuh den Wald betrat. Tarek, der vom Überfall erfuhr und zu meiner Rettung eilte. Und schließlich Vater, der nicht tatenlos zusehen konnte, wie seine Tochter zwischen die Fronten geriet. Vielleicht war es so gekommen. Doch dann lag es nicht an Vater, sondern an mir. Hätte ich den Schuh gelassen, wo er war, wäre Duncan niemals über die Grenzen geschritten.

Rose tätschelte meine Hand. »Es herrscht ein Frieden, brüchiger denn je. Während des Balls wird sie ihn zu festigen ersuchen, indem sie deinen Vater beseitigt. Er brachte dich als Braut aufs Spielfeld, hetzte den Kronprinzen auf und verbündete sich mit der stummen Königin. Er ist der Stachel in ihrem Fleisch, der Riss in ihren sorgsam gewebten Fäden. Mit seinem Tod kippt das Spiel zu ihren Gunsten.«

»Es ist kein Spiel«, hielt ich dagegen, doch Rose seufzte nur.

»Für sie, die über allem steht, gleicht es genau dem. Deshalb, Prinzessin, müssen wir spielen, um zu gewinnen; und es gibt da jemanden, der uns dabei helfen wird.«

Der Wüstenkönig

Es gab keine Feierlichkeiten, keinen Jubel oder Beifall, als sie die Stadttore passierten und durch die Gassen ritten. Kaum jemand bemerkte die Reiterschar, die sich durch das Gewürm der Stadt bewegte. Bloß ein Dutzend Generäle hatte er mitgenommen, die Infanterie würde im Laufe des nächsten Tages folgen, erschöpft und um etliche Soldaten ärmer; die einen im Kampf verloren, die anderen beim Gewaltmarsch zurückgelassen – je nachdem, wie hoch der Blutzoll der Wüste ausfiel. Unabhängig davon – oder vielleicht auch gerade deswegen – hatte er sämtliche Anweisungen für die kommende Blutmondnacht erteilt. Es würde den Ball für den Adel geben, dazu ein Fest für die siegreichen Heimkehrer. Sie würden die Kornkammern öffnen, feiern und trinken und den Sieg besingen.

Sein Volk brauchte Hoffnung – keinen Krieg.

Es brauchte das Wissen, dass seine Soldaten nicht umsonst gestorben waren.

»Ein verschwindend geringer Preis«, versuchte er sich selbst zu belügen. Ihm war, als würde er mit jeder Kreuzung, die er passierte, mit jeder Straße, die er zurückließ, mehr den Halt verlieren. Es erinnerte ihn daran, wie er als junger, noch unwissender Prinz durch die Gassen getaumelt war, auf der Suche nach Zerstreuung und lindernder Taubheit und der flüchtigen Nähe eines Körpers, der mehr versprach, als er zu geben vermochte. Eine Umarmung, ein Kuss, ein warmes Lachen, ehe Münzen aufblitzten und er weiterzog, getrieben und suchend gleichermaßen. Er hatte nie benennen können, was ihm fehlte, und es doch immer gewusst. Marys Gesicht flammte vor seinem inneren Auge auf, das Gefühl ihres herbstroten Haares zwischen seinen Fingern, der Klang ihres Lachens …

Je stärker er die Erinnerung heraufzuzwingen versuchte, desto mehr verblasste sie.

Als würde ihm Mary entfliehen, ihre Hand in der seinen.

Ein Aufschrei ließ ihn blinzeln.

»Ihr … Ihr seid hier!« Es war die Drachentöterin, die da vor ihm auf einem Pferd saß und ihn entgeistert anstarrte. »Das ist unmöglich!«

Er zwang sich, sie zu fokussieren. Die Sonnenstrahlen, die auf ihre Rüstung fielen, blendeten ihn wie die Morgensonne den Fluss. Ein halbes Dutzend Pfeilspitzen stachen in sein Blickfeld, stets bereit, ihn zu schützen. Vor allem und jedem – auch vor sich selbst? Er räusperte sich. »Nichts ist unmöglich. Gerade Ihr solltet das wissen.«

»Aber …«

»Hat nicht *sie* Euch hergeschickt? Wozu, wenn nicht auch ich zurückkehre?«

»Ihr wisst davon?«

»Begleitet mich ein Stück.«

»Aber …«, wollte sie erneut widersprechen, genauso die Generäle, die er zurückwies.

»Reitet vor, ich komme nach.«

»Aber, Majestät, sie ist …«

»Geht!« Die Pferde scheuten, die Generäle zögerten. »Sie wird mir nichts tun.«

»Eure Majes…«

»Ich bin genau da, wo sie mich braucht. Ist es nicht so?«

Die Drachentötern schwieg, vielleicht hatte sie bis zu diesem Augenblick selbst nicht wahrhaben wollen, welche Rolle sie spielte. Vielleicht hatte sie sich gar als Heldin gesehen.

Doch Helden waren in Winters Spiel nicht vorgesehen.

»Ich warnte Euch vor Ihren Lügen«, erinnerte er sie und entließ seine Generäle mit einem knappen Nicken, diesmal gehorchten sie. Allein die Drachentöterin verblieb. Er trieb sein Ross neben ihres.

»Ihr lebt«, stellte sie unnötigerweise fest.

»Überrascht Euch das so sehr?«

»Ja«, gestand sie schonungslos und folgte ihm eine Gasse entlang, die von hohen Mauern gesäumt den schwindenden Reichtum des maywaterschen Adels verbarg. Orangenhaine, Wasserbecken, Obstgärten – all das, was in Maywater ausstarb.

Tag für Tag. Wüstenblüte für Wüstenblüte.

»Es existiert eine Prophezeiung«, sagte er unvermittelt und überraschte nicht nur sie, sondern auch sich selbst damit. Der Drang, ihr alles zu offenbaren, seiner Feindin, wurde übermächtig. »Eine Prophezeiung, wonach jemand den Fluch der Hitze bannen kann.«

»Eine Prophezeiung?«, fragte sie widerwillig.

Der Schmerz nahm zu. Das Gefühl des Verlustes wurde übermächtig. Er zwang sich zur Konzentration. »Die Prophezeiung spricht von *der einen, die der König sucht.*«

»Cinderella«, erkannte sie; sie wussten es beide.

Ein weiteres Opfer des Krieges. Eine Tote mehr.

Es hatte eine Zeit gegeben, da er dachte, dass einzelne Leben keinen Wert besäßen. Er hätte nicht fataler irren können. Jedes Leben, und mochte es noch so unbedeutend sein, trug einen Teil zum großen Ganzen bei. Fehlte es im Getriebe der Zeit, konnte alles geschehen.

Ein Fluch fortbestehen und ein Reich untergehen.

»Laut Prophezeiung wird sie kommen, *wenn Herzen in Schwärze ertrinken und Blut über Blut siegt.*«

Die Drachentöterin schürzte die Lippen. »Blut über Blut? Das ist recht vage.«

»Es könnte kaum präziser sein.«

Sie kniff die Lider zusammen. »Ihr wisst davon.« Keine Frage, eine Feststellung.

»Der Rote Orden bekämpft die Hexe des Blutwaldes – Blut gegen Blut.«

»Wenn Ihr das wisst …«

»Dann auch, dass Ihr eine Schwester des Ordens seid. Ebenso die Zofe, die Fürstin und die stumme Königin.«

»Die – was?«, platzte es aus der Drachentöterin heraus.

Er verscheuchte eine Fliege, die, angelockt vom Geruch des Blutes, um seinen Kopf schwirrte und den Schwindel verstärkte. »Ihr wisst wenig über den Orden, dem Ihr angehört.«

»Wie wahr«, ächzte sie und er spürte, dass da etwas war. Etwas, das sie ihm sagen wollte. »Eure Majestät, Ihr solltet vielleicht ...«

»Die Prophezeiung hat noch eine weitere Verszeile«, unterbrach er sie bestimmt und sie verstummte, wenngleich widerwillig. Das, was sie in Worte zu fassen versuchte, lauerte noch unter ihrer Haut. Er zwang sich, den Blick von ihrer Anspannung zu lösen, und konzentrierte sich stattdessen auf die Gasse, die sich wenig weiter aus dem Dunkel der Stadt schälte, hinaus in blendende Helligkeit. »Es ist die erste Zeile der Prophezeiung, die sich mir nicht erschließt: *Wenn sich ein Antlitz unter einem fremden verbirgt* – das verstehe ich nicht.«

Die Drachentöterin schwieg dazu. Vielleicht wusste sie auch keine Lösung.

»Seid Ihr verletzt?«, fragte sie stattdessen.

»Kaum.«

»Wie konntet Ihr dem Wald entkommen?«

»Ihr meint Eurem Prinzen?«

Sie räusperte sich und rang um Fassung. Als würde auch sie sich verlieren.

Ihre Überzeugungen. Ihren Glauben. Ihre Liebe?

»Er sieht Euch nicht auf diese Art. Tat es nie und wird es nie.«

Sie versteifte sich. »Er ist mein Prinz. Ich erwarte nichts.«

»Ihr belügt Euch besser, als ich es je konnte.«

Die Frage nach Tareks Überleben brannte zwischen ihnen in der Stille. Sie vermochte sie nicht zu stellen, vielleicht aus Angst vor der Antwort, und er konnte sie nicht beantworten, wollte nicht. Die Erinnerung an Marys zerfetzten Fuß brach auf und ließ ihn beinahe würgen. Er war nicht er selbst gewesen. Niemals, daran zwang er sich zu glauben, niemals wäre er so weit gegangen. Nicht bei Tarek. Und niemals bei Mary.

»Ich liebte sie«, stieß er hervor.

Die Drachentöterin schnaubte. »Jeder tut das.«

Er kämpfte gegen die Übelkeit, die ihn niederzwang. Er legte den Kopf in den Nacken. Die ganze Nacht war er durchgeritten und hatte die Gedanken an morgen verdrängt. Die Gedanken an alles, außer an sie. »Mary trifft keine Schuld.«

»Natürlich nicht«, spottete die Drachentöterin.

Sie schwiegen, als sie die Klippen zum Schloss erklommen, das seine Urahnen so verzweifelt zu schützen versucht hatten. Pferd für Pferd hatten sie enthauptet und die Felsquader mit ihrem Blut bestrichen. Es war kein Opfer für den Regenbringer gewesen, es war der letzte Schutz gewesen, der ihnen verblieben war. Alles in dieser Welt wurde durch Blut erkauft, auch das Überleben seines Volkes. Erstaunlich, wie viele Lügen sie lebten. Wie willentlich sie daran festhielten. Wozu etwas hinterfragen, das über Jahrhunderte Bestand hatte? Wozu an Traditionen zweifeln?

»Ich möchte Euch etwas zeigen«, bat er mit sterbender Stimme. Die Anstrengungen der letzten Tage forderten ihren Tribut. Nicht mehr lange und es würde ihn in die Knie zwingen. Er wusste nicht einmal, wann er zuletzt geschlafen hatte. Bevor er Mary in den Wald gefolgt war? Vor dem Ball? Vor der Jagd?

»Kommt«, krächzte er und passierte das Tor zum hinteren Hof. Seine Generäle beäugten sie misstrauisch, schwiegen jedoch einhellig, als er ihnen zu verstehen gab, dass die Drachentöterin ihre Schwerter behalten durfte. Keine Fragen. Kein Protest.

Vielleicht wussten sie längst, was ihnen bevorstand.

Durch verwaiste Flure führte er die Drachentöterin; ihre schweren Stiefelschritte durchschnitten die eigentümliche Stille des Himmelsschlosses wie das Grollen eines nahenden Gewitters. Sein Vater hatte nach Abgeschiedenheit gelechzt, kaum dass die Schwanenbraut verstorben war. Vielleicht war ihm die Wahrheit seiner Existenz in der Stille erträglicher erschienen als zwischen Gelächter und Stimmengewirr.

Erst jetzt verstand er den Drang danach, erst jetzt, wo er sich selbst verlor.

Die Wachen vor der Schatzkammer schlugen die Hacken zusammen, ehe sie die Pforte aufschlossen und ihn einließen. Die Säule inmitten des Gewölbekellers stand verlassen da. Kein Lichtreigen, keine Diamanten, kein Glas, kein Schuh. Er trat zu den Vitrinen, in denen der Schmuck seiner Mutter aufgebahrt wurde. Ihr Diadem lag still und starr auf einem blauen Samtkissen, die Schwingen der Schwäne grazil entfaltet. Er berührte die Vitrine, fuhr die Abdrücke nach, die sein Vater bei seinem letzten Besuch hinterlassen hatte. Spuren der Sehnsucht, die bis in den Tod gereicht hatten. Eine Liebe über das Leben hinaus.

»Gehörte das Eurer Mutter?«

Er hatte die Drachentöterin beinahe vergessen.

Jetzt zwang er sich, zu ihr aufzusehen. »Ja.«

»Ihr Verlust tut mir leid.«

»Mir auch.«

Ihre Hand fand seinen Arm, er spürte die Berührung kaum. Sein ganzer Körper war taub. Der Kämmerer kam ihnen murrend entgegen, ein Bein nachziehend, die Augen trüb und doch seltsam stechend, als könnte er ihn ganz genau sehen. Ob sie einst blau gewesen waren?

»Überall Blut«, krächzte der. »Trägt es auf der Haut, ist kein Kleid.«

»Das Gemälde«, verlangte Duncan erschöpft.

»Alles ist aus Blut. Kleider, Menschen, alles!«

Der Schlüsselbund klirrte, der Kämmerer schlurfte durch das Gewölbe, an Türen vorbei, hinter denen der Reichtum stetig schwand. Eine Verbindung mit Athos wäre in mehr als einer Hinsicht segensreich gewesen. Frei von Winters Fluch – er konnte es sich kaum vorstellen –, ohne finanzielle Sorgen, volle Kornkammern, ein Ende des Hungers. Und Mary.

Der Gedanke an sie trieb ihm die Tränen in die Augen.

Holz schabte über Stein, eine Fackel entflammte.

Er hatte es Mary zu sagen versucht.

Er hatte es wahrlich versucht.

Er hob den Blick – und all die Schuldgefühle verstummten.

»Aus Blut, Blut, Blut«, krähte der Kämmerer. Duncan nahm es kaum wahr.

Nur sie allein, nur sie sah er. Ihr Lächeln. Ihre Augen. Ihr alles.

Doch als er die Finger ausstreckte und sich Haut an Papier schmiegte, wusste er, dass er verloren war. Genau wie sie. Wie Maywater. Wie Athos.

Die Drachentöterin berührte ihn an der Schulter.

»Das«, räusperte er sich, »ist kein gewöhnliches Gemälde.«

»Es ist verflucht«, erkannte die Drachentöterin.

»Aus Blut, Blut, Blut«, krächzte der Kämmerer. »Alle sterben. Alle sterben.«

»Wer hat es angefertigt?« Die Drachentöterin trat vor das Gemälde und nahm ihm die Sicht; endlich konnte er freier atmen, spürte jedoch zugleich, wie ihm Marys Bildnis entschwand. *Herbstrotes Haar*, erinnerte er sich und merkte einen Herzschlag zu spät, dass er laut gesprochen hatte.

»Herbstkind. So ein Quatsch.« Der Kämmerer lachte blechern, es klang schrecklich eingerostet. »Herbst tot, Frühling tot. Alle tot.« Husten erstickte das Lachen. »Schaffen Bilder aus Blut, verzaubern Könige. Garstiges Volk! Richten und Töten – und sterben doch selbst.« Er stieß mit dem Zeigefinger in Richtung Drachentöterin, die Haut hing schlaff und trocken um seine Knochen. Er war ein lebender Toter, ein Relikt vergangener Zeit. »Alle tot. Wie damals! Weich und köstlich, wollte es für sich allein, das garstige Ding aus dem Wald.«

»Wer?«, hakte er nach. »Wer wollte es für sich allein?«

»Er – er wollte es für sich!« Erneut stieß der Kämmerer mit dem Finger nach der Drachentöterin, deren Hände zu den Waffen glitten. »Aber ich stahl es ihm. Jaja. Ich stahl es! Weich und köstlich …«

»Was …?«, platzte es aus ihr heraus, da hatte sich der Kämmerer bereits abgewandt und einen Samtvorhang beiseitegezerrt. Ein zweites Gemälde, brüchig von der Zeit, die Farben verblichen und hier und dort … abgeschabt? Die Hand des Kämmerers fuhr zitternd zu einem Gesicht, von dem bloß das helle Oval verblieben war. Die Züge waren verschwunden, abgelöst von zu vielen Berührungen wie dieser, derer sie Zeuge wurde.

»Sie sterben. Alle sterben. Nur wir nicht. Nur wir verbleiben.«

Und wie der Kämmerer so dastand – die Hand zum verblassten Gemälde einer Frau erhoben, die Schultern knochig, der Rücken krumm, die Augen milchig von zu viel Dunkelheit –, erkannte Duncan die Ähnlichkeit zu seinem Vater – und zu sich selbst.

»Alle sterben. Nur wir nicht. Nein, wir nicht.«

DIE DRACHENTÖTERIN

Zwei Gemälde. Zwei Frauen. Zwei blutrote Kleider.

Daz wischen, sorgsam aufgebahrt auf samtblauen Kissen: eine gläserne Dornenkrone, eine Perle – oder Erbse? – auf einem Ring, ein Schlüssel, zwei Ketten, ein Kamm, eine Gürtelschnalle und drei Armreife – allesamt aus Glas geschaffen. Relikte vergangener Zeiten, Zeugen von Winters Macht. Schon bald würde auch das Diadem der Schwanenbraut zwischen den Glasgegenständen verstauben. Jeder stand für eine falsche Braut.

»Wir haben sie gesammelt.«

»Wozu?« Elena verstellte dem Wüstenkönig bewusst die Sicht auf das Gemälde der attischen Prinzessin. Sie hatte viel über derlei Zauber gehört, die aus Blut geschaffen Sehnsucht zu wecken vermochten. Ein Gemälde, um eines Mannes Herz zu erlangen – mit Erfolg, wie sie besorgt feststellte.

Der Wüstenkönig hatte sichtlich mit sich zu kämpfen, Schweiß stand ihm auf der Stirn, vermischte sich mit dem getrockneten Blut und rann über seine Schläfen, als wäre sein Haupt vom Gewicht der Krone wund. Dass er die Strahlenkrone seines Vaters trug, noch bevor er offiziell gekrönt worden war, irritierte sie zutiefst. Vielleicht auch ihn, denn als würde er sich ihres Starrens plötzlich bewusst werden, griff er nach dem Metallreif und nahm ihn ab. Er betrachtete ihn mit einem so offensichtlichen Schmerz, dass sie sich auf die Lippen biss, um ihn nicht zu trösten. Sie durfte nicht vergessen, dass er der Feind war.

Bei Frühlings Tod und Herbstens Sturz, sie hoffte von Herzen, dass Tarek noch lebte! Dass es einen Grund gab, weshalb der Wüstenkönig dem Wald entkommen konnte und so verletzt aussah, als hätte er selbst sein Leben zwischen den Stämmen gelassen und nicht …

»Lebt er?«, platzte es aus ihr heraus.

Der Wüstenkönig reagierte kaum. Ungelenk bettete er die Strahlenkrone auf dem samtblauen Kissen neben den Fluchgegenständen, berührte ihre Spitzen, als würde er sich verabschieden. »Es gab eine Zeit, da dachte ich, wir wären Freunde.«

»Das wart ihr«, schnappte sie.

Der Wüstenkönig nickte erschöpft. »Er wählte einen Weg, der uns entzweite.«

Elena knurrte. »Lebt er?«

Da sah er auf und etwas in ihr brach. »Wie könntet Ihr hier stehen, täte er es nicht?«

»Aber …«

»Ihr seid gebunden. Stirbt er, stirbst auch du.«

Auf einen Schlag wich sämtliche Anspannung von ihr. »Er lebt, wahrhaftig!«

»Und ist doch mehr tot denn lebendig.«

»Inwiefern?«, verlangte sie zu wissen.

Er nickte zu den Fluchgegenständen. »Ich ließ sie zusammentragen …«

»Der Prinz«, erinnerte sie ihn, »was ist mit Tarek?«

Doch er ignorierte ihre Frage, was die Anspannung zurücklockte, stärker als zuvor. Nicht tot konnte alles Mögliche heißen. An der Schwelle des Andersreiches stehend, verletzt oder gar sterbend im Wald, in den Armen der Bestien oder Schlimmeres. Ihren Zwiespalt ignorierend – oder vielleicht gar nicht wahrnehmend –, berührte der Wüstenkönig die gläsernen Attribute. »Ich wollte herausfinden, wie ihr Zauber beschaffen ist. Ich schickte Spitzel in sämtliche Reiche, um sie zu stehlen und hierherzubringen. Doch obwohl ich Nacht um Nacht damit zubrachte, sie zu studieren, fand ich keinen Weg, sie zu zerstören.«

»Es sind allein die Bräute, die den Fluch brechen können.«

»Ich hoffte, einen zweiten Weg zu finden.«

Sie sahen einander über die Fluchgegenstände hinweg an und Elena erkannte, dass er sich der Gefahr, in der er schwebte, durchaus bewusst war. Dass er sie bereits spürte. Elena hatte gedacht, es sei das Gemälde, das ihm die Sinne trübte – und vielleicht tat es das auf gewisse Art. Doch was ihm den Verstand raubte und seinen Blick verklärte, war nicht hier unten in diesem finsteren und Geheimnisse hütenden Gewölbe.

»Wieso?«, rief sie verzweifelt. »Wieso flieht Ihr nicht?«

»Der Fluch wirkt bereits.«

»Ihr habt alles getan, um sie zu finden, warum gebt Ihr jetzt auf?«

»Wir beide wissen, dass ich sie niemals finden werde.«

Sofort dachte sie an das Schlachthaus.

Sie schmeckte Scham, Schuld und Blut.

»Ich war es nicht«, flüsterte sie. »Ich hätte niemals …«

»Ich weiß.« Er griff nach ihrer Schulter. Er spendete ihr Trost?

Dabei war er es, der alles verlor. Sein Herz. Sein Leben. Sein Reich.

»Hört zu«, verlangte sie fieberhaft. »Ich weiß einen Weg, wie Ihr Euch retten könnt.«

Doch er schüttelte den Kopf und sah zum Kämmerer, der gebannt vor dem Gemälde ebenjener zweiten Frau stand, sie liebkoste und berührte, als wäre sie aus Fleisch und Blut.

Dabei war sie tot. Herbst und Frühling. Alle beide.

»Es gibt etwas«, murmelte der Wüstenkönig, »was Ihr für mich tun müsst.«

Mary von Athos

*»Es gibt keine größere Freiheit
als die der Vögel.«*

Die schönste Braut zu Mary
als die Zugvögel kamen

Rose war nicht lange fort, als eiskalter Nebel hervorkroch. Instinktiv duckte ich mich hinter einen Baum und spähte zwischen den Ästen hindurch. Ich wusste sofort, wer da gekommen war, noch bevor sich ihre Umrisse aus dem Dunst schälten. Sie war nicht weiß wie in ihrer Erinnerung. Alles an ihr schien tiefster Nacht entsprungen. Schwarze Bahnen kleideten ihren Leib, das Haar so dunkel wie das Firmament, die Augen zwei Abgründe in dem knochenbleichen Gesicht. Ich hielt den Atem an, als sie über das Laub schritt und mir dabei gefährlich nahe kam. Sie hob eine Hand zu ebenjenem Spalt, durch den Rose und ich soeben geklettert waren. Ihre Finger flirrten durch die Luft, als würde sie unsichtbare Fäden spinnen, sie zuckten zu einer Melodie, die niemand außer ihr vernahm. Seltsam befangen beobachtete ich sie dabei. Das war sie also, die letzte Hexe des Waldes, die Athos das Licht und Westham einen Sohn genommen hatte, die über so viel Macht verfügte und so viel Unheil gestiftet hatte. Ich hatte sie mir anders vorgestellt, irgendwie bedrohlicher. Allein der Gedanke, dass der Jäger ihretwegen fort war, führte mir vor Augen, wer sie wirklich war.

Ich wollte mich gerade erheben, um mich ihr entgegenzustellen, als sich eine Hand über meinen Mund schloss. Rose legte einen Finger an ihre Lippen und gebot mir zu schweigen. Ich nickte widerwillig. Nebeneinander kauernd beobachteten wir, wie Winter das brüchige Mauerwerk abschritt, die Finger tanzend, die Augen leer, ehe sie samt Kälte und Nebel entschwand. Alles, was von ihr blieb, war ein wenig Raureif auf den Blättern.

»Sie webt ein Netz.« Rose wies zum Spalt. »Sie versiegelt das Schloss.«

Auf den ersten Blick schien alles wie zuvor; einzig das Licht reichte nicht mehr bis zum Grund. Ich berührte eine sterbende Linie; sie verblasste noch in meiner Hand.

»Warum tut sie das?«

Rose sah mich ausdruckslos an. »Der Wald erhebt sich gegen sie.«

»Der Wald?«

»Die Monster«, murmelte sie und zuckte mit dem Kopf, als würde ein Insekt sie umschwirren.

Ich dachte sofort an den Jäger; er hatte von Monstern gesprochen, die uns im Wald begegnet waren, doch ich fand keine Erinnerung an sie. Einzig das Gefühl seiner Arme war verblieben: wie er mich trug, während der Wald um uns ächzte und stöhnte und das Leben seiner Kameraden forderte. »Ich muss zu Susann – jetzt!«

»Ich muss auch einiges tun …« Ihre Worte verloren sich, sie lauschte angestrengt.

Ob Winter zu ihr sprach?

»Du wolltest jemanden holen«, wurde mir jäh bewusst.

Sie war allein zurückgekehrt.

Erneut zuckte sie mit dem Kopf, als plagte sie ein Schmerz. Sie presste die Fäuste gar so fest gegen ihre Schläfen, dass die Knöchel knackten. Ich war versucht, ihr Trost zu spenden. Doch der Moment verging rasch. Denn als sie aufsah, traf es mich wie ein Schlag.

»Alba«, flüsterte ich.

Sie sah mich aus leeren Augen an, der Kopf zuckend, die Hände verkrampft. »Deine Mutter glich den Vögeln, sie streifte durch die Wälder und war frei, wie wir es niemals sein werden. Sie konnte gehen, wohin sie wollte. Nicht einmal Winter kennt diese Art Freiheit. Nein, Winter ist gebunden an diese Welt. Sie spielt den Hirten für eine Herde, die ihrer überdrüssig ist; und wir, ihre Wachhunde, gleichen mehr den Schafen als ihr.«

»Wo ist Rose?«, unterbrach ich sie.

»Oh, ich denke, sie wird kommen. Schon bald.«

»Hast du ihr etwas getan?«

Alba bedachte mich mit einem seltsamen Blick. »Du weißt nicht, was es heißt, eine Schwester zu haben. Sie zu hassen und zu lieben. Füreinander einzustehen und gegeneinander zu kämpfen. Nein, du hast keine Ahnung, was es bedeutet, ich zu sein.«

»Wo ist Rose?«, verlangte ich erneut.

Ihr Mund verzog sich. »Du solltest lieber nach deiner Zofe fragen. Sie ist das, was einer Schwester am nächsten käme.«

»Lass Susann da raus!«

»Sieh an, du weißt, wie sie heißt. Willst du auch wissen, ob sie lebt?«

Ich bezwang den Drang, das Kinn zu recken und zu schweigen, wie ich es stets getan hatte: wenn einer von Vaters Ministern beflügelt vom Wein zu aufdringlich geworden war; wenn die Zofen über mich geflüstert hatten, nicht wissend oder ignorierend, dass ich jedes Wort verstand; wenn die Kinder Beschimpfungen in den Sand geschrieben hatten, wissend, dass ich sie von meinem Fenster aus sehen konnte. Stets hatte ich geschwiegen, wissend, dass kein Wort meinerseits etwas geändert hätte. Ich hatte geschwiegen und gelächelt.

Heute tat ich das nicht.

»Wo ist Susann?«

»Du sahst sie bereits.« Erneut neigte sie auf diese gespenstische Art den Kopf. Ob Winter weiterhin zu ihr sprach? Vielleicht tat sie es ununterbrochen. Was hatte Rose gesagt? Sie sprach zu allen – auch zu mir? Ich lauschte in mich hinein, fand jedoch nichts als Stille.

Kein Wispern, kein Locken. Bloß das Chaos meiner eigenen Gedanken.

»Seit still«, zischte Alba und schüttelte den Kopf, als müsste sie ihre Gedanken ordnen wie ich die meinen. Sie fixierte mich. »Deine Mutter tötete für den Mann, den sie liebte. Sie lockte seine Braut zu den Gräbern der Ran und ließ sie zurück. Ihr Sturz dagegen erscheint so viel gnädiger. Es geht so rasch. Es dauerte bloß einen Atemzug. Oder zwei.« Sie hob die Hände, die zu Klauen verformt waren. »Einer oder zwei, das ist einerlei.«

Meine Gedanken rasten. »Wenn es um den Jäger geht …«

»DU LAGST BEI IHM!«, schrie sie, das Gesicht vor Zorn verzerrt und die Schulter zuckend, um das unsichtbare Insekt zu vertreiben. Nein, kein Insekt. Sondern …

»Winddämonen«, erkannte ich jäh. »Alba, vertraue ihnen nicht!«

»Ich habe dich gesehen«, fauchte sie. »Du lagst bei ihm!«

Ich kroch rückwärts, verfing mich in einer Wurzel, Alba schoss vor. Ihre Hände krampften sich um meinen Hals. Ich trat aus, Alba keuchte, meine Finger fanden ihr Gesicht. Sie schrie, als ich an ihren Haaren zog, doch sie ließ nicht los. Ich sah schwarz – da wurde sie zurückgerissen. Jemand schrie, etwas klatschte, Alba heulte auf. Rose war zurück. Rose und …

»Tarek«, krächzte ich.

Wie er da vor mir kauerte, getaucht in kupfernen Glanz, glaubte ich einem Trugbild zu erliegen. Nur flüchtig sah er mich an, ehe er sich zu Rose umdrehte. Vielsagend hob diese die Kugel, mit der sie zuvor gespielt hatte. »Ich sagte dir, ich würde Hilfe holen. Darf ich vorstellen? Mein zukünftiger Gemahl: der Kronprinz von Westham.« Ihr Lächeln wirkte erzwungen. Hinter ihr entschwand Alba.

»Du lässt sie gehen?!«

Rose zuckte nicht einmal mit der Wimper. »Sie ist meine Schwester.«

»Sie wollte mich töten!«, schrie ich ihr entgegen – und diesmal war da eine Reaktion, ein kurzes Aufflackern von Schuld, das so rasch schwand, als wäre es nie da gewesen.

Mein Blick flog zu Phillip – nicht Tarek. Ich fand die Unterschiede sofort.

Rose wies auf mich. »Heb sie hoch.«

Wortlos nahm er mich auf die Arme – wie in Maywater. Nur diesmal sprach er kein Wort. Nicht einmal, als ich seinen Namen sagte.

Rose lächelte süffisant. »Bemüh dich gar nicht erst. Er hat nur Augen für mich.«

»Was hast du ihm angetan?«

Sie zuckte nur mit den Schultern. »Er betrat den Wald, als du schliefst. Es kam zu einem Kampf, bei dem er unterlag. Dank des Drachenblutes erholte er sich rasch, wenngleich nicht rasch genug, um ihr zu entkommen. Winter ließ ihn ins Schloss bringen – zu mir.« Sie zog die Lippen auseinander, doch es hatte nichts mit einem Lächeln gemein. »Während du in den Armen seines Bruders lagst, wurde er an mich gebunden. Wem nun, Mary von Athos, gehört dein Herz? Ist es dieser hier? Oder sein Bruder?«

»Rose«, ächzte ich. »Rose, was tust du bloß?«

Sie zog eine Grimasse. »Schon vergessen? Ich bin eine falsche Braut.«

»Ich dachte, du wärst auf meiner Seite.«

»Deine Seite?« Verächtlich hob sie die Brauen. »Welches ist deine Seite?«

»Nicht Winters«, rief ich aus.

»Was uns zu kurzzeitigen Verbündeten macht.«

»Du kannst unmöglich wollen, dass er … dass ihr …«

»Dass wir, was?«, fuhr sie mich an. »Heiraten? Möchtest du ihn? Ist es das?«

»Rose«, flehte ich, doch sie wandte sich bereits ab.

»Komm«, befahl sie und Phillip gehorchte.

Jetzt, da ich ihm so nah war, erkannte ich, wie sehr sich die Brüder unterschieden.

Niemals wieder würde ich sie verwechseln.

Sie waren wie Tag und Nacht.

Wie Herz und Verstand.

Und beide verloren.

DIE STUMME KÖNIGIN

WO IST ES?, verlangte sie rasend vor Zorn, wohl wissend, dass dieses verdammte Kind es dem Königsadler umgebunden hatte. Sie wollte es nicht wahrhaben. Konnte es nicht, denn das hieße, das alles umsonst gewesen wäre. All die Jahre. All der Schmerz.

WO IST ES?

Sie griff nach dem Kind, das verstummt auf der nackten Matratze kauerte, die blutigen Hände im Schoß verborgen. Der Körper der Katze lag aufgebrochen daneben, das Gedärm wie schleimige Fäden hinaustropfend. Ihre Finger krallten sich um die dünnen Ärmchen des Kindes, ein Stöhnen entwich ihrer Kehle, lautlos wie immer. Dieses verfluchte Kind hatte ja keine Ahnung, was es angerichtet hatte! Welche Schuld es auf sich lud.

Wie konntest du nur?

Es zuckte zusammen, als hätte sie es geschlagen – beim Kraken in den lichtlosen Tiefen! Es fehlte nicht viel und sie würde dem Biest die Augen ausstechen. Vielleicht sollte sie es hier und jetzt tun, ihm einen weiteren Sinn nehmen. Wenn es dann stumm und blind in seinem Zimmer verblieb, würde es endlich lernen zu gehorchen. Wozu brauchte es Augen? Es würde auch so seinen Zweck erfüllen. Einen Prinzen blenden, ihm das Herz stehlen – wie bei Remus.

Allein dafür musste sie es strafen.

Allein dafür verdiente es den Tod.

Was hat sie gesagt?, verlangte sie unter Aufbietung all ihrer Konzentration. Ihr Atem kam stoßweise, vermischte sich mit dem Geruch des Blutes, der bleischwer in dem Gemach der Prinzessin hing. Er entwich dem Aas und den – Wänden.

Sie wusste von den Dienern, dass die Prinzessin zum Malen neigte; dass sie sich menschliche Abbilder schuf, um der Einsamkeit zu trotzen. Doch niemals hatte sie die Gemälde mit eigenen Augen gesehen – es waren *ihre Augen*, die von allen Seiten auf sie niederstarrten; die Züge der Gesichter so klar, als stünde sie ein halbes Dutzend Mal in diesem trostlosen Raum, der nach Albträumen schmeckte, nach Schuld und Blut. Stets hatte sie diesen Bereich des Schlosses gemieden und sich erfolgreich eingeredet, dass es sie nicht betraf. Dieses Kind, das zwar ihrem Schoß entsprungen, aber nicht wahrhaftig von ihr war.

Dass es keiner Zuneigung ihrerseits bedurfte.

Dass die Fürsorge der Diener ausreichte.

Und die von …

Der Raum begann sich zu drehen. Nach Halt suchend sank sie neben dem Kind auf die Matratze, die klamm vor Blut unter ihr nachgab. Sie ließ das Kind los, sich zwingend, die hinterlassenen Abdrücke auf den Armen zu ignorieren. Was waren diese äußerlichen Wunden schon im Vergleich zu denen, die es im Innern trug? All die Jahre hatte sie geglaubt, dass Remus' Liebe ihre fehlende ausgleichen würde. Dass Aurora zwar ohne Mutter, dafür aber mit einem zärtlichen Bruder gesegnet sei. Niemals hatte sie seine Zuneigung hinterfragt.

Mit einem Stöhnen verbarg sie ihr Gesicht in den Händen.

Kontrolle. Fassung. Würde.

Wie die schönste Braut es gelehrt hatte.

Um schädliche Gedanken zu verbergen.

Um Winter auszuschließen – und zu hintergehen.

Doch sie waren kläglich gescheitert. Weil sie selbst keine Hexe war, sondern nur eine Braut, die sich rudimentärer Zauber und einfachster Blutmagie bediente, die niemals gegen die des Waldes bestehen konnte. Winter war uralt und ihre Zauber von tödlicher Präzision, ihr Geist hellwach und befreit von menschlichen Schwächen. Sie hingegen war bloß ein Mensch, der noch immer unter den Folgen der unnatürlichen Geburt litt. Wie von selbst fand ihre Hand zu der Narbe am Unterbauch. Sie hatten Aurora aus ihr herausschneiden müssen, als hätte die kleine Prinzessin schon im Mutterleib geahnt, dass mit der Nabelschnur die letzte Verbindung zwischen ihnen zerriss. Keine Nähe, keine Zuneigung, keine Liebe. Wie könnte sie ihr auch irgendetwas davon geben, wenn doch Dutzende Leben verbraucht worden waren, um das ihre zu schaffen? Sie hatte nie gefragt, woher all das Blut kam. Sie hatte es nie wissen wollen. Allein dass es von Jungfrauen stammte, hatte ihr der Goldkönig offenbart. Und von Mary – denn Marys Zwilling sollte sie werden.

Hunderte Leben für zwei Prinzessinnen.

Es sei der Kreislauf der Dinge, hatte die schönste Braut gesagt und selbstgerecht gelächelt, während sie in einem Bad gleich jenem lag, das nun auch sie, die stumme Königin, ihr Eigen nannte. Nur dass die Tempeldienerinnen aus freien Stücken gaben, willig den Leib ihrer Herrin stählten. So lange, bis Remus alt genug gewesen wäre, um zu herrschen. Dann hätten sie die Opfergaben eingestellt und das Ritual beendet. Tag für Tag hätte sie an Kraft verloren, ein Mond wäre ihr verblieben, vielleicht zwei. Dann wäre sie ihrem Gemahl gefolgt, zutiefst darauf hoffend, dass er ihr im Andersreich verzeihen konnte.

Die Matratze schwankte, etwas berührte sie. Die Prinzessin bettete den Kopf auf ihrem Schoß, einen rostigen Schlüssel in der Faust, die Augen fest verschlossen, als hoffte sie, wenn sie sie zusammenpresste, dass sie dann nicht erwachte aus diesem Albtraum, der ihr wie ein Traum erscheinen musste: vereint mit ihrer Mutter.

Das erste Mal. Nach all der Zeit.

Mit stillem Herzen sah die stumme Königin auf die zerzausten Locken hinab. Auf das feuerrote Haar des Goldkönigs, das sich auch wie seines anfühlte. Ein wenig widerspenstiger, aber ebenso weich. Sie zupfte an einer Locke, sah zu den Gemälden an den Wänden und fand zu ihrem Kummer in den Zügen der Prinzessin ihre eigenen. Die schmalen Lippen, der Schwung des Nackens, die feingliedrigen Finger. Zuletzt die Stille. Als hätte Aurora ihr auf diese Weise zu erklären versucht, dass sie wie sie war. Ein Kind der Stille – und ihre Tochter.

Sie hatte es nicht sehen wollen. Hatte es nicht gekonnt.

Weder bei der Geburt von Remus noch bei ihrer.

Bräute gebaren Kinder, doch sie durften sie nicht lieben.

Das war der eigentliche Fluch Winters.

Ihre Finger fuhren durch die Locken, fanden das Kind, das sie sich so lange verboten hatte anzunehmen – und erkannte die Schuld, die sie auf sich geladen hatte.

Verzeih mir, formte sie stumm mit den Lippen, ehe sie ihren Schmerz zuließ.

Alles würde sie tun, um die Herrschaft der falschen Bräute zu beenden.

Und wenn sie Winter eigenhändig umbringen musste.

DER JÄGER

Er ahnte, wen er vor sich hatte, obwohl nichts an dem aufgebrochenen Leib an sie erinnerte. Es zwang ihn beinahe in die Knie, als er neben den Altar trat und nach einem Hinweis darauf suchte, dass er sich irrte. Er fand ihn nicht – und einen schrecklichen Moment lang fragte er sich, ob Winter ihn absichtlich auf diesem Weg ins Himmelsschloss geschickt hatte. Damit er sie fand und wusste, was Mary bevorstand, sollte er scheitern.

Eine Bewegung ließ ihn herumfahren. Die Schwester des Ordens, die er durch den Spiegel beobachtet hatte, sah mit geweiteten Augen zu ihm auf. Er trug keine Maske; doch auch ohne hätte sie ihn sofort erkannt, wie ihre nächsten Worte erahnen ließen. »Die Oberin wies mich an, Euch zu ihr zu führen, Hoheit.« Sie verneigte sich nervös, das Wasser des Eimers in ihren Händen schwappte auf den Boden, der feucht im Kerzenlicht schimmerte.

»War sie das?« Er nickte zum Altar.

Die Schwester nickte, die Lippen kaum mehr als ein blasser Strich. »Kommt«, bat sie und öffnete eine Tür, hinter der eine Treppe steil hinaufführte. Er zählte vierzig Stufen. Während sie unter ihm schwanden, war es ihm, als würde ein Teil von ihm dort unten am Grund verbleiben. Vielleicht war es das, was sie Gewissen nannten und was er so lange nicht gespürt hatte. Es belastete jeden Schritt, ließ ihn zögern und beinahe umdrehen, um das, was von ihr übrig war, zusammenzuraffen und zurückzubringen. In den Wald. Zu ihren Schwestern. Dort, wo er und auch sie zu Hause gewesen waren. Allein der Gedanke an Mary trieb ihn weiter. Alles würde er tun, um ihr ein solches Schicksal zu ersparen.

Die Ordensschwester lotste ihn hinaus auf eine still daliegende Gasse. Zwei Hunde kreuzten ihren Weg, tollten sich zwischen Bergen aus Fleisch, um die Scharen von Fliegen surrten. Heute würde der Blutmond in voller Blüte am Himmel stehen, doch das Volk schien bereits in der vergangenen Nacht die Bluttaufe vollzogen zu haben. Karren voll gespaltener Pferdeschädel standen im Weg, aus den Häusern drang der Geruch von Gebratenem; das Pflaster war übersät von Spuren ekstatischer Gewalt.

Wachsam folgte er der Schwester durch die verwaisten Viertel der Stadt, niemand nahm Notiz von ihm und der eilig dahinhastenden Ordensschwester. Selbst der Kronprinz, die Krone seines Vaters im blutigen Haar, übersah ihn, als er gefolgt von einer Reiterschah durch die Gassen sprengte. Wie auch immer Winters Pläne mit ihm aussahen, sie schienen wie gewollt zu verlaufen; sonst hätte sie ihn längst auf den neuen Regenten der Wüstenstadt angesetzt. Nachdenklich blickte er den Reitern hinterher, ehe er auf Drängen der Schwester über Seitengassen eine Schneiderei erreichte. Er trat allein ein.

Ein Kind schlief auf einem Berg Stoff. Rasch überprüfte er den Empfangsraum, ehe er tiefer in den Laden vordrang. Die Luft in den hinteren Räumen roch verbraucht, als hätte sich bis vor Kurzem ein ganzes Heer in der Schneiderei gedrängt. Doch niemand war da. Er wollte schon gehen, als er die Uniform fand. Schwarz und kupfern, das Wappen Westhams aus filigranem Garn gestickt, dazu Schnüre und Bänder und Abzeichen, die sie als Eigentum des westhamschen Kronprinzen auswiesen. Zuoberst lag ein Brief. Als er ihn entfaltete, überkam ihn das Gefühl, beobachtet zu werden. Doch da war niemand – nur er und Regale voll Stoff. Nachdenklich sah er auf die Zeilen hinab, die eindeutig ihm galten. Ob auch das von Winter erdacht war? Rasch knüllte er den Brief zusammen, ehe er die Uniform anhob.

Heute Nacht würde er mehr als eine Rolle spielen.

Heute Nacht würde alles enden.

Um Mitternacht im Palastgarten.
Seid bereit.

DAS GESTOHLENE KIND

Finde sie! Halte sie auf!
Sie darf nicht entkommen!

Die Dämonen tobten in ihrem Kopf. Von ihnen getrieben taumelte sie den Flur entlang, von dem sie wusste, dass ihre Schwester – diese Verräterin! – ihn genommen hatte. Zusammen mit dem Kronprinzen und der verfluchten Prinzessin. Oh, wie sehr sie sie hasste! Beinahe hätte sie sich ihrer entledigt, genau wie die Stimme es verlangt hatte. Die Stimme, die nicht Winter gehörte. Erst war sie entsetzt gewesen, dann hatte sie tiefe Ruhe überkommen. Es gab mehr als einen Weg zum Ziel. Ihrer war der an der Seite eines anderen Dämons. Wäre ihre Schwester nicht aufgetaucht, hätte sie diesen längst befreit und den Wald von seinem Fluch, ebenso sich selbst von einer unliebsamen Konkurrentin. Weder die Prinzessin noch Rose ahnten, wie es in ihr aussah, wie tief der Schmerz saß.

In ihrer Brust und im Kopf.

Sie strauchelte, als sie erkannte, wohin der Weg sie führte: hinab in Winters verbotenes Reich. O ja, sie wussten von den Katakomben, von denen niemand wissen durfte. Allnächtlich hatten sie sich hinabgeschlichen, die Kammern durchforstet und in den geschwärzten Büchern gestöbert – und sich Notizen gemacht; sodass sie, selbst wenn sie die magische Barriere durchbrachen und ihr Wissen in der Gruft zurückließen, einen Teil davon mit sich trugen, sorgsam verwahrt in einem unscheinbaren Buch. Welche Macht Worte doch besaßen. Sie konnten Papier zum Leben erwecken und sogar eine ganze Welt erschaffen.

Und sie konnten vernichten; in diesem Fall – Mary.

O ja, die Prinzessin würde stürzen wie Herbst zuvor.

Vor ihr öffnete sich die Halle des Winters.
Eisige Kälte umfing sie, die Winddämonen frohlockten.
Niemand hielt sie auf.

Mary von Athos

»Eine tröstende Hand wärmt besser,
als es die teuerste Seide könnte.«

Die schönste Braut
als Mary sie in den Arm nahm

»Wo gehen wir hin?«, verlangte ich zu wissen.

»Zu deiner Zofe«, erwiderte Rose zuckersüß. »Ganz wie du wolltest.«

Mein Kiefer schmerzte, so fest biss ich die Zähne zusammen. Ich glaubte ihr kein Wort – und doch hatte ich keine Wahl. Phillip stand unter ihrem Bann und ohne ihn kam ich keinen Schritt weit, geschweige denn zu Susann. Ohne Rose auch nicht, wie ich mir widerwillig eingestand. Was blieb mir da anderes übrig, als ihr zu vertrauen?

»Ich bitte dich – du siehst geradezu besorgt aus! Und das soll was heißen bei deinem Gesicht.« Rose warf ihre Kugel spielerisch in die Luft, warf und fing sie, warf und fing. Ich hoffte, sie würde ihr entgleiten und am Grund zerschellen. Ihr spöttisches Lächeln verriet, dass sie meine Gedanken erraten hatte. »Schau an, welche Abgründe sich da offenbaren! Du wirkst zornig – dabei solltest du dich freuen. Ist es nicht schön, Phillip wiederzusehen?«

»Er ist verhext!«

»Also ich finde ihn süß.« Rose zwinkerte ihm zu.

Ich unterdrückte einen Fluch, während Rose lachend voranschritt. Sie lotste uns in eine Halle, deren Gewölbe hinter dichten Wolken verborgen lag. Aus ihnen schneite es – inmitten des Schlosses! Knietief türmte sich der Schnee; Schneisen führten durch ihn. Ob der Jäger eine von ihnen gezogen hatte?

»Willkommen in der Halle Winters«, rief Rose wie schon zuvor und streckte eine Hand aus, um Schneeflocken zu fangen. Sie tat es mit einer seltsam kindlichen Freude, die im krassen Kontrast zu ihrem lauernden Blick stand. »Gefällt es dir hier – oder möchtest du lieber zurück?«

»Ich will zu Susann«, erinnerte ich sie.

»Gewiss doch.«

Sie führte uns tiefer in die Halle, der Schnee verdichtete sich; Umrisse schälten sich träge aus ihm heraus – ein Tor und dahinter eine Treppe.

»Das wird kurz kalt«, warnte Rose – da japste ich schon nach Luft. Sogar Phillip, der bisher keinen Ton von sich gegeben hatte, keuchte auf. Einen schrecklichen Augenblick lang glaubte ich zu ersticken und mich nie wieder rühren zu können; da zog Rose uns aus der Kälte. »In einer magischen Barriere stehen zu bleiben, ist eine verdammt schlechte Idee.« Kopfschüttelnd klopfte sie ihm den Frost von den Schultern und mir aus dem Kleid.

Zitternd schlang ich die Arme um mich. »Wo sind wir?«

»Dort, wo Winter ihre Zauber webt und Geheimnisse verwahrt.«

»Und Susann?«

»Oh. Die ist auch hier.« Rose schnipste eine Schneeflocke von meiner Schulter, ehe sie sich rasch abwandte. »Folge mir, mein Gemahl.«

Bei ihren Worten sträubte sich alles in mir. Ich konnte unmöglich so tun, als wäre es in Ordnung. Sie hatte einen Fluch über ihn gelegt, ihn seines Willens und seiner Freiheit beraubt. Obwohl er aus Fleisch und Blut bestand, erschien er mir weniger lebendig als die Version von ihm, die ich in meinen Träumen getroffen hatte. Ob seine Erinnerungen an unsere gemeinsame Zeit mit der Kugel in Roses Händen erloschen waren? Meine waren so greifbar wie nie zuvor. Wenngleich anders. Es erschien mir beinahe, als hätte ich sie nicht mit ihm, sondern dem anderen Bruder erlebt. Dem Jäger, der verschwunden war.

Ich entwand mich Phillips Armen. Mein Knöchel gab sofort nach, ich fing mich an der Wand ab. Rose hob überrascht die Brauen.

»Gibt es einen Grund dafür, dass du mich so anfunkelst?«

»Warum hast du ihn verhext?«

Ihre Lider verengten sich. »Wird das ein Moralappell?«

»In der Tat!«

Sie verdrehte die Augen. »Wie sollte es auch anders sein. Du hattest niemals Freunde, denen du hättest du vertrauen können. Nein, du hast bloß in deinem goldenen Käfig gehockt und von einem Prinzen geträumt, der niemals kam. Warum sollte ich also unser beider Zeit verschwenden, indem ich meine Beweggründe erläutere? Du würdest mir ja eh nicht glauben. Reicht es nicht vollkommen zu wissen, dass wir dasselbe Ziel verfolgen?«

»Das da wäre?«

»Das Ende von Winters Herrschaft.«

»Warum ist Phillip dann verzaubert?«

»Nun, das ist etwas kompliziert, denn …« Sie unterbrach sich. »Himmel, das ist ja kaum zu ertragen, wie du da an der Wand lehnst und wankst wie ein Baum im Wind! Lass uns in den Spiegelsaal gehen, dort kannst du sitzen, während ich alles erkläre.«

Sie gab Phillip ein Zeichen, doch ich wies ihn zurück.

»Ich kann selbst gehen.«

»Wozu habe ich ihn überhaupt geholt? Ich hätte mir diese ganze Tirade sparen können. Du wüsstest nichts von ihm und er wüsste nichts von dir.«

»Ich ertrage es nicht, ihn so zu sehen.«

Rose lächelte bissig. »Da sind wir schon zu zweit.«

Unfähig, auch nur einen Schritt zu machen, stand ich an der Wand. Sie war klamm und kalt. Der Schein einer verwaisten Kerze spiegelte sich in den Rinnsalen, die von der Decke tröpfelten. Wir befanden uns unter dem Schloss in den Katakomben – oder wie Rose es genannt hatte: In Winters Herz.

»Himmel, was bist du stur«, klagte Rose und trat zu mir, um mich zu stützen.

Wir kamen an verschlossenen Gruften vorbei und an solchen, in denen ich vage Umrisse zu erkennen glaubte: gestapelte Truhen, einen steinernen Altar, eine Staffelei. Ich wies auf diesen letzten Raum, der anders wirkte als die vorherigen. Abgesehen von der Staffelei befand sich einzig ein abgedecktes Gemälde in ihm.

»Wem gehört das?«

»Jede Kammer und alles, was sich ihnen befindet, gehört Winter. Diese Katakomben sind ein wahres Labyrinth. Es hat uns Monate gekostet, die Wege zu skizzieren – von den Kammern ganz abgesehen! Bis heute haben wir bloß einen Bruchteil erforscht. Allein für die Bibliothek bedarf es mehr als eines Lebens, du wirst schon sehen. Diese Staffelei ist bei Weitem das Unspektakulärste in Winters Herz. Ich glaube, sie selbst hat ihre Existenz längst vergessen.«

»Was hat sie gemalt?«

»Portraits. In der Bibliothek hängen einige.« Rose wies auf eine Tür. Dahinter führte eine Treppe ins Bodenlose. »Die Bibliothek besteht aus einem Schacht wie diesem, von dem unzählige Flügel abzweigen. Obwohl wir zahllose Nächte dort verbrachten, sind wir niemals bis zum Grund vorgedrungen.« Sie half mir die Stufen hinab, Phillip folgte schweigend, in der Hand eine Kerze. Ihr Schein reichte gerade weit genug, um wenige Stufen vor und hinter uns zu skizzieren. Ein Kokon aus Licht in tiefster Finsternis.

»Gibt es einen Grund?«

»Das weiß niemand. Nicht, dass nicht ich versucht hätte, es herauszufinden, doch selbst ein zufällig hinabfallendes Buch verursacht kein Geräusch, das einem Aufprall gleicht.«

»Winter muss unzählige Bücher besitzen.«

»In der Tat. Sie neigt zum Sammeln. Bücher, Gemälde, Organe.«

Ich zuckte zusammen. »Menschliche?«

»Unter anderem.«

»O Herbst.«

»Soweit ich weiß, war Herbst gegen die Ernte. Da wären wir.«

Von Rose gestützt betrat ich einen Korridor und von dort einen kreisrunden Saal, dessen Gewölbe spitz zulief. In seinem Zentrum stand ein Brunnen, der zufrieden plätscherte. Auf seinem Rand fand ich Platz. Phillip lehnte sich gegen eine Wand, Rose hingegen strich sich die Röcke glatt. Irgendwann zwischen ihrem ersten Besuch bei mir und jetzt hatte sie das Kleid gewechselt. Nun trug sie ein hellgelbes, das mit violetten Haselnüssen bestickt war.

Sie bemerkte meinen Blick. »Ist es festlich genug?«

»Für den Ball?«, fragte ich überrascht.

»Bei meinem ersten Auftritt möchte ich hübsch aussehen. Ich habe es selbst genäht.« Sie hob den Blick, darin eine Spur Nervosität. »Es ist doch angemessen?«

»Gewiss«, log ich; denn Maywater trug nach wie vor Trauer.

»Ich möchte nicht allzu sehr auffallen«, gestand sie munter.

»Mhm«, machte ich. Phillip hustete.

»Wie dem auch sei. Du erwartest Antworten und ich bin durchaus gewillt, sie dir zu geben. Solange du bereit bist, mir zu verzeihen.«

»Eventuell.«

Das schien Rose zu genügen, sie holte tief Luft: »Ich will keine falsche Braut sein.«

Als ich schwieg, beteuerte sie: »Es entspricht der Wahrheit.«

»Es widerspricht der Tatsache, dass Phillip …«, ich wies auf ihn, nur um überraschend festzustellen, dass er mich ansah.

»Ja?«, fragte Rose.

»Dass er …«

Sie lächelte. »Dass ich ihn verzaubert habe? Nun, es widerspricht insofern keineswegs meinen Worten, weil er mitnichten verzaubert ist.«

Mein Blick zuckte zurück zu Phillip, der stieß sich von der Wand ab und trat auf uns zu, mein Mund klaffte auf, doch bevor ich etwas sagen konnte, griff ich versehentlich ins Wasser. Im selben Atemzug begann der Brunnen zu gefrieren und mit ihm der gesamte Saal. Eine Wand kleidete sich mit flüssigem Silber, die restlichen verbargen sich hinter klarem Frost.

Rose riss die Arme hoch und lachte befreit.

»Ich wusste es! Es liegt dir im Blut.« Ihre Augen glänzten. »Niemand von uns hätte das Spiegelportal öffnen können. Nur Winter ist dazu in der Lage. Weil sie über Magie verfügt – wie du.«

Da erinnerte ich mich plötzlich so klar, als sei es erst gestern gewesen: wie ich die verwaisten Flure des attischen Schlosses entlanggelaufen war, die Füße nackt, das Herz klamm; ich hatte ihnen gelauscht, Mutter und Vater, wie sie über mich gesprochen hatten, über Winter und den geraubten Zwillingsprinzen – und über Herbst.

»Ich bin ihre Tochter«, erkannte ich bestürzt und wusste doch mit absoluter Klarheit, dass es so war. Ich war Herbstens Tochter. Ich sah es vor mir, wie sie sich vom Stuhl erhob und ihr Spiegelbild es ihr gleichtat; wie sie mich mit einem Blick maß und durch den Raum zu mir schritt. Vater hatte sie aufgehalten, doch später, daran erinnerte ich mich jäh, war sie zu mir ins Zimmer gekommen, hatte an meinem Bett gesessen und meine Hand gehalten. Stundenlang hatte sie dort ausgeharrt und mir beim Schlafen zugesehen – bloß dass ich nicht geschlafen hatte. Vielleicht war ihr aufgefallen, dass ich ihre Hand zu fest hielt, dass ich jedes Mal, wenn sie sich zu erheben versuchte, den Druck erhöhte. Vielleicht war es ihr deshalb so schwergefallen, sich vollends zu lösen, die Stufen des Nordturms zu erklimmen und später die Brüstung. Ich hatte sie nicht halten können, weil sie es für mich tat.

Ich hatte sie nicht halten können, weil sie mich liebte.

Weil sie alles zu opfern bereit war.

Für mich.

Meine Augen brannten, mein Herz zog sich zusammen.

Es war mir, als müsste ich es mit bloßen Händen halten, so schwer fühlte es sich an.

So schwer und voller Liebe und Verlust.

Sie hatten mich geliebt. Alle beide hatten sie mich geliebt.

Ich krümmte mich vor Schmerz.

Ich konnte kaum atmen.

Ich bekam keine Luft.

»Ist gut«, sagte das Rose und strich mir über Rücken. Ihre Hände umfassten meine Schultern, behutsam richtete sie mich auf. In ihren Augen standen Tränen.

»Atme«, sagte sie und zog mich an sich. »Atme, Prinzessin.«

Dann lag in ihren Armen und weinte, wie ich noch niemals in meinem Leben geweint hatte. Ich weinte um Mutter und Vater und mich selbst. Ich weinte so sehr, dass ich glaubte, mich aufzulösen – wie Sirenen, die das Licht der Oberfläche kosteten. Sie lösten sich auf in Salz und Schaum. Sie lösten sich auf, wie ich es tat. Vielleicht bestand gar der Ozean einzig aus Seelen wie mir, die verlernt hatten zu weinen – und dann kein Halten mehr kannten.

Rose wiegte mich sanft; selbst als ich mit dem Rücken an den Brunnenrand sank und die Schluchzer verebbten wie Wellen am Strand, hielt sie meine Hand. Sie hielt sie auch noch, als Phillip sich vor uns kniete und meine Aufmerksamkeit forderte.

»Mary«, sagte er – und es klang richtig und falsch zugleich.

Weil er der richtige Prinz war, aber der falsche Bruder.

»Wir müssen gehen.«

»Lass sie erst zu Atem kommen.«

»Wenn sie uns findet …«

»Sie ist gleich so weit«, beschwor Rose ihn und drückte meine Hand.

Ich nahm dir die Erinnerung, um dir Leid zu ersparen.

Ich sah auf, doch da war niemand, abgesehen von Rose und Phillip.

»Sie weiß, dass wir hier sind«, teilte ich ihnen heiser mit.

Er nickte Rose zu. »Geh!«

»Wohin?«, fragte ich rau.

»Zum Ball.« Rose erstrahlte förmlich. »Doch mitnichten als zukünftige Braut des Kronprinzen – nichts für ungut.« Sie tätschelte Phillips Schulter. »Nein, ich will zum Ball und tanzen, bis meine Schuhe durch sind. Ich will herrlichen Wein kosten, im Garten flanieren und ein Dutzend Küsse stehlen. Ich will frei sein, zu lieben und zu leben, wie ich es will.« Sie nahm meine beiden Hände in ihre, wie Cinderella es getan hatte. »Verzeih, dass ich dich mit dem Versprechen hierherlockte, deine Zofe wiederzusehen. Ich wusste mir nicht anders zu helfen. Weder Alba noch Winter verstehen diesen Drang nach Freiheit, der wie ein Sturm in mir wütet. Einzig Cinderella verstand. Ich hoffe, sie in Maywater zu finden. Wir wollen die sechs Reiche bereisen, mit einem Schiff nach Seval fahren – warst du je dort? Es soll wunderschön sein! Die Strände weit, das Meer endlos.«

Ich sah sie an Bord eines Schiffes stehen, die Haare gelöst, das gelbe Kleid gebauscht vom Wind; an ihrer Seite Cinderella. Ich sah sie lachen und scherzen und Pläne schmieden. Sie würden mit nackten Füßen im Sand versinken und den Wellen entgegenlaufen. Sie würden frei sein, wie ich es niemals gewesen war – und niemals sein würde.

»Lass es uns gemeinsam tun«, beschwor sie mich. »Fortlaufen und leben, wie wir es wollen. Ich für meinen Teil werde niemals mehr Weiß tragen – selbst wenn ich heiraten sollte.«

Sie lachte und sah dabei so gelöst aus, dass ich für einen Moment wahrlich gewillt war, ihr zu folgen. Doch der Augenblick, den ich mich neben ihnen durch den Sand laufen sah, verblasste rasch. Ich konnte nicht gehen.

»Ich muss zu Vater.«

Ihr Lächeln erstarb. »Winter hat den Jäger beauftragt, ihn zu töten.«

»Woher weißt du das?«

»Ich habe gelauscht. Während der letzten Jahre habe ich mehr Zeit hier unten als oben im Schloss verbracht. Manchmal denke ich, dass Winter es wusste. Einmal hat sie uns dabei erwischt, wie wir in der Bibliothek saßen und lasen, doch sie ließ uns gewähren – vielleicht der Bücher wegen. Sie liebt Bücher, vielleicht dachte sie, es ginge uns ebenso. Wie hätte sie auch ahnen können, dass die Welten, die wir zwischen den Zeilen fanden, die Sehnsucht bloß nährten?«

»Sie vertraute euch.«

Rose nickte bekümmert. »Im Gegensatz zu ihr besitze ich bloß dieses eine Leben – und welch Närrin wäre ich, würde ich es verschwenden? Nein, Mary von Athos, sosehr mich der Status einer Prinzessin auch reizt, will ich doch keine sein. Ich ahne es seit einer geraumen Weile, doch den Mut fand ich erst durch dich: die einzig wahre Prinzessin dieser Welt, die ebenso unfrei und unglücklich ist. Mich verlangt es nach einem anderem Leben.«

»Das verstehe ich.« Ich tat es tatsächlich.

Sie reichte die gläserne Kugel an Phillip. Erst jetzt fiel mir auf, dass ein Sprung durch sie ging; sie war gebrochen und zusammengesetzt worden. »Gib auf dich acht.«

»Das werde ich«, versprach er.

Ich wagte kaum zu fragen. »Was ist mit Alba?«

Echte Trauer durchbrach ihre Vorfreude. »Sie ist und bleibt meine Schwester – doch unsere Wege trennen sich hier.« Sie drückte meine Hand.

»Los jetzt«, befahl Phillip.

»Falls du es dir anders überlegst: Das erste Schiff im Morgengrauen ist meines.« Sie hob die Hand zum Abschied und trat zum Portal, das durch meine Berührung geöffnet worden war. Einen Atemzug lang stand sie einfach nur da und starrte es an, als könnte sie die Tragweite ihres nächsten Schrittes noch nicht ganz fassen.

Dann war sie fort und ich allein mit Phillip.

Die Stille zwischen uns war so erdrückend wie an diesem fernen ersten Tag, als er durch eine schicksalshafte Fügung an den Hof von Athos gefunden hatte. Damals hatte ich geglaubt, dass er mich aus meiner Einsamkeit befreien würde; dass unser Treffen vorherbestimmt war. Vielleicht war es das erst heute. Vielleicht würden wir diesmal wirklich fliehen können.

»Wir müssen gehen«, drängte Phillip, da betrat hinter uns jemand den Saal. Ich spürte die Kälte über den Boden kriechen; Phillip spürte es auch, rasch zog er mich hoch und schob sich zwischen mich und die Hexe, die erstaunlich still blieb.

Was sollte ich auch sagen?

Wie lange steht Ihr dort?

Lange genug.

Dann habt Ihr sie gehen lassen?

Ihr schwindelerregender Blick traf mich unvorbereitet. Darin lag so viel Schmerz, dass ich strauchelte. Auch sie schien einen Verlust erlitten zu haben.

»Wen habt Ihr verloren?«

Sie wisperte bloß einen Namen.

»Nein«, keuchte ich. »O nein.«

Rose würde Cinderella nicht finden.

Sie fand sie in ebendiesem Moment.

Winter trat tiefer in den Saal hinein. Phillip zog uns zurück.

Wir erzählen unseren Kindern Lügen, küssen ihnen die Stirn und lassen sie von einer besseren Welt träumen, an die wir verlernt haben zu glauben.

Damit sie nicht leiden, wie wir es tun.

Ihre Hand fand den Brunnen, sie zitterte.

»Ihr habt diese Welt erschaffen«, schleuderte ich ihr entgegen. Sie verneinte es nicht. Stattdessen sank sie genau dort nieder, wo ich zuvor gesessen hatte; und wie sie so dasaß, die Schultern hochgezogen, den Rücken gebeugt, erinnerte sie kaum an die Hexe, von der alle Welt schaudernd sprach. Sie sah bloß aus wie eine Mutter, die ihr Kind verloren hatte.

Allesamt, flüsterte sie.

Der Sohn Westhams

Kaum dass die Hexe den Spiegelsaal betrat, wusste er, dass ihre Chancen schwanden. Wenn sie entkommen wollten, mussten sie rasch handeln. Zwischen ihnen und der silberschimmernden Fläche lagen höchstens fünf Schritte – doch die Hexe brauchte nur einen Wink, um das Eis zu brechen, und dann wären sie gefangen. Rasch schob er Mary hinter sich und zugleich näher ans Spiegelportal. Noch vier Schritte.

Sie konnten es schaffen.

»Nein«, keuchte Mary. »Oh nein.«

Winter trat näher. Es überraschte ihn, wie gebrochen sie wirkte. Nichts erinnerte an die selbstgefällige Hexe, die er vor einigen Tagen im Wald getroffen hatte. Er war seinem Bruder durchs nächtliche Unterholz gefolgt, bis zum Schloss, das sich im Morgengrauen aus dem Dunst des Waldes geschält hatte, verlassen, verfallen und eiskalt. Augenblicklich hatte ihn die Schuld übermannt, weil sein Bruder an seiner statt hier gehaust hatte, an diesem Ort, der keine Wärme kannte. Doch jetzt war er fort, beauftragt von der Hexe, den Goldkönig zu töten. Rose hatte ihn in alles eingeweiht, kaum dass er erwacht war.

Er zog Mary weiter zurück. Noch drei Schritte.

Sie mussten es schaffen.

Er würde sich nie verzeihen, sollte Mary an diesem Ort gefangen sein wie sein Bruder zuvor. Damals war er zu jung und zu schwach gewesen, um sich zu wehren. Doch heute war er weder das eine noch das andere. Er hatte verbissener trainiert als alle anderen; gegen Drachentöter gekämpft, die doppelt so alt und stärker gewesen waren, wendiger und erfahrener. Er hatte gekämpft und verloren. Wieder und wieder, bis er sie alle niederrang.

Weil er es hasste, schwach zu sein.

Weil er hoffte, eines Tages gegen *sie* zu kämpfen. Doch nicht heute.

Marys Sicherheit lag in greifbarer Nähe. Noch zwei Schritte.

»Ihr habt diese Welt erschaffen«, schrie Mary, während Winter am Brunnenrand niedersank. Etwas daran, wie sie es tat, erschien ihm falsch. Sie wirkte schwach.

Doch Winter war nicht schwach.

Wie recht du hast.

Er riss die Augen auf und gleichzeitig Mary herum. Die silberne Fläche flackerte auf. Er wollte sie stoßen – solange sie nur entkam! Doch ihr Bein gab nach, sie stürzte und er über sie. Kopfüber tauchte er durch das silberne Nass, brach durch den Spiegel wie durch taufrisches Eis. Es klirrte, dann schlug er auf. Hastig rollte er sich herum, starrte zu dem Spiegel, durch den er gefallen war und über den nun Risse sprangen. Er sah Marys Gesicht auf der anderen Seite splittern – nur einen Schritt entfernt. Dann krachten die Scherben auf ihn nieder. Er stürzte zur Wand, an der der Spiegel gehangen hatte und die nur noch aus massivem Gestein bestand. Das Portal war verschwunden – und mit ihm Mary.

»Nein!«, schrie er auf, während hinter ihm etwas knirschte. Er sah den Angriff in letzter Sekunde, wich dem Dolchstich aus, rollte sich herum und kam auf die Beine – keine drei Schritte entfernt von seinem Ebenbild.

»Du Glückspilz bist ihr erneut entkommen«, knurrte Tarek – der echte Tarek.

Phillip starrte ihn entgeistert an, registrierte sofort das Wappen Westhams, sorgsam aus Kupfergarn gestickt; dazu die Bänder, das Abzeichen – und das Fehlen der Maske.

»Überrascht?«, fragte Tarek und ließ den Dolch kreisen.

»Warum bist du hier?«

»Winter befahl mich her. Sie befiehlt mir viel. Dich holen, dich zurückbringen. Vögelchen fangen, die dem Kerker entwischen.«

»Rose«, erkannte Phillip. »Hast du sie …?«

Tarek neigte den Kopf, es erinnerte Phillip auf erschreckende Weise an sich selbst. Wie er im Schutze seines Gemachs, wenn ihn die Sehnsucht erstickte, in den Spiegel blickte – auf der Suche nach ihm. Stets hatte er sich gefragt, wie es sein würde, ihm von Angesicht zu Angesicht gegenüberzustehen. Wäre es, als würde er in einen Spiegel sehen? Oder würde ein Fremder vor ihm stehen? Tatsächlich fand er beides – die vertrauten Züge, das markante Kinn, das dunkle Haar; und zugleich schien alles verzerrt, die Augen zu dunkel, die Schatten darunter zu tief, der Zug um den Mund zu hart.

»Wo ist Rose?«, verlangte er zu wissen.

Der Dolch kreiste unentwegt, ein blitzendes Etwas. »Sollte sie hier sein?«

»Wenn du ihr etwas angetan hast …«

»Sie hat Mary etwas angetan. Sie hat sie beinahe getötet!«

»Du Narr! Sie tat es, um Alba zu täuschen.«

»Ich sehe, du hast dich mit unseren Bräuten angefreundet.«

»Rose ist nicht unser Feind!«

Der Dolch stoppte abrupt. »Unser? Es existiert kein unser.«

»Bruder, du musst …«

Damit hatte er das Falsche gesagt. Ein zweiter Dolch blitzte auf. Klirrend landete er vor ihm in den Scherben. »Heb ihn auf.«

Phillip hob die Hände. »Ich kämpfe nicht gegen dich.«

»Fürchtest du, ich sei dir unterlegen? Ich habe dich vom Waldrand aus beobachtet. Du bist gut mit dem Schwert, geradezu heroisch. Weshalb es mich zutiefst verwundert, dass du dem maywaterschen Bastard unterlagst. Nur keine Schande; wir alle haben schwache Momente. Heb ihn auf, zeig mir dein Talent.«

»Hör auf mit den Spielchen.«

»Oh, ich spiele keineswegs, *Bruder*. Ich befolge lediglich Befehle.«

»Ich bezweifle sehr, dass die Hexe mich tot sehen will.«

Ein Lächeln spannte Tareks Züge. »Wer hat was von tot gesagt? Heb ihn auf.«

»Nein.«

Tarek knurrte; der Dolch in seinen Händen zuckte, als besäße er ein Eigenleben, als dürstete es ihn nach Phillips Blut. Er konnte es ihm nicht verdenken.

»Verzeih …«, begann er, doch Tarek unterbrach ihn, indem er vorstieß. Phillip duckte sich unter Tareks Arm hinweg und brachte Abstand zwischen sie. »Ich verstehe, dass du wütend bist …« Erneut griff Tarek an. Sie umkreisten einander. Tarek stieß vor, Phillip wich aus. Die Scherben knirschten unter ihren Sohlen, das Licht der Fackel brach sich in den Splittern. Als würden sie auf Feuer tanzen. »Hör auf«, rief Phillip. »Mary ist in Gefahr …«

»Weil du sie zurückgelassen hast«, zischte Tarek, jedes Wort durch einen Hieb unterstreichend. Phillip griff nach seinem Arm und entwand ihm den Dolch, klirrend landete er neben dem anderen. Sie rangen miteinander; eine Scherbe, die sein Bruder um den Hals getragen hatte, fiel zwischen die des Portals. Keiner von ihnen achtete darauf. »Du hast sie in diese Situation gebracht. Du hast sie zurückgelassen – wie mich damals!«

»Es war deine Entscheidung.« Phillip stieß ihn zurück. »Du hast die Hand gehoben, du hast behauptet, ich zu sein – deshalb hat sie dich mitgenommen!«

»DU HAST ES ZUGELASSEN«, brüllte Tarek.

»Was hätte ich denn tun sollen?«

»Du wusstest, dass sie dich wollte!«

»Und du hast geschwiegen, verdammt! Warum, Tarek? Warum hast du nichts gesagt? Warum bist du mit ihr gegangen? Du hättest bloß die Wahrheit sagen müssen …«

»Weil ich musste!«, spie er ihm entgegen. »Sie hätten mich verachtet, wäre ich geblieben! Du warst wichtig, du warst wertvoll. Und ich? Ich war nur …«

»Du warst alles für mich«, sagte Phillip.

Tarek lachte auf, bitter und unendlich verletzt; und plötzlich war es Phillip, als würde er wahrhaftig in einen Spiegel blicken. Er fand denselben Schmerz, denselben Zorn, dieselbe Trauer. All die Spuren der

Jahre, die schlaflosen Nächte und trügerischeren Momente des Erwachens, wenn für einen Moment die Zeit ungeschehen schien. Doch er war gestohlen worden. Tarek hatte sich an Phillips Stelle geopfert. Weil sie von Kindesbeinen an gewusst hatten, welche Position sie innehatten und welche Erwartungen sie erfüllen mussten.

Kronprinz und Zweitgeborener.

»Warum?«, fragte Tarek da. »Warum hast du mein Leben gelebt?«

Die Schuld schmeckte bitter, die Wahrheit umso mehr. »Ich hasse die Pflichten des Kronprinzen. Der zweite Prinz zu sein, ist …«

»Einfacher?«

Er fühlte sich elend. »In deine Haut zu schlüpfen war so leicht. Vater zwang mich dazu: Niemand sollte wissen, dass die Hexe derartige Macht über ihn besaß. Ich musste schweigen und tun, was er sagte. Ich war wir beide. Erst später wurde ich gänzlich zu dir. Es fiel niemandem auf.«

Tarek ächzte. »Gratuliere.«

»Durch die Drachengarde fand ich, was mir gestohlen worden war.«

»Brüder?«, höhnte Tarek.

»Sie würden ihr Leben für mich geben. So wie …«

»Ich«, vollendete Tarek.

Einen Herzschlag lang standen sie beide da.

Bis der Jäger, der kein Jäger war, das Schweigen brach.

»Wo ist Mary?«

»Wir versuchten zu fliehen …«

»Wir?«

»Rose, Mary und ich.«

Herablassend hob Tarek die Brauen. »Traue niemals einer falschen Braut.«

»Befahl Winter, Rose zu töten? Falls dem so ist, darfst du nicht …«

Tarek schnitt ihm das Wort ab: »Ich habe mich darum gekümmert.«

»Du hast …«

»Zurück zu Mary«, unterbrach ihn Tarek. »Da deine Befreiungsaktion gescheitert ist, brauche ich deine Hilfe.«

»Wozu?«

»Wenn du willst, dass Mary lebt, müssen wir Winters Auftrag ausführen.«

»Sie wird ihr nichts tun. Sie ist ihre Nichte.«

»Hexen sind nicht wie wir. Sie kennen keine Familie.«

»Rose war sich sicher, dass Winter niemals …«

»Rose«, sagte Tarek gedehnt, »dachte auch, entkommen zu können.«

Phillip zwang sich, kein drittes Mal nach ihr zu fragen. Womöglich wollte er die Antwort nicht hören. Nein, er würde tun, was auch immer getan werden musste, um Mary zu schützen – auch wenn das hieß, seinem Bruder zu vertrauen, der soeben von den Toten auferstanden war. Niemand kannte Winter so gut wie er.

»Was müssen wir tun?«

Tarek lächelte raubtierhaft. »Wir gehen jagen.«

Mary von Athos

»Glaubst du, sie erkennen dich nicht, bloß weil du dir das Haar schwärzt?«

Die schönste Braut zu Mary
als sie ihr die Asche aus dem Haar bürstete

Da ist ein Palast im Wald, hatten die Kinder stets geflüstert und schaurige Geschichten über ein vergessenes Königreich gewispert, in dem jeder, der es betrat, seine Gestalt verlor und fortan als Vogel sein Dasein fristen musste. Sie hatten sich Kränze aus Federn geflochten und waren im Schlosshof umhergerannt, während einer von ihnen die Hexe spielte, die sie einfing und zu Stein erstarren ließ. Jedes Mal, wenn ich zu ihnen getreten war, hatten sie ihr Spiel unterbrochen und mich vorwurfsvoll angestarrt. *Sprecht nicht mit der Prinzessin*, hatten sie gezischt und waren samt Federn verschwunden.

Jetzt befand ich mich inmitten des Palastes, von dem sie gesprochen hatten, während seine Herrin vor mir durch die Gänge schritt. Kaum dass Phillip durch das Portal gebrochen und es hinter ihm gesplittert war, hatte sie nach meinem Knöchel gegriffen und ihn mit Eis überzogen. Seltsamerweise verspürte ich keinen Schmerz – er war bloß kalt und taub.

Für einen Augenblick wirst du laufen können.

Sie lotste mich durch die unterirdischen Gänge. Ich folgte ihr eine Treppe hinauf, eine Stufe nach der anderen nehmend und eine Spur aus Pfützen hinterlassend. Vielleicht löste ich mich tatsächlich auf: in Schaum und Salz und Pfützen auf Stufen.

Auch ich trauere.

Ich hatte mir Winter anders vorgestellt. Bösartig und listig.

Sie schien nichts dergleichen zu sein.

Und doch bin ich es.

Ich sah es nicht in ihr.

Du wirst, versprach sie seufzend und wies auf einen Durchgang. Ich folgte ihr schweigend. Meine Eltern waren ihretwegen gestorben.

Bist du froh um die Erinnerung?

»Sie haben mich geliebt.« Es war beinahe seltsam, wie viel Kraft ich aus dieser Erkenntnis zog. Das Gefühl war warm und wohltuend. Es schmerzte und befreite. Ich konnte endlich Frieden schließen: mit mir und mit ihnen, die ich so sträflich verkannt hatte.

Ich verbarg die Erinnerungen aus zweierlei Gründen vor dir.

Sie hatte mich schützen wollen.

Das tat ich wohl, sagte sie und öffnete eine Tür, hinter der die Bibliothek lag. Kreisrund führte der Schacht hinab, das Gewölbe darüber bestand aus purem Eis – oder war es Glas? Dahinter errötete der Himmel sanft im Abendlicht. Der Ball würde in Kürze beginnen.

Ich nahm dir die Erinnerungen, um dir Kummer zu ersparen. Doch ihr Fehlen hat dir größeren Kummer bereitet.

»Was war der zweite Grund?«

Um zu schützen, was ich geschaffen habe.

Ich folgte ihr die Stufen hinab, an Regalen vorbei, in denen sich Bücher und Karten stapelten, die Einbände so alt, dass die Lettern bereits verblassten. Es fühlte sich an, als würde ich eine fremde, längst vergessene Welt betreten.

Das tust du in gewisser Weise.

Winter wies auf einen Seitenflügel. Schneeflocken taumelten vom Gewölbe wie auch in der großen Halle; sie bedeckten den Boden und die Gemälde, die an den Wänden hingen. Die Schneeschicht auf ihnen schien dünner, als wäre sie erst vor Kurzem beiseitegewischt worden. Winter blieb vor ihnen stehen und sah zu mir.

Es gab kein Weiß in ihren Augen, keine Pupillen.

Nur tiefe, unendliche Schwärze.

Du ähnelst ihr so sehr. Einzig dein Haar verdankst du deinem Vater.

»Ihr Haar glich meinem«, widersprach ich.

Du weißt ja so wenig über sie, mich und dich.

»Sie starb wegen dir und ihr Haar war herbstgolden.«

So wie deines? Oder doch wie meines?

Ihr Kopf sank in den Nacken, die Dunkelheit fiel von ihr wie ein Vorhang. Die Schwärze schwand dahin. Winter seufzte mit geschlossenen Augen, das Haar silbern wie Schnee.

Wir gaben uns neue Namen, erfanden uns neu.

Wir änderten unser Aussehen und lebten gestohlene Leben.

Und blieben doch, wer wir waren.

Auf einen Schlenker ihrer Hand hin rieselte der Schnee von den Gemälden. Es waren allesamt Portraits. Zwei Männer, einer mit goldenen Augen, der andere kaum dem Kindesalter entwachsen, und ein Dutzend Frauen. Eine davon war …

»Mutter.« Es war die schönste Braut von Athos und doch wieder nicht. Das Haar tintenschwarz, die Augen schräg, die Hände sittsam gefaltet, in ihnen eine blütenweiße Lilie. Ich ließ den Blick über die Gemälde schweifen, auf der Suche nach weiteren Bräuten; doch weder die stumme Königin noch die Schwanenbraut war unter ihnen. Dafür fand ich ein zweites Portrait, das Mutter darstellte; einzig die Blume in ihren Händen war eine andere: rotblättriger Mohn.

Deine Eltern ließen dich im Dunkeln – so wie auch ich es tat. Wir glaubten dich zu schützen, nicht ahnend, dass dich ebenjene Unwissenheit beinahe zu Fall brachte. Die Schneeflocken um Winter verdichteten sich und setzten sich zu einem fließenden Mantel zusammen, die dunklen Schleier schwanden; allein die Schwärze in ihrem Blick verblieb. *Keine Geheimnisse sollen mehr zwischen uns* stehen, keine Ausflüchte und keine Verbote. Stell die Fragen, die du auf dem Herzen trägst, Prinzessin. Ich werde dir antworten.

Doch sei dir gewiss, dass es meine Wahrheit ist.

Nicht die des Jägers oder die der Prinzen.

Nicht die deiner Mutter oder die deines Vaters.

Es liegt an dir, ob du sie hören willst.

Ich dachte an all die geschwärzten Bücher in der verbotenen Bibliothek, an den Erlass gegen das fahrende Volk und Vaters Furcht vor Gerüchten. Stets hatte er behauptet, dass Worte mehr Macht besäßen, als ihnen zustände. Vielleicht hatte er recht.

»Warum wollt Ihr das tun?«

Betrachte es als Wiedergutmachung.

Ich zögerte, Winter lachte; es war weniger beängstigend als erschreckend menschlich.

Du kannst dich nicht entscheiden, so wie du dich noch nie entscheiden konntest.

Zwischen deiner Pflicht und der Liebe.

Zwischen der Krone und deinem Herzen.

Zwischen dem Durst nach Wissen und der Sicherheit des Unwissens.

Doch während du haderst, zerstörst du, was ich so sorgsam errichtet habe, um die Welt zu schützen. Kennst du die Geschichte des großen Krieges?

Ich verneinte. »Kein Gelehrter wagt darüber zu sprechen.«

Willst du sie hören?

Mein Blick fand erneut die Bildnisse an der Wand. »Welche von ihnen ist es?«

Winter wies auf die Frau mit der Lilie. Deine Mutter.

»Und diese?« Ich zeigte auf die mit der Mohnblume.

Die Antwort kam verzögert. Ihr Zwilling.

»Ich habe eine Tante?«

Hattest, verbesserte Winter. Sie starb während des großen Krieges.

»Sie war schön.«

Wunderschön, pflichtete sie mir bei.

»Wie starb sie?«

Sie nahm sich das Leben.

Die Geste, mir der sie den Rahmen richtete, war unendlich zart.

Willst du die Geschichte hören?

Willst du wissen, wie alles begann?

Ich nickte.

Welche Macht konnten Worte schon haben?

DRACHENBRAUT

Stephan war fort, das Schloss still.

Es erinnerte sie schrecklich an die Zeit, als Winter ihr den Sohn genommen hatte. Auch damals war es still gewesen. Kein Diener, keine Wache, keine Hofdame hatte gewagt, das Schweigen der Drachenbraut zu brechen, die wie ein Geist in ihrem Garten gesessen und getrauert hatte. Damals war allgemein angenommen worden, sie hätte ein ungeborenes Kind verloren. Niemand hatte geahnt, dass es einer der Zwillingsprinzen war. Während ihr Mann alles getan hatte, um diese Scharade aufrechtzuerhalten, hatte sie im Garten gesessen und geweint – sie tat es noch. Zwei Söhne verloren.

Ein Mann, der nach Rache gierte, und ein Krieg, der bevorstand.

Sie griff nach dem Glassarg, doch selbst die Splitter vermochten nicht den Schmerz zu tilgen, der sie von innen aushöhlte. Allein die Dunkelheit versprach Erlösung. Allein dort konnte sie bei ihnen sein. Sie öffnete die andere Hand, die Beeren schimmerten frostig.

Seit Jahren kultivierte sie einige Pflanzen rund um den Apfelbaum.

Es war kein Blut, das ihnen beim Gedeihen half, es waren Tränen.

Behutsam schluckte sie die Früchte, spürte ihr Salz auf der Zunge zergehen und den Sog in ihrem Innern erstarken. Der Himmel über ihr verblasste, die Zweige des Apfelbaums liebkosten sie sanft. Früher hatte sie mit ihren Kindern unter ihm gesessen. Sie hatten Apfelschnitze gegessen und Verstecken gespielt. Sie hatten gelacht …

… sie taten es auch jetzt.

Die Zwillinge liefen um den Stamm, während sie auf einer Decke saß und die Schalen mit dem Obst richtete. Einer ihrer Söhne liebte Granatap-

felkerne, der andere Äpfel. Phillip kam sofort, als sie ihn rief. Sein Bruder zögerte, wie er es immer getan hatte. Es brach ihr das Herz.

Wenige Atemzüge und zugleich Welten trennten sie.

Sie breitete die Arme aus.

»Tarek,« rief sie und er flog ihr entgegen.

Mary von Athos

»Lebe, als besäßest du hundert Leben.«

Die schönste Braut
als Mary um eine Schwester bat

Wenn Winter von ihren Schwestern sprach, veränderte sich nicht bloß ihre Stimme, sondern ihr ganzes Wesen. Ihre Hand, die sie zu den Gemälden hob, um auf diese oder jene Besonderheit hinzuweisen, folgte den Konturen der Gesichter, ohne sie wahrhaftig zu berühren. Es war ein Liebkosen mit all ihren Sinnen, ein Eingeständnis von Verlust und Zuneigung, wie ich es niemals erwartet hatte. Winter litt unter dem Tod ihrer Schwestern – so wie ich unter dem meiner Mutter litt. Ich erkannte mich in ihr wieder, in der Art, wie sie die Gemälde betrachtete. Zahllose Nächte hatte ich vor Mutters Portraits zugebracht. In jedem Saal, in jedem Gemach und Flur fand sich ein Bildnis von ihr, auf den Stufen des Schlosses liegend oder im freien Fall, hin und wieder auch auf dem Nordturm, die Arme ausgebreitet, der Himmel tiefviolett. Niemand hatte sie wahrhaftig dort oben gesehen – nur ich.

Weil ich dich weckte.

Durch die Winddämonen.

Ich hoffte, sie würde für dich innehalten.

Doch niemand hätte sie halten können.

Winter trat vor das Bildnis meiner Mutter. Sie hatte mir von Frühling erzählt und dem Krieg, der ihretwegen entbrannt war. Sie gab sich die Schuld daran, war es doch eines ihrer Kunstwerke gewesen – das Bildnis des Frühlings –, durch das der Krieg seinen Anfang gefunden hatte. Seither hatte sie nie wieder gemalt.

Dabei gab es so viel mehr Gründe, die zum Krieg geführt hatten.

Eine Braut, die gestohlen worden war.
Ein König, der Rache wollte.
Ein Sohn, der nach Blut gierte.

Frühlings Sohn war im Kampf großgeworden, er hat mehr Blut vergossen, als die Erde fassen konnte. Er war ein Krieger und ein Tyrann. Er vertrieb die Drachen aus Westham, jagte sie in die Berge, wo sie bis heute in sonnenlosen Tälern ihr Dasein fristen. Er vernichtete alle seine Feinde, er kannte keine Gnade.

Unter den Menschen galt er als Held …

… und heroisch war er, sagte Winter und trat vor das Gemälde Frühlings. Als er zu mir in den Wald kam und nach einem Fluch bat, um den König der grünen Ebene zu strafen, gab ich ihm, wonach er verlangte.

»Maywater war zerstört, der Krieg verloren. Was konnte ihn tiefer strafen als das?«

So großer Hass, wie ihn Frühlings Sohn empfand, verlangte nach etwas Persönlicherem als einem zerstörten Land. Er wollte, dass der König litt, wie er all die Jahre gelitten hatte. Ich verstand ihn, war ich selbst doch blind vor Trauer.

»Was hast du getan?«

Ich gab ihm etwas Unverzeihliches.

Winters Hand vor Frühlings Gesicht zitterte so stark, dass sie sie senkte.

Als Frühling starb, ruhten für einen Tag die Kämpfe. Deine Mutter nutzte den Moment des Innehaltens, um nach Maywater vorzudringen und den Leichnam ihres Zwillings zu bergen.

Wir bahrten Frühling in einem gläsernen Sarg auf, unfähig, sie gehen zu lassen. Selbst als die Drachen Maywater vernichteten und der Krieg ein Ende fand, harrten wir neben ihr aus. Es gab nur noch uns drei. Alle Übrigen hatten wir vor langer Zeit verloren. Frühlings Tod entzweite uns noch mehr.

Sie schritt vor den Gemälden entlang, berührte ein jedes hauchzart.

Wir waren so viele.

Nun war nur noch sie verblieben.

Die Letzte eines einst übermächtigen Geschlechts.

Ich möchte dir von Frühlings Sohn erzählen, der zu mir kam und mich am Sarg seiner Mutter fand. Als er neben ihr niederkniete und ihr Gesicht berührte – das erste und letzte Mal –, war ich bereit, alles zu tun, worum er mich bat.

»Er wollte Rache.«

Und wenn wir Feen in einem gut sind, dann darin.

»Was gabst du ihm?«

Etwas, das den König der grünen Ebene dazu zwang, dem Sterben seines Volkes beizuwohnen, ohne selbst die Erlösung des Todes zu erfahren. Er sah Generationen schwinden, dahingerafft vom Hunger und der Hitze der Wüste. Er, der ihnen dieses Schicksal auferzwungen hatte, indem er etwas stahl, das ihm nicht bestimmt war.

»Er sollte ewig leben?«

Er tut es noch, gestand Winter. Seit dreihundert Jahren ist er Zeuge des qualvollen Siechens seines Volkes. Das ist seine Strafe. Sein Martyrium.

»Kein Mensch kann so lange leben.«

Winters Blick traf mich unvorbereitet, die Qual darin schien unendlich.

Es gibt nur eines in dieser Welt, das endlos lebt. Ihre Finger zitterten so stark, dass sie sie in den Falten des Kleides verbarg. Eine solche Existenz ist die größte Strafe.

»Du«, flüsterte ich. »Du lebst ewig.«

Es ist das Schicksal der Feen, zu bestehen, während alles um sie vergeht.

»Gabst du ihm Feenblut? Überlebte er deshalb?«

Nein, sagte Winter. Nein, ich gab ihm etwas anderes. Etwas, das ihn daran hinderte, sich das Leben zu nehmen, wie Frühling es tat. Obwohl wir Feen endlos leben, können wir doch sterben – wenn wir den Mut dazu finden. Es gab nur eines, was der König der grünen Ebene so sehr liebte, dass er alles dafür opfern würde, selbst wenn das hieß, seinem Volk beim Sterben zuzusehen: Frühlings Herz.

»Nein«, keuchte ich auf. Winter wandte sich ab.

Deine Mutter schlief, als ich ihre Brust öffnete, um ihr das Herz zu entnehmen. Ihr Sohn nahm es an sich und ging. Ich weiß nicht, wie er es dem König der grünen Ebene einsetzte, ich weiß nur, dass er es tat. Fortan schlägt das Herz meiner verstorbenen Schwester in der Brust des Mannes, der sie zum Tode verurteilte – deshalb besteht er fort. Das Herz der Fee, die er über alles liebte, hält ihn am Leben. Tötet er sich, stirbt auch der letzte Teil von ihr. Und das ist er unfähig zu tun.

»Ist er noch in Maywater? Ich sah ihn nirgends.«

Manchmal schicke ich meine Dämonen aus, um ihn im Schlaf zu beobachten. Er träumt jede Nacht von ihr und jeden Morgen, den er erwacht, schreit er sich die Seele aus dem Leib. Er leidet, sein Körper zerfällt, er ist nahezu blind und taub, doch das Herz in seiner Brust schlägt so kräftig wie zuvor.

Und da wusste ich, von wem sie sprach. »Der Kämmerer.«

So nennen sie ihn heute.

»Er stahl Frühling?«

Das tat er.

»Duncan weiß nichts davon. Niemand weiß davon!«

Einer seiner Vorfahren sperrte den verfluchten König in die Gewölbekeller der Schatzkammer. Dort hauste er und verlor mehr *und mehr den Verstand. Heute weiß kaum noch jemand von seiner Existenz oder wer er einst war.*

»Als ich in der Schatzkammer war, um meinen Schmuck zu holen, hatte ich den Eindruck, er würde mich hassen.«

Während des Krieges kämpfte Athos auf Seiten Westhams.

Ich verstand. »Er nannte mich Herbstkind.«

Deine Mutter litt unter der Vorstellung, dass Frühlings Herz in seiner Brust schlug. Deshalb stieg sie eines Tages hinab in die Schatzkammer und gab ihm einen vergifteten Dolch, wie sie ihn ein Jahrhundert später auch deinem Vater reichte.

»Warum?«, fragte ich nur.

Sie ertrug seine Qual nicht, fürchtend, dass auch Frühling litt.

»Frühling war tot.«

Sie ist es nicht mehr.

»Unmöglich.« Ich sah zu dem Portrait Frühlings. »Sie starb. Wie kann sie da leben?«

Da erzählte sie mir von den ersten Jägern, die vor Jahrhunderten im Wald auf die Ran gestoßen waren und ihre Leben gelassen hatten.

Schwer verwundet, vermischte sich das Blut der Jäger mit dem der Ran. Statt zu sterben, wandelten sie fortan als lebende Tote durch die Wälder, auf der Suche nach weiteren Unglücklichen, dich sich wie sie im Dunkel verloren. Sie wurden zu den Wächtern des ersten Ringes: die Schattenkrieger.

»Der Jäger«, flüsterte ich. »Er ist wie sie?«

Er ähnelt ihnen in gewisser Weise.

»Und Frühling?«

Winter seufzte. *Meine Schwester war tot, doch mit dem Einsetzen ihres Herzen in einen lebendigen Körper, fand auch das Leben zurück zu ihr. Ohne Herz jedoch war es ihr unmöglich, sich zu erheben. Sie lebte und lebte doch nicht. Für sie wob ich einen Zauber, ich schuf etwas, das ihrem Geist Linderung verschaffen sollte: die ersten Schneebeeren. Durch sie fand Frühling Frieden.*

Sie wäre auf ewig in dieser Zwischenwelt verblieben, wenn nicht deine Mutter einen Dolch mit Ranblut getränkt hätte.

»Sie wollte Frühling erlösen.«

Und hat sie stattdessen verflucht. Als sich der Kämmerer das Herz durchstach, verlor nicht nur er die Fähigkeit zur Liebe ...

»Sondern auch sie.« Ich trat vor Frühlings Portrait.

Fortan fand sie keine Ruhe mehr. Es verzehrte sie nach Rache.

»Deswegen erhebt sich der Wald? Wegen ihr?«

Es begann mit einem einzelnen Trieb, der durch die Gewölbekeller und die Ritzen des Sarges wucherte; schon bald folgten weitere. Als ich es merkte, war es zu spät. Frühling und der Wald waren eins geworden. Je mehr Blut im Wald floss, desto mehr dürstete es sie danach. Sie gewann an Stärke, bis nicht einmal mehr die Schneebeeren sie im Reich des Vergessens zu halten vermochten. Sie erwachte, doch war ohne Herz unfähig, ihren Körper zu nutzen.

»Warum habt Ihr das Herz nicht zurückgeholt?«

Anfangs war da der Wunsch nach Rache; später bat sie mich, es zu unterlassen. Jeder, den sie kannte, ihr Gemahl, ihr Sohn, alle waren längst vergangen. Ich besuchte sie im Zwischenreich. Wir sprachen miteinander, wir schwelgten in Erinnerungen. Deine Mutter ahnte nichts davon. Hätte ich sie eingeweiht, wäre sie niemals nach Maywater gegangen. Sie wusste es nicht besser. Danach war es zu spät. Frühling veränderte sich. Sie verlangte nach dem Herz, doch ich konnte es ihr nicht zurückgeben – zu dunkel war ihre Seele geworden, zu abgründig ihre Gedanken. Ich sah die Welt, wie sie wäre, sollte Frühling ihr Herz zurückerlangen. Ich sah es in ihrem Innern. Es darf niemals geschehen.

Ich versuchte es mir vorzustellen: ein Sarg, von Ranken umschlungen, und in ihm eine Frau, die das Gesicht meiner Mutter trug und deren Innerstes sich vor Rache verzehrte. Ich dachte an Mutter und daran, dass es sie umgebracht hätte, von ihrer Schwester zu wissen.

Winter ächzte, sie lachte beinahe – atemlos und verzweifelt.

So ist es gekommen – so starb Herbst.

Ich fuhr herum und starrte sie an. Ihren weißen Mantel begannen bereits Fäden aus Asche zu trüben. Sie trug Trauer, nach wie vor. »Was ist geschehen?«, verlangte ich zu wissen.

Diesmal, das spürte ich, fiel es ihr schwer, fortzufahren.

Mit der Geschichte und mit der Schuld.

Winter

Sie brachte es kaum über sich, mit der Geschichte fortzufahren. Mit dem Leid, das die Welt einte und zugleich so nachhaltig geteilt hatte wie niemals etwas zuvor. Mary stand bloß da und lauschte, die Blicke unstet von einem Portrait zum anderen huschend. Manches Mal verharrte sie länger vor einem der Bilder; Winter fragte sich, was sie wohl sah. Erkannte sie die Schönheit in den Gesichter der Verstorbenen? Sah sie die Grausamkeiten, die ihre Leben bestimmt hatten? Sah sie das Glück, das flüchtig wie der Wind ihrer aller Leben berührt hatte?

Währenddessen fuhr sie fort, erzählte, wie Herbst sie verlassen hatte und sie selbst allein im Wald verblieben war; mit ihren gestohlenen Kindern und dem Sarg, dessen Geheimnis niemand kannte. Damals hatte die Zeit der jetzigen Turmbraut kurz bevorgestanden. Viele Nächte hatte diese die Einsamkeit in den Wäldern gesucht, um sich auf ihre Aufgabe vorzubereiten. Wie hätte Winter auch ahnen können, dass sie dabei einer Stimme gelauscht hatte in der fälschlichen Annahme, es sei Winters? Frühling hatte der Turmbraut befohlen, den Wald zu verlassen und Westham aufzusuchen. Was sie tat. Als sie zurückkehrte, den vermeintlichen Kronprinzen im Schlepptau, hatte Winter sofort begriffen, was geschehen war. Frühling hatte die Turmbraut glauben lassen, dass sie – Winter – ihn bräuchte, um den Drachenkönig zu binden. In Wahrheit war es ihr um anderes gegangen: um das Herz einer Fee.

»Sie wollte sein Herz für sich?«, rief Mary entsetzt. »Er ist ihr Enkel!«

Sobald der Jäger zur Sprache kam, veränderte sich Marys Haltung, sie verspannte sich wie eine Raubkatze vorm Sprung, allein ihr Gesicht wurde weicher, ihr Blick beinahe sanft. Welch verschlungenen Pfaden die Liebe doch folgte. Sie war größer als alles. Selbst als der Tod.

»Wieso denkt er, dass ihr ihn gestohlen hättet?«

Weil ich alle Welt glauben ließ, dass ich es war.

Sie hatte den Nutzen erkannt und die Kontrolle über Westham zurückerlangt. Frühling hingegen musste erkennen, dass in ihrem Nachfahren zwar Spuren ihres Blutes flossen, er jedoch ganz und gar menschlich war, sein Körper und sein Herz. Es war nutzlos für sie.

Nicht so dein Herz, sagte Winter und kam zum letzten Teil ihrer Geschichte.

Dem wahren Grund, warum Herbst ihr Leben gegeben hatte.

»Nicht dich wollte sie einsperren«, erkannte Mary da und weinte schon wieder; nicht herzzerreißend wie zuletzt, sondern still und aufrecht. Winter wusste nicht, ob Mary Trost von ihr annehmen würde, und so standen sie bloß nebeneinander vor den Bildern ihrer Schwestern, während ihrer Nichte – ihrer einzigen Nichte – die Tränen über die Wangen liefen.

Alle Streitigkeiten, die uns entzweit hatten, erschienen nichtig.

Sie hatte mich verraten, ich dich verflucht.

Sie hatte mit mir gebrochen, ich ihr Vertrauen verloren.

Wir trugen beide Schuld und konnten uns nicht verzeihen; doch die Sorge um dich einte uns. Wir mussten dich schützen. Sie fand einen Weg.

»Der Turm«, flüsterte Mary.

Alles war sie bereit für dich zu opfern. Sogar ihr Leben.

»Du wolltest sie aufhalten.«

Ich bestand darauf, einen anderen Weg zu finden.

Deshalb weckte ich dich. Doch sie war zu allem entschlossen.

Ihr Opfer färbte den Wald blutrot. Fortan verlor er niemals sein Laub. Er ist Frühlings Gefängnis – doch auch ich kann ihn nicht mehr verlassen. Sowohl meine Bräute als auch die Menschen ließ ich in dem Glauben, ich sei die Gefahr. Dabei bin ich die Wächterin des letzten Rings, die letzte Hürde zwischen Frühling und der Welt außerhalb.

»Das Netz, das du um das Schloss gewoben hast, es hält nicht die Ran draußen, sondern Frühling in seinem Innern.«

So ist es.

Während Mary vor jenem Gemälde stehen blieb, das Winters älteste Schwester zeigte – die Haare zum Zopf geflochten, der Blick entflammt –, spürte sie selbst Frühling erneut erstarken. Es war ein Ziehen an ihren sorgsam gelegten Flüchen, ein Zupfen und Zerren. So dicht hatte sie die Zauber gewebt, dass Frühlings Wispern bloß innerhalb des Schlosses zu vernehmen war. Doch auch dieser Schutz würde weichen, sollte es zu einem Krieg kommen und das Blut Tausender Soldaten den Wald nähren.

Deswegen, das gestand sie Mary, befahl ich dem Jäger, deinen Vater zu töten.

»Tu das nicht. Er ist mein Vater.«

Jeder Mensch ist eines anderen Menschen Kind.

»Das weiß ich, aber …«

Er ist kein gnädiger Monarch.

»Er durchstach sich das Herz, um mich zu schützen!«

Das ist der Kreislauf von Ursache und Wirkung:

Wäre Frühling nicht ins Reich der Menschen geflohen.

Hätten die Menschen niemals ihr Portrait gesehen.

Wäre der König der grünen Ebene nicht ihrer Schönheit verfallen.

Hätte es keinen Krieg gegeben.

Wäre Frühlings Sohn nicht vor Rache zergangen.

Hätte ich ihr Herz gelassen, wo es war.

Wären Herbst und ich ehrlich zueinander gewesen.

Hätte sie nicht zum Randolch gegriffen.

Wäre Frühling keine Gefahr.

So geht endlos es weiter. Es ist eine Abfolge von Fehlern und Konsequenzen.

Wir können den Verlauf der Zeit nicht ändern.

Wir können nur mit den Karten spielen, die wir in den Händen halten.

»Es ist kein Spiel«, begehrte Mary auf.

Nein, das war es nicht.

»Er ist mein Vater. Ich kann nicht zulassen, dass du ihn mir nimmst.«

Und da begriff Winter, dass es von diesem Punkt an nicht mehr in ihren Händen lag.

Ist gut, sagte sie, während Frühling unaufhörlich an ihr zerrte.

DAS GESTOHLENE KIND

Verborgen hinter einer Bücherwand lauschte sie dem einseitigen Gespräch. Aus den Antworten der Prinzessin entnahm sie, dass sie über deren Vater sprachen. Dass der Goldkönig den Thron räumte, passte ausgezeichnet, brauchte Athos doch nach seinem Tod einen neuen Regenten und wer, wenn nicht der Jäger, käme da infrage?

Mit ihr an seiner Seite.

Die Vorfreude ließ sie beinahe unvorsichtig werden.

Hastig wich sie in einen Seitengang zurück, als Winter mit der verfluchten Prinzessin den Saal verließ, in dem die Portraits all jener Frauen hingen, denen ihr und Rose vom Angesicht her glichen. Aus einem der Bücher wusste sie, dass Kinder mit schneeweißer Haut einst verflucht gewesen waren – und zu großer Macht bestimmt –, hätte nicht eine von Winters Schwestern den Fluch gebrochen und alle folgenden fortan von der *Last* des magischen Erbes befreit. Sie fühlte sich schrecklich betrogen. Ihr war etwas vorenthalten worden, das ihr von Geburt an zustand. Sie war zu Großem bestimmt gewesen, das hatte sie immer gewusst. Und Großes würde sie vollbringen.

Als Braut in Athos. Als seine Gemahlin.

Auf leisen Sohlen folgte sie den zwei Gestalten die Treppen hinauf bis zu einer Kammer. Verstohlen schob sie sich näher, wagte jedoch nicht, um die Ecke zu linsen, aus Furcht, erwischt zu werden. Winter trug ihr nach, dass sie die Prinzessin zu töten versucht hatte. Bald, so hoffte sie, würde sie ihr verzeihen. Die Bräute schwanden dahin. Rose – diese Verräterin! – war geflohen und Cinderella hatte versagt. Einzig sie verblieb.

Winter konnte nicht auf sie verzichten. Sie war zu wichtig.

Bedacht rückte sie ein Stück näher an die Tür heran, bis sie die Stimme der Prinzessin vernahm. Es waren bloß Bruchstücke des Gesprächs, doch sie verstand genug. Ihre Finger krampften sich zusammen, die Nägel bohrten sich ins Fleisch, den Schmerz spürte sie kaum.

Winter gab der Prinzessin ein Gefäß.

Sie erhob sie zu einer falschen Braut.

Sie, die niemals hätte geboren werden dürfen!

Oh, wie sie sie hasste! Alles, wofür sie standen, alles, worauf sie so lange gewartet hatten – nichtig in einem Moment der Schwäche. Mit Gewalt bog sie die Finger auseinander, riss den Ärmel ihres Kleides hoch und grub die Spitzen in ihre Haut. O nein, sie würde nicht aufgeben! Nicht sie! Winter würde ihr danken, vielleicht nicht sofort, aber eines Tages. Immerhin tat sie genau das, was Winter all die Jahre getan hatte. Den Frieden wahren.

Der Wüstenkönig

Die Nacht hing samtschwarz über den Kristalllüstern, ein falscher Himmel geschaffen aus Stein, Farbe und Diamant. Niemals zuvor hatte er sich die Zeit genommen, das Gewölbe in all seiner Eleganz zu betrachten. Niemals zuvor hatte er die Sorgfalt erkannt, mit der die Sterne arrangiert worden waren. Sie bildeten einen göttlichen Zug, der über den Treppen beginnend zum Thron des Wüstenkönigs führte. Ein milchiger Streifen Sternenstaub, der ihn schmerzlich an Marys Haut erinnerte, an ihre entblößten Beine im Schmutz des Blutwaldes.

Er bereute zutiefst, was er getan hatte.

»Eure Majestät?«

Einer der Kommandanten, die ihm im Blutwald zur Seite gestanden hatten, räusperte sich verlegen. Wahrscheinlich ersuchte er seit einer geraumen Weile seine Aufmerksamkeit. Duncan sah, wie er einen vielsagenden Blick mit einem weiteren Soldaten tauschte. Er kannte diese Art stummen Austausch, hatte ihn allzu oft in den Wochen vor seines Vaters Tod gesehen. Ob sie befürchteten, er würde wie dieser dahinsiechen? Erkannten sie gar die Gefahr, in der er schwebte? Er war dem Wald entkommen, doch nicht seinem Einfluss.

Wenige Minuten hatte er sich in einer heißen Wanne gegönnt, das Blut und die Schuldgefühle abgewaschen – mit mäßigem Erfolg –, ehe er sich in das Arbeitszimmer seines Vaters zurückgezogen hatte, um Dekrete zu erlassen, die das Leben seines Volkes erleichtern würde. Er konnte sich an kein einziges entsinnen, nur dass er es getan hatte, daran erinnerte er sich. Mehr und mehr Augenblicke entzogen sich seinem Gedächtnis, zerflossen Stück für Stück. Ob er gar eines Tages wie sein

Vater erwachen würde, nur um festzustellen, dass Jahre und Jahrzehnte innerhalb von Augenblicken zerronnen waren? Ob da ein Kind wäre?

»Eure Majestät!«

Erneut der Kommandant, diesmal vehementer.

»Mhm?« Mehr brachte Duncan nicht zustande.

»Westham hat seine Truppen zusammengezogen. Wir konnten ihre Banner diesseits des Silberflusses ausmachen; es befinden sich überdies auffällig viele Schiffe unter attischer Flagge in der Bucht.« Ein kurzes Stocken, vielleicht befürchtete der arme Kommandant gar, dass kein Wort zu seinem Regenten durchdrang; doch Duncan verstand sehr genau. »Eure Majestät, wir werden angegriffen.«

»Mhm.«

»Wie lauten Eure Befehle?«

Duncan sah zu den Sternen empor, den Kronleuchtern, die wie die Sonne und der Mond unter dem falschen Himmel hingen. Er wusste, was sich die Leute über seine Vorfahren erzählten. Dass die Krone, die er in der Schatzkammer zurückgelassen hatte, dem Himmel entwendet war. Dabei war sie bloß ein Stück geschmolzenes Eisen, der Erde abgerungen durch menschlichen Schweiß. Durch ehrliche, harte Arbeit. Aber was zählte das schon?

Was blieben, waren die Legenden.

Sie stahlen die Sterne.

Sie beraubten den Himmel.

Sie bauten zu hoch.

Sie spielten Gott.

Sie bekamen, was sie verdienten.

»Eure Majestät!«

»Lasst sie kommen«, murmelte er mehr zu sich selbst. »Sie sollen kommen – sie müssen es mit eigenen Augen sehen.«

»Aber …«

Unwirsch entließ er sie. Er wollte allein sein. Für einen letzten Augenblick.

Vielleicht das letzte Mal überhaupt.

Der Kommandant ging, die Soldaten blieben.

Dann spürte er es: das Gefühl, als würde es regnen.

Seit Ewigkeiten hatte das nicht mehr.

Schwerfällig drehte er sich um, es glich einem Kampf gegen die Schwerkraft, die ihn in die Knie zu zwingen drohte. Der Saal flackerte, die Sterne über ihm verblassten zum dumpfen Grau einer Welt, die keine Farben mehr kannte. Einzig sie strahlte beißend grell.

Er zögerte nicht, wissend, dass es kein Entkommen gab.

»Du«, ächzte er und die Stille des Saals trug das Wort.

Da stand sie, blendend wie die Sonne auf dem Wüstenfluss.

»Du«, wiederholte er erschöpft und diesmal sprudelte ihm triumphierendes Gelächter entgegen. Er schloss die Lider und gab sich auf. Sein Königreich. Seine Pflichten.

KÖNIGSZORN

Wenige Monde nach dem Tag des schwarzen Winters

Ich schmeckte Furcht, als ich die Stufen zum großen Saal hinabstieg. »Der Goldkönig naht«, teilte einer von Vaters Ministern kurzatmig mit, ehe ihn ein Scheppern fortzog. Vaters persönliche Magd hatte eine Vase fallen lassen und kauerte nun über den Scherben, beschimpft vom nicht minder aufgelösten Minister und umringt von einer aufgeregt wispernden Schar Dienstboten. Wenn Vater von seinen Reisen heimkehrte, herrschte stets Aufregung unter den Bediensteten; hier wurde ein Spiegel nachpoliert, dort ein letztes Staubkorn aufgelesen. Die Waisen hockten in den Gängen und kratzten das Schimmermoos aus den Rillen, die Köche schickten Eilboten zum Hafen, in der Hoffnung, sie würden rechtzeitig zurück sein, um alles dabeizuhaben, was es eben so gab. Vater war wählerisch und neigte zu Jähzorn, sollte seinen Wünschen nicht Folge geleistet werden.

Heute waren alle Versuche vergebens: der Goldkönig war bereits da.

»RAUS!«, brüllte er und rauschte flankiert von seinen Königswächtern in den Saal. Die Magd über den Scherben begann so heftig zu zittern, dass ich am liebsten gezischt hätte, sie solle still sein. Nur wer still war, entkam seinem Zorn.

Doch er war nicht wütend.

»Wo ist sie?«, rief er beinahe euphorisch, kaum dass er auf seinem Thron saß und nach Wein verlangt hatte. »MARY!«

Die letzten Waisen entschwanden, gefolgt von der Magd, die ihre blutigen Hände hastig in der Schürze barg, während ich meinen Mut zusammenraffte und vortrat. »Vater?«

Sein Gesicht glühte. Er war betrunken, das sah ich sofort.

»Heute ist ein guter Tag«, ließ er mich wissen und verlangte, dass ich mich zu ihm setzte. Ich folgte sofort, zitternd vor Anspannung; zu meiner Überraschung ließ Vater einen Bediensteten vortreten, der eine Voliere trug. »Ein Täubchen für mein Täubchen«, rief er spöttisch aus und winkte den Diener hastig beiseite. »Nimm es und sei brav.«

»Gewiss, Vater. Danke, Vater«, beeilte ich mich zu sagen und nahm den schweren Käfig entgegen. Der Diener schenkte mir ein mitfühlendes Lächeln, das so schnell schwand, dass ich es mir genauso gut nur eingebildet haben konnte. Susann eilte herbei, um mir zu helfen. Während wir uns entfernten, das ungewohnte Geschenk in den Händen, begann Vater mit seinen neuesten Handelsabkommen zu prahlen. Er hatte Kor-Tand über den Tisch gezogen und Morrigan einen Handel aufgezwungen, der unsere Kornkammern füllen und den Hunger stillen würde. Seit dem Tag des schwarzen Winters klarte es nicht mehr auf.

Seit letztem Winter war sie tot.

Seit letztem Winter trug der Himmel Trauer – ebenso ich.

»Mary«, bellte Vater, kaum dass ich die Tür erreichte. »Das nächste Mal erwarte ich dich anständig gekleidet. Trag was Buntes – Rot. Ich mag Rot.«

Die Voliere geriet in eine gefährliche Schieflage, als ich knickste.

In der Tür kam uns eine Magd entgegen, es war die Einäugige, die seit wenigen Tagen im Schloss verweilte. Ich hatte Vater über sie scherzen hören. Er fand ihre Hässlichkeit amüsant. Wenn er betrunken war, wurde er unausstehlich.

»Geht nicht hinein«, wisperte ich ihr zu.

Sie sah mich von oben herab an. »Ich ersetze seine Magd.«

»Er trinkt«, warnte ich.

Statt mit Furcht zu reagieren, lächelte sie nur.

Später hörte ich, dass Vater sie an diesem Abend besonders gehänselt hatte und sie aus Rache auf ihn eingestochen hätte. Manche sagten, sie hätte eine Gabel genommen, andere behaupteten, es sei ein gläserner Dolch gewesen, wieder andere glaubten gehört zu haben, sie hätte ihm lediglich die Augen auskratzen wollen, damit er wie sie wäre.

Was es auch war, sie wurde nie wieder gesehen.

UNTER DEM

BLUTMOND

Mary von Athos

*»In guten Zeiten gleicht die Liebe dem Mond:
Sie strahlt so hell, dass wir nichts anderes sehen.«*

Die schönste Braut zu Mary
als sie vom Nordturm aus Sterne beobachteten

Es liegt in deiner Hand, hatte Winter gesagt und sich zurückgezogen, um weitere Flüche um Frühlings Leib zu spinnen, während ich in ihrem Herzen verblieb, zweifelnd und unentschlossen. Ich sollte allein entscheiden, wie das Schicksal der sechs Reiche aussah. Ich konnte auf Tareks Rückkehr warten – er würde kommen, wie sie es ihm aufgetragen hatte – und mich dafür entscheiden, den Platz an seiner Seite einzunehmen.

Oder den an Phillips.

Sie ließ mir die Wahl. Ihr fehlte eine Braut.

Sie hatte mir eine gläserne Rose gereicht. Ausgerechnet. War es doch eine Rose, die mir vor Augen geführt hatte, dass Liebe zum Welken verdammt war. Doch diese hier, das hatte Winter versprochen, würde ewig währen. Eine erzwungene Liebe, die niemals verging, wenngleich sie – wie Winters Frieden – dem Ideal verblüffend ähnelte.

Ein verzerrtes Spiegelbild.

Vorsichtig drehte ich sie in den Händen, während ich die Treppen hinaufhumpelte. Winter hatte mir eröffnet, dass ich ihr Herz verlassen konnte, ohne meine Erinnerungen zu verlieren. Ich war wie sie, die Magie dieses Ortes lag mir im Blut, deshalb konnte ich kommen und gehen, wie ich wollte. Sie ließ mir die Wahl:

Frieden oder Freiheit – mit all seinen Konsequenzen.

Konnte ich den Frieden brechen, auf die Gefahr hin, dass Frühling auferstand? Oder sollte ich den Platz einer falschen Braut einnehmen und Vater opfern, wie er sein Herz geopfert hatte? Für das große Ganze: Winters zerbrechlichen Frieden.

Ich drückte die Rose fest an mich, als ich die magische Barriere durchbrach und die Stufen erklomm, hinauf in Winters Halle und den Himmel, der keiner war. Durch die vereisten Scheiben blitzte verschämt der Blutwald. Winter tat Unvorstellbares in seinem Schatten, damit die Menschen außerhalb es nicht tun mussten. Frieden geschmiedet aus Knochen und Blut im schützenden Dickicht eines Waldes, der immerzu Rot trug.

Ich durchquerte die eisige Halle. Winter wies mir den Weg; ich spürte ihre Präsenz in meinem Kopf, sollte ich eine Abzweigung verpassen, würde sie mich auf den rechten Weg führen. Wie auch die Reiche außerhalb. Das war, was sie tat, zu lenken aus dem Hintergrund. Seit dem Tag des Schwarzen Winters hatte sie keinen Fuß aus dem Wald gesetzt; sie kannte die Welt außerhalb einzig durch ihre Spiegel und durch die Geschichten des Jägers. Es irritierte mich, wie sehr sich ihre Wahrnehmung voneinander unterschieden. Unter der Linde hatte ich den Eindruck gewonnen, dass er sie bisweilen hasste; doch wenn sie von ihm sprach, klang es liebevoll. Vielleicht hatte sie gar gehofft, ihn niemals gehen lassen zu müssen. Wäre sein Herz noch geschwärzt, hätte kein Fluch ihn binden können – er wäre frei gewesen, den Wald zu verlassen.

Doch wie Winter fürchtete er die Welt, die außerhalb lag.

Vielleicht wäre er bei ihr geblieben wie die Schattenkrieger.

Ich verstand nun, weshalb er über die bluttrinkenden Bäume geschwiegen hatte: Obwohl er kein Schattenkrieger war, fühlte er sich ihnen ähnlicher als den Menschen. Mehr tot denn lebendig. Er hatte ja keine Ahnung, wie falsch er damit lag. Niemals zuvor war ich jemandem wie ihm begegnet, der so verzweifelt zu leben versuchte. Ich musste ihn aufhalten, bevor er meinem Vater etwas tun konnte. Niemals könnte ich ertragen, dass der Mann, den ich liebte, eine Schuld auf sich lud, die uns auf immer entzweite.

Ich liebte ihn, diesen einsamen, zynischen und verbitterten Jäger.

Geschwind eilte ich dem Taubenschlag entgegen.

DAS GESTOHLENE KIND

Um Luft ringend taumelte sie die Stufen hinauf. Durch Winters Barriere zu treten, glich dem Kampf gegen einen Schneesturm, der an einem zerrte und zog, an den Gedanken und Gliedern gleichermaßen. Als sie dann auftauchte, keuchend und frierend und um etliche Erinnerungen ärmer, fühlte sie sich um Jahre gealtert. Sie wusste, dass dieses Gefühl verfliegen würde, dass es mit jedem weiteren Schritt wich. Sie musste nur gehen, die Kälte abschütteln, den eisigen Griff, der erst mit Winters Halle schwand.

Sie taumelte in die Flure des Schlosses und sank keuchend gegen eine Wand, die Arme zitternd um den Leib geschlungen. Wie immer suchte sie nach einem Fetzen ihrer Erinnerungen, doch wie immer fand sie nichts. Winters Zauber war stark. Sie wusste, dass es unmöglich war, sich ihm zu entziehen, und doch versuchte sie es ein jedes Mal. *Beharrlichkeit siegt*, hatte Cinderella gesagt, bevor sie den Wald verlassen hatte, um ihren Platz als falsche Braut einzunehmen – und zu verlieren. Alba schnaubte. Das würde ihr niemals passieren.

Als sie sich hochzog, fiel ihr Blick auf den zerrissenen Ärmel des Kleides.

Und auf die in ihre Haut geritzten Buchstaben.

Sie stockte, zog den Ärmel weiter hinauf, doch das war alles. Keine Erklärung, kein Grund. Brauchte sie einen Grund? Etwas, das in Winters Gruft geschehen war, hatte sie dazu veranlasst, sich eine Botschaft ins eigene Fleisch zu ritzen.

Töte Prinz …

Prinzessin sollte es mit Sicherheit heißen; und wer, wenn nicht die attische Tochter konnte damit gemeint sein? Zweimal hatte Alba es bereits versucht, zweimal war sie gescheitert. Ein drittes Mal würde die Prinzessin nicht entkommen. Mühevoll zerrte sie sich auf die Beine, schüttelte die Kälte aus den Gliedern und streckte den Rücken durch. Sie hatte sich diese Botschaft geschickt, wissend, dass alles, was in der Gruft geschah, in der Gruft verblieb. Sie konnte niemandem trauen, weder Rose noch Winter. Nur sich selbst.

Da hörte sie es. Jemand kam den Gang entlang. Rasch zog sie sich um die Ecke zurück; keinen Augenblick zu spät, denn schon eilte die Prinzessin an ihr vorbei. Sie sah nicht auf. Nein, sie war vollkommen gebannt von etwas, was sie in den Händen hielt.

Und plötzlich wusste Alba, warum sie Mary töten musste.

Der Sohn Westhams

Zwölf Jahre war es her, seit sie Seite an Seite gestanden hatten. Zwölf Jahre, die ihnen genommen worden waren.

Heute Nacht, während der Blutmond am Himmel stand, endete es. Das Martyrium seines Bruders im Wald, die Herrschaft des Goldkönigs und seine Liebe zu Mary. Für einen flüchtigen Moment hatte er geglaubt, sein Herz nicht opfern zu müssen. Er hatte sich der Hoffnung hingegeben, dass er jetzt, da Rose dem Wald entflohen war, frei sein könnte und mit ihm Westham. Doch ein Blick in den Mitternachtssaal ließ die Hoffnung splittern wie das Portal in den Tiefen der Stadt. Winter fand immer einen Weg. Am Ende des Saals, umringt von hungernden Adeligen, stand Duncan und neben ihm – eine falsche Braut.

Phillip hatte die vermeintliche Leiche Cinderellas gesehen und einen Herzschlag lang befürchtet, sein Bruder hätte sie derart zugerichtet; bis er dessen Gesichtsausdruck bemerkt hatte. Die Tote in den Tiefen der Stadt war qualvoll verendet – in den Händen des Ordens.

Unwillkürlich fragte er sich, ob Elena davon wusste.

Ob es das war, was sie nicht hatte sagen können.

Was zwingen sie euch zu tun?

Alles, was nötig ist, um euch zu schützen.

Die Vorstellung, dass ihre Kindheit in den Eingeweiden des Ordens ähnlich ausgesehen hatte, an diesem düsteren Ort, der nach Tränen und Blut schmeckte, ließ ihn beinahe würgen. Mehr als zuvor verspürte er tiefsten Hass gegen die ihm unbekannte Oberin. Nie wieder, das schwor er sich, würde Elena dorthin zurückkehren – und wenn er sie dafür eigenhändig halten musste! Nein, dieser Orden, der dem Schutz der Königskinder diente, war ebenso grausam wie die Hexe in den

Wäldern. Beides musste enden. Doch erst – er sah zu seinem Bruder, der angespannt neben ihm stand – mussten sie die Hexe in Sicherheit wiegen, um Mary zu schützen. Solange Winters Herrschaft bestand, besaß sie keinen Grund, den Wald zu verlassen. Sollten die Reiche jedoch revoltieren, gab es nur einen Weg für Winter, das Gefängnis des Waldes zu verlassen: Marys Herz. Das konnte er niemals hinnehmen, solange er noch bei klarem Verstand war und Mitgefühl in seiner Brust schlug. Wie er sich verhalten würde, sollte das Gift um sich greifen, konnte er nur erahnen. Mary war seine Schwachstelle, ohne sie gab es nichts, was ihn hielt. Nur seine Pflicht und der unbeugsame Wille, die Hexe zu stürzen.

Zwölf Winter hatte er auf diesen Tag gewartet.

Was machte da eine weitere Nacht?

»Ich hasse Bälle«, ächzte Tarek neben ihm.

Phillip sah auf. Noch blieb ihre Anwesenheit im Saal unbemerkt; der Zeremonienmeister blinzelte wiederholt in ihre Richtung, als könne er nicht fassen, dass wahrhaftig beide Prinzen Westhams gekommen waren. Er räusperte sich, als die Brüder vortraten, kurz darauf schallte seine Stimme durch den Saal und ließ sämtliche Gespräche schlagartig verstummen. Phillip registrierte, dass Tarek sich merklich verspannte.

»Dein letzter Ball liegt lang zurück«, raunte er.

»Wenn du wüsstest.«

Phillips Blick fand den Tisch, an dem der Graf übertrieben winkend auf sich aufmerksam gemacht hatte. Die feiste Baronin saß erneut neben der hageren Fürstin. Beide starrten in ihre Richtung – wie alle anderen auch –, während sie nebeneinander die Treppe hinabschritten. Im Gegensatz zum letzten Ball war dieser einzig für die Aristokratie bestimmt und dadurch deutlich kleiner. Das Büfett bot reihenweise attische Speisen, die Tafeln waren vor den Fenstern aufgereiht, die blauen Absperrbänder schufen einen Gang zum Thron. Um Mitternacht, das wusste er, weil es ihm vor wenigen Wochen noch den Schlaf geraubt hatte, würde Duncan ebendiesen beschreiten, um seiner Braut die Ehe zu versprechen – der falschen. Das azurblaue Kleid stach ihm zuerst in die Augen, danach – er hätte beinahe gekeucht – das Gesicht. Es glich dem von Cinderella, nur saß die Haut zu straff, die Nase seltsam schief und die Augen …

»Eure Majestät«, grüßte er knapp, Tarek tat es ihm gleich.

»So viele Prinzen«, rief die Braut grell und wies ausschweifend zur Tafel der Monarchen. »Ich fürchte gar, wir besitzen zu wenig Stühle; kam doch eben erst die Kunde, dass Euer Vater höchstpersönlich anreist. Welch Ehre, nicht wahr, Liebster?«

Duncan nickte in sich gekehrt. Phillip musterte ihn knapp, sah auf die ineinander verschränkten Hände und von dort zum Gesicht der Braut. Ihre Augen – eines braun, das andere blau – standen seltsam schräg zueinander. Jetzt, da sie ihn fixierte, wirkte es gar, als würde sie schielen. Mit einer Entschuldigung zog er sich samt Tarek zurück.

Außer Hörweite zischte er: »Du sagtest, Cinderella sei tot.«

»Ist sie«, bestätigte sein Bruder tonlos.

»Wer war dann *das*?«

Zeitgleich sahen sie zu der Braut, die sich just zu ihrem zukünftigen Gemahl neigte, um ihm das Knie zu tätscheln. Ihr Rock hob sich leicht, unter unzähligen Lagen Stoff blitzte ein rubinroter Glasschuh hervor. Fluchend griff sich Tarek an die Brust.

»Wonach suchst du?«

»Die verdammte Scherbe.«

»Eine Scherbe?«

»Von Winters Spiegel. Ich muss sie im Schlachthaus verloren haben.«

»War es sicher Cinderella, die dort lag?«

Tarek kniff die Lippen zusammen. »Geh und überzeug dich selbst.«

»Hör zu, wenn wir das hier wahrhaftig erledigen wollen …«

»Achtung«, unterbrach ihn da sein Bruder. »Dein Schatten hat dich erkannt; sie kommt auf uns zu. Offensichtlich alles andere als begeistert von deiner Gesellschaft.«

Phillip fluchte. »Wir trennen uns.«

»Du willst sie in die Irre führen? Wie früher?«

»Fällt dir was Besseres ein? Wenn ja, schnell; sie naht.«

»Treffpunkt Rosengarten«, feixte Tarek und war schon fort. Phillip sah ihm missmutig hinterher, ehe er sich in die entgegengesetzte Richtung fortbewegte. Er sah gerade noch, wie Elena die Stirn runzelte, ehe ihr die feiste Baronin den Weg abschnitt. Wahrscheinlich verlangte sie nach dem neuesten Tratsch; wie alle im Saal brannte sie gewiss darauf zu erfahren, was die Prinzen Westhams hierherverschlagen hatte. Wobei – als er sich umblickte, erkannte er, dass die Aufmerksamkeit, die sie mit ihrem gemeinsamen Auftritt erregt hatten, bereits verebbte. Er folgte ihren Blicken und verstand: Die falsche Braut lachte laut und blechern; gleichzeitig kündigte der Zeremonienmeister den Goldkönig an.

Phillip nutzte den Moment und verschwand.

Mary von Athos

»Wenn ich könnte, würde ich fliegen.«

Die schönste Braut
als Mary sie am Fenster fand

Endlos reihten sich die hölzernen Stufen den Turm hinauf, der dem in Athos verblüffend glich – abgesehen von seiner Spitze. Als ich die Luke erreichte, blieben die Winddämonen zurück. Hier oben befand sich das Reich der Geister. Dicht gedrängt saßen sie auf ihren Stangen, still und leblos wie im Wald zuvor. Es war mir ein Rätsel, wie die königlichen Jagdgesellschaften sie mit Tieren verwechseln konnten, waren sie doch ganz und gar anders. Sie folgten mir mit den Blicken, als ich die Holzplattform erklomm. Verblassende Fäden aus grauem Licht sickerten durch die Ritzen, der Wind flüsterte außerhalb – und verstummte jäh, als sich die Luke hinter mir schloss. Vielleicht waren es auch die Geister gewesen, die mich misstrauisch beäugten; jetzt schwiegen sie.

Seit der Befreiung der Turmbraut war niemand mehr in ihr Reich gedrungen. Bedacht trat ich auf die Dielen, die unter weißem Flaum wispernd knarrten. Rundum war der Taubenschlag mit Holz verkleidet, davor kauerten die Geister in Vogelgestalt.

Ich zwängte mich an ihnen vorbei zu dem einzelnen Bogenfenster, an dem einst die Turmbraut gesessen und gesungen hatte. Bis zum Horizont zogen sich die Baumkronen – ein Meer aus Blut – und dort, wo der Himmel mit dem Wald zu verwachsen schien, gruben sich schwarze Rauchsäulen wie Fahnen des Todes gen dunkelndem Firmament, drohend und unheilverkündend. Fast glaubte ich die Bäume qualvoll ächzen zu hören, die unter dem Ansturm der Soldaten gefallen, zerhackt und verbrannt worden waren; und zum ersten Mal begriff ich, wie fragil das Gleichgewicht zwischen den Mächten war.

Frühling durfte nicht erwachen.

»Ich muss zum Ball«, sprach ich zu den Geistern.

Sie gurrten leise. Ich beugte mich über die Brüstung. Ein Täubchen in meiner Nähe zirpte warnend. Vielleicht argwöhnte es, ich könnte den Halt verlieren. Woher sollte es auch wissen, dass ich die Höhe nicht scheute? Dass sie meine Vertraute war?

Vor mir öffnete sich der Abgrund, bodenlos wie in Athos.

Der torlose Turm – Zwilling des Nordturms?

Ich war an einem Ort wie diesem geschmiedet worden, aus Gold und Königsblut, aus Einsamkeit und Hoffnung, aus Tränen und Stolz. In meinen Adern floss der Herbst, zwischen meinen Fingern lockte der Wind, in meinem Herzen saß die Stärke des attischen Volkes, das dem Frost trotzte und niemals aufgab. Es war ganz gleich, was auf uns zukam, was der Ball für mich bereithielt oder sich das Schicksal für die Welt ersann. Wir hielten ihnen stand.

Wie der Turm dem Wind.

Wie Athos der Kälte.

DAS GESTOHLENE KIND

Sie hörte die Winddämonen dem Turm entweichen, spürte ihre Kälte an ihrem Versteck vorbeiziehen und durch den Flur fließen. Als auch der letzte Raureif hinter ihnen schwand, schob sie sich aus dem Schatten und spähte zur Tür.

Unter Gewürm und Gestein führte ein Zweig des Schlosses bis zum Turm, der den inneren Ring des Blutwaldes markierte. Hierhin hatte es die Prinzessin verschlagen, ein Gefäß in den Händen, das einzig falschen Bräuten bestimmt war, nicht aber ihr, deren ganze Existenz ein Fehler war; den sie zu korrigieren gedachte.

Fieberhaft stahl sie sich die Stufen hinauf, das fürchtend, was die Prinzessin von den Geistern erbeten wollte. Sie selbst hatte zahllose Nächte mit Rose darüber debattiert, ob sie es wagen sollten, auf diesem Weg den Wald zu verlassen – und sei es nur für eine Nacht. Sie hatten sich stets dagegen entschieden. Geister halfen niemals ohne Grund.

Jeden Gefallen ließen sie sich hundertfach zurückzahlen.

Einst hatte Rose nach einem Zweig gebeten, der kein Rot trug. Ein Täubchen hatte ihr einen Haselzweig mit goldgelben Blättern gebracht. Als Preis hatte es Roses Stimme erbeten, die sie ihm widerstrebend überließ. Sieben Tage hatte sie schweigend in ihrer Kammer gehockt und dem Zweig beim Welken zugesehen. Als auch das letzte Blatt zerbröselt war, kehrte das Täubchen zurück – und mit ihm Roses Stimme. Doch obwohl sie wie zuvor klang, vermochte Rose seit jenem Tag kein Lied mehr anzustimmen. Der Vogel hatte sie allesamt verbraucht, verloren im Dunkel des Waldes.

Manchmal hatte Alba ihre Schwester getröstet, dass die Vögel fortan ihre Lieder singen würden und Rose dadurch unsterblich sei. In

Wahrheit jedoch, so schien es Alba, hatte Rose nicht mit ihrer Stimme gezahlt, sondern mit etwas Tiefgreifenderem. Sie hatte die Welt von außerhalb für einen greifbaren Augenblick in Händen gehalten, doch er war zerronnen. Geblieben war einzig eine Haselnuss und der übermächtige Wunsch in ihrem Herz, diese fremde Welt zu betreten. Er war in ihr gekeimt, hatte Wurzeln geschlagen und schließlich Roses gesamten Geist durchdrungen, bis sie sich von allem abgewandt und Alba verraten hatte. Alba wusste nicht, wo sich Rose in diesem Augenblick befand, doch wo auch immer sie war, das Gefäß in den Händen der Prinzessin verhieß nichts Gutes.

Entweder für sie – oder für Rose.

Eine von ihnen schien überflüssig.

Über ihr nahte der Boden des Taubenschlags. Staub rieselte zwischen den Balken hinab; die Prinzessin schritt über die Dielen. Sie war bei den Geistern. Bedacht hob Alba die Luke, blinzelte gegen den Staub und entdeckte die Silhouette der Prinzessin. Sie stand an der Brüstung des Bogenfensters – sie lehnte sich gar gefährlich weit hinaus.

Wusste sie denn nicht, wie leicht man stürzen konnte?

Nur drei Schritte trennten sie.

Rasch schob sie die Luke auf, schlüpfte hindurch und schloss sie sanft. Wie sie so dahockte und den Abstand maß, stellte sie fest, dass die Geister sie beäugten. Still hob sie einen Finger an die Lippen und schlich vor. Die Geister schwiegen.

Noch zwei Schritte.

Der torlose Turm war hoch, der Fall würde ewig dauern.

Ein letzter Schritt, ein Stoß.

Dann zog die Tiefe die Prinzessin hinab.

Hinter Alba brach ein Sturm los. Die Geistern schrien, die Täubchen stießen auf sie nieder. Schnäbel hackten, Krallen rissen. Alba taumelte zurück, schreiend und um sich schlagend, doch die Vögel gaben nicht nach. Sie stürzte, bekam die Luke zu fassen. Ein stechender Schmerz fraß sich in ihren Kopf, die Welt um sie bewölkte sich, warm floss es ihre Wange hinab, dann war sie hindurch. Krachend schlug die Luke zu, das Krächzen und Toben erstarb so plötzlich, wie es begonnen hatte.

Halb blind vor Schmerz stolperte sie die Treppe hinab, stürzte, fing sich an der Wand ab und verlor doch den Halt. Die Stufen krachten unter ihr dahin, sie überschlug sich, die Finger nach Halt lechzend. Etwas knackte, dann lag sie da, keuchend und weinend auf halber Höhe des Turmes. Alles drehte sich, sie rollte herum, verlor erneut den Halt.

Als es sie weiter hinabzog, erkannte sie in einem Moment letzter Klarheit …

… dass ein Fall aus dieser Höhe wahrlich ewig dauerte.

DIE ZOFE

Sie war frei wie der Wind. Federleicht tauchte sie durch Wolken, die sie gleich einer lang verschollenen Geliebten umfingen, der Himmel errötete sanft. Sie war frei, wie sie es noch nie gewesen war. Kein Schmerz, kein Band, kein Zwang zog sie hinab. Sie trieb einzig dahin, die Flügel gespreizt, das Herz weit, während unter ihr der Wald schwand und mit ihm ihre Sorgen und alles, was sie einst gehalten hatte. Sie konnte gehen, das hatte Winter versprochen. Sie konnte hoch und höher steigen und dieser Welt auf immer den Rücken kehren. Oder sie blieb ein wenig länger. Es lag an ihr – und dass es so war, ließ sie noch leichter werden. Niemals zuvor hatte es jemand ihr überlassen, darüber zu entscheiden, ob sie ging oder blieb. Ob sie flog oder fiel.

Die Sonne sank tiefer, die Sterne erwachten. Sie war ihnen so nahe, dass sie glaubte, sich nur ein wenig strecken zu müssen, um sie wahrhaftig zu berühren. Sie ahnte, dass es dann keinen Weg zurück gab. Während über ihr Abermilliarden Lichter aus tiefstem Schlummer zurück an den Himmel fanden, schöner als es die Architekten Maywaters sich je hätten erträumen können, blinzelte sie heimwärts. Sie war frei zu gehen – oder aber sie blieb, um der einzigen Freundin, die sie je hatte, einen letzten Gefallen zu erweisen.

Die Prinzessin brauchte sie mehr denn je.

Dass diese sie vor dem Ende nicht mehr hatte sehen können, trug Susann ihr nicht nach. Die Gewissheit, dass sie alles füreinander waren, saß tief in ihrem Herzen – wie auch in dem der Prinzessin. Es war dieses Gefühl, dieses hauchzarte Band, das sie letztlich zurückzog. Es glomm auf, als die Sonne die Gipfel küsste. Rasch hielt Susann daran fest, wohlige Wärme durchflutete sie.

Beinahe wäre sie dem Himmel zu nahe gekommen.

Seufzend sank sie nieder, durchtauchte die Wolken, die nun tiefstes Violett trugen und nach Asche schmeckten. Schon ragte der torlose Turm vor ihr auf. Eine verblassende Silhouette in aufziehender Nacht. Sie erkannte das Bogenfenster, an dem die Prinzessin stand und hinaus nach Maywater sah. In dieser Gestalt, die Susann nun trug, war es ihr, als könnte sie bis zum Grund von Marys Seele sehen. Sie sah all die Einsamkeit und die Hoffnung und die Stärke, die Mary erst hatte finden müssen. Für einen Augenblick war Susann regelrecht geblendet – als sie blinzelte, war die Prinzessin fort.

Der Jäger

Als die Stimme des Zeremonienmeisters den Goldkönig ankündigte, hielt er inne – sein Kopf ruckte herum und wahrhaftig, da stand er, umringt von gleich sechs Königswächtern. Auch letztes Mal hatten ihn die Wachen wie Schatten umgeben. Es würde nicht einfach werden, ihn zu töten. Er war argwöhnisch. Ob ihn die Seelen der toten Monarchen heimsuchten? Früher hatten sie auch zu ihm, dem Jäger, gefunden, hatten ihn durch das Dickicht des Waldes gehetzt und beinahe um den Verstand gebracht. Erst ein Tausch mit den Geistern hatte ihn von denen der rastlosen Könige befreit. Im Gegenzug hatten sie sämtliche Erinnerungen an seine Mutter gefordert; er hatte sie ihnen bereitwillig gegeben. Fortan wusste er zwar, dass er eine Mutter besaß, doch er konnte sich an keinen gemeinsamen Augenblick erinnern.

Er zuckte zusammen, als ihn jemand berührte – es war die Fürstin.

»Was tut Ihr hier? Die Hochzeit wird jeden Moment vollzogen …«

»Wusstet Ihr es?«, unterbrach er sie leise.

Unbehaglich linste die Fürstin zum Thron und der Braut, die auf ihm saß.

»Es ist nicht zu ändern«, gab sie sich stur.

»Woher hat sie den Schuh?«

»Sie ließ ihn aus den Scherben des zweiten fertigen.«

Er hob eine Braue. »Der war wertlos.«

Die Fürstin nickte unwillig. »Wohl wahr, doch das Amulett, das die Drachenreiterin uns brachte, war einst Teil eines Gefäßes; sie brachte uns auch das Blut.«

»Der Orden half, den Prinzen zu binden? Wie ironisch.« Der Jäger sah zur Braut, an der alles falsch wirkte. Das Haar, das Kleid, sogar der Schuh. »Warum ist er rot?«

Das Gesicht der Fürstin verlor an Farbe. »Er passte nicht. Sie musste … sie hat … die Zehen – und auch die Ferse …«

»Bei allen Geistern. Und das Gesicht?«

Die Fürstin presste eine Hand vor den Mund, als müsste sie brechen. Er konnte sie kaum verstehen, so dumpf klangen die Worte: »… entstellt … Monster im Wald …«

Erneut fixierte er die falsche Braut, die so viel auf sich genommen hatte. Ein neues Gesicht, einen verkrüppelten Fuß und eine Leiche im Schlachthaus.

»Ihr müsst verstehen, sie ist …«

»Die Oberin«, murmelte er. »Ich weiß.«

Er verstand tatsächlich, war es doch ungeheuer schwer, sich den Befehlen derer zu widersetzen, denen man es gewohnt war zu gehorchen. Sein Blick zuckte zum Goldkönig, der am Fuß der Treppe von Adeligen umringt wurde, darunter zwei Kommandanten Maywaters.

Ob sie ahnten, dass an dieser Braut ganz und gar alles falsch war?

Der Goldkönig nickte stumm, die Stirn gefurcht. Selbst aus der Entfernung wirkte er alt und grau und erschöpft, die rastlosen Könige ließen ihm gewiss keine Ruhe. In wenigen Augenblicken würde er sich zu ihnen gesellen. O ja, der Jäger wusste, was es hieß, Befehle auszuführen, die sich falsch anfühlten. Das Gehorchen lag ihnen im Blut: der Fürstin, die um Fassung rang – und ihm, der sich rücklings gen Ausgang schob. Die stumme Königin, das hatte er soeben gesehen, war bereits in den Garten entschwunden.

Sie würde zuerst sterben.

Ohne zurückzublicken trat er hinaus auf die Terrasse.

Mary von Athos

»Sei mutig.«

Die schönste Braut
als Mary schlief

Die Tiefe zog an mir. Ich sah mich selbst in den Portraits von Mutter: die Arme weit, das Haar gelöst, während der Himmel sich bedeckte. Stets hatte ich geahnt, dass es auf diese Art enden würde; die Tiefe war mein Schicksal.

Das Bedauern über Vaters unweigerlich folgenden Tod wurde überschattet von der Gewissheit, dass ich ging, ohne dem Jäger offenbart zu haben, was ich fühlte. Wie seltsam, dass ich im Angesicht der Tiefe einzig an ihn zu denken vermochte. Vielleicht hatte Vater mir in all den Jahren zu viel genommen, als dass mein Herz ihn bedachte. Hier und jetzt, da ich rücklings fiel und der Himmel über mir schwand, sah ich einzig den Jäger.

Er würde nie wissen, dass meine letzten Augenblicke ihm gegolten hatten.

Wie seltsam das Schicksal doch spielte. Stets hatten wir einander verloren, kaum dass wir uns fanden: als Kinder in Maywater, später im Wald, in meinen Träumen, zuletzt im Schloss. Er würde niemals erfahren, dass die Erinnerungen an ihn meine liebsten waren. An ihn und uns. An jeden Kuss, von denen es unzählige und doch zu wenig gegeben hatte.

Den ersten, bei dem ich mutig gewesen war.

Den zweiten im sterbenden Athos.

Den dritten, den er gestohlen hatte.

Den vierten im Angesicht der Wüste.

Die letzten im Herbstgemach.

Der Wind trieb die Wolken auseinander, der Blutmond flammte rot.

Heute Nacht endete es.

Etwas rauschte an mir vorbei, Flügel streiften meine Wangen, es ruckte, mein Sturz endete abrupt. Doch statt am Grund zu splittern, zog es mich hinauf, den Wolken entgegen.

Ich blinzelte, erkannte Umrisse. Schwäne. Sieben an der Zahl. Sie trugen ein Netz aus verflochtenen Kürbisranken – und mich in ihm. Unter uns rauschte der Blutwald dahin, dann der Silberfluss. Ich zog mich an den Ranken empor, der Raureif schmolz unter meinen Fingern. Ich dankte ihr still, während ihre Geister mich weitertrugen, dem hell erleuchteten Himmelsschloss entgegen. Einem funkelnden Stern in der Nacht.

DIE STUMME KÖNIGIN

Der Blutmond stand tief in diesem Zyklus. Voll und rot tauchte er den Horizont in samtene Glut und erstickte eifersüchtig den Glanz der Sterne, die bis vor Kurzem das Firmament gefüllt hatten. Jetzt schien es gar, als existierte einzig er. Ob er den Menschen zürnte, dass sie einen Saal mit Sternenglanz gefüllt hatten? Nicht aber mit ihm, dem sie einen jeden Zyklus Dutzende Pferde opferten? Nein, für ihn hatten sie bloß Blut und fanatischen Zorn. Weil weder er noch sonst jemand Maywater Frieden zu bringen vermochte.

Sie hatte die Braut gesehen, die Cinderellas Lücke füllte. Den jungen Wüstenkönig diesem Schicksal zu überlassen, schien selbst für den Goldkönig herzlos. Nein, bevor sie ihm den Dolch gab, würde sie ihn bitten, auch Duncan von der Last der Liebe zu befreien. Beklommen drehte sie den Weißdorndolch.

Sie konnte es tun.

Sie würde es tun.

Sie hatte es bereits getan. Zweimal.

Ein tonloses Röcheln entwich ihrer Brust, sie hatte nicht einmal gemerkt, dass sie den Atem angehalten hatte. Doch jetzt, da der Wall gebrochen war, begann sie zu weinen. Still und lautlos, während der Dolch in ihren Fingern brannte. So leicht war er in die Brust ihres Sohnes geglitten, hatte ihm genommen, was so falsch an ihm gewesen war. Sie wusste nicht, ob es hätte anders enden können. Ob sie es hätte verhindern müssen. Früher, viel früher. Jetzt war ihr bloß der Dolch geblieben und sein abscheulicher Zauber und ihre eigene Ohnmacht.

Sie hatte ein Kind gegen das andere getauscht.

Schritte näherten sich. Sie strich sich rasch über die Wangen. Das Kinn bebend verbarg sie den Schmerz, der in ihrer Brust wütete und doch keinen Weg hinausfand. Wie gern hätte sie all ihren Selbsthass und ihre Verachtung für Winter hinausgeschrien. Aber sie war dazu verdammt, jedes bittere Wort noch auf der Zunge zu verlieren – und so blieb ihr nichts, als dem Königssohn stumm entgegenzusehen, der sich aus dem Schatten der Mauer schälte. Auf ihren Wunsch hin waren sämtliche Kerzen und Laternen im Garten gelöscht worden, reichte doch der Glanz der Nacht vollkommen aus, um den Kronprinzen zu erkennen; das Mondlicht fing sich im Kupfergarn auf seiner Brust. Er sah sich um, als fürchtete er, verfolgt zu werden.

Bald würde er es sein – von rastlosen Toten.

Der Dolch wog schwer in ihrer Hand.

Die Drachentöterin

»Tarek!«

Gerade noch hatte er dort gestanden, jetzt war er fort, verschwunden hinter dem gewaltigen Straußenschmuck der Baronin. »Aus dem Weg«, knurrte Elena und wollte sich vorbeischieben, doch die Baronin griff erstaunlich flink zu.

»Wollt Ihr nicht antworten? Oder wisst Ihr selbst nichts davon?«

»Wovon?« Elena befreite sich grob.

Die Baronin rieb sich entrüstet die Hand. »Es heißt, Westham ziehe seine Truppen zusammen.« Elenas Brauen schossen hoch, während die Baronin weitersprach, von vertraulichen Gesprächen und beunruhigenden Gerüchten über schwelende Feuer am Horizont. »Gedenkt Westham anzugreifen?«

»Nein«, log sie – denn wahrlich, sie hatte keine Ahnung, was in ihrer Abwesenheit entschieden worden war. Das Bedürfnis, Tarek zu suchen, wuchs ins Unermessliche. Er würde die Gerüchte entkräften – oder bestätigen. Wichtiger noch: Tarek war wohlauf und dem Wald entkommen. Samt Bruder.

Als der Zeremonienmeister sie angekündigt hatte, war ihr beinahe der Weinkelch aus der Hand gefallen, an dem sie seit einer gefühlten Ewigkeit nippte. Sie befand sich auf Wunsch des Wüstenkönigs auf dieser Farce von Fest, nachdem sie zuvor Zeuge seiner Verwünschung geworden war. Bis Mitternacht, das hatte sie versprochen, würde sie im Saal ausharren und ihn im Blick behalten. Und das bloß aufgrund der lächerlichen Behauptung einer Zigeunerin, dass Blut über Blut siegen würde. Elena hielt nichts von Prophezeiungen. Der Wüstenkönig jedoch glaubte fest an die Erlösung seines Volkes – und sie, als Schwester des Roten Ordens, so hatte er es verstanden, sei Teil ebendieser Prophezeiung. Deshalb sollte sie bleiben.

Sie würde ihr Versprechen brechen; denn gerade als die Baronin zu einer erneuten Tirade ansetzen wollte, erspähte Elena einen Flecken Kupfer zwischen all dem tristen Grau des Wüstenadels.

»Tarek!«, rief sie und hechtete ungeachtet des empörten Protests der Baronin hinter ihm her. Ein Dienstbote kreuzte ihren Weg, sie prallten zusammen, das Tablett in seinen Händen schwankte bedrohlich. Elena sah es nicht fallen, sie hörte es bloß ins Büfett krachen. Äpfel polterten nieder, eine Vase zersprang und ein Schwall vergoldeter Erbsen ergoss sich über den Marmor. Eine Entschuldigung murmelnd eilte sie weiter, die Wangen hochrot. Sie sah gerade noch, wie Tarek durch eine Balkontür in den Garten entfloh. Rasch schob sie sich zwischen zwei Dienern hindurch, peinlich darauf bedacht, nicht auch sie umzustoßen, und erreichte ebenjene Terrassentür, bevor sie hinter dem Prinzen zufiel.

Sie schob sich hinaus, tauchte in den abendstillen Garten und lauschte. Sie hörte Grillen zirpen und leise Schritte auf Kies; flink folgte sie dem Geräusch – da sah sie ihn im Schatten der Mauer, die Drachenschuppen spiegelten den Schein des Mondes, vor den sich just eine Wolke schob. Elena rannte los. Der Kies unter ihren Stiefeln protestierte ächzend; da wurde sie herumgeschleudert und gegen die Wand gepresst, eine Hand am Hals.

»Tarek«, ächzte sie. »Ich bin es …«

Sofort ließ er sie los und gebot ihr zu schweigen. Sie nickte widerstrebend. Zu viele Fragen lagen ihr auf der Zunge, zu viele Worte, die sie zeitlebens niedergerungen hatte, wissend, dass sie niemals fallen durften. Sie schluckte, während er zu lauschen schien.

»Ta…«

Erneut schnitt er ihr das Wort ab, griff nach ihrer Hand und zog sie in die entgegengesetzte Richtung von jener, in die er ihrem Gefühl nach hatte gehen wollen. Wobei sie ihren Gefühlen mitnichten traute, solange er ihre Hand hielt. Ihr Herz schlug so laut, dass sie sich fragte, ob er es hörte. Ob sie vielleicht gar keiner Worte bedurfte.

Unter einem Granatapfelbaum ließ er sie los.

»Was tust du hier?«, verlangte er zu wissen.

Die Finger barg sie vor ihrer Brust. »Als ich dich zuletzt sah, warst du dabei, den Wüstenkönig aufzuspießen! Nur kehrte er unversehrt zurück und sagte, du seist …«

Tarek sah sie nur an, während sie mit sich rang.

»Ich dachte, du wärst verloren«, platzte es aus ihr heraus.

»War ich. Doch ich bin zurück.«

Da fiel sie ihm um den Hals; einen Atemzug lang ließ er es zu, ehe er sie sanft von sich schob. »O Tarek«, flüsterte sie, die Hände noch auf seiner Brust; sie fand ihn sofort, den Schlitz zwischen den Drachenschuppen, der sich knapp unterhalb seines Herzens befand. Schon zerrte sie an der Rüstung. »Bist du verwundet? Wer hat das getan? War er das? Ich bringe ihn um! Der Bastard hat …«

»Es geht mir gut«, hielt er sie auf.

»Lass mich die Wunde sehen!«

Er schüttelte den Kopf. »Drachenblut, schon vergessen?«

»Damit ist nicht zu spaßen«, begehrte sie auf.

Rasch unterbrach er sie. »Es geht mir gut.«

»Aber …«

»Geh zurück, ich komme gleich.«

Vehement schüttelte sie den Kopf. »Du bist ein Narr, wenn du denkst, ich wüsste nicht, weshalb du hier bist …«

»Tust du das?«, fragte er gefährlich leise.

»… und du bist ein noch größerer Narr, wenn du denkst, ich sähe tatenlos dabei zu. Niemals, Tarek von Westham, werde ich das zulassen, hörst du? Weil mir gleich ist, ob du die Prinzessin liebst – ob du sie ein Leben lang lieben wirst! Solange da nur ein wenig Platz in deinem Herzen ist für …« Ihre Stimme versagte, während Tarek schweigend dastand.

Sie spürten seinen Blick auf sich ruhen.

»Tu es nicht«, flehte sie erstickt. »Ich weiß, der Gedanke, dass ihr ein Leid geschieht, bringt dich um den Verstand – so wie mich der daran, was du zu tun gedenkst! Es ist falsch, Tarek, mehr als falsch. Ich weiß das, denn ich habe eine Menge falsche Dinge getan.« Ihr Hals zog sich schmerzhaft zusammen. »Ich wusste nicht, wofür sie Duncans Blut brauchten … Erst als die Oberin den Saal betrat, erkannte ich den Verrat. Sie haben mich benutzt, Tarek. Die Oberin, Winter, sogar dein Vater. Sie alle haben mich benutzt und ich war so dumm, es zu verkennen. Ich dachte, ich täte Ehrenvolles, für das es sich zu sterben lohnt. Doch jetzt, da ich weiß, dass alles auf Lügen beruht, kann ich es nicht mehr tun. All die Jahre habe ich dich im Namen eines Ordens belogen, der alles, wofür wir stehen, verraten hat. Ich bereue, ihnen vertraut zu haben. Doch mehr noch bereue ich, mich dir nie offenbart zu haben. Ich habe es stets bezwungen – und dann, als du die Prinzessin trafst …«

Erneut brachte er sie zum Verstummen, diesmal, indem er sie in die Arme zog.

Sie stöhnte auf und vergrub ihren Kopf an seiner Schulter.

»Schon gut«, murmelte er.

»Verzichte auf das Ranblut! Tu es nicht …«

Etwas an seiner Haltung veränderte sich. Sie spürte, wie er nach etwas griff.

Sie wich zurück; zu spät. Der Traumsand traf sie überraschend.

»Tarek«, ächzte sie, da bettete er sie bereits unter dem Granatapfelbaum.

»Keine Sorge«, raunte er – vielleicht tat er es auch nur in ihren Gedanken. »Ich lasse es nicht so weit kommen.«

DIE ZOFE

Erleichterung durchflutete sie, als die Schwäne Mary auffingen. Doch jetzt, da sie zu ihnen aufschloss, erstarkte ein anderes Gefühl in ihrer Brust. Sie konnte es nicht recht benennen. Der Fluss, den sie soeben passiert hatten, gurgelte lauter in dieser Nacht, die Hitze der Wüste schien gewaltiger, Feuer schwelten in den Ruinen, Rauch stieg gen Himmel. Die Wolken hatten nach Asche geschmeckt, als ahnten sie Dunkles. Susann blinzelte Mary hinterher. Dann drehte sie ab. Hinter ihr rauschte der Blutwald, Winter flüsterte zu ihr. Nur noch ein bisschen näher, dann würde sie sie verstehen.

Sie sank tiefer hinab, fand die Schneise, die der Kronprinz in den Wald geschlagen hatte. Das ungute Gefühl in ihrer Brust wandelte sich in Beklemmung, als sie die Spuren sah.

So viele Spuren.

Dann hörte sie Winters Ruf.

DER GOLDKÖNIG

Sie bereiten einen Angriff vor.«

»Wir sahen die Feuer vom Westturm aus – es sind unzählige!«

»Der Drachenkönig hat soeben das Stadttor passiert – samt einer Armee!«

Die ranghöchsten Vertreter des Wüstenadels und sämtliche Kommandanten Maywaters flüsterten durcheinander. Zwischen ihnen, ebenso in Grau und ebenso aufgebracht: die verstorbenen Monarchen der sechs Reiche. Nachdenklich schob sich der Goldkönig ein Pfefferminzbonbon in den Mund, während er zustimmend nickte, als einer der Kommandanten zur Ruhe mahnte. Dass sie ihn, einen fremden und noch dazu gefürchteten Monarchen, in ihre Notlage einweihten, veränderte die Situation erheblich. Ursprünglich hatte er erwogen, gegen Maywater in den Krieg zu ziehen, sollte sich das Reich nicht aus dem Einfluss Winters befreien können. Jetzt, da sie seinen Rat suchten, während ihr eigener Regent an der Seite einer falschen Braut saß, verwarf er diesen Plan. Womöglich brauchte er nur das Vertrauen der Kommandanten und eine gewisse Loyalität unter dem Wüstenadel, um Maywater zu befreien – von Winter *und* seinem Regenten. Bisher hatte der Wüstenadel stets zu seinem König gestanden; doch bei dieser Braut, er betrachtete sie flüchtig, überraschte die Abkehr kaum. Nein, mit dieser Braut hatte sich Winter ins eigene Fleisch geschnitten.

An ihr war alles falsch, was nur falsch sein konnte.

»Der Drachenkönig ist auf Rache aus«, mutmaßte ein Fürst. Der Goldkönig kannte ihn bloß vom Sehen; die niedere Aristokratie der anderen Reiche hatte ihn nie sonderlich interessiert. »Ich hörte die Soldaten munkeln, dass der junge König den zweiten Prinzen Westhams niedergestreckt habe.«

»Unmöglich«, fuhr ein anderer dazwischen. »Ich sah die Prinzen kürzlich.«

»Prinzen?«, hakte der Goldkönig ein.

»Sie trafen vor Euch ein, Eure Majestät.«

»Hier? Auf diesem Ball?«

Der Angesprochene nickte, andere taten es ihm gleich.

Der Fürst, der den Verdacht ausgesprochen hatte, errötete zutiefst. »Da war ich wohl falsch informiert …«

»Keineswegs«, meldete sich einer der Kommandanten. »Der Wüstenkönig hat in der Tat den westhamschen Prinzen niedergestreckt. Wir ließen ihn im Wald zurück, als wir von zwei Seiten angegriffen wurden und fliehen mussten.« Er zögerte. »Ich weiß nicht, wie der Prinz überleben konnte; das Schwert steckte bis zum Heft in seiner Brust, ich sah es mit eigenen Augen. Er hätte den Monstern des Waldes unmöglich entkommen können.«

»Zwei Seiten«, sagte der Goldkönig. »Westhams Drachentöter und die Monster des Waldes, nehme ich an?«

»Korrekt.«

»Maywater hat den Fluss gequert?«

Der Kommandant presste die Lippen zusammen. »Wir folgten Eurer Tochter.«

Der Goldkönig horchte auf. »Wozu?«

Betretenes Schweigen folgte, das Splittern von Glas durchbrach die Stille; jemand fluchte, Hektik brach am Büfett aus. Dienstboten eilten herbei, die Braut verlangte krächzend zu wissen, wer da diesen Aufruhr veranstaltete. Er selbst hatte keinen Blick dafür; seine Hand schoss zum Kragen des Kommandanten, der von seiner Tochter gesprochen hatte.

»Wo ist sie?«, verlangte er zu wissen.

Der Kommandant erblasste. »Sie stahl den Schuh, deswegen folgten wir ihr.«

Den Schuh, er brauchte nicht zu fragen, welchen Schuh sie gestohlen hatte, er wusste sofort, welcher gemeint war. Es gab nur einen, den es sich zu stehlen lohnte. Überraschend fühlte er ein Gefühl in sich aufsteigen, das er als Stolz erkannte. Sein Tochter hatte den Schuh gestohlen und Winters Pläne vereitelt – zumindest kurzzeitig. Er sah zum Thron, vor dem die falsche Braut stand und die Dienstboten anschrie, ihnen sogar ins Gesicht schlug.

»Wie mir scheint, fand der Schuh zurück. Und meine Tochter?«

»Sie …«

»Ja?«, fragte er gefährlich leise.

»Sie ist …«

Er packte ihn mit beiden Händen, die anderen wichen zurück, einer der Königswächter zog sein Schwert wenige Fingerbreit aus der Scheide, das Geräusch verstärkte ein weiteres Gefühl in des Goldkönigs Brust, das er sehr lange nicht mehr gespürt hatte.

Eiskalte, beklemmende Furcht.

»WO IST MEINE TOCHTER?«

Im Saal wurde es schlagartig still, einzig ein gelegentliches *Kling, Kling* verblieb, als würde irgendwo etwas tröpfeln. Vielleicht war es sein eigenes Herz, von dem das Ranblut schmolz. Einst hatte er es vergiftet, um Mary zu schützen. Er würde es wieder tun – wenn sie nicht bereits verloren war.

»WO IST MARY?«

»Ich bin hier.«

Schlagartig ließ er den Kommandanten los und fuhr herum – wahrhaftig, da stand sie, oben auf der Treppe, umgeben von sieben Drachentötern, die seltsam zerzaust aussahen. Einer von ihnen stolperte vor und rupfte sich eine Feder aus dem Haar.

»Eure Majestät; wie haben Eure Tochter …«

Der Goldkönig hörte ihm nicht zu. Er eilte die Stufen hinauf zu Mary. Sie sah anders aus, als er sie in Erinnerung hatte: blasser, die Haut von Narben gezeichnet, das Kleid schmutzig, das Haar wirr und voller Zweige – sie hatte niemals schöner ausgesehen.

Er umfasste ihr Gesicht. »Du«, flüsterte er. »Du bist da.«

»Vater«, brachte sie hervor und wollte knicksen, stattdessen zog er sie in die Arme. Mary versteifte sich. Flüchtig atmete er ihren Duft ein, der fremd und vertraut zugleich roch, ehe er sie verlegen von sich schob. Er klaubte ihr einen Zweig aus dem Haar.

»Wo bist du gewesen? Geht es dir gut?«

Da sah er die Rose in ihren Händen. Er erkannte sofort ihre Beschaffenheit.

»Du warst im Wald.« Sie brauchte nicht zu nicken, er fand die Antwort in ihren Augen, die klarer wirkten als zuletzt. »Du warst bei ihr?«

»Sie ließ mich gehen.«

»Unmöglich – aber dein Herz … Der Wald trägt noch sein Kleid?«

»Ich weiß von Mutters Fluch«, ihr Blick fand zu seiner Brust, »und von deinem Opfer.«

»Aber wie …«

»Ich wusste es schon immer, konnte mich bloß nicht erinnern.«

»Mary, ich …«

»Schon gut«, unterbrach sie ihn und lächelte matt, es erinnerte ihn auf erschreckende Art an all die Momente, in denen er sie zum Lächeln gezwungen hatte.

»Nein«, widersprach er deshalb. »Ich schulde dir eine Erklärung. Deine Mutter war …«

»Herbst«, unterbrach sie ihn sanft und legte eine Hand auf seinen Arm. »Auch das weiß ich. Ihr wolltet mich schützen und habt dafür alles geopfert.«

Seine Augen brannten. »Sie hat dich sehr geliebt.«

»DAS HAT SIE NICHT!«

Er schob sich instinktiv vor Mary.

Die falsche Braut, die eben noch der unverhofften Wiedervereinigung von Vater und Tochter zugesehen hatte, wies anklagend auf den Goldkönig: »Deine Braut war eine Lügnerin, eine Betrügerin und eine Mörderin!«

Er fixierte die fremde Braut und trat ihr entgegen. Sofort umstellten ihn seine Königswächter, zwei wies er an, bei Mary zu warten – die ihm nicht von der Seite wich.

»Bleib dort«, knurrte er, doch sie schüttelte trotzig den Kopf. Früher, das wurde ihm jäh bewusst, hätte er sie für diese Respektlosigkeit gestraft, indem er einen Diener vor ihren Augen gezüchtigt hätte. Weil er ihr selbst mit steinernem Herz niemals etwas hatte antun können – und doch hatte er ihr unermesslichen Schaden zugefügt. Er strauchelte, Mary war sofort an seiner Seite. »Dummes Kind«, sagte er. »Du bist nicht sie.«

»Aber auch keine zerbrechliche Puppe.«

Erneut spürte er Stolz in sich aufsteigen, auf diese Tochter, die er niemals hatte würdigen können. Erst jetzt, da die Schwärze in seinem Herz schwand, erkannte er, wie sehr sie ihm glich – und ihr, die er vor zwölf Wintern verloren hatte. Der Schmerz darüber kam so jäh, dass er erneut strauchelte. Diesmal griff einer der Königswächter nach ihm.

»Majestät? »

Er hob den Blick zu der falschen Braut, die ihm mit hoch erhobenem Kinn entgegenstarrte. Statt ihr sah er seine Braut: das Haar golden, auf den Lippen eine Bitte, die er niemals hatte erfüllen können. *Liebe mich*, hatte sie geflüstert; doch statt sie an sich zu ziehen und ihr zu gestehen, dass sein Herz längst ihr gehörte, hatte er sie fortgeschickt.

Warum war er zu stolz gewesen?

Warum hatte er nicht alles gewagt?

Stattdessen hatte er alles verloren.

»Ich habe sie geliebt«, flüsterte er.

Die Braut an der Seite des Wüstenkönigs lachte grell auf. »Niemals! Sie hat dich verhext, das war es. Sie hat dich gestohlen. Hat dich mit ihrem Zauber gefügig gemacht!«

»So wie du?«, fragte er laut.

Nervöses Wispern raunte durch den Saal, die Braut wich unbeholfen zurück.

»Starrt mich nicht an«, keifte sie und stach mit dem Finger in sämtliche Richtungen, der Abstand zwischen ihr und dem Wüstenadel wuchs. »Raus! Alle raus!«, verlangte sie schrill, doch niemand folgte der Aufforderung.

Die Kommandanten verteilten sie sich im Halbkreis um den Thron. Der Goldkönig selbst verblieb direkt davor, flankiert von Mary und den Königswächtern.

»Er hat mich erwählt, weil er mich liebt!«, kreischte die Braut. »Niemand will deine Tochter! Sieh nur, wie vernarbt sie ist – niemand könnte jemanden lieben, der derart entstellt ist!« Die letzten Worte spie sie ihm entgegen, ihre Brust hob und senkte sich bebend; und noch etwas geschah: ihr Gesicht, das zuvor allzu glatt gewirkt hatte, hing plötzlich schief. »Deine Braut war äußerlich so schön, dass sie sich sogar danach benannte; doch im Innern war sie ein Monster! Erzählte sie dir, wie sie den Platz an deiner Seite stahl? Erzählte sie, wie sie die für dich vorgesehene Braut in den Wald lockte und zum Sterben zurückließ?«

»Nein«, gestand er ein, seltsam fasziniert davon, wie sich ihr Gesicht verselbstständigte.

»Sie war so eitel und von sich selbst eingenommen, dass sie nicht einmal auf die Idee kam, dass ihr Plan scheiterte. Nein, sie blickte niemals zurück – und so entging ihr meine Rettung.«

»Du bist …«

»Ich war für dich vorgesehen! Ich hätte an deiner Seite herrschen sollen! Stattdessen musste ich mich verstecken, halb blind und entstellt, während *sie* mein Leben lebte. Was habe ich gejauchzt, als sie vom Turm stürzte. Endlich, dachte ich, endlich sei meine Zeit gekommen. Doch du hast dir das Herz genommen und erneut musste ich mich verbergen und warten. Ist es nicht ironisch, dass nun ausgerechnet ich den Mann bekomme, den deine Tochter haben sollte? Ausgleichende Gerechtigkeit!«

Ihr Blick fand zu Mary, die Verachtung fiel schlagartig von ihr ab, als sie die Rose erblickte. Hatte er das Gefäß eben selbst mit Abscheu betrachtet, erkannte er nun dessen Wert. Die Augen der falschen Braut – oder eher nur eines davon – weiteten sich vor Entsetzen, während eine Wange sich vom Hals zu lösen begann. Die Fäden rissen.

Sie hätte nicht so viel schreien dürfen, dachte er bei sich.

»Das kann sie mir nicht antun! Sie hat ihn mir versprochen … Er … er gehört mir!«

»Das tut er nicht«, widersprach seine Tochter ruhig. »Gib ihn frei.«

»Niemals!« Die falsche Braut stürzte auf Mary zu, die Königswächter und auch die Drachentöter zogen die Schwerter – sie bedurften ihrer nicht. Denn das, was der Goldkönig für das Tropfen seines Herzens gehalten hatte, waren in Wahrheit Erbsen gewesen. Kleine und sehr harte vergoldete Erbsen. Eine Delikatesse aus Athos zu Ehren seiner Mutter, der Braut auf der Erbse. Es war Glück, dass die Köche in Ermangelung von Alternativen auf die attischen Speisen zurückgegriffen hatten, die eigentlich für Marys Hochzeit gedacht waren. Es war ebenso Glück, dass die Drachentöterin – eine Schwester des Ordens, wie er später erfuhr – zufällig eine Bonboniere mit Erbsen zerstört hatte; ebenso wie es Glück war, dass die Dienstboten, statt die Erbsen aufzulesen, vor der Braut hatten knien und Schläge einstecken müssen. Denn so befanden sich genügend auf dem Boden vor dem Thron. Als nun die Braut vorstürzte, die Hände zu Klauen verformt, rutschte sie aus. Einen schier endlosen Moment ruderte sie mit den Armen, dann stürzte sie – und der Schuh an ihrem Fuß brach.

»Neeeein!«, kreischte die falsche Braut und grapschte nach den Scherben, während sich ihre Stirn ablöste. Das azurfarbene Kleid färbte sich scharlachrot, der Fuß, der weder Zehen noch Hacke besaß, tränkte den Boden. Die falsche Braut heulte und jammerte, selbst als der Wüstenkönig aus seiner Starre erwachte, die Situation mit einem Blick erfasste und seine Kommandanten herbeirief.

»Komm«, raunte der Goldkönig seiner Tochter zu, die schreckensbleich geworden war und erbärmlich zitterte. Er dirigierte sie sanft fort. »Lass uns in den Garten gehen.«

Sie ergriff seinen Arm.

DER JÄGER

Wolken verbargen den Mond, der unaufhörlich dem Zenit entgegenstieg.

Er wusste, dass er sie töten musste. Vage sah er ihre Silhouette in der Dunkelheit auf der Rosenbank. Er brauchte nur zuzustechen und es wäre vorbei. So wie er es bei Cinderella in der Gasse hätte tun müssen, als sie ihm gestanden hatte, weshalb der Schuh fehlte. Stattdessen hatte er sie geknebelt und mit sich gehadert; stundenlang, wohl wissend, dass er sie hinrichten musste; ehe er sich eingestanden hatte, dass er es nicht konnte, ganz gleich, was auf dem Spiel stand. Er hatte ihre Fesseln durchtrennt und gemeinsam mit ihr einen Plan geschmiedet, wie der Schuh zurück an ihren Fuß fand.

Der Blutwald war voller Monster – ihm selbst fehlte nur ein letzter Schritt und er wäre wie sie. Cinderella zu verschonen, war ein zutiefst menschlicher Instinkt gewesen; *sein altes Ich*, das auch jetzt zurück an die Oberfläche fand, es lästig oft tat in diesen Stunden. Es machte ihn schwach und ließ ihn mitfühlen. Er hasste es; denn obgleich er Cinderella verschont hatte, lag sie nun aufgebrochen in den Eingeweiden des Ordens. Hätte er nicht gezögert, wäre ihr Tod schnell und schmerzfrei gewesen. Er dachte ununterbrochen an sie.

Sie waren gemeinsam aufgewachsen. Cinderella, die Zwillinge und er. Anfangs waren sie sich nah gewesen; kein Ersatz für eine verlorene Familie, aber etwas, das dem sehr nahe gekommen war. Bis er zum Ranblut gegriffen hatte.

Danach war nichts wie zuvor.

Er war nicht wie zuvor.

Statt mit den gestohlenen Kindern im Schloss zu leben, hatte es ihn zu den Schattenkriegern gezogen, die den Wald durchstreiften und Winters Ernte einbrachten. Das Ranblut hatte ihn auf diesen Weg und zu dem Monster geführt, das er fürchtete zu sein. Niemals, das schwor er sich, durfte sein Bruder denselben Fehler begehen. Hätte er gewusst, was Phillip zu tun gedachte, wäre er keine Sekunde von dessen Seite gewichen.

Er hoffte, dass es noch nicht zu spät war.

Die stumme Königin erhob sich aus dem Schatten. Sie hatte unter dem Rosenbogen gesessen und gewartet. Rasch blickte der Jäger sich um – er fand seinen Bruder sofort. Die Wolken rissen auf, der Himmel entflammte. Phillip trat zeitgleich mit dem Jäger vor. Ihre Blicke trafen sich; es war, als würden sie beide ihre Optionen abwägen, als erkannten sie hier und jetzt, dass sie auf verschiedenen Seiten standen, es vielleicht seit jeher getan hatten. Die stumme Königin hob fragend den Weißdorndolch, der Jäger zog seinen eigenen.

»Tarek«, warnte Phillip, die Hände beschwichtigend erhoben.

Dann ging alles ganz schnell; Phillip sprang vor, um nach dem Weißdorndolch zu greifen, doch der des Jägers traf die stumme Königin an der Hand. Die Waffen krachten zu Boden – direkt vor die Füße des Jägers.

»Gib ihn mir«, verlangte Phillip, während die Monarchin taumelte.

Der Jäger hob den Weißdorndolch. »Verzeih, Bruder.«

»Tarek …«

»Ich bewahre dich vor einem Fehler.«

»Das ist meine Entscheidung«, bellte Phillip, während die stumme Königin über den Kies stolperte. Der Kronprinz sprang vor, griff erneut nach dem Weißdorndolch; der Jäger schleuderte ihn fort – klirrend landete er auf der Treppe, die zu den Terrassen führte. Phillip hetzte hinterher, doch er holte ihn ein und stieß ihn zu Boden, gerade als die stumme Königin die unterste Stufe erklomm. Rasch zog er einen weiteren Dolch.

»Verzeih«, murmelte er erneut.

Phillip rang mit ihm, der Dolch durchschnitt die Luft und traf unbeirrt ins Ziel. Die stumme Königin stockte inmitten der Bewegung, fiel dann vornüber auf die Stufen. Er sah nicht, wie sie aufschlug, er sah bloß Marys entsetztes Gesicht, die neben ihrem Vater auf der Terrasse stand – und dahinter, er erkannte ihn sofort: sein eigener Vater; Drachentöter; der junge Wüstenkönig; Königswächter und die Generäle Maywaters. Sie alle starrten auf den Dolch, dessen Heft aus dem Rücken der stummen Königin ragte. Dann sahen sie zu ihnen.

»Heilige Scheiße«, zischte Phillip.

Heilige Scheiße, dachte der Jäger.

DER DRACHENKÖNIG

Der Zeremonienmeister stieß einen spitzen Schrei aus, als er den Drachenkönig erkannte. »Ach du heiliger Schreck«, rief er und verlor sogleich an Farbe. »Ich meine natürlich: Willkommen, willkommen! Ich hörte ganz und gar schreckliche Gerüchte …« Er stockte. »Ich meine, ich dachte … Eure Söhne erwarten Euch!«

Der Drachenkönig erstarrte. »Was sagst du da?«

Reflexartig griff sich der Zeremonienmeister an den Hals: »Die Gerüchte stammen nicht von mir!«

»Sagtest du Söhne?«

Sein Gegenüber nickte hastig. »Sie trafen gemeinsam ein.«

»Alle beide?«

Hilflos sah der Zeremonienmeister von einem Drachentöter zum anderen. »Ich war selbst überrascht. Genauso überrascht, als ich Euch sah. Ich meine, verzeiht, ich wollte …«

Der Drachenkönig unterbrach ihn unwirsch: »Ich finde selbst hinein.«

»Aber … aber ich muss Euch noch ankündigen!«

Da war er an ihm vorbei und betrat die Halle, die sich zusehends leerte. Einzig um den Thron scharten sich die Gäste, darunter der lästige Goldkönig samt Königswächtern und – zu seiner Überraschung – sieben Drachentöter. Die übrigen Anwesenden entstammten sämtlich Maywater. Jemand schrie, etwas brach klirrend; der junge Wüstenkönig bellte einen Befehl und der Goldkönig griff nach der Frau an seiner Seite.

Bis nach Westham war das Gerücht ihrer Schönheit gedrungen; sie sei ihrer Mutter wie aus dem Gesicht geschnitten, anmutig wie der Herbst und ebenso betörend. Doch als die Prinzessin sich bei ihrem Vater einhakte, glaubte der Drachenkönig einem Irrtum zu unterliegen. Narben zerfurchten das Antlitz, die Haut spröde wie Porzellan. Es war ihm ein Rätsel, weshalb sein Sohn so besessen von dieser Frau war – bis er die Rose erblickte.

Zornbebend stürmte er ihnen entgegen. Der Goldkönig, der ihn nahen sah, gab den Königswächtern ein Zeichen – diesen Verrätern! –, während die Drachentöter aufschlossen.

»Eure Majestät«, begann Hagen, doch er schnitt ihm das Wort ab.

»Was ist das?« Er wies auf die Rose.

Der Goldkönig hob eine Braue. »Sieh an, wer sich da aus seinem Schloss wagt.«

»Spart Euch die Scherze – Ihr wisst, was Eure Tochter da hält!«

»Mir scheint, Ihr wisst es auch.«

Der junge Wüstenkönig trat hinzu. »Was geht hier vor?«

Der Drachenkönig konnte sich gerade noch bremsen, ihm nicht vor aller Augen an die Kehle zu gehen. »Ihr«, zischte er und legte alle Verachtung in dieses eine Wort. »Zu Euch komme ich später. Erst verlange ich zu wissen, weshalb die attische Tochter ein Gefäß der Hexe besitzt.« Synchron sahen sie auf die Prinzessin, deren Wangen sich röteten. »Habt Ihr meine Söhne verhext?«

»Nein«, entgegnete sie überraschend gefasst.

»Solltet Ihr auch nur einem von ihnen zu nahe kommen, so schwöre ich bei meinen Ahnen, dass Ihr …«

»Versucht ruhig, diesen Satz zu beenden«, warnte der Goldkönig und griff nach seinem Schwert – die Prinzessin legte eine Hand auf seinen Arm und schüttelte den Kopf.

Der Drachenkönig kochte. »Wo sind sie?«

»Wer?«, fragte die Prinzessin und sah zu ihm auf.

»Meine Söhne«, brüllte er, unwissend darüber, dass der Goldkönig wenige Augenblicke zuvor ebenso vehement nach seiner Tochter verlangt hatte. »Wo sind sie?«

»Sie verließen den Saal«, teilte Hagen aus dem Trupp seines Sohnes mit. Er sah seltsam gerupft aus.

»Dorthin waren wir im Begriff zu gehen«, tönte der Goldkönig herablassend und hielt seiner Tochter die Tür auf. Sie traten hinaus; er folgt ihnen sofort – die stumme Königin kam ihnen entgegen, das Gesicht schreckgeweitet, eine blutige Hand ausgestreckt, ehe sie vornüber auf die Stufen klatschte. Jemand schrie. Sämtliche Schwerter wurden gezogen. Der Drachenkönig sah auf; und da standen sie. Seine Söhne.

Der Goldkönig sank neben der stummen Königin nieder, horchte auf ein Zeichen, auf irgendetwas – doch es schien, als sei sie endgültig verstummt. Gnadenlos stürzte er sich auf die Zwillinge; auf einen Schlag war die Luft erfüllt von kreischendem Stahl. Die Drachentöter stießen vor, um ihre Prinzen zu schützen; die Königswächter schnitten ihnen den Weg ab; die Generäle Maywaters schlugen sich auf die Seite von Athos. Kein Wunder, sah es doch ganz so aus, als hätten seine Söhne die stumme Königin erdolcht.

Der Goldkönig schien fest davon überzeugt; er schwang sein Schwert gezielt gegen Tarek und Phillip – wer von ihnen wer war, vermochte der Drachenkönig von hier aus nicht zu entscheiden. Er sah sie sich bloß ducken und zurückweichen. Neben ihm fiel ein Drachentöter; der Königswächter, der die Schwachstelle im Rücken durchstoßen hatte, sah nur kurz auf, ehe er sich erneut in den Kampf stürzte. Die Prinzessin kniete neben der stummen Königin und berührte deren Stirn. Die Prinzessin, erkannte er jäh, war die Lösung!

Er sprang vor, um sie an sich zu reißen und ihr ein Schwert an die Kehle zu pressen – da trat der junge Wüstenkönig ihm in den Weg.

»Denkt nicht einmal daran«, warnte der.

»Weg mit Euch!«

»Sie hat nichts damit zu tun.«

»Der Bastard greift meine Söhne an!«

Der Wüstenkönig nickte angespannt. »Wie mir scheint, zu Recht.«

Ein weiterer Drachentöter ging in die Knie – draußen, vor den Toren des Schlosses, wartete eine ganze Armee auf seinen Befehl, doch hier drin waren sie bloß zu zehnt.

»Rasch«, rief er einem der beiden Kommandanten zu, mit denen er den Ballsaal betreten hatte. »Holt die anderen!«

Doch bevor dieser die Terrassentür erreichte, bohrte sich ein Pfeil zwischen dessen Schulterblätter. Der Drachenkönig fluchte, der Wüstenkönig versperrte ihm demonstrativ den Weg – wenngleich er das Schwert gesenkt hielt. Er wollte nicht kämpfen, würde es jedoch, sollte er nicht von seinem Vorhaben abweichen. Dieser Narr hatte nicht verstanden, was das Gefäß in den Händen der Prinzessin bedeutete! Offensichtlich war er genauso geblendet wie sein Sohn. Sofort suchte sein Blick nach ihnen; der Goldkönig war furchterregend in seinem Zorn, die Königswächter gnadenlos – wenngleich sie ihren wahren König mieden.

Keiner von ihnen würde das Schwert gegen ihn heben.

Er stürmte vorbei an der Prinzessin und ihrem so edelmütigen Beschützer; zwischen den unterlegenen Drachentötern hindurch und hin zu seinen Söhnen. Tapfer verteidigten sie sich gegen die Überzahl an Angreifern – einer kupfern, der andere die Abzeichen des Kronprinzen auf der Brust. Er zögerte keinen Augenblick, packte Letzteren am Arm – wer auch immer das war – und riss ihn zurück. Das Volk der sevalschen Königin würde keine Gnade mit ihrem Mörder kennen. Nein, sie brauchten einen Schuldigen – und Westham brauchte einen Kronprinzen.

Er packte seinen Sohn am Nacken und zerrte ihn fort.

Es war ihm gleich, welcher es war.

Solange alle anderen ihn für den rechtmäßigen Erben hielten.

Mary von Athos

*»Niemanden trifft Schuld stärker
als denjenigen, der sie trägt.«*

Die schönste Braut
als Mary eine Vase zerbrach

Der Himmel weinte Ascheflocken, bedeckte den Leichnam der stummen Königin unter einem Mantel des Schweigens, während um uns herum die Schwerter sangen und das Johlen der Festnacht aus den unteren Vierteln drang. Sie feierten, sie kämpften und starben zugleich. Sacht berührte ich die Stirn der stummen Königin. Ihre Seele war längst fort, einzig ihr Leib verblieb auf den Stufen vor dem Himmelsschloss. Sie sah jünger aus, als ich sie in Erinnerung hatte, wenngleich erschöpfter. Ob auch Mutter so ausgesehen hatte?

Friedlich und verletzt zugleich. Erlöst und verdammt.

Ich sah zu Duncan, der mich von den Kämpfenden abschirmte. Es überraschte mich, dass er ohne Zögern auf Vaters Seite kämpfte. Drei Drachentöter lagen geschlagen am Boden, ein vierter fiel zwischen den Rosen: Hagen. Es zog mir das Herz zusammen, als er auf die Knie sackte und dann seitlich kippte. Sein Gegenüber stürzte sich bereits auf den nächsten. Sie hatten mich hergebracht und für eine Nacht ihre wahre Gestalt zurückerhalten; nur heute und nur für wenige Stunden, das hatte Winter verfügt, würden sie in Menschengestalt an der Seite der Zwillingsprinzen stehen. Der Drachenkönig packte einen seiner Söhne am Nacken und stieß ihn in die Dunkelheit der Mauer. Einst war mir dieser Ort wie ein Paradies erscheinen, heute erkannte ich, dass nicht Orte, sondern Menschen Frieden schufen – oder zerstörten.

Die Rose in meiner Hand wog plötzlich schwerer.

War Winters Weg der richtige?

Erneut fiel ein Drachentöter, gespickt von Pfeilen. Taumelnd kam ich auf die Füße, in der Hand die Rose, in der anderen etwas, das neben der stummen Königin gelegen hatte; ein Dolch, den einer der Soldaten verloren hatte. Ich besaß die Wahl zwischen Krieg oder Winters zerbrechlichem Frieden. Vater schrie auf, ich sah seinen Gegner taumeln – sofort war Vater über ihm und hob das Schwert.

»Nein!«, kreischte ich – und tatsächlich hielt Vater inne und sah zu mir. Den Moment nutzend, rollte sich der Prinz herum und kam mit dem Rücken zu mir auf die Füße; kupferne Drachenschuppen umschlossen seinen Leib. Erneut holte Vater aus, erneut schrie ich aus voller Kehle, doch diesmal kannte Vater kein Erbarmen. Hieb um Hieb trieb er seinen Gegner zurück. Ich stürzte vor – Duncan wollte mich halten, doch ich entwischte seinem Griff. Die Rose ging verloren, ich hörte sie klirren, als sie am Boden zerbrach. Ein Königswächter wich mir aus – dann war ich da, gerade als Vater zustach. Ich riss ihn von den Füßen.

»Du darfst nicht«, schrie ich. »Du darfst ihm nichts tun!«

»Mary«, ächzte er.

Ich rollte von ihm herunter, aus seiner Brust ragte das Heft des Dolches. Ihn hatte ich umklammert, während mir die Rose entglitten war. Als hätten meine Instinkte die Wahl getroffen, von der ich längst wusste, dass es die richtige war.

Vater starrte ungläubig auf den Dolch, griff sich an die Brust und riss ihn heraus; dann traf mich sein Blick. All der Kummer, all das Bedauern, das eben noch in ihm gelegen hatte, war verblasst. Stattdessen sah er mich an, wie er mich all die Jahre angesehen hatte.

»Du dummes Kind«, knurrte er und stieß mich zurück.

»Vater, ich …«

Doch er schnitt mir das Wort ab: »Eilst deinem Liebsten zur Rettung und stichst deinen Vater nieder. Viel zu lange habe ich dich erduldet, deine Unverschämtheiten und deinen Trotz.«

Jemand griff mir unter die Arme; es war Susann.

»Hoheit«, sagte sie, »wir müssen verschwinden, rasch!«

»Susann, woher …«

»Später«, wies sie mich ab und fixierte Vater mit einer Schärfe, die ich noch nie an ihr gesehen hatte. »Statt Eure Tochter anzuschreien, solltet Ihr diesen Kampf sofort beenden …«

»Oder, was?«, fuhr er sie an, bereits auf den Beinen, als hätte ich ihn nicht soeben aufgespießt. Höhnisch hob er den Dolch. »Weißdorn, getränkt in Ranblut.«

Ich taumelte, Susann hielt mich eisern aufrecht.

»Es eilt«, begann sie erneut, während der Himmel mehr und mehr weinte, die Leichen bedeckte und ihre bleichen Wangen küsste. »Wir werden angegriffen.«

»Das ist offensichtlich«, knurrte Vater. »Westham hat …«

»Nicht Westham«, sagte da Duncan und trat neben mich. Sie hatten aufgehört zu kämpfen und blickten stattdessen gen Himmel, an dem der Blutmond zwischen rußgeschwärzten Wolken träge blinzelte. Keine Wolken, es war Rauch, der in dichten Schwaden gen Zenit stieg. Es fiel auch kein Schnee, sondern Asche; und die Schreie, die aus der Stadt zu uns drangen, entsprangen tiefster Furcht. Kies knirschte.

»Wir werden angegriffen«, brüllte Phillip. »Vater hat die Drachentöter aus den Bergen abgezogen …« Mehr brauchte er nicht sagen, denn in diesem Augenblick erhob sich ein Drache jenseits der Mauer, die Schwingen schwer und weit, die Augen glutrot.

»Lauft!«, schrie jemand, dann stürzten alle durcheinander.

DER JÄGER

Er würde sie nie wieder loslassen.

»Schneller«, knurrte er, während sie die Gänge des Schlosses entlangliefen, das unter dem Ansturm der Drachen stöhnte. Sein verdammter Vater war blind vor Rache in einen Krieg gezogen. Es waren die Drachentöter, die an den Grenzen der sechs Reiche ausgeharrt und jedes Ungetüm in die Tiefen der Gebirge zurückgestoßen hatten; ohne sie gab es niemanden, der ihnen Einhalt gebot. Jetzt waren sie frei, weil der Drachenkönig in seinem Zorn die eigentliche Gefahr aus den Augen verloren hatte.

»Eure Hoheit«, japste die Zofe, die an der anderen Hand von Mary hing und hinter ihnen herrannte. Sie hatte ihre Federn abgestreift wie die Drachentöter, die nun vereint mit den Königswächtern und maywaterschen Schützen gegen die Drachen standen. Auch Phillip war dort – nur er selbst floh wie ein Feigling. Weil er nicht riskieren konnte, dass sie starb.

Erst musste sie in Sicherheit sein, dann würde er kämpfen.

»Ich bin so schnell geflogen wie ich konnte«, keuchte die Zofe. »Der Wald stand in Flammen, eine Schneise bis zum Gebirge und quer durch die Wüste. Sie waren vor mir da – ich konnte niemanden warnen.«

»Wie viele sind es?«, rief er über die Schulter.

»Fünf kleine und zwei große.«

Als Kind hatte er gegen ein Jungtier gekämpft und es nur knapp überlebt. Heute würde er es in den Schluchten mit einem ausgewachsenen Drachen aufnehmen, aber nicht hier, wo keine Felsen die Bewegungsfreiheit der Ungeheuer einschränkte. Nein, hier waren die Bestien die Meister und die Menschen ihnen untertan. Die Scheiben neben ihnen splitterten, als ein Drache durch das Fenster brach. Die Zofe schrie auf, er riss sie in einen angrenzenden Saal und verbarrikadierte die einzige Tür.

Mary eilte an die Fenster. »Hier sind nur Klippen!«

Die Tür splitterte; Mary und die Zofe wichen zurück, während er das Schwert zog. Es wog schwer in der Hand – ihm blieb keine Zeit, sich daran zu gewöhnen; schon drängte der Drache hinein. Er nutzte den Moment, in dem das Untier die ledrigen Flügel an der Körper schmiegte, um durch die schmale Öffnung zu passen, sprang vor und rutschte zwischen die Vorderbeine. Das Schwert glitt in den weichen Unterbauch; Darmschlingen und Gallesaft platzten hervor, er verfing sich mit einem Bein darin, der Drache tobte – dann war er durch die Tür und spreizte die klauenbewehrten Flügel.

Das Wissen von vor zwölf Jahren prasselte auf ihn ein. Erst den Bauch aufschlitzen, dabei auf die ätzende Galle achten, den Flügeln ausweichen, den Schwanz abtrennen – er hieb darauf ein, als der Drache über ihn hinwegpolterte. Ohne Schwanz, daran erinnerte er sich jäh, waren sie manövrierunfähig. Das Schwert traf knapp unterhalb der Knorpelverbindung, er spürte den Ruck, als es die Knochen schrammte, dann glitt es hindurch und der Schwanz klatschte nieder.

Der Drache schwankte. Hatte er ursprünglich die Zofe neben dem Kamin angreifen wollen, krachte er nun gegen die Fenster, die Scheiben barsten, die Wand gab nach und er sackte hinab. Der Jäger spürte einen Ruck, als sich die Darmschlinge um sein Bein festzog. Das Schwert entglitt seinen Fingern. Mary schrie auf, als er quer durch den Saal dem Abgrund entgegenschlitterte. Er sah sich schon im rauschenden Ozean schwinden, als der Druck um seinen Knöchel schwand.

Mary hob eine Ascheschaufel, mit der sie die Darmschlinge durchtrennt hatte.

Er griff nach ihrer Hand. Sie zog ihn hoch.

»Alles gut?«, fragte sie – im nächsten Augenblick zerrte er sie zurück. Ein zweiter Drachen näherte sich dem Schloss, er hielt genau auf sie zu.

»Hier entlang«, rief Susann und schlug mit der Faust gegen einen Stein im Kamin, die Rückwand gab nach, eine Treppe erschien. Er schob Mary vor sich in den Geheimgang, die Zofe folgte und schloss die Wand. Das Letzte, was er sah, war, wie der Drache in den Saal krachte. In völliger Finsternis rannten sie die Stufen hinab, während das Schloss erbebte und der Drache tobte.

»Der Orden nutzt die Geheimgänge«, rief die Zofe, als sie um eine Ecke bogen und tiefer hinabstiegen. »Sie sind in den Kaminen versteckt.«

Wie klug, dachte der Jäger, war es in Maywater doch stets so heiß, dass es selbst nachts keines Feuers bedurfte. Stattdessen dienten die Kaminattrappen als verborgene Eingänge zu Tunneln wie diesem. Erneut betätigte die Zofe einen Mechanismus, ein Spalt öffnete sich vor ihnen. Der Raum, den sie betraten, lag verlassen da, ebenso der Flur davor.

»Ich weiß, wo wir sind«, sagte Mary und übernahm die Führung.

»Welch Glück, dass Ihr zum Wandern neigt«, scherzte die Zofe.

Mary drückte ihre Hand, er spürte es, weil sie seine unwillkürlich fester hielt.

»Später«, sagte Susann sanft.

»Später«, versprach Mary.

Der Jäger verspürte einen Stich. Er wünschte, Mary würde auch ihn auf diese Art anblicken, ihn ohne Worte verstehen, ihn lieben.

»Kommt«, sagte sie stattdessen und führte sie durch die verwaisten Korridore zum Hinterhof. Er lag verlassen da, der Kampf schien sich auf die Westseite des Schlosses verlagert zu haben, das Brüllen der Bestien hallte durch die Nacht, zwei von ihnen kreisten vor dem Mond, eine weitere erspähte er über der Stadt, die übrigen befanden sich außerhalb seines Sichtfeldes. Als sie das Schloss verließen, fauchte es über ihnen. Ein Drache saß auf den Schindeln, sein glühender Blick fand sie sofort.

»Rasch«, brüllte der Jäger und trieb sie zum Brunnen. »Klettert hinab!«

Die Zofe gehorchte sofort, Mary jedoch wurde bleich, während der Drache die Schwingen spreizte. Sie hob den Rock: ihre Füße waren nackt, der eine fast schwarz und geschwollen. Sie konnte unmöglich damit klettern.

Sofort zog er sie auf seinen Rücken. »Halt dich fest.«

Dann schwang er sich über den Rand des Brunnens.

DIE ZOFE

Sand rieselte von den Wänden, benetzte ihr Haar und brannte in den Augen. Wie der Prinz den Weg fand, erschloss sich ihr nicht. Blind lotste er sie durch dieses unterirdische Labyrinth, als hätte er es des Öfteren durchschritten – er fluchte: der Weg vor ihnen war durch den Angriff verschüttet worden. Die Felsen grollten, Sand quoll auf sie nieder. Der Prinz zwang sie zurück. Jetzt schien auch er verloren. Mehrfach änderte er die Richtung, betrat Gänge, die im Nichts versandeten. Einer endete über der schäumenden Bucht. Die Wellen spiegelten rostrot die Feuer der Stadt.

»Wir müssen zurück«, trieb er sie zurück in die Finsternis.

»Warte«, bat da die Prinzessin. Susann sah nicht, wie sie den Prinzen an sich zog, sie ahnte die Bewegung vielmehr, bemüht, nicht den gewisperten Worten zu lauschen, die allein seinen Ohren bestimmt waren. Sie verstand, weshalb sie sich diesen Moment stahl.

»Wir müssen weiter«, raunte der Prinz.

Diesmal fand er den richtigen Weg, die Dunkelheit lichtete sich, Gestalten schälten sich aus den Schatten. Dicht gedrängt kauerten sie in einer Höhle.

Ein Mädchen mit einem Säugling im Arm erhob sich.

»Wer seid Ihr?«, fragte sie mit kratziger Stimme.

»Wir suchen einen Weg hinaus«, verlangte der Prinz.

Der Säugling schwieg, das Mädchen wiegte ihn sanft. »Es gibt keinen.«

Die Prinzessin trat vor. »Darf ich ihn berühren?« Sie wies auf das Kind. Selbst im Zwielicht der Höhle erkannte Susann, dass er schrecklich bleich war; Haut wie Schnee und durchscheinend wie Glas. Keiner von ihnen hatte je das Tageslicht gekostet.

»Eure Haut«, rief da das Mädchen. »Es sieht aus, als wärt Ihr gesplittert!«

»Das bin ich«, sagte die Prinzessin, während sie dem Säugling über die Stirn strich. Das Mädchen riss die Augen auf, weitere Gestalten erhoben sich schwankend aus den Schatten, um einen Blick auf die gebrochene Prinzessin zu erhaschen. Der Prinz wich keinen Schritt von ihrer Seite. »Einen Ausgang«, verlangte er erneut.

»Es gibt keinen«, wiederholte das Mädchen. »Der letzte wurde durch den Erdrutsch zerstört. Seit Tagen haben wir weder Nahrung noch Wasser.«

»Woher kommt das Licht?« Der Prinz sah sich um.

Das Mädchen wies zu einem Eisengitter; ein kreisrunder Schacht schraubte sich hinter den Stäben gen Höhe. Eine einsame Fackel brannte träge über knochenweißen Stufen. »Die Wachen haben vergessen, sie zu löschen. Etwas hat sie hinausgetrieben. Was geschieht dort oben? Die Felsen klagen, wir fürchten uns.«

»Das Himmelsschloss wird angegriffen.«

Jemand keuchte, ein Kind begann zu weinen. Der Prinz zerrte an den Stangen.

Das Mädchen wiegte den Säugling. »Es gibt keinen Weg hinaus.«

Während sich der Prinz an den Eisenstangen zu schaffen machte, krochen und schlurften die Gestalten aus dem Dunkel. Aus glasigen Augen starrten sie die Prinzessin an, streckten die Hände nach ihr aus und berührten sie.

»Es ist Eure Haut«, sagte das Mädchen. »Hätten wir die Erwählte nicht vor wenigen Tagen gesehen, würden wir Euch für sie halten.«

»Die Erwählte?«

»Diejenige, nach der der Kronprinz sucht. Sie wird uns befreien.«

Susann sah, wie die Prinzessin schwankte. Rasch stützte sie sie.

»Sie wurde uns angekündigt«, fuhr das Mädchen fort, den Säugling fest im Arm.

»Von wem?«, fragte sie belegt.

»Kennt Ihr denn nicht die Prophezeiung?«

Wenn sich ein Antlitz unter einem anderen verbirgt,
Herzen in Schwärze ertrinken
und Blut über Blut siegt,
wird sie kommen,
die eine, die der König sucht.
Zu bannen die Hitze.
Zu brechen den Fluch.
Die eine, die selbst gebrochen ist.

»Deshalb starren sie Euch an«, schloss das Mädchen. »Ihr seid gebrochen – doch Ihr seid nicht, wonach der Kronprinz sucht. Es ist die andere, es ist Cinderella.«

»Cinderella«, wiederholte die Prinzessin schwach.

»Eure Hoheit«, mahnte Susann.

»Hoheit?«, keuchte das Mädchen.

»Hoheit?«, wisperten die anderen.

»Schnell«, sagte da der Prinz und griff nach ihnen. »Wir müssen los.« Er zog sie zu dem Eisengitter, dem zwei Stangen fehlten.

»Achtet auf die Stümpfe.«

»Aber wie …«

»Drachengalle frisst sich durch alles, selbst durch Eisen.«

»Drachengalle?« Susann starrte entgeistert auf die Stangen, die wie Wachs geschmolzen waren und an verbrannte Kerzenstummel erinnerten.

»Mein Bein wurde durchtränkt, als ich unter dem Drachen lag.«

»Drachen?«, rief jemand.

»Drachen?«, echoten die anderen.

Susann half der Prinzessin durch die Lücke im Gitter, zwängte sich dann selbst hindurch. Der Prinz folgte, er wandte sich den Menschen zu, die ängstlich zurückgewichen waren, und reichte ihnen eine Hand. Niemand ergriff sie.

»Wir werden von Drachen angegriffen?«, rief das Mädchen.

»Ja«, sagte der Prinz.

»Dann bleiben wir.«

»Bleibt und sterbt hier. Wagt euch hinaus und sterbt dort. Es liegt an euch.« Damit griff er nach der Hand der Prinzessin.

»Seid mutig«, sagte diese. »Ich war es nie.«

Damit ließen sie die einsamen Gestalten in den Tiefen der Klippen zurück, während sie die Knochentreppe erklommen, die sich kreisrund gen Höhe schraubte. Mit jeder Stufe schwoll das Brüllen der Drachen an, die Hitze stieg. Sie passierten Tunnel gleich jenem, dem sie entstiegen waren. Hinter den Stangen blitzten bleiche Gesichter hervor, sie verstummten, sobald sie sich näherten, und begannen zu wispern, als sie sich entfernten.

Seid mutig, schienen sie zu flüstern.

Mary von Athos

*»Ich war nie selbstlos,
ich will es jetzt sein.«*

Die schönste Braut
bevor sie Marys Hand losließ

Der Himmel flammte. Von überall drängten Fliehende durch die Gassen der unteren Viertel. Der Gefängniswärter schloss schleunigst die Tür, kaum dass wir auf den Exerzierplatz traten und zum Schloss auf den Klippen emporstarrten. Der Westturm brannte lichterloh

»Kommt«, schrie Susann über das Brüllen der Drachen hinweg, die um das Himmelsschloss kreisten. Sie krachten auf die Dächer, brennende Schindeln fielen gleich sterbenden Sternschnuppen, Rauch quoll aus den Fenstern des Mitternachtssaals. »Der Keller des Ordens, dort sind wir sicher!« Sie zerrte an meinem Arm, doch ich war unfähig, mich zu bewegen, unfähig, zu gehen, solange er es nicht tat. Er ließ meine Hand los.

»Nein«, schrie ich.

»Die Drachen konzentrieren sich auf das Schloss. In den unteren Vierteln seid ihr sicher. Sucht Schutz in einem der Gebäude, steigt nicht zu tief.«

»Ich gehe nicht ohne dich!«

»Prinzessin, ich …«

»Verfluchter Jäger, wenn du denkst, dass ich dich zurücklasse, dann …«

»Du weißt es?«, unterbrach er mich jäh.

»Glaubst du, ich erkenne dich einzig anhand deiner Kleidung? Ich weiß sehr wohl, wer du bist …« Da zog er mich an sich und hielt mich.

»Bleib!«, flehte ich.

»Mein Bruder ist dort oben.«

»Ebenso mein Vater und deiner und eine Armee von Drachentötern.«

»Ich trage seine Rüstung, ohne sie ist er schutzlos.«

Wütend schob ich ihn zurück. »Wenn du gehst, gehe ich auch.«

»Deinen Mut in Ehren, aber das kann ich nicht zulassen.«

»Jäger, ich schwöre, ich folge dir!«

»Ich muss zurück. Er braucht mich.«

»Warum trägst du sie überhaupt? Diese verfluchte Rüstung.«

»Ohne sie wäre ich tot. Allein Drachenschuppen halten Drachengalle stand.«

»Das erklärt noch lange nicht, weshalb du …«

»Ich verspreche, alles zu erklären. Später.« Bevor ich erneut protestieren konnte, löste er sich von mir. »Wer wäre ich, täte ich es nicht?«

»Du bist kein Drachentöter«, schrie ich ihm entgegen.

Seine Augen brannten. »Als Kind war ich es – ich bin es noch«, war alles, was er sagte, ehe er mir einen flüchtigen Kuss auf die Stirn drückte und sich auf und davon machte; zurück zum Schloss, aus dem wir eben erst geflohen waren; zurück zu seinem Bruder, um an dessen Seite zu stehen. Wer wäre er, täte er es nicht?

Susann zerrte mich fort von ihm, der bereits in der Masse verschwand. Neben uns stolperte ein Kind, niemand half ihm auf. Ein weiteres stand heulend in einem Hauseingang, eine zerliebte Puppe an der Brust. Ein Greis ging in die Knie.

Susann zerrte an meinem Arm. »Wir müssen uns verstecken, rasch!«

Ich wollte protestieren, als hinter uns die Hölle losbrach. Die Menschen, die eben noch die Straßen hinabgeflohen waren, drängten zurück. Susann riss mich hinter ein Fass, dann sah ich sie: Haare wie Seetang, die Gesichter ein Abgrund aus Zähnen und Augen. Es waren vier, die

Haut bedeckt von einer Kruste Sand, die Hände krallenbewehrt. Hinter ihnen erspähte ich weitere, gebeugt über einem aufgebrochenen Leib, in dem das letzte Leben zuckte. Ich erkannte sie sofort. Es war weniger ihr Anblick als ihr Geruch, der mich zurück in die Arme des Jägers katapultierte, zurück in den Wald – aus dem sie gekommen waren.

Und nicht nur sie.

Gebrüll zerriss die Dunkelheit wie grollender Donner, so unmenschlich, so unirdisch, dass sogar die Drachen in ihrem Toben für einen Augenblick innehielten. Die Fliehenden erstarrten, der Greis kauerte am Grund, neben ihm das Kind, das er schützend in die Arme gezogen hatte. Sogar die Jungfrauen verharrten, die Augen leer, die Münder weit. Sie schnupperten und erklommen einen Karren am Straßenrand, über dem es bestialisch summte. Der Karren kippte, Pferdehäupter purzelten übereinander – sie stürzten sich darauf wie Hyänen.

»Hoheit!«, rief Susann, da war ich schon bei dem Greis.

Sie fluchte und wie an jenem fernen Tag, als sie einen Aufruhr unter den Dienern im Himmelsschloss verursacht hatte, schrie sie aus voller Kehle – und wie damals fand sie Gehör.

Die Flut der Flüchtenden stockte für einen Atemzug, um zu lauschen.

Tragt die Kinder, stützt die Alten, sucht Schutz in den Häusern.

Jemand nahm das Kind aus den Armen des Greises, Türen wurden geöffnet, Menschen schrien hinaus und boten Unterschlupf. Ich führte den Alten bis zu einer Kellertreppe, er drückte flüchtig meine Hand, als eine Adelige – war es die Baronin vom Ball? – sich bei ihm unterhakte und ihm die Stufen hinabhalf. Ich hingegen floh zurück auf die sich leerenden Gassen, in denen sich die Jungfrauen ums Pferdefleisch balgten.

Der Himmel brannte. Von Susann keine Spur.

Ich würde sie nie wieder zurücklassen! Niemals wieder.

Durch Pfützen aus Licht und Asche hastete ich die Straßen entlang, wich Rudeln von Jungfrauen und einem Ran aus. Ich sah ihn nicht, ich hörte ihn bloß grollen. Die Luft flirrte, sie schmeckte nach Ruß und Moder und Tod. Erst als der Ran um eine Hausecke verschwunden war, wagte ich mich aus meinen Versteck. Ich sah in jede Gasse, in jede Abzweigung. Doch Susann war fort; irgendwo verloren zwischen dem hier und dort.

Einzig ihre Worte verfolgten mich wie ein Echo.

Tragt die Kinder, stützt die Alten, sucht Schutz in den Häusern.

Ein Diener in Livree stolperte in mich hinein – der Zeremonienmeister.

Er griff nach meinem Handgelenk; sein Blick war weit, das brennende Himmelsschloss ein doppeltes Spiegelbild in seinen Iriden; er riss mich allem Protest zum Trotz in ein Wirtshaus, durch den verwaisten Schankraum und eine Stiege hinab.

»Loslassen!«, schrie ich in die stickige Schwärze des Kellers. Es roch nach altem Wein, Schweiß und durchdringender Angst. »Meine Zofe ist dort draußen!«

»Wollt Ihr sterben?«, rief er hysterisch.

»LASST LOS!« Er wich zurück, als hätte er sich verbrannt. Dutzende Gesichter glommen im Dämmerlicht des Kellers: Männer, die beisammengesessen und gefeiert hatten. Ich sah Fischer, Arbeit, Soldaten, einen Priester des Frühlings und Diener in Livreen.

»Kamt Ihr vom Schloss?«, fragte einer – vielleicht der Wirt –, als ich mich an den Aufstieg der Stiege machte. Mein Rock verfing sich an der ersten Stufe. Blind zerrte ich daran. Das Reißen hallte gespenstisch im Raum, in dem die Angst jeden Atemzug lähmte und der Zorn der Ran durch die Wände grollte.

»Wir sind verloren«, ächzte der Zeremonienmeister. »Sie haben keine Chance.«

Mein Kopf ruckte herum.

»Es sind zu viele Drachen«, jammerte er. »Und Monster, überall sind Monster!«

Irgendjemand begann zu beten, während der Wirt erbleichte.

»Sie unterliegen?«, rief ich entsetzt.

»Sie sterben – einer nach dem anderen!« Der Zeremonienmeister schlug die Hände vors Gesicht. »O Himmel, wir sind verloren!«

Energischer als zuvor riss ich an dem Stoff, der sich verzweifelt an die Treppe klammerte, als fürchtete er, was außerhalb tobte. Jemand kam mir zu Hilfe. Es war der Wirt.

»Wohin wollt Ihr?«

»Zum Schloss«, presste ich hervor und warf die Fetzen des Kleides hinfort.

»Ihr wollt kämpfen?«, fragte einer aus dem Schutz der Fässer.

Ich nutzte Tareks Worte. »Wer wäre ich, täte ich es nicht?«

»Aber Ihr seid bloß …«

»Eine, was?«, fauchte ich. »Bloß eine Frau? Seid Ihr nur ein Fischer? Oder Ihr dort«, ich wies zu einem Mann, der eine fleckige Schürze trug, »nur ein Schlachter? Wer seid ihr, dass ihr euch versteckt, während eure Stadt stirbt?« Mein Hals brannte. »Versteckt euch, aber verspottet mich nicht. Meine Zofe ist dort draußen, ebenso Westhams Soldaten und euer König. Sie riskieren ihr Leben, um diese Stadt zu retten. Doch wenn sie zu unterliegen drohen, wer seid dann ihr, dass ihr euch verkriecht, statt an ihrer Seite zu stehen?«

»Wir sind nicht feige!«, knurrte jemand.

»Willst du, dass wir sterben?«

»Womit sollten wir schon kämpfen?«

»Wir sind keine Krieger«, erklärte der Wirt betroffen.

»Das bin ich ebenso wenig. Doch ich bin mutig – das muss für den Augenblick reichen.«

Ohne zurückzublicken, erklomm ich die Stufen und ließ einen Keller voll Furcht und Scham und hastig gemurmelten Rechtfertigungen zurück.

Wer war ich, ihnen Vorwürfe zu machen?

Ich verstand ihre Ohnmacht. War ich selbst doch mein Leben lang ohnmächtig gewesen. Einen tiefen Atemzug nehmend, die zitternden Finger zu Fäusten geballt, trat ich aus dem schützenden Wirtsraum hinaus auf die Gasse, die nach Schwefel und Tod roch.

Das Schloss glomm in der Dunkelheit, die Drachen kreischten.

Die Jungfrauen schmatzten, die Ran grollten.

»Sei mutig«, befahl ich mir.

DER SOHN WESTHAMS

Er trieb den Zweihänder tief in die Kehle des Drachen und duckte sich unter dem Flügel hinweg, als das Untier seitwärts torkelte. Er sah aus dem Augenwinkel, wie sein Vater einem weiteren den Schwanz nahm. Mit diesem hier, dem zwei seiner Drachentöter den Rest gaben, machte das drei erlegte Drachen im Garten. Blieben zwei, die in luftiger Höhe ihre Kreise zogen, und einer, den er durch eine Wand ins Schloss hatte brechen sehen. Ob da noch weitere waren, wusste er nicht. Bisher hatten sie es nur mit den Jungtieren zu tun gehabt; doch die zwei, die dort vor dem Mond kreisten, waren älter und deutlich größer.

»Achtung!«, brüllte jemand, Phillip fuhr herum. Der Drachen, mit dem sein Vater rang, wankte in seine Richtung; er wurde zurückgerissen, kurz bevor der massige Leib dort zu Boden krachte, wo er einen Atemzug vorher gestanden hatte.

Sein Bruder klopfte ihm auf die Schulter. »Das war knapp.«

»Du bist zurück«, stellte Phillip schnaufend fest. »Mary?«

»In Sicherheit.«

Er nickte grimmig. »Gut so.«

»Wie viele habt ihr erlegt?«

»Drei.«

»Mach vier draus.«

»Du hast es nicht verlernt.«

»Kein bisschen.«

Er grinste, Tarek tat es ihm gleich.

»Im Mitternachtssaal ist noch einer!«, rief Duncan von der Flügeltür aus.

»Nach dir«, sagte Tarek. Phillip schnaubte. Zusammen nahmen sie die Treppe, auf der die Leiche der stummen Königin lag. Sie verloren kein Wort darüber. Im Saal empfing sie glühende Hitze. Der Drache hatte sämtliche Vorhänge und Möbel in Brand gesteckt, Rauch erschwerte die Sicht. Duncan dirigierte den verbliebenen Rest seiner Männer zu den Feuern, während eine Gruppe von Drachentötern das Biest niederstreckte.

»Woher kommen die Drachentöter?«, fragte Tarek.

»Vater hat sie aus den Bergen abgezogen.« Phillip nickte dem Kommandanten des Trupps zu. »Wie sieht es aus?«

Der runzelte irritiert die Stirn, ehe er sich an Tarek wandte: »Im Schloss scheint kein weiterer Drache zu sein.«

Tarek hob eine Braue und sah Phillip an.

»Behaltet die Muttertiere im Blick«, knirschte der mit den Zähnen, als auch noch Duncan hinzutrat und ihm die Hand bot.

»Wir kennen einander nicht ...«

»Heilige Scheiße«, fluchte Phillip, während Tarek lachte.

Duncan sah von einem Bruder zum anderen, sein Blick blieb an Phillip hängen. »Du bist es, mein Freund.«

»Ich bin es«, sagte Phillip. »Ich war es die ganze Zeit.«

Duncan wollte etwas sagen; da brach über ihnen das Gewölbe. Erneut wurde Phillip von seinem Bruder zurückgerissen; der falsche Himmel splitterte vor ihren Füßen. Diamanten stoben in alle Richtungen. Über ihnen kreiste ein Drache.

»Lasst ihn landen!«, brüllte Phillip seinen Männern zu, die allmählich begriffen, dass er nicht war, wofür sie ihn hielten. Kein verweichlichter Kronprinz, sondern ein Mann, der ein gestohlenes Leben gelebt hatte. »Wenn er landet, haben wir eine Chance.«

Sein Vater schloss zu ihm auf. »Zieh dich vom Kampf zurück! Es sind genügend Drachentöter vor Ort, doch Westham hat nur einen Kronprinzen.«

»Falsch«, knurrte Phillip und schüttelte die Hand seines Vaters ab.

»Ich warne dich!«

Da entschied sich der Drache, den Sturz in die Tiefe zu wagen.

»Phillip«, schrie sein Vater, doch er schwor sich, nie wieder auf ihn zu hören.

Er wollte kein Reich, das mit Blut erkauft war.

Er wollte keine Krone, die ihm bloß deshalb zustand, weil er zwei Atemzüge vor seinem Bruder das Licht der Welt erblickt hatte.

Er wollte kein Kronprinz sein, der floh, wenn es gefährlich wurde.

Der still blieb, wenn sich sein Bruder für ihn opferte.

Der zusah, wie andere starben.

»Lasst ihn runterkommen!«, brüllte er seinen Männern zu und befreite sich endgültig aus dem Griff seines Vaters. »Wartet, bis er die Flügel anlegt – wartet auf mein Zeichen!«

DER WÜSTENKÖNIG

Löscht die Feuer!«, rief er den Dienern im Laufen zu, die sich verängstigt in den Fluren versteckten. Zeit seines Lebens hatten sie sich innerhalb der Knochenmauern sicher gewähnt. Heute war ihnen diese Illusion genommen worden. Es gab keine Sicherheiten, es gab nur ihren eisernen Willen, der sie am Leben hielt.

»Der Westturm steht in Flammen«, meldete einer der Generäle, der ihnen durch die Flure entgegeneilte, während im Mitternachtssaal Königswächter und Drachentöter vereint gegen das Monster standen, das durch die Decke gebrochen war. Niemals hatte er gedacht, dass sie derart groß werden konnten. Vor Jahren hatte er Tarek – nein, Phillip, wie er sich rasch verbesserte – ins Fort der Drachentöter begleitet und dem Kampf gegen einen Drachen beigewohnt. Einem Jungtier, wie er jetzt wusste.

»Verhindert, dass das Feuer auf den Westflügel überspringt.«

»Gewiss, Eure Majestät.« Der General zögerte. »Ich bin froh, dass Ihr zurück seid.«

»Das bin auch ich, General, das bin ich auch.«

Ein knappes Nicken, dann zog er sich zurück, während Duncan den echten Tarek fixierte. Wenn er ihn so ansah, erkannte er, dass er tatsächlich ganz und gar anders war als sein Bruder. Die Drachenschuppen wollten nicht recht zu ihm zu passen, seine Haltung war die eines Wildtieres; es schien gar, als könnte ein falsches Wort ihn in die Flucht schlagen – oder zum Angriff übergehen lassen.

»Noch mal«, bat er ihn skeptisch, »Ihr wollt aufs Dach steigen?«

»So ist es.«

»Um den Drachen abzulenken?«

Der Jäger grinste – selbst das hatte etwas Raubtierhaftes an sich.

Duncan gab nach. »Folgt mir.«

»Dort entlang geht es schneller«, hielt ihn der Jäger auf und wies auf eine Treppe.

»Dort gibt es keine Dachterrasse und auch sonst keine Tür zum Dach.«

»Keine Tür«, pflichtete ihm der Jäger bei und erklomm bereits die ersten Stufen.

»Eure Majestät«, rief eine Wache ihm nach, »es gab einen Einsturz in den Gewölbekellern; die Schatzkammer und weite Teile der Weinkellerei sind betroffen.«

»Tote?«

»Zwei und drei werden vermisst. Wir vermuten sie unter den Trümmern.«

»Veranlasst, dass sich die Überlebenden am Kampf gegen die Flammen und der Bergung beteiligen«, rief er über die Schulter zurück. Den Drachen zu töten besaß oberste Priorität, um alles Weitere würde er sich später kümmern. Zu seiner Überraschung schlug der westhamsche Sohn den Weg zu den königlichen Gemächern ein.

»Welches war das Zimmer Eures Vaters?«

Duncan zögerte nur kurz, dann führte er ihn zur entsprechenden Tür. Der Gestank faulenden Fleischs und der Gesang summender Fliegen schlug ihnen entgegen.

Der Jäger sah überrascht auf. »Er ist noch hier?«

»Es blieb keine Zeit, ihn zu bestatten.« Duncan vermied es, zum Bett seines Vaters zu blicken, auf dem es vor Insekten nur so wimmelte. »Ich werde ihn persönlich zu den Palästen des Andersreichs eskortieren.«

»Wisst Ihr, wer es war?«

»Ja«, sagte Duncan rau.

»Habt Ihr ihn bestraft?«

»Nein. Nein, das habe ich nicht.« Er räusperte sich, während sich der Jäger am Fenster zu schaffen machte. »Welche Strafe haltet Ihr für gerecht bei Königsmord?«

Der Jäger hielt inne. »Ich verdiene keine Milde«, sagte er so ernst, dass Duncan nicht anders konnte, als diesen Mann, den er soeben erst kennengelernt hatte, zu respektieren. »Doch in diesem Fall«, der Jäger nickte zum zergehenden Wüstenkönig, »war der Tod gnädig. Wer auch immer es war, tat Eurem Vater einen Gefallen.«

»Ihr wisst es«, stellte Duncan tonlos fest.

Der Jäger sah ihn nicht an. »Ich an Eurer Stelle hätte es früher getan.«

»Er war verhext.«

»Ihr müsst Euch nicht vor mir rechtfertigen«, der Jäger stieß das Fenster auf, »sondern einzig vor Euch selbst.« Damit zog er sich hinaus auf den Sims und in die Nacht, die über ihnen hing wie ein Damoklesschwert.

Einen letzten Augenblick stand Duncan im Halbdunkel des Zimmers, während die Fliegen kreisten und die Drachen in der Ferne brüllten, ehe er sich löste. Von der Schuld, dem Schmerz und der Trauer. Er zog sich ebenfalls hinaus und folgte dem Jäger über die Schindeln. Sie erklommen einen Mauersims, übersprangen einen Spalt und erreichten das klaffende Loch, unter dem sich die Drachentöter gegen die Bestie zur Wehr setzten. Die letzte, das überprüfte er schnell, kreiste noch um den Mond. Er kniff die Lider zusammen. Nein, etwas jagte um den Drachen und verleitete ihn so, sich stetig im Kreis zu drehen. Er glaubte seinen Augen kaum: Es waren drei Schwäne und eine Taube, die dort oben die Bestie zähmten.

Als er den Jäger auf das seltsame Phänomen hinweisen wollte, bemerkte er, dass dieser bereits am klaffenden Loch kauerte, einen Dolch zwischen den Zähnen, zwei weitere in der Hand. Der erste zischte in die Tiefe; Duncan schob sich vor und sah gerade noch, wie er am Nacken des Drachen abprallte. Die Bestie hob das Haupt; der zweite Dolch traf mitten ins Auge, der dritte folgte sogleich.

»Drei Würfe, zwei Treffer«, rief Duncan und starrte verblüfft auf den erblindeten Drachen, der sich um die eigene Achse drehte.

»Wer sagt, dass der erste keiner war?«

Duncan schnaubte, der Drache unter ihnen brüllte, der am Himmel antwortete.

»Sie sollten ihn besiegen können«, murmelte der Jäger und zog sich zurück, stockte. Sein Blick fing etwas ein, das jenseits des Mitternachtssaals geschah. Fluchend sprang er auf und hechtete über die Schindeln.

»Wo wollt Ihr hin?«, rief Duncan und kam auf die Beine.

»Diese verfluchte Prinzessin!«

»Mary? Was ist mit ...« Da sah er sie selbst. Sie kniete auf dem vorderen Schlosshof neben einer Leiche. »Was in Himmels Namen tut sie da?«

»Sie gibt den Toten den letzten Segen«, brüllte der Jäger, sprang über den Abgrund und balancierte in lebensgefährlicher Geschwindigkeit über den Sims. Hinter ihnen starb kreischend der Drache durch die Hand der Drachentöter, während sein Pendant am Himmel den Ruf auffing und niederstürzte. Duncan schrie nach dem Jäger, doch der rannte, als hinge sein Leben davon ab. Duncan folgte ihm und riss ihn von den Füßen; die Klauen des Drachen verfehlten sie um Haaresbreite. Der Schwanz klatschte neben ihnen auf die Schindeln, während sie in die Tiefe rutschten. Ein vorspringender Turm bremste ihren Sturz. Der Drache spreizte die Flügel und krachte im vorderen Hof zu Boden: nur Schritte entfernt von Mary.

»Lauf!«, schrie der Jäger. »Lauf, Prinzessin!«

Doch Mary rührte sich nicht.

Knurrend schwang sich der Jäger über den Rand des Dachs. Duncan sah ihm stöhnend nach, wie er Stein für Stein der Fassade nahm. Niemals konnte er ihm folgen. Er würde es ohnehin nicht schaffen; der Drache näherte sich bereits Mary . Hinter ihr, aus dem Rauch des Westturms, schälten sich weitere Gestalten. Er fluchte, als er die Jungfrau erkannte. Zwei weitere folgten – auch sie strebten auf Mary zu.

Rasch stemmte er sich in die Höhe und hechtete den Weg zurück, den er eben erst gekommen war. Er flehte zu allen ihm bekannten Göttern und Hexen, zog sich den Sims hoch, überquerte den Abgrund und schlitterte auf das geborstene Dach des Mitternachtssaals zu.

Kaum dass er es erreicht hatte, schrie er aus voller Kehle. Zur Antwort erklangen Stiefelschritte und das Sirren von Schwertern, die erneut singen würden. Atemlos hing er am Abgrund, während über ihm der Blutmond stand und unter ihm der Saal seiner Ahnen in Schutt und Asche lag.

Mary von Athos

»Herbstkind.«

Die schönste Braut
wenn sie Mary zu sich rief

Zahllose Leichen säumten den Weg zum Schloss. Ich konnte unmöglich an ihnen vorbeilaufen, ohne nach Überlebenden zu suchen. Ich tat es hastig, drehte hier einen Körper und gab dort einen Segen. Unter ihnen fand ich die Fürstin. Sie lag abseits der anderen, als hätte sie weder im Leben noch im Tod wahrlich dazugehört. Ihr Kleid hing in Fetzen, ich richtete es rasch. Da waren so viele wie sie, die das Unglück gehabt hatten, sich in der Anflugschneise der Drachen zu befinden. Nicht die letzte Stadt, sondern das Schloss auf den Klippen war ihr Ziel gewesen. Ebenso das der Bestien des Waldes. Eine seltsame Fügung des Schicksal wollte, dass in sämtlichen Straßen Karren voll Knochen und Häuten standen; von diesen fraßen die Jungfrauen, während die Menschen ihre Häuser verbarrikadierten. Wären nicht so viele Pferde geschlachtet worden, hätten sie ihre Mägen anders gefüllt.

Winter?, rief ich in Gedanken, doch erhielt keine Antwort.

Ich gab einem Drachentöter den letzten Segen, fand nach der nächsten Kurve drei weitere und später noch mehr. Keiner von ihnen war am Leben. Ich kniete neben einem jeden nieder, die Worte murmelnd, die ihnen den Übergang erleichterten, und stets hoffend, dass nicht er es war. Allein der Gedanke daran, dass er der Nächste sein konnte, schnürte mir die Kehle zu. In der Dunkelheit der Klippen hatte ich ihn an mich gezogen und geflüstert, dass ich ihn liebte. Zumindest einmal hatte ich es sagen wollen, damit, selbst wenn wir diese Nacht nicht überstanden, der Himmel und die Welt mein Zeuge waren. Ich liebte ihn.

Mein Knöchel protestierte, als ich mich vom letzten Toten vor den Toren des Schlosses in die Höhe hievte. Winters Kälte schmolz im Angesicht der Wüste. Ich konnte kaum noch auftreten. Die Schlossmauer lag in Trümmern, die Fenster waren gesplittert; vom Westturm aus trieben Rauchschwaden herbei. Ein Feuer schwelte im Skelett einer Kutsche, davor lagen zwei bis zur Unkenntlichkeit verbrannte Leichen. Ansonsten war der Hof leer; ein letzter Drache kreiste am Himmel, die restlichen waren verstummt. Den Ekel überwindend berührte ich die Brandleichen, ihre Haut schälte sich vom Knochen. Würgend gab ich ihnen den Segen und fand drei weitere Körper, die der Hitze nicht hatten standhalten können. Ich berührte auch sie und kroch vorwärts. Zum Gehen fehlte mir die Kraft.

»Bitte«, krächzte da jemand.

Das Flehen zwang mich auf die Knie: nur ein Lebender, nur einer zwischen all den Toten. Er lag unter Geröll begraben, die Beine ragten verkohlt hervor – und eine unversehrte Hand. Ächzend zerrte ich einen Brocken fort und dann noch einen.

Er erkannte mich sofort; so wie ich ihn, obwohl er schrecklich verbrannt war.

Das halbe Gesicht, die Brust, die Beine. »Herbstkind …«

Ich zog ihn hoch.

»Alle … alle tot.«

Dann begann er zu weinen.

Und der Himmel weinte mit ihm.

Winter, flehte ich in Gedanken, doch sie war zu weit weg und ich war allein mit dem Mann, durch den alles seinen Anfang gefunden hatte. Hilflos hielt ich ihn in den Armen, während sein Körper starb und es doch nicht tat.

»Alle sterben«, schluchzte er. »Nur wir nicht. Nein, wir nicht.«

Er erbrach Blut und Schleim, die Haut unter meinen Händen löste sich auf – und da wusste ich, was zu tun war; was getan werden musste. Sacht bettete ich ihn nieder, mit blicklosen Augen starrte er an mir vorbei; der Leib mehr tot denn lebendig. Einzig das Herz hielt ihn in diesem Leben. Das Herz, das nicht ihm gehörte.

»Herbstkind«, flüsterte er.

Ich umfasste einen spitzen Stein.

»Herbstkind.«

Ich schlug zu. Das Brustbein brach, die Haut gab nach. Es ging so leicht – und doch war mir niemals etwas schwerer gefallen. Mit geschlossen Augen griff ich in seine Brust, ich fand das Herz sofort. Es fühlte sich fester an als der Rest des Körpers. Kaum hielt ich es in den Händen, spürte ich seine Seele entweichen.

Ich war zu erschöpft zum Weinen, zu erschöpft für alles; und so saß ich bloß da, als der Drache auf den Boden schlug. Ich schaffte es kaum, den Blick zu heben. Als hätte ich nicht nur das Brustbein des Kämmerers zertrümmert, sondern auch das meinige. Als hielte ich mein eigenes Herz in den Händen. Als säße bloß noch eine Hülle von mir inmitten des einst wunderschönen Maywaters. Als wäre ich fort wie Frühling.

Herbstkind, hörte ich den Kämmerer wie von fern wispern.

Stöhnend schloss ich die Lider.

Herbstkind.

Herbstkind.

Herbstkind.

Es war, als bestünde meine ganze Welt nur noch aus diesem einen Wort.

DER JÄGER

Stein für Stein hangelte er sich hinab, schwang sich zu einem Fenstersims hinüber und von dort weiter zu einem vorspringenden Erker. Schon kam er dem Boden nah. Noch zwei Stockwerke, dann konnte er springen. Er verbot sich, über die Schulter zu blicken, sollte er den Halt verlieren, wäre Mary verloren – und dann auch er. Noch ein Stockwerk. Ein Stein unter seiner rechten Hand gab nach, er stürzte einige Fuß tief, fand Halt an einem Sims. Er sah nach unten und stieß sich ab. Noch im Fallen zog er seine letzten Dolche, rollte sich ab und hechtete über den Platz. Seine einzige Chance waren die Augen.

Er brüllte, um die Aufmerksamkeit des Drachen auf sich zu lenken, doch statt sich umzudrehen, sackte das Tier in die Knie. Da sah er die Jungfrauen, die durch das Tor torkelten. Erneut schrie er, diesmal, um Mary zu warnen. Doch sie war wie erstarrt. Er rannte noch schneller. Eine Jungfrau torkelte, etwas traf sie am Hinterkopf; sie fuhr herum. Ein zweiter Stein traf sie an der Hüfte. Weitere Gestalten schälten sich aus dem Rauch des Westturms. Steinmetze und Salzbauern, Fischerinnen und Glasbläser, allesamt mit dem bewaffnet, was sie in der Schnelle hatten greifen können. Er sah vereinzelt Speere, Spitzhacken und Spaten, sogar Besen; dazwischen Seile und Eimer voll Salz; und er sah noch etwas: eine Entschlossenheit, die er den Einwohnern Maywaters niemals zugetraut hätte.

Wir sind mutig, glaubte er einen von ihnen rufen zu hören, ehe sie sich auf die Jungfrauen stürzten. Er glaubte schon, dass sie verloren wären, dass die Jungfrauen sie nun allesamt zerfetzen würden, als etwas Sonderbares geschah. Das Salz trieb sie zurück; traf es ihre Haut, zischte und knackte es.

Mehr Salz, hörte er sie brüllen, da kam er schlitternd neben Mary zu knien. Einen schrecklichen Herzschlag lang glaubte er, sie sei tot. Doch sie hatte bloß die Augen geschlossen. Er schob sich zwischen sie und den Drachen, der – zu seiner Überraschung – den Kopf gesenkt und die Krallen an den Flügeln eingezogen hatte. Die Dolche in seinen Fingern zitterten. Er wollte sie werfen, doch etwas hielt ihn ab. Etwas, das er kaum fassen konnte. Der Drache stieß ein Geräusch aus, das einem Seufzen ähnelte. War das Trauer?

Finger schoben sich in die seinen. »Es ist ihr Herz«, krächzte Mary.

Da er erst bemerkte er das Organ in ihren Händen und den Toten zu ihren Füßen.

»Es ist ihr Herz«, wiederholte Mary.

Er konnte nicht anders, er zog sie in die Arme; hinter ihnen brachen die Tore des Schlosses auf, sein Bruder samt Gefolge stürzte auf den Schlossplatz. Erst als er den Drachen am Boden sah, legte sich dessen Anspannung. Vermutlich hielt er ihn für tot. Er selbst konnte kaum fassen, dass die Bestie einfach nur kauerte und – wartete?

Phillip lief zu ihnen, gefolgt von seinem Vater und dem Goldkönig.

»Wie hast du das Monstervieh besiegt?«, rief Phillip ungläubig.

»Gar nicht.«

Phillips Augen weiteten sich, er fuhr herum und hob den Zweihänder. Der Drache blieb reglos und so zögerte Phillip. »Das ist unmöglich!«

»Es ist ihr Herz«, wiederholte Mary da lauter. Woher sie die Kraft nahm, vermochte er nicht zu sagen. Sie hielt ihnen das Herz entgegen: den letzten Nachfahren Frühlings. »Es ist ihr Herz. Der Fluch. Die Hitze. Die Drachen. Alles geschieht deswegen. Weil Frühling nicht zur Ruhe kam, durfte Maywater ebenso wenig ruhen. Deswegen griffen die Drachen an. Deswegen versuchte die Wüste die Stadt zu erklimmen.«

»Wovon sprichst du?«, bellte der Goldkönig.

Sie hob den Blick zu ihm, so klar, wie der Jäger ihn noch nie an ihr gesehen hatte; und plötzlich entblätterte sich ihr Kleid, bis Mary nicht mehr Mary war, sondern …

»Herbst«, rief jemand.

»Herbst«, riefen sie alle.

»Meine Mutter litt unter der Vorstellung, dass Frühlings Herz in der Brust ihres Peinigers schlug. Heute endet es. Heute Nacht stirbt Frühling.«

Und der Herbst erwacht, wusste er so plötzlich, dass er fast glaubte, Winter hätte ihm diesen Gedanken eingepflanzt. Doch es war …

Ich bin wie sie, flüsterte Mary, *ein Monster, das durch Dämonen spricht.*

Aber …

»Ich bin Herbst«, sagte sie laut und sah dabei doch nur ihn an.

»Das bist du nicht«, brauste ihr Vater auf und für einen Augenblick spiegelte ihr Gesicht tiefste Trauer. Die Maske, die sie zeitlebens getragen hatte, war fort. Zurück blieb Mary, vollkommen nackt und doch stärker denn je zuvor. Das Feenblut in ihr war erwacht – und plötzlich glaubte er zu verstehen, dass die Prophezeiung von ihr sprach.

Wenn Blut über Blut siegt …

Dann wird sie kommen, die eine, die selbst gebrochen ist, vollendete Mary.

»Ich werde jetzt gehen«, sagte sie laut und sah wieder ihn an.

Es liegt an dir, flüsterte sie in seinem Kopf. *Zu gehen oder zu bleiben.*

Damit löste sie sich von ihnen und humpelte zu dem Drachen, der geduldig ihrer geharrt hatte. So selbstverständlich, als hätte sie es von Kindesbeinen an getan, zog sie sich auf seinen Rücken, das verstummte Herz Frühlings fest an ihr eigenes gepresst.

Sie lächelte erschöpft.

Du bist frei. Lebe, wie du es immer gewollt hast.

Er sah seinen Bruder an. Sah seinen Vater an.

Dann sah er zu ihr.

Er wusste, wohin er gehörte.

DIE DRACHENTÖTERIN

Etwas kitzelte ihre Nase. Unwillig drehte sie das Gesicht. Nur noch ein bisschen wollte sie in Morpheus' Armen liegen und in der Anerkennung ihrer Mitstreiter baden; sie allein hatte gleich drei Drachen besiegt – mit bloßen Händen! Wenn das nicht heroisch war.

Erneut berührte etwas ihre Nase. Ohne die Augen zu öffnen, schlug sie danach.

Ein Lachen erklang. Sofort fuhr sie hoch.

»Tarek«, fauchte sie und dann: »Oh! Eure Hoheit …«

»Phillip«, korrigierte der westhamsche Kronprinz, in der Hand einen Zweig.

Entrüstet wies sie darauf: »Habt Ihr mich damit geweckt?«

»Ich hätte dich auch schlummern lassen können, aber wir brechen auf.«

»Aufbrechen?« Irritiert sah sie sich um, rieb sich die Augen und tat es erneut. Falten zogen über ihre Stirn. »Warum liege ich unter einem verfluchten Granatapfelbaum?«

»Eine gute Frage. Du hast den ganzen Spaß verpasst.«

Sie zwang sich auf die Knie. Der Kronprinz reichte ihr eine helfende Hand, die sie knurrend abwies; er zuckte nur mit den Schultern.

»Es gab einen Eklat zwischen den Königreichen, gefolgt von einem Drachenangriff …«

»Was?«, schrie Elena beinahe.

»… und wir haben wieder zwei Hexen.«

»Bei Frühlings Tod, wir sind mit einer schon genug gestraft!«

Er nickte gedankenverloren. »Die Zeiten ändern sich.«

Elena starrte ihn an, das Abzeichen, die Bänder und sein Gesicht. Sie zog die Brauen zusammen und schlug ihm vor die Brust. »Warum, beim schleimigen Auswurf der Drachen, trägst du seine Uniform und behauptest, der Kronprinz zu sein? Tarek von Westham, du …«

»Phillip«, korrigierte er erneut und rieb sich die Brust. »Das tat ganz schön weh.«

»Du – WAS?«

Tarek, nein Phillip – der Kronprinz lächelte schief. »Wir haben uns gegenseitig belogen. Darf ich vorstellen? Kronprinz Phillip von Westham, erster Sohn des siebten Drachenkönigs, größter Narr der sechs Reiche.«

»Allerdings«, fauchte sie und kam endlich auf die Füße. Sie schwankte. Phillip griff nach ihrem Ellenbogen. »Das liegt am Traumsand.«

»Du hast mich mit Traumsand betäubt?«, rief sie fassungslos.

»Nicht ich«, korrigierte er und sie fühlte, wie etwas in ihr aufatmete. Der gestrige Abend zog an ihr vorbei: Tarek, der den Saal verließ; Tarek, der sie gegen die Mauer stieß; Tarek, dem sie ihre Liebe gestand; und Tarek, der sie betäubte. Der echte Tarek – nicht Phillip.

»Dieser Bastard!«

»Er sagte, du seist anhänglich gewesen, was auch immer das bedeuten soll.« Er sah sie fragend an; sie presste die Lippen fest zusammen. »Er sagt, er habe dich ausschalten müssen. Den Traumsand hat er von deinem Orden.«

»Der Orden – was ist mit dem Wüstenkönig? Ist er …«

Phillip fasste in knappen Worten die Geschehnisse der Nacht zusammen, während sie nebeneinander den maywaterschen Rosengarten durchquerten. Bäume ragten skelettiert in den azurblauen Himmel, drei Drachenleiber dampften in der Sonne, die Erde drumherum kohlrabenschwarz; einzig der Bereich um den Granatapfelbaum war wie durch ein Wunder verschont geblieben. Entgeistert starrte sie dorthin.

»Das alles habe ich verpasst?«

Er sah sie seltsam an, anders als sonst. »Wir haben viele gute Männer verloren.«

Danach schwieg er und auch ihr verschlug es die Sprache, als sie den zerstörten Mitternachtssaal betraten, hinter dessen geborstenem

Gewölbe der Himmel aufblitzte. Ein Drache lag zwischen den Trümmern und verkohlten Überresten des einstigen Mobiliars.

Der Thron stand geschwärzt vom Ruß auf seinem Podest.

Die Oberin war gestürzt, der Wüstenkönig frei.

Das Himmelsschloss oben auf den Klippen strotzte vor Wunden und vor Geschäftigkeit. In jedem Gang drängten sich Dienstboten, Adelige und – zu Elenas Überraschung – einfache Bürger. Sie waren eifrig mit dem Wiederaufbau beschäftigt. Trümmerketten wurden gebildet, Steine von einer Hand zur nächsten gereicht, letzte Brände gelöscht. In einem Saal, dessen Rückwand komplett fehlte, wischten zwei Diener Drachengalle auf.

Phillip bemerkte ihren Blick. »Wir haben ihnen erklärt, wie die Drachen zu verwerten sind und worauf sie achten müssen. Sie kriegen das hin.«

»Dann werden sie auch Drachenschuppenrüstungen tragen?«

Phillip zuckte nur mit den Schultern.

Der Wüstenkönig kam ihnen umringt von Menschen entgegen. Elena erkannte ihn erst auf den zweiten Blick. Er trug keine Krone, die Ärmel des Hemdes hatte er aufgerollt, seine Hose war blutbefleckt, das Haar stumpf vor Asche. Als er sie sah, entschuldigte er sich rasch und eilte ihr entgegen. Sie zuckte zurück, als er sie in die Arme zog.

»Ihr habt mich gerettet!« Er drückte sie herzlich. Über seine Schulter hinweg blinzelte sie Hilfe suchend zu Phillip, der nur eine Braue hob. »Eure Unachtsamkeit brachte meine Braut zu Fall. Ich verdanke Euch mein Leben.«

»Gern geschehen«, nuschelte Elena und erdolchte Phillip mit Blicken. Diesen Teil der gestrigen Ereignisse schien er vergessen zu haben; sie hatte keine Ahnung, inwieweit sie am Sturz der Oberin beteiligt gewesen war.

Der Wüstenkönig fasste sie an den Schultern. »Erwägt Ihr, nach Maywater zurückzukehren? Der Wiederaufbau hat begonnen, der Ostflügel wurde in ein provisorisches Krankenlager umfunktioniert, der Westflügel für die Bedürftigen geöffnet – den Mitternachtssaal werden wir einreißen und stattdessen einen Ort schaffen, an den sich Bürger wenden können, wenn sie in Not sind. Wie klingt das für Euch? Habt Ihr Interesse?«

Erneut blinzelte sie zu Phillip. »Euer Angebot in allen Ehren, aber …«

»Ich wusste, Ihr würdet ablehnen.« Der Wüstenkönig lachte. »Ich wollte es zumindest versucht haben.« Er beugte sich vor: »Solltet Ihr seine Nähe eines Tages nicht mehr ertragen, bin ich für Euch da.«

»Danke«, sagte sie und meinte es tatsächlich so.

Als sie neben Phillip auf den vorderen Hof trat, auf dem sich die Drachentöter zum Aufbruch bereit machten, fragte er: »Was hat er dir zugeflüstert?«

»Nichts.« Elena lächelte wehmütig.

Unerwiderte Liebe schien ihr nicht die schlimmste Art zu leben.

Sieben Karren setzten sich klagend in Bewegung, darauf die Körper ihrer gefallenen Kameraden. Sie hatten ehrenvoll gekämpft, während sie in Morpheus' Reich verweilt hatte. Bitter schmeckte die Schuld. Sie schwang sich auf ihr Pferd, das Phillip für sie gesattelt hatte, wie er großmütig zugab. Sie schenkte ihm ein halbes Lächeln und ritt neben ihn an die Spitze des Zuges. Der Drachenkönig empfing seinen Sohn mit einem Nicken. Die Menschen in den Gassen kreuzten zum Zeichen des Danks die Hände über ihren Herzen, unwissend darüber, dass die Drachentöter die Ungeheuer erst in ihr Reich gebracht hatten.

»Er verschweigt es ihnen«, sagte Phillip. »Er will den Frieden um jeden Preis wahren.«

Wahrlich, dachte Elena, er hätte jeden Preis bezahlt. Sogar seine Freiheit.

In den Gassen setzte sich die Spur der Verwüstung fort. Berge aus rosafarbenem Schaum bedeckten das Pflaster, Kinder flochten Zöpfe aus Seetang, es roch nach Moder und Schwefel. Als sie das heilige Viertel passierten, fand ihr Blick die schwankende Laterne über dem Eingang des Roten Ordens. Vor seiner Tür stand die Schneiderstochter, auf der Schulter einen Königsadler.

»Ich bin gleich zurück.« Sie löste sich vom Trupp.

Das Mädchen sah mit umschatteten Augen zu ihr auf. Elena saß neben ihr ab und streichelte flüchtig den Vogel. »Sei dankbar für das, was du hast«, sagte sie sanft. »Kehre heim.« Das Mädchen nickte zögernd. Mit dem Ende der Oberin war auch das des Ordens gekommen. Keine weitere Schwester würde in seinem Namen sterben.

»Elena«, rief Phillip – er wartete auf sie, umringt von Anwohnern. Eine dunkelhaarige Frau in auffallend gelbem Kleid sprach mit ihm, andere drängten sich vor. Sie alle wollten ihn sehen, den Kronprinzen, von dem sie bisher nur Geschichten kannten und der sich so tapfer für ihre Stadt geschlagen hatte.

»Ich muss los«, verabschiedete sich Elena und berührte flüchtig den Arm des Mädchens. Er war eiskalt. »Geh heim. Dieser Ort bietet keine Wärme.«

Damit schwang sie sich auf den Rücken ihres Pferdes und trieb es an Phillips Seite.

Gemeinsam verließen sie die Stadt auf den Klippen.

Sie sahen nicht zurück.

WINTER

Im Morgengrauen kehrte Mary heim.

Winter lächelte, als die Prinzessin zu ihr in den Saal humpelte, die Füße wund, das Kleid blutrot. Sie hatte das Kippen im Mächtegefälle gespürt: der Herbst war erwacht und Frühling vergangen. Die ganze Nacht hatte sie in den Ranken am Sarg gesessen und jeden Tropfen ihrer Macht genutzt, um Frühlings Schreie zu dämpfen. Sie hatte getobt und gebrüllt, sich mit allem gewehrt, was ihr zur Verfügung stand – sie hat die Jungfrauen aus ihren Tümpeln getrieben und die Ran geweckt. Nur einer von ihnen war ihrem Ruf gefolgt. Er befand sich längst wieder im Wald. Die Wüste war ihm zu heiß gewesen und die Stadt zu laut. Die Jungfrauen hingegen waren verloren, ihre Leiber bloß noch Schaum und Salz.

Der Himmel brannte, flüsterte Mary durch die Dämonen.

Wie gut, dachte Winter, dass sie nicht dort gewesen war.

Ist sie fort? Mary trat zu ihr an den Sarg und sah auf die Frau nieder, die ihre Mutter hätte sein können. Bedacht berührte sie deren Stirn. *Sie ist noch da.*

Winter nickte. Kaum hatte das Herz in des Kämmerers Brust zu schlagen aufgehört, war Frühlings Gegenwehr ermattet. Winter hatte den Sarg geöffnet, ihre Hand gehalten und dabei zugesehen, wie sie schwand: erst ihr Zorn, dann ihre Wärme. Geblieben war bloß ein winziger Funke der Fee, die sie vor Tausenden Jahren gewesen war.

Ist sie in der Zwischenwelt?, fragte Mary durch den Wind; wie leicht es ihr fiel.

Winter brachte keinen Ton heraus. Sie hob bloß die Hand und öffnete bedacht die Finger. Eine einzelne Feder lag darin, perlweiß und vollkommen.

Was tust du?, fragte Mary.

Manche Dinge lagen jenseits ihrer Macht. Menschen konnte sie die Gestalt nehmen und im Körper eines Tieres fortbestehen lassen – wie sie es mit all den Jägern getan hatte, die ihrem Schloss zu nahe gekommen waren. Bei Feenblut jedoch war sie machtlos. Deshalb hatte sie – wie schon dreimal zuvor – die Geister herbeigerufen und einen Gefallen erbeten. Er war ihr gewährt worden; und wie alle, die etwas von den Geistern bekamen, hatte sie dafür zahlen müssen. Damals wie heute.

Behutsam bettete sie die schneeweiße Feder auf der Stirn Frühlings; sie begann zu leuchten, erst zart, dann gleißend. Als das Licht schwand, war Frühling fort.

Ein Täubchen stob gurrend davon, um zu den anderen zu finden.

Es besaß nun die Wahl: zu bleiben oder zu gehen.

Wie der Jäger, sagte Mary und lächelte.

Sie schien glücklich und wehmütig zugleich.

Winter nahm das Herz entgegen, das Mary ihr reichte.

Nach all den Jahren konnte Frühling endlich Frieden finden.

Mary berührte sie tröstend am Arm; sie im Kleid des Herbstes zu erblicken, trieb ihr beinahe die Tränen in die Augen – hätte sie noch welche besessen. Mary stutzte. Winter wusste, dass sie ihren Gedanken lauschte und sich fragte, wie es sein konnte, dass Winter sah – und doch nichts sah. Der Jäger hatte ihre Augen stets als schwindelerregend empfunden, als schwarze Abgründe in einem bleichen Gesicht. Keines der anderen Kinder hatte je die Illusion durchschaut, die sie über ihr Züge gelegt hatte; wo sie himmelsblaue Augen sahen, hatte er die Wahrheit erkannt. Vielleicht weil er selbst von Frühlings Blut war, so wie Mary von Herbstens.

Ich bin Herbst, sagte Mary.

Wie wahr, dachte Winter.

Mary zögerte. Wo sind deine Augen?

Für jeden Gefallen, den sie von den Geistern erbeten hatte, war ihr etwas genommen worden. Einst waren es ihre Augen gewesen, ein anderes Mal ihre Stimme. Beides hatte sie durch die Winddämonen ausgeglichen. Sie waren ihre Augen und ihre Stimme geworden. Dieses Mal hatten die Geister ihr auch das genommen: Die Fähigkeit, durch die Dämonen zu sprechen. Als hätte eine höhere Instanz entschieden, ihr das Stimmrecht für diese Welt zu entziehen.

Ich höre deine Stimme, widersprach Mary.

Weil Mary wie Winter war: gesegnet und verdammt.

Was die Geister wohl von ihr verlangt hatten?

Mary lächelte zaghaft und Winter sah es selbst.

Die Geister hatten ihr die Maske genommen. Nie wieder würde sie ihr Lächeln als Schutz tragen, nie wieder ein Gefühl verbergen können, ob Trauer, Wut oder Schmerz; sie war ihres letzten Schutzwalls beraubt, der sie all die Jahre hatte durchstehen lassen.

Die Maske der perfekten Tochter.

Ich brauche sie nicht mehr, sagte Mary wehmütig. *Ich weiß jetzt, wer ich bin.*

DER JÄGER

Er war zurück. Freiwillig. Ihretwegen.

Das Band, das ihn an diesen Ort und diesen Wald voller Monster band, war durch ein anderes ersetzt worden. Eines, nach dem er gegriffen hatte, ehe es ihm entwischen konnte. Sosehr er bedauerte, seinen Bruder zu verlassen, hätte er eine Trennung von Mary doch niemals ertragen. Sie war sein Licht; und solange ihr Herz mit dem seinem im Einklang schlug, ertrug er jede Form der Unfreiheit. Sogar den Wald.

Sogar sie, die ihn überraschend in Ruhe ließ. Gewöhnlich spürte er ihre Präsenz sofort in seinen Gedanken; vielleicht würde jetzt, da Mary an ihrer Seite war und die Herrschaft der Bräute dem Ende nahte, das Leben im Wald ein anderes sein. Er hoffte es sehr. Als er die Halle des Herbstes betrat, hielt er für einen Moment inne. Es erschien ihm wie ein Traum, aus dem er jeden Moment zu erwachen drohte: Sie liebte ihn. Nicht seinen Bruder. Nicht Duncan. Nur ihn allein. Als sie ihren Vater niedergestochen und ihm in den Tunneln ihre Liebe gestanden hatte, waren die Zweifel überlaut geworden: dass ihre Worte seinem Bruder galten, dass Mary sie verwechselte. Doch das hatte sie nicht.

Leichtfüßig nahm er stets zwei Stufen auf einmal. Mary suchte Winter, doch danach, das hatte sie versprochen, würde sie zu ihm kommen und dann würden sie sich in die Arme nehmen und nie wieder loslassen. Er würde ihre Tränen fortwischen und sie seine Schwärze lindern. Sie war sein Licht und er ihr Schatten. Sie gehörten zusammen.

Das Gemach lag da, wie er es verlassen hatte. Die Laken zerwühlt, der Sessel von Moos erobert, der Farn leicht schwankend im Wind. Einzig auf dem Kissen, er lächelte unwillkürlich, lag ein vergoldeter Apfel, der zuletzt noch nicht dort gewesen war; er erinnerte ihn an den gestohlenen Kuss in der Wüste. Selig sank er auf die Matratze, griff nach der Frucht und rieb die goldene Schale ab. Scharlachrot kam darunter zum Vorschein.

Eine hübsche Überraschung.

DAS GESTOHLENE KIND

Endlos, so schien es, hatte sie am Fuße der Treppe gelegen und um Atem gerungen, ein Auge leer, das andere blind vor Tränen. Jeder Knochen schmerzte. Jeder Atemzug flammte wie Feuer. Mehr noch brannte der Zorn in ihr, der Hass auf die Ungerechtigkeit ihres Seins. Ihr war so viel gestohlen worden: das Geburtsrecht, die Mutter, die Schwester, die Zukunft, und der Mann, den sie liebte …

All das hatte ihr zugestanden.

Es war ihr versprochen worden!

Stattdessen lag sie nun da, mit wundem Körper und wunder Seele, während sich die Prinzessin den Mann stahl, dem ihr Herz gehörte. Wütend wischte sie sich die Tränen hinfort. Ihr Blick fiel auf die Buchstaben, die sie im Zorn in die Haut geritzt hatte.

Töte Prinz …

Töte Prinz …

Töte Prinz …

Sie las es wieder und wieder.

Töte Prinz …

Töte Prinz …

Töte Prinz …

Bis es einen Sinn ergab. Bis sie verstand.

Ächzend zog sie sich hoch, quälte ihren Körper und Geist gleichermaßen, bezwang die ersten Stufen, den ersten Absatz, die erste Runde. Hoch zog sie sich. Hoch und höher, den Geistern entgegen. Als der junge Prinz damals in den Wald gekommen war, hatte sie sofort erkannt, dass er der richtige für sie war. Statt über sein Schicksal zu klagen, hatte er das Kinn gereckt und die Tränen geschluckt; wie sie selbst, die niemals weinte, während Rose allzu oft im Selbstmitleid ertrank. Nicht so der Prinz. Nicht so sie.

Jedes Mal, wenn ihn der Kummer zu ersticken drohte, hatte er sich in die Halle des Herbstes zurückgezogen; eines Tages hatte sie den Mut gefunden, sich zu ihm zu legen und gleich ihm zum Gewölbe zu starren. Sie hatte gefragt, ob er sein Zuhause vermisse. Er hatte verneint – tapfer wie immer. Einzig Äpfel, hatte er scherzend hinzugefügt, würden ihm fehlen.

Daran dachte sie, während sie die Treppe bezwang. Äpfel gab es keine in Winters Reich; und so war sie als Kind schon einmal zu den Geistern hinaufgestiegen und hatte um eine Frucht gebeten. Im Gegenzug hatten die Geister ihr Lächeln verlangt. Der Preis war ihr verschwindend gering erschienen, konnte er doch für sie beide lächeln – und das hatte er getan, an diesem fernen Tag, als sie ihm den teuer erkauften Apfel reichte. Er hatte gelacht und in den Apfel gebissen; und sie hatte gedacht, es würde auf immer so sein. Doch der Apfel verging, der Kummer kam zurück, stärker als zuvor. Es folgte das Ranblut, später der Wald. Dort, das begriff sie, während sie die Finger nach der Luke ausstreckte, hatte sie ihn verloren.

Die Geister sahen ihr wissend entgegen. Sie hatten ihr ein Auge genommen, dafür, dass sie geschwiegen hatten. Eine einfache Geste; ein Finger, der sich an die Lippen hob, eine Bitte, die gewährt worden war – und sofort ihren Lohn gefordert hatte.

»Einen Apfel«, lallte sie. »Einen vergifteten Apfel.«

Die Geister starrten zu ihr nieder.

»Ranblut«, fügte sie schwach hinzu und zog den Kamm hervor, den Winter in ihrer Blindheit vergessen hatte. »Ich zahle sofort.«

Sie warf den Kamm in die Höhe; sie sah nicht mehr, wie die Geister ihn aus der Luft pflückten und sich der Mond hinter den Wolken hervorschälte, die gar keine Wolken waren. Sie sah auch nicht, dass der Apfel, den ihr ein Täubchen in der Morgendämmerung in die Hand legte, eine goldene Schale besaß. Sie nahm ihn entgegen, dankte den Geistern und zog sich schluchzend zurück. Ihr Leib ächzte unter jedem

Schritt. Blind tastete sie sich die Stufen hinab und durch das Schloss bis zum Gemach des Herbstes, von dem sie wusste, dass er dorthin zurückkehren würde. Sie bettete den Apfel auf dem Kissen; zog sich zurück in den Farn, sank auf Moos und Flechten und in Dunkelheit. So lag sie da, die Augen blind, an Herz und Körper wund; darauf wartend, dass er heimkehrte; und zugleich hoffend, dass sie zuerst kam.

Wenn sie es war, würde sie ihn trösten.

Wenn er es war, konnte niemand ihn ihr stehlen.

EPILOG

VOM ZERFALL DER REICHE

Herbst

Vier Tage danach

Wenn Herzen in Schwärze ertrinken.
Wenn Herzen in Schwärze ertrinken.
Wenn Herzen in Schwärze ertrinken.

Ich wiederhole den Satz, drehe und wende ihn und frage mich, wie ich es übersehen konnte. Ich dachte, Vater sei gemeint, doch ich bin diejenige, von der die Prophezeiung spricht. Ich bin die, nach der Duncan suchte, deren Blut erwachte und deren Gesicht unter einem anderen verborgen lag. Nur war mein Herz niemals schwarz – jetzt ist es das und nichts kann meinen Schmerz verbergen. Tarek ist tot.

Als ich ihn fand, war er noch warm.

Doch als ich ihn berührte, war seine Seele längst fort.

Er hat nicht einmal auf mich gewartet.

Er ist gegangen, ohne sich zu verabschieden.

Er ist gegangen – ohne mich.

Seit ich ihn fand, habe ich weder gegessen noch getrunken.

Ich kann kaum atmen und mich noch weniger bewegen.

Winter sagt, ich muss loslassen.

Aber ich kann nicht.

Herbst

Sechs Tage danach

Es war Alba. Wir fanden ihren Körper im Farn hinter dem Sessel, die Augen zwei leere Höhlen, das Herz verstummt. Ob sie starb, bevor Tarek den Raum betrat, weiß niemand. Ich glaube, dass es so war. Ich glaube, dass sie ihn andernfalls aufgehalten hätte.

Sie liebte ihn, wie ich es tue.

Für Alba hat Winter keine Feder erbeten. Sie hat ihren Körper genommen und in den Wald gebracht. Ich weiß nicht, wo sie ihn begrub. Wüsste ich es, würde ich die Erde aufreißen und sie ans Tageslicht zerren und nicht einmal der Tod könnte mich daran hindern, ihr die Seele zu nehmen.

Ich hasse sie.

Ich hasse sie so sehr.

Herbst

Sieben Tage danach

Ich bin den Turm hinaufgestiegen und habe die Geister angefleht, ihn mir zurückzubringen. Ihn zu retten, wie sie Frühling gerettet haben. Ich habe gefleht und gedroht, geweint und geflucht. Winter musste mich mit Gewalt fortzerren.

Ich will nicht glauben, was sie sagt.

Dass er wahrlich fort ist.

Dass sein Herz so schwarz war, dass es kein Ranblut mehr fassen konnte.

Ich habe sie angeschrien.

Ich habe viel geschrien.

Ich schreie noch.

Sein Herz war nicht schwarz!

Da war Licht und Güte und Liebe!

Doch Winter sagt, letztendlich überwog die Dunkelheit.

Ich glaube, besäße sie Augen, würde auch sie weinen.

Ich kann nie wieder damit aufhören.

Herbst

Zehn Tage danach

Ich habe Tarek heimgebracht.

Getragen von seinen Schattenkriegern, trat er die letzte Reise an. Ich konnte Phillip kaum in die Augen sehen, ich konnte ihm nicht einmal sagen, was geschehen ist. Ich stand nur da, während er seinen Bruder erblickte und über ihm zusammenbrach.

Mit ihm verlor er den letzten Rest seiner Familie.

Nach der Rückkehr aus Maywater fanden sie die Drachenbraut neben dem gläsernen Sarg vor, die Hände voll Schneebeeren. Der Drachenkönig hat seine Krone neben sie gebettet, ist aufgestanden und gegangen. Niemand weiß wohin.

Niemand weiß, ob er zurückkehren wird.

Auch ich würde am liebsten fliehen.

Vor dem Schmerz und vor der Schuld.

Wir haben aus den Augen verloren, was uns zu Fall brachte.

Er war blind für den Kummer seiner Frau, ich für Albas Hass.

HERBST

Drei Monde danach

In einer feierlichen Zeremonie wurden Cinderellas Überreste in die Paläste des Andersreichs gebracht. Sie ist die Erste von niederem Geblüt, der diese Ehre zuteilwird. Ihr schreiben sie den Bruch des Fluches und das Ende der Hitze zu.

Auf ihrem Grab steht der Name Colette.

Herbst

Drei Winter danach

Ich war in Athos auf dem Friedhof.

Die Menschen grüßten mich schweigend, sie sahen den Kummer in meinem Gesicht. Klaglos halfen sie, das Grab der schönsten Braut zu öffnen; ich hatte ihr den letzten Segen geben wollen, den Vater ihr verwehrte. Doch als wir den Sarg entsiegelten, lag einzig eine weiße Feder darin. Ich weiß nicht, wie Winter dem Wald entkommen konnte. Vielleicht gab sie eine Auge für die Feder und das zweite, um sie ihr auf die Stirn zu legen.

»Warum ist der Sarg leer?«, fragten die Kinder hinter mir.

»Sie ist frei wie ein Vogel«, sagte ich, ehe sie jemand zum Schweigen bringen konnte.

Vielleicht verstünden wir die Welt besser, sähen wir sie durch Kinderaugen.

Ich fragte nach dem Täubchen in seinem goldenen Käfig.

Doch niemand wusste, wo es ist.

Ich ging, bevor Vater kam.

Herbst

Zwölf Winter danach

Die bunten Tücher flattern im Wind.
Rot, Orange und Lila. Es sind die Farben des Herbstes.

Tagsüber herrscht geschäftiges Treiben, die Männer waschen, sie kochen und singen, während die Frauen mit den Kindern spielen und sie in der Kunst des fahrenden Volkes unterweisen. Den akrobatischen Übungen, den Zaubertricks, dem Feuerspucken und Einrad fahren, dem Balancieren auf einem Seil und dem Tanz mit einem Bären oder auf dem Rücken eines galoppierenden Pferdes. Und dem Erzählen von Geschichten.

Bisweilen lausche ich ihnen, folge dem Klang längst vergangener Zeiten. Sie erzählen all unsere Geschichten.

Von der Prinzessin des goldenen Reichs, deren Liebreiz alles Irdische übertraf.
Vom Drachentöter, der einen Pakt mit der Hexe schloss.
Von Winter und ihren gestohlenen Kindern.
Von gebrochenen Herzen und gläsernen Schuhen.
Vom Herbst und dem Jäger.

Die Kinder lachen, sie staunen und manchmal weinen sie auch. Wenn die Königin vom Turm stürzt oder der Herbst erwacht. Sie merken nicht, dass ich ihnen lausche, sicher verborgen im Geäst einer alten Linde. Ich liebe ihren Duft. Er erinnert mich an Tarek.

Herbst

Fünfzehn Winter danach

Vater ist fort. Er ging an einem Tag, der schöner nicht hätte sein können. Die Luft ist lau, sie riecht nach frisch gebackenem Brot und ein wenig nach Herbst – dabei ist Frühling. Die Hänge kleiden sich in sattes Grün, die Sonne küsst den Tau hinfort, der Nebel seufzt ergeben. Das einstige Dunkel ist mit dem Eis auf den Pässen gewichen – bloß hier und dort verbleiben vereinzelt Schlote, aus denen träge Rauch perlt in Erinnerung an das Athos der Vergangenheit. Wie seltsam, dass Vater im Frühjahr starb. Als könne er selbst im Tod seiner Braut nicht verzeihen, wer sie wahrhaftig war. Weder ihr noch mir. Manchmal habe ich ihn besucht, doch wir hatten uns nichts zu sagen. Wir haben an jenem schicksalshaften Tag in Maywater, während der Himmel brannte und die Bräute fielen, alle Worte verbraucht.

Wir haben einander verloren, kaum dass wir uns fanden.

Er hat nie wieder etwas gefühlt.

Herbst

Dreißig Winter danach

Der Prinz von Kor-Tand hat geheiratet, die Tochter irgendeines Grafen, mit der er aufgewachsen ist. Winter hat der Zeremonie aus der Ferne beigewohnt. Sie sagt, die Welt sei schöner durch ihren Spiegel. Ich glaube, dass sie zu lange im Wald gefangen war, als dass sie ihn verlassen könnte. Ich glaube, dass sie die Welt außerhalb fürchtet.

Vielleicht tat sie das seit jeher.

Mich hingegen zieht es hinaus. Waren es früher die Gänge des attischen Schlosses und später die des maywaterschen, durch die ich des Nachts mit klammem Herz strich, so sind es heute die Reiche der Menschen. Meistens bemerken sie mich erst, wenn ich wieder schwinde, nichts als eine Spur verblasstes Laub hinterlassend und hier und dort eine erblühte Rose. Mutter liebte weiße Lilien und rote in Gedenken an ihre Schwester. Ich hingegen bevorzuge Rosen. Sie erinnern mich daran, wer ich einst war und was ich verlor.

Manchmal denke ich, dass es mit der Zeit leichter wird. Erträglicher.

Doch diese Momente sind flüchtig wie der Wind, der mich stets auf meinen Reisen begleitet. Winter hat zum Malen zurückgefunden. Stundenlang verharrt sie vor ihrem Spiegel und fängt die Welt ein, die ich durchschreite. Sie beobachtet mich auf Schritt und Tritt, als fürchte sie, ich könnte sie verlassen, wie es Mutter tat und vor ihr meine Tante.

Sie weiß nicht, dass ich anders bin. Dass meine größte Stärke das Pflichtgefühl ist.

Ich bleibe, solange sie es tut.

Und wenn es mir das Herz zerbricht.

HERBST

Fünfundfünfzig Winter danach

Immer seltener verlasse ich den Wald. Als würde Winter Fäden um meinen Leib spinnen, um mich zu halten. Sie lächelt bloß, wenn ich das sage. Sie weiß, dass es mein eigenes Zaudern ist, das mich am Waldrand verharren lässt. Außerhalb seines Schattens kommt mir die Welt fremd vor. Die Zeit vergeht so rasch und zugleich schrecklich zäh. Manchmal denke ich, es wären nur Sekunden vergangen, doch wenn ich dann im Geäst der Bäume hocke und über den Silberfluss gen Maywater blicke und all die Höfe entdecke, die aus dem Wüstensand gesprossen sind wie Pilze aus feuchtem Erdreich, umgeben von Feldern, die letztes Mal noch nicht dort waren, erkenne ich, dass die vermeintlichen Sekunden zu Jahren zerronnen sind.

Zeit, denkt Winter in Gedanken, *vergeht für uns anders.*

Es kommt selten vor, dass sie mich bis zur Baumgrenze begleitet.

Neben mir stehend betrachtet sie die Welt. Was sie wohl sieht?

Erkennt sie, wie alles erblüht? Wie die Freiheit die Menschen beflügelt?

Oder sieht sie das Leid, das ebendiese Freiheit in sich birgt?

Die einst grüne Ebene Westhams weicht Dörfern und Straßen aus Stein. Die attischen Minen schlagen Wunden ins zerklüftete Gebirge. Die Schlote der maywaterschen Fabriken streben höher gen Zenit, als es die Türme des Himmelschlosses je taten. Haine werden gerodet, Wälder zerfallen, der Silberfluss ist nicht länger silbern. Er trägt das Erz einer Mine aus Morrigan ins Meer – vielleicht sogar bis nach Seval, von wo nur Sagen zu uns dringen. Die Sevalesen sind anders als der Rest der Welt. Seit dem Tod der stummen Königin sind sie ohne Regenten; sie bleiben unter sich, entscheiden gemeinsam und hüten ihre Geheimnisse wie andere ihr Gold. Vielleicht hat es niemals ein friedlicheres Volk gegeben. Aurora ist nie zu uns gekommen, selbst als ihr Bruder starb, verblieb sie auf der Insel. Es heißt, sie lebe dort unter den Hügeln und gewähre all jenen einen Wunsch, die versprächen, auf ewig zu bleiben. Viele von Winters verzauberten Tieren folgten ihrem Ruf. Schwäne, Tauben und Nachtigallen, Eulen und Krähen. Zuletzt auch Susann. Ich stelle mir vor, dass sie in den Tiefen der Hügel ihre wahre Gestalt zurückerhielten. Dass sie dort Feste feiern, lachen und tanzen und wahrlich frei sind.

Eine schöne Vorstellung, denkt Winter, ehe sie zurück in den Wald geht. In den Wald, der stiller und stiller wird.

Herbst

Siebzig Winter danach

Nacht für Nacht verliere ich mich in der Vergangenheit, bette mich im Sarg, in dem er mich einst in den Armen hielt, schließe die Augen und koste von den Beeren. Wenn es mich dann zurückträgt in eine Zeit, in der es noch sechs Reiche gab, vier falsche Bräute, zwei unfreie Könige und drei Prinzen, die um ihre Freiheit kämpften, wenn ich dann wahrhaftig dort bin, fühle ich mich so ohnmächtig wie zu Beginn meiner Geschichte, wenngleich auf andere Art.

Tiefer. Verzweifelter. Endgültiger.

Dann bereue ich mit jeder Faser meines Daseins, dass ich zu spät den Mut fand zu ändern, was zu ändern war. Dass ich so sehr damit beschäftigt war, die Erwartungen anderer zu erfüllen, und darüber vergaß, was wirklich zählte. Wenn ich dort liege, umgeben vom funkelnden Glas, frage ich mich, ob es bloß der Fluch war, der mir die Liebe nahm.

Oder letztlich meine eigene Passivität.

Welch Narr lässt sich von seinem Schicksal binden?

Welch Narr versucht nicht für seine Ziele zu kämpfen?

Jetzt bin ich allein. Jetzt ist es zu spät.

Ist es das?

Tarek ist tot. Vater ist tot. Selbst Duncan ist alt und grau und droht zu vergehen. Wie Phillip vor wenigen Tagen und Elena letzten Winter. Susann ging noch viel früher. Alle, die ich kannte, schwinden wie das

Laub der Bäume. Der Wald verliert sein Kleid, entblättert sich Stück für Stück, doch Winter hegt nicht mehr den Wunsch, ihn zu verlassen.

Was ich suchte, befindet sich hier, sagt sie und berührt den Sarg.

Sie mag nicht, dass ich mich Tag für Tag zu Grabe bette.

Du bist nicht tot.

Vielleicht wäre ich es besser.

Ich weiß nicht, wie sie ein solches Leben erträgt.

Mit Geduld, flüstert sie und streicht mir eine Strähne aus dem Gesicht und gleichsam die Tränen hinfort, die ich früher so zwanghaft zu kontrollieren versuchte und die nun keine Grenzen mehr kennen, so wie ich keine Scham und Winter keinen Hass.

Wir sind, wer wir sind.

Vor allem einsam.

Winter seufzt, dann zieht sie sich zurück.

Was bleibt, ist die Leere. Ein stilles Verzehren nach etwas, das längst vergangen ist, ein Sehnen mit all meinen Sinnen. Ein Schmerz so tief, dass jede Bewegung zur Qual verkommt. Jeder Atemzug. Jeder Herzschlag. Doch sosehr ich ihn auch zu verstummen trachte, so verzweifelt ich das Ende herbeisehne, kann ich doch nicht gehen. Weil Winter es nicht kann – und ich kann sie nicht zurücklassen. So sind wir beide gefangen.

Sie in meiner Nähe und ich in meinem Leid.

Zwei Überlebende einer Welt, die uns zu vergessen droht.

HERBST

Siebzig Winter und wenige Tage danach

Der Friedhof Westhams ist schöner als der in Athos. Die Blüten des Klees weichen den Stiefeln der Drachengarde; ein kupferner Zug aus Soldaten erklimmt den Hügel, trägt den Sarg des letzten Drachenkönigs zum Grab, das unter der Linde ins Grün geschlagen wurde. Der Wind streicht durch die Äste, trägt Schluchzer und den Duft der Rosen, die üppig auf der daneben liegenden Ruhestätte wuchern. Die Menschen lassen mich durch, als ich mich ihnen nähere. Vielleicht fragen sie sich, weshalb eine der Feen den Wald verlässt, um am Sarg ihres Königs niederzuknien. Vielleicht kennen sie die Geschichten, die das fahrende Volk über uns erzählt. Vielleicht auch nicht. Die meisten von ihnen sind zu jung, als dass sie sich erinnern könnten, und Geschichten verkommen so rasch zu Legenden.

Ein greiser Drachentöter tritt vor – diente er damals unter Phillip? Ich weiß es nicht. Auch mein Gedächtnis lässt nach. Gesichter, Namen, alles verliert an Bedeutung. Er öffnet den Sarg, das Entsetzen der Umstehenden ignorierend. Er weiß, wer ich bin. Ein vages Nicken meinerseits, ein knappes von ihm. Keine Freunde, aber alte Bekannte – das sind wir. Ich beuge mich vor und betrachte Phillip. Das Alter war gnädig zu ihm, sein Haar, das er bis zuletzt kurz trug, fühlt sich fast so an wie damals, als ich mit ihm unter den falschen Sternen Maywaters tanzte. Seine Augen wären gewiss noch sturmgrau. Seine Haut ist bleich.

Er erinnert mich schrecklich an Tarek.

Eine Hand an seine Wange gelegt, beuge ich mich vor und hauche ihm einen Kuss auf die Stirn. Ich liebte ihn einst. Nicht genug, das weiß ich heute. Doch er war der Erste, dem mein Herz gehörte; er ist ein Teil meiner Erinnerung, genauso diese eine Nacht, die uns vergönnt war und doch kein Glück brachte.

Ich gebe ihm den letzten Segen.

»Habt Dank, Herbst«, sagt der Drachentöter, schließt den Sarg und verbirgt Phillips Antlitz. Mit ihm verliere ich die letzte Verbindung zu Tarek. Nie wieder werde ich mich nach Westham stehlen und aus sicherer Entfernung beobachten, wie Phillip fortbesteht. Niemals habe ich mich ihm offenbart, wissend, dass ich bis zuletzt Gift für ihn war. Er hat nie geheiratet. Aber im Grab neben seinem liegt die Drachentöterin. Vielleicht hat er nicht heiraten müssen, um die Liebe zu finden. Ich hoffe sehr, dass es so war.

Flüchtig berühre ich ihr Grabmal, segne auch sie, ehe ich mich dem verwitterten Gedenkstein zuwende, der aus den Wildrosen ragt – es zieht mich beinahe in die Knie. Hier liegt mein Herz, mein tiefster Schmerz. Seit beinahe siebzig Jahren. Erst im Tod ist er dem Wald entkommen. Erst da war er frei. Meine Finger zittern, als ich die gemeißelten Buchstaben nachfahre, die unter Flechten und Moos verborgen liegen.

TAREK
ZWEITER SOHN DES SIEBTEN DRACHENKÖNIGS
HELD DER SECHS REICHE
SOHN UND BRUDER

»Bald«, wispere ich. »Bald.«

»Hallo, Mary.«

Lange Jahre nannte mich niemand mehr bei meinem ersten Namen. Doch da steht er, das Haar schlohweiß, das Lächeln wie früher, das Gesicht gegerbt von der Wüstensonne, die gnädiger brennt, seit er Maywater führt: raus aus dem Fluch und in eine glorreiche Zukunft.

»Duncan«, sage ich, da breitet er die Arme aus, zaghaft, fragend; ich kann nicht anders, als zu ihm zu gehen. Er fühlt sich gebrechlich an. Die Zeit rafft sie alle dahin, er allein trotzt ihr noch, der Letzte einer schwindenden Generation.

»So bezaubernd wie eh und je – und um keinen Tag gealtert«, schmeichelt er und führt mich fort von den Gräbern. Wir lassen die Trauernden zurück. Der Sarg wird hinabgelassen, die Erde aufgeschüttet. Drei Tage und drei Nächte werden sie für Phillip beten und über Jahre hinaus Kerzen auf seinem Grab entzünden, wie sie es auch bei seinem Bruder taten. Westham verdankt ihnen viel, den Brüdern, die unterschiedlicher nicht hätten sein können.

»Westham steht an einer Schwelle«, sage ich. »Sie haben keinen König mehr und keinen Erben, der das Amt antreten könnte.«

Duncan reibt meine Hand, die auf seiner Armbeuge ruht. Meine Finger sind eiskalt, eine Folge von Winters Nähe. Ob es ihn an damals erinnert? Als er getrieben von ihren Dämonen beinahe meinen Fuß nahm?

Er scheint über meine Worte nachzudenken. »Während seiner ersten Amtsjahre gab Phillip das Gros der Verantwortung in die Hände des Rates. Er blieb zwar König, doch traf keinerlei Entscheidungen mehr. Er war der festen Überzeugung, dass niemals einer allein die Geschicke aller bestimmen sollte.«

»Du siehst das anders?«

»Keineswegs. Ich erhoffe mir sogar, dass Maywater diesem Beispiel folgen wird.« Er seufzt, doch es ist kein bitterer Laut, eher ein Lächeln, versteckt unter Müdigkeit. »Noch sind wir nicht so weit, doch eines Tages werden wir uns aus der Asche unserer Vorfahren erheben. Befreit von Schuld und bereit für die Zukunft.«

»Der Fluch ist gebrochen.«

»Das ist er.« Duncan lächelt, er tut es anscheinend oft; die Fältchen rund um seine Augen haben sich tief in die Haut gegraben. Er wirkt glücklich. »Maywater würde dir gefallen. Die Blütezeit verbleibt nun viele Monde pro Zyklus, die Hitze schwindet stetig mehr. Bald werden wir der Wüste die ersten Städte abgerungen haben. Schon jetzt blüht die Landwirtschaft.« Er beschreibt Maywater in den schönsten Farben, malt mir ein Bild seiner Heimat, das mich wehmütig stimmt.

»Das ist gut«, sage ich. »Sehr gut.«

»Du bist stets willkommen.«

»Ich weiß«, lüge ich.

»Komm uns besuchen«, bittet er und ich nicke, doch wir wissen beide, dass ich erst kommen werde, um ihm den Segen für die letzte Reise zu geben. Ich könnte es nicht ertragen, ihn zwischen all seinen Enkeln zu sehen. Der älteste ist gerade so alt, wie Duncan es war, als wir gemeinsam unter dem Rosenbogen saßen.

Mein Blick findet zurück zu der Linde und den drei Grabsteinen in ihrem Schatten. Wie gern hätte ich eigene Kinder bekommen, sie des Nachts gehalten, wenn Monster unter Betten erwachen und Unwetter vor den Fenstern toben, mit ihnen im verbotenen Ostflügel gespielt, Kränze aus Schimmermoos geflochten, gelacht und ihre Tränen getrocknet. Wie gern hätte ich ihnen von unseren Vorfahren erzählt. Von den Regenten des goldenen Reiches, von Vater, Mutter und allen, die vor uns existierten. Von den Legenden der Drachenprinzen, ihrem unermüdlichen Mut und ihrer Tapferkeit, die auch in ihnen – meinen Kindern – gesteckt hätten. Und eines Tages schließlich, wenn sie alt genug gewesen wären, hätte ich von den Feen gesprochen. Von ihren Tanten und Großmüttern und all jenen, die wie sie gewesen wären. Wenn es sie nur gäbe.

»Ich muss jetzt gehen«, sage ich, obwohl uns beiden noch so viel auf dem Herzen liegt.

Vielleicht weiß er es.

Vielleicht brauche ich es gar nicht auszusprechen.

»Es gab eine Zeit«, sagt er und klingt plötzlich wie der alte Mann, der er ist, »da dachte ich, es gäbe keine Liebe für mich. Jede Frau, die ich traf, verglich ich mit dir. Es gab nicht eine, die diesem Vergleich standhalten konnte. Ich war überzeugt, kinderlos und einsam zu sterben – wie Phillip.«

»Er war nicht einsam«, widerspreche ich.

»Jede Krone verschafft Einsamkeit.«

»Du bist es nicht.«

»Ich war es lange. Bis ich meine Braut traf.«

Ich betrachte ihn nachdenklich. »Wie ist sie so?«

»Ein guter Mensch«, antwortet er und wirkt wahrhaftig erfüllt. »Sie entstammt den unteren Vierteln; eine Schneiderstochter, ein Mädchen der Straße, aber durch und durch rein. Sie könnte keiner Fliege schaden.« Er schmunzelt, als gäbe es da mehr zu erzählen. »Es war Liebe auf den ersten Blick – wahre Liebe, Mary, das wünsche ich auch dir. Einen Neuanfang. Jemanden, bei dem du die Geborgenheit findest, die dir fehlt. Ich weiß, du hast ihn geliebt. Doch er ist fort und du bist hier und wirst noch lange bleiben. Nutze die Zeit, Mary. Nutze jeden Moment. Wozu dient ein endloses Leben, wenn es still verstreicht?«

Ich spüre die Tränen brennen.

Duncan berührt mich an der Schulter. »Wenn er auch nur ein bisschen wie sein Bruder war, würde er nicht wollen, dass du seinetwegen trauerst. Er würde wollen, dass du glücklich bist. Auch ohne ihn.«

»Auf bald«, ist alles, was ich sage.

»Komm uns besuchen«, ruft er mir hinterher.

Vielleicht, sage ich in Gedanken. Ich weiß, dass er es hört.

Ich bin wie Winter, ein Geist, der durch Dämonen spricht.

Eine Fee, die vor Einsamkeit zergeht.

Vielleicht, sage ich – und weiß doch, dass es eine Lüge ist.

»Wartet!«, ruft da jemand. Ich drehe mich um und glaube den Halt zu verlieren, mich im Sarg zu befinden – in einer anderen Zeit. Doch die Hand, die mich vor dem Sturz bewahrt, ist warm und fremd. »Verzeiht, ich wollte Euch nicht erschrecken!«

Duncan?

Ich sehe ihn weiter hinten die Hand heben. Er lächelt vielsagend.

Der junge Mann vor mir tut es ihm gleich. »Der Wüstenkönig bat mich, Euch das hier zu überreichen.« Er hält mir eine Rosenknospe hin, die er vom Grab Tareks gepflückt haben muss. Mein Herz verstummt. »Er sagt, es gäbe viele Rosen, doch diese hier sei für Euch bestimmt.« Als ich keine Anstalten mache, sie zu nehmen, räuspert er sich befangen. »Falls Ihr sie nicht wollt …«

»Das ist es nicht«, unterbreche ich ihn.

»Sind es die Dornen? Ich kann sie entfernen.« Schon hat er die Rose zurückgezogen und will die Spitzen brechen. Ich hindere ihn daran.

»Nein«, bitte ich sofort. »Lasst ihr die Dornen.«

»Ohne wäre sie auch nur halb vollkommen«, sagt er so ernst, dass ich endlich aufblicke. Ich finde himmelsblaue Augen und eine Zuversicht, die der von Duncan gleicht.

»Danke«, sage ich belegt.

»Wenn Ihr sie in Wasser stellt, wird sie erblühen.«

»Und welken wie alle Rosen.«

»Es sei denn«, er beugt sich vor, seine Haare fangen das Sonnenlicht ein, »Ihr kappt die Blüte und setzt den Stiel in Erde. Mit etwas Geduld und Pflege wird er Wurzeln schlagen und gedeihen.« Er zeigt mir, wo ich den Stiel kappen muss. Seine Finger sind warm.

Seine Lächeln trägt eine Zuversicht, die den guten Zeiten entspringt.

Er trägt keine Maske. Er bedarf keiner.

»Ihr kennt Euch gut aus«, sage ich nur.

Sein Lächeln wird wärmer. »In Maywater gibt es viele Gärtner.«

»Seid Ihr das? Ein Gärtner?«

Er räuspert sich. »Nicht direkt.« Rasch wirft er einen Blick über die Schulter, ehe er bedauernd seufzt. »Ich muss zurück. Vielleicht sehe ich Euch eines Tages in Maywater?«

»Vielleicht«, sage ich und es scheint, als wolle er etwas erwidern. Doch dann lässt er es sein, verneigt sich knapp und schreitet mit ausgreifenden Schritten den Hügel hinauf zum Wüstenkönig, der schrecklich selbstzufrieden wirkt.

Lebe, höre ich ihn stumm sagen. *Sei glücklich.*

Vielleicht, flüsterte ich – und meine es tatsächlich so.

WINTER

Die Welt ist still geworden, sie hat sich unter einer weißen Decke gebettet. Der Fluss schweigt von Eis überzogen, die Bergwerke ruhen und sogar die Höfe Maywaters liegen in tiefstem Schlummer. An Tagen wie diesen erscheint es ihr, als gäbe es nichts und niemanden auf dieser Welt. Nur sie und die endlos weite Kälte. Nur sie und den Wind. Von ihm gefolgt streift sie durch den vereisten Wald, der klirrend ihrem Atem lauscht. Zärtlich berührt sie die in Raureif gekleideten Äste, von denen das Rot zur Gänze gewichen ist. Nur hier und da blitzt ein vereistes Blatt unter dem Schnee hervor. Eine verblichene Erinnerung daran, weshalb der Wald gefroren ist.

»Du hast ihr Herz gewonnen«, sagt da eine Stimme, die sie seit beinahe vierhundert Jahren nicht vernommen hat.

Hallo, Schwester, antwortet sie still.

»Welch Ironie, dass ausgerechnet wir zwei verbleiben. Ausgerechnet du und ich.«

Sommer tritt zwischen den Bäumen hervor. Sie ist barfuß, das Haupt kahl wie eh und je. Doch Sommer friert nicht, tat sie nie. Zu lange war sie in den Bergen gefangen, in den Tiefen der Erde, in denen die Hitze kocht. Unter ihren Füßen verdampft das Eis und das Laub sticht blutrot hervor. Es waren die Menschen, die sie zufällig befreiten, als sie auf der Suche nach Gold tief und tiefer ins Erdreich stießen und dabei jene Grotte entdeckten, in der sie vor beinahe tausendfünfhundert Jahren zum Sterben zurückgelassen wurde.

Jetzt ist sie frei, seit zweihundert Wintern.

Und doch war sie kein einziges Mal im Wald. Bis heute.

Was willst du?

»Auch ich freue mich, dich zu sehen.« Sommer zieht die Lippen auseinander. Es könnte einem Grinsen gleichen, würde es weniger an ein Raubtier erinnern. »Du hast dich kaum verändert, bist einsam wie damals, versteckst dich und malst, nicht wahr?«

Wenn du gekommen bist, um zu streiten …

»Oh, keineswegs«, fällt Sommer ihr kühn ins Wort, »gestritten haben wir zwei genug für tausend Menschenleben. Nein, ich bin hier, um unsere Nichte zu sehen. Wobei ich nicht sicher bin, ob ich sie wahrhaftig so nennen soll. Nichte, Schwester – ich bin gar unentschlossen.«

Sie schläft.

»Gewiss tut sie das, die Kunde von ihrem Schlaf hält sich hartnäckig in allen Reichen.«

Was willst du damit sagen?

»Gewöhnlich ist es mein Volk, das die Geschichten dieser Welt erzählt, sie verwahrt und fortspinnt. Diese eine aber entstammt nicht unseren Kehlen. Sag, Schwester, woher stammt sie, wenn nicht von uns?«

Winter schweigt. Sommer lacht, das Eis an den Ästen beginnt zu tauen.

Kehre zurück zu deinem Volk. Das hier betrifft dich nicht.

»Wer hätte geahnt, dass es jemals so etwas in unseren Reihen geben würde: ein Kind, halb Mensch, halb wie wir.«

Sie gleicht uns.

»Und ist doch besser, als wir es je waren.«

Wie wahr, denkt Winter.

»Sie vereint das Beste beider Wesen, was beinahe ironisch ist! Doch sie ist einsam, nicht wahr? Und im Gegensatz zu dir zerbricht sie daran.«

Es ist ihr Schicksal.

»Nicht doch, Winter, wir wissen beide, dass wir unseres Schicksals Schmied sind. Keine Prophezeiung, kein Fluch hat Macht über uns, solange wir es nicht gestatten.«

Sie ist des Kampfes müde.

»Wohl wahr. Sie ist müde. So müde. Deshalb schläft sie ja. Verborgen inmitten des Waldes in einem Schloss, das zur Gänze von wilden

Rosen umschlungen ist. Eine schöne Geschichte, sie könnte von mir stammen. Ich bewundere deinen Sinn für Dramatik. Ein gläserner Sarg, ein Fluch, eine schlafende Schöne – und der Kuss, nicht zu vergessen. Es kommt mir gar allzu vertraut vor, als hätte ich das schon einmal erlebt.«

Sie fixiert Sommer, die so ganz und gar anders ist als in ihrer Erinnerung, weicher, wenngleich noch immer spöttisch; und ganz allmählich beginnt sie zu lachen. Erst still, dann mit all ihren Sinnen. Sie lacht und Sommer lacht mit ihr. Sie lachen so herzlich, dass, hätte es Tiere im Wald gegeben, sie verschreckt fortgehuscht wären. Doch es gibt bloß Jungfrauen, verborgen unter frostig klaren Tümpeln, tief schlummernde Ran und Schattenkrieger – wie er einer gewesen ist. Er fehlt auch ihr.

»Mir gefällt dein neuer Name, Schwester.«

Mir gefällt, wie du heute bist.

»Da sage noch einer, es gäbe keine zweiten Chancen. Wann ist es so weit?«

Bald, so hoffe ich.

»Du hättest mich um Hilfe bitten können.«

Du bist doch hier.

Sommer schnaubt. Um sie herum rinnt es von allen Zweigen, der Wind streicht durchs Geäst, verwirbelt die Tropfen. Einer landet auf Winters Gesicht gleich einer vergossenen Träne. Sie streicht ihn fort. Es ist Zeit, loszulassen. Mit Sommer an ihrer Seite schreitet sie den Pfad zurück, den sie gekommen ist. Hinter ihr verdichtet sich das Weiß, während Sommer eine blutrote Spur hinterlässt. Sie könnten einander selbst nach all der Zeit kaum fremder sein.

»Woher weißt du, dass es funktionieren wird?«

Zweifelst du an mir?

»Du lässt nach«, spottet Sommer. »Früher, ja früher warst du wahrlich beängstigend. Aber heute?« Da erhebt sich vor ihnen die Ruine des Schlosses. »Bei meinen Drachen, du hast nicht übertrieben.« Selbst dem tiefsten Frost ist das Grün der Rose nicht gewichen, die gleich einer zärtlichen Umarmung das Schloss umspinnt. Es war bloß ein Trieb, den sie mitbrachte. Eine Knospe, die erblühte und verwelkte, doch Wurzeln schlug und zu etwas Hoffnungsvollem heranwuchs. Abertausend rote Blüten trotzen der Kälte, die Blätter gezahnt von Raureif.

»Du lässt sie wahrhaftig gehen.«

Ich ertrage ihr Unglück nicht.

Sommer greift nach Winters Hand. Obwohl die Berührung unangenehm heiß ist, weicht sie nicht zurück. Gemeinsam verbergen sie sich im Schatten des torlosen Turms, der wie ein Mahnmal aus dem verbotenen Wald ragt, und beobachten mit bangen Herzen, wie sich ein Reiter aus dem Nebel schält, das blonde Haar von Frost gekrönt, das Gesicht entschlossen, die Augen himmelblau. Er ist dem Ruf des Waldes gefolgt. Er wird sie finden und vielleicht, ganz vielleicht wird es ihm gelingen, sie zu wecken, die schöne Fremde, von der er seit mehr als zehn Wintern träumt; und die er seit mehr als einem Leben liebt.

»Das ist er also«, wispert Sommer und nickt grimmig.

Das ist er, bestätigt Winter und drückt ihre Hand.

So stehen sie da, zwei der einst mächtigsten Feen des Landes.

Wiedervereint nach all der Zeit.

PROPHEZEIUNG DER LETZTEN STADT

Wenn sich ein Antlitz unter einem anderen verbirgt,
Herzen in Schwärze ertrinken
und Blut über Blut siegt,
wird sie kommen,
die eine, die der König sucht.
Zu bannen die Hitze.
Zu brechen den Fluch.
Die eine, die selbst gebrochen ist.

KINDERLIED DES TORLOSEN TURMS

Prinz des Moores,
Komm zu retten, was gestohlen ward.
Komm zu verlieren, was dir gehört.
Wer den Turm erblickt, oh, wer den Turm erblickt,
entkommt nie mehr seinem Schatten.
Wer den Turm erblickt, oh, wer den Turm erblickt,
ist auf ewig verloren in Dunkelheit und Dornen.
Dunkelheit und Dornen.
Was dir gehört.
Oh, Prinz des Moores.
Hol sie dir und gib mir dein.

Vergessenes Lied des Nordens

Nordwind, liebes Kind, trag die Hoffnung und die Träume.
Bring mir ihre Herzen, nimm der Menschen Wärme.
Nordwind, liebes …

Fluch der Prinzessin

Schönste Braut von Athos,
was du dir sorgsam erstohlen und erlogen hast,
wird zunichte sein.

Dein Herz soll brechen, deine Ehe scheitern,
und das Kind, welches niemals hätte geboren werden dürfen,
soll dir von Angesicht und Schönheit gleichen.

Zerbrechlich zarte Schönheit
und ein Herz fragil wie Glas;
an dem Tag, da sie es verschenkt,
wird es brechen.

AUS ATHOS

Prinzessin Mary, einzige Königstochter der sechs Reiche, anmutig wie der Herbst

Susann, ihre Zofe, abergläubisch und treu

Der **Goldkönig** besitzt unermessliche Reichtümer und ein Herz aus Stein

Die **schönste Braut,** Marys Mutter, verstarb am Tag des Schwarzen Winters

Der **Graf**, Adeliger aus Athos und Vertrauter des Goldkönigs

Die **Königswächter**, Leibgardisten des Goldkönigs, bewachen ihn sogar des Nachts

Jack, oberster Königswächter, ehemaliger Drachentöter

Schwarzer Winter, Volkstrauertag und Beginn der Hungersnot in Athos

Gefallene Königin, beliebtes Motiv der attischen Kunst

Nordturm, berühmt durch den Sturz der schönsten Braut, höchster Turm

Goldminen, stießen zu tief ins Gebirge vor

Die **Braut auf der Erbse,** Marys Großmutter, dem Wald entflohen

Vergoldete Erbsen, Nationalspeise zu Ehren der berühmten Probe

Herbst, Kult in Athos

Aus Maywater

Kronprinz Duncan, auf der Suche nach Cinderella

Der **Wüstenkönig** trauert um seine Braut, die er aus dem Fluss rettete

Die **Schwanenbraut** verstarb am Tag der Wüstenblüte

Strahlenkrone, geschmiedet aus einem Bruchstück der Sonne

Die **Fürstin** erlangte einzig aufgrund ihrer vortrefflichen Ehe den Adelsstand

Maywaters Schützen gelten als die fähigsten der sechs Reiche

Der **Kämmerer** hütet eifersüchtig die Schätze Maywaters

Traditionelle Brautschau, Teilnahme aller ledigen Frauen, gleich welchen Standes

Das **Tempelviertel**, heilige Kultstätte aller Jahreszeiten, Multireligiös

Wüstenblüte, Nationalfeiertag Maywaters, Beginn des Regen- und Erntemonats

Blutmond-Fest, rituelles Töten von Pferden für den Regenschöpfer, bisher unerhört

Die **Knochenmauer** schützt die Stadt auf den Klippen, gespickt mit Pferdehäuptern

Das **Himmelsschloss**, Residenz des Wüstenkönigs, Zentrum der letzten Stadt

Die **Wüste** giert nach Leben, um das ihre zu nähren, unersättlich

Paläste des Andersreichs, Grabstätten der Wüstenkönige nahe dem Silberfluss

Bogenbrücke, einziger Weg über den Fluss, darunter haust ein neunarmiges Monster

Der **Silberfluss**, natürliche Grenze zwischen Westham und Maywater

Der **Rote Orden**, Gegenspieler Winters

Die **Oberin**, bildet die Schwestern des Ordens aus

Aus Westham

Prinz Tarek besitzt keinerlei Anspruch auf den Thron, Drachentöter

Kronprinz Phillip, sein älterer Zwilling

Elena, Drachentöterin und rechte Hand Tareks

Der **Drachenkönig**, mächtigster Monarch der sechs Königreiche

Die **Drachenbraut**, Mutter der Zwillinge

Gläserner Sarg, aufgebahrt im Garten des Frühlings

Blühender Apfelbaum, Symbol Frühlings

Lindenblatt, Schwachstelle des westhamschen Prinzen

Die **Drachentöter**, Elitekrieger, rekrutiert unter den zweiten Söhnen Westhams

Hagen, Marduk, Kastor und **Deukes**, Drachentöter im Dienst des Prinzen

Traditionelle Jagd im Blutwald, fordert jedes Jahr etliche Opfer

Frühling, Kult Westhams

Aus Seval

Die **stumme Königin**, einzige regierende Monarchin, ehemalige Kapitänstochter

Der **Inselkönig**, ihr verstorbener Gemahl

Remus, Kronprinz, liebt seine Schwester

Aurora, Blutprinzessin

Die **Tempeldienerinnen** opfern Blut, um den Leib ihrer Herrin zu stählen

Weißdorn, schützt vor Winddämonen

Weißdorndolch, in Ranblut getränkt, Artefakt

Spiegelamulett, beidseitig nutzbar, erfordert ein Gegenstück

Wandernde Klippen, Schutz der Insel

Drachenriff, Gebein des Seeungeheuers

Erste Tochter, auf die Klippen gebunden, gerettet, Legende

AUS MORRIGAN

Die **Turmbraut**, gerettet aus dem torlosen Turm, furchtbar entstellt zur Strafe für einen lange zurückliegenden Fehler

Der **blinde König** verlor sein Augenlicht, gewann dafür die Liebe

AUS KOR-TAND

Die **Mondbraut,** hochschwanger

Der **Sonnenkönig**

Aus dem Blutwald

Der **Jäger**, geraubt von der Hexe, nun ihr loyaler Diener

Cinderella, falsche Prinzessin, verlor den Schuh

Winddämonen säen Hass und Zerstörung

Schneebeeren verweben Träume mit Erinnerungen, hochgiftig

Gebrochene Herzen, kostbar und selten

Weberinnen, Rohstoff zur Schönheitsgewinnung, maywatersche Frauen

Jungfrauen, erblindete Opfer des Waldes und Wächter des dritten Rings

Ran, Wächter des zweiten Rings, älter als jede Legende

Ranblut, hochgiftig

Schattenkrieger, dienen dem Jäger, Wächter des ersten Rings

Die **Schlucht**, alter Handelsweg zum verwunschenen Schloss

Der **torlose Turm**, Gegenstand zahlloser Legenden

Das **verwunschene Schloss**, Heim der gestohlenen Kinder

Falsche Bräute, ehemals gestohlene Kinder

Sie, von der alle Geschichten handeln, Hexe des Waldes

Nachwort

In diesem Buch steckt mehr als eine Geschichte. Es ist die von Mary als auch die meinige, gespickt von einer Reihe Ernüchterungen und Augenblicken, in denen ich am liebsten aufgegeben hätte – es kurzweilig sogar tat. Dieses Buch HAT MICH FERTIGGEMACHT. Im wahrsten Sinne des Wortes. Ich bin gescheitert. Ich habe gehadert, gezweifelt und Kapitel um Kapitel gelöscht, neu geschrieben und wieder gelöscht. Die Ausschuss-Datei zu diesem Buch ist halb so umfangreich wie das Buch selbst. Es ist eine Datei, die mich über drei Jahre begleitet hat und die ich jetzt ENDLICH schließen kann. Das Buch ist beendet, es hat mir alles abverlangt. Und weil so viel von mir da drinsteckt, so viel Hoffen und Hadern, so viel Zeit und Zorn, gibt es dieses Nachwort. Weil ich euch teilhaben lassen und euch Mut machen möchte. Euch, die ihr da draußen vielleicht genauso hadert, zweifelt und ans Aufgeben denkt. Für euch sind diese Worte – und auch für mich, denn sie sich von der Seele zu schreiben befreit.

Was also möchte ich euch sagen? Es ist im Grunde ganz einfach:

Fürchtet euch nicht vor dem Scheitern. Erlaubt es euch!

Klingt banal? Ist es tatsächlich – und auch wieder nicht. Erfolg begegnet uns allerorts und überall und lässt unser eigenes Sein manchmal schrecklich lachhaft wirken. Was habe ich manchmal gelitten, wenn andere mühelos ein Buch nach dem anderen aus dem Ärmel schüttelten, während ich vor dem PC saß, die Worte nur zäh hervorkrochen und mein Kopf sich weigerte, bis zum nächsten Satz zu denken. Ich bekam so viele gut gemeinte Ratschläge von Kollegen, Anrufe von Freunden und Aufmunterungen von den Kids. Doch die Tastatur schwieg. Der

Abgabetermin rückte näher und irgendwann geschah, wovor ich mich so sehr gefürchtet hatte. Ich musste mir und meiner Verlegerin eingestehen, dass ich es nicht geschafft hatte. Dass ich gescheitert war, obwohl die Zeit hätte reichen müssen. Doch die Stunden, die ich mir mühsam freigeschaufelt hatte, waren dahingerauscht.

Das war der Tiefpunkt.

Die Vorbestellungen wurden storniert, das Buch offiziell auf unbekannte Zeit verschoben. Ich war am Ende. Zwei Monate weigerte ich mich, auch nur einen Blick ins Dokument zu werfen. Dann raffte ich mich auf, las die ersten Seiten und schließlich das gesamte Manuskript – und erkannte, dass es gut war. Nicht perfekt, aber wer ist das schon? Nein, es war gut und es schien geduldig darauf zu warten, dass ich den Mut zum Weitermachen fand. Das tat ich. Zögernd, aber mit neuer Hoffnung. Was konnte noch schiefgehen? Den Super-GAU hatte ich bereits überstanden. Es gab keinen Druck mehr, keinen Termin. Ich musste nur noch schreiben. In meinem Tempo (was einfacher klingt, als es war). Es floss nicht, es glich eher einem Tröpfeln, manchmal einem sanften Plätschern. Die guten Tage wechselten sich mit den schlechten ab. Manchmal war ich geradezu euphorisch, glaubte endlich den Knoten gelöst zu haben, der mich all die Zeit gehindert hatte. Manchmal war er überdeutlich spürbar. Bis zuletzt habe ich gekämpft – und diesen Kampf vermag vielleicht der eine oder andere aus den vorliegenden Zeilen herauszulesen. Nichts hätte ich mir mehr gewünscht, als dass die Worte aufs Papier purzeln, wie sie es bei der Fee taten. Damals, als ich noch so gar keine Erwartungen an mich hatte. Als das Schreiben noch Spaß machte.

Das tat es hier nicht immer.

Selbstzweifel und der Drang nach Perfektion waren die Dinge, die mich während des Entstehens von Marys Geschichte begleitet haben. Bis zuletzt. Was mich zurück zum Scheitern bringt. Denn selbst jetzt, da die letzten Zeilen stehen und ich endlich, ENDLICH aufatmen kann, fürchte ich, dass dieses Buch aufgrund dessen, was es mit mir gemacht hat (oder ich mit ihm?), nicht gut genug ist. Ich habe Stunden, nein, WOCHEN an einzelnen Szenen gearbeitet – und ich könnte weitere Wochen oder Monate damit zubringen, Sätze zu redigieren und Kapitel zu vertiefen oder zu verändern. Ich tat es und tat es und tat es und verlor irgendwann den Überblick darüber, was gut war und was nicht. Als erneut ein Jahr verstrich, erkannte ich, dass ich diesem Teufelskreislauf einzig dann entkommen konnte, wenn ich den Mut fand, mir zu erlauben, erneut zu scheitern. Diesmal, indem ich zuließ, dass das Buch unperfekt perfekt ist. Dass es mit all seinen Schwächen und Stärken genau richtig ist. Da ich ein Mensch mit Stärken und Schwächen bin, wie könnte etwas, was ich schreibe, da anders sein?

Chaotisch. Sprunghaft. Melancholisch. Poetisch.

Das bin ich. Das ist dieses Buch.

Mögt es oder kritisiert es. Beides ist euer gutes Recht. Nur glaubt an euch, wie ich an mich zu glauben gelernt habe. Gebt nicht auf, wie ich aufgegeben habe. Seid mutig und wagt den ersten Schritt, bevor ihr bereit seid. Denn der perfekte Moment kommt niemals, es gibt schlicht keine Perfektion. Sie ist ein Ideal, nach dem zu streben wir zum Scheitern verdammt sind. Und auch wenn ich begriffen habe, dass das Scheitern nichts ist, vor dem es sich zu fürchten gilt, ja, dass wir aus jedem Misserfolg gestärkt und mit mehr Erfahrung hervorgehen, möchte ich euch diesen Rat mit auf den Weg geben:

Gesteh euch zu, herrlich unperfekt zu sein.

Es gibt so viel, an dem wir tagtäglich scheitern können (und es auch oft genug tun), doch das Streben nach etwas Unerreichbarem sollte nicht dazugehören. Ich hatte immer dieses Bild von mir im Kopf: Mutter dreier Kinder und zugleich erfolgreiche Autorin. Das Familie und Beruf wahnsinnig schwer unter einen Hut zu bekommen sind, habe ich bitter erfahren – doch das ist ein anderes Thema. Dazu passend möchte ich euch jedoch einen letzten Rat mit auf den Weg geben, denn ich selbst Tausende Male gehört habe und der so wahr ist:

Selbst kleine Schritte führen zum Ziel.

Schiebt nicht auf, was ihr schon immer tun wolltet. Tut es JETZT. Denn wenn ihr nicht JETZT beginnt, werdet ihr das vielleicht niemals tun – und ist nicht das die schlimmste Form des Scheiterns? Es gar nicht erst versucht zu haben? Dieses Buch wäre niemals vollendet worden, hätte ich nicht jeden Tag daran gearbeitet. Mal schrieb ich nur zehn Wörter, mal hundert. Manchmal blieben am Ende des Tages keine zehn Minuten übrig, manchmal nicht einmal das, doch all diese kleinen Schritte haben mich hierhergeführt – zu diesen Zeilen und diesem Buch, das ihr nun in den Händen haltet. Und tatsächlich, ich bin Mutter und Autorin – doch es ist kein Bild, es ist harte Arbeit. Tag für Tag und Nacht für Nacht. Das wünsche ich auch euch: den Mut zum Weitermachen. Glaubt an euch und eure Träume. Gebt nicht auf, selbst wenn ihr verliert. Wachst an euren Misserfolgen, feiert sie sogar. Seid zielstrebig und mutig.

Ich war es nicht immer, doch ich will es von nun an sein.

Julia

DANKSAGUNG

Weil ich ohne einige ganz besondere Menschen niemals bis hierhin gekommen wäre, gebührt ihnen mein ganzer Dank! Ohne euch gäbe es kein Buch. Deshalb danke ich …

… meinen Herzdrachen Julia Dessalles, Katharina V. Haderer und Christian Handel, die immer ein offenes Ohr und das Herz am richtigen Fleck haben und überdies begnadete Autoren sind, deren Rat mir durch manches Tal geholfen hat. Danke, dass es euch gibt!

… meiner Verlegerin Astrid Behrendt, die niemals die Hoffnung in mich verlor. Ich danke dir, dass an deinem Lagerfeuer stets Platz für mich ist und du diese Geschichte mit mir durchgestanden hast, selbst als kein Ende in Sicht war. Danke für deine Geduld und fortwährende Motivation (Standleitung in den Kreißsaal und so).

… meinem Lektor Stephan R. Bellem, der genau zum rechten Zeitpunkt als Retter in der Not erschien und mir unter die Arme griff, als ich es am meisten brauchte. Danke, dass du mein Chaos ertragen hast! Auch wenn es mir schwerfiel, bestimmte Figuren nachhaltig zu streichen (R.I.P.), hat das Buch durch deine Ratschläge deutlich gewonnen.

… meiner Korrektorin Michaela Retetzki, deren Lob ich mir wiederholt durchlese, um die Zweifel im Keim zu ersticken! Danke, dass ich dir Marys Geschichte anvertrauen durfte und du sie auf letzte Fehler geprüft hast.

… meinem Coverdesigner Alexander Kopainski, der mit seinem Talent das perfekte Kleid für Mary geschneidert hat. Mehr als einmal hat mich ein Blick darauf motiviert, nicht aufzugeben und weiterzumachen. Alex, du bist Gold wert.

… meinem Illustrator Soufiane El Amouri, der in kürzester Zeit drei zauberhafte Rahmen aus dem Ärmel geschüttet hat, die das Gesamtbild perfekt abrunden. Danke dafür!

… meinen Testlesern und Freunden Wiebke Blankemeyer, Nele Logemann und Lydia Mick, die sich die Zeit genommen haben, Marys Geschichte vor allen anderen zu lesen – und sich dadurch des Vergnügens eines fertigen Buches beraubten. Sorry dafür!

… meinen Testlesern der allerersten Kapitel, damals, als ich noch dachte, dieses Buch sei schwuppdiwupp fertig. Wann war das noch – Januar 2017? Ich bin gespannt, was ihr von dieser Mary haltet, die so ganz anders ist als diejenige, die ihr kennenlernen durftet.

Mein Dank gilt auch euch, die ihr gerade dieses Buch in den Händen haltet. Danke für eure Geduld! Danke, dass ihr bis zu diesem Tag und bis hierhin durchgehalten habt; dass ihr Bücher genauso sehr liebt und schätzt, wie ich es tue; und zuletzt für all eure Rückmeldungen! Ihr ahnt ja nicht, wie groß meine Freude über jede einzelne Nachricht, Mail oder Rezension ist. Ich lese sie alle! Sie sind ein Quell stetiger Motivation und der beste Lohn.

Des Weiteren gilt mein Dank …

… meiner Freundin Judith Schulte, die über Monate mein Gejammer ertragen hat, Nerven aus Drahtseilen besitzt – und als einzige, das Manuskript zur Gänze las. Unvergessen bleibt die Zeit in deiner Küche, während wir beide arbeiteten, du an deinem Master und ich an Winters Fluch. Ich kann nicht fassen, dass du vor mir fertig geworden bist!

… meiner Freundin Wiebke Wefer, die weiß, was es heißt, Beruf und Alltag mit drei Kindern unter einen Hut zu kriegen, und trotzdem bereit war, meine zusätzlich zu nehmen, als der Countdown nahte. Danke von Herzen dafür!

… meiner Nachbarin Kristina Kuiper, die nicht nur ein Fan der Fee, sondern auch eine Freundin geworden ist und mich stetig anspornt oder die Kids bespaßt, während ich arbeite.

… meiner Tagesmama Ute Bornschier, durch die ich erst die Zeit für dieses Buch fand.

… meiner Tante Ute, die sich stets meiner Geschichten annimmt, wo immer sie auch ist, und mich zu all meinen Lesungen begleitet.

… meinem Papa und Susanne, die mir stets mit Rat und Tat beiseitestehen.

… meiner Mama, die mein Watson ist. Danke, dass ich deine Küche in Beschlag nehmen durfte (und deine Kochkünste), um in Ruhe am Buch zu arbeiten. Ohne dich würde ich noch heute im Blutwald festsitzen und weder ein noch aus wissen. Danke für deine Zeit und deine Zuversicht!

… meiner Schwester, der dieses Buch gewidmet ist. Ich bewundere dich in all deinen Facetten; du inspirierst und bereicherst mein Leben so sehr! Bleib, wie du bist, denn du bist wunderbar.

… meinem Mann, der so gar nichts von Büchern versteht, aber sein Bestes gibt, um mich zu unterstützen. Danke für die freien Freitage!

… meinem Sohn Petros, der jeden Tag fragt, wie viele Wörter ich geschafft habe. Wegen dir gibt es ein neunarmiges Monster unter der

Brücke und bluttrinkende Bäume im Wald. Du bist mein Co-Autor und der Grund, warum ich mit dem Schreiben begonnen habe.

… meiner Tochter Emma Löwenherz, die stets da ist, um mich in den Arm zu nehmen, wenn ich traurig oder erschöpft bin. Dein Mitgefühl ist grenzenlos, deine Umarmungen mein größter Trost. Ich bin stolz, deine Mama zu sein.

… meinem Sohn Stefanos, der ohne Worte zu verzaubern weiß. Dein Lächeln ist ansteckend, deine Freude unendlich. Eines Tages, da bin ich sicher, wirst du dir die Magie der Sprache zu eigen machen – und wer weiß, was du dann alles zu vollbringen vermagst.

Zuletzt – auch wenn es seltsam wirken mag – geht mein Dank an mein früheres Ich, das nicht aufgegeben und stets den Mut gefunden hat, weiterzumachen.

Auf in neue Abenteuer – wir sehen uns im Spiegel!

Julia

JULIA ADRIAN
Die Dreizehnte Fee
SAMMELBAND
DRACHENMOND VERLAG